AF138678

HELENA ist oberflächlich betrachtet, eine begehrenswerte, charismatische Frau. Doch hinter der Fassade verbirgt sich ein Seelenkrüppel. Egozentrisch und verantwortungslos bewegt sie sich in ihrer Scheinwelt, in der nur sie existiert. Aufgrund ihres neurotischen Verhaltens gerät sie in scheinbar unüberwindbare Konflikte mit ihrem sozialen Umfeld, denen sie durch Flucht von Paris nach Wien mit ihrem derzeitigen Lover ADAM für immer zu entgehen hofft. Als sich jedoch herausstellt, dass sie keinem Traumprinzen gefolgt, sondern einem schamlosen Betrüger aufgesessen ist, droht Helena der Absturz ins Bodenlose. Ausgerechnet COCO erweist sich als wahre Freundin und bietet ihre Hilfe an. Doch nur unter einer Bedingung: Helena soll sich ihrer psychischen Problematik stellen. Wird Helena die Chance ergreifen? Bleibt sie am Abgrund stehen – oder wird sie ins schwarze Loch stürzen?

Suzanne Bergfelder wurde 1952 in Hamburg geboren und lebt heute in München. Sie arbeitete als Casting Director, Stylistin, Image-Beraterin bei einem Fernsehsender, Agentin, Werbefilm-Produzentin, Schmuck-Designerin, u.v.m. Bereits als Kind erzählte sie ihren Geschwistern erfundene Geschichten. Später schrieb sie Gedichte, Songtexte und Kurzgeschichten für die Schublade. "Die Haut, die sie nie wieder trägt" ist ihr erster Roman.

Suzanne Bergfelder

Die Haut,
die sie nie wieder trägt

Roman

Bibliografische Information der Deutschen Nationalbibliothek:
Die Deutsche Nationalbibliothek verzeichnet diese Publikation in
der Deutschen Nationalbibliografie; detaillierte bibliografische
Daten sind im Internet über http://dnd.dnd.de abrufbar.

Impressum
Copyright: ©2014 by Suzanne Bergfelder
Herstellung und Verlag: BoD Books on Demand, Norderstedt
ISBN: 978-3-734-75968-0
Covergestaltung: Ania Cremer
Foto: Getty Images

Neid ist ein Eingeständnis der Minderwertigkeit.
Victor Marie Hugo (1802 – 1885), französischer Lyriker

Wir reden uns oft unsere eigenen Lügen ein, um uns nicht
Lügen strafen zu müssen und täuschen uns selbst, um
die anderen zu täuschen.
Luc de Clapiers Vauvenargues (1715 – 1747), französischer Philosoph

für Franca

Zwei Koffer, eine Reisetasche und die selbstgestrickte Schmusedecke von Dr. No. Mehr brauche ich nicht. Mein Blick fällt auf das Foto von Fritz und mir. Ein Sonnenstrahl hat sich auf seinem Gesicht niedergelassen. Er schaut mich an und lächelt. Ein Bild aus einer glücklichen Zeit. Es wird mich in Gedanken begleiten, wo immer ich bin. Doch er bleibt hier, wo er hingehört. Ich verschwinde auf unbestimmte Zeit. Doch bevor das Taxi mich abholt, habe ich noch etwas zu erledigen.

Zum Abschied hat sich Paris in sein schönstes sommerliches Outfit gehüllt. Der Duft von staubiger Hitze, Gewürzen und Sonnencreme-Haut hängt in der Luft. Die rotglänzenden Hydranten sind aufgedreht und das sprudelnde Wasser schwappt über den Bordstein auf die Straße, um den Dreck wegzuschwemmen. Ein winziger Stoffteddy tanzt auf einer Welle. Während ich noch überlege, ob ich das Bärchen herausfischen soll, ist es bereits verschwunden. Wie ich diese Stadt liebe, die so ganz anders wirkt, wenn die meisten Einheimischen auf die Ile de Ré, nach Korsika oder in die Bretagne flüchten. Leergefegt in meiner Gegend und anderer Orts überfüllt von Touristen, die sich schweißtreibend durch die Sehenswürdigkeiten kämpfen. Schmunzelnd beobachte ich eine Gruppe Asiaten, von denen sich einige hastig einen weißen Mundschutz überstreifen, als sie die Müllabfuhr erblicken. Sie wirken auf mich wie aus einem surrealen Theaterstück. Synchrones Kopfwenden, Fotoapparate zücken und Klick. Das totale Klischee. Ein junges Pärchen breitet einen Stadtplan aus. Sie sind nassgeschwitzt und das Mädchen offensichtlich am Rande ihrer Kräfte. Der gigantische Rucksack, der auf ihrem Rücken thront, ist fast so groß wie sie selbst. Zärtlich streicht der Junge ihr die Haare aus der Stirn, nimmt ihr das Ungetüm ab und reicht ihr eine Flasche Wasser. Diese kleine Szene berührt mich. Das passiert mir in letzter Zeit oft. Dass die Gefühle mich überschwemmen. Ich biege um die Ecke auf den Boulevard St. Germain, in Richtung Café de Flore. So vertraut und doch irgendwie fremd. Ich weiß nicht warum. Vielleicht liegt es daran, dass ich plötzlich unsicher bin. Was soll ich zu ihm sagen? Was will ich überhaupt erledigen? Mein schlechtes Gewissen beruhigen? Abbitte leisten? Ich spitze die Ohren und lausche. Kein ‚Perfect Day' weht mir entgegen. Ahnungsvoll lege ich einen Gang zu. Der Platz ist leer. Verblüfft schaue ich auf die verschnörkelte Standuhr an der Metrostation. Sehr ungewöhnlich. Es wäre das erste Mal, dass er um diese Zeit nicht dort steht und auf seiner Zither spielt. Doch weit und breit ist nichts von ihm zu sehen. Enttäuscht will ich umkehren, als mein Blick auf seinen kleinen Holzkasten fällt, der ihm als Kasse dient. Tue ich etwas Verbotenes, wenn ich sie öffne? Ich blicke über die Schulter. Ist das eventuell ein Test? Vielleicht steht er irgendwo in der Nähe und beobachtet mich. Egal. Meine Neugier ist stärker. Ich klappe den Deckel auf. Eine kleine Walze dreht sich, wie von Geisterhand bewegt. ‚It's a perfect day'. Und plötzlich begreife ich seine Botschaft. Er ist fort, weil ich ihn nicht mehr brauche. Weil ich mich ausgesöhnt habe. Weil ich glücklich bin.

Es ist für mich immer noch ein überwältigendes Gefühl, wenn mein Herz vor Glück hüpft und nicht vor Angst pocht. Vor meiner Metamorphose war ich ein unangenehmer Mensch. Gierig, überheblich, ohne Mitgefühl und voller Wut. Mit mir hätte ich nichts zu tun haben wollen. Mich hätte ich nicht angelächelt. Mich hätte ich gemieden, wie die Pest. In meinem alten Leben war ich ein Kotzbrocken.

1

Meine Zunge fühlt sich wie Schmirgelpapier an. Ein, aus, ein, aus... Konzentriert ziehe ich die aufgeheizte Luft durch die Zähne und lasse sie auf gleichem Weg wieder entweichen. Nur nicht durch die Nase atmen. Es stinkt. Die Rue de Grenelle ist durchtränkt von Großstadtschweiß. Die ganze Stadt riecht wie ein zu lange getragenes T-Shirt. Der Geruch der orientalischen Restaurants und einheimischen Cafés, der sich mit dem Gestank von Hundekot, Abgasen und Räucherstäbchen vermischt steigt mir ungewollt in die Nase. Vielleicht sollte ich mir einen Mundschutz zulegen. Wie die Asiaten, die wie eine Horde von Atomopfern durch die Straßen marschieren. Paris in seinem sommerlichen, verschwitzten Outfit. Überquellende Abfalltüten, die sich vor den Häusern türmen, da die Müllabfuhr wieder einmal zum ungünstigsten Zeitpunkt streikt. Wie immer, wenn die Pariser fluchtartig die Stadt verlassen, um mit Kind und Kegel die Ferien in der Bretagne, auf der Ile de Ré oder Korsika zu verbringen und die Touristen Paris wie die Heuschrecken überfallen. Ich gehöre zu keiner dieser Kategorien. Obwohl ich schon zehn Jahre hier lebe, bin ich immer noch die Ausländerin. Ich bin die deutsche Freundin. Meine Nationalität klebt an mir, wie eine Pestbeule. Das bekam ich bereits auf dem Einwohnermeldeamt deutlich zu spüren, als ich meine Aufenthaltsgenehmigung beantragte. Schon der Uniformierte hinter seinem schäbigen Tresen glotzte mich feindselig an. Der winzige Raum war von Nordafrikanern mit ihren Anhängen belagert, so dass ich mich mühselig durch das bunte Gewusel bahnen musste. Als ich endlich vorne angelangt war, wurde ich von dem Beamten kaltschnäuzig abserviert und aufgefordert, mich hinten anzustellen. Was wagte sich dieser Mensch, mich wie Abschaum zu behandeln. Zähneknirschend wartete ich Stunden, bis ich an der Reihe war. Mit einem Blick, der ihm hoffentlich deutlich machte, dass ich empört über die Behandlung war, füllte ich das

Formular mit meinem Stift aus. Niemals hätte ich den Kuli aus seiner Hand auch nur angerührt. Nachdem er umständlich und zeitintensiv das Papier studierte, feixte er mich an und schob mir ein weiteres Blatt rüber. Ich dachte, ich gucke nicht richtig. Ich, eine EU-Staatsbürgerin, wurde aufgefordert einen Tuberkulose- und Syphilis-Test zu machen. Nicht die Leute um mich herum, sondern ich. Was für eine Unverschämtheit. Wütend blaffte ich ihn an, ob ich aussehen würde als hätte ich Syphilis. Er zuckte nur gleichgültig mit den Schultern und verwies mich auf das französische Gesetz aus Napoleons Zeiten. Noch heute kocht in mir der Zorn hoch, wenn ich an diese Demütigung denke. Was mich aber am meisten verletzt hatte war, dass meine Freundinnen sich köstlich darüber amüsierten. Die Geschichte machte schnell die Runde. Ich war zum Witz der Woche geworden. Das schmerzte. Noch heute. Ich bin nachtragend.

Warum hatte ich ausgerechnet heute, bei dieser Affenhitze, meine schwarze Seidenbluse angezogen? Verstohlen schiebe ich meine Hand durch die Knopfleiste und streife meine Achselhöhle. Guckt jemand? Ich tue so, als ob meine Nase juckt und schnuppere unauffällig an meinem Handrücken. Ein Hauch von Chanel No. 5. Gott sei Dank, denn ich kann schwitzende, stinkende Menschen nicht ausstehen. Schwitzen ist vulgär, sagte meine Mutter, als ich klein war. Nur ordinäre, schmutzige Menschen schwitzen. WIR transpirieren. Ich wagte nicht, sie nach dem Unterschied zu fragen. Vermutlich hätte sie mich mit ihrem typisch missfallenden Blick gestraft und sogar mich als vulgär empfunden. Neugierig bleibe ich vor dem Schaufenster von Sonia Rykiel stehen und verbanne die Gedanken an meine Mutter. An diesem sonnigen Tag will ich keine düsteren Vergangenheitsschatten. In letzter Zeit spüre ich immer häufiger einen Sog, der mich in die Tiefe zerren will. Wann war mein letzter unbeschwerter Tag? Hatte ich je einen? Meine listigen Dämonen lauern nur darauf, mich zu überrumpeln. Ich muss äußerst kreativ sein, um sie auszutricksen. Sehe ich nicht aus, wie eine vielbeschäftigte

Vogue-Redakteurin? Die Dekorateurin lächelt mich an. Eine Stecknadel hängt an ihrer Unterlippe. Ich lächle zurück und zupfe an meiner Seidenbluse, die, wie ich feststelle, wirklich super zu meinem hellen Teint passt. Dieses Nichts von Alessandro Dell'Acqua hat mich immerhin schlappe vierhundert gekostet. Niemals würde ich einen billigen Fummel von H&M oder Zara tragen. Meine Devise lautet: Nur vom Feinsten. Eben wie eine echte Unterstatement-Französin, die ich zugegebenermaßen nicht bin. Mein Name ist Helena Schmidt. Eine grauenhafte Kombination, die ich hasse. So gewöhnlich. Und gewöhnlich ist das Letzte, was ich sein möchte.

Zwei elegante Frauen laufen lachend, mit vielen Tüten beladen, hinter mir vorbei. Sofort rauscht mir das Blut durch sämtliche Ohrkanäle. Mit jeder Faser sehne ich mich nach dieser offenkundigen Sorglosigkeit. Ich kann mich nicht erinnern, je so unbeschwert und fröhlich gewesen zu sein. Sehnsüchtig beäuge ich meine Füße in den schwarzen Louboutin-Sandaletten, die kein Schnäppchen waren, und denke an die Zeit zurück, als mein Portemonnaie noch mit allen Kreditkarten gespickt war. Die Karten sind zwar schon lange futsch, aber Bargeld ist auch nicht zu verachten. Ich muss mich zusammennehmen, um nicht auf der Stelle mein Schminktäschchen herauszuziehen und die vielen bunten Scheine zu streicheln, die nur danach schreien, ausgegeben zu werden. Dreitausend müssten es noch sein. Darin bin ich penibel. Ich weiß stets, wie viel Geld ich besitze. Trotzdem. Ich brauche erst mal dringend einen Kaffee. Entscheiden kann ich mich dann immer noch.

Die Bar sieht nicht gerade einladend aus. Aber egal. Ich muss die Schuhe aus meinem Kopf kriegen. Im Inneren des schäbigen Etablissements hocken ein paar dürftig bekleidete Bauarbeiter an der Theke. Ich muss gar nicht hinschauen, um zu wissen, dass sie mich unverhohlen taxieren. Auf eine gewisse Weise erregen mich solche Blicke. Ich schäme mich ein wenig. Auf der einen Seite sind sie für mich der Inbegriff von echten Kerlen, die mit verschmutzten, nackten Oberkörpern auf der Straße arbeiten und jedem Rock hinterher pfeifen. Auf der anderen Seite bin ich von ihrer rohen Natürlichkeit angewidert. Nachts, wenn Roman sich hart an mich presst, blende ich ihn aus und fische mir die schweißglänzenden Männer aus meiner Fantasie. Nur keinen Augenkontakt. Innerlich bebend setze ich mich draußen an einen der winzigen Tische und bestelle barsch einen Kaffee. Der Stuhl, auf dem ich sitze, wackelt. Aber aus Angst, noch mehr Aufmerksamkeit auf mich zu ziehen, bleibe ich sitzen und versuche die Balance zu halten. Meine Unsicherheit ärgert mich. Das sind nur Männer, die mir gesellschaftlich nicht das Wasser reichen können. Spatzenhirne. Schwanzgesteuert. Inbrünstig hoffe ich, dass man mir meine Befangenheit nicht ansieht. Gelassenheit vortäuschend, zumindest denke ich, dass meine Miene überheblich genug ist, schütte ich die schwarze heiße Flüssigkeit in mich hinein, knalle das Geld auf den Tisch und haste mit pochendem Herzen davon. Meine Zunge brennt, wie auch mein Innerstes. Nach so viel Hässlichkeit benötigt meine Seele dringend etwas Schönes. Ich muss mir etwas Gutes gönnen.

2

Ein paar Häuserblocks vor Romans Wohnung nehme ich meine erworbenen Schuhe aus der Sonia-Rykiel-Tüte und stopfe sie in meine Handtasche. Auch der zarte Kaschmircardigan von Céline und der Parfumflacon von Hèrmes wandern hinein.

„Mit den Absätzen kannst du jemanden umbringen."

Vor Schreck fahre ich zusammen und starre in Karims grinsendes Gesicht.

„Hab ich dich wieder ertappt?"

„Wieso?"

„Du guckst so schuldbewusst."

„Du hast mich total erschreckt. Ist Roman schon zu Hause?"

„Keine Ahnung. Ich hab ja auch noch was anderes zu tun, als Detektiv zu spielen."

Ich überhöre die kleine Spitze und gehe mit ihm in seinen kleinen arabischen Lebensmittelladen.

„Ich brauche noch einen Bund Minze und ein paar Tomaten."

„Hm, schätze es gibt Tabouleh heute Abend, oder? Deine ist die Beste, Prinzessin."

„Schmeichler."

„Soll ich deine Tüten und Kartons entsorgen?"

Unangenehm berührt reiche ich ihm die Luxusverpackungen und wende mich abrupt zum Regal um noch einen Rotwein auszusuchen. In Wirklichkeit will ich Karims Blick ausweichen, der mich wissend ansieht. Ich kann es nicht ausstehen, wenn er so tut, als seien wir Verbündete. Naja, ehrlich gesagt sind wir das auch, denn es ist nicht das erste Mal, dass er meine Verpackungen verschwinden lässt.

Was gaffst du mich jetzt so an? Das geht dich doch einen Scheißdreck an.

„Die waren bestimmt nicht billig."

„Ich muss nach Hause. Schreibst du das an oder soll ich gleich zahlen?"

„Wie es Ihnen beliebt, Madame."

Irritiert schaue ich ihn an. Wie redet der denn mit mir?

„Na, was nun?"

„Sei doch nicht so empfindlich. War nur ein Scherz. Natürlich schreib' ich's an."

Sag's doch gleich, Blödmann.

„Ok. Also, ich muss dann los."

„Salut. Und guten Appetit."

„Danke. Bis morgen dann."

„Grüß Roman von mir."

„Mach ich."

Ich bin immer noch auf hundertachtzig, weil ich Karim meistens ausgerechnet dann begegne, wenn ich meine Beute verstecken will. Ob er mir auflauert? Das würde ihm ähnlich sehen. Mit einem dumpfen Gefühl in der Magengegend tippe ich den Code in die Schaltfläche an der Haustür. Mit der Schulter drücke ich die Tür auf und automatisch schaltet sich das Licht ein. Der Innenhof zwischen dem Vorderhaus und dem mittleren Gebäude riecht nach Essen und aus den offenen Fenstern dringt Musik, Gelächter und Küchengeräusche in meine Ohren. Ein ganz normaler Pariser Alltagsabend. Für einen kurzen Moment bleibe ich stehen und höre der rauchigen Stimme von Carla Bruni zu, die aus der Wohnung von Agneta, einer schwedischen Studentin, zu mir hinunter weht. Cheb Khaleds „Aisha" versucht die Bruni zu übertönen. Nur ungern reiße ich mich aus dieser einlullenden Stimmung heraus. Schonfrist zu Ende. Meine Absätze klappern auf den Fliesen, als ich durch den Hof laufe und den nächsten Gang passiere, zu Romans und meinem Refugium. Ein winziges Hinterhinterhaus – einer ursprünglichen Remise - mit antikem Wintergarten. Fünfundfünfzig Quadratmeter für zwei Personen, die ihre Freiräume brauchen. Zumindest ich. Einatmen. Lächeln. Nochmal tief Luft holen und ich betrete den Wintergarten.

„Wo warst du denn so lange?"

Genau diese Frage habe ich erwartet. Ich merke, wie das Lächeln aus meinem Gesicht verschwindet. Wie kann ein Mensch nur so vorhersehbar sein?

„Wir hatten noch einen Kunden aus Deutschland, der bis morgen ein Casting haben will."

Roman lehnt lässig am Türpfosten zur Küche.

„Vor drei Stunden hab ich in der Agentur angerufen und Didier sagte, dass du schon gegangen bist."

„Naja, du weißt ja, was um diese Zeit für ein Verkehr herrscht. Außerdem war ich noch in der Buchhandlung und habe nach dem Buch gesucht, das du so dringend brauchst."

„Du musst mir nicht helfen. Meine Bücher kauf ich mir schon selbst."

„Warum bist du denn jetzt so sauer?"

„Ich bin nicht sauer. Ich verstehe nur nicht, warum du mich anlügst."

„Wie kommst du drauf, dass ich lüge?"

„Nur so ein Gefühl, als würdest du etwas vor mir verheimlichen."

„Du spinnst doch."

„Betrügst du mich?"

Völlig verdattert schaue ich ihn an und pruste los. Erleichtert.

„Wie kommst du denn darauf? Natürlich nicht. Ich verstehe wirklich nicht, wie du auf diese Idee kommst."

„Ich finde, dass es bei dir in letzter Zeit immer sehr spät wird und jedes Mal habe ich das Gefühl, dass du mir ausweichst, wenn ich dich frage warum."

„Du bist ja eifersüchtig."

„Ich weiß nicht, was daran so lustig ist."

„Du meinst es wirklich ernst damit, oder?"

„Was denn sonst? Außerdem scheint es irgendwelche Geheimnisse zwischen dir und Karim zu geben. Was läuft denn da?"

Verdammte Petze. Kann der sein Scheißmaul nicht halten.

„Nichts. Was hat er denn erzählt?"

„Nichts eben. Er macht so seine Sprüche über die Größe unseres Kleiderschrankes oder, dass du jeden Tag anders riechst. Ist doch merkwürdig, oder?"

„Das Gespräch ist mir jetzt zu blöd. Ich gehe nicht fremd und habe auch kein Verhältnis mit Karim."

Mir reicht's. Dieses Frage-Antwort-Spiel geht mir wahnsinnig auf die Nerven. Erschöpft lasse ich meine Handtasche von der Schulter rutschen und schiebe sie mit dem Fuß neben die Tür. Überwältigt von einer plötzlichen Wut drücke ich mich schweigend an ihm vorbei in die Küche. Mit Absicht knalle ich die Plastiktüte mit den Einkäufen gegen seinen Oberschenkel und die dünne Tüte zerplatzt. Die Rotweinflasche zerschellt mit lautem Knall auf den Terrakottafliesen.

„Musst du ausgerechnet hier stehen? Es ist so schon eng genug hier."

„Oh verzeih, dass ich in meiner Wohnung stehe."

Deinen Scheiß Sarkasmus kannst du dir sparen.

Zu allem Überfluss steigen mir Tränen in die Augen, die sich unaufgefordert durch die winzigen Löcher quetschen. Die Enge und die körperliche Nähe von Roman machen mich rasend. Am liebsten würde ich sein Gesicht in die Glassplitter drücken.

„Scheiße, jetzt haben wir keinen Wein zum Essen. Ich geh nochmal zu Karim."

„Nein, lass, ich geh schon. Ich habe einen Mordshunger."

Roman bewegt sich langsam zur Tür.

„Ich nehme mir ein paar Euro aus deiner Tasche."

Mit einem Satz bin ich bei meiner Handtasche.

„Ich will nicht, dass du in meiner Tasche herum wühlst. Ich geb's dir."

„Hast du da etwas versteckt, was ich nicht sehen soll?"

„Ich will nur nicht, dass du an meine Tasche gehst."

Er schaut mir neugierig über die Schulter, während ich mein Portemonnaie herausfische.

„Sag ich doch. Geheimnisse...."

Mein Herz macht einen Satz. Habe ich den Reißverschluss von meinem Schminktäschchen zugezogen?

„Das zweihundertste Paar Schuhe?"

Nur mit halber Erleichterung, denn auch die Schuhe waren nicht für seine Augen gedacht, murmele ich in die Tasche:

„War ein Schnäppchen im Second Hand."

„Was hat denn das Schnäppchen gekostet?"

„Fünfzig Euro."

Durchdringend bohren sich seine Augen in meine, bis ich blinzeln muss.

„Nagelneue Rykiels für fünfzig Euro?"

„Sag ich doch. Willst du nicht zu Karim? Hier sind zehn Euro."

„Hast du die Telefonrechnung bezahlt? Die haben schon die zweite Mahnung geschickt."

„War die im Briefkasten?"

„Ist das wichtig?"

„Ich will's nur wissen."

„Nein, die lag vor der Tür. Also, was nun? Hast du sie bezahlt?"

„Ja, hab ich. Gehst du nun den Wein kaufen oder soll ich gehen?"

Sein argwöhnischer Blick treibt mich auf den Gipfel der Unsicherheit und ich wünsche mir nichts sehnlicher, als allein zu sein.

Hau doch endlich ab!

Das Lügen ist schon anstrengend genug. Noch anstrengender ist es, meine Wut nieder zu kämpfen und den Augenkontakt zu halten. Wahrscheinlich wird in den nächsten Tagen das Telefon abgestellt, da ich die Rechnung natürlich nicht bezahlt habe. Dafür habe ich schöne Schuhe. Und leider konnte ich auch dem Kaschmirjäckchen und dem Parfum nicht widerstehen. Mit einem Mal fühle ich mich kraftlos. Zu matt, um Tabouleh zuzubereiten. Völlig fertig falle ich auf das sündhaft teure Designersofa. Soll Roman doch den Fußboden aufwischen. Schließlich habe ich den ganzen Tag hart gearbeitet.

„Was ist los? Wolltest du nicht was zu essen machen?"

„Ja, gleich. Lass mir einen Moment."

Roman zuckt mit den Schultern und verschwindet.

Was ist nur los mit mir? Es ist noch gar nicht so lange her, da war ich von ihm hingerissen. Meine Freundinnen sind es noch. Ich könne von Glück sagen, mir solch einen tollen Typen geangelt zu haben. Klar doch. Anfangs fand ich ihn auch unglaublich anziehend. Ein reifer Mann von zweiundvierzig mit graumelierte Locken, die er meist zu einem Rasierpinsel zusammenbindet und Kunstprofessor an der Sorbonne. Durch ein Geschenk des Himmels oder der Gene, hat er auch ohne Fitnessübungen oder sonstige Sportarten eine knackige Figur. Roman kann Sport genau wenig etwas abgewinnen, wie ich. Wenn er lacht, was in letzter Zeit nicht allzu häufig vorkommt, kräuselt sich seine Nase an der Wurzel und er reißt seinen Mund so weit auf, dass man sein Gurgelzäpfchen sieht. Sein herzhaftes ungehemmtes Lachen hatte mich sofort fasziniert, als ich ihn das erste Mal sah. Dass er ein bisschen kleiner ist als ich, hat mich nie gestört. Im Gegenteil. Es war diese Mischung aus Männlichkeit, Sanftheit und nicht vorhandener Eitelkeit, die damals meine Aufmerksamkeit erregte. Er war so ganz anders als die Männer, die ich bisher gehabt hatte. Und das waren einige. Allerdings frage ich mich immer öfter, warum ich überhaupt noch mit ihm zusammen bin. Unser Leben empfinde ich als ausgesprochen öde, denn Roman ist kein geselliger Mensch. Vernissagen findet er langweilig, Filme uninteressant und Partys kann er überhaupt nicht ausstehen. Nur gelegentliche Abendessen mit befreundeten Pärchen akzeptiert er gnädiger Weise. Wenn er nicht in der Universität ist, was nur noch selten vorkommt, vergräbt er sich in seinen Büchern. Er träumt von einem eigenen Haus in der Normandie, in dem er eines Tages mit mir zusammen leben will. Allein bei dem Gedanken, mit ihm, fern jeder Zivilisation, am Arsch der Welt und nicht in Paris zu wohnen graut es mir. Soweit wird es nicht kommen. Sicher nicht. Denn in letzter Zeit streiten wir fast täglich wegen Kleinigkeiten. Meistens geht es ums Geld. Ständig will er wissen, ob dies und das bezahlt ist, ob ich meine Krankenversicherung überwiesen habe oder ob ich mich endlich um meine Altersversorgung gekümmert habe. An ihm ist eben ein Spießer verloren gegangen. Kein Wunder, bei den Eltern.

Ehrlich gesagt, finde ich seine Eltern nicht sehr sympathisch. Ziemlich hochnäsig, alle beide. Typische Vertreter der französischen Bourgeoisie. Altes Geld, ein Stammbaum, der Könige vor Neid erblassen lässt und Besitzer eines hochherrschaftlichen Gutes mit üppigen Ländereien. Fakt ist, dass ich ganz schön eingeschüchtert war, als mich Roman ihnen und den zwei Riesendoggen vorstellte. Noch nie im Leben hatte ich solch monströse Hunde gesehen. Zur Begrüßung bohrten sie ihre Schnauzen in meinen Schritt. Einer vorne, der andere hinten. Alle lachten sich kaputt. Ich fand es alles andere als lustig, denn ich wäre vor Schreck fast gestorben. Dennoch versuchte ich, gute Miene zum bösen Spiel machen, obwohl das Hundemaul einen teetassengroßen Fleck auf meinem neuen Seidenkleid hinterlassen hatte. Roman merkte wohl, dass der Schreck mir noch in den Gliedern saß und entführte mich zur Hausbesichtigung. Beeindruckt von den gefühlten hundert Zimmern und tausenden von Kunstschätzen schrumpfte mein ohnehin lädiertes Selbstwertgefühl auf Erdnussgröße zusammen. Ich hatte plötzlich Angst, als wir zu seinen Eltern zurückkehrten, die im Wintergarten auf uns warteten. Angst, nicht das richtige zu sagen. Angst, nicht anerkannt zu werden. Vor allem hatte ich Angst, mich zu blamieren. Ich war so reizüberflutet, dass ich mich unaufgefordert an den gedeckten Tisch setzte und einen erschöpften Seufzer ausstieß. Romans hochgezogene Augenbraue ließ mich jedoch gleich wieder aufspringen. Mein erster Fauxpas wurde mit einem Sie-ist-eben-keine-von-uns-Lächeln seiner Mutter quittiert. Einen zweiten sollte es nicht geben, schwor ich mir. Diese Genugtuung wollte ich ihr nicht gönnen. Nach ein paar höflichen Konversationsfloskeln kamen die Fragen, die natürlich kommen mussten. Wer ist die Frau, die ihr geliebter Sprössling anschleppt? Passt sie überhaupt in die erlauchten Kreise? Seine Frau Mama war erpicht darauf, alles über mich erfahren. Das wurmte mich. Schließlich waren Roman und ich erst einen Monat zusammen. Also kein Grund, mich als Schwiegertochter in spe zu betrachten. Dadurch zwang sie mich geradezu, meine

Herkunft etwas auszuschmücken. Nachhaltig geplättet von all dem Prunk, gab ich mir alle Mühe zu punkten. Aber es lief nicht so gut. Wahrscheinlich hatte ich etwas zu dick aufgetragen. Es ist nicht meine Schuld. Aber wenn ich erst einmal richtig in Fahrt komme, bin ich nicht mehr zu bremsen. Beflügelt von meiner Fantasie, lebte ich das, was ich erzählte und berauschte mich an meinen Worten. In diesem Augenblick glaubte ich mir selbst, obwohl es die fettesten Lügen waren. Dumm nur, dass ausgerechnet in dem Moment, als ich erzählte, dass meine großbürgerliche Mutter aus Liebe zu meinem Vater vom jüdischen zum christlichen Glauben konvertierte und von ihren Eltern verstoßen wurde, Romans Vater wissen wollte, wo sie denn während des Naziregimes gelebt hätten. Darauf war ich nicht vorbereitet. Ich geriet ins Schlingern und sackte vor Schreck vom Stuhl auf den seidenen Perserteppich. Was blieb mir denn übrig, bei so einer direkten Frage, auf die ich keine Antwort parat hatte? Alle wirbelten um mich herum, rollten mich auf den Rücken und jemand presste mir einen kalten Lappen auf die Stirn. Vorsichtshalber hielt ich meine Augen noch eine Weile geschlossen, bis ich sicher sein konnte, dass der Aufenthaltsort meiner Familie Schnee von gestern war. Das war mein Intermezzo mit Romans Eltern, das ich so schnell nicht wiederholen wollte.

„Stell dir vor, Karim hat seiner Frau Schuhe von Sonia Rykiel geschenkt. Was für ein Zufall. Ihr seid euch dort nicht zufällig begegnet, oder?"
„Sag mal, spinnst du? Mich so zu erschrecken."
„Schlechtes Gewissen? Also, krieg ich ne Antwort?"
„Jetzt lass mich doch in Ruhe mit Sonia Rykiel. Ich bin müde."
„Ich will aber jetzt über Schuhe reden."
Genervt stehe ich auf und gehe in unser winziges Schlafzimmer. Aus Platzmangel hat Roman ein Hochbett gebaut, so dass er unter dieser Konstruktion an seinem Schreibtisch arbeiten kann. Die Einbauschränke hat er rechts

und links der Schiebetür installiert. Ein wahres Wunderwerk auf zwölf Quadratmetern. Die Schränke reichen bis zur hohen Decke und haben einen enormen Stauraum, von dem ich ungefähr achtzig Prozent für mich beanspruche. Roman rückt mir auf die Pelle, was ich hasse. Er klingt resigniert:

„Ich versteh dich nicht. Du hast so viele Klamotten. Von deinen Schuhen gar nicht zu reden. Du erzählst mir, dass du die Schuhe im Second Hand gekauft hast. Das ist doch gelogen. Und was noch viel schlimmer ist, dass du andere mit hineinziehst. Du glaubst doch nicht im Ernst, dass Karim Schuhe bei Sonia Rykiel kauft. Der weiß noch nicht mal wer das ist. Soll ich Nasrin mal fragen, wie ihr die neuen Schuhe gefallen?"

Schweigend verschwinde ich in dem winzigen Bad und schließe die Tür zu.

„Rede mit mir."

Ich drehe den Schlüssel um.

Er klopft an die Tür.

„Das ist doch keine Lösung. Ich will einfach nur mit dir reden."

Ich stelle das Wasser an, drücke Waschgel aus der Tube in meine Handfläche und schrubbe mein Gesicht, bis es brennt. Schmerz ist lebendig.

Schmerzhaft erinnere ich mich an eine Begebenheit aus meiner Kindheit. Ich war sechs Jahre alt und es war mein erster Schultag. Meine Mutter hatte mich für den besonderen Tag fein heraus geputzt. Das karierte Kleid kratzte ein wenig, trotz des Futters und die neuen roten Lackschuhe drückten an den Fersen. Lange hatte meine Mutter meine widerspenstigen Haare gebürstet, bis sie glänzten und zu langen Zöpfen geflochten werden konnten. Es tat weh, aber ich hielt es aus, denn es kam selten vor, dass sich meine Mutter ausgiebig mit mir beschäftigte. Wie sie mit ihrer Hand immer hinter der Bürste die Haare glatt strich. Mit dem Kamm zog sie einen geraden Mittelscheitel vom Haaransatz bis zum Halswirbel. Dann nahm sie sich Strähne für Strähne vor, zog jede einzelne stramm, so dass es ein bisschen ziepte und flocht sie wie Seile zu dicken Zöpfen. An die Zopfenden band sie rote Schleifen. Als sie mit ihrem Werk fertig war, schob sie mich ein Stück von sich, um mich zu begutachten. Offensichtlich war sie zufrieden, denn sie lächelte kurz und kitzelte mich mit einem Zopfende unter der Nase.

Aufgeregt, endlich in der Schule sein zu dürfen, stand ich mitten im Klassenzimmer und beäugte meine Mitschüler neugierig. Ein blondes Mädchen kam auf mich zu und fasste meine Haare an. Dabei spitzte sie ihren Mund und machte ein zischendes Geräusch, wie „Pscht" und schrie: „Autsch, ich hab mich verbrannt. Du bist eine Hexe. Meine Mama hat gesagt, alle Rothaarigen sind Hexen." Sämtliche Augenpaare waren mit einem Mal auf mich gerichtet. Wie zur Salzsäule erstarrt stand ich mitten im Raum - unfähig mich zu rühren - geschweige denn den Mund auf zu machen. Einige der Kinder kicherten. Innerlich kochte ich vor Wut, dass diese blöde Kuh mich vor allen dermaßen gedemütigt und lächerlich gemacht hatte. Doch ich ließ mir nichts anmerken. Dieser Annika würde ich es noch heimzahlen. In der Pause pflückte ich heimlich eine Hagebutte, brach sie auseinander und sammelte die Körnchen in meiner Hand. Im Unterricht, Annika saß vor mir, schnappte ich sie am Kragen und schmiss die Samen in ihre Bluse. Ich sehe noch das verdutzte Gesicht der blonden Zicke vor mir, weil sie noch nicht begriffen hatte, was da gerade passiert war. Geduldig wartete ich auf die Wirkung der bösen Körnchen. Voller Befriedigung genoss ich den Augenblick, als Annika begriff, was sie unter der Bluse hatte. Heulend und laut kreischend sprang sie von ihrem Stuhl. Wie Rumpelstilzchen hüpfte sie herum, sich am ganzen Körper kratzend. Die Lehrerin versuchte, sie zu beruhigen, nahm sie bei der Hand und verließ mit ihr das Klassenzimmer, nicht ohne sich umzudrehen, um der Missetäterin einen drohenden Blick zu zuwerfen. Ich hatte damals nicht verstanden, warum ich für meine Tat bestraft wurde und Annika nicht. Schließlich wurde ich von dem Mädchen gedemütigt und lächerlich gemacht. Und wenn ich ehrlich bin, verstehe ich es bis heute nicht. Ich hatte mich nur für die Demütigung gerächt. Niemand beleidigt mich, ohne dafür bestraft zu werden.

Plötzlich habe ich das Gefühl, als ob eine Lähmung durch meinen Körper kriecht. Roman steht mit Sicherheit noch vor der Tür. Es kostet mich Überwindung, den Schlüssel umzudrehen und die Tür zu öffnen. Natürlich versperrt er mir den Weg. Seine Stimme klingt nach Vorwurf und nach etwas Schleppendem. Noch kann ich seine Stimmung nicht klar deuten.

„Du hast mir Angst gemacht. Was bezweckst du mit deinem Schweigen. Willst du mich bestrafen?"

Der Geruch von Alkohol und übersäuertem Magen steigt mir in die Nase und schlagartig begreife ich, was das Schleppende an seiner Aussprache bedeutet. Instinktiv will ich flüchten. Auch dieses Gefühl scheint ein Relikt aus meiner Kindheit zu sein.

„Lass mich vorbei."

„Hey. Nicht in dem Ton, ja. Du bist mir eine Antwort schuldig. Ich will wissen, warum du mich belügst."

Ich will sich an ihm vorbei schlängeln, aber er ist schneller und packt mich am Handgelenk. Seine Stimme klingt nun eisig.

„So nicht, meine Geliebte. Du bleibst jetzt schön hier und sagst mir, woher du das Geld für die Schuhe hast. Und wenn wir hier die ganze Nacht verbringen."

„Lass mich sofort los. Du bist ja betrunken."

Er drückt nur noch fester zu. Mein Mund wird trocken vor Angst, denn so habe ich ihn noch nie erlebt. Wird er mich schlagen? Mich umbringen?

„Du tust mir weh."

„Dann hör auf zu ziehen, Feuerköpfchen."

Mittlerweile rast mein Herz vor Furcht. Jetzt verstehe ich, warum sich Menschen vor Angst in die Hose pissen. Wütend, dass er mich in solch eine erniedrigende Situation drängt, reiße ich mich los und flüchte zur Tür. In meiner Panik stoße ich mir den Ellbogen am Türrahmen. Der Schmerz lässt

Sternchen in meinem Kopf explodieren. Nur raus hier. Als wäre der Teufel hinter mir her, renne ich durch den Wintergarten, durch die Höfe, drücke den Öffner der Haupteingangstür und erreiche endlich die Straße. Gott sei Dank steht Karim nicht vor seinem Geschäft. Der hätte mir gerade noch gefehlt. Außer Puste haste ich die Straße hinauf in Richtung Montmartre. Am Place des Abbesses verschnaufe ich. Was mache ich jetzt? Geld, um im Café etwas zu trinken habe ich nicht dabei. Außerdem ist mir nicht nach Menschen. Sicherlich sitzt Roman gemütlich, mit einem Glas Wein, auf dem Sofa und mokiert sich über mein kindisches Gebaren. Tränen des Selbstmitleids schießen mir in die Augen. Verdammt noch mal, kann er sich nicht bei mir entschuldigen? Es sind doch nur ein Paar blöde Schuhe. Was geht es ihn überhaupt an, wofür ich mein Geld ausgebe. Schließlich sind wir nicht verheiratet. Plötzlich bin ich so wütend, dass ich ihm am liebsten eine reinhauen möchte. Bestimmt wettet er mich sich selbst, wann ich wieder angekrochen komme. Die Dumme bin immer ich.

Mir ist mit einem Mal schlecht. Mein Magen rumort und kalter Schweiß bricht aus sämtlichen Poren. Nur schnell nach Hause, bevor es mir mitten auf der Straße oben und unten heraus kommt.

Zitternd drücke ich den Code und haste durch die Flure.

„Na, hast du sich abreagiert?"

Roman sitzt, wie ich richtig vermutet habe, mit einem Glas Rotwein auf der Couch und schaut fern.

Kannst du nicht dein Maul halten.

Ohne ihn weiter zu beachten, hechte ich ins Bad. Mit letzter Kraft ziehe ich meinen Slip hinunter und lasse mich auf das Klo fallen. Ich entleere mich anal und oral. Um die verräterischen Geräusche zu überspielen, betätige ich permanent die Spülung.

Irgendwann klopft Roman an die Tür.

„Hei, alles in Ordnung? Was machst du denn so lange da drinnen?"

Ich habe jedes Zeitgefühl verloren.

„Lässt du mich rein? Ich muss mal."

„Noch einen Moment."

Ich drehe den Wasserhahn auf und spritze mir kaltes Wasser ins Gesicht. Fieberhaft überlege ich, wie ich den Gestank beseitigen kann, denn es gibt weder ein Fenster noch eine andere schnell wirkende Entlüftung. Weil mir nichts Besseres einfällt, versprühe ich mein Lieblingsparfum, wohl wissend, dass das Geruchsgemisch meiner Körperausscheidungen mit Chanel No. 5 mehr als trügerisch bei Roman ankommen muss. Es ist mir egal.

Ich schließe die Tür auf und schiebe mich an Roman vorbei. Er geht hinein und ich höre, wie er den Toilettendeckel hoch klappt und im Stehen pinkelt. Das hasse ich und er weiß, dass ich es hasse. Es macht ihm anscheinend Spaß, mich zu provozieren. Unzählige Male schon habe ich ihn gebeten, ihm befohlen, ihn angeschrien, sich beim Pinkeln hinzusetzen. Doch er findet das unmännlich und pinkelt ignorant weiter im Stehen. Nur, dass ich diejenige bin, die die ekligen Urinspritzer wegputzt.

„Ich muss wirklich mal einen stärkeren Entlüfter einbauen."

Genau darauf habe ich nur gewartet. Es ist mir schon peinlich genug, dass ich in dieser winzigen Behausung keine wirkliche Intimsphäre besitze, aber noch beschämender ist, dass er mir meinen eigenen Gestank unter die Nase reibt. Jeder Furz wird dokumentiert und verbalisiert. Er scheint Abgrenzungen nicht zu benötigen. Ungeniert pinkelt er vor meinen Augen. Im Stehen.

Ich öffne die Schranktür, um mich dahinter auszuziehen. Wo ist nur mein T-Shirt? Natürlich im Bad. Weil ich mich nicht nackt vor Roman zeigen will, greife ich mir ein frisches Hemd und streife es schnell über, bevor er kommt.

„Ah, du gehst schon ins Bett? Ich komm auch gleich."

Während er sich die Zähne putzt, steige ich ins Hochbett und krieche unter die Decke. Mein Gesicht zur Wand. Mit angehaltenem Atem horche ich auf Romans Geräusche. Er knipst alle Lichter aus, verriegelt die Tür und tastet sich im

Dunkeln Richtung Schlafzimmer. Leise fluchend, weil er sich wohl den Zeh angehauen hat, erklimmt er die Leiter. Nun schlüpft er neben mir unter die Decke und schiebt sein Knie zwischen meine Beine. Heiß presst er sich an mich. Sein Zahnpasta-Atem, mit einem Hauch von Alkoholgeruch, streift mein Gesicht. Ich spüre seine Erektion. Seine Hände gleiten über meinen Körper, kneten meine Brüste und schieben sich langsam nach unten. Ich versteife mich und klemme die Beine zusammen. Mir ist heiß. Heiß vor Wut. Gegen meinen Willen bin ich erregt. Roman küsst meinen Hals und flüstert:

„Meine kleine Streithenne. Komm, sei nicht mehr sauer."

ICH WILL NICHT!

Langsam zwingt er meine Beine auseinander und tastet mit seiner Hand in die warme verbotene Zone.

NEIN! ICH WILL NICHT!

Ich blende Roman aus. In meiner Fantasie stehe ich in der Mitte einer großen, sandigen Arena. Nackt. Schmutzige Männer, die wie Gladiatoren gekleidet sind, nur ohne Hosen, betrachten ungeniert meinen Körper, während ich versuche meine Scham zu bedecken. Die Zurschaustellung meines nackten Körpers, der den lüsternen Blicken der Männer ausgesetzt ist, erregt mich ungemein. Ohne diese Fantasien, in die ich automatisch hinein tauche, erreiche ich keinen Höhepunkt. Ich schreie. Der Orgasmus kommt aus meinem tiefsten Inneren.

NEIIIIN!

„Hei, alles ok?"

Roman nimmt mich in seine Arme und schaukelt mich hin und her, wie eine Mutter ihr Kind.

„Wow! Du hast aber richtig los gelegt. Toll. Tut mir übrigens leid, wegen vorhin. Da habe ich wohl etwas überreagiert. Ich bin nun mal eifersüchtig, weil ich dich liebe und nicht will, dass wir uns so oft streiten. Ich liebe dich."

„Ich dich auch."

Er drückt mir einen Kuss aufs Haar und wälzt sich dann wohlig brummend zur Seite. In der nächsten Minute schläft er tief und fest.

Ich liege noch lange wach und kann nicht einschlafen. Meine Gedanken sind ein einziger Kreislauf um Roman und das leidige Geld. Wie eine Ewigkeit kommt mir die Beziehung mit Roman vor, obwohl wir erst ein knappes Jahr zusammen sind. Für mich ein viel zu langes, anstrengendes Jahr. Aufgebaut auf vielen Lügen. Es ist nicht so, dass ich lügen will, aber ich werde ständig in Situationen gedrängt, wo mir nichts anderes übrig bleibt. Neidisch betrachte ich den grauen Kopf neben mir. Er schläft wie ein Säugling, während ich mich herumwälze. Mir graut vor dem nächsten Tag, an dem wahrscheinlich nicht nur das Telefon abgestellt wird, sondern auch noch andere Leichen aus dem Keller auftauchen. Mein Herz rast wenn ich an meine Probleme denke und ich weiß, dass mein Totstellreflex alles nur verschlimmert. Wenn es nur nicht so mühsam wäre, eine Entscheidung zu treffen.

3

„Das Telefon funktioniert nicht."

Unsanft reißt mich Romans vorwurfsvolle Stimme aus dem Schlaf und mein Puls ist schlagartig auf zweihundert.

„Hallo! Du hast mir doch gesagt, dass du die Rechnung bezahlt hast."

Insgeheim hatte ich gehofft, noch eine Gnadenfrist bis zum Abend zu haben und nun überfällt mich das Dilemma auf nüchternen Magen.

Der Scheißtag fängt ja gut an. Halte doch einfach deine Klappe und lass mich mit dem Scheiß Telefon in Ruhe.

Ich hasse Konfrontationen, aber noch mehr hasse ich Konfrontationen vor dem Frühstück.

„Mal sehen, ob ich damit telefonieren kann."

Mit zornigem Gesicht schnappt er sich meinen neuen Schuh, hält ihn an sein Ohr und tut so, als würde er mit seinem Verleger sprechen.

Wenn ich mich nicht so saumäßig fühlen würde, würde ich sein Theaterstückchen zum Brüllen komisch finden.

„Mir geht's nicht gut", flüstere ich in leidendem Ton, obwohl ich weiß, dass ich ihn damit nur noch mehr provoziere.

„Was? Ich hab dich nicht verstanden. Spielst du jetzt das Leiden Christi? Ich will wissen, warum das Telefon nicht geht. Steh gefälligst auf! Du kannst einen wirklich zur Weißglut treiben verflucht nochmal. Ich habe deine Lügerei so satt und verstehe selbst nicht, warum ich das immer noch mitmache."

Rutsch mir doch den Buckel runter.

Ohne ihn anzusehen, steige ich die Leiter hinab und verschwinde wortlos im Bad.

„Typisch. Gleich verduften. Kannst du nicht den Mund aufmachen? Meine Güte, wie kann man nur so borniert sein. Einfach bescheuert."

Zittrig steige ich in die Dusche, drehe das Wasser auf und seife mich gründlich ein. Am liebsten würde ich mich auflösen. Wie die kleine Meerjungfrau zu Schaum werden und im Abfluss verschwinden.

Nachdem ich mich kalt abgebraust habe, fühle ich mich einigermaßen erfrischt und gewappnet. Sorgfältiger als sonst bearbeite ich mein Gesicht mit einem Hauch Puder, Rouge und Wimperntusche. Zum Schluss trage ich meinen Lieblings-Lippenstift auf, „Feu rouge", ohne den ich noch nicht mal zur Mülltonne gehe. Kritisch beäuge ich mich im Spiegel, wickle die Haare zum Chignon zusammen und stecke ein Essstäbchen durch den Knoten. Ein, aus, ein, aus. Mein Herzschlag hat wieder fast seinen normalen Rhythmus gefunden und ich hole noch einmal tief Luft. Ich öffne die Tür und säusele durch den Spalt:

„Guten Morgen. Wartest du bitte, bis ich mich angezogen habe?"

Verdutzt schaut er mich an und trollt sich tatsächlich in Richtung Wohnzimmer. Wie berechenbar er doch ist. Das ist schon immer meine beste Waffe gewesen. Manipulation durch erweckte Erwartungen. Perfekt gestylt inszeniere ich ein paar Schritte auf dem imaginären Catwalk zum Wohnzimmer, gehe in die Küche, um mir ein Fertig-Müsli aus dem Kühlschrank zu holen, reiße die Folie ab und löffele es hastig in mich hinein.

„Tut mir leid, wegen des Telefons. Ich erledige das sofort. Versprochen."

Erwartungsgemäß ist er nun Wachs in meinen Händen.

„Ich liebe es, wenn du so kühl und geschäftsmäßig bist. Das törnt mich richtig an."

Ihr denkt doch alle nur mit eurem Schwanz.

Zufrieden, dass meine Masche nach wie vor zieht, wuschele ich durch seine Haare. Sofort liegen seine Hände auf meinem Hintern.

Lass deine Griffel gefälligst bei dir!

„Nicht. Ich muss jetzt los."

„Keine Lust auf einen Quicky?"

Verkniffen lächelnd winde ich mich aus seiner Umarmung und hauche ihm einen Kuss auf die Wange.

„War ein Scherz, Hel. Nur ein winzig kleiner Scherz."

„Rasier dich mal wieder, du kratzt."

„Spielverderberin. Dann bis später. Und vergiss die Telefonrechnung nicht."

Auf meinen neuen High Heels stöckele ich zur Tür, schnappe meine Handtasche, die volle Mülltüte und verschwinde durch den Wintergarten in die bittere Realität.

Froh, endlich der Enge entflohen zu sein, betrete ich die sonnendurchflutete Rue des Martyrs und hoffe, Karim nicht zu begegnen. Es ist mir unangenehm, dass er für mich gelogen hat. Und das auch noch grauenhaft schlecht. Aber ich habe ihn schließlich nicht dazu gezwungen, zu lügen. Wo bleibt denn nur der Postbote? Normalerweise muss er bereits in Sicht sein. Als ich ihn um die Ecke biegen sehe, eile ich ihm entgegen, um die Post in Empfang zu nehmen. Jeden Morgen das gleiche Spiel, die gleiche Furcht. Bis jetzt hat es seltsamerweise immer geklappt. Aber es ist irrsinnig anstrengend, den Briefträger abzupassen, die Briefe zu sortieren und heimlich die nicht für mich bestimmten in den Briefkasten zu stopfen. Dieses Mal sind es gleich drei mit meinem Namen. Als ob sich die Bank mit dem Finanzamt und der Krankenkasse verschworen hätte, um mir den Tag richtig zu vermiesen. Der Tag hat noch nicht mal richtig angefangen, und ich bin schon total gestresst.

Ärgerlich stopfe ich die ungeöffneten Umschläge in meine Handtasche. Entspannen bei einem Kaffee und einer Zigarette ist jetzt genau das Richtige. Die Straße ist noch nass von den Reinigungsfahrzeugen, die den ganzen Dreck an den Bordstein geschoben haben. Jean-Luc, der Kellner von meinem Stammcafé auf der Place des Abbesses, schleift im Schneckentempo die Stühle an die Tische und wischt sich mit dem Geschirrtuch den Schweiß von der Stirn. Jedes Mal erinnere ich mich, wie hart ich dafür kämpfen musste, dass er mich irgendwann endlich als Stammgast akzeptiert hat. Der arrogante Typ hatte mich monatelang ignoriert. Wie ich mich verrenkt hatte, um seine Aufmerksamkeit zu erhaschen. Buhlen, anbiedern, um seine gnädige Gunst zu erwerben. Erst als ich ihn noch herablassender behandelte, als er mich, schenkte er mir seine volle Beachtung und nun bringt er mir den Kaffee, ohne dass ich ihn explizit bestellen muss. Schließlich fühle ich mich als Pariserin und will als solche behandelt werden. Noch französischer ist es natürlich, den Kaffee schnell an der Theke hinunter zu schütten, das Geld auf den Tresen zu knallen und mit einem „Salut" geschäftsmäßig eilig die Bar zu verlassen. Aber das ist mir zu unbequem. Ich sitze lieber. Nervös wühle in meiner Handtasche auf der Suche nach den Zigaretten und der Spitze aus Bakelit. Eigentlich rauche ich nicht. Doch wenn meine Nerven überstrapaziert sind, wie jetzt, lechze ich nach einem Glimmstängel. Hastig paffe ich, ohne das Gift zu inhalieren und zerquetsche sie nach ein paar Zügen mit dem Absatz.

Wo bleibt denn der Scheiß Kaffee?

Endlich bequemt sich Jean-Luc mit dem Tablett in meine Richtung und setzt die Tasse unsanft ab, so dass der Kaffee überschwappt.

Arsch!

Mit Unbehagen denke ich an den bevorstehenden Tag. Wie auf Kommando setzt das dumpfe Herzklopfen wieder ein. Die Telefonrechnung musst bezahlt werden, Severine will die fünfhundert Euro zurück, die ich mir vor Wochen geliehen hatte, Flora schulde ich auch noch vierhundert, aber die kann noch warten, denn schließlich kriegt sie mehr als genug Geld von ihrem Mann. Die dreitausend Euro sind durch die Schuhe, den Pulli und das Parfum schon auf zweitausend geschrumpft und der Monat hat noch nicht einmal richtig angefangen. Fieberhaft überlege ich, von wem ich mir etwas leihen kann, denn die Zapfsäulen werden immer rarer. Mittlerweile habe ich fast alle, die ich kenne, angepumpt. Und nicht nur das. Mein Kopf fühlt sich zum Platzen an.

Schweren Herzens lege ich zwei Euro auf den Tisch und erhebe mich erschöpft. Warum zahlt Roman nicht einfach die Telefonrechnung, verdammt noch mal? Er hat gut lachen, denn diese winzige Wohnung ist ein Geschenk seiner Eltern und so muss er keine Miete zahlen. Klamotten sind ihm nicht wichtig, ein Auto hat er auch nicht und angesagte Restaurants sind ihm ein Gräuel. Er will nur schreiben, harmonisch zu zweit zu Hause essen, mit mir über sein Buch diskutieren und ab und zu mal ins Kino gehen. Langweiler. Diese Eintönigkeit geht mir gehörig auf die Nerven. Ich will mehr. Viel mehr.

Inzwischen bin ich an meiner Metro-Station angelangt und schleuse mich an der Menschenmenge auf der Rolltreppe vorbei. Ich achte penibel darauf, dass ich keinen Körperkontakt habe. Es gibt kaum etwas Schlimmeres, als fremdes verschwitztes Fleisch, das meine Haut berührt. Schlimm genug, dass ich quer durch Paris fahren muss, weil die Model-Agentur, in der ich als Casting Director und Model-Scout arbeite, im Marais liegt. Am liebsten würde ich nur Taxi fahren, weil ich die Metro nicht ausstehen kann, wo ich mich wie ein Maulwurf unter der Erde fühle, der sich von Gang zu Gang gräbt. Aber ein Taxi kann ich mir nicht leisten.

Die Metro ist, wie immer um diese Zeit, total überfüllt und ich bin dazu verdammt zu stehen. Irgendwo in dem Abteil hackt er wieder auf seiner Zither herum. In jeder Pariser Metro ist irgendein Typ, der ein Instrument malträtiert. Und dieser Zither-Heini scheint mich zu verfolgen. Der Freak muss ein Lou Reed Fan sein. Schon wieder ,Perfect Day'. Wie mir das zum Hals raushängt. Für mich ist es mit Sicherheit kein perfekter Tag. Auf dem Boulevard St. Germain lungert er auch herum, um ein paar Kröten zu erbetteln. Wegen ihm muss ich nun einen großen Bogen schlagen, um meine Lieblings-Boutiquen zu erreichen. Nachdem die Nervensäge alle, auf jeden Fall mich, mit seinem unerwünschten Auftritt gequält hat, schleicht er Mitleid heischend lächelnd durch die Abteile und sammelt Geld ein. Ich verstecke mich hinter einem Typ mit Zeitung. Von mir bekommt er keinen Cent. Schließlich wird mir auch nichts geschenkt.

Während ich auf der Rolltreppe nach oben befördert werde, beschleicht mich ganz plötzlich das unbehagliche Gefühl von einem drohenden Unheil. Diese Angstüberflutung kenne ich nur zu gut, weil diese diffuse Furcht schon seit langer Zeit mein beständiger Begleiter ist. Im Grunde bin ich kein ängstlicher Mensch. Beherzt spaziere ich nachts über den Friedhof von Montparnasse, besuche allein einschlägige Bars, ergreife die Initiative, wenn Typen junge Mädchen belästigen oder Mütter ihre Kinder schlagen. Meine Angst ist anderer Natur. Es ist wie ein dunkler Sog, der mich langsam nach unten zieht. Ich empfinde es von Mal zu Mal anstrengender, mich aus der Tiefe wieder nach oben zu ziehen, um eine einigermaßen heitere Miene vorzutäuschen.

In der Allée Verte parkt eine schwarze Limousine mit Chauffeur vor der Agentur. Und das schon am frühen Morgen auf fast nüchternen Magen. Vorsichtshalber nehme ich die Hintertür, um dem Affentheater, das ich drinnen vermute, aus dem Weg zu gehen. Es wird immer ein Riesen Zirkus veranstaltet, wenn eines der Supermodels die Agentur besucht. Monique, meine Chefin, ist in solchen Momenten mit Vorsicht zu genießen, weil ein solcher Besuch Alarmstufe rot oder ein dickes Geschäft bedeuten kann. Da heißt es erst einmal die Lage eruieren, um sich auf Moniques Verfassung einzustellen.

„Da bist du ja endlich. Wird aber auch Zeit."

Didier, Moniques schwuler Assistent, wedelt hektisch mit den Armen und zischt:

„Dicke Luft."

„Was ist denn los? Es ist ja noch nicht mal zehn."

„Seit zwei Stunden versuchen wir dich zu erreichen. Monique ist auf hundertachtzig. Die Boches aus Hamburg haben sie um sieben aus dem Bett geholt und sind jetzt oben. Stinksauer. Beweg am besten gleich mal deinen süßen kleinen Hintern nach oben."

Das hat mir gerade noch gefehlt. Wahrscheinlich werde ich gleich gefeuert, weil ich den Job für den wichtigsten Kunden vermasselt habe. Mit zittrigen Knien steige ich die Treppe empor und betrete das Besprechungszimmer.

„Ah, Helena, schön, dass du auch schon da bist."

Wenn Monique mich nicht mit Hel anspricht, bedeutet das

Alarmstufe Rot. Und dann noch gepaart mit dem sarkastischen Tonfall. Blutrot.

Verzweifelt versuche ich Haltung zu bewahren und mir nicht nicht anmerken zu lassen, wie mickrig ich mich fühle.

Mit einer lässigen Handbewegung in meine Richtung sagt Monique:

„Meine Herren, das ist Helena Schmidt. Sie hat die Verantwortung für das Casting, da ich zwei Tage geschäftlich in New York war."

Von wegen geschäftlich. Hast dich von deinem Broker so richtig durchvögeln lassen und jetzt willst du mich auflaufen lassen.

Ich zucke zusammen, wie immer, wenn ich so förmlich mit meinem vollen Namen vorgestellt werde. Was hatten sich meine Eltern nur dabei gedacht, mir solch einen prächtigen Vornamen zu dem gewöhnlichsten aller gewöhnlichen deutschen Namen zu verpassen? Helena Schmidt. Peinlich. Und noch peinlicher ist die gesamte Kombination, bestehend aus roten Haaren, Schmidt und Helena. Ich würde glatt heiraten, nur um diesen Namen los zu werden. De Rothschild würde perfekt passen.

„Helena? Hat es dir die Sprache verschlagen?"

Halt doch dein Maul. Willst wohl ganz toll dastehen, blöde Schnepfe.

Was passiert hier gerade? Stehe ich hier vor der Anklagebank, kurz vor meiner Hinrichtung? Unfähig, mich zu bewegen, stehe ich wie angewurzelt vor dem Besprechungstisch, der aus irgendeinem sündhaft tropischen Holz speziell für Monique entworfen wurde. Drei Augenpaare sind auf mich gerichtet, von denen die männlichen mir wohl suggerieren wollen 'Kann die überhaupt bis Drei zählen?' Schlagartig schrumpft mein mühsam aufgesetztes Selbstbewusstsein auf Null. Diese Blicke kenne ich nur zu genau. Mein Problem ist, dass ich mit Anfang dreißig immer noch wie Anfang zwanzig aussehe. Für mich ein Fluch. Wie kann man es nur als Kompliment auffassen, wenn man jünger geschätzt wird. Für mich ist es eine Beleidigung. Jedes Mal, wenn ich den Spruch höre 'Was? Du siehst aus wie zwanzig' könnte ich schreien. Besitze ich etwa auch den Horizont und das Hirn einer Zwanzigjährigen?

Um dem entgegen zu wirken, habe ich mir eine tiefere Stimme antrainiert, die eher nach einer reifen Frau von fünfzig klingt. Sollte ich bei Monique rausfliegen, kann ich im Notfall meine Kröten mit Telefonsex verdienen.

Verstohlen betrachte ich die beiden Werbeschnösel, die mit lässiger Coolness auf den Stühlen hocken. Endlich bin ich aus meiner Starre erwacht und nehme am Tisch Platz. Auch meine Stimme habe ich wieder gefunden.

„War das Casting nicht in Ordnung?"

Der Blonde mit der gestylten Gel-Frisur, der höchstens Mitte zwanzig ist, beugt sich über den Tisch und sagt mit schneidender Stimme:

„Sie heißen doch Helena, oder?"

Ich will schon meinen Mund aufmachen, um das zu bestätigen, doch soweit komme ich nicht, da er wohl auch keine Antwort von mir erwartet, sondern weiter seinen Monolog hält:

„Helena ist der Inbegriff der Schönheit. Das sollten Sie eigentlich wissen. Was Sie da abgeliefert haben, ist das mieseste Casting, das ich je gesehen habe. Das reinste Horror-Kabinett. Was haben Sie sich dabei gedacht? Wollen Sie uns verarschen?"

Fassungslos höre ich mir die Tirade an, schlucke ein paar Mal und wünsche mir ein Glas Wasser herbei, da mein Mund völlig ausgetrocknet ist.

„Ich verstehe nicht, was Sie meinen. Das sind unsere schönsten Mädchen....."

Gel-Frisur unterbricht mich mit vor Verachtung triefender Stimme:

„Wir suchen kein Lieschen Müller, sondern Ladies. Schön, sexy, glamourös. Was Sie uns präsentiert haben, war das Allerletzte. Angefangen vom magersüchtigen Hungerhaken bis zum Mäuschen von nebenan. Nicht eine entspricht auch nur annähernd unserer Beschreibung. Haben Sie das Briefing nicht kapiert?"

Bevor ich etwas entgegnen kann, erhebt sich Gel-Frisur und knallt mit seiner Hand auf den Tisch, so dass eine Duftwolke seines Aftershaves zu mir herüber weht.

„Wir wollen in einer Woche drehen und haben kein Mädchen. Geht das in ihren Kopf? Nicht zu vergessen, die Kosten. Wir werden die Agentur auf Schadenersatz verklagen."

Hilfe suchend schaue ich zu Monique, doch die verdreht die Augen und zuckt mit den Schultern, so als wollte sie sagen: ‚Diese Suppe hast du dir eingebrockt und wenn du die nicht auslöffelst, fliegst du'.

Du miese Schlampe.

„Tut mir leid. Ich habe fünfundzwanzig Mädchen gecastet und..."

Gel-Frisur unterbricht mich gleich wieder:

„Das soll Ihnen nicht leidtun. Sie sollen Ihren Job machen. Und wenn Sie hundert Mädchen casten. Wir wollen morgen Abend eine neue Auswahl sehen. Eine brillante. Wenn wir morgen kein Mädchen finden, wird's teuer für Sie."

Monique räuspert sich vornehm, ganz die Hollywood Diva, lächelt die beiden Schnösel, von denen der andere wohl stumm ist, an und säuselt:

„Ich kümmere mich höchst persönlich darum. Sie können sich drauf verlassen, dass Sie morgen Ihr Mädchen haben werden."

Das heißt dann wohl, dass ich entlassen bin. Ein eisiges Gefühl breitet sich in mir aus und ich verlasse, ohne mich zu verabschieden, den Raum.

Du Miststück kommst dir wohl jetzt ganz toll vor. Pass nur auf, dass du nicht auf deiner Schleimspur ausrutschst. Kriech den Ärschen nur so richtig in den Arsch, du blöde Schlampe.

Ich bin mir durchaus bewusst, wie lächerlich ich mich gerade aufgeführt habe. Doch in solchen Situationen bin ich wie gelähmt. Wie ein paralysiertes Karnickel erstarrt. Wie soll man so eine Attacke nicht persönlich nehmen. Der Arsch hat mich persönlich angegriffen und beleidigt. Blöd nur, dass ich mich weiter in diesen Schlamassel hinein geritten habe, indem ich beleidigt und wortlos den Raum verlassen habe. Wie unprofessionell. Die haben mich einfach eiskalt erwischt.

Auch wenn ich es mir ungern eingestehe, ist die Kritik der beiden Werbeschnösel nicht ganz unberechtigt. Das Casting habe ich tatsächlich lustlos hingerotzt. Warum weiß ich nicht. Normalerweise bin ich bekannt für meine sorgfältige Vorbereitung, eine exzellente Auswahl von Models auf die Beine zu stellen. Ich organisiere die besten Visagisten und Hairstylisten und gebe mich erst zufrieden, wenn das Mädchen makellos und perfekt gestylt vor der Kamera steht. Mit einer schier grenzenlosen Geduld spiele ich Szene für Szene mit dem Model durch. Nie schreie ich hysterisch herum oder behandele die Mädchen von oben herab, sondern kritisiere behutsam, um ihnen ein sicheres Gefühl zu vermitteln. Qualität ist mir wichtiger als Quantität. Ich weiß, dass ich meinen Job gut mache. Aber nicht ich erhalte die Lorbeeren für meine Arbeit, sondern Monique heimst sie ungerechter Weise ein, obwohl sie nichts dafür getan hat. Wann hat Monique selbst das letzte Casting gemacht? Lieber vögelt sie in New York herum, geht shoppen oder lässt sich in irgendeinem Spa durchkneten. Ja, diesen Job, der wichtigste für meine weitere Karriere, habe ich gründlich versaut.

In Paris ist man schnell draußen, wenn man etwas vermasselt, denn für diesen Posten stehen unzählige Bewerber in den Startlöchern und warten nur darauf, bis für jemanden wie mich das Aus kommt. Und wenn es Monique drauf anlegt, würde ich von keiner Pariser Modelagentur mehr gebucht werden. So viel ist sicher. In Wirklichkeit wollte ich Monique eins auswischen und sie auflaufen lassen, stattdessen ist der Schuss voll nach hinten losgegangen.

Scheiße, Scheiße, Scheiße.

Welcher Teufel hat mich da nur geritten? Wenn nur mein verdammtes Gehirn nicht so besetzt wäre von Geheimnissen und Lügen, dann wäre Platz für Selbsterhalt, Gewissenhaftigkeit und eben auch für das wichtigste Casting meiner Laufbahn. Zunehmend fällt es mir schwerer, einen klaren Kopf zu behalten, da die dunklen Gedanken wie die Sitze eines Kettenkarussells durch mein Hirn taumeln.

Verdammt, was mache ich nur?

Die Vorstellung, mich in die verdreckte Seine zu stürzen, ekelt mich. Denn bestimmt tummeln sich gefräßige Fischchen und anderes Gewürm in der trüben Brühe, die nur darauf warten, an mir zu knabbern und mir die Augen aus den Höhlen zu saugen. Der Eiffelturm ist, nachdem die Zahl der Suizide vom zweiten Geschoss in die Höhe schnellte selbstmordsicher vergittert. Wenn ich es mir recht überlege, ist auch diese Art aus dem Leben zu scheiden mehr als unappetitlich. Da bleibt nicht mehr viel von mir übrig, als eine matschige Masse mit herausquellenden Innereien. Eine blutige, schleimige Sauerei. Schlaftabletten und eine Plastiktüte über den Kopf. Das wäre die sauberste Lösung. Stellt sich nur die Frage: Wo? Wer würde mich finden? Roman? Das Zimmermädchen im Hotel? Wie betäubt schleiche ich die Treppe hinab.

Didier linst um die Ecke.

„Na, Kopf noch dran? Was hast du denn Schlimmes angestellt, böses Mädchen?"

„Leckt mich doch alle. Du weißt doch genau, was los ist. Die Alte hat mich total auflaufen lassen und schiebt mir die Arschkarte zu. Die kann mich mal kreuzweise. Ihr alle könnt mich mal."

Didier setzt seinen beleidigten Hundeblick auf und sticht mir mit seinem manikürten Finger zwischen die Brüste.

„Jetzt komm mal runter von deiner Selbstmitleids-Tour und sei mal ganz ehrlich. Mit deinem Casting hast du keinen Oscar verdient, das weißt du selbst. Und lass mich gefälligst da raus. Wie du dich vielleicht noch erinnerst, habe ich dir von Anfang an geraten Giselle den Job machen zu lassen, weil du super schlecht drauf warst. Aber du wolltest ja nichts davon wissen, weil du alles immer gleich so persönlich nimmst. Jeder hat mal einen schlechten Tag, nur du angeblich nicht. Schiebe jetzt nicht die Schuld auf andere, sondern kehr vor deiner eigenen Tür."

So sauer habe ich Didier noch nie erlebt und ich schaue ihn entgeistert an. Was erlaubt der sich für einen Ton.

„Du verstehst doch gar nicht, worum es hier geht. Monique sucht nur einen Grund, um mich raus zu werfen. Die wartet doch schon die ganze Zeit auf eine passende Gelegenheit mich abzuservieren. Den perfekten Anlass habe ich ihr nun geliefert. So sieht's aus."

„Mach dich doch nicht lächerlich. Ganz ehrlich glaube ich eher, dass du einen Grund suchst, dich selbst hier raus zu katapultieren und nicht Monique…"

„Nimm du sie auch noch in Schutz."

Mein Jammerton geht mir selbst auf die Nerven und ich weiß, dass ich mich zum Hanswurst mache und Didier nicht die geringste Schuld trifft. Aber ich will in Selbstmitleid baden und bin taub für jede Kritik.

„Ihr könnt mich alle mal", schnaube ich erbost und eile zur Tür hinaus.

„Hey, du kannst jetzt nicht einfach wegrennen. Was ist mit dem Casting?" schreit mir Didier hinterher.

„Monique kümmert sich höchstpersönlich um die Rettung der Agentur."

Die Flucht in den Sarkasmus, Ohnmachtstränen und wegrennen. Die Situation kommt mir wie ein Déjà-vu vor und permanent tappe ich in meine eigene Falle.

Warum immer ich? Immer bin ich der Arsch. Immer ich. Hel, die Hölle. Ich bin meine eigene Hölle.

Blind vor Tränen des Selbstmitleids und vor Wut, torkele ich durch das eiserne Tor auf die Straße.

4

Nach meinem blamablem Auftritt in der Agentur und meiner kindischen Flucht, die mir im Nachhinein mehr als peinlich ist, hungere ich nach Beachtung und Konsum. Der Drang, etwas kaufen zu müssen, überfällt mich mit aller Macht. Passend zu meiner Stimmung verschleiert sich der Himmel und es fängt an zu tröpfeln. Was für ein versauter Tag.

Vor mich hin fluchend, halte ich schützend meine schlammfarbene Handtasche von Bottega Veneta über den Kopf, da die Regentropfen an Größe zunehmen. Glücklicherweise, bevor ich völlig durchnässt bin, erwische ich ein leeres Taxi, was für Paris höchst ungewöhnlich ist. Ungeduldig, weil der Griff klemmt, reiße ich die Autotür auf und schiebe mich auf den engen Rücksitz.

Kannst du nicht den Sitz verstellen, du blöder Wichser.

„211 Saint Honoré", herrsche ich den Fahrer an.

Im Taxi stinkt es nach einem Gemisch von nassem Hund, undefinierbaren Gewürzen und dreckigen Klamotten. Warum muss ausgerechnet ich immer das schmutzigste Taxi von ganz Paris erwischen?

Kannst du deinen versifften Köter nicht zu Hause lassen?

Mein Handy klingelt. Auf dem Display erkenne ich die Nummer der Agentur. Ich schalte das Telefon aus. Sollen die doch sehen, wie sie ohne mich zu Recht kommen. Ich kann mir ein hämisches Grinsen nicht verkneifen, wenn ich daran denke, wie Monique alle herum scheucht und selber keinen Finger rührt. Von wegen Teamarbeit, große Familie. Ich habe mir noch nie was aus Familie gemacht. Familie ist Scheiße. Meine ganz bestimmt. Plötzlich merke ich, dass der Taxifahrer mich im Rückspiegel beobachtet.

Was glotzt du denn so, Ölauge?

Widerlich, wie er mit seinen Händen ständig durch seine fettigen Haare fährt und die Schuppen wie Schnee auf seinen Jackenkragen rieseln. Ich habe das Gefühl, gleich kotzen zu müssen. Zu allem Überfluss zutschelt er sich noch geräuschvoll die Reste seines Mittagessens aus den Zähnen. Dieser Typ ist daran schuld, dass ich zunehmend gereizter bin und meine, ersticken zu müssen. Wütend drücke ich auf die Taste, um das Fenster zu öffnen, doch die Mechanik blockiert.

„Kann man das Scheiß Fenster nicht aufmachen?"

Freundlich lächelt der Inder, vielleicht ist er auch Ägypter, was mir ziemlich egal ist, mich an.

„Kindersicherung."

„Ich bin aber kein Kind und will frische Luft."

Der räudige Köter knurrt.

„Sorry. Kindersicherung."

Leck mich doch am Arsch mit deiner Kindersicherung.

„Dann machen Sie eben Ihr Fenster auf. Oder gibt's da auch ne Kindersicherung?"

Meine Unfreundlichkeit scheint den Mann nicht aus der Ruhe zu bringen, denn er lächelt mich weiterhin an und meint unbekümmert:

„Nein, aber regnet."

Ich gebe auf und schnuppere gierig an meinem Handgelenk, an dem ich noch einen schwachen Duft von Chanel No. 5 riechen kann.

Endlich biegen wir in die Saint Honoré ein. Ich kann es kaum erwarten, den luxuriösen Dessous-Laden zu betreten.

Der Fahrer bremst so abrupt, dass der Hund vom Sitz segelt und ich mit dem Kopf an den Vordersitz knalle.

„Sind Sie verrückt? Wo haben Sie denn Ihren Führerschein gemacht?"

„Sorry, Vordermann hat gebremst. Musste auch bremsen."

Klar, wenn man dauernd in den Rückspiegel glotzt.

Ich kratze mein Kleingeld zusammen.

Na, hast wohl gedacht, dass du noch ein fettes Trinkgeld kriegst, Ölauge. Aber nicht bei dieser Dreckschleuder mit diesem stinkigen Köter. Ekelhaft.

„Danke. Wünsche einen schönen Tag, Lady."

Kurz kommt in mir der Verdacht auf, der Fahrer würde sich über mich lustig machen. Aber sein Gesicht ist freundlich und er winkt mir tatsächlich noch hinterher.

Regt sich da ein winziges Gefühl von schlechtem Gewissen in mir? Soll ich noch schnell hinterher laufen, um ihm ein paar Euro Trinkgeld zuzustecken? Zu spät.

Den Taxifahrer habe ich längst vergessen, als ich das Geschäft betrete. Aufs Neue bin ich fasziniert von dem ganz in Rosa und Schwarz gestalteten Interieur. Die erlesenen Dessous hängen auf seidenen gepolsterten Bügeln und warten nur darauf, von mir berührt zu werden. Fast ehrfürchtig schreite ich durch die Boutique, berauscht von all dem Luxus. Eine Verkäuferin, die eher wie ein Model aussieht, fragt höflich nach meinen Wünschen. Geschäftig eilt sie hin und her, öffnet eine Schachtel nach der anderen. Kostbare seidene Höschen liegen eingebettet in zartem Papier. Wie in Trance entscheide ich mich für zwei, die ein Vermögen kosten. Die Verkäuferin schlägt die beiden Edelteile in rosa Seidenpapier und legt sie in eine schwarze Lackschachtel, die mit einer rosa Schleife kunstvoll verschnürt wird. Schade, dass ich die wunderschöne Verpackung gleich entsorgen werde. Was für eine Verschwendung.

5

„Ich fass' es einfach nicht. Monique wird schon noch merken, was sie an dir hat, die dumme Nuss. Warte es ab, die kriegt sich wieder ein."

Severine, meine beste Freundin, schaut mich mit empörten Bambi-Augen an und verhält sich genau so, wie ich es mir gewünscht habe. Bei ihr hole ich mir die Streicheleinheiten für meine verletzte Seele, das Mitgefühl für die ungerechte Behandlung und hoffe zugleich, dass sie mich nicht nach den fünfhundert Euro fragt.

„Und, was wirst du jetzt machen? Vor dem Casting wirst du dich nicht drücken können, oder? Monique ist eine Zicke. Das weißt du doch. Hat sie wirklich gesagt, dass sie geschäftlich in New York war?"

Kichernd knufft sie mich in die Seite und säuselt:

„Knackige Geschäfte, hm? Den würde ich auch nicht von der Bettkante schubsen, wenn das der Typ ist, der mit ihr bei Roger war."

„Genau der. Ehrlich gesagt verstehe ich gar nicht, was er an ihr findet. So toll sieht sie nun auch nicht aus."

„Erfolg macht eben sexy."

„Und? Warum hat sie Erfolg?"

„Das spielt doch keine Rolle. Kapier einfach, dass sie deine Chefin ist. Ein Chef ist nur erfolgreich, wenn er erstklassige Mitarbeiter hat. Also sei nicht blöd und renke das wieder ein, sonst bist du die Dumme."

Neugierig schaue ich mich in Severines Laden um.

„Zeig doch mal, was du Neues hast. Du hast mir doch von der chinesischen Designerin erzählt. Sind die Sachen gekommen?"

„Ehrlich, Hel, verbock das nicht. Glaub mir, du wirst den Kürzeren ziehen."

„Ist ja gut. Ich hab's kapiert. Jetzt zeig mal."

Severine ist die typische Pariserin. Klein, quirlig und in einem fort am Quasseln. Ihre zum wuscheligen Bob geschnittenen

Haare schimmern wie glänzende dunkle Schokolade und ihre Haut hat einen leicht olivfarbenen Teint. Eine „Pied Noir", mit algerischen Wurzeln väterlicherseits. Von ihrer verstorbenen Mutter spricht sie so gut wie nie. Die spärlichen Informationen, die sie mir gegenüber erwähnt hat, sagen nur, dass sie Pianistin war, Jüdin und an Depressionen litt. Punkt um, das war's. Unter Verschluss.

Bevor Severine vor einem Jahr ihren Laden eröffnete, arbeitete sie als Kostümbildnerin für bekannte französische und amerikanische Filmproduktionen. Vor ein paar Jahren war sie sogar einmal für den Oscar nominiert und durfte über den roten Teppich schreiten. Ehrlich gesagt, war ich etwas eifersüchtig, weil sie dieses Privileg genießen durfte und ich nicht. Warum hatte sie damals nicht mich mitgenommen, sondern Flora? Manchmal wurmt mich das immer noch. Vor zwei Jahren erlitt sie, während der Dreharbeiten von ,Smile a Little Bit', einem Film über den sexuellen Missbrauch eines Vaters an seiner minderjährigen Tochter, einen Nervenzusammenbruch und schmiss von heute auf morgen ihren Job hin.

Sechs Monate erholte sie sich in einem Sanatorium am Genfer See, wo ich sie zweimal besuchte. Severine hatte mir nie gebeichtet, warum sie so plötzlich krank wurde und ich bohrte nicht weiter nach. Von ihrem zurückgelegten Geld, denn Severine ist im Gegensatz zu mir äußerst sparsam, und mit Hilfe ihres Vaters, einem bekannten Fernseh-Psychologen, kaufte sie den Laden im sechsten Arrondissement, den sie langsam zu einer Institution aufbaute. Sie hat den absoluten Riecher für Trends und ist immer auf der Suche nach jungen Designern, die oft durch sie zu Berühmtheiten geworden sind. Mittlerweile gehört Severines Geschäft zu den angesagtesten Läden in Paris. Stylisten, Schauspielerinnen und Topmodels kaufen bei ihr ein und lassen sich von ihr beraten.

Ob ich will oder nicht, bin ich manchmal neidisch, weil sie offensichtlich ihre Erfüllung gefunden hat, denn sie strahlt Ruhe, Selbstbewusstsein und Erfolg aus. Im Gegensatz zu mir. Obwohl wir gleich alt sind, fühle ich mich in ihrer

Gegenwart oft kindlich unzulänglich und erfolglos.

Jane Birkin betritt das Geschäft. Mit Argusaugen beobachte ich, wie meine Freundin sich gelassen erhebt und die Kundin herzlich mit drei Küsschen begrüßt. Die Eifersucht frisst.
Mit einem Mal fühle ich mich überflüssig. Es wäre doch nur höflich, mich vorzustellen.
„Ich gehe mal nach hinten."
Severine reagiert nicht und das ärgert mich.
Egoistin.
In Severines Büro, das gleichzeitig als Lager dient, stehen Dutzende von Kleiderständer in Reih und Glied. Sehnsüchtig betrachte ich die Designerstücke, die ich mir eigentlich nicht leisten kann.
Neben dem Schreibtisch steht Severines offene Handtasche. Da meine Freundin intensiv mit ihrer prominenten Kundin beschäftigt ist, riskiere ich einen Blick hinein. Zwischen Agenda, Papieren, Schminktäschchen und einer Tüte Trockenobst versteckt sich ein dicker Umschlag mit Geld. Das müssten mindestens zwanzigtausend sein. Dafür habe ich ein Auge. Mein Herz pocht fast schmerzhaft, als ich meine Hand in die Tasche schiebe und zwei Fünfhunderteuroscheine heraus befördere. Hastig knülle ich das Geld zusammen und verfrachte es in meiner Tasche. Severine ist immer noch in Beschlag genommen. Wahrscheinlich hat sie längst vergessen, dass ich noch hier bin. Gut so, flugs noch einen Schein. Diesmal habe ich blind in den Umschlag gegriffen und leider nur einen zweihundert Euroschein ergattert. Soll ich ihn noch schnell austauschen? Die Zeit ist knapp und ich habe natürlich panische Angst, erwischt zu werden. Aber der Zwang zuzugreifen ist stärker, selbst auf die Gefahr hin, dass meine Freundin sich umdreht. Irgendeine Ausrede würde mir schon einfallen. Severine verabschiedet sich von Jane, also greife ich schnell nochmals in die Tasche, ohne die beiden aus den Augen zu lassen.
„Ich liebe Jane Birkin. Eine ganz tolle Frau und eine meiner besten Kundinnen."

Severine strahlt glücklich.

„Sie und Charlotte gehören zu meinen treuesten Kundinnen. Die sind so süß und machen überall Werbung für mich."

„Hm."

Ich muss mich erst wieder fassen und meinen Puls beruhigen. Dieser Wirrwarr der Gefühle aus Kaltblütigkeit, Angst und Nervenkitzel sitzt mir noch in den Gliedern, hinzu kommt der Neid auf Severines Erfolg. Für einen Moment versagt mir die Stimme.

„Sag' mal, kannst du für zehn Minuten meinen Laden hüten? Ich muss schnell zur Bank und Geld einzahlen, denn man weiß ja nie was passiert und ich habe ungern so viel Geld im Geschäft."

„Ja klar. Kein Problem", krächzte ich, „du kannst dir ruhig Zeit lassen."

„Danke, du bist ein Schatz. Bis gleich."

Ich atme ein paar Mal tief durch, als sie den Laden verlässt, aber mein Herz rast immer noch und mit Unbehagen sehe ich Severine bildlich mit verdutztem Gesicht am Bankschalter, wiederholt das Geld zählend. Was ist, wenn ihr Verdacht sofort auf mich fällt? Sicherheitshalber stopfe ich die Scheine in die kleine Seitentasche und ziehe den Reißverschluss zu. Ängstlich warte ich auf Severines Rückkehr. Unruhig gehe ich in den Verkaufsraum, um mich im Spiegel zu betrachten. Sind verräterische Spuren in meinen Augen, die mich als Diebin entlarven? Wirken meine rosarot angelaufenen heißen Wangen als ein Zeichen des schlechten Gewissens, das ich nicht habe? Wozu auch. Dieses Gefühl ist mir völlig fremd. Ich fürchte mich nur davor, ertappt und aufgedeckt zu werden. Das wäre überaus peinlich.

„Mir ist eben etwas Furchtbares passiert."

Vor Schreck mache ich einen Satz. Ganz in meinen Gedanken versunken, habe ich Severine nicht kommen hören.

„Hey, du siehst aus, als hättest du ein Gespenst gesehen. Alles in Ordnung?

„Na klar, alles ok."

„Ich fasse es nicht. Stell dir vor, ich will mein Geld einzahlen und hab mich glatt um tausendsiebenhundert verrechnet. Das ist mir noch nie passiert. Ich hab auch nichts ausgegeben, nichts eingekauft, keinen Lieferanten bezahlt. Keine Ahnung, wo die Differenz her kommt. Ich verstehe es einfach nicht."

Aufgeregt und vor sich hin murmelnd reißt Severine jede Schublade auf, hebt jeden Papierhaufen auf ihrem Schreibtisch hoch und kriecht auf dem Boden herum.

Ich räuspere mich, um sicher zu gehen, dass meine Stimme einigermaßen normal klingt.

„Das kann ja passieren. Jeder verrechnet sich mal."

„Ich nicht und schon gar nicht um so viel? Ein paar Euro, okay. Aber tausendsiebenhundert sind kein Pappenstiel. Morgen liefert Roshan seine Saris für die Modenschau. Das sind mal schlappe fünftausend. Das gibt's doch gar nicht."

Severine führt weiter Selbstgespräche und ich fühle mich miserabel.

"Apropos, kannst du mir die fünfhundert geben? Die kann ich jetzt gut gebrauchen."

„Reicht's dir bis nächste Woche? Im Moment bin ich noch etwas knapp. Aber nächste Woche bekomme ich Geld, und dann kann ich es dir zurückzahlen."

„Das ist jetzt echt blöd, Hel. Ich habe mich drauf verlassen und brauche es dringend. Ehrlich gesagt verstehe ich nicht, warum du immer so knapp bei Kasse bist. Du verdienst doch nicht schlecht. Eigentlich müsstest du ein fettes Konto haben."

„Du hast mir immer noch nicht die Klamotten von der chinesischen Designerin gezeigt."

Severine zuckt mit den Schultern, was mich wütend macht. Warum ist sie so zimperlich? Sie kriegt ihr Geld schon noch.

„Spätestens nächste Woche, Hel. Je früher umso besser. Kann ich mich auf dich verlassen?"

„Kannst du."

Halt endlich die Klappe.

Hinter dem Regal, das als Raumteiler dient, sind mehrere Kleiderständer, nach Designern geordnet. Sie zieht einen der Ständer nach vorne und nimmt ein Kleid vom Bügel.

„Ist das nicht ein Traum?"

Zärtlich berühre ich den pfirsichfarbenen Seidenchiffon.

„Wunderschön."

„Vanessa Paradis trägt es zur Aids-Gala. Muss nur noch ein bisschen geändert werden."

„Mensch, hast du ein Glück. Berühmte, reiche Kunden und jeder reißt sich um dich, der tollsten Stylistin von ganz Paris."

„Was sagst du das denn so komisch? Wenn ich dich nicht kennen würde, käme ich fast auf die Idee, dass du eifersüchtig bist."

Ha, ha.

„Ich brauche noch etwas zum Anziehen für die Vernissage heute Abend. Das schwarze hier wäre perfekt."

Ich nehme ein asymmetrisch geschnittenes Kleid von der Stange und halte es an meinen Körper.

„Da muss auch nichts abgeändert werden."

Severine stößt einen lauten Lacher aus und prustet:

„Von wegen, ich hab nichts anzuziehen. Dein Kleiderschrank muss doch aus sämtlichen Nähten platzen. Du kannst fast selbst einen Laden aufmachen. Außerdem kostet das Teil nur mal neunhundert und für dich immer noch siebenhundert. Wie willst du das denn bezahlen?"

„Ich sag doch, nächste Woche."

„Ich verlass mich auf dich. Lass mich nicht wieder so lange warten, wie das letzte Mal."

Nun bin ich aber wirklich sauer. Das ist nicht fair.

„Hast du dein Geld nicht immer bekommen?"

„Jetzt sei doch nicht gleich eingeschnappt. Klar hab ich's immer gekriegt, aber ich muss auch sehen, wo ich bleibe."

Zufrieden über meinen neuen Besitz, stopfe ich das Kleid selbst in eine Tüte, ehe Severine es sich vielleicht noch anders überlegt.

„So, ich muss jetzt los. Roman fragt sich sicherlich schon, wo ich bleibe."

„Willst du nicht noch einen Tee mit mir trinken."

„Keine Zeit. Ich habe Roman versprochen, dass ich heute früher nach Hause komme."

„Salut. Dann bis heute Abend."

„Ach, du gehst auch zur Vernissage?"

„Was denkst du denn. Jean-Marc ist einer meiner ältesten Freunde und für eine seiner Büsten habe ich ihm sogar Modell gestanden."

„Logisch. Bin ich blöd. Natürlich, du kennst ja halb Paris. Hätte ich auch von selbst drauf kommen können."

„Du bist heute echt seltsam. Ich rate dir nur, das mit Monique wieder hin zu biegen."

„Ja, ja, schon gut. Also dann bis heute Abend."

Eilig verlasse ich das Geschäft mit meinen Dämonen im Nacken.

6

Bevor ich in der Lage bin, Roman unter die Augen zu treten, benötige ich dringend noch eine Schonfrist. Und so setze ich mich ins nächste Café. Als ich mein Handy wieder einschalte, tutet es sofort los. Natürlich sind sämtliche Nachrichten von der Agentur. Das vertraute Ohrenrauschen, gepaart mit dumpfem Herzklopfen setzen ein. Was soll ich tun? Noch während ich auf das Display starre, unsicher, ob ich zurückrufen soll, klingelt es. Was stressen die denn so? Können die nicht einmal ohne mich klarkommen?
Verdammt noch mal, ich verhalte mich wie ein Kind.

„Ich bin krank, Papa, ich kann heute nicht in die Schule."
„Was ist es denn diesmal? Bauchweh oder Schnupfen?"
„Mir ist schlecht. Bestimmt muss ich mich gleich übergeben."
„Schreibt ihr eine Mathearbeit? Schwänzen bringt dir nichts. Im Gegenteil, dann musst du die Arbeit allein nachschreiben. Das ist viel schlimmer. Also, steh jetzt auf und geh ins Bad!"
Es half alles nichts. Ich musste in die Schule.
In diesem Moment empfinde ich das gleiche Angstgefühl wie damals, als ich zehn Jahre alt war und längst meine Weichen gestellt hatte.

Vom ersten Schultag an war Annika mein Hassobjekt. Obwohl ich noch so jung war, hatte ich gelernt, meine wahren Gefühle zu verbergen. Ich war bereits eine Verstellungskünstlerin. Die blonde Zicke war stets unter meiner Beobachtung, so dass ich das Mädchen bald besser kannte, als sie sich selbst. Heimlich schnüffelte ich in Annikas Heften, Federmäppchen und Schultasche, wohl wissend, dass ich eines Tages etwas finden würde, womit ich sie bloßstellen konnte. Meine Geduld wurde belohnt. Sie war in einen Jungen aus der Parallelklasse verliebt. Ich war begeistert. Als die Pausenklingel läutete, versteckte ich mich unter der Bank und wartete, bis alle den Raum verlassen hatten. In bester

Schönschrift schrieb ich auf die Tafel: ANNIKA HAT VOR JAN IHR HÖSCHEN AUSGEZOGEN. Mein Herz klopfte heftig, als ich die Worte schrieb, denn es war ein waghalsiges Unterfangen, was ich veranstaltete. Erstaunlicherweise konnte ich mich unbemerkt davon stehlen, um mich im Schulhof zu meinen Freundinnen zu gesellen. Mit meiner Rückkehr ins Klassenzimmer ließ ich mir Zeit. Befriedigt hörte ich schallendes Gelächter und ein lautes Geheul aus meiner Klasse. Als ich das Zimmer betrat, sah ich die weinende Annika, umzingelt von mehreren Mädchen, die sie streicheln, trösten und umarmen. Ich setzte mich auf meinen Platz, die Aufregung ignorierend und grinste in mich hinein. Als die Lehrerin auf der Bildfläche erschien und ihren Blick auf die Tafel warf, verstummte die Klasse, nur Annika schrie in die Stille: „Das war die Hexe", und deutete mit dem Finger auf mich. Was dann folgte, war für mich dermaßen erniedrigend, dass ich mir schwor, mich niemals mehr erwischen zu lassen. Denn dummerweise wurde ich von einem Jungen beobachtet und verpetzt. Zu meiner Schmach musste ich mich nicht nur bei Annika entschuldigen, sondern auch bei Jan. Aber das Schlimmste war, dass meine Eltern schriftlich aufgefordert wurden, zu einem Gespräch in die Schule zu kommen. Den traurigen, resignierten Blick meines Vaters nach dem Schulbesuch würde ich nie vergessen. Meine Mutter glänzte durch Abwesenheit.

Ich drücke die Wiederholungstaste. Didier meldet sich beim ersten Freizeichen.

„Wo bleibst du denn? Hier ist die Hölle los und Monique ist auf zweihundert."

„Ich muss die ganze Zeit kotzen und lieg' mit Fieber im Bett. Tut mir echt leid, aber ich kann unmöglich kommen."

„Scheiße. Monique wird ausflippen. Na ja, gute Besserung und melde dich, wenn's dir wieder besser geht."

„Mach ich. Salut."

Erleichtert, weil ich mich so glimpflich aus der Affäre gezogen habe, bestelle ich ein Glas Champagner. Die mahnende

Stimme, dass ich mein Problem nur verschoben habe, ignoriere ich.

Für heute will ich mich auf jeden Fall nicht mehr mit Monique, der Agentur und dem verpatzten Casting belasten, sondern mich mit meinem neuen Outfit auf die Vernissage freuen. Vielleicht hat ja Roman keine Lust mit zu kommen, so dass ich den Abend allein genießen kann. Er kann so ein verdammter Spielverderber sein.

Roman empfängt mich wider Erwarten gut gelaunt, fast euphorisch, obwohl das Telefon immer noch nicht funktioniert, was er mir scherzhaft unter die Nase reibt. Ich frage mich, warum er so triumphierend lächelt. Dann sehe ich den Champagner.

„Sie haben mein Buch gekauft und mir gleich einen Vorschusscheck gegeben. Was sagst du nun?"

„Super. Herzlichen Glückwunsch zu deinem Erfolg."

„Begeistert klingt das ja nicht gerade. Freust du dich nicht für mich?"

„Doch, natürlich freue ich mich für dich. Und wie. Ich hatte nur einen wahnsinnig anstrengenden Tag und muss mich jetzt noch schnell fertig machen. Wir gehen doch zur Vernissage?"

„Eigentlich wollte ich dich zum Essen einladen. Nur wir beide, um mein Buch zu feiern."

„Ich freue mich aber schon die ganze Zeit auf die Ausstellung. Essen gehen können wir ja immer noch. Das läuft uns nicht davon."

Typisch. Nun ist er enttäuscht und missgönnt mir die Freude auf den heutigen Abend. Das ärgert mich. Aber was soll's. Bin ich mal gnädig.

„Entschuldige, was bin ich doch für eine Egoistin. Schließen wir einen Kompromiss, ok? Erst gehen wir Essen, aber anschließend feiern wir in der Galerie. Was meinst du dazu?"

Jedes Mal bin ich aufs Neue erstaunt wie schnell er klein beigibt.

„Einverstanden."

Bevor er etwas entgegnen kann, lasse ich ihn mit den

Champagnergläsern stehen und verschwinde ins Bad.

„Den Champagner trinke ich frisch geduscht", rufe ich durch die geschlossene Tür.

Unter der Dusche fällt mir ein, dass meine Handtasche im Wohnzimmer liegt und ich bin mir nicht sicher, ob der Reißverschluss zu ist. Der Gedanke, dass Roman neugierig darin herumwühlt, lässt mir keine Ruhe. Ich verzichte auf die Haarwäsche, steige aus der Dusche und wickele mich ins Badetuch. Barfuß renne ich ins Wohnzimmer schnappe meine Tasche und rufe Roman zu:

„Bin gleich fertig."

Im Bad fische ich die beiden Seidenhöschen heraus und stopfe sie in meinen Kulturbeutel bevor sie später in die Schublade wandern. Voller Vorfreude ziehe ich das frisch erworbene Chiffonkleid aus der Tasche. Welche Frisur passt dazu? Ich entscheide mich, die Haare hoch zu stecken und die Augen dramatisch schwarz zu schminken. Der Lippenstift hat die Farbe von frischen Kirschen. Langsam lasse ich das Designerstück über meinen Körper gleiten. Der Stoff ist so zart, dass ich ihn kaum auf der Haut spüre. Auf einen BH verzichte ich. Wieder einmal bin ich froh, dass ich Körbchengröße A habe und keine Gefahr besteht, dass meine Brüste in naher Zukunft wie schlaffe Beutel herunter hängen. Noch stehen sie aufrecht, wie bei einer Zwanzigjährigen. Gespannt wende ich mich wieder meinem Spiegelbild zu. Verblüfft starre ich mich. Fremd sehe ich aus.

Heute Abend sauge ich euch das Blut aus den Adern.

Die plötzlich auftauchenden dunkle Gedanken ignorierend, gehe ich ins Schlafzimmer, ziehe die Schublade mit meiner Unterwäsche auf und klaube einen schwarzen String Tanga heraus. Ein Nichts von einem Höschen. Meine Scham ist gerade so bedeckt, der Hintern nicht. Obwohl ich angezogen bin, fühle ich mich nackt. Die neuen Rykiel-Pumps passen perfekt zu meinem Outfit.

Etwas unbehaglich und wacklig starte ich einen Probelauf ins Wohnzimmer zu Roman der bereits beide Champagnergläser geleert hat.

„Wow, wen willst du denn erschrecken?"

Er erhebt sich von der Couch, deutet eine Verbeugung an und breitet seine Arme aus.

„Darf ich bitten?"

Ich bleibe mitten im Raum stehen, weil ich ahne was jetzt kommt. So ist es meistens.

Spielerisch, jedoch scharf an der Grenze zur Brutalität reißt er mich an sich, grapscht nach meinem Hintern und flüstert mir ins Ohr:

„Lass uns hier bleiben, Schöne der Nacht. Du bist viel zu aufreizend für fremde Blicke, da bin ich eifersüchtig."

Bilderfetzen von meiner Mutter, flimmernd, wie bei einem alten Stummfilm, laufen vor meinem geistigen Auge ab. Schnell schiebe ich die ungebetene Vorstellung beiseite.

„Hör auf damit. Du zerstörst meine Frisur."

„Na klar, gleich verschmiere ich auch deinen Lippenstift und reiß dir das Kleid vom Leib. He, das ist doch auch neu. Auch so ein Schnäppchen?"

„Das hat mir Severine heute geschenkt."

„Spendabel, deine Severine. Einfach so, ohne Geburtstag oder Weihnachten. Toll."

„Genau. Ich hole noch schnell meinen Mantel, dann können wir los."

Insgeheim hoffe ich, dass Roman so beleidigt ist, dass er keine Lust hat, mich zur Vernissage zu begleiten. Aber leider macht er mir einen Strich durch die Rechnung.

„Wenn's unbedingt sein muss. Lieber würde ich dich entblättern."

„Das kannst du ja später immer noch."

Du denkst auch immer nur ans Vögeln. Warum bleibst du nicht zu Hause und holst dir einen runter?

Während ich meinen Mantel anziehe, rufe ich ihm zu:

„Wir nehmen uns aber ein Taxi."

„Warum denn das? Die Metro ist doch gleich vor der Tür."

„Du trägst aber auch keine Stöckelschuhe."

„Dann zieh' dir doch andere Schuhe an und pack deine Stöckeldinger ein."

Mir platzt fast der Schädel vor Wut, weil es jedes Mal diese sinnlosen Diskussionen gibt. Mit bittender Klein-Mädchen-Stimme, bei der mir förmlich vor Selbstekel die Galle hoch kommt, säusele ich:

„Komm schon. Du hast doch einen Vorschuss gekriegt, da kannst du ruhig mal ein Taxi springen lassen. Du willst doch nicht, dass ich so mit der Metro fahre, oder?"

„Das Telefon geht nicht."

„Dann halten wir eben eins an."

„Na gut, ausnahmsweise. Aber zurück fahren wir mit der Metro."

„Sicher."

Der Trumpf geht an mich. Mit Sicherheit wird Roman früher gehen und ich werde jemanden aufgabeln, der mich nach Hause bringt. Immer das gleiche Spiel.

7

Im Fond des Taxis legt Roman seinen Arm um mich und zieht mich an sich.

„Lassen wir das Essen heute sausen, denn ich habe keine Lust, es runter zu schlingen. Wir verschieben es auf morgen. Oder hast du etwas Anderes vor?"

„Das ist lieb von dir. Morgen ist prima."

Zum wiederholten Mal stelle ich mir die Frage, warum ich noch mit Roman zusammen bin. Ein Vorteil: Ich bin nicht allein. Ein Nachteil: Ich bin nicht allein. Paradoxer geht's nicht.

Fast um die gleiche Zeit vor einem Jahr fuhr ich auch mit dem Taxi zu einer Vernissage. Nur mit dem Unterschied, dass ich allein unterwegs war. Ausstellungseröffnungen und Bars eignen sich hervorragend, um alleinstehende Männer treffen. Meistens bevorzuge ich Galerien, da das Publikum zumindest anspruchsvoll erscheint, aber Bars sind anrüchiger. Und das Verruchte brauche ich manchmal, um mich zu stimulieren oder einfach, um mich lebendig zu fühlen. In den Nachtclubs bin ich anonym, da ich sie kein zweites Mal aufsuche.

Roman fiel mir sofort auf. Er lehnte lässig, mit einem Drink in der Hand, an einer Säule und unterhielt sich mit einer Blondine. Dabei schweiften seine Augen immer wieder durch die Räume. Unauffällig versuchte ich seine Aufmerksamkeit zu erheischen. Beim besten Willen kann ich mich nicht mehr erinnern wer oder was ausgestellt wurde. Denn von Kunst habe ich nicht die geringste Ahnung und sie interessiert mich auch nicht. Ich gesellte mich zu Severine, die angeregt mit einigen Leuten diskutierte und tat so, als würde ich zum Künstlerzirkel gehören. Perfekt setzte ich mich in Szene und beobachtete ihn verstohlen, ob mein Einsatz eine Reaktion bei ihm hervorrief. Mit Befriedigung registrierte ich seine Blicke in meine Richtung. Dass er mit einer Frau zusammen stand, die möglicherweise seine Freundin war, störte mich wenig bis überhaupt nicht. Wenn ich es drauf anlege, bekomme ich jeden Mann herum, egal, ob er liiert ist oder nicht. Um zu testen, ob mein Objekt der Begierde angebissen hatte, schlenderte ich zum Buffet. Noch bevor er mich ansprach, spürte ich, dass er hinter mir stand. Sein Äußeres sah vielversprechend nach Geld aus und er war von mir hingerissen.

Während das Taxi durch die nächtlich belebte Stadt fährt, überlege ich, wann meine Gefühle für Roman aufgehört haben zu existieren. Meine Antwort darauf erstaunt mich nicht wirklich. Die hat es nie gegeben, so wie ich auch für alle anderen niemals tiefe Empfindungen hatte. Schon nach unseren ersten gemeinsamen Nächten war mein Jagdtrieb gestillt. Ich hatte ihn am Wickel und er überschüttete mich mit kleinen Aufmerksamkeiten, Überraschungen und Liebeszettelchen am Spiegel, am Kühlschrank und auf meinem Kopfkissen. Anfangs fand ich das total süß. Doch dann nervte es. Ich fühlte mich unter Druck gesetzt, weil er bestimmt erwartete, dass auch von mir etwas kam. Doch ich bin nicht der Typ für solche Kinkerlitzchen. Mir fehlt das Gefühlsduselei-Gen. Briefchen und kleine Notizen auf Post-its sind für mich nichts anderes als Kindergartenkram.
Alle Mädchen in meiner Klasse hatten Poesiealben, führten geheime Tagebücher und steckten sich kichernd vollgekritzelte Papierfetzen mit Herzchen zu. Ich nicht. Ich trug meine Tagebücher, Herzchen und Geheimnisse im Kopf. Das ging niemanden etwas an.

Die Stille im Taxi löst bei mir plötzlich eine ungeheure Beklemmung aus.
„Ich hab's mir anders überlegt. Lass' uns doch lieber Essen gehen. Mir ist jetzt nicht nach Leuten."
„Warum auf einmal dein Gesinnungswandel? Wegen mir brauchst du dir keine Probleme zu machen. Ich hab' richtig Lust auf die Party. Mit so einer schönen Frau, um die mich alle beneiden werden."

„Ich will aber nicht mehr, sondern lieber mit dir allein zusammen sein."

„Nun bist du aber die Spielverderberin. Habe ich irgendetwas falsch gemacht, weshalb du aus heiterem Himmel deine Meinung änderst. Vorhin warst du sauer, weil du unbedingt zur Vernissage wolltest und nun hast du dir aus irgendeinem Grund, den ich nicht nachvollziehen kann, in den Kopf gesetzt, doch lieber mit mir Essen zu gehen. Manchmal verstehe ich dich nicht, Hel."

„Sei doch nicht so verdammt stur. Reicht es nicht, wenn ich sage, dass ich nicht will? Muss denn alles immer in diesen endlosen Diskussionen enden."

„Eine Diskussion würde ich das nicht nennen. Kindisches Gehabe oder Bockigkeit wäre angebrachter."

„Bist du nun etwa sauer?"

Roman schaut mich noch nicht einmal an, sondern stiert zum Fenster hinaus, wohl um mich zappeln zu lassen. Das macht er gerne. Seine verfluchten Überlegenheitsspielchen.

„Warum sollte ich?"

Ich hasse Gegenfragen und flüstere zu mir selbst:

„Leck mich doch am Arsch."

„Mit Vergnügen. Wenn du mich lassen würdest."

Du verdammtes zynisches Arschloch. Da kannst du lange drauf warten.

Wütend strafe ich ihn mit Stummheit, weil ich weiß, dass er mir rhetorisch überlegen ist und mich verbal an die Wand klatscht.

Endlich hält das Taxi vor der Galerie. Noch bevor Roman gezahlt hat, reiße ich die Tür auf und stürme hinaus. Luft. Ein, aus, ein, aus.

Vor dem Eingang tummeln sich eine Menge Menschen. Ohne nach links und rechts zu gucken, eile an ihnen vorbei.

„Hey, warte auf mich."

Nein, ich will nicht auf ihn warten. Wie ein gehetztes Tier bahne ich mir einen Weg durch die Menschentrauben in Richtung Toilette. Oberste Priorität hat jetzt die Spiegel-Kontrolle. Beklemmung abschütteln, Selbstsicherheit anziehen, charmantes Lächeln aufsetzen, Make-up überprüfen und Contenance bewahren. Eines der Lieblingswörter meiner Großmutter. In meiner Familie verstand man sich bestens darauf die Gefühle nicht zu offenbaren. Oberstes Familiengebot: Nichts anmerken lassen. Ich war gelehrig. In meinem Kopf sind viele Verhaltensmuster-Birnchen, die nur darauf warten, angeknipst zu werden. Nun drücke ich den Schalter AMAZONE! NICHT BERÜHREN!

Ein letzter prüfender Blick in den Spiegel, bevor ich mich, einmal tief durchatmend, auf den Weg ins Getümmel mache.

Natürlich steht Roman bei der einzigen Person, die ihm als Anker inmitten dieser fremden, aufgestylten Menschenmenge dient. Severine.

„Gott sei Dank hast du ja gleich jemanden gefunden an den du dich klammern kannst", gifte ich ihn an, bevor ich mich Severine zuwendet und ihr drei, links, rechts, links, in die Luft gehauchte Küsschen gebe.

„Wie bis du denn drauf? Habt ihr euch gestritten?"

„Sei doch nicht mehr sauer, Chérie. Du siehst viel schöner aus, wenn du lächelst und nicht so finster guckst."

Zärtlich zieht er mich an sich. Mit seiner freien Hand drückt er mein Kinn nach oben, was ich hasse, um mich zu küssen.

„Nicht hier vor allen Leuten."

„Was bist du denn so prüde? Wir sind ein Paar. Und Paare küssen sich eben manchmal in aller Öffentlichkeit."

„Sehr witzig."

Sichtlich gekränkt steuert Roman in Richtung Bar, ohne mich noch eines Blickes zu würdigen.

Severine hakt sich bei mir ein und flüstert mir ins Ohr:

„Sag mal, was ist denn nur los mit dir? Irgendwas ist doch nicht in Ordnung."

„Alles bestens. Nur Roman geht mir manchmal so auf die Nerven. Ich hab das Gefühl, dass ich keinen Schritt allein machen kann. Immer ist er dabei, obwohl er keine Lust auf Partys hat, der Spielverderber."

„Er liebt dich eben und will mit dir zusammen sein. Das ist doch nichts Schlimmes."

Entgeistert schaue ich sie an, als hätte meine Freundin mir

etwas Obszönes ins Gesicht geschleudert.

„Das ist doch nicht dein Ernst, oder? So spießig kenne ich dich gar nicht. Verstehst du denn nicht, dass ich auch mal allein meinen Spaß haben will."

„Na, dann komm. Lass' uns die Ausstellung anschauen. Sieht übrigens toll aus, das Kleid. Hast du was drunter?"

Wider Willen muss ich grinsen.

„Fass mal meinen Arsch an."

„Wow, knackig."

Kichernd schlängeln wir uns Arm in Arm durch das Gewühl.

„Ich brauche dringend ein Glas Champagner. Oder gibt es nur den üblichen billigen Fusel?"

„Warte, ich sehe ein Tablett auf uns zu wandern." Severine wedelt mit der Hand.

Eine ungewöhnlich große Asiatin mit B52-Frisur bahnt sich mit ihrem Tablett lässig durch die Menge. Heutzutage sehen alle Bedienungen und Verkäuferinnen wie Models aus.

„Auf deinen Arsch."

„Welcher ohne dein Kleid nur halb so knackig wäre."

Mit einem Mal fühle ich mich wunderbar beschwingt und frei. Dabei habe ich nur einen Schluck getrunken. Vor einer männlichen nackten Bronzefigur bleiben wir stehen und mustern den Satyr mit Hörnern und dem Gesicht eines Engels von oben bis unten.

„Das ist ja ne optische Missetat", raune ich Severine zu.

„Dabei heißt es doch wie die Nase eines Mannes und so weiter. Aber für sein Gemächt brauchst du ja ein Vergrößerungsglas. Zwergkarotte mit Erbsen."

Wir brechen in lautes Gelächter aus.

„Hör auf, ich sterbe vor Lachen", japst Severine, „vielleicht ist das ja sein Magic Stick."

„Hä, der fährt ihn aus?" Ich spiele die naive Unschuld, kann aber ein breites Grinsen nicht unterdrücken.

„Na klar, geile Halbgötter können so etwas. Wusstest du das denn nicht?"

„Tss, tss, solche Worte aus deinem Mund. Ich bin überaus pikiert. Lass uns auf den geilen Halbgott mit seinem anbetungswürdigen Gesicht trinken."

Wir erheben die Gläser zum Satyr und deuten eine Verbeugung an.

„Gefällt er euch?" tönt eine Stimme hinter uns.

„Ah, Jean-Marc", sagt Severine leicht errötend, „Ich möchte dir meine Freundin Hel vorstellen. Hel, das ist Jean-Marc", bemerkt sie leicht verkrampft und tiefer errötend.

Jean-Marc begrüßt mich, hat aber nur Augen für Severine, die langsam wieder ihre normale Gesichtsfarbe annimmt. Augenblicklich fühle ich mich wie das fünfte Rad am Wagen. Insgeheim ärgert mich die Störung, denn ich habe mich, wie schon lange nicht mehr, köstlich amüsiert und das alberne Geplänkel mit meiner Freundin genossen. Eifersüchtig registriere ich den Blick, mit dem Jean-Marc Severine anschaut. Die beiden sind offensichtlich ineinander verliebt.

„Ich lass euch dann mal allein, ihr zwei Turteltauben."

„Du bist nicht sauer?" fragt Severine etwas schuldbewusst.

„Quatsch. Ist schon ok. Bis später dann."

Und ob ich sauer bin. Mir erzählt sie was vom guten alten Freund. Stattdessen sieht es so aus, als seien sie ein Paar. Ich bin stocksauer. Musste dieser Typ ausgerechnet jetzt auftauchen, nachdem ich mich nach langer Zeit mal wieder so richtig beschwingt gefühlt habe, vollkommen frei von schwermütigen Gedanken. Schlechtes Timing. Roman ist nirgends zu sehen. Dafür erblicke ich mit Schrecken Monique, die gerade zur Tür hinein kommt. Die hat mir gerade noch gefehlt. Wie bei einem Pferd, das eine Gefahr wittert, setzt bei mir augenblicklich der Fluchtreflex ein. Die Party ist für mich nun sowieso gelaufen. Aber ich habe keine Lust, schon nach Hause zu gehen, wo ein eingeschnappter Roman mich vermutlich erwartet. Während ich auf Umwegen in Richtung Ausgang strebe, gucke ich hinter mich, um zu eruieren, wo Monique sich gerade befindet. Dabei rempele ich unsanft eine Blondine an und sehe noch, wie sich der Campari fast malerisch über deren weißes Kleid ergießt.

„Pass doch auf, du blöde Kuh", höre ich die Tussi noch schrill kreischen.

„Mein neues Kleid ist total ruiniert. Hey, bleib stehen. Die Reinigung zahlst du. Hey..."

Na, da kannst du lange brüllen. Blöde Ziege.

Endlich bin ich am Ausgang angelangt und überlege was ich mit dem angebrochenen Abend anfangen soll, als ich direkt in die Arme von Flora und Thierry laufe.

Küsschen hin und her. Hoffentlich fragt sie nicht ausgerechnet jetzt nach den vierhundert Euro.

„Du willst doch nicht etwa schon gehen?" fragt Flora erstaunt und zu Thierry:

„Geh ruhig schon rein, Chérie."

Noch so ein verdammt glückliches Paar. Wie ein ungebetener Gast nistet sich die Eifersucht bei mir ein. Es nervt, weil es mich eine ungeheure Überwindung kostet, natürlich zu wirken. Der Neid frisst an mir, wie ein Bandwurm. Flora hat alles was sie sich wünscht. Sie ist reich, sieht aus wie Grace Kelly, trägt den Namen de Vermandois, als sei sie mit diesem auf die Welt gekommen, lebt zeitweise in einem Schloss in der Nähe von Paris, besitzt eine luxuriöse Stadtwohnung, führt eine erfolgreiche Galerie für moderne Kunstfotografie im dritten Arrondissement und ist offensichtlich glücklich mit Thierry verheiratet. Und sie nennt ihn Chérie. Ich möchte auch gerne ein liebevolles Chérie hauchen. Aber zu wem? Roman? Bis heute weiß Flora nicht, dass ich mal ein kurzes Verhältnis mit ihrem Mann hatte. Verliebt hatte er sich dann in Flora. Ich war Schnee von gestern. Chérie hatte er nie zu mir gesagt und ich nicht zu ihm. Ich bin eben nicht der Chérie-Typ.

„Doch. Es sind mir heute einfach zu viele Leute da und mir geht's nicht besonders."

„Kann ich mir vorstellen. Severine hat mir von deinem Disput mit Monique erzählt. Das musst du wieder gerade biegen, sonst war's das. Du kennst ja Monique und so schlimm kann es ja nicht sein. Jeder vermasselt mal was."

„Na, die Buschtrommeln funktionieren ja hervorragend. Muss mir eigentlich jeder vorschreiben, was ich zu tun habe? Erst Severine und nun du. Ihr habt doch keine Ahnung.

Verdammt."

„Jetzt sei doch nicht so empfindlich. Ich meine es doch nur gut mit dir. Niemand will dir etwas Böses, am allerwenigsten Severine und ich. Ich rate dir nur, rede mit Monique."

„Ihr könnt mich alle mal." Tränen schießen mir in die Augen. Warum müssen alle auf mir herum hacken?

„Die hat mich vor den Kunden total abgekanzelt, mich lächerlich gemacht und mich als Dummchen hingestellt. Und dann soll ich mit ihr reden. Das gibt's doch gar nicht. Sie muss sich bei mir entschuldigen und nicht ich mich bei ihr."

„Schrei mich doch nicht so an. Das ist nur meine Meinung und Severine meint auch, dass du den ersten Schritt machen solltest."

„Na, habt ihr Zwei euch schön das Maul über mich zerrissen? Monique ist drinnen. Geh nur rein, dann könnt ihr zu Dritt weiterlästern."

„Gerade machst du dich wirklich lächerlich. Das ist absoluter Schwachsinn, was du da von dir gibst und das weißt du selbst. Ich kann gut verstehen, dass keiner es wagt dich zu kritisieren, weil du sofort beleidigt bist. Mit dir ist einfach nicht zu reden. Ich geh jetzt rein."

Flora lässt mich doch glatt stehen. Ich rufe ihr noch hinterher: „Sag Monique nicht, dass du mich gesehen hast."

Flora zeigt keine Reaktion. Bin ich noch zu retten? Ich könnte mir glatt die Zunge abbeißen, dass ich mir diesen letzten Satz nicht verkniffen habe.

Der Abend ist gründlich ruiniert. Alle nehmen Monique in Schutz und sehen nicht, dass sie Schuld hat und nicht ich.

Scheiß Abend.

8

Meine Füße schmerzen und ich bin froh, dass ich schnell noch hundert Euro eingesteckt habe, so dass ich mir ein Taxi nehmen kann. Doch wohin? Auf keinen Fall nach Hause zu Roman. Heute Abend will ich mich noch amüsieren, mich abreagieren und auf andere Gedanken bringen.

Verflucht. Warum kommt denn kein Taxi?

Ungeduldig tigere ich am Straßenrand hin und her. Am liebsten würde ich mir die High Heels von den Füßen reißen. Endlich kommt ein Taxi mit eingeschalteter Beleuchtung. Ich wedele mit meiner Clutch-Bag von Lulu Guinness und springe auf die Straße, als ich bemerke, dass ein Pärchen ebenfalls das Taxi erspäht hat. Die Wut über die Dreistigkeit des Paares lässt mich einen halsbrecherischen Spurt hinlegen, um das, im nächtlichen Paris rare Fahrzeug zu ergattern. Völlig außer Puste erreiche ich das Fahrzeug zuerst und werfe dem Paar einen schadenfrohen Blick zu. Erschöpft falle ich auf das durchgesessene Polster und keuche:

„Saint Denis."

Warum nur müssen alle Sitze entweder versifft oder vollkommen durchgesessen sein, so als würde alle Welt in Taxis vögeln.

Der Fahrer guckt mich neugierig im Rückspiegel an.

„Wollen Sie ein Passbild?" blaffe ich ihn an.

Der Taxifahrer ist noch jung. Wahrscheinlich ein Theologiestudent, denn sonst würde er nicht so rot anlaufen und verlegen wegschauen.

„Eine bestimmte Nummer?" stottert er.

„Einfach Saint Denis. Ich sag dann schon Bescheid."

Bestimmt hält er mich für eine Nutte. Normalerweise würde ich mir einen Spaß mit dem schüchternen Kerlchen erlauben, aber noch steckt mir der versaute Abend in den Gliedern und meine Laune ist auf dem Tiefpunkt.

Durch die verschmierte Fensterscheibe sehe ich in der Ferne

den illuminierten Eiffelturm. Eine plötzliche Sehnsucht ergreift mich und Tränen brennen in meinen Augen, so dass ich zwinkern muss, um den Eiffelturm klar zu sehen. Ich begreife weder, wo dieses Gefühl auf einmal herkommt, noch was dieses Gefühl bedeutet. Es ist eine Mischung aus Heimweh, Trauer und etwas Fremdem, Unerklärlichem. Müde lehne ich ihrem Kopf an die Fensterscheibe und schließe die Augen. Bilder meiner Mutter tauchen aus der Versenkung auf.

In der Nacht vor meinem elften Geburtstag konnte ich vor Aufregung nicht einschlafen und schlich die Treppe hinunter, um im Wohnzimmer einen verstohlenen Blick auf meinen Gabentisch zu werfen. Schon auf den obersten Stufen hörte ich „Madame Butterfly", die Lieblingsoper meiner Mutter und die Stimme meines Vaters:
„Meinst du nicht, dass du genug getrunken hast?"
Da ich nicht verstand, was meine Mutter antwortete, ging ich leise, auf Zehenspitzen die Treppe hinunter, bis ich die beiden sehen konnte. In der Dunkelheit des Treppenhauses war ich hinter dem Geländer nahezu unsichtbar. Mit angehaltenem Atem und pochendem Herzen beobachtete ich meine Eltern. Meine Mutter trug ein helles Ballkleid und tänzelte durch das Zimmer, wobei sie ihre Arme, wie Schwanenflügel, weit ausbreitete und einen Zipfel ihres Kleides herumschwenkte. Mein Vater war wohl gerade nach Hause gekommen, denn er war noch im Mantel.
„Sei still, gerade stirbt sie, das ist die schönste Stelle und gib mir mein Glas zurück." Ihre Stimme war irgendwie träge und undeutlich. Mein Vater hielt das Glas hoch über seinen Kopf, so dass sie es nicht erreichen konnte. Sie hängte sich an seinen Arm, aber er war natürlich stärker und hielt sie mit dem freien Arm auf Abstand. Sie riss sich los und steuerte auf die Bar zu, nahm sich ein neues Glas und wollte sich gerade etwas einschenken, als mein Vater hinterher eilte und ihr das Glas aus der Hand schlug.
„Es reicht jetzt. Reiß' dich zusammen und lass' dich nicht so gehen." Dann nahm er sich selbst ein Glas, füllte es und

kippte den Inhalt auf einen Zug in sich hinein.

Ich hatte das Gefühl, nicht mehr atmen zu können und wünschte mich zurück in den Schutz meines Bettes. Das wollte ich nicht sehen, nicht hören und trotzdem blieb ich sitzen. Mittlerweile weinte meine Mutter und schrie:

„Ich will nicht mehr leben. Das ist alles zu viel für mich."

Ich hielt mir die Ohren zu.

„Was soll ich denn da sagen", brüllte mein Vater zurück, „seit Monaten lässt du mich nicht mehr an dich ran. Du und deine Sauferei machen alles kaputt. Schau dich doch mal an, wie du aussiehst. Lächerlich."

Er packte meine Mutter und schubste sie in Richtung Couch. Sie stolperte über den Teppich, wobei sie mit den Armen in der Luft herumfuchtelte, bis sie die Couch zu fassen bekam. Mein Vater riss ihr roh das Kleid nach oben, zog ihr den Slip runter und nestelte hektisch an seiner Hose, bis diese an seinen Beinen auf den Boden glitt. Dann bewegte er sich hektisch vor und zurück. Meine Mutter schrie.

Ich merkte nicht, dass mir die Tränen über die Wangen liefen, so paralysiert war ich. An das, was dann passierte, wie es endete, ob sich meine Eltern wieder vertrugen, erinnere ich mich nicht mehr. In dieser Nacht hatte ich ins Bett genässt.

Der Taxifahrer starrt mich an.

Was glotzt du mich denn so an, du Wichser.

„Ist was?" fährt Hel ihn an.

„Wir sind in der Rue Saint Denis", stammelt er, „welche Nummer?"

„Halten Sie an, ich steig hier aus."

Ich schaue auf den Zähler und reiche ihm zwanzig Euro.

„Der Rest ist für Sie."

Großzügig verzichte ich auf die fünfzig Cent.

9

Die Rue Saint Denis ist ziemlich lang und führt vom ersten ins zweite Arrondissement. Ich bin im zweiten wo sich eine Bar an die andere reiht. Auf der Straße ist immer Betrieb, egal zu welcher Uhrzeit. Selbst morgens stehen die Nutten schon auf dem Trottoir. Gott sei Dank, dass ich meinen Mantel mitgenommen habe, so fühle ich mich nicht ganz so nackt und schutzlos unter den gierigen Männerblicken. Jede Bar taxiere ich genau. Nie betrete ich eine Bar mit Türsteher, denn ich stehe weder auf Striptease noch auf Table Dance, ganz zu schweigen von irgendwelchen Anmachschuppen mit billigen aufgetakelten Mädchen. Mein Blick fällt auf „Chez Rhett". Das passt. Rhetts Scarlett hatte auch rote Haare. Niemand lungert vor der Tür herum und innen ist es angenehm schummrig. Die Bar ist klein, mit vielleicht sechs oder sieben runden Tischchen, von denen zwei besetzt sind. Die Gesichter, im Schein von flackernden Teelichtern nehme ich nur am Rande wahr. Um nicht wie bestellt und nicht abgeholt zu wirken, setze ich mich auf einen Barhocker an der Theke. Der Barkeeper ist ein eher unauffälliger Typ um die fünfzig, mit gepflegtem weißen Hemd und Fliege.

„Was darf ich Ihnen bringen?"

Ich mustere ihn eingehend, denn am Barkeeper erkenne ich sofort, um welche Art von Bar es sich handelt. Nein, hier gibt es wohl keine Schlägereien von Besoffenen, keine Zuhälter mit ihren Nutten, vielleicht ein paar Vertretertypen, die auf eine schnelle Nummer aus sind.

„Sind Sie Rhett?"

„Dann müssen Sie Scarlett sein."

Witzig und schlagfertig ist er auch. Mit einem Mal finde ich ihn gar nicht mehr so unauffällig.

„Stimmt genau. Und Scarlett wünscht einen extra trockenen Martini."

„Ihr Wunsch ist mir Befehl."

Ich beobachte ihn bei der Zubereitung meines Cocktails. Normalerweise vermeide ich die, weil ich davon immer Kopfschmerzen bekomme. Aber heute ist mir danach, schon weil es besonders klingt einen extra trockenen Martini zu bestellen. Als würde ich niemals etwas anderes trinken. Luis Bunuel, mein Lieblings-Regisseur, war ein leidenschaftlicher Martini-Trinker. Rhett lässt einige Eiswürfel in den Shaker fallen, gibt zuerst einen kleinen Messbecher Gin hinein, gefolgt von Vermouth und verrührt die Zutaten vorsichtig. Dann nimmt er ein beschlagenes Glas aus dem Kühlschrank, gibt eine grüne Olive hinein und fügt einige Spritzer Zitrone in das Glas. Andächtig nehme ich das gereichte Glas entgegen. „Ich bin beeindruckt. Ernest Hemingway hätte seine Freude an Ihnen gehabt. Wo haben Sie das Mixen gelernt?"
Rhett lacht.
„Eigentlich bin ich dazu wie die Jungfrau zum Kinde gekommen. Als junger Mann reiste ich viel in der Welt herum und musste Geld verdienen. Also jobbte ich als Tellerwäscher, Küchengehilfe und Aushilfskellner. Irgendwie landete ich meistens in Bars. Na ja, eines Tages, es war in Madrid, stieß ich auf die berühmte Bar Chicote. Als großer Verehrer von Hemingway schien es mir wie ein Fingerzeig. Ich war, glaube ich der älteste Lehrling, den sie je hatten. Und ich entdeckte meine Leidenschaft für Cocktails. Das war's im Schnelldurchlauf. Nun bin ich seit zehn Jahren hier in Paris, mit meiner eigenen Bar und mixe Dry Martinis."
„Da haben Sie doch ein schönes Leben. Sie haben Ihre Leidenschaft prima umgesetzt. Toll. Das gefällt mir."
Auf eine seltsame Weise berührt mich dieser Mann, der sich Rhett nennt. Seine Geschichte hat mich wirklich interessiert. Ich bin doch immer wieder für Überraschungen gut. Normalerweise quatschen die Barkeeper über allen möglichen Mist, der mir zum einen Ohr rein und zum anderen wieder raus geht. Aber er ist anders. Ernsthaft und echt. Ich fühle mich wohl in seiner Gesellschaft. Eine emotionale Anonymität.
Rhetts Blick schweift an mir vorbei.

„Sie werden beobachtet, Scarlett."

Noch bevor ich mich umdrehe, verspüre ich ein Kribbeln im Nacken. Langsam schweifen meine Augen durch den nur mäßig beleuchteten Raum und bleiben an einer männlichen Gestalt, die sich an eine Säule lehnt, hängen. Da ich etwas kurzsichtig bin, nehme ich ihn nur verschwommen wahr. Schwarz ist alles, was ich erkennen kann. Ich wende mich wieder Rhett zu.

„Erzählen Sie weiter. Was hat sie gerade in diese Ecke getrieben? Im Dritten hätten Sie doch sicher Karriere gemacht. Sie wären der angesagteste Barkeeper von ganz Paris. Warum gerade hier?"

„Das ist eine lange Geschichte. Ich glaube, Sie bekommen Besuch."

Ich muss nicht über die Schulter schauen, um zu wissen, wer hinter mir steht. Ein Schauer läuft über meinen Rücken. Ohne zu fragen, ob der Platz neben mir frei ist, setzt sich der Fremde in Schwarz auf den Barhocker.

„Ich nehme das Gleiche wie Scarlett", sagt er zu dem Barkeeper, während er mich anblickt.

Nun bin ich verblüfft.

„Woher wissen Sie das?"

„Das liegt doch auf der Hand, oder nicht?"

Der Typ verunsichert mich, verwirrt mich. Ich weiß selbst nicht, woran es liegt, dass ich mich von ihm sofort angezogen fühle. Dennoch ist tief in mir ein leichtes Unbehagen. Ein winziges Warnsignal. Er hat etwas Wildes an sich und gleichzeitig die Aura eines Priesters. Eine leichte Melancholie umgibt ihn, aber er wirkt trotzdem überaus männlich und dominant. Ein bisschen erinnert er mich an Gabriel Byrne. Vielleicht eine Spur zu dünn, was durch seine schwarze Kleidung noch unterstrichen wird. Seine großen, auf eine Art stechenden hellen Augen fixieren mich eindringlich. Rhett stellt den Martini auf die Theke.

„Auf Scarlett, Rhett und den eifersüchtigen Beobachter."

Mir dämmert, dass mit dem Typen etwas nicht stimmt. Scheinbar ist bei dem eine Schraube locker. Etwas hilflos schaut ich Rhett an, der nur mit den Schultern zuckt, was wohl so viel heißen sollte: Lass ihn nur reden.

„Entschuldigung, das war nicht wirklich witzig. Ich bin Adam."

Erleichtert, dass er anscheinend doch keinen Knall hat, verschwindet meine Beklommenheit. Entspannt hebe ich mein Glas und proste ihm zu:

„Hallo, ich bin Hel."

„Warum Hel und nicht Helena? Ich darf Sie doch Helena nennen, das passt viel besser zu Ihnen. Ich finde es schade, dass alle Namen immer verstümmelt werden müssen. Aus Gabriele wird Gabi, Sebastian wird Basti. So gibt es Susis, Tonis, Flos und Pattis. Eine Vergewaltigung der Namen. Keiner würde sich trauen, mich Adi zu rufen."

„Das kann ich mir, ehrlich gesagt auch nicht vorstellen, dass jemand Sie Adi nennt. Das klingt irgendwie nach Zuhälter."

„Sie wissen ja nicht, ob ich nicht vielleicht einer bin. Wer weiß."

Da ist es wieder. Dieses Gefühl. Diese innere Stimme. Diese Verunsicherung.

Ich bestelle noch einen zweiten Martini.

„Zu dem darf ich Sie aber einladen. Ich habe Sie verschreckt, das merke ich doch und es tut mir leid. Manchmal kann ich einfach meine Zunge nicht im Zaum halten."

Ich bin sofort besänftigt.

„Nein, Sie haben ja völlig Recht. Im Grunde genommen mag ich diese Namensreduzierungen auf eine Silbe auch nicht. Aber irgendwann hat es sich einfach so ergeben, dass aus Helena Hel wurde."

„Es war bestimmt ein Mann. Habe ich Recht?"

„Stimmt genau."

Wie einfühlsam er ist. Adam hat etwas, was mich fasziniert. Seine Augen, die Farbe kann ich nicht recht deuten, sie könnten grau oder auch blau sein, üben eine ungeheure Anziehungskraft auf mich aus.

„Aber mit dem Namensverstümmler sind Sie nicht mehr zusammen, denke ich. So jemanden haben Sie nicht verdient.

Ich auf jeden Fall werde Sie nur Helena nennen. Oder Scarlett."

Etwas verlegen betrachte ich seine Hände. Lange, schlanke Finger ohne Ring. Gut so. Dunkle Haare auf seinen Handrücken, die sich bis über seine schmalen Handgelenke fortsetzen. Ich riskiere einen Blick auf seinen Halsansatz und hoffe, auch dort weiche dunkle Büschel zu finden. Entzückt stelle ich fest, dass tatsächlich aus seinem geöffneten Hemdkragen schwarze Haare zu sehen sind. An die übrigen Körperhaare wage ich kaum zu denken.

„Und, zufrieden mit dem, was Sie sehen?" fragt Adam lächelnd.

Zu meinem Ärger merke ich, dass ich rot werde und bin froh, dass es dunkel ist. Doch ich ahne, dass es ihm nicht entgangen ist.

„Entschuldigung, aber ich war in Gedanken."

„Das macht gar nichts. Im Gegenteil. Ich mag Ihre Art, wie Sie mich gemustert haben. Direkt und ungeniert."

Meine Ohren glühen inzwischen. Und nicht nur meine Ohren. Adam ist der seltsamste Mann, der mir je begegnet ist. Irgendwie undurchschaubar, manchmal unnahbar und unwiderstehlich. Viele Adjektive mit der Vorsilbe un. Schnell füge ich noch charmant und wortgewandt hinzu.

„Wie spät ist es? Haben Sie eine Uhr?"

„Sie wollen doch nicht schon gehen. Es ist erst zwei."

„Was, schon so spät?"

Muss ich ausgerechnet jetzt an Roman denken? Der sitzt bestimmt im Wohnzimmer mit mehreren Gläsern Rotwein intus und wartet auf mich. Oder auch nicht. Am liebsten würde ich bis zum Morgengrauen in der Bar sitzen bleiben, mit Adam an meiner Seite. Anschließend würden wir Arm in Arm in irgendein Café gehen, frühstücken und dann einen Spaziergang über die Pont Neuf machen und den Sonnenaufgang beobachten. Die Laternen würden ausgehen und ein neuer Tag anbrechen. Weiter mag ich nicht denken, denn gleichzeitig melden sich unangenehme Gedanken an Monique und Roman.

„Ich möchte Sie wiedersehen. Haben Sie Lust, mit mir heute Nachmittag einen Kaffee trinken zu gehen?"

„Ich habe aber einen Freund", erwidere ich und komme mir sofort dümmlich vor.

„Ich will Sie ja nicht gleich heiraten. Nur Kaffee trinken."

Der Kerl schafft es permanent, mich zu verunsichern.

„Klar. Warum nicht?"

Locker bleiben. Ein Kaffee am Nachmittag ist ja ganz unverfänglich.

„Um sechs im Marly?"

Auf gar keinen Fall ins Marly, wo ich mich oft nach Feierabend mit meinen Freundinnen treffe. Flora würde mit Sicherheit präsent auf der Terrasse sitzen, um alle Hereinströmenden zu sichten.

„Lieber im Deux Magots. Morgen Abend bin ich sowie so ganz in der Nähe."

Diese kleine Lüge kommt mir glatt über die Lippen, denn ich will nicht riskieren, jemanden aus meinem Bekanntenkreis zu treffen. Das Deux Magots ist zwar auch nicht der sicherste Ort, aber so schnell fällt mir kein anderes Café ein. Oder vielleicht doch lieber ins Costes?

„Perfekt. Ich freue mich sehr, Sie wieder zu sehen. Darf ich Sie noch nach Hause begleiten?"

„Nein, nein. Ich nehme mir ein Taxi."

Mit weichen Knien rutsche ich vom Barhocker. Die Martinis zeigen ihre Wirkung. Und das mitten in der Woche.

Rhett wischt mit einem Tuch über die Theke, deutet eine leichte Verbeugung an und sagt orakelhaft:

„Einen schönen Abend, Scarlett. Und passen Sie auf sich auf."

Ich schaue ihn etwas verwundert an. Was sollte das jetzt?

„Machen Sie es gut. Und vielen Dank für das Gespräch. Ich fand es sehr interessant."

Adam hilft mir galant in den Mantel und legt seinen Arm um meine Schulter. Ich weiß nicht so recht, ob ich mich anlehnen oder ihn abschütteln soll und merke, wie ich mich plötzlich versteife.

„Pardon. Das war wohl ein Reflex."

Langsam zieht er seinen Arm weg, wobei seine Hand ganz sanft über meinen Rücken gleitet.

Mir ist vor Wonne nach Schnurren zumute, aber ich verdränge dieses Gefühl sofort wieder. Schließlich bin ich liiert. Ein einsames Taxi fährt durch die Straße und Adam, ganz Kavalier, springt an den Bordstein, um den Wagen anzuhalten. Er öffnet die Tür und wartet, bis ich drinnen sitze.

„Also dann bis später."

„Ja, bis später."

Er schlägt die Tür zu und in mir geht eine auf, vielleicht aber auch zu. Ich brauche mich nicht umzudrehen, um zu wissen, dass er noch auf der Straße steht und mir hinterher schaut. Wetten dass? Adam steht auf der Straße. Eine schwarze Silhouette.

10

Noch immer kribbelt die Stelle, wo Adam mich berührt hat. Elektrisierte Haut. Wie er wohl nackt aussieht. Dünn ist er, mit schmalen Händen, die sanft über meine Brüste streichen und sich weiter nach unten tasten. Seine schwarzen Haare kitzeln mich am Kinn. Ob er wohl beschnitten ist? Ich bevorzuge beschnittene Männer. Dabei ist es mir egal, ob aus religiösen oder medizinischen Gründen, Hauptsache dieser Vorhautlappen ist weg. Lustvoll ergötze ich mich an meinen Fantasiebildern. Wider Willen tauchen Gesichter aus meiner Vergangenheit auf. Männer, mit denen ich zusammen war. Doch die Beziehungen waren nie von Dauer. Mit Adam könnte sich das vielleicht ändern. Aber hatte ich das nicht bei jedem gedacht? Nein, Adam ist anders und einzigartig. Eine heiße Woge des Verlangens durchströmt meinen Körper. Adam, der erste Mann auf Erden. Nackt. Im Radio singt Pavarotti 'Nessun Dorma'. Bei Puccini kann ich mich vollkommen vergessen. Adam, Puccini und ein Bett mit weißem Musseline.

Das Taxi stoppt. Jäh werde ich aus meinen Gedanken gerissen. Ich steige aus und atme erst ein paar Mal tief durch, bevor ich den Code eingebe. Abgelenkt durch meine Fantasien mit Adam habe ich total vergessen, mir eine einigermaßen glaubhafte Lüge zu überlegen, warum ich so spät nach Hause komme. Flora und Severine können nicht herhalten und wer weiß, wer noch auf der Vernissage war. Bestimmt mein gesamter Bekanntenkreis. Also kann ich niemanden als Alibi benutzen. Langsam durchquere ich die Höfe.

Es brennt kein Licht und ich hoffe inständig, dass Roman bereits schläft. Leise schließe ich die Glastür auf. Nachdem ich meine Schuhe abgestreift habe, schleiche ich auf Zehenspitzen durch den Wintergarten ins Wohnzimmer.

„Hast du dich gut amüsiert?" tönt es aus der Dunkelheit.

Mir bleibt fast das Herz stehen. Vor Schreck lasse ich meine High Heels auf den Boden fallen.

„Hast du einen Vogel, mich so zu erschrecken. Was hockst du hier im Dunkeln? Kontrollierst du mich etwa?"

Mein Herz klopft bis zum Hals. Einerseits weil er mir Angst einjagt, anderseits, weil ich ein schlechtes Gewissen habe und mich ertappt fühle. Ja, ich habe mich bestens amüsiert. Bis jetzt war es ein wunderbarer Abend, den er gerade ruiniert.

„Wo kommst du denn so spät her, oder soll ich sagen, so früh?"

Ich schweige und starre ihn an.

„Hallo. Hat's dir die Sprache verschlagen? Kannst du dir vorstellen, dass ich mir vielleicht Sorgen gemacht habe? Du bist plötzlich einfach ohne ein Wort verschwunden. Severine und ich haben dich überall gesucht, bis Flora uns sagte, dass du eilig in ein Taxi gestiegen bist. Meinst du nicht, dass du mir eine Erklärung schuldig bist? Monique fragte mich übrigens, ob es dir besser geht. Ich wusste noch nicht einmal, dass es dir überhaupt schlecht ging. Also, was ist los? Wo warst du?"

Was, kein Streit? Tatsächlich habe ich mich innerlich schon auf eine heftige Auseinandersetzung eingestellt und nun nimmt er mir den Wind aus den Segeln. Damit, dass Roman sich Sorgen macht, habe ich am wenigsten gerechnet. Ist er nicht eifersüchtig? Kommt ihm nicht der Gedanke, dass ich einen Mann kennen gelernt haben könnte? Ist das so abwegig? Überrumpelt von seiner Fürsorge, habe ich nun doch ein Quäntchen von einem schlechten Gewissen.

„Auf dem Friedhof von Montparnasse. Ich hatte auf einmal keine Lust mehr auf die ganzen Leute und wollte einfach nur meine Ruhe haben. Niemanden sehen."

Entgeistert schaut er mich an und klatscht sich an die Stirn:

„Spinnst du, nachts auf dem Friedhof herum zu wandern? Über vier Stunden? Du hast sie doch wirklich nicht mehr alle, zumal du weißt, wie gefährlich es da ist. Ich fass es nicht."

Selbst ein bisschen überrascht von meiner Improvisation, zucke ich mit den Schultern.

„Ich habe keine Angst vor den Kiffern und mir ist auch noch nie etwas passiert. Noch nicht mal einen Exhibitionisten hab ich je zu sehen bekommen, geschweige denn einen Vergewaltiger. Mir passiert nichts. Ich bin kein Opfertyp."

„Kein Opfertyp. So, wie du reden nur dumme Menschen. Schon mal das Wörtchen Provokation gehört? Du forderst doch solche Typen nur heraus, wenn du nachts auf dem dunklen Friedhof herum spazierst. Opfer oder nicht. Das wirst du schneller, als du denkst."

Adam schiebt sich vor mein geistiges Auge. Eben so einsam, wie ich, taucht er auf dem Friedhof plötzlich aus dem Nichts auf und kommt auf mich zu. Zwei schwarze Gestalten inmitten von Gräbern, Marmorengeln und Grüften, die sich begegnen.

Roman holt mich in die Wirklichkeit zurück:

„Hörst du mir überhaupt zu? Was ist denn das für eine Geschichte mit Monique? Die war nicht gut auf dich zu sprechen. Ich soll dir von ihr ausrichten, dass du sie dringend anrufen sollst."

„Ja, ja. Aber jetzt will ich ins Bett. Ich bin hundemüde."

„Also willst du mir nicht sagen, was du für ein Problem mit Monique hast?"

„Nicht heute. Ich will nur noch schlafen."

Ich gähne betont geräuschvoll und schiebe mich an Roman vorbei in Richtung Schlafzimmer.

„Das Telefon funktioniert übrigens immer noch nicht. Du hast doch bezahlt, oder?"

„Hab ich."

Scheiß Telefon.

„Das will ich auch hoffen."

Plötzlich ist er direkt hinter mir und greift mir unter das Kleid.

„Du siehst so scharf aus in diesem Fummel."

Mein ganzer Körper versteift sich.

„Oh geil. Du hast ja nichts drunter", haucht er in ihr Ohr.

FASS MICH NICHT AN! NIMM DEINE SCHEISS GRIFFEL VON MEINEM ARSCH! HÖR AUF!

„Nicht heute, ich bin wirklich müde."

„Ach komm schon, so aufreizend, wie du aussiehst. Du brauchst auch nichts zu machen."

Seine Hände nesteln an meinem Tanga. Keuchend drängt er seinen Körper an meinen und ich spüre seine Erektion an meinem Hintern. Er schiebt mir Kleid nach oben...

„NEIN!"

Warum hast du nicht geschrien, Mama?

Wie ein lang brodelnder Vulkan, explodiert das Nein in meiner Tiefe und schießt aus meinem Mund. Bilder, die ich nicht sehen will, tauchen auf. Wut und Ekel überschwemmen mich so vehement, dass ich selbst erschrecke. Dass ich dermaßen brüllen kann. Romans entsetztes Gesicht ignorierend stürme ich ins Bad und knalle die Tür zu. Mein Herz rast. Im Spiegel sehe ich mein bleiches von schwarzer Wimperntusche verschmiertes Gesicht. Einzelne Haarsträhnen haben sich aus meinem Chignon gelöst und stehen wild, wie züngelnde Flammen zu Berge. Medusa mit Schlangenhaaren. Unsanft bearbeite ich mein Gesicht, bis es knallrot ist und brennt. Wo ist nur wieder mein T-Shirt? Widerwillig ziehe ich ein gebrauchtes aus der Wäschetonne, weil ich nicht will, dass Roman mich nackt sieht, um dann nur wieder an mir herum zu fummeln. Obwohl ich längst fertig bin, warte ich noch ein paar Minuten, in der Hoffnung, dass er schläft.

Tatsächlich schnarcht er bereits, als ich die Badezimmertür leise öffne.

Vorsichtig, um ihn nicht zu wecken klettere sie die Hühnerleiter hinauf und steige über Romans Körper, der sich wieder einmal quer über das Bett erstreckt. Ich hasse das Hochbett. Aus Angst, im Schlaf herunter zu fallen, habe ich die Wandseite gewählt, auf der ich mich zwar wie eine Gefangene fühle, aber immer noch besser, als am Abgrund zu liegen. Jeden Abend starre ich diese Wand an, weil ich es nicht ertrage, mich von Roman anschnaufen zu lassen, der immer mit dem Gesicht zu mir gewandt einschläft. Erschöpft von dem anstrengenden Tag schließe ich die Augen und denke an Adam mit seinen schmalen Händen, die sich sanft auf meinem

Körper bewegen. Eine heiße Woge durchflutet mich nun schon zum zweiten Mal. Ein Stöhnen schlüpft durch meine Lippen. Wenn Roman sich nicht so breit machen würde, könnte ich meine Beine noch weiter spreizen, um Adams Hände einzuladen, meine intime Zone zu erforschen.

„Bist du auch so geil wie ich?"

Reale Hände schieben sich zwischen meine Beine. Blende.

„Du bist ja schon ganz feucht."

Augen zu und durch. Ich habe meinen ersten Orgasmus mit Adam.

11

Es ist sechs Uhr, als ich erwache. Roman schläft noch tief und fest, so dass ich vorsichtig über ihn steige, um ihn nicht zu wecken. Auf der untersten Sprosse der Leiter bleibe ich stehen und betrachte Roman. Eine graue Locke hat sich in seinen Wimpern verfangen und kringelt sich über seinem geschlossenen Auge. Erstaunt bemerke ich ein paar Sommersprossen auf seiner Nase, die ich vorher nicht wahrgenommen hatte. Seine Lippen sind leicht geöffnet und er atmet ganz leise, wie ein Kind, das keine Sorgen kennt. An seinen Mundwinkeln hat sich etwas Speichel gesammelt, der als dünner Faden auf das Kopfkissen tropft. Wie ein griechischer Gott und doch so real und bodenständig. Ganz anders als Adam, der eher elegisch wirkt. Erde und Luft.

Mit einer Zärtlichkeit, die mich überrascht, schiebe ich die Haarsträhne aus Romans Gesicht. Er lächelt im Schlaf. Ganz plötzlich ist in mir eine ganz tiefe Traurigkeit.

Auf Zehenspitzen tapse ich ins Badezimmer und mustere mein Gesicht im Spiegel. Der Orgasmus hat keine glücklichen Spuren in meinen Augen hinterlassen, kein Leuchten oder ein Zeichen des innerlichen Strahlens. Meine Augen sind freudlos, leer und traurig.

Wenn ich an den heutigen Tag denke, möchte ich mich am liebsten irgendwo verkriechen. Meine Probleme lasten mit solch einer Schwere auf mir, dass ich kaum in der Lage bin, den Wasserhahn aufzudrehen, so schwach fühle ich mich. Ich muss hier raus, mich bewegen. Luft. Ungekämmt wickele ich meine Haare zu einem Knoten, streife ein T-Shirt über und verlasse das Bad. Roman liegt unverändert da. Ich hole ein paar Euro aus der Handtasche und verstecke sie im Sideboard. Auf der Straße angelangt, atme ich tief durch und sauge den morgendlichen Pariser Geruch in mich hinein. Alle Hydranten in der Straße sind geöffnet. Das Wasser spült den Dreck durch den Rinnstein und die Müllmänner werfen gezielt die Plastiktüten in den Schlund des Müllwagens. Von Karim ist Gott sei Dank noch nichts zu sehen.

Ich bin die einzige im ganzen Viertel die joggt. Seit ich in Paris lebe, habe ich noch keinen Franzosen je joggen sehen. Ist wohl doch eher typisch deutsch oder amerikanisch. Die Luft hat noch die Restwärme vom vorigen Tag ohne sich nachts wirklich abgekühlt zu haben. Ein angenehmer sommerlicher Morgen in Paris. Hätte er sein können, wenn mir nicht die bevorstehende lästige Konfrontation wie aufgescheuchte Heuschrecken durch den Kopf wirbeln würden. Ich habe Angst vor der Auseinandersetzung mit Monique, weil ich weiß, dass ich mich unmöglich verhalten und sie hängen gelassen habe. Mit kurzen, tänzelnden Schritten laufe ich Richtung Place des Abbesses, um meine Gedanken fließen zu lassen, die sich, wie ein Teufelskreis, immer um Monique drehen, ohne dass mir eine Lösung einfällt.

Ich brauche jetzt dringend einen Kaffee und ein Brioche, aber Jean-Luc hat noch nicht geöffnet. Ein Stück weiter ist ein mürrischer Typ gerade dabei das eiserne Scherengitter von seiner Bar aufzuschieben, so dass ich mich wohl oder übel noch zehn Minuten gedulden muss. Mit knurrendem Magen renne ich auf Sacré Coeur zu. Doch ohne Frühstück im Bauch bin ich unfähig einen klaren Gedanken fassen. Nach nur kurzer Zeit bin ich bereits so erledigt, dass ich mich auf eine Bank fallen lasse. Ich muss mich dringend innerlich wappnen, um Monique gegenüber zu treten. Konfrontationen sind mir ein Gräuel, da ich immer den Kürzeren ziehe. In solchen Momenten verkrieche ich mich in meinem Schneckenhaus. Severine wirft mir immer vor, dass ich sofort beleidigt und sauer bin, aber nie konstruktiv. Wie soll ich denn konstruktiv sein, wenn alle gleich auf mir herum hacken? Wie soll ich Initiative ergreifen, wenn die anderen schneller sind? Ich kann nichts dagegen machen. Wie ein ertapptes Kind warte ich lieber ab, ob etwas passiert und wenn dann erstaunlicherweise nichts geschieht, keine Strafe folgt, bin ich nicht etwa erleichtert, sondern weiterhin in Hab-Acht-Stellung. Es könnte ja zeitverzögert doch noch ein Donnerwetter über mich herein brechen. Zehn Minuten sind sicherlich längst verstrichen.

Der Bar-Typ löst gerade die Ketten von den draußen stehenden Tischen und Stühlen, als ich um die Ecke biege. Hoffentlich hat er die Espressomaschine schon angeworfen. Erfreut scheint er nicht zu sein, so früh schon gestört zu werden, denn er würdigt mich keines Blickes. Ich schlucke meinen aufkommenden Ärger hinunter und frage ihn, ob ich bestellen kann. Mürrisch, ohne ein Wort zu sagen, neigt er sein Ohr in meine Richtung, was ich als Zeichen seiner Aufnahmefähigkeit deute.

„Einen Kaffee und ein Brioche, bitte."

Stumm schlurft er in die Bar. Dass französische Kellner morgens immer so muffig sein müssen. Kein Lächeln, keine freundliche Begrüßung. Der Missmut in Person.

Arschloch.

Kurze Zeit später erscheint er mit seinem kleinen Tablett, auf dem auch ein Brioche zu sehen ist. Insgeheim habe ich damit gerechnet, dass sich das Gebäck noch im Backofen befindet. Zähnebleckend bedanke ich mich, ohne ein Zurücklächeln zu erhalten. Ist mir doch egal. Heißhungrig beiße ich in das noch warme Teil, häufe Zucker, den er, oh Wunder, nicht vergessen hat, in die Tasse und nippe vorsichtig, um mir nicht die Zunge zu verbrennen. Köstlich. Wie, um meinem kurzlebigen Wohlbefinden nicht zu viel Platz einzuräumen, schweifen meine Gedanken vom Problem Monique zu Adam, der vermutlich das nächste Problem darstellen wird. Es gelingt mir nicht, ihn aus meinem Hirn zu verdrängen. Wie hat er es geschafft, ohne anwesend zu sein, mich zum Orgasmus zu bringen, was bis jetzt noch nur meine Fantasiegestalten schaffen? Besitzt er, nachdem ich ihn erst seit kurzem kenne, bereits so viel Macht über mich? Verfügt er über telepathische Fähigkeiten? Er ist mir ein Rätsel und ich will auf keinen Fall das Rendezvous heute Abend überbewerten. Es ist nur eine Verabredung zum Kaffee belüge ich mich selbst. Und was weiter? Nach dem Kaffee? Nicht dran denken. Ein angenehmes Kribbeln an verschiedenen Stellen meines Körpers lassen mich wohlig erzittern.

Erst der Blick des Kellners holt mich wieder in die Realität zurück. Heute werde ich Roman betrügen. Da bin ich mir sicher. Und es wird das erste Mal sein. Normalerweise setze ich meinen Männern keine Hörner auf. Nicht etwa aus ethischen Gründen, sondern weil keine Beziehung so lange hält, dass ich fremd gehen muss. Roman ist bei weitem mein längstes Verhältnis, obwohl wir noch nicht einmal unser Einjähriges feiern können. Was gibt es da auch zu feiern? Langeweile, Bequemlichkeit, nicht erfüllter Sex oder Liebe? Kein Grund zum Feiern. Erst recht nicht, wenn es wahrscheinlich kein einjähriges Bestehen geben wird.

Als die Müllmänner und die ersten Menschen, die zur Arbeit unterwegs sind auf dem Platz erscheinen bin ich fertig mit frühstücken. Mit einer Handbewegung bedeute ich der Bedienung, dass ich zahlen will. Sogar ein Trinkgeld lasse ich springen, obwohl es der grantige Kauz nicht verdient hat. Aber ich bin ausnahmsweise mal großzügig.

Frisch gestärkt jogge ich die paar Meter nach Hause. Karims Geschäft ist noch geschlossen. Im Innenhof sind die ersten Frühaufsteher zu hören. Orientalische Musik vermischt sich mit Zahnputzgeräuschen, Klospülungen und keifenden Müttern. Im Zwischenhof zu unserem Hinterhinterhaus ist es still. Roman scheint noch zu schlafen. Hoffe ich. Leise schleiche ich durch den Wintergarten, in dem zwei große Oleanderbüsche stehen, die Romans ganzer Stolz sind. Ich habe überhaupt kein Händchen für Pflanzen und würde mir auch nie eine anschaffen, denn bei mir vertrocknet selbst ein Kaktus. Drinnen ist kein Laut zu hören, was darauf deutet, dass Roman tatsächlich noch schläft. Innerlich bete ich, dass er nicht aufwacht, wenn ich ins Bad gehe. Zum hundertsten Mal ärgere ich mich über die enge Behausung die mich zur Rücksichtnahme zwingt.

Die Tür zur Schlafkoje ist nur angelehnt, wie auch die zum Bad, also schlüpfe ich hinein, schließe zu und ziehe mich aus, um zu duschen, in der Hoffnung, dass er mich nicht hört. Kaum habe ich mich diesem optimistischen Wunsch hingegeben, als es auch schon an der Tür klopft:

„Guten Morgen, Chérie. Machst du mal auf? Ich muss mal."

Kann ich nicht für einen Moment meine Ruhe haben, verdammt noch mal.

„Moment, ich hab Seife in den Augen."

„Beeil dich bitte, sonst pinkel ich in deine Rykiels."

Roman und seine Witzchen. Ich verabscheue es, gehetzt und zur Eile angetrieben zu werden.

„Hel, jetzt mach' schon. Schließ jetzt endlich die Tür auf. Ich verstehe sowieso nicht, warum du immer abschließen musst."

Arsch.

Wütend steige ich aus der Dusche, schlinge mir ein Badetuch um und öffne, mit vorwurfsvollem Blick, die Tür.

„Na endlich, wurde ja auch Zeit."

Mit seiner Morgenlatte stürmt er an mir vorbei. Natürlich klappt er den Toilettendeckel hoch. Kurz darauf plätschert sein Strahl laut ins Becken. Er betätigt die Wasserspülung. Der Deckel bleibt oben.

Du Arschloch. Das machst du nur, um mich zu ärgern.

Ungeduldig warte ich im Schlafzimmer. Sauer, weil er mich extra so lange zappeln lässt. Er dreht den Wasserhahn auf. Doch als ich das Zahnputzgeräusch höre, ist das Fass voll. Zornig stoße ich die Tür auf, so dass sie an die Wand kracht.

„Ich hab dich nur auf die Toilette gelassen, also warte gefälligst, bis ich fertig bin."

Glotz doch nicht so entgeistert. Das machst du doch extra.

„Was hat dir denn den Morgen vermiest? Hier ist doch genug Platz für uns beide, außerdem geht das bei mir Ruckzuck. Übrigens, einen wunderschönen guten Morgen wünsche ich dir."

Unfähig etwas zu erwidern, weil ich einfach zu wütend bin und fast daran ersticke, stakse ich, steif wie ein Roboter, in den Wintergarten und setze mich in einen der Korbsessel. Der Tag fängt ja schon super an. Wütend auf Roman und mich selbst, weil ich mich wieder einmal total kindisch benehme, attackiere ich den Oleander mit meinem Fuß.

Ach du Scheiße.

Der Stamm bricht plötzlich in der Mitte auseinander und landet mit verstreuten Blüten auf dem Boden. Entsetzt, denn das habe ich, weiß Gott, nicht beabsichtigt, gucke ich zur Tür ob Roman dort steht.

Scheiße, Scheiße, Scheiße.

Sein geliebter Busch. Und ich habe ihn zerstört. Was mache ich nur? Mein Blick fällt auf den Verbandskasten. Hastig öffne ich den Deckel, ziehe ein langes Stück von der Pflasterrolle und beiße es ab. Irgendwie muss ich das Stämmchen stabilisieren, weil es so nicht halten wird. In der Ecke steht ein Bündel Bambusrohre, Überbleibsel meiner nie verwirklichten Wintergarten-Südsee-Dekoration. Ich bohre das Rohr eng am Stamm in die Erde und wickele das Pflaster drum. Nach der ungewohnt anstrengenden Leistung bin ich so verschwitzt, dass ich gleich nochmal duschen könnte, aber ich habe keine Lust auf ein Frage-Antwort-Spiel mit Roman. Stattdessen gehe ich in die Küche, um mein erhitztes Gesicht mit ein paar Eiswürfeln abzukühlen. Er ist immer noch im Bad wie ich am Wasserrauschen feststelle. Endlich ist er fertig mit seiner Morgentoilette. Es wurde ja auch langsam Zeit.

„Von wegen Ruckzuck", schleudere ich ihm entgegen, bevor ich ins Badezimmer marschiere und die Tür zuknalle.

Mit besonderer Sorgfalt schminke ich mein Gesicht. Um mich gegenüber Monique nicht im Nachteil zu fühlen muss ich einfach perfekt aussehen. Ein Panzer wäre mir lieber. Ich öffne die Tür einen Spalt, um die Lage zu peilen. Von Roman keine Spur. Was ziehe ich an? Ich will Monique unbedingt überlegen sein und ich habe ein Rendezvous mit Adam. Verfluchte Entscheidungen. Aus der Schublade fische ich aus der hintersten Ecke den neuen Seidentanga von Chantal Thomass. Das ist schon mal ein Anfang. Wohin habe ich nur das Wickelkleid gestopft? Hektisch schiebe ich die Kleiderbügel auseinander, um eine bessere Sicht zu haben. Wo ist denn nur das geklaute Teil aus der Fürstenberg-Boutique? Da entdecke ich mein Diebesgut in gedecktem Grün, das toll zu meinen roten Haaren passt, zusammengeknüllt auf dem Schrankboden. Das ist perfekt. Ein kleines Zupfen an der Schleife und ich bin, bis auf den Slip, nackt. Ich schnappe das Kleid, das Gott sei Dank knitterfrei ist und falte es ordentlich zusammen. Auf dem Boden liegt eine kleine Papiertüte. Wunderbar geeignet, um das Kleid vor Romans Blicken zu verstecken. So viele Schnäppchen in so kurzer Zeit werfen Fragen auf, die ich nicht beantworten will. Ich werde mich später irgendwo umziehen.

Nun zu Monique. Nach langem Hin und Her entscheide ich mich für ein violettes Etuikleid, steige in meine Jimmy-Choo-Pumps, die tatsächlich ein Schnäppchen von zweihundert Euro waren und werfe einen letzten prüfenden Blick in den Spiegel. Nachdem ich die Tüte in meiner Handtasche verstaut habe, bin ich fix und fertig von dem Morgen-Gedanken-Stress. Am liebsten möchte ich mich verkriechen, aber ich muss wohl oder übel in die Agentur. Roman wird mich mit Sicherheit gleich wieder an die verdammte Telefonrechnung erinnern. Doch die Wohnung ist leer. An der Tür klebt ein Zettel WARTE BEI MICHEL AUF DICH. Auch das noch. Ich kenne die Frühstücksorgien bei Michel, die oft bis mittags dauern und mit Champagner enden, wenn Roman sich mal zum Ausgehen aufgerafft hat. MUSS IN DIE AGENTUR. MELDE MICH SPÄTER, kritzele ich auf das Papier. Ein winziges schlechtes Gewissen regt sich bei mir, das ich jedoch sofort wieder weg schiebe. Jetzt ärgere ich mich, dass ich nicht gleich das Wickelkleid angezogen habe. Dumm gelaufen.

12

Auf dem Weg zur Agentur probe ich innerlich das Zusammentreffen mit Monique. Noch habe ich keinen Plan, aber mit Sicherheit werde ich nicht klein beigeben. Die Fahrt mit der verhassten Metro erlebe ich fast in Trance, ohne den Zitherspieler oder die bettelnden Zigeunerinnen mit ihren verdreckten Kindern zu bemerken, die mir sonst auf die Nerven fallen. Je näher die Agentur rückt, umso heftiger macht sich mein Herz bemerkbar. Nur allzu gerne würde ich auf dem Absatz kehrt machen. Mit weichen Knien und Hasenaugen öffne ich die Tür. Schon jetzt ist mir schmerzlich bewusst, dass ich diese Welt vermissen werde. Jeden Tag die gleiche Geräuschkulisse aus schrillenden Telefonen, Stimmengewirr, Kuriere, die mit quietschenden Reifen vorfahren und ständig in ihr Head-Set quasseln, Didiers alles übertönende Tuckenstimme, Models, die sich den neusten Klatsch erzählen, der immerzu laufende Flat Screen mit Catwalks von den Modemetropolen, untermalt mit Musik und die ewig zischende Espressomaschine. Umso bedauerlicher, weil Monique die einzige Modelagentur ist, die ein eigenes Casting-Studio hat. Erst jetzt begreife ich, welch eine privilegierte Stellung ich habe. Bei Monique habe ich die Möglichkeit, auch als Scout zu arbeiten und wirkliche Talente zu entdecken. Einige von meinen Schützlingen sind heute groß im Geschäft.

Didier hat mich erblickt, während er, wild gestikulierend in sein Handy schreit und bedeutet mir mit Zeichensprache, umgehend bei Monique vorzusprechen. Auf einmal fühle ich mich bereits ausgeschlossen. So, als hätten alle mich schon abgeschrieben. Ich bin nicht mehr existent. Sogar Didier, mit dem ich mich immer bestens verstanden habe, hält es noch nicht einmal für nötig sein Gespräch für mich zu unterbrechen. Alles dreht sich weiter, auch ohne mich. Die aufsteigenden Tränen unterdrückend steige ich die Treppe zu

Moniques Büro hinauf.

Zu allem Überfluss ist die Tür geschlossen, so dass ich, wie eine Bittstellerin klopfen muss. Keine Antwort. Kurz überlege ich, ob ich noch schnell auf die Toilette verschwinde, da ich auf einmal dringend pinkeln muss, da ertönt von innen Moniques Stimme. Beklommen öffne ich die Tür und trete ein. Monique thront hinter ihrem opulenten Schreibtisch, der in diesem Loft fast zierlich wirkt und spricht auf Spanisch in die Freisprechanlage. Imposant, wäre das passende Adjektiv für Moniques Erscheinung. In den Achtzigern war sie eins der bestbezahltesten Topmodels der Welt. Da hieß sie noch Monika. Einsachtzig, weißblonde Haare und einen Körper, der an Strand und Meer erinnert. Schwedinnen waren damals sehr angesagt. Frisch, natürlich und immer gut gelaunt. Selbst mit achtundvierzig sieht sie noch toll aus. Hinzu kommt, dass Monique sechs Sprachen fließend spricht. Mit einer lässigen Handbewegung gibt sie mir ein Zeichen, mich zu setzen. Folgsam, wie ein Schulmädchen nehme ich sofort Platz und warte mit zugeschnürter Kehle auf das Ende des Telefonats. Die Terrassentüren mit alten Bleiglasfenstern sind weit geöffnet und ein sanfter Windhauch weht den Duft von Jasmin herein. Riesige Oleanderbüsche in allen Rosaschattierungen stehen auf der Veranda, zwischendrin antike Lloyd-Loom-Sessel in verwaschenem Grün und Creme. Eine kleine Oase mitten in Paris. Ich erinnere mich an Moniques Wohnung, die über ihrem Büro liegt und Neid nagt an mir, wenn ich an den herrlichen Blick denke und an die geschmackvolle Einrichtung dieses gigantischen Lofts, mit einer Terrasse, die rund um die Wohnung läuft. Einige Male war ich zu Moniques berühmten Geburtstagspartys eingeladen, bei denen immer die gesamte Pariser Szene versammelt ist. Da gehörte ich noch dazu. Wie unhöflich, einfach weiter zu quatschen und mich zu ignorieren. Verstohlen betrachte ich Monique. Als unsere Blicke sich treffen, schaue ich schnell weg. So ein Loft würde ich auch gerne besitzen. Bestimmt von ihrem Stecher bezahlt. Ich kann mir nicht vorstellen, dass diese Frau diese Pracht mit Fleiß selbst erwirtschaftet hat. Ganz tief in mir protestiert eine vorsichtige Stimme. Wenn ich nicht mein ganzes Geld, das ich verdient habe und das gestohlene dazu, in Klamotten und anderen Schnickschnack gesteckt hätte, würde auch ich zumindest ein kleines Appartement besitzen. Aber diese leisen selbstkritischen Töne lasse ich erst gar nicht an die Oberfläche steigen.

Moniques Stimme reißt mich aus meinen Wachträumen.

„Gut, dass du da bist. Ich muss mit dir reden."

Ich warte stumm.

„Um es gleich auf den Punkt zu bringen, der Kunde hat das Casting von Elite machen lassen und ich muss es zahlen. Aber das ist noch nicht das Schlimmste, denn er hat mich gefeuert und seinen Anwalt eingeschaltet. Das heißt im Klartext, ich werde noch weiter bluten müssen, da der Spot nicht zum Termin ausgestrahlt werden kann und die Sendeplätze bereits fest gebucht sind. Ich wage nicht, mir vorzustellen, welche Summen da auf mich zukommen. Was hast du dir nur dabei gedacht, so eine miserable Arbeit abzuliefern? Hel, ich verstehe dich nicht. Dann verdrückst du dich auch noch sang und klanglos, meldest dich krank und kreuzt abends quietsch fidel bei der Vernissage auf. Meinst du nicht, dass du mir einiges zu erklären hast?"

Mir ist plötzlich eiskalt, trotz der Wärme im Raum. Entsetzt ahne ich, was noch folgen wird. So hatte ich mir das nicht vorgestellt. Es sollte ganz anders ablaufen. Ein Tobsuchtsanfall, Geschrei und am Ende die große Versöhnung, mit meinem Versprechen, nie mehr ein so mieses Casting zu verbocken. Fieberhaft krame ich in meinem Hirn nach einer Verteidigung. Doch mein Kopf ist so leer, wie eine hohle Nuss. Kläglich presse ich ein paar Wörter raus, die ich sofort bereue.

„Tut mir leid. Dass es dich so schlimm trifft, hätte ich nicht gedacht. Das waren ja auch wirklich zwei Ärsche."

„Du scheinst nicht zu begreifen, Hel, Ärsche hin oder her, sie sind die Kunden und erwarten exzellente Arbeit von uns, und du hast das vergeigt. Diese, wie du sie nennst, Ärsche, bezahlen deine Gage, die ganz schön happig ist. Meinst du wirklich, dass du das Honorar wert bist?"

Damit habe ich nun überhaupt nicht gerechnet, dass ich nicht bezahlt werde. Schließlich habe ich ihrem Job gemacht, wenn auch nicht besonders gut, aber ich habe meine Zeit und Arbeit investiert. Monique dramatisiert die ganze Geschichte bestimmt nur.

„Was meinst du damit, ob ich das Honorar wert bin?"

„Sag mal, tust du nur so oder glaubst du wirklich, dass ich dir für das Casting etwas zahle? Das ist nicht dein Ernst, oder?"

„Na hör mal! Fünf Tage hab ich dafür geackert, das macht fünftausend Euro, die ich in den Wind schießen soll? Ich habe fest mit dem Geld gerechnet und brauche es dringend. Schließlich bin ich nicht angestellt, wie die anderen. Außerdem hast du mir noch nicht einmal die Chance gegeben, ein neues Casting zu machen."

Monique unterbricht mich barsch:

„Jetzt mach doch nicht alles noch schlimmer, als es sowieso schon ist. Lerne endlich, Kritik einzustecken und zu deinen Fehlern zu stehen. Viel zu lange habe ich beide Augen zugedrückt, weil du immer gleich eingeschnappt bist. Ich habe einfach keine Lust mehr, dich mit Glacéehandschuhen anzufassen. Entweder du änderst dein Verhalten..."

„Oder was?" Meine Stimme schnappt über vor lauter Wut, dermaßen gedemütigt zu werden.

„Ich hab mir für dich den Arsch aufgerissen und so dankst du es mir. Feuerst du mich nun, oder was?"

„Ich will dir doch nur helfen, Hel. Mit deiner verbohrten Einstellung kommst du keinen Schritt weiter. Du hast ein unglaubliches Potenzial, das du einfach nicht nutzt. Aber wenn du so uneinsichtig bist gibt es für uns keine Basis. Dein Gezicke kann ich mir nicht leisten und will es auch nicht. Die Entscheidung liegt bei dir."

Mir fällt es immer schwerer, klar zu denken. In meinem Kopf tobt ein schnappender Haufen von hässlichen Piranhas, die jede Vernunft aus meinem Hirn saugen und ich nur noch schlammige Dunkelheit spüre. Unfähig meine Gedanken zu ordnen, rutsche ich tiefer und tiefer in die Finsternis. Mit weinerlicher Stimme, all meine guten Vorsätze vergessend, lasse ich meinem Frust freien Lauf, wohl wissend, dass ich mich selbst ins Aus katapultiere. Aber das ist mir in diesem Moment egal.

„Du hast doch nur auf den passenden Zeitpunkt gewartet, um mich abzuschreiben und jetzt tust du so, als willst du mir helfen. Wer hat denn die ganze Arbeit gemacht, he? Wer war bis spät in die Nacht am Ackern, um rechtzeitig zur Präsentation fertig zu sein? Wer hat sich den Arsch aufgerissen, um deinen zu retten? Und so dankst du es mir. Das ist ne ganz miese Tour. Mach doch deine Castings in Zukunft selber oder lass dein Baby Sophie ran, dann wirst du schon sehen, was du an mir gehabt hast. Weißt du was? Ich brauch' dich nicht und dein gönnerhaftes Getue kannst du dir sparen. Sophie wird dir sicherlich dankbar die Füße küssen, wenn ich endlich weg bin und sie meinen Job haben kann. Darauf hat sie ja die ganze Zeit gelauert."

Inzwischen bin ich so in Rage und so verzweifelt, dass mir die Tränen runter laufen. Gnadenlos lamentiere ich weiter, wohl wissend, dass ich mich um Kopf und Kragen rede.

„Dir ist es doch scheißegal, ob ich meine Miete zahlen kann, oder meine Krankenversicherung. Du hast deine Schäfchen im Trockenen. Ich sag dir nur, wenn du mir die fünftausend nicht zahlst, gehe ich zum Anwalt. Das lass' ich mir nicht bieten..."

„Mir reicht's, Hel. Am besten du gehst bevor ich etwas sage das ich hinterher bereue."

Monique greift zum Telefon und tippt die Kurzwahltaste.

„Hallo Didier, Hel kommt gleich runter. Gib ihr bitte die restlichen tausend Euro vom Schoko-Casting in bar. Keinen Scheck, ok?"

Sie legt auf und sagt:

„Tja Hel, das war's dann wohl. Schade, dass wir uns nicht einigen konnten und uns so trennen müssen. Viel Glück."

Steif erhebe ich mich und verlasse wortlos das Büro.

Du alte Schlampe wirst mich noch kennenlernen. Du arrogantes

Miststück. Dich mache ich fertig.

Unten an der Treppe erwartet mich Didier, sichtlich verlegen, da er meinem Blick ausweicht und nicht weiß, wo er hin gucken soll.

„Das soll ich dir von Monique geben", quetscht er hervor, während er mir unbeholfen einen Umschlag entgegenstreckt.

„Ist wohl nicht so gut gelaufen."

Mühsam versucht er, sich ein Lächeln auf sein Gesicht zu zwingen, was ihm gänzlich misslingt.

„Halt einfach die Klappe", fauche ich ihn an und reiße ihm auf dem Weg zur Eingangstür den Umschlag aus der Hand.

„Ihr könnt mich alle mal kreuzweise."

Bevor eine Woge des Selbstmitleids mich vor Didiers Augen überschwemmt, bin ich schon zur Tür hinaus gestürmt, weil ich auf keinen Fall will, dass Didier meine Tränen der Niederlage sieht. Er ruft mir noch etwas zu, aber ich verstehe seine Worte nicht, da das Rauschen in meinen Ohren die Außenwelt übertönt.

13

Ohrenbetäubend ist der Lärm in meinem Kopf, so dass mir ganz schwindelig wird. Schwarzweiße Sternchen flimmern vor meinen Augen, die schmerzend zu explodieren scheinen, wie ein Feuerwerk im Mikrokosmos. Taumelnd, wie eine Blinde, setze ich mich mitten auf den Bürgersteig, aus Angst zu stürzen. Kalter Schweiß bricht aus all meinen Poren und im Nu ist mein Seidenkleid unter den Achseln klatschnass. Ich bete, dass ich nicht nach zwiebeligem Angstschweiß stinke. Dann kotze ich in die Rinne. Wenn Adam mich so sehen würde, fährt es mir durch den Kopf, würde er mir liebevoll die Stirn halten oder würde er sich angeekelt abwenden? Krampfhaft zieht sich mein Magen zusammen, bevor der nächste Strahl aus meinem Mund schießt. Tränen der Schwäche und Erschöpfung laufen über meine Wangen, während ich immer wieder würge, bis nur noch säuerliche Flüssigkeit aufstößt. Mit dem Gallensaft wallt mein ganzer Hass auf Monique in mir empor. Die blöde Kuh hat es doch tatsächlich gewagt, mich eiskalt abzuservieren und tut dann noch so, als würde es ihr Leid tun. Dieses arrogante Flittchen, das unter dem Deckmäntelchen der Geschäftsreise einfach mal so nach New York fliegt und es dort ordentlich krachen lässt. Betrügt ihren anbetungswürdigen Mann, der alles besitzt, was eine Frau glücklich macht, mit so einem Broker-Arsch. Voller Verachtung spucke ich die bittere Soße, die sich in meinem Mund angesammelt hat, in den Rinnstein. Aber noch mehr verachte ich mich selbst, für mein klägliches Verhalten Monique gegenüber. Warum habe ich ihr nicht Paroli geboten? Wie ein armer Wurm bin ich zu Kreuze gekrochen, habe mich demütigen lassen von dieser scheinheiligen Ratte.

Na, dir werd' ich's zeigen. Du wirst dich wundern, zu was ich im Stande bin.

Mich lässt man nicht ungestraft abblitzen. Nachdem ich mich, im wahrsten Sinne des Wortes, so richtig ausgekotzt habe, fühle ich mich schon besser. Beschämt, dass jemand mich vielleicht bei diesem peinlichen Missgeschick beobachtet, gucke ich mich um. Aufatmend stelle ich fest, dass weder in der Gasse, noch an einem Fenster neugierige Zuschauer zu sehen sind. Also rappele ich mich, noch etwas schwach auf den Beinen, hoch, überprüfe mein Kleid, ob nicht verräterische Spritzer zu sehen sind und mache mich auf die Suche nach einem Café.

Bis zu meinem Treffen mit Adam habe ich noch massenhaft Zeit, um mich zu restaurieren und von dem Schock zu erholen. Der Drang, mir etwas Schönes zu kaufen, quasi als Trostpflaster, ist wie auf Knopfdruck sofort präsent. Eins nach dem anderen. Was hat Priorität? Zuerst muss schleunigst ein Spiegel her, um mich zu begutachten, dann einen Kaffee mit einem süßen rosa Petit Four, um wieder klar denken zu können und meinen Blutzucker auf Vordermann zu bringen. Dann sehe weiter.

Ich stoppe ein Taxi, weil ich auf keinen Fall Gefahr laufen will, jemandem aus der Agentur in der Mittagspause zu treffen. Meine Seele lechzt nach etwas Luxus, also lasse ich mich ins Georges V im achten Arrondissement chauffieren, denn dort gibt es die herrlichsten Petit Fours von ganz Paris und man sitzt herrlich anonym in weichen Samtsesseln, umgeben von Glanz und Reichtum. Mit Sicherheit werde ich dort niemanden aus meinem Bekanntenkreis treffen, denn denen ist das alte Grandhotel zu angestaubt und absolut nicht angesagt. Als das Taxi vorfährt, springt gleich ein livrierter Hoteldiener herbei, um mir die Wagentür zu öffnen. Glamourös schwinge ich meine Beine aus dem Taxi und schlendere durch die beeindruckende Hotelhalle in den angrenzenden Salon. Bis auf ein paar ältere, elegante Damen, offensichtlich Engländerinnen, mit rosa gepuderten Wangen und überschminkten Lippen, ist der Raum leer. Ich bin erleichtert, dass ich ohne Konkurrenz meines Alters ungestört meine Wunden lecken kann. Der befrackte Ober, ein distinguierter Herr um die fünfzig, fragt mich leise nach meinen Wünschen.

Wenn du wüsstest, was ich mir alles wünsche.

Ich bestelle einen Mocca, weil Espresso nicht angemessen klingt, mit drei Petits Fours. Kurze Zeit später erscheint Clark Gable, so nenne ich den Ober insgeheim, mit einem Servierwagen voll gepackt mit dem appetitlich pastellfarbenen Gebäck. Schon wieder muss ich eine Entscheidung treffen. Mit einem Lächeln, dass all seine Jacketkronen aufblitzen, nimmt Clark meine Order entgegen und verschwindet wieder mit seinem Wägelchen. Um die Wartezeit zu überbrücken, schreibe ich meine Prioritätenliste in meinen kleinen Smythons. Adam soll schwer beeindruckt sein, quasi vom Hocker fallen wenn er mich sieht. Da ich nicht zwischendurch nach Hause gehen kann, um mich zu stylen, muss ich alles unterwegs erledigen. Lästig, aber unvermeidlich. Zuallererst werde ich mir von Antoine eine lockere Hochsteckfrisur machen lassen, die sich mit wenigen Handgriffen auflösen lässt. Wie ich ihn kenne, wird er mir das Ohr abquatschen, aber immer noch angenehmer, als mich in einem fremden Klo zu frisieren. Vielleicht stecke ich mir noch ein paar Essstäbchen in die Haare. Mal sehen. Dummerweise hatte ich in der Hetze mein neues Kaschmirjäckchen vergessen. Grund genug, mir irgendwo ein adäquates Teil zu besorgen. So langsam reift mein Erscheinungsbild, dass ich Adam präsentieren will, vor meinem Auge.

Entzückt erblicke ich Clark, der sein Silbertablett durch den Raum balanciert und im Nu ist mein kleiner Tisch mit köstlichsten Naschereien dekoriert. Herzhaft beiße ich in ein rosa Petit Four mit filigranem Schokoladenmuster und lasse das zarte Gebäck auf der Zunge zergehen.

„Sie können sich das noch leisten, Kindchen", tönt eine Stimme neben mir.

Mit vollem Mund gucke ich in ein faltiges Porzellanpuppengesicht.

„Ich habe gerade zu meinen Freundinnen gesagt, dass Sie aussehen, wie von Botticelli gemalt, wie ein Engel."

Wenn du wüsstest, dass ich heute meinen Freund betrüge, Muttchen.

„Danke für das Kompliment", säusele ich artig und schlucke den Zuckerguss hinunter.

„Nein, nein, das ist eine Tatsache. Sie sind nicht nur eine sehr schöne Frau, Sie haben etwas ganz Besonderes, was man leider viel zu selten sieht. Sie besitzen auch die innere Schönheit, die Sie strahlen lässt."

Willst du mich verarschen?

Doch ich sehe nichts Verräterisches in ihren wässrigen Augen. Das Dämchen scheint es tatsächlich ernst zu meinen, denn sie lächelt mich liebevoll an. Als sie mir dann auch noch die Hand tätschelt, steigen mir Tränen in die Augen. Verlegen greife ich nach der Stoffserviette und schnäuze kräftig hinein. Dann räuspere ich mich ein paar Mal, um meine Stimmbänder in Schwung zu bringen.

„Das ist ganz lieb von Ihnen. Danke."

„Ich wünsche Ihnen viel Glück, meine Liebe. Und, dass Sie das bekommen, was Sie verdienen, Herzchen."

Bei dem letzten Satz stutze ich nun doch und schaue der Frau forschend ins Gesicht. Schleicht sich da ein hämischer Ausdruck in die Augen? Aber ihr Blick ist weiterhin offen und ehrlich. Nachdenklich verputze ich ein zartgelbes Zitronen-Petit-Four. Bekomme ich, was ich verdiene? Was verdiene ich denn? Adelige und Millionäre sind nicht gerade zahlreich vertreten. Während ich gedankenverloren an meinem Mocca nippe, schweift mein Blick in Richtung Halle, in der sich viele Menschen tummeln. Plötzlich glaube ich meinen Augen nicht zu trauen, denn unter all den Leuten erspähe ich ein Gesicht, welches ich im Traum hier nicht vermutet hätte. Flora.

Was hat Flora denn hier im George V zu suchen? Neugierig beuge ich mich vor, um besser sehen zu können, was meine Freundin im George V zu suchen hat und vor allen Dingen wen. Mein Spürsinn ist geweckt, denn hier geht eindeutig etwas Verbotenes vor. Das rieche ich. In diesem Metier kenne ich mich bestens aus. Innerlich verfluche ich die Menschenmenge, die mir einen freien Blick versperrt. Wen hat sie bei sich? Wer bezahlt das Zimmer? Einige Augenblicke später schiebt sich eine schmale schwarze Gestalt durch die

Menge und ist schon wieder verschwunden. Ich recke meinen Hals, um mich zu vergewissern, dass ich kein Phantom gesehen habe. In meinem Kopf ist der Teufel los. Halluziniere ich? Woher kennt Flora Adam, wenn es überhaupt Adam ist. Das ist unmöglich. Paris hat über zwei Millionen Einwohner, mit dem Drumherum sogar fast zehn Millionen und da wäre es doch ein unglaublicher Zufall ausgerechnet hier zwei Menschen zu sehen, die ich kenne. Bestimmt habe ich mich geirrt. Hektisch krame ich mein Portemonnaie aus der Tasche und gebe Clark ein Zeichen, dass ich zahlen will. Der Appetit auf die restlichen Petits Fours ist mir gründlich vergangen. Vor dem Hotel ist weder Flora zu sehen, noch die schwarze Spukgestalt. Verwirrt und beunruhigt steige ich ins Taxi und fahre zu Antoine. War das nun Adam oder ein Hirngespinst? Ich werde ihn später einfach fragen, nehme ich mir vor. Mit Sicherheit wird es eine plausible Erklärung geben. Doch der Gedanke, dass Flora und Adam sich kennen und womöglich ein Verhältnis haben, schwirrt unentwegt durch meinen Kopf. Adam wird das Rätsel auflösen, rede ich mir ein.

Antoine ist natürlich schwul, wie fast alle Friseure, die ich kenne. Er ist die älteste Drag-Queen von Paris, denn samstags tritt er im Chez-Nous als Zsa Zsa Gabor auf und er reist zu allen Christopher-Street-Days in Europa. Mittlerweile muss der Gute über sechzig sein, denke ich, als ich seinen pompösen Salon betrete und ihn mit seiner filterlosen Gitane zwischen den Lippen sehe. Obwohl sein Geschäft, das kitschiger nicht sein könnte mit den Kronleuchtern von Barovier & Toso aus echtem Muranoglas und all den verzierten Vitrinen, immer nach Zigarettenqualm stinkt, kommen die Damen der High Society, um sich ihre Steckfrisuren von ihm arrangieren zu lassen. Antoine schmeißt seinen Laden allein. Er duldet noch nicht einmal einen Lehrling. Und wenn er für einen Kostümfilm gebucht oder beim Festival du Film in Cannes die Frisuren der Stars stylt, ist sein Geschäft geschlossen. Antoines Salon ist ein Umschlagplatz des Klatsches, aber wenn es drauf ankommt kann er verschwiegen sein, wie ein Grab. Er und ich teilen eine Menge Geheimnisse miteinander.

„Ah, ma Belle de Jour", begrüßt mich Antoine und befördert nicht einmal für die, in die Luft gehauchten, Küsschen seine Gitane aus dem Mund.

„Alles in Ordnung? Du siehst ein bisschen gestresst aus."

Vor Antoines Röntgenblick kann ich nichts verbergen und seine stets auf Empfang gerichteten Antennen sind übersensibel.

„Nur etwas Ärger in der Agentur, außerdem spinnt Roman ein bisschen rum. Sonst ist alles in bester Ordnung."

Antoine zieht eine Augenbraue in die Höhe, mustert mich skeptisch und bläst hustend Zigarettenrauch aus Mund und Nase.

„Oh, sogar in bester Ordnung", krächzt er, nach Atem ringend. Die Zigarette klebt, wie ein Wunder, immer noch an seinen Lippen. Ich schmolle.

„Jetzt guck mich nicht so an."

Und dann erzähle ich ihm alles. Von Monique, auch wenn ich mich selbst in ein besseres Licht stelle, weiß ich, dass Antoine zwischen den Zeilen liest. Ich beichte ihm von Adam, und von Flora, die vielleicht ein Verhältnis mit Adam hat. Die Worte sprudeln ungebremst aus meinem Mund, so dass ich die Sätze kaum ordnen kann. Nachdem ich mich verbal und emotional entleert habe schaue ich ihn erwartungsvoll an, als ob er mir in dieser Sekunde die Lösung für all meine Probleme auf einem silbernen Tablett servieren würde.

„Da sitzt du ja ganz schön im Schlamassel. Ein bisschen viel auf einmal, finde ich. Das mit Monique ist wirklich dumm, denn du weißt genau, dass man sich mit ihr nicht anlegen sollte. Rede noch mal mit ihr, sonst hast du es dir überall verschissen, wenn das die Runde macht. "

„Das wollte ich eigentlich nicht hören. Wie stellst du dir das vor? Soll ich etwa vor ihr auf den Knien rutschen und zu Kreuze kriechen? Ne, lieber beiß ich mir die Zunge ab, als vor ihr zu winseln. Es gibt noch tausend andere Agenturen, nicht nur sie. Im Moment ist es für mich viel wichtiger wie ich es

Roman verklickere ohne zu sehr ins Detail zu gehen. Der flippt sonst aus und fängt wieder mit seiner Altersversorgung und dem ganzen Mist an."

„Recht hat er. Wenn er spitz kriegt, dass du ihm Hörner aufsetzt, ist es tatsächlich aus mit deiner Rente."

„Wie bist du denn drauf? Meinst du, ich erzähle dir alles, um dann nur Sprüche zu hören? Sag mir doch, was ich tun soll."

„Tu's nicht."

„Was?"

Verdutzt starre ich ihn an, während er sich eine neue Zigarette zwischen die Lippen schiebt.

„Tu's nicht, hab ich gesagt. Du weißt, dass ich alles andere als die Brave bin, aber ein Fünkchen Moral glüht in meinem Inneren und Roman hat das nicht verdient. Deine nächtlichen Abenteuer finde ich zwar ziemlich extrem, aber ich sehe sie mal als Spielchen an, mitunter gefährliche Spielchen, wie du aus Erfahrung weißt. Das mit Adam ist was anderes, das ist kein Spiel mehr, sondern Vertrauensbruch und vorsätzlicher Betrug. Überleg es dir gut, ob du deine Beziehung aufs Spiel setzen willst."

„Vier Mal Spiel. Wenn das kein Spiel ist. Ich bin schließlich kein Kind mehr, Papa. So, jetzt mach mir ne hübsche Frisur mit Stäbchen."

Beleidigt stolziere ich zum nächsten Stuhl, hocke mich hin und warte ungeduldig, dass er endlich seinen Job macht.

„Wie du willst, ma Belle", seufzt er und bürstet meine rote Mähne, bis sie seidig glänzend über meine Schultern fällt.

Wir sind beide in unsere eigenen Gedanken versunken, üben uns in Friseur-Smalltalk, wohl wissend, dass das Unausgesprochene wie eine dunkle Wolke über uns hängt.

„Nimm es als Geschenk von mir", sagt Antoine mit traurigen Augen, als ich bezahlen will.

„Überleg es dir nochmal, ja?"

„Habe ich", und lege fünf Euro auf die goldene Konsole.

„Für die Kaffeekasse. Salut und danke für die schicke Frisur."

Warum will jeder an mir herum erziehen und meint zu wissen, was am besten für mich ist?

Ich kannte Roman gerade zwei Monate, als wir unseren ersten Streit hatten. Natürlich ging es um Geld. Ich war sauer auf ihn, weil er mir vorgeworfen hatte, weit über meine Verhältnisse zu leben und ich solle darüber nachdenken, weniger Luxus zu konsumieren, um für die Altersversorgung zu sparen. Noch heute versetzt mich die Erinnerung, wie Roman mich abgekanzelt hatte, in Rage. Wie ein gescholtenes Kind hatte ich auf dem Sofa gesessen, den Monolog über mich ergehen lassen und kein Wort heraus gebracht. Ich wollte nicht einsehen, dass er Recht hatte. Selbstverständlich habe ich keinen Cent gespart oder angelegt, sondern gebe gleich alles aus. Warum auch nicht, er ist ja meine Altersversorgung. Zutiefst gekränkt, dass er es gewagt hatte, mich mit der unverblümten Wahrheit zu konfrontieren, zog ich mich mit krachend zuschlagender Tür ins Bad zurück. Roman, der frustriert weiter vor der geschlossenen Tür palaverte, gab schließlich auf, weil ich mich auf keine Diskussion einließ und fuhr zu seinen Eltern aufs Land. Das war seine Art mit Schwierigkeiten umzugehen. Immer gleich in Mamas Schoß. In Wirklichkeit weiß ich, dass das so nicht stimmt, denn Roman hat ein ausgesprochen herzliches Verhältnis zu seinen Eltern und findet dort auf dem Land die Ruhe, die er in Paris nicht hat. Für mich bedeutete seine Flucht, ein freier Abend, ganz nach meinem Gusto. Nicht, dass ich nicht gerne mit Roman zusammen bin, aber eben nicht immerzu. Mir ist es manchmal einfach zu eng und das bezieht sich nicht nur auf die kleine Wohnung. Wenn ich abends mal alleine ausgehen will, löchert er mich mit seinen Fragen, wohin, mit wem und warum allein. Er versteht einfach nicht, weshalb ich manchmal gerne solo unterwegs bin. Um diesen lästigen Fragen aus dem Weg zu gehen, fing ich an zu lügen und schob Freundinnen vor. Das glaubte er mir. Letztendlich will er doch belogen werden.

Bis zur Unkenntlichkeit geschminkt, mit schwarzer Perücke à la Uma Thurman in Pulp Fiction und schwarzen

Lederklamotten zog ich, nach Romans angetretenem Kurzurlaub, durch das Viertel am Gare de Lyon, bis ich eine Bar entdeckte, in der Geschäftsmänner verkehrten. Das Etablissement war zwar nicht so edel wie eine Hotelbar, aber wirkte einigermaßen annehmbar. Wie immer setzte ich mich gleich an dir Bar und bestellte eine Zitronenlimonade, da ich, wenn ich auf Tour war, normalerweise nie Alkohol trank. Ein klarer Kopf war mir wichtig, wenn der Auserkorene ihn verlor. Es ging mir nicht um Sex, sondern nur um den Kick. Es gefällt mir, Männer zu manipulieren, auszureizen, wie weit ich es kommen ließ, bevor ich sie eiskalt abservierte. Kaum hatte ich Platz genommen, als auch schon die ersten Typen bei mir zu landen versuchten, aber ich ließ alle abblitzen. Unauffällig schweiften meine Augen umher, blieben an dem einen oder anderen hängen, um gleich weiter zu wandern, bis ich meine Wahl getroffen hatte. Schon aus der Ferne wirkte er eisig, wie ein Stück Stahl. Er mochte um die vierzig sein, Banker oder Unternehmensberater, vielleicht auch Chirurg, mit einem pockennarbigen Rattengesicht. Ein richtiges Alphamännchen, war mein erster Gedanke, als ich ihn sah, das könnte gefährlich werden, aber es juckte mich zu sehr, um auf meine innere Stimme zu achten. Es vergingen keine zehn Minuten, als er schon den Barhocker neben mir in Beschlag nahm und mir einen Drink ausgeben wollte. Als ich dankend ablehnte und an meiner Limo nippte, bestellte er trotzdem zwei Whiskeys und kippte seinen auf einen Zug runter. Ein kleines Alarmglöckchen meldete sich. Sein Akzent ließ mich richtig vermuten, dass er Skandinavier war. Ein norwegischer Unternehmensberater mit Sitz in Paris. Und dann lief alles schief. Ich merkte schnell, dass mein Spiel bei ihm nicht funktionierte und ich, die die Kontrolle über ihn haben wollte, diese an ihn abgab. Er kam ziemlich schnell zur Sache und wollte mit mir verschwinden. Als bei mir sämtliche Alarmglocken schrillten, kehrte ich die Prüde heraus und wollte ihn nur noch abwimmeln. Betrunken, wie er war, flippte er aus und knallte mir eine, so dass ich vom Hocker flog. Meine Perücke segelte durch die Luft. Er zischte noch etwas, wahrscheinlich Bitch auf Norwegisch, bevor er das Lokal verließ und mich am Boden liegen ließ. Ich war froh, dass ich mir beim dem Sturz aus der Höhe nichts gebrochen hatte. Dafür schmeckte ich Blut in meinem Mund. Irgendjemand half mir auf die Beine und drückte mir die Perücke in die Hand. Nach draußen wagte ich mich nicht, deshalb verschwand ich in der Toilette, um das Ausmaß des Schlages zu begutachten. Mehr verwirrt als entsetzt, da dies die erste Ohrfeige in meinem Leben war, betrachtete ich mich im Spiegel. Ich kenne verbale Brutalität, aber keine körperliche. Wenigstens hatte ich noch alle meine Zähne. Ich stülpte die Perücke, entfernte die herunter gelaufene Wimperntusche, zahlte an der Bar und machte den Abgang. Gottseidank war dieser Hägar nirgends zu sehen.

Zum Glück blieb Roman, wie ich schon vermutet hatte, über Nacht bei seinen Eltern, denn ihm wollte ich nach diesem Erlebnis wahrhaftig nicht unter die Augen treten.

14

Verstimmt über Antoines Erziehungsmaßnahmen, brauche ich etwas, was mich aufmuntert. Severine aufzusuchen, ist keine gute Idee, denn zu groß ist die Wahrscheinlichkeit, dass sie mich an meine Schulden erinnert. Mit dieser neuen Situation konfrontiert, kann ich ihr das Geld nicht zurückzahlen, da ich es nun für mich selbst benötige. Der Gedanke, ohne Einkommen zu sein, flößt mir Furcht ein. Im Geiste klappere die Personen ab die mir eventuell aus der Patsche helfen können. Aber ich habe alle Optionen bereits angezapft, so dass, zumindest momentan, keiner in Frage kommt. Tatsächlich erwäge ich für einen kurzen Augenblick auf ein neues Kleid zu verzichten, jedoch dauert diese Überlegung nur den Bruchteil einer Sekunde und schon mache ich mich auf den Weg zu Martine. Martines sechzehnjährige Tochter Ysa hat, Dank mir, eine steile Modelkarriere gestartet und die stolze Mama hatte doch erst neulich gemeint, ich jederzeit bei ihr im Geschäft willkommen sei. Na, wenn das keine Aufforderung ist.

Beschwingt durch meinen Stimmungswechsel, der wieder Hoffnung aufkeimen lässt, biege ich in die kleine Rue des Capucines, wo sich die Boutique befindet. Als ich den Laden betrete, ist keine Martine zu sehen, stattdessen eine arrogant wirkende blonde Frau.

So cool wie du kann ich schon lange sein.

„Ist Martine nicht da?", und meine gute Laune droht sich in Luft aufzulösen.

„Martine ist mit ihrer Tochter zu einem Shooting nach London geflogen."

Scheiße, Scheiße, Scheiße. Was mache ich denn jetzt? Die blöde Schnepfe weiß bestimmt nicht, wer ich bin.

„Das ist aber dumm. Jetzt bin ich extra gekommen, um sie zu besuchen, weil ich dann auch weg bin. Allerdings für längere

Zeit. Zu ärgerlich."

Die Blonde zuckt entschuldigend mit den Schultern.

„Tut mir Leid, aber Martine kommt erst übermorgen zurück. Kann ich ihr etwas ausrichten? Oder Sie schreiben ihr einen Zettel, den ich ihr gebe."

Davon kann ich mir auch nichts kaufen, Tussi.

Ich überlege fieberhaft, wie ich der Aushilfe begreiflich machen kann, was ich will.

„Übermorgen? Na, wunderbar, dann klappt es ja doch noch. Ich bin Hel von der Agentur Star und habe mit Martine vereinbart, dass ich ein paar Sachen zur Ansicht mitnehmen will. Übermorgen würde ich ihr die nicht genommenen Teile zurück bringen."

„Davon hat Martine mir gar nichts gesagt."

„Das hat sie bestimmt vergessen, denn ich bin diejenige, die Ysa den Job vermittelt hat und ich habe völlig vergessen, dass der schon diese Woche ist. Na ja, bei der Hektik, die bei uns herrscht, kein Wunder."

„Ach, Sie sind das? Martine hat immer von einer Monique gesprochen."

„Na ja, Monique gehört die Agentur, aber die Castings mache ich und Ysa habe ich entdeckt, als sie mit ihrer Freundin aus der Schule kam. Ich habe sofort gesehen, dass sie etwas ganz Besonderes ist."

Tatsächlich hat einer der sogenannten Miniscouts, die Monique für ein Taschengeld anheuert und sie vor Schulen herum lungern lässt, Ysa unter all den Kids erspäht. Monique, die gleich den richtigen Riecher hatte, forderte mich auf, mit der Kleinen ein Probe-Shooting zu organisieren, um Ysas Foto- und Filmtauglichkeit zu testen.

„Stimmt, Ysa ist wirklich ein besonderes Mädchen. Welch ein Glück für sie, dass sie Ihnen über den Weg gelaufen ist. Schauen Sie sich nur um, was Sie mitnehmen möchten."

Das lasse ich mir nicht zweimal sagen. Mit sachkundigem Blick entscheide ich mich für zwei hauchzarte Seidenkleider, ein Kaschmirjäckchen mit Top und ein Paar rosa Ballerinas aus weichem Leder. Während die Blonde die Teile zusammen legt schnappe ich mir noch einen Rock und eine Bluse, ebenfalls aus Seidenchiffon und lege sie zu den übrigen Sachen. Es juckt mich in den Fingern, noch weiter zuzuschlagen und kann mich gerade noch beherrschen.

„Wenn Sie noch einen Moment haben, dann schreibe ich schnell den Lieferschein, den Sie unterschreiben müssen."

Ich werfe einen Blick auf die Uhr der Blonden und tue erschrocken:

„Was, schon so spät? Schreiben Sie's einfach auf, das reicht schon. Martine weiß ja, wer ich bin. Ich muss dringend zu einem Termin."

Die Blonde guckt mich etwas unglücklich an und meint:

„Ich weiß nicht so recht..."

Meine Güte, jetzt hab dich nicht so.

„Kein Problem, ich ruf Martine gleich auf dem Handy an."

Die Blonde wird ganz rot vor Verlegenheit.

„Ok, denn ich will nichts falsch machen. Nicht, dass ich Ihnen nicht vertraue, aber Martine hat gesagt, dass ich nichts ohne Unterschrift rausgeben darf."

„Versteh ich ja. Versprochen, ich ruf sie gleich an. Also vielen Dank und bis bald."

„Ja, bis bald. Hat mich gefreut, Sie kennen zu lernen."

Das bezweifle ich. Zufrieden über meine fette Beute begebe ich mich in Richtung Rue de Rivoli, um das nächste Café anzusteuern.

Noch knapp zwei Stunden bis zu meinem Rendezvous mit Adam, also genügend Zeit um mich umzuziehen und noch einen Abstecher in die Galeries Lafayette zu machen. Zufrieden betrachte ich den Inhalt der Tüte, während ich darüber nachdenke, welches Kleid ich anziehen soll. Dann erinnere ich mich wieder an Flora in der Hotelhalle, die schwarze Gestalt im Hintergrund und eine dunkle Wolke schiebt sich über meine gute Laune. Wie eine lästige Fliege schüttele ich die Gedanken ab, um mir nicht die Stimmung verderben zu lassen. Im Lafayette verziehe ich mich auf die Toilette um mein Outfit zu wechseln. Meine Wahl fällt auf das schwarze Etuikleid aus feinem Seidenchiffon. In weiser Voraussicht habe ich heute Morgen schwarze Wildleder-Pumps angezogen, so dass sie perfekt zu dem Kleid passen. Ich stopfe mein altes Kleid in die Tüte, überprüfe kurz mein Gesicht und verlasse die Toilette. Auf dem Weg zum Ausgang angele ich mir geschickt - Übung macht den Meister - eine Sonnenbrille von Chanel und einen Testflacon ‚Chamade' von Guerlain. Denn mein Parfum habe ich in der Eile zu Hause vergessen. Vor der Spiegelfassade des Kaufhauses nehme ich mein Resultat in Augenschein, setze die neue Brille auf und drehe mich einmal, um mich von allen Seiten zu sehen. Wie eine rothaarige Holly Golightly. Frühstück bei Tiffany ist einer meiner Lieblingsfilme, obwohl ich jedes Mal Rotz und Wasser heule, weil Holly in der angeblichen Komödie für mich so eine tragische Figur verkörpert, mit der ich mich gerne identifiziere. Mit dem Unterschied, dass ich kein bezauberndes achtzehnjähriges Partygirl bin, das charmant die Männer um den Finger wickelt und ihnen fünfzig Dollar Toilettengeld abknöpft, um mich aus dem Staub zu machen. Für mich ist Holly ein zutiefst unsicheres, verängstigtes Geschöpfe, das ihre Lebensangst hinter einer Fassade verbirgt. Und das ist eine Tragödie mit dem Deckmäntelchen einer Komödie. Bevor mich das heulende Elend überkommt, besinne ich mich auf mein Rendezvous und hoffe, dass Adam kein armer Schlucker ist, der sich von irgendeiner reichen frustrierten Alten aushalten lässt.

Um viertel nach sechs treffe ich vor dem Deux Magots ein. Adam hat mich noch nicht erblickt, wohl aber ich ihn. Lässig sitzt er auf der Terrasse und liest die Libération. Ein Intellektueller also. Prüfend taxiere ich seine äußere Erscheinung. Sein Outfit lässt mich vermuten, dass er kein Habenichts zu sein scheint und die gewisse Eitelkeit besitzt, sich von der breiten Masse der Männer zu unterscheiden. Mein Herz beginnt heftig zu klopfen, als er von seiner Zeitung aufblickt, direkt in meine Augen, ohne zu suchen.
Was tust du hier? Du bist verrückt. Flüchte, solange du noch Zeit hast.

„Ich hatte schon Angst, dass Sie nicht kommen werden", begrüßt er mich und legt seine Zeitung zur Seite.

In der Nachmittagssonne wirkt er nicht mehr ganz so bleich und dünn, wohl aber schwarz. Bis auf seine Haut ist alles schwarz an ihm, mit Ausnahme seiner blauen Huskyaugen, die mich eindringlich anschauen.

„Es hat eine Ewigkeit gedauert, bis ich ein Taxi gefunden habe. In der Stadt ist der Teufel los."

Ganz der höfliche Gentleman steht Adam auf, um mir einen Stuhl zu recht zu rücken. Ich nehme Platz und verstaue meine Tüten mit der Handtasche auf dem freien Sessel. Adams Blick ruht immer noch auf meinem Gesicht.

„Bitte tun Sie mir den Gefallen und nehmen die Brille ab, damit ich Ihre Augen bei Tag sehen kann?"

Gehorsam setze ich die Brille ab. Da ist es wieder, dieses Gefühl der Unsicherheit.

„Obwohl Sie rothaarig wie Scarlett O'Hara sind, erinnern Sie mich doch mehr an Holly Golightly, wissen Sie das? Im Gegensatz zu Scarlett hat sie etwas Zartes und Verletzliches. Ein wunderbarer Film übrigens. Wussten Sie übrigens, dass das Buch kein Happy End hat?"

Ich starre ihn an, als hätte er mir ein unmoralisches Angebot gemacht.

Ein Mann, der meinen Lieblingsfilm wunderbar findet. Habe ich ein Glück.

„Natürlich wissen Sie das. Dumme Frage. Was möchten Sie trinken?"

Allmählich habe ich mich wieder gefasst und bestelle einen frisch gepressten Zitronensaft.

„Wie hört sich das für Sie an? Wir nehmen nach Ihrem Zitronensaft noch einen Aperitif und gehen dann zu Max essen. Kennen Sie Max?

„Nein. Müsste ich?"

Adam lächelt und sagt:

„Natürlich nicht. Man muss nicht alle Pariser Restaurants kennen. Max ist Österreicher, der sich vor dreißig Jahren vom buchstäblichen Tellerwäscher zu einem der besten Köche von

Paris empor gearbeitet hat. Er ist ein bisschen kauzig, aber er kocht wie ein Gott. Wenn er gut drauf ist, und ich hoffe, dass er heute Abend gut drauf ist, serviert er als Dessert einen begnadeten Kaiserschmarrn."

„Sind Sie Österreicher? Ich glaube, das Wort Kaiserschmarrn habe ich schon seit hundert Jahren nicht mehr gehört."

„Ich bin von allem etwas. Meine Mutter war Ungarin, mein Vater Österreicher, meine Großeltern mütterlicherseits Deutsche und väterlicherseits...muss ich gestehen, weiß ich nicht. Und Sie?"

„Deutsch. Genauer gesagt, die Eltern meiner Mutter waren Franzosen aus dem Elsass."

„Also durch und durch deutsch, denn das Elsass war ja deutsch."

Ich merke, dass ich rot werde. Verdammt nochmal, warum schafft es dieser Typ immer wieder, mich dermaßen zu verunsichern.

„Na ja, Elsässer eben", erwidere ich lahm und könnte mich in den Arsch beißen, dass ich nicht die Klappe gehalten habe. Null Punkte.

„Und, wie lange sind sie schon in Paris? Und was machen Sie? Ich will alles über Sie wissen."

Das glaube ich ihm aufs Wort. Auf der einen Seite verspüre ich das Bedürfnis, ihm alles zu erzählen, dann gibt es aber auch die andere Seite, die mich hemmt, ihm alles zu erzählen. Noch eine andere Seite will, dass er mich von meiner besten Seite kennen lernt.

„Fast auf den Tag zehn Jahre. Ich arbeite seit zwei Jahren frei als Casting Director für eine der größten Modelagenturen, da ich es Leid hatte immer aus dem Koffer zu leben. Vorher hatte ich mein eigenes Casting-Studio und war permanent in der ganzen Welt unterwegs. Manchmal wusste ich nicht, ob ich in London oder in New York aufwachte. Das war mir irgendwann zu stressig. Nun bin ich froh, dass ich die meiste Zeit in Paris bin."

Was plappere ich denn da?

„Wow, eine geschäftstüchtige selbstständige Frau. Hut ab.

Und wo waren Sie vorher? Vor Paris?"

Unangenehme Bilder tauchen plötzlich auf.

„Ich habe lange Zeit in Hamburg gelebt. Dort hatte ich mein eigenes Casting-Studio."

Über den wirklichen Grund für meine fluchtartige Abreise aus Hamburg schweige ich lieber, denn der gehört, weiß Gott, nicht zu meiner besten Seite. Selbst nach zehn Jahren fährt mir noch manchmal der Schreck in die Glieder, sobald ich einen alten schwarzen MG sieht, was glücklicherweise nicht all zu häufig vorkommt. Bernd, Geschäftsführer einer Werbeagentur, für die ich manchmal arbeitete und für kurze Zeit mein Liebhaber, fuhr so einen. Irgendwie war er sexy, trotzdem er mir mit seiner Größe von einssechzig nur bis zur Nasenspitze reichte. Aber das störte mich anfangs nicht, weil er mich auf Händen trug und mir jeden Wunsch erfüllte. Erst konnte ich seine Hände nicht mehr ertragen, die immer und überall an meinem Körper herum fummelten, dann seine traurigen Hundeaugen, wenn ich ihn zurück stieß und schließlich seine krankhafte Eifersucht. Dabei hatte ich ihn nie ernsthaft als Lebensgefährten in Erwägung gezogen. Er war einfach nur zum richtigen Zeitpunkt da und befriedigte meine Bedürfnisse. Bernd war wie eine Klette, die ich loswerden wollte, und zwar schnell. Aber bevor ich ihn abservierte, musste er mir noch aus der Patsche helfen, denn der Gerichtsvollzieher hatte mich aufgesucht und vierzigtausend Mark eintreiben wollen, die ich dem Finanzamt schuldete. Ohne mit der Wimper zu zucken wollte Bernd mir das Geld nicht nur leihen, sondern schenken. Das konnte ich mir nicht entgehen lassen. Also nahm ich seine Einladung zum Kerzenschein-Dinner in seiner Wohnung an, ließ mich bekochen, begrapschen, besteigen und bezahlen. Was danach geschah, ist für mich immer noch ein Albtraum. Ein paar Tage später machte ich ihm eine, von mir provozierte, Szene und zog den Schlussstrich. Ich erinnere mich, dass ich ihm hässliche Worte, wie Wicht und halbes Hemd an den Kopf geworfen hatte. Bernd war nicht nur total entsetzt, sondern völlig betrunken. Er rannte aus der Wohnung, brauste mit seinem MG davon und krachte gegen ein Brückengeländer. Er war sofort tot. In der Hamburger Werbeszene wurde getuschelt, und ich wusste, dass einige Leute mich für seinen Tod verantwortlich machten. Deshalb brach ich überstürzt alle Zelte ab und reiste mit vierzigtausend Mark in der Tasche nach Paris.

„Da habe ich wohl die falsche Frage gestellt und einen wunden Punkt getroffen. Tut mir leid."

„Nein, nein, ist schon in Ordnung. Ich bin aus persönlichen Gründen aus Hamburg weggegangen. Ist schon eine Ewigkeit her."

Adam hat in der Zwischenzeit zwei Gläser Champagner bestellt und hebt sein Glas.

„Wollen wir nicht endlich das steife Sie lassen?"

„Gern", antworte ich etwas befangen und denke, dass ich eigentlich Roman anrufen müsste. Aber das Telefon ist abgestellt und ein Handy besitzt er nicht. Pech.

Bei Max, einem winzigen Restaurant mit gerade mal sieben Tischen, ist jeder Stuhl besetzt, bis auf zwei an einem festlich gedeckten Tisch mit einem funkelnden Silberleuchter mit Kerzen, Rosen und Kristallgläsern. Die anderen sechs Tische sind eher rustikal, in rot weiß gedeckt. Mir ist ein wenig unbehaglich zumute, da ich den Ausgang, besser gesagt, den Verlauf des Abends erahne, was mir etwas Angst macht.

Max, ein Grandseigneur mit hochgekrempelten Hemdsärmeln und Schürze, begrüßt Adam wie einen alten Freund.

„Max, das ist die bezaubernde Helena, die schon ganz gespannt auf deinen Kaiserschmarrn ist, den es hoffentlich heute gibt."

Max mustert mich, für meine Begriffe eindeutig unverschämt ausgiebig, mit einem gönnerhaften Lächeln und flüstert Adam so vernehmbar ins Ohr, dass ich es höre:

„Aber vorher müsst ihr unbedingt die Bullenhoden probieren."

Ich starre fassungslos erst Max an, dann Adam und bemerke, leicht konsterniert, dass beide sich angrinsen, um in ein brüllendes Gelächter auszubrechen.

Zwar bin ich pikiert über den derben Witz, jedoch will ich nicht gleich die beleidigte Leberwurst spielen und mache gute Miene zum bösen Spiel.

„Das habe ich Ihnen tatsächlich aufs Wort geglaubt. Es ist Ihnen prima gelungen mich aufs Glatteis zu führen."

Vom ersten Augenblick an ist Max mir unsympathisch. Sein joviales Gehabe wirkt auf mich nicht nur aufgesetzt, sondern unverschämt. Solch eine plumpe Vertraulichkeit bei Fremden kann ich nicht ausstehen. Es ist, als würde er in mich hinein schauen und in meinen geheimen Winkeln herum wühlen, bis er gefunden hat, was er sucht und Stück für Stück ans Tageslicht befördert.

„Scherz beiseite, nun setzt euch erst mal und trinkt ein Glas Champagner, der geht natürlich aufs Haus, quasi als Entschuldigung für mein freches Schandmaul. Ein bisschen Fois Gras als Amuse Gueule? Übrigens liebe ich diesen Ausdruck, der es genau auf den Punkt bringt: Das Maul amüsieren. Echt klasse....."

Bevor Max jedes Wort dialektisch auseinander dröselt, unterbricht ihn Adam:

„Fois Gras ist prima für den Anfang, denn wir sind hungrig. Wir überlegen dann in Ruhe, was wir nehmen."

Endlich verschwindet Max in der Küche und ich atme erleichtert auf.

„Er ist ein bisschen gewöhnungsbedürftig, aber er ist wirklich ein lieber Kerl, nur manchmal etwas zu laut und grobschlächtig. Eben ein Österreicher."

Max kommt mit einem Tablett zurück, sein Zeigefinger liegt auf seinen Lippen, der aber sein Grinsen nicht verbergen kann. Schweigend, mit einem Augenzwinkern in meine Richtung, stellt er zwei Gläser Champagner und die Gänseleberpastete auf den Tisch. Nochmals zwinkernd verdrückt er sich wieder. Ich habe keine Ahnung, was das Gezwinkere bedeuten soll. Hat er mir KO-Tropfen ins Glas gekippt?

Schleimiger Wichser.

„Wie lange kennst du Max schon?"

„Seit ich in Paris bin", murmelt er, während er sich ein Baguette mit Pastete in den Mund schiebt.

„Und seit wann bist du in Paris?"

„Hmm, köstlich. Magst du nicht probieren?"

„Tut mir leid, aber ich mag keine Innereien."

Er muss ja denken, dass ich so 'ne Etepetete-Tussi bin. Scheiß drauf.

„Ich probiere doch mal ein Stück", entscheide ich tapfer und würge ein Molekül der Fois Gras hinunter. Adam grinst und meint:

„Bei mir brauchst du nicht die Heldin zu spielen, Max soll dir was anderes bringen."

„Max!" ruft er quer durchs Restaurant.

Max äugt aus seiner Küche, während ich mich vor Verlegenheit winde.

„Helena mag keine Innereien. Hast du nicht etwas anderes für sie?"

„Ist schon in Ordnung. Ich esse ein bisschen vom Baguette bis zum Hauptgang."

Ich rede hier wie eine Idiotin, die nicht bis Drei zählen kann. Alle glotzen mich schon an und denken, was ich wohl für eine Zimtziege bin.

Max steht schon Gewehr bei Fuß am Tisch und zählt seine Appetithäppchen auf. Um seine Aufzählung abzukürzen, bestelle ich geraspelte Karotten mit Kresse und Zitrone.

„Du bist aber keine Vegetarierin, oder?" will Adam wissen, nimmt die Flasche Champagner aus dem Kühler und schenkt mir nach.

„Nein, das nicht, ich mag nur keine Innereien, kein Wild oder Lamm. Schwein auch nicht unbedingt."

Mann, hör ich mich bescheuert an.

„Fisch?"

„Hm."

THEMENWECHSEL.

„Na ja, wir werden schon etwas finden, was du magst."

THEMENWECHSEL.

Ich stürze den Champagner in einem Zug runter.

„Tafelspitz. Dein Max zaubert uns doch sicher einen echt

österreichischen Tafelspitz. Aber mit Bratkartoffeln, keinen Meerrettich. Ist überhaupt Meerrettich dabei? Egal, ich will auf jeden Fall keinen."

„Das lässt sich bestimmt machen. Magst du vorher noch eine Suppe oder eine andere Vorspeise?"

Ich nippe an meinem Glas, das wie von Zauberhand wieder gefüllt ist und fühle mich mit einem Mal herrlich beschwingt. Vergessen ist der schleimige Max, die Unsicherheit und Roman, der bestimmt schon von einer Telefonzelle aus in der Agentur angerufen hat.

Na und.

„Nein, ich lechze nur nach Tafelspitz."

Und nach dir.

Ich bin betrunken, aber das merke ich erst, als ich auf die Toilette schwanke.

Was hat er mir eigentlich von sich erzählt? Ich habe auf jeden Fall geplappert, wie ein Wasserfall. Flora habe ich vergessen. Ach was, scheiß auf Flora, beschließe ich für mich, während ich schnell mein Höschen runter ziehe. Fast hätte ich vergessen, dass ich noch eins an habe. Grinsend betrachte ich beim Pinkeln meinen neuen Seidenslip der heute noch seinen großen Einsatz erleben wird. Roman wird stinksauer sein.

Scheiß auf Roman.

Max serviert gerade den Tafelspitz, als ich wieder Platz nehme.

„Na, wenn das kein perfektes Timing ist", lächele ich Adam an und führe die Gabel mit den Bratkartoffeln zielsicher zum Mund.

„Bratkartoffeln kann er machen, dein Max, die sind köstlich. Wenn meine Mutter eine gute Köchin gewesen wäre, würde ich sagen, wie von Mama."

„So, deine Mutter hat nicht gut gekocht?"

„Meine Mutter hat überhaupt nicht gekocht. Das musste sie auch nicht, denn sie war ja die Frau eines berühmten Dirigenten und hatte ein großes Haus zu führen. Dafür gab's die Haushälterin und die war eine lausige Köchin. Meine Mutter hat auch nicht geputzt, nicht gewaschen und keine Windeln gewechselt. Babyscheiße ist ja auch eklig. Wozu gibt es Kindermädchen? Und von denen hatten wir viele."

THEMENWECHSEL.

„Was macht dein Vater?"

„Dem lieben Gott die Hand schütteln."

„Entschuldige. Tut mir Leid. Und deine Mutter? Lebt sie noch?"

„Die schüttelt dem lieben Gott noch was ganz anderes."

Was rede ich denn hier für einen Mist daher. Die zecht doch lieber mit den blondgelockten Engeln eine Runde auf den Wolken. Mann, bin ich besoffen.

„Möchtest du noch einen Nachtisch oder sollen wir gehen?"

„Lieber gehen. Ich brauche dringend frische Luft."

Adam nimmt meine Tüte und gibt Max, der gerade aus der Küche kommt, ein Geheimzeichen, das ich nicht dechiffrieren kann, was aber wohl soviel bedeutet wie Anschreiben. Nun stehen wir vor dem Lokal auf der Straße, etwas befangen, zumindest fühle ich mich ein klein wenig betreten, weil ich nicht weiß, wie der Abend nun weiter läuft. Adam hält ein Taxi an und hilft mir beim Einsteigen. Er nennt dem Fahrer eine Hausnummer auf dem Boulevard Edgar Quinet.

„Da können wir ja noch einen Abstecher zum Friedhof machen", frotzele ich.

„Magst du? Montparnasse ist mein Lieblings-Friedhof. Wenn ich abschalten will, gehe ich dort spazieren."

„Was, du auch?"

Langsam habe ich wirklich das Gefühl, dass Adam hellseherische Fähigkeiten besitzt.

Der Taxifahrer schaut diskret nur auf die Straße, während wir heftig knutschend kaum unsere Hände bei uns lassen können.

„So, da wären wir", räuspert er sich und bremst heftig, so dass unsere Köpfe nach vorne schnellen und sich unsere Lippen mit einem Ruck voneinander lösen.

Adam kramt in seinen Taschen und flucht leise vor sich hin.

„Ich glaube, ich habe mein Portemonnaie im Deux Magots vergessen. Kannst du das Taxi für mich auslegen?"

„Dann lass' uns zurückfahren."

„Quatsch. Es reicht, wenn ich morgen vorbei gehe. Heute Abend muss ich ja nichts mehr ausgeben, oder?"

Ich bin zwar etwas befremdet, zahle aber das Taxi.

„Morgen zahle ich meine Schulden zurück, doch jetzt gibt's schon mal die Zinsen", raunt er in mein Ohr und zieht mich an sich.

„Der Friedhof läuft uns ja nicht weg und ich kann es kaum noch aushalten."

Inzwischen bin ich wieder halbwegs nüchtern, was auch dazu führt, dass sich bei mir ein halbwegs schlechtes Gewissen rührt. Doch ich verbanne Roman aus meinem Kopf. Adam schließt das verzierte schmiedeeiserne Tor auf und wir betreten eine der Pariser Künstlerkolonien des neunzehnten Jahrhunderts. Ich bin beeindruckt. Ein idyllischer Ort mitten in Paris, in dem die Zeit still zu stehen scheint. Jeden Moment könnte eine Pferdedroschke über das Kopfsteinpflaster rumpeln, aus der ein betrunkener Toulouse Lautrec mit seiner Maitresse torkelnd auf eines der Häuser zu humpelt.

„Ein Traum, nicht? Ich habe nicht lange gefackelt und sofort zugegriffen, als mir das Haus angeboten wurde."

„Das gehört dir?"

Ich bin überwältigt, als Adam die in glänzendem Bordeauxrot gestrichene Tür aufmacht und wir einen loftähnlichen Raum mit hohen bleiverglasten Fenstern betreten. Automatisch schaltet sich das Licht, auf schummrig gedimmt, ein und die Stimme von Carla Bruni haucht durch den Raum. Verächtlich denke ich an meine enge Behausung mit Roman, die wahrscheinlich so groß ist, wie hier das Badezimmer. Die Einrichtung ist puristisch. So wie er. Ein wenig erinnert mich das Interieur an einen Showroom. Nirgendwo erblicke ich ein Foto oder sonst einen persönlichen Gegenstand. Sehr minimalistisch. Und so aufgeräumt. Die integrierte amerikanische Küche in Grautönen und Edelstahl sieht nicht so aus, als wäre dort schon einmal gekocht worden. Alles blitzblank. Ich merke, dass Adam mich beobachtet.

„Entweder bist du gerade erst eingezogen oder du hast eine Perle von Haushälterin. So was von ordentlich habe ich noch nie gesehen."

„Komm, ich zeige dir den Rest."

Er führt mich an der Hand die fast schwebende Treppe hinauf. Von der Galerie werfe ich einen Blick auf den gigantischen Kristalllüster, der von der hohen Decke hängt und mir fällt die Szene aus „Rosenkrieg" ein, wo Kathleen Turner am Kronleuchter hängt und mit all der Pracht hinunter stürzt.

„Wenn du vorher nochmal ins Bad musst", erwähnt Adam so ganz nebenbei mit einer Geste in Richtung einer Tür, bevor er mich ins Schlafzimmer zieht. Ein Herrenzimmer aus Architectural Digest.

„Und, gefällt dir, was du siehst?"

Auch hier ist, wie von magischer Hand, eine diffuse Beleuchtung schon eingeschaltet, die den Raum in ein warmes Licht taucht. Das schlichte, bestimmt ungeheuer teure, Himmelbett aus Mahagoni dominiert mit seinen transparenten Vorhängen das Zimmer.

Wie viele hast du hier schon gefickt?

Eifersucht auf alle Verflossenen regt sich in mir, denn ich will die Einzige sein, die diese geheiligten Räume betritt. Behutsam zieht er die großen Haarnadeln aus meinem Haar, genau so wie in meiner Fantasie. Ich zittere ein wenig, hin und her gerissen zwischen Begierde, schlechtem Gewissen und einem anderen unbestimmbaren Gefühl. Adams Lippen knabbern spielerisch an meinem Ohr und sein warmer Atem, der die empfindliche Stelle streift, lassen meine sämtlichen Härchen aufrichten. Seine Zungenspitze streichelt meinen Hals, umkreist meinen Mund und endlich, endlich schiebt sich seine fordernde Zunge durch meine Lippen. Ein Stöhnen entweicht mir, so unbeabsichtigt, wie ein Baby sein Bäuerchen macht. Von seinen sanften Berührungen bin ich bereits so erregt, dass ich vor lauter Ungeduld am liebsten schreien würde. Mein Körper fühlt sich an, als sei er an ein Stromnetz angeschlossen, denn jedes zarte Streicheln seiner Finger verursacht ein erregendes Prickeln auf meiner Haut. Adam nestelt an meinem Kleid, bis es zu Boden gleitet und ich fast nackt vor ihm stehe.

„Du bist so schön", murmelt er in meine Haare, während er mich hoch hebt und auf das Bett legt, das leicht nach seinem würzigen Rasierwasser duftet.

Ich schaue ihm beim Ausziehen zu. Jede Bewegung von ihm ist so männlich und unverkrampft, so als würde er nichts anderes machen, als sich immer wieder auszuziehen. Seine Augen lassen mich keinen Moment los, selbst als er seine Socken abstreift weicht sein Blick kein einziges Mal von meinem Gesicht. Gebannt betrachte ich seinen Körper, entzückt, dass er absolut meinen Erwartungen entspricht. Ich kann es kaum erwarten, seinen beschnittenen Schwanz zu berühren und meine Finger in seinen schwarzen Brusthaaren zu versenken.

„Bis du jüdisch?"

„Hm."

Er gleitet neben mich. Seine Brusthaare kitzeln auf meiner Haut. Warmer, leicht nach Zimt duftender, Atem streift meine Nase.

„Du riechst nach Zimt."

„Hm."

Wie ein Blinder, wären da nicht seine stahlblauen Huskyaugen die mich unentwegt ansehen, betastet er mein Gesicht. Sein Finger folgt dem Schwung meiner Augenbrauen und wandert, zart wie Schmetterlingsflügel, in einer geraden Linie über meine Nase und Mund immer weiter abwärts.

KÜSS MICH!

Seine Augen durchbohrend mich noch immer, als er gierig anmeinen Lippen saugt. Hart dringt seine Zunge zwischen meine Zähne und ich mich überläuft Schauer vor Erregung. Sacht beiße ich auf seine Zunge. Er lächelt.

„Dreh dich um!"

Ich rolle mich auf den Bauch.

MACH SCHON!

Adam öffnet meinen BH. Ich schließe die Augen. Bis jetzt habe ich ihn noch nicht berührt. Seine Hand zieht meinen Slip hinunter, während die andere sanft über meine Pobacken streichelt. Auf einmal sitzt er zwischen meinen gespreizten Beinen und lässt seine Zunge langsam über meine Wirbelsäule gleiten, bis sie am untersten Rückenwirbel angelangt ist. Ich halte es vor lauter Wonne kaum noch aus. Einerseits will ich Adams ganzen Körper ertasten und schmecken, andererseits genieße ich die Passivität, das Gefühl, jeden Moment vor Lust kreischen zu müssen. Adams Zunge wird immer lebendiger. Mein Drang zu urinieren immer stärker. Seine Zunge ist ein wahres Zauberwesen. Vergessen sind meine Fantasiegestalten. Überrascht von meinen explosiven Gefühlen, lache ich lauthals mein Glück hinaus.

„Glücklich?"

Ich nicke, unfähig ein Wort über die Lippen zu bringen, weil mir die Tränen ungehemmt aus den Augen fließen. Vergessen sind all die Zweifel und Unsicherheiten, die mich in seiner Gegenwart befallen hatten. Noch nie bin ich von einem Mann so selbstlos auf diese Weise befriedigt worden. Es scheint so, als würde es für Adam nichts Wichtigeres geben, als mich zu meinem Höhepunkt zu bringen. Mit einem unbändigen Verlangen ihn zu berühren, wälze ich mich auf den Rücken, um ihn anzusehen. Obwohl er mich zärtlich anlächelt, meine ich, für den Bruchteil einer Sekunde einen anderen Gesichtsausdruck wahrgenommen zu haben. Der war nicht zärtlich, sondern eher dunkel, auf eine unerklärliche Weise hart und stechend. Doch sein warmer Blick straft meinen Eindruck Lügen und schnell verbanne ich den aufkommenden Argwohn in eine meiner Schubladen. Dankbar für das einzigartige Erlebnis, dass er mir geschenkt hat, möchte ich ihm etwas ebenso Einzigartiges zurückgeben. Sanft drücke ich seinen Oberkörper auf das Kissen und setze mich rittlings auf seine Oberschenkel. Meine Finger gleiten durch seine schwarze Brustbehaarung an einer feinen dunklen Flaumlinie auf seinem Bauch hinab, bis zu der Stelle, wo das Haar wieder voll und lockig sprießt. Sein Schwanz ist noch feucht. Adam verfolgt jede meiner Bewegungen mit seinen hellen Augen, die sich kein einziges Mal genussvoll schließen.

„Mach die Augen zu!"

„Keine Chance. Ich will sehen, wie deine Porzellanhaut rosig anläuft und deine Brustwarzen steif werden. Wie deine Augen sich von Bernstein in braunen Kandiszucker verwandeln, kurz bevor du zum Höhepunkt kommst."

Etwas nervös bearbeite ich seinen Penis, der sich nicht rührt. Meinen fragenden Ausdruck pariert er mit einem Lächeln. Und schon sind seine Finger wieder in Bewegung. Willenlos begebe ich mich in seine Hände. Ermattet nach meinem dritten Orgasmus in Folge, kuschele ich mich an Adams Körper.

„Erzähle mir etwas von dir, Fremder. Nachdem ich den ganzen Abend nur von mir gesprochen habe, möchte ich auch viel von dir wissen. Wer du bist, woher du kommst, was du arbeitest, um dir ein solch wunderbares Haus leisten zu können…"

„Da ist aber Jemand überhaupt nicht neugierig."

Anstatt der erwartenden Antwort liebt er mich mit einer Leidenschaft, die ich noch nie zuvor erlebt habe. Noch bevor ich mich, von Dank erfüllt revanchieren kann, sinke ich in einen erschöpften traumlosen Schlaf.

15

Der Wecker auf dem Nachttisch zeigt fünf Uhr an. Durch die herunter gelassenen Jalousien sickern feine Sonnenstrahlen und ein paar Elstern streiten sich direkt vor dem Fenster. Neben mir schnarcht Adam leise mit leicht geöffneten Lippen. Seine Wimpern liegen wie schwarze Flügel auf den hervorspringenden Wangenknochen in seinem hageren Gesicht und seine große schmale Nase mit schlitzförmigen Nasenlöchern sitzt wie ein Fremdkörper dazwischen. Nicht wirklich ein schönes Gesicht, aber ein überaus anziehendes. Wie er da so liegt, nicht bemerkend, dass er von mir beobachtet wird, ist sein Ausdruck wieder dunkel und ein bisschen angestrengt, was die steile Falte zwischen seinen Brauen noch betont. Was birgt er für Geheimnisse? Denn ich wittere Verborgenes wie ein Spürhund. Während ich ihn weiterhin unverhohlen ansehe, tauchen viele Fragezeichen auf. Ich weiß noch nicht einmal seinen Nachnamen. Und weicht er nicht ständig aus, wenn ich etwas Persönliches wissen will? Das Einzige, was er mir verraten hat ist, dass nicht nur österreichisches, sondern auch ungarisches Blut in ihm fließt. Und weiter? Wie alt ist er? Wie verdient er sein Geld? Als männliche Hure? War er schon mal verheiratet oder ist es immer noch? Warum ist das Haus so kahl? Warum gibt es keine Fotos, zerfledderte Bücher, herumliegende Kleinigkeiten? Vor Schreck zucke ich zusammen, als er plötzlich seine Augen aufschlägt. Sofort fühle ich mich ertappt. Wie eine Voyeurin. Seine argwöhnischen Augen bestätigen das. Doch meine Skepsis verfliegt augenblicklich und ich schimpfe mit mir selbst, weil ich so kindisch war, ihm zu misstrauen. Können diese Augen lügen?

„Guten Morgen, Scarlett, gut geschlafen?"

Er reckt sich wohlig und zieht mich an sich.

„Ich gehe mal schnell ins Bad."

„Beeil dich. Wie soll ich es nur eine Sekunde ohne dich

aushalten?"

Etwas verschämt wegen meiner Nacktheit, husche ich hinaus.

„Die erste Tür rechts", ruft Adam aus dem Schlafzimmer.

Wie nicht anders zu erwarten, ist das Bad riesig, architektonisch perfekt und zugleich unpersönlich kühl. Fröstelnd stehe ich auf dem dunklen Granitboden und spüre ein leichtes Kribbeln im Nacken. Ein paar Probefläschchen Shampoo und Bodylotion stehen wie die Zinnsoldaten auf der Milchglasablage über dem Waschbecken, daneben fein säuberlich gestapelte weiße Gästehandtücher. In der ovalen Badewanne könnte man Schaumpartys veranstalten, so immens sind die Dimensionen, ganz zu schweigen von der freien Dusche, direkt daneben, mit einem an der Decke installierten Duschkopf von der Größe eines aufgespannten Regenschirms. Um etwas Tageslicht hinein zu lassen, will ich die silberfarbenen Jalousien ein Stück hochziehen. Doch manuell scheint hier überhaupt nichts zu funktionieren. Überfordert von so viel Technik und Architektur schnappe ich den weißen Frotteebademantel, der an der Tür hängt und suche die Toilette, die ich eine Tür weiter richtig vermute. Nachdenklich uriniere ich ins Designerklo. Alles wirkt auf mich total unwirklich. Was macht er? Wie kann ein Mensch so durchgestylt leben? Er muss einen Haufen Kohle haben, um sich so etwas leisten zu können. Doch woher? Seltsam ist, dass ich mich nicht traue, Adam etwas Persönliches zu fragen, aus Angst, eine ausweichende oder gar keine Antwort zu bekommen. Oder, was noch schlimmer ist, als neugierig dazustehen. Das verwirrt mich. Aber ich bin begierig alles über ihn zu erfahren. Ich nehme mir fest vor ihm gegenüber mutiger aufzutreten. Ich ziehe den Bademantel wieder aus und begebe mich zurück ins Schlafzimmer.

„Das hat aber lange gedauert."

„Wie lange wohnst du denn schon hier? Es sieht alles noch so frisch und unbenutzt aus."

„Noch nicht lange. Und bis jetzt hatte ich noch keine Zeit, mich um die wohnlichen Accessoires zu kümmern, da ich ja dauernd unterwegs bin. Ich denke mal, dass du da ein besseres

Händchen hast, als ich."

Mein Herz macht einen Luftsprung.

„Wieso, was machst du denn? Arbeitest du nicht in Paris?"

„Na, das sind aber viele Fragen am frühen Morgen. Komm her, ich hab dich jede Sekunde vermisst."

Er grinst entwaffnend und ich vertage meine Fragen auf später. Ich kann es auch nicht leiden, wenn ich früh morgens so bestürmt werde. Auf jeden Fall ist er ein wunderbarer Liebhaber. Nach zwei Stunden und zwei Orgasmen schäle ich mich widerwillig aus dem Bett, weil sich nun doch ein schlechtes Gewissen verstärkt bei mir meldet.

„Ich muss jetzt nach Hause."

„Bekommst du Ärger? Das will ich nicht, denn schließlich bin ich daran schuld, oder?"

Wie einfühlsam er ist. So verständnisvoll.

„Es gehören immer zwei dazu. Bestimmt gibt es Ärger, aber lass das mal meine Sorge sein. Das krieg ich schon hin."

Da bin ich mir allerdings nicht so sicher. Es wird schwierig sein, eine einleuchtende Ausrede zu finden, die Roman schluckt.

„Soll ich uns noch einen Kaffee machen?"

„Nein, es ist schon so spät. Ich gehe lieber gleich."

„Sehen wir uns heute Abend? Ich kann es jetzt schon kaum erwarten, dich wieder zu sehen und zähle die Stunden bis dahin."

„Ich weiß noch nicht. Gib mir doch deine Telefonnummer, ich ruf dich an."

„Das Telefon ist noch nicht installiert, aber gib mir deine Mobilnummer, dann rufe ich dich später an."

„Hast du kein Handy?"

„Die Dinger verabscheue ich. Ich muss ja nicht für jeden erreichbar sein."

Nun bin ich verblüfft.

„Tatsächlich? Ohne Handy könnte ich gar nicht existieren. Wie machst du das? Schreibst du Briefe oder schickst Telegramme mit der Postkutsche?"

„Mir geht es sehr gut ohne Handy oder Computer. So

entscheide ich, wen ich sehen oder sprechen will. Wie du siehst, funktioniert es wunderbar. Ich rufe dich an."

Ich bin immer noch irritiert, weil ich nicht begreifen kann, wie ein Mensch ohne Handy und Laptop lebensfähig ist. Mein Instinkt sagt mir, dass er lügt. Und das so ungeniert wie ich

„Ok. Du rufst mich an. Es gibt ja bestimmt noch ein paar Telefonzellen in Paris."

Adam lacht.

„Ganz genau."

Irgendwie passt das auch zu ihm. Nachdem ich mich eilig angezogen habe, verabschiede ich mich widerwillig von ihm, denn die Angst vor der Konfrontation mit Roman hat bereits Besitz von mir ergriffen. Adam hält mich fest und küsst mich leidenschaftlich. Ich bin hin und her gerissen zwischen meinen Gefühlen. Mein Herz rast und das Ohrenrauschen so heftig, dass ich fast taub bin. Als er mich loslässt, taumele ich und wäre fast gestürzt.

„Alles in Ordnung?" fragt er besorgt.

Beklommen nicke ich, bevor ich in die raue Realität trete.

16

„Ich frage dich nicht, wo du heute Nacht warst, denn ich habe keine Lust mir deine Lügen anzuhören. Flora und Severine brauchst du erst gar nicht vorzuschieben, denn die habe ich schon angerufen. Übrigens von unserem Telefon, nachdem ich die Rechnung bezahlt habe, obwohl du die ja angeblich schon überwiesen hattest. Falls du mir erzählen willst, dass du versuchst hast mich zu erreichen, muss ich dich also enttäuschen. Da musst du dir schon was Besseres einfallen lassen. Ich bin auf deine Geschichte gespannt. Also, wo warst du?"

Der Schock sitzt. Denn ich habe nicht damit gerechnet, dass das Telefon wieder funktioniert. Aber gewieft, wie ich bin, benötige ich nur den Bruchteil einer Sekunde, um mir eine plausible Ausrede einfallen zu lassen.

„Ich war mit Didier und den Mädels etwas trinken und dann so betrunken, dass ich bei Didier übernachtet habe. Tut mir leid, ich hätte natürlich anrufen sollen, aber ich dachte, dass das Telefon nicht geht."

„Ha, jetzt hast du es selbst zugegeben, denn warum soll das Telefon gehen, wenn du nicht bezahlt hast. Warum lügst du immer? Es kommt ja sowieso heraus."

Ich bin erleichtert und fast glücklich, dass sich der Streit, wenn es denn einer ist, um das Telefon dreht und Roman scheinbar nicht den geringsten Verdacht schöpft.

„Blöd von mir, ich weiß. Ich wollte zur Bank, doch dann musste ich schnell in die Agentur und habe es völlig vergessen. Später war die Bank zu und ich hatte Angst, dass du sauer bist."

In Wahrheit benutze ich mein Bankkonto schon lange nicht mehr, da ich es weit über den Dispokredit hinaus überzogen habe und die Bank mir ein Ultimatum gestellt hat, das Konto innerhalb von einem Monat auszugleichen, sonst drohe mir die Pfändung. Und nicht nur die Bank sitzt mir im Nacken, sondern auch die Krankenkasse deren Beiträge ich seit Monaten nicht zahle und das Finanzamt, das eine saftige Steuernachzahlung fordert. Sämtliche an mich gerichteten Briefe, die ich morgens abfange bevor der Postbote sie in den Briefkasten wirft, verstaue ich ungeöffnet in einem Schuhkarton. Versteckt im hintersten Winkel des Schrankes.

„Sicher bin ich sauer, wenn du mich anlügst. Vor allen Dingen so unnötig. Ich will, dass wir einen Vertrag abschließen. Ab jetzt keine Lügen mehr. Ok?"

Roman nimmt mich in den Arm und murmelt in mein Haar:

„Neues Kleid?"

„Hm."

„Siehst du, wie einfach es ist, die Wahrheit zu sagen? Neues Kleid? Ja. Schnäppchen?"

„Hm."

„Teures Schnäppchen?"

„Jetzt hör schon auf. Ich hab's kapiert."

Ich will mich aus seinen Armen winden, doch er hält mich fest.

„Musst du heute nicht arbeiten?"

„Nein, ausnahmsweise mal nicht. Erst heute Abend, da haben wir ein Meeting mit den Hamburgern. Wird sicher spät."

„Was interessiert mich der Abend. Ich habe dich vermisst in meinem leeren Bett."

„Nicht jetzt. Ich will erst mal duschen und mich umziehen. Lass uns doch danach frühstücken gehen."

Doch Roman gibt nicht auf.

„Liebe am Morgen vertreibt Kummer und Sorgen."

Was glaubst du eigentlich? Dass so ein kleiner Fick mit dir meine Probleme löst. Denkst du nur mit deinem Schwanz, oder was?

„Mit leerem Magen bin ich keine gute Liebhaberin. Außerdem hab ich meine Tage."

Diese kleine Notlüge zählt nicht. Sichtlich enttäuscht gibt er klein bei. Ich kann es kaum fassen, dass alles so glimpflich abgelaufen ist und ich mir nicht den Kopf über weitere Ausreden zerbrechen muss. Fröhlich vor mich hin summend spaziere ich ins Bad um mir den verräterischen Duft von

Adam notgedrungen vom Körper zu spülen. Wie leicht es war, die Wahrheit über die nicht bezahlte Telefonrechnung und das neue Kleid auszusprechen. Wenigstens die halbe. Meine Gedanken schweben zu der vergangenen Nacht und es fällt mir schwer, nicht permanent an Adam und meine unzähligen Orgasmen zu denken, weil ich sonst unfähig bin, Roman in die Augen zu schauen. Es reicht schon, dass ich ihn so unverfroren angelogen habe und er die Lüge geschluckt hat. Ein aufkommendes Gefühl von Mitleid mit ihm überfällt mich ganz plötzlich, begleitet von Zweifeln, ob ich nicht einen folgeschweren Fehler mit begehe. Ich bin mir noch nicht einmal sicher, ob ich verliebt bin. Adam birgt so viel Widersprüchliches in sich. In einem Moment ist er charmant und zärtlich, im nächsten verschlossen, arrogant und zynisch. Und dann dieses Haus, diese erdrückende Unpersönlichkeit, die auf mich abweisend gewirkt hat, so, als würde dieses Haus mich nicht wollen. Und trotzdem, Adam passt irgendwie hinein. Ein reicher Vagabund in seiner Luxusabsteige.

Romans ungeduldige Stimme durchbricht meine Tagträume.

„Was machst du denn so lange im Bad? Ich habe Hunger."

„Noch drei Minuten."

In Windeseile schlüpfe ich in meine schwarzen Shorts von Comme des Garcons, für die ich schlappe fünfhundert hingeblättert habe und streife mir eins meiner circa fünfzig weißen Shirts über. Während ich mit den Füßen nach den Flip Flops angele, binde ich meine Haare zu einem Pferdeschwanz zusammen.

„Fertig", rufe ich und flitze ins Wohnzimmer wo Roman bereits an der Tür wartet.

„Weißt du, dass du aussiehst wie zwölf. Hoffentlich kommt niemand auf die Idee, ich könnte dein Vater sein oder schlimmer noch, der alte Sack mit seiner Lolita."

„Soll das nun ein Kompliment sein oder wie darf ich das auffassen?"

„Klar. Süß siehst du aus. Einfach zum Anbeißen."

Verspielt knabbert er an meinem Ohrläppchen.

„Ehrlich, ich habe mehr Lust auf dich, als auf ein lausiges

Frühstück bei dem Griesgram."

„Jetzt hör schon auf und lass uns gehen. Mir hängt der Magen in den Knien."

„Mir hängt auch gleich was an den Knien."

Genervt verdrehe ich die Augen.

„Musst du immer gleich so vulgär werden?"

„Sorry, ich vergesse immer deine vornehme Herkunft, wo die einfache Bürgersprache verpönt war."

Die anfänglich gute Stimmung droht zu kippen, so dass ich über meinen Schatten springe.

„Erst der Magen, dann die Leibesübungen."

„Wow, du kannst einen richtig aufgeilen."

Innerlich schüttele ich mich bei diesem Ausdruck. Ich hasse Vulgärsprache.

Wie durch ein Wunder streiten wir beim Frühstück ausnahmsweise mal nicht. Meine Gedanken schweifen immer wieder zu Adam. Sehnsüchtig zähle ich die Stunden bis zum Abend. Neugierig, ob meine Gefühle für ihn sich verdichten oder auflösen. Ich werde einfach nicht schlau aus ihm und nehme mir vor, diesmal meine Fragen nicht von ihm abwimmeln zu lassen.

Das Klingeln meines Handys holt mich in die Wirklichkeit zurück.

„Willst du nicht drangehen?" fragt Roman erstaunt, weil ich keine Anstalten mache ans Telefon zu gehen.

„Jetzt nicht."

Zu meinem Leidwesen spüre ich, dass mir die Röte ins Gesicht steigt. Unmöglich kann ich in Romans Gegenwart mit Adam telefonieren. So abgebrüht bin ich nun doch nicht.

„Was ist los? Du wirst ja auf einmal ganz rot."

Muss er das Kind denn immer gleich beim Namen nennen? Roman fackelt nie lange, sondern spricht sofort aus, was er denkt, selbst auf die Gefahr hin, jemanden, meistens mich, vor den Kopf zu stoßen. Verärgert, dass ich mich nicht unter Kontrolle habe, könnte ich mich selbst ohrfeigen.

„Mir ist nur heiß, sonst nichts."

„Du hast doch wohl nicht etwa die fliegende Hitze, oder doch?"

Hoffentlich ist mein Blick tödlich genug.

„War doch nur ein Witz. Warum fällt es dir so schwer, auch mal über dich selbst zu lachen? Du hast keine Probleme, dich über andere lustig zu machen, da musst du selber auch einstecken können. Das nennt man Humor.

„Ich bin eben humorlos", maule ich beleidigt und frage mich, warum ich eingeschnappt bin, da ich von den Wechseljahren noch weit entfernt bin und es keinen Grund gibt, sauer zu sein.

Mein Handy fängt erneut an zu klingeln. Ich wühle so lange in meiner Tasche, bis es wieder aufhört. Auf dem Display sehe ich, dass Flora angerufen hat.

„Das war Flora. Entschuldige, aber ich rufe sie mal schnell zurück. Es scheint wichtig zu sein."

„Schon gut, aber nicht so lange. Du weißt ja, unser zweites Frühstück", fügt er grinsend hinzu.

Klappe!

Noch bevor das erste Rufzeichen ausklingt, ist Flora am Apparat.

„Wo bist Du? Kannst du reden?"

Bei diesen Worten bin ich sofort in Hab-Acht-Stellung, da ich sie noch nie so aufgeregt erlebt habe. Will sie sofort ihr Geld zurück oder noch schlimmer, hat sie mich etwa mit Adam gesehen? Ängstlich darauf bedacht, dass Roman mich nicht wieder bei einer Verlegenheit ertappt, stehe ich auf und gehe auf den Platz, um seinen neugierigen Augen auszuweichen.

„Ja, was ist denn los? Du klingst so komisch."

„Ich muss mit irgendjemandem sprechen. Severine geht nicht ans Telefon und Bernadette ist in New York. Musst du arbeiten oder können wir uns treffen?"

Sauer, weil Flora nicht zuerst an mich gedacht hat, bin ich kurz davor, ihr kühl eine Abfuhr zu erteilen. Andererseits bin ich begierig zu erfahren, warum Flora so aufgewühlt ist. Deshalb würge ich meinen Ärger hinunter und versuche meiner Stimme einen besorgten Klang zu verleihen.

„Was ist denn passiert? Ich habe zwar wahnsinnig viel zu tun, aber das kann ich verschieben. Wie wär's in einer Stunde im Costes?"

„Danke. Wir sehen uns dann später. Salut und nochmal vielen Dank, Hel. Du bist meine Rettung."

Überrascht und etwas beschämt über Severines Worte, antworte ich lapidar:

„Wozu ist eine Freundin denn da? Also bis nachher."

Nachdenklich kehre ich zu Roman zurück, immer noch aufgewühlt und gleichzeitig darauf bedacht, eine besorgte Miene aufzusetzen. Ich brenne darauf zu erfahren, was Flora mir so wichtiges mitzuteilen hat. Das Bild in der Hotelhalle blitzt auf.

„Was ist denn passiert? Du siehst aus, als hättest du ein Gespenst gesehen."

„Flora geht's nicht gut. Sei nicht böse, aber sie will mich gleich treffen und mit mir reden. Sie klang wirklich sehr aufgeregt. Ich gehe schon mal vor. Ok?"

„Na, die zwei Minuten kannst du ja noch warten. Ich komme mit."

„Zu Flora?" frage ich erschrocken.

„Keine Angst, mein erschrecktes Kaninchen, ich lass euch allein mit euren Geheimnissen, aber ich komme mit dir nach Hause, wenn du nichts dagegen hast."

Er winkt den Ober herbei und zahlt, während ich bereits auf dem Weg bin. Als Roman mich eingeholt hat, sagt er:

„Was rennst du denn so, kannst du nicht auf mich warten?"

Mit aufkommender Panik denke ich an die Post im Briefkasten und will vermeiden in seinem Beisein die Briefe zu sortieren. Verzweifelt suche ich die Schlüssel in meiner Handtasche. Sie sind nicht da. Mit steigernder Nervosität schüttele ich die Tasche, in der Hoffnung, das Klimpern zu hören. Nichts.

„Na siehst du, ohne Schlüssel hättest du sowieso auf mich warten müssen", grinst Roman mich an. Ich habe bei all dem Stress das Gefühl, gleich einen Herzinfarkt gepaart mit einem Magendurchbruch zu bekommen. Fieberhaft wühle ich weiter in meiner Tasche, bis ich die Suche aufgebe und innerlich bete, dass sich ausnahmsweise kein Brief von einem meiner Gläubiger im Kasten befindet. Roman tippt den Code ein und lässt mir den Vortritt. Wie beiläufig halte ich die Hand auf und sage:

„Ich schau schnell im Briefkasten nach ob Post da ist. Gibst du mir die Schlüssel?"

„Erwartest du einen Brief von deinem Liebhaber, den ich nicht sehen soll?" feixt Roman.

In dem Augenblick meldet sich mein Handy. Vergessen ist der Briefkasten, als ich auf dem Display keine Nummer sehe. Jetzt ist die Kacke so richtig am Dampfen. Wie soll ich gleichzeitig mit Adam sprechen, die Post abfangen und vor Roman die Coole markieren? Mein Herz spielt auch nicht mehr mit, es bleibt einfach stehen.

„Hey Süße, ist dir nicht gut? Du bist so weiß, wie die Wand. Komm, setz dich hin, ich hol dir ein Glas Wasser. Das ist bestimmt nur der Kreislauf. Warte hier, ich bin gleich wieder zurück."

Das hat ja wieder mal bestens funktioniert. Schnell rappele ich mich hoch, atme tief durch, so dass mein Kreislauf auf Touren kommt. Zu meiner Erleichterung entdecke ich den Schlüsselbund auf den Fliesen, schnappe ihn mir, bevor Roman auftaucht und schließe den Briefkasten auf. Werbeflyer und eine Postkarte von Bernadette aus New York flattern mir entgegen. Und dafür die ganze Aufregung. Noch während ich nicht weiß, ob ich mich nun ärgern oder freuen soll, höre ich erneut mein Telefon in der Tasche. Mit einem ängstlichen Blick zur Tür drücke ich auf sie Taste.

„Hallo?"

„Hallo Helena, kannst du sprechen?"

„Ach, du bist ja schon wieder auf den Beinen."

Vor Schreck fällt mir fast das Handy runter, als Roman wieder auftaucht.

„Ich ruf gleich zurück, Flora", krächze ich und klappe das Telefon zu.

„Ihr seht euch doch nachher, wenn du überhaupt hingehen

kannst."

Roman reicht mir ein Glas Wasser und streicht mir zärtlich die Haare aus dem Gesicht.

„Zumindest hast du wieder etwas Farbe. Du hast mir ganz schön Angst eingejagt. Geht's besser?"

„Ja, danke. Ich mach' mich schnell fertig, sonst komme ich noch zu spät."

„Meinst du wirklich, dass du fit genug bist?"

„Klar. Vielleicht hast du recht und ich stecke tatsächlich mitten im Klimakterium", erwidere ich mit einem schiefen Lächeln.

„Versprich mir, dass du mir nie wieder solche Angst einjagst."

Mit einem Mal fühle ich mich furchtbar schäbig. Noch vor fünf Minuten hatte ich meinen Liebhaber am Telefon. Ich kann die Zärtlichkeit von Roman jetzt nicht ertragen, weil ich mir wie eine Verräterin vorkomme und er das nicht verdient hat. Bevor er feuchten Augen sehen kann, drehe ich mich um und verschwinde im Badezimmer.

Erschöpft setze ich mich auf den Toilettendeckel, während die Tränen auf die Kacheln tropfen.

Blöde Heulsuse.

„Warum heulst du denn schon wieder?" höre ich die Stimme meines Vaters wie durch Watte gefiltert. Ich sitze auf meinem Treppen-Stammplatz und drücke mein Bärchen ganz fest an meine Brust. Die Stimme meiner Mutter ist so leise, dass sie kaum durch die angelehnte Tür vorzudringen vermag. Um besser hören zu können, rutsche ein paar Stufen nach unten. 'Der Lauscher an der Wand hört seine eigene Schand', mahnte mich meine Großmutter immer, wenn sie mich an der Tür erwischte. Bei den Worten meines Vaters begreife ich, was sie damit gemeint hatte.

„Kannst du dir vorstellen, was das für eine Blamage für mich war, als ich von der Direktorin hören musste, dass deine Tochter wieder gestohlen hat. Sie ist nicht nur eine Lügnerin, sondern auch noch eine Diebin. Bist du nicht in der Lage, dein Kind anständig zu erziehen? Muss ich mich darum auch noch kümmern?" Ich verstehe nicht, warum ich nur das Kind meiner Mutter bin und nicht auch seins, denn das Donnerwetter, das jedes Mal über mich hereinbricht, immer von ihm kommt. Der Ärger ist wieder einmal vorprogrammiert. Hat diese blöde Annika wieder gepetzt. Und das nur wegen so eines blöden Poesiealbums, in das jeder sich eintragen durfte, nur ich nicht.

„Hör auf zu trinken, verdammt nochmal, und gib mir eine Antwort." Glas zersplittert auf dem Boden.

„Wer ist sie? Ist sie jünger als ich?" höre ich die erstickte Stimme meiner Mutter. Ich fröstele.

„Wovon redest du?" Die Kälte meines Vaters Stimme kriecht in meinem Körper.

„Kenne ich sie?" Mein Herz bleibt gleich stehen. Ich weiß zwar nicht genau, um was es geht, aber es hört sich schlimm an. Schweigen. Die Watte hat die Stimmen verschluckt, bis ich merke, dass ich mir die Ohren zuhalte. Ich erinnere mich nicht mehr, wie ich es ins Bett geschafft habe, aber der Kopf meines Bärchens war klitschnass. Das erwartete Donnerwetter am nächsten Tag prasselte nicht auf mich nieder, denn mein Vater hatte in dieser Nacht das Haus verlassen und kam auch die folgenden Wochen nicht zurück.

17

Flora winkt mir von einem der hinteren Tische zu, wie immer
stets aus dem Ei gepellt. Und wieder einmal wird mir bewusst,
dass manche Dinge einfach angeboren sind. Man hat sie oder
man hat sie nicht. Und sie ist ein Hingucker. Wenn sie einen
Raum betritt, fliegen die Köpfe in ihre Richtung. Wie die
junge personifizierte Grace Kelly. Kein Wunder, denn sie
kommt ja auch einem betuchten Stall und muss sich um Geld
nie Sorgen machen. Es fließt ihr einfach zu. Ich selbst würde
auch ganz anders da stehen, wenn ich einen jüdischen Banker
zum Vater hätte, eine Mutter, die selbst einen ziemlichen
Batzen geerbt hat und mit einem vermögenden Adeligen
verheiratet wäre. Die Welt ist so ungerecht.

„Schön, dass du dich loseisen konntest", begrüßt sie mich mit
Küsschen rechts, links, rechts. Keiner zelebriert die Pariser
Begrüßungsarie so perfekt wie sie. Lässig elegant, mit einer
Spur aristokratischer Hochnäsigkeit. Ich kriege das nie so hin.

„Kein Problem", erwidere sie und versuche den Blick der
Bedienung zu erhaschen, um meinen aufkommenden Neid zu
verbergen.

„Was gibt's denn so Wichtiges? Lass mich raten: Dr. No
bekommt ein Geschwisterchen", versuche ich zu witzeln.
Doch Flora springt nicht drauf an, sondern kämpft zu
meinem Entsetzen mit den Tränen, die plötzlich ungehemmt
aus ihren Augen fließen.

„Entschuldige bitte. Das war ein blöder Spruch. Manchmal
bin ich eine Idiotin."

„Nein, die Idiotin bin ich", presst Flora, von einem
Weinkrampf geschüttelt, heraus.

Peinlich berührt, dass Flora so hemmungslos in aller
Öffentlichkeit heult, schaue ich mich verstohlen um, ob wir
beobachtet werden. Ich fische eine Packung Taschentücher
aus meiner Tasche, ziehe eins heraus und reiche es ihr. Sofort
schnäuzt sie sich kräftig die Nase.

„Entschuldige, aber ich habe das Gefühl, dass ich gar nicht mehr aufhören kann zu heulen. Mein ganzes Leben ist verpfuscht und ich weiß einfach nicht, was ich machen soll. Es ist so furchtbar, Hel, so schrecklich, einfach ekelhaft. Vielleicht habe ich jetzt auch noch Aids. Das wär noch der Clou. Nie im Leben hätte ich das gedacht. Sieben Jahre, und dann kompromittiert er mich so was. Und Noelle. Was soll ich Noelle erzählen?"

Verständnislos schaue ich meine Freundin an, obwohl mir allmählich dämmert, was sie mir mitteilen will.

„Ehrlich gesagt verstehe ich nur Bahnhof. Was ist eklig und wer kompromittiert dich?"

„Thierry. Mein Thierry. Er ist schwul. Ganz plötzlich ist er schwul."

Flora schleudert mir den letzten Satz schreiend an den Kopf, so dass sämtliche Köpfe sich neugierig nach uns umdrehen.

„Scht, nicht so laut. Das musst du nicht gleich ganz Paris auf die Nase binden."

„Entschuldige, aber ich bin so geladen, ich könnte nur noch brüllen", schluchzt sie und zeigt keine Anstalten, ihrem Tränenfluss Einhalt zu gebieten. Geniert blicke ich mich im Café um, wo immer noch einige, auf der Lauer nach Sensationen, zu uns herüber gaffen. Ich könnte mich in den Hintern beißen, weil wir uns nicht woanders verabredet haben. Ausgerechnet im Costes muss Flora so ausflippen. Alles habe ich erwartet, nur nicht das. Thierry schwul. Ausgerechnet Thierry, der stets aus dem Ei gepellte Aristokrat mit einem Stammbaum, der nicht einmal auf einer Litfaßsäule Platz finden würde. Thierry de Vermandois, einziger Sprössling einer uralten französischen Adelsfamilie mit königlichem Blut, die bis ins Jahr 987 zurück reicht. Selbstverständlich hatte ich damals sofort im Adelskalender nachgeschlagen und mir alles Wesentliche eingeprägt. Helena de Vermandois wäre ganz nach meinem Geschmack gewesen, aber ich war nichts weiter als ein One-Night-Stand für ihn gewesen und wenn ich ehrlich bin, reizte mich nur sein Titel. Ansonsten war er mir zu sehr Softie, zu blond und zu verklemmt. Und ich war total betrunken. Mit einem Schlag wird mir bewusst, dass ich mich nicht erinnere, ob er ein Kondom benutzt hatte. Wahrscheinlich nicht, schießt es mir durch den Kopf, so besoffen, wie wir beide waren. Wenn ich nun auch Aids habe. Voller Panik gucke ich Flora an, kurz davor Beichte abzulegen, da klingelt mein Handy. Soll ich in Floras Gegenwart dran gehen oder warten, bis Adam es später nochmals probiert?

„Mach nur, ich gehe in der Zwischenzeit auf die Toilette", sagt Flora und greift zu ihrer Handtasche.

Ich klappe mein Handy auf.

„Hallo?"

„Helena? Kannst du jetzt sprechen?"

Adams Stimme klingt am Telefon noch erotischer als in der Realität. Eine heiße Woge überrollt mich. Mein Puls schnellt in die Höhe.

„Ja, es geht schon. Ich bin mit meiner Freundin Flora im Café. Aber sie ist gerade auf der Toilette."

Schweigen in der Leitung.

„Adam, bist du noch dran?"

„Entschuldige. Kannst du um zehn bei mir sein? Ich habe eine Überraschung für dich."

Warum erst um zehn? Was macht er vorher und wie soll sie bis dahin die Zeit totschlagen? Hat er noch ein Date mit einer Anderen, die er kurz vor zehn ohne Kommentar wegschickt?

„Du kannst natürlich auch schon früher kommen, aber dann ist die Überraschung im Eimer."

„Nein, nein, kein Problem. Ich liebe Überraschungen. Wie komme ich rein, ohne über das Tor steigen zu müssen?"

„Punkt zehn bin ich am Tor. Ich kann's kaum erwarten."

„Ja, ich auch nicht. Bis heute Abend."

Verdattert starre ich mein Handy an. Adam hat mitten im Satz aufgelegt. Verunsichert versuche ich dieser Tatsache keine allzu große Bedeutung zu verleihen. Das hat bestimmt etwas mit der Überraschung zu tun, besänftige ich mich selbst. Obwohl ich es kaum erwarten kann, Adam wieder zu sehen und natürlich gespannt bin, was er für mich bereithält, nagen

Zweifel in mir. Immer wieder taucht das Bild von Flora und der schwarzen Gestalt im Hintergrund vor meinen Augen auf. Beherzt entschließe ich mich, Flora einfach zu fragen.

„So, ich habe versucht, mich etwas zu restaurieren, was mir allerdings nicht wirklich geglückt ist", sagt Flora und setzt ein gequältes Lächeln auf, wobei die erneut fließenden Tränen sich feine Spuren durch das Make-up bahnen.

„Lass mich zahlen und dann verschwinden wir. Ich kriege hier keine Luft mehr." Sie sucht nach einem Taschentuch.

Ich reiche ihr eine Papierserviette und gebe dem Ober ein Zeichen.

„Ich erledige das. Wo ist denn nur mein Portemonnaie?"

„Auf gar keinen Fall", protestiert Flora. „Selbstverständlich lade ich dich ein, schließlich habe ich dich aus heiterem Himmel überfallen."

Das lasse ich mir nicht zweimal sagen und gebe die Suche nach meiner Geldbörse auf. Auf der Straße hakt sich Flora bei mir ein, während ich nach Worten suche, wie ich meine Frage formulieren soll, ohne dass Flora mit einer Gegenfrage antworten kann.

„Weißt du, was ich witzig finde, Paris ist so riesig, da läuft man sich ja nicht dauernd über den Weg. Naja, um es kurz zu machen, ich hatte vorgestern mit einem Kunden ein Meeting im George V und stell dir vor, wen ich in der Halle gesehen habe?"

Erwartungsvoll schaue ich Flora an.

„Jetzt mach es nicht so spannend. George Clooney?"

Meinen scharfen Augen ist nicht entgangen, dass Flora für den Bruchteil einer Sekunde erschrocken war und ich bewundere insgeheim die lässige Haltung von ihr. Fix pariert.

„Leider nicht, aber ich habe dich gesehen." Scharf beobachte ich Flora und warte auf ihre Reaktion.

„Da musst du dich getäuscht haben, denn ich war nicht dort. Vielleicht habe ich ja eine Doppelgängerin. Wer weiß. War ich allein oder in männlicher Begleitung? Mit George Clooney vielleicht?"

Du quatschst ein bisschen zu viel, meine Liebe.

„Schon seltsam. Ich könnte schwören, dass du das warst. Aber egal, dann warst du es eben nicht."

Dennoch bin ich felsenfest davon überzeugt, dass Flora lügt, denn Lügen rieche ich zehn Kilometer gegen den Wind. Ihr aristokratischer Kopf mit der Grace-Kelly-Frisur ist unverwechselbar.

Was hast du für ein beschissenes Geheimnis?

„Bist du jetzt sauer, weil ich es nicht war? Hör mal, warum sollte ich noch Geheimnisse vor dir haben, nachdem ich dir das Schlimmste, was mir je passiert ist, erzählt habe? Glaubst du mir nun?"

„Entschuldige, natürlich glaube ich dir."

Du warst es und ich werde es dir beweisen.

„Und was wirst du jetzt machen? Die Scheidung einreichen oder leben wie Brüderchen und Schwesterchen", frage ich und merke, dass meine Worte zynischer sind, als beabsichtigt.

„Ich meine nur, wegen seiner Verwandtschaft, denn die fallen doch aus allen Wolken, wenn ihnen das zu Ohren kommt und enterben ihn womöglich noch."

„Darüber habe ich mir noch keine Gedanken gemacht, aber das werde ich wohl. Ich fasse es einfach nicht. Wie kann er mir und Noelle das antun. Ich habe keine Ahnung, wie ich ihr das erklären soll. Wie bringe ich einem achtjährigen Mädchen schonend bei, dass ihr heiß geliebter Vater schwul ist? Kannst du mir das mal verraten? Und in der Schule. Was glaubst du, wie sich alle die Mäuler zerreißen werden. Das wird der reinste Spießrutenlauf für Noelle. Aber so weit hat er wohl nicht gedacht, sondern nur schwanzgesteuert. Und dann noch meine jüdischen Freundinnen. Was ist, wenn die mich schneiden und nichts mehr mit mir zu tun haben wollen. Das wäre auch furchtbar für Noelle, wenn ihre besten Freundinnen plötzlich nicht mehr mit ihr spielen dürfen. Ich könnte platzen vor Wut."

Innerlich rolle ich mit den Augen. Das hat mich schon immer in den Wahnsinn getrieben. Diese Trennung von jüdischen und nichtjüdischen Freundinnen. Als wären wir Kampfhennen, die aufeinander losstürmen und sich ein

Glaubensgefecht liefern würden. Dabei ist sie noch nicht einmal Jüdin, sondern nur ihr Vater. Und der ist ihrer Mutter zuliebe konvertiert. Aber Flora ist die beste Jüdin aller Jüdinnen in Paris. Quasi die Vorzeigejüdin. Trotz Thierrys zaghaften Einwänden schickte sie Noelle in den jüdischen Kindergarten, zwingt ihre Familie Weihnachten und Chanukka zu feiern, versendet Karten zu Jom Kippur und begrüßt den jüdischen Feinkosthändler mit ‚Shalom'. Einmal pro Woche lädt sie nur jüdische Frauen zum Kaffeeklatsch zu sich nach Hause. Auch Severine ist diese Ehre zuteil. Mir nicht. Ein einziges Mal hatte ich sie auf ihr Verhalten angesprochen und war entsetzt über Floras Wut auf ihren Vater, der sie, ihrer Meinung nach, bestohlen hätte. Da ich das überhaupt nicht nachvollziehen konnte, sprach ich dieses Thema nie mehr an. Trotzdem wurmt es mich, dass ich nicht zu diesem illustren Kreis gehöre. Das nehme ich ihr übel.

„Seit zwei Jahren hat er einen Geliebten und ich habe nichts gemerkt. Selbst, dass er so gut wie nie mit mir geschlafen hat, hat mich nicht stutzig gemacht. Ich dachte immer, das liegt an mir, weil ich oft keine Lust hatte", gibt Flora verlegen zu. „Sex war bei uns nie so wichtig. Wen wundert's."

Erneut strömen die Tränen aus ihren Augen.

„Und wer ist es? Kennst du ihn? Ich meine, seinen Liebhaber?"

„Wo denkst du hin. Natürlich nicht. Das ist sein großes Geheimnis, das er mir auch nicht verraten will. Ich weiß nur, dass es nicht irgend so ein Jüngelchen ist, sondern einer der ungefähr in seinem Alter ist. Das ist alles. Ich habe keine Ahnung, wie er heißt, was er macht oder woher er kommt. Frustrierend, oder?" schnaubt sie in ihr aufgeweichtes Taschentuch.

„Ist vielleicht auch besser so. Wird Thierry ausziehen oder gehst du?"

Neidisch denke ich an die wunderschöne, herrschaftliche Altbauwohnung am Place des Victoires, die Thierry von seinen Eltern geerbt hat und ich vermute, dass er sie Flora reumütig überlassen wird.

„Das steht noch in der Sternen. Darüber haben wir noch nicht gesprochen. Wie pragmatisch du bist. Ich muss das alles erst einmal verdauen, bevor ich auch nur entfernt an meine Zukunft denken kann. Im Moment ist mir nicht danach."

Schweigend laufen wir weiter, bis der Jardin du Trocadero vor uns liegt.

„Um Dr. No würde ich mir keine so großen Sorgen machen. Sie ist wesentlich reifer als andere in ihrem Alter, intelligent und absolut nicht von gestern. Abgesehen davon ist sie mein Patenkind und kann immer zu mir kommen, wenn was ist. Aber sprich mit ihr, bevor sie es von anderen hört."

„Du hast bestimmt Recht. Wenn Noelle mit ihren Freundinnen zusammen ist, will sie nie mit Puppen spielen, sondern schleppt immer Trivial Pursuit oder Scrabble an. Einmal wollte sie sogar Emily zu einer Schachpartie zwingen, weil ihr die Barbies zu langweilig waren. Du hättest mal Emilys Gesicht sehen sollen. Erinnerst du dich noch, wie Noelle Roman Matt gesetzt hat?"

„Und ob. Roman war völlig platt. An dem Abend habe ich unsere oberschlaue Noelle, bei deren Intelligenzquotienten ich vor Neid erblasse, Dr. No getauft."

„Stimmt. Und Noelle hat über das ganze Gesicht gestrahlt, weil sie ihren Namen blöd findet. Sie versteht nicht, wie man ein Kind Weihnachten nennen kann, sagt sie immer und besteht seit dem Abend auf Dr. No."

Träumerisch sind Floras Augen nach innen gekehrt. Ich beobachtet meine Freundin und bemerke einen harten Zug um ihre Mundwinkel, der mir vorher noch nie aufgefallen ist. Was mag ihr durch den Kopf gehen?

„Ich werd' verrückt. Jetzt wundert es mich nicht mehr, dass meine Füße so weh tun nach diesem Marsch. Was glaubst du wie viele Kilometer haben wir zurückgelegt? Fünf, zehn?"

Auch Flora ist erstaunt und feixt:

„Ich traue mich kaum, es zuzugeben, aber ich war noch nie im Trocadero, obwohl ich Pariserin bin. Als ich klein war, verfrachtete uns mein Vater immer ins Auto und ab Richtung Deauville oder nach Rambouillet, wo er seine Jagdfreunde getroffen hat."

„Ich habe nur mal aufgeschnappt, dass hier irgendwann eine Weltausstellung stattgefunden hat. Aber frage mich nicht wann das war."

„Die Gärten wurden extra für die Weltausstellung angelegt, nachdem aus den Projekten von Napoléon und Louis XVIII nichts wurde, so weit ich mich erinnere."

„Streberin."

„Das war das einzige, was mich in der Schule interessiert hat. Französische Geschichte."

„Da muss ich passen. In Geschichte war ich lausig. Dafür kenne ich mich in Filmen bestens aus."

„Apropos Filme, musst du heute nicht arbeiten?", fragt Flora unvermittelt.

„Ich arbeite nicht mehr für Monique."

„Was?", ruft Flora perplex. „Wieso das denn? Habt ihr euch gestritten oder was ist passiert?"

„Was heißt gestritten? Mich nervt es nur tierisch, jedes Mal für sie die Kartoffeln aus dem Feuer zu holen. Ich habe die Nase gestrichen voll. Den Erfolg, der mir gehört, heimst sie sich ein und das lasse ich mir nicht mehr länger gefallen. Außerdem habe ich den Verdacht, dass sie einen unter dem Deckmäntelchen der Agentur einen Callgirl-Ring hat und damit kräftig absahnt. Du glaubst doch nicht etwa, dass die Agentur so viel abwirft, dass sie sich diesen kostspieligen Lebensstil leisten kann. Ne, ne, ich schwöre dir, da läuft was in die falsche Richtung. Und dann dieser Typ in New York. Bestimmt ist er nicht nur ihr Besteiger. Angeblich ist er Broker. Aber für welche Geschäfte? Sie fliegt doch manchmal mit Models rüber. Hm, fällt der Groschen?"

Flora reißt fassungslos die Augen auf.

„Das glaubst du doch nicht im Ernst. Monique als Puffmutter? Komm, du bindest mir gerade einen Bären auf, oder? Und überhaupt, ihr Mann hat doch einen Haufen Kohle. Ich dachte immer, dass er alles finanziert, oder zumindest ihr Loft und so."

Flora schüttelt immer noch den Kopf, während ich Fantasie

freien Lauf lasse.

„Ist das so abwegig? Überlege doch mal. Wo sie auch hinkommt, hat sie ein paar Mädchen im Schlepptau. Auch neulich bei der Vernissage oder bei den ganzen anderen Events. Warum, frage ich dich? Und was noch besser ist, es sind meistens Mädels aus dem Osten. Das letzte Mal sind Lavinia und Irina mit nach New York geflogen. Russinnen. Beide sind dort geblieben. Na, wenn das nicht verdächtig ist, was dann?"

Flora wiegt zweifelnd ihren Kopf hin und her.

„Dafür gibt es bestimmt eine plausible Erklärung, wie zum Beispiel, dass beide Jobs in New York haben oder Monique sie bei Ford oder Elite vorgestellt hat. Ihr arbeitet doch oft mit denen zusammen."

Ich bin nur noch darauf fixiert, Flora zu überzeugen, weil ich eine günstige Möglichkeit sehe, wie ich mich an Monique rächen kann. Denn wenn ich Flora genügend bearbeite und meine Räuberpistole einigermaßen glaubhaft in ihr Hirn sickert, läuft alles von ganz allein. Flora erzählt es Severine, Severine gibt es brühwarm an Bernadette weiter und das Gerücht wird wie ein Lauffeuer durch Paris züngeln. Selbst wenn Flora nur die Hälfte schluckt, wird sie es nicht für sich behalten. Erst recht nicht in ihrer momentanen Situation. Das ist der Zündstoff.

„Und du bist sicher nicht im George V gewesen", bohre ich nochmals nach, denn der Gedanke lässt mich nicht in Ruhe.

„Ich schwöre bei allem, was mir heilig ist, dass ich nicht dort war. Du musst dich irren. Was hast du überhaupt dort zu suchen gehabt?"

„Habe ich doch gesagt. Ich war dort mit einem Kunden verabredet."

„Mit wem denn?"

„Ich muss los. Ruf mich an, wenn dir nach Reden ist und halte mich auf dem Laufenden. Gib Thierry einen Tritt in den Arsch und von mir auch."

„Sehen wir uns übermorgen im Marly?"

„Mal sehen, aber ich denke schon."

18

„Schön, dass du endlich da bist. War es schwer für dich, dich loszueisen? Ich hatte schon Angst, dass du nicht kommst."

Mit seiner Vermutung liegt er gar nicht mal so falsch. Nach meinem Abschied von Flora musste ich notgedrungen vier Stunden totschlagen. Ich war so frustriert, dass ich um ein Haar nach Hause gegangen wäre. Ich hasse es, untätige Zeit mit mir zu verbringen.

„Was machen wir nur mit den ganzen Tüten? Warte hier. Ich bring' sie schnell rein. Nicht weglaufen. Ich bin gleich wieder da."

Ich mache Anstalten, ihm zu folgen. Doch er nimmt meine Hand, führt sie an seine Lippen und küsst sie ganz zart.

„Warte hier. Bin gleich zurück."

Weg ist er. Unschlüssig stehe ich vor dem Tor. Soll ich bleiben oder abhauen? Meine Laune, die vorher schon gedämpft war, hat er mir nun endgültig verhagelt. Lässt mich einfach hier draußen stehen. Hätten wir uns früher getroffen, wäre ich nicht gezwungen gewesen, shoppen zu gehen. Nun habe ich nicht nur ein Heidengeld ausgegeben, sondern muss mir auch noch überlegen, wie ich die Sachen an Roman vorbei schmuggle. Ich könnte mich verfluchen.

„Da bin ich wieder. Tut mir leid, dass ich dich habe stehen lassen, aber heute geht's in eine andere Richtung."

Erst jetzt bemerke ich, dass Adam einen Smoking trägt.

„So feierlich?"

Ich bin immer noch sauer und verunsichert. Überraschungen hasse ich wie die Pest.

„Könnte man so sagen. Aber bevor wir losgehen, musst du noch das über dich ergehen lassen", und zieht einen Schal aus seiner Jackettasche.

„Spielen wir blinde Kuh oder die Entführung der Scarlett O'Hara?"

Adam entfaltet den Schal, schüttelt ihn aus und verbindet mir behutsam die Augen, darauf bedacht, dass mein Make-up nicht in Mitleidenschaft gezogen wird. Seine Einfühlsamkeit entwaffnet mich und ein Schauer erfasst meinen ganzen Körper.

„Vertrau' mir", flüstert er mir ins Ohr und verknotet das Tuch.

So ganz geheuer ist mir nicht. Außerdem komme ich mir etwas lächerlich vor, wenn ich mir vorstelle, dass Leute mich befremdlich anstarren, wie ich, eingehakt bei einem Mann im Smoking, unsicheren Schrittes mit verbundenen Augen durch die Nacht stake. Wie entsetzlich muss sich ein Blinder fühlen. Immer der Dunkelheit ausgesetzt, absolut nichts zu sehen und auf fremde Hilfe angewiesen zu sein. Um die Beklemmung, die sich schleichend bemerkbar macht, abzuschütteln, lache ich etwas schrill:

„Wo bringst du mich hin? Sind wir gleich da?"

Ich höre selbst die aufkommende Panik in meinen Ohren und lausche auf die Geräusche, die ich plötzlich viel intensiver wahrnehme.

„Noch ein klein wenig Geduld, dann bist du erlöst."

Auf einmal bleiben wir stehen. Adam scheint ein großes Tor zu öffnen, denn es quietscht in den Angeln und klingt nach rostigem Eisen. Während wir weiter gehen registriere ich, dass sich der Bodenbelag verändert hat, so wie auch mit einem Mal der Stadtlärm gedämpft zu hören ist. Nur zu genau kenne ich diese Stille, die friedliche Atmosphäre, das sanfte Rauschen des Laubes und den Geruch von alter Erde.

„Wir sind da."

Zu gerne möchte ich noch länger die Blinde spielen. Es gefällt mir, in diese Rolle zu schlüpfen. Diese sensible Wahrnehmung erfährt man als Sehender nicht, erkenne ich und bin für einen kurzen Moment überwältigt. Mit einem Gefühl des Bedauerns spüre ich, dass Adam den Knoten löst. Wenn ich vor einer Sekunde noch von meinen Gefühlen ergriffen war, so verschlägt es mir nun, bei dem Anblick, der sich mir bietet, die Sprache und ich breche in Tränen aus.

„Oh Gott, was ist denn, meine süße Scarlett? Habe ich etwas falsch gemacht?"

Ich weine und lache hemmungslos.

„Nein, überhaupt nicht. Es ist nur..... es ist so wunderschön."

Mit dem Schal betupfe ich mein Gesicht. Das Szenario berührt etwas ganz Tiefes in mir. Es ist ein Mischmasch aus Trauer, Glück und Vergangenheit. Mein Blick fällt auf mein Lieblings-Grab, in dem die zwölfjährige, im letzten Jahrhundert verstorbene, Camille de Saint-Saens, begraben ist, bewacht von einem Engel aus weißem Marmor, der gütig mit gefalteten Händen auf den Grabstein schaut. Davor, mitten auf dem Weg, steht ein festlich gedeckter Tisch mit brennenden Kerzen in einem silbernen Kandelaber, eine Flasche Champagner im Kühler und einem enormen Picknickkorb, der unter dem Tisch hervor lugt.

„Kannst du Hellsehen? Woher weißt du, dass das mein Lieblingsplatz ist?"

Ich bin immer noch aufgewühlt und wieder und wieder quillt eine Träne aus meinen Augen.

„Nie habe ich irgendjemandem davon erzählt. Hast du mich hier schon einmal gesehen?"

„Kismet. Das ist schlichtweg der schönste Platz auf dem Friedhof. Zugegeben, ich habe zwei Nachmittage hier verbracht, um diese Stelle zu finden. Der Engel, der dir übrigens ein bisschen ähnlich sieht, hat mich quasi hierher geführt und als ich den Namen auf dem Grabstein las, wusste ich, das muss dein Ort sein."

Mittlerweile habe ich mich wieder gefangen und nehme auf dem Stuhl Platz.

„Ich danke dir. Eine tolle Idee und sehr romantisch. Was gibt's denn Leckeres zu futtern, denn ich mit völlig ausgehungert."

Adam beugt sich zu mir herunter, drückt mir einen Kuss auf den Scheitel und greift zur Champagnerflasche. Nachdem er die Gläser gefüllt hat, reicht er mir eines und stößt mit ihr an:

„Auf Scarlett, Camille, Paris und... auf uns."

Für den Bruchteil einer Sekunde flackert das Gesicht von Roman vor meinen Augen auf, doch genau so schnell ist es wieder verschwunden.

„Auf einen wundervollen Überraschungs-Abend."

„Und auf uns", ergänzt Adam.

„Und auf uns", antworte ich folgsam, begleitet von einem Hauch von Unbehagen.

„Nun bin ich aber gespannt auf den Inhalt des gigantischen Korbes, der sich unter unserem Tisch befindet", necke ich ihn. Ganz die Lady.

„Ich bitte dich, mir all die Leckerbissen, die sich dort verbergen, zu kredenzen und ich hoffe, dass du mir kein Hammelfleisch oder scheußliche Innereien servieren wirst, sonst droht dir Ungemach."

Adam geht sofort auf mein Spiel ein und antwortet galant:

„Liebste Scarlett, Schande über mich, wenn ich vergessen hätte, was dir nicht mundet. Ich denke, dass ich auf das Beste für dein Wohl gesorgt habe."

Er zieht den Korb unter dem Tisch hervor, öffnet geheimnisvoll den Deckel und beginnt den Inhalt auf ihrer Tafel zu dekorieren.

„Hm, da läuft mir das Wasser im Mund zusammen", rufe ich angesichts der Leckereien und klatsche in die Hände, wobei ich mir doch etwas idiotisch vorkomme.

„Ich habe einen Bärenhunger."

„Na, dann wünsche ich dir einen guten Appetit", antwortet er, während er das letzte Päckchen vom Papier befreit und auf seinem Stuhl Platz nimmt.

Verblüfft, dass nichts dabei ist, was ich nicht esse, wundere ich mich noch mehr, woher Adam mich so genau zu kennen scheint. Inzwischen bin ich bei den Hackfleischbällchen mit frischer Minze angelangt, nachdem ich vorher bereits eingelegte Artischockenböden, zwei pikante Hähnchenflügel, Maisplätzchen mit Kräutersahne, Blätterteigtaschen mit Forellenmusfüllung und Tabouleh vertilgt habe.

„Ich freue mich, dass es dir schmeckt", flüstert Adam und zieht meine Hand an seine Lippen.

„Glaub mir, gleich platze ich. Es ist köstlich", und überlege, ob ich noch ein Hackfleischbällchen nehmen soll, entscheide mich aber vorsichtshalber für die Früchte, da ich merke, dass mein Kleid um die Taille etwas eng wird. Zum ersten Mal fühle ich mich absolut wohl in Adams Gegenwart. Keine Spur von Beklemmung oder Unsicherheit, keine Angst. Beglückt über diese Empfindung beuge ich mich über den Tisch und küsse ihn auf den Mund. Seine Zunge schmeckt nach Minze und Champagner.

„Danke für diesen schönen, schönen Abend."

Adam schaut mich zärtlich lächelnd an, greift nach meiner Hand und fragt:

„Wann erzählst du es ihm?"

Mein Herz fängt plötzlich an zu flattern. Er lächelt immer noch, indessen ist meines fast gefroren. Eben noch war ich in Hochstimmung, doch nun kehren die Dämonen zurück und geben ihr Bestes, meine Stimmung zu versauen.

„Was?", krächze ich und räuspere mich, weil sich meine Stimme irgendwo befindet, nur nicht bei mir.

„Was?"

„Wann erzählst du deinem Freund von uns?" fragt er, wobei sein Lächeln nicht mehr so lächelt wie vorher und ein Muskel an seinem Kiefer zuckt.

„Darüber habe ich noch nicht nachgedacht."

„Aber du wirst ihm doch von uns erzählen. Das musst du, denn du weißt genauso gut wie ich, dass wir beide zusammen gehören. Oder etwa nicht?"

„Doch, doch, natürlich."

Bei der Vorstellung, mich mit Roman zu konfrontieren und ihm zu gestehen, dass ich ihn betrogen habe, wird mir jetzt schon mulmig zu Mute. Muss denn alles immer gleich so kompliziert sein? Ich habe mich schlicht und einfach in jemand anders verliebt, so simpel ist das, so ist das Leben. Stellt sich nur die Frage, ob ich wirklich verliebt bin. Zwar weiß ich, dass Adam alles andere als ein One-Night-Stand ist, dennoch beängstigt mich diese Schnelligkeit in gewisser Weise, weil ich nicht fähig bin, meine Gefühle für Adam klar zu deuten. Wenn sich doch alles von selbst ergeben würde, ohne verfluchte Auseinandersetzungen oder Zugeständnissen oder was auch immer für Problemen. Probleme habe ich, weiß

Gott, genügend.

„Du bist auf einmal so schweigsam. Komm, lächle wieder und denke nicht weiter drüber nach. Ich bin eben ungeduldig und auch ein bisschen eifersüchtig, wenn ich mir vorstelle, dass du mit ihm im Bett liegst und... Verzeih mir, ich hör schon auf."

Adam schaut mich mit einem schiefen, schuldbewussten Lächeln an und ich lasse mich nur zu gerne besänftigen, obwohl die Dämonen noch auf der Lauer sind. Während ich damit beschäftigt bin, mich erneut zu stimulieren, ist Adam auf einmal neben mir, hebt mich hoch und trägt mich zu einer Baumgruppe.

„Sag mal, hast du den Friedhofwächter bestochen oder ihm etwas ins Essen gemischt damit er nicht auftaucht?"

„Das, meine Liebste, bleibt mein Geheimnis", raunt er, wobei er seine Hand unter mein Kleid schiebt. Wie ein Stromschlag wallt die Erregung durch meinen Körper. Eine Berührung von ihm, und schon bin ich wie elektrisiert. Keuchend presse ich mich an ihn, will seine nackte Haut spüren und in ihn hinein schlüpfen. Vor einem dicken Baumstamm lässt er mich langsam an seinem Körper hinab gleiten und spüre erfreut seinen steifen Schwanz. Zitternd lege ich meine Hand auf die Ausbuchtung seiner Hose, was meine Lust nur noch steigert, weil ich das leichte Pochen unter dem Stoff fühle und ich mir vorstelle, wie sein Penis nach Erlösung schreit und sich aus dem Hosenschlitz kerzengerade aufrichten will. Raus aus dieser Enge. Er küsst mich hart, obwohl seine Lippen weich sind und streichelt mit seiner Zungenspitze meinen Gaumen. Seine Finger gleiten unter meinen Slip und streifen, wie zufällig meine Klitoris, um weitere Zonen zu erforschen und wieder zurück zu kehren.

Mach schon!

Erstaunt über meine Wollust, nestle ich ungeduldig an seinem Reißverschluss. Endlich habe ich seinen zuckenden Schwanz in der Hand. Als ich komme, schreie und lache ich meinen Orgasmus über den ganzen Friedhof.

Lächelnd flüstert Roman: „Psst, du weckst ja die Toten auf", und dringt in mich ein. Im Gleichtakt bewegen sich unsere

Körper aufeinander abgestimmt. Ich kann es kaum fassen, dass ich nochmal, diesmal mit ihm zusammen, zum Höhepunkt komme. Überschwemmt von einem Glücksgefühl küsse ich ihn leidenschaftlich, voller Verlangen und Überschwang. Wie eine Süchtige giere ich nach mehr, nach der absoluten Befriedigung. Adam scheint etwas irritiert, weil ich dermaßen aufgekratzt bin und fragt besorgt:

„Geht's dir gut?"

„Wunderbar. Einfach wunderbar. Mir ging's noch nie so gut. Weißt du, dass ich vorher noch nie einen Orgasmus hatte? Erst bei dir. Mit dir hatte ich meinen ersten Orgasmus. Ich wusste gar nicht, wie unsagbar toll das ist. Mein Gott, was hab' ich versäumt. Ich fasse es nicht."

Und ohne meine dreckigen Fantasien.

„Komm, lass uns zu mir gehen. Ich kann es kaum erwarten, dich nochmal lachen zu hören."

Schlagartig kehren meine Dämonen zurück.

„Ich kann heute nicht bei dir bleiben, weil ich nicht schon wieder sagen kann, dass ich bei einem schwulen Freund übernachtet habe. Die Ausrede zieht kein zweites Mal, weil ich sonst nie woanders über Nacht bleibe."

Ich sehe die Enttäuschung in seinem Gesicht und wünsche mir nichts mehr, als bei ihm zu bleiben, aber gleichzeitig finde ich, dass Adam verstehen muss, dass ich zwischen zwei Stühlen sitze und meine Situation mehr als kompliziert ist.

„Für morgen finde ich eine Ausrede", versuche ich ihn zu beschwichtigen.

„Versprochen."

Sofort erhellt sich seine Miene. Insgeheim hatte ich schon befürchtet, dass er mir eine Szene machen würde.

„Entschuldige, das ist wirklich egoistisch von mir, aber du fehlst mir einfach, wenn du nicht da bist. Ich glaube fast, ich bin süchtig nach dir."

Wenn du wüsstest, wie süchtig ich nach dir bin. Warum gerade ich, wenn du hundert andere haben kannst?

Ich habe Mühe, die unterschiedlichen Gefühle, die auf mich niederprasseln, zu verarbeiten. Diese Huskyaugen, die mich so warm, aber auch beängstigend durchdringend anschauen.

„Ist alles in Ordnung mit dir? Du siehst gerade aus, als seist du mit deinen Gedanken ganz weit weg."

Weit weg mit dir zusammen.

„Soll ich dir noch helfen, das ganze Zeug zu dir nach Hause zu bringen?"

„Lieber nicht, sonst lasse ich dich nicht wieder gehen. Ich besorge dir ein Taxi."

Adam umarmt mich, streichelt mein Gesicht und murmelt zärtlich:

„Ich kann es kaum bis morgen erwarten."

Wir küssen uns so begierig, dass Adam keucht:

„Ich bin besessen von dir. Am besten gehen wir auf die Straße um ein Taxi zu finden, weil ich sonst für nichts garantieren kann."

Widerwillig lassen wir voneinander los. Schweigsam laufen wir an der Gräbern vorbei, jeder in seine eigenen Gedanken versunken, bis wir das Tor erreichen. Noch immer ist kein Wort zwischen uns gefallen, als wir ein freies Taxi erspähen. Adam winkt es herbei und es hält mit kreischenden Bremsen. Eine letzte Umarmung, ein Blick aus dem Rückfenster, wo ich, wie beim ersten Mal, die dünne schwarze Gestalt langsam verschwinden sehe.

19

Es ist bereits zwei Uhr, als ich, in Begleitung von heftigem Herzklopfen zu Hause eintreffe. Alles ist dunkel, selbst die kleine rote Lampe im Wintergarten, die wir immer brennen lassen, wenn wir beide oder nur einer ausgegangen ist. Kein gutes Zeichen. Leise, die Schuhe habe ich schon abgestreift, öffne ich die Tür zum Wohnzimmer und gehe hinein. Zappenduster. Während ich darüber nachdenke, ob ich auf der Couch übernachten soll, sticht mir ein Zettel an der Schlafzimmertür ins Auge. WARUM SOLLST DU DIE EINZIGE SEIN, DIE SICH AMÜSIERT. EINE GUTE NACHT, FALLS DU SIE ZUHAUSE VERBRINGEN SOLLTEST.

Was soll denn jetzt der Mist?

Ich krame mein Handy aus der Tasche. Es ist ausgeschaltet. Schnell schalte ich es ein, aber das Display wird sofort wieder schwarz. Hektisch suche in der Dunkelheit nach dem Ladegerät, dabei stoße ich mit der Zehe gegen den Tisch und schreie vor Schmerz auf. Fluchend knipse ich die Stehlampe an, bevor ich mir noch etwas breche und entdecke das Gerät auf dem Sideboard. Nachdem ich mein Handy angedockt habe, schalte ich es ein und sehe, dass Roman fünfmal angerufen hat. Die sechste Nummer ist mir unbekannt. Prompt meldet sich meine Mailbox. Romans Stimme, anfangs noch gut gelaunt, fragt, ob wir uns nach dem Meeting noch irgendwo treffen. Beim zweiten Anruf wird er konkreter, in dem er den Ort des Treffens nennt. Die fünfte Ansage ist allerdings mehr als ungehalten. Warum ich mein blödes Handy ausschalte und wo, in Gottes Namen, ich mich herumtreibe. Das Meeting könne ja nicht ewig dauern.

Die letzte Nachricht allerdings bringt mein Blut in Wallungen: ‚Dein Lustgelächter klingt noch in meinen Ohren. Ich möchte gerne mehr davon hören'. Eine heiße Woge durchströmt meinen Körper, wenn ich an die letzten Stunden denke. Am liebsten möchte ich mich gleich ins Taxi stürzen um zu Adam zurück zu kehren. Aber ich will den Bogen nicht überspannen.

Im Bett lausche ich noch einige Zeit, ob ich die Schritte von Roman höre, aber meine Gedanken schweifen jedes Mal zu Adam, seinem Geruch, den ich noch in der Nase habe und seiner Ausbuchtung in der Hose. Ohne Fantasien.

Jäh werde ich aus dem Schlaf gerissen. Im ersten Moment bin ich nicht in der Lage mich zu orientieren, weil ich mich im Traum in warmen Südseegewässern geaalt habe, bis plötzlich ein heftiger Donnerschlag die Idylle zerstört. Lautes Gepolter dringt aus dem Wohnzimmer, dem ein lauter Fluch folgt. Sowohl genervt als auch sauer, richte ich mich im Bett auf und überlege, ob ich aufstehen soll, um zu schauen, was Roman veranstaltet oder mich schlafend stellen soll. Das erübrigt sich von selbst, denn ein völlig betrunkener Roman stolpert durch die Tür.

„Was, du bist schon da?", lallt er und hält sich am Türrahmen fest, um nicht das Gleichgewicht zu verlieren.

Ich verabscheue Besoffene und noch mehr verabscheue ich es, wenn mein Partner betrunken ist. Das macht mir Angst und ekelt mich an.

„Du bist ja total betrunken", bemerke ich überflüssigerweise und verziehe angewidert das Gesicht.

„Außerdem bin ich schon lange da und du hast mich geweckt."

„Warum bist du nicht an dein Handy gegangen. Ich habe zig Mal bei dir angerufen, aber immer war nur deine verfluchte Mailbox dran."

„Der Akku war leer", kontere ich gelassen, denn es ist tatsächlich die Wahrheit und hatte ich nicht bezeugt, von nun an nicht mehr zu lügen.

„Hm. Ich muss aufs Klo. Mir ist schlecht."

Gott sei Dank ist er so geistesgegenwärtig oder einfach nur peinlich berührt, dass er die Tür schließt, so dass ich seine Kotzgeräusche nur abgemildert höre. Hoffentlich putzt er sich die Zähne. Und hoffentlich hat er sich die Lust auf Sex auch raus gekotzt. Ich horche mit gespitzten Ohren auf die Spülung, das Geplätscher des Wasserhahns und schließlich auf das Öffnen der Tür. Nervös drehe ich mich zur Wand, so dass mein Rücken ihm signalisiert: Ich bin tabu. Roman klettert mühsam die Hühnerleiter hinauf und lässt sich mit einem Seufzer auf die Matratze fallen.

„Entschuldige, aber mir geht's hundsmiserabel. Ich glaube, ich vertrage nichts mehr."

Sekunden später schnarcht er und trotz geputzter Zähne, dringt die Alkoholfahne in meine Nase. Innerlich danke ich, wem auch immer, von Herzen dafür, dass mir die Konfrontation erspart bleibt und begebe mich erlöst auf Traumreise.

20

Irgendetwas hat mich erschreckt. Mein Blick fällt auf die Uhr und entsetzt stelle ich fest, dass es bereits halb zehn ist und ich verschlafen habe. Das Bett neben mir ist leer. Der Postbote war bestimmt schon da, Adam hat angerufen und Roman ist an mein Handy gegangen, Monique... Das Karussell dreht sich schon viel zu schnell am Morgen. Geschwind schäle ich mich aus dem Bett, klettere die Leiter hinunter und spähe durch die Tür. Erleichtert sehe ich, dass Roman mit offenem Mund auf der Couch schläft, mein Telefon nicht blinkt und ich gemächlich zum Briefkasten gehen kann, um die Post zu holen. Ich greife mir den Schlüsselbund, der im Türrahmen zum Wintergarten hängt, schlüpfe in meine Slipper und eile hinaus. Schon die Farben der Umschläge verheißen nichts Gutes. Fahrig, bereits das drohende Unheil witternd, öffne ich den Bankbrief, in dem ich darauf hingewiesen werde, dass ich den Zahlungstermin versäumt habe und die Angelegenheit gerichtlich fortgesetzt wird. Auch das noch. Ich traue mich kaum, den anderen Umschlag zu öffnen. Er wirkt sehr offiziell und furchteinflößend. Schwitzend schlitze ich das Kuvert mit dem Schlüssel auf.

Scheiße, Scheiße, Scheiße.

Wie soll ich das Roman erklären? Ein Irrtum der Justiz? Die meinen sicherlich eine andere Helena Schmidt. Das ist mein Ende. Wie kommen die auf dreißigtausend Euro? Die Zahl springt mir bösartig ins Gesicht. Wenn ich nicht innerhalb von einer Woche zahle, hetzen sie mir den Gerichtsvollzieher auf den Hals. Verfluchtes Finanzamt. Was denken die denn, woher ich das Geld nehmen soll. Aus dem Zylinder zaubern? Was mir allerdings größere Sorgen bereitet ist, wie ich den Finanz-Heini abfangen kann. Ich weiß ja nicht einmal, wann er aufkreuzt. Nach meiner Berechnung, habe ich eine Schonfrist von ungefähr zehn Tagen. Mit dumpf klopfendem Herzen überlege ich fieberhaft nach einem Ausweg, einer glaubwürdigen Geschichte oder, das ist überhaupt die Idee, ich werde einen Streit vom Zaun brechen, damit Roman die Flucht zu seinen Eltern ergreift. Das hat bisher immer bestens funktioniert. Nun ist mir schon etwas leichter zumute und ich stopfe die Briefe in meine Boxershorts. Roman schnarcht Gott sei Dank weiterhin, deshalb mache ich keine Anstalten, ihn zu wecken, denn ich bin heilfroh, dass mir dadurch lästige Gespräche erspart bleiben. Im Schlafzimmer verfrachte ich die Post in einen Schuhkarton zu den anderen Briefen und stelle die Box unauffällig zu den übrigen Schuhschachteln. Dann öffne ich die unterste Schublade, um zu entscheiden, ob ich eines der Teile von Martine anziehe. Roman wird nichts merken. Das olivgrüne Seidenkleid mit rosa Pünktchen ist perfekt. Dazu den handgestrickten Cardigan aus feinstem Kaschmir und die rosa Ballerinas. Holly Golightly in Grün. Ich nehme alles mit ins Bad. Im Schnellgang dusche ich, wasche meine Haare, die ich nass zu einem Chignon wickele, kleide mich an und schmeiße meine Schminkutensilien in die Tasche. Für Roman schreibe ich einen Zettel, dass ich mich später bei ihm melden werde. Ausgehfertig präpariert peile ich durch die Tür, um zu eruieren, ob die Luft rein ist. Beruhigt, denn Roman liegt unverändert auf der Couch, platziere ich den Zettel auf dem Tisch, wo er ihn sofort sieht und schleiche aus der Wohnung.

„Olala, du bist wirklich die schönste Frau von ganz Paris. Also, wenn ich nicht schon verheiratet wäre, könntest du mir sehr gefährlich werden", lacht Karim gut gelaunt, wie immer und verbeugt sich mit einer übertriebenen galanten Geste. Eigentlich hatte ich vorgehabt, nach oben in Richtung Place des Abbesses abzubiegen, aber das würde nur lästige Fragen aufwerfen, so dass ich nun so tue, als würde ich zur Metro gehen. Dann frühstücke ich eben woanders.
„Salut. Tut mir Leid, aber ich bin spät dran. Wir sehen uns heute Abend."
„Klar. Nimm mich mal mit in dein Büro, damit ich mir all die hübschen Mädchen angucken kann."
„Abgemacht. Salut."

Von wegen hübsche Mädchen. Das ist Vergangenheit, denke ich verbittert und fühle die Verzweiflung in mir aufsteigen. Siedend heiß fällt mir plötzlich ein, dass ich mein Handy vergessen habe.

Scheiße, Scheiße, Scheiße.

Sofort bricht mir der Schweiß aus.

Wie kann man nur so blöd sein.

Ärgerlich auf mich selbst, trete ich den Rückweg an. Mit Sicherheit ist Roman wach und bemerkt meine neuen Klamotten.

„Was für eine Scheiße", fluche ich weiter. „Was für eine gottverdammte Scheiße."

Ich hetze an Karim vorbei, der Gott sei Dank mit einem Kunden beschäftigt ist, gebe den Code ein und hechte durch die Flure. Im Wintergarten spähe ich durch das Fenster. Roman liegt nicht mehr auf dem Sofa. Jetzt oder nie. In der bangen Erwartung einer endlosen Diskussion über Schnäppchen und Wahrheiten, betrete ich das Wohnzimmer. Doch weit und breit ist nichts von Roman zu sehen, aber zu hören. Glück gehabt, frohlocke ich innerlich, schnappe mein Handy, lausche einen Moment dem herrlichen Duschgeräusch und verschwinde schleunigst, bevor er aus dem Bad erscheint. Übellaunig von dem ganzen Stress, bevor ich auch nur eine Tasse Kaffee intus habe, laufe ich die Straße hinunter zum Boulevard Clichy und beschließe, in der Nähe vom Pigalle mein Frühstück zu nehmen. Mein Magen knurrt schon seit einer Ewigkeit. Der Boulevard ist bereits voll von halbnackten Touristen, die in Massen zum Moulin Rouge pilgern, Arbeiter verschließen die Hydranten und schreien sich derbe Witze zu, die genervten schwitzenden Autofahrer veranstalten ein Hupkonzert, weil die Müllabfuhr die Straße versperrt. Ein ganz normaler Tag im neunten Arrondissement. Was ich anfangs so liebte, wie die multikulturelle Bevölkerung, die afrikanischen Gerüche, die sich mit den arabischen vermischen, das Geschrei verschiedener Sprachen und das Treiben mit orientalischer Gelassenheit, geht mir heute morgen auf die Nerven. Dank der Ballerinas tun mir wenigstens die Füße nicht weh. Plötzlich meine ich, in dem Gewusel meinen Namen gehört zu haben. Das ist unmöglich. Kaum einer aus meinem Bekanntenkreis verirrt sich in diese Gegend.

„HELENA."

Die Stimme kenne ich irgendwoher. Und sie bedeutet nichts Gutes, schwant es mir. Eilig überquere ich die Straße und steuere auf das nächstbeste Café zu.

„Na, wenn das kein Zufall ist, dass ich dich hier treffe."

„Claire? Was machst du denn hier?"

Zu meinem Ärger klinge ich genauso, wie ich mich fühle. Ertappt und zur Winzigkeit geschrumpft.

Scheiße, verfluchte.

„Auf dich bin ich stinksauer, meine Liebe. Warum rufst du nie zurück? Und erzähl mir bloß nicht, dass du wieder dein Handy verloren hast."

Das muss sie mir gar nicht sagen. Schmallippig und mit funkelnden Augen starrt die zigeunerhafte Schönheit auf mich herab. Und das will schon weiß heißen, da ich nicht gerade klein bin. Sehnlichst wünsche ich mir, im Erdboden zu versinken.

„Das kann ich dir erklären", krächze ich und durchforste mein Hirn nach einer plausiblen Ausrede.

Blöde Kuh. Reg dich mal ab.

„Na, da bin ich ja mal gespannt."

Als ich gerade ansetzen will, ihr eine Geschichte aufzutischen, stürzt ein junger Typ auf uns zu, rempelt Claire an, so dass sie zu Boden stürzt und entreißt ihr die Handtasche. Im Affentempo rennt er auf die Metrostation zu. Das ist meine Gelegenheit. Während Claire sich noch völlig verdattert aufrappelt, laufe ich ihm hinterher. Da habe ich nochmal Glück gehabt. Und das in zweierlei Hinsicht. Heute Morgen hatte ich noch überlegt, ob ich eins der Kleider, die ich vor Wochen von Claire, geliehen hatte, anziehen soll. Nach dem Casting hatte ich ein paar Teile in meinem Fundus verschwinden lassen. Die soll sich mal nicht so anstellen.

Schließlich wurde eins ihrer Fummel für den Spot ausgewählt. Eigentlich muss sie mir dankbar sein, denn für junge Designer kann das durchaus zu einem Karriereschub führen. Und wer hat sie entdeckt? Trotz aller Schönrederei, hat mich die Begegnung ziemlich aufgewühlt. Inständig hoffe ich, dass keine weiteren Kellerleichen auftauchen.

Was mache ich nun mit dem angebrochenen Vormittag? Der ungewohnte Zustand von freier Zeit mitten am Tag lähmt mich eher, anstatt mich zu beflügeln. Zwangsurlaub. Ich zermartere meinen Kopf, auf der Suche nach Zeitvertreib, bis Adam sich meldet. Ich hasse es, abhängig zu sein und es ärgert mich, dass Adam so altmodisch ist und kein Handy besitzt. Oder gibt es wohl möglich einen anderen Grund dafür? Vielleicht hat er doch eins und will mir seine Nummer nicht verraten. Was empfinde ich für ihn? Fakt ist, dass er der erste Mann ist, der mir einen echten Orgasmus geschenkt hat. Ihn umgibt eine Aura von Freiheit, Unabhängigkeit und strotzendem Selbstbewusstsein. Wenn ich an seinen intensiven Blick aus den stahlblauen Augen denke, mit dem er mich anschaut, prickelt mein ganzer Körper. Geld scheint er auch zu haben. Was er wohl arbeitet, wenn er überhaupt arbeitet? Er hat etwas Künstlerisches an sich. Hat er geerbt und muss nicht arbeiten? Seine Klamotten sind teuer, also muss er vermögend sein. Während ich weiter eine Liste seiner Vorzüge aufstelle, beschleichen mich doch leichte Zweifel. Warum spricht er nie von sich? Zumindest sagt mir mein sechster Sinn, dass er jedes Mal ausweicht, wenn ich ihn etwas Persönliches fragt. Inmitten meiner Grübelei klingelt mein Handy.

„Wo bist du gerade?" höre ich die zärtliche Stimme von Adam, eingehüllt in Straßenlärm.

Mein Misstrauen löst sich in Luft auf.

„Das ist ja wirklich Gedankenübertragung. Ich bin noch in der Nähe vom Pigalle. Und du?"

„Auf dem Weg zu FNAC."

„Welche CD willst du denn kaufen?"

„Überraschung."

„Schon wieder eine Überraschung. Womit habe ich das verdient?" scherze ich und ein Glücksgefühl überkommt mich aus heiterem Himmel.

„Weil du Du bist. Wenn du willst, können wir uns gleich irgendwo treffen."

„Hm."

„Du klingst glücklich."

„Bin ich auch. In einer Stunde im Deux Magots?"

„Ja, ich freue mich schon."

„Ich mich auch."

21

Beschwingt halte ich ein Taxi an und lasse mich zum Boulevard St. Germain chauffieren. Dank meiner heiteren Stimmung gebe ich dem Fahrer ein großzügiges Trinkgeld und freue mich über sein erstauntes Gesicht. Bevor ich mich mit Adam treffe, will ich ein Geschenk für ihn kaufen, weiß aber nicht so richtig, für was ich mich entscheiden soll, da ich ihn noch zu wenig kenne. Auf der Suche nach einer Inspiration, spaziere ich über den Boulevard St. Germain. Hier reiht sich ein Geschäft ans andere. Schnell bin ich entmutigt, weil mir nichts einfällt. Klamotten finde ich zu intim. Ein Buch? Zu banal. Manschettenknöpfe von Paul Smith? Zu oberflächlich. Ich bleibe vor einer kleinen Galerie stehen. Durch die Fensterscheibe erhasche ich einen Blick auf die Ausstellung. Neugierig betrete ich die Ausstellungsräume. Überall hängen kleine abstrakte Bleistiftzeichnungen, die Szenen aus der biblischen Geschichte zeigen. Der Galerist, ein rundlicher Typ, der überhaupt nicht wie ein kunstinteressierter Mensch wirkt, watschelt auf mich zu und textet mich gleich mit allen möglichen Informationen über den Künstler zu. Von einem Bild bin ich nahezu gebannt. Nicht, weil ich etwas auf der Zeichnung erkannt hätte, sondern weil unter dem Geschmiere Adam steht. Nach näherer Betrachtung erkenne ich die Umrisse eines Mannes, der unter einem Baum steht. Schemenhaft im Hintergrund ist eine Frau zu sehen. Jovial erklärt der Galerist mir dieses Bild und, dass es das Herzstück dieser Ausstellung sei.

Bla, Bla. Halt doch einfach deine verdammte Klappe, Fettwanst.

„Was kostet das Bild?"

Nach endlosen Vorreden und Ausführungen kommt er endlich auf den Punkt.

„Vierhundert."

Ich bin entsetzt, denn mit dieser Summe habe ich nicht gerechnet. Angestrengt überlege ich, wie ich es trotzdem, für einen geringeren Preis ergattern kann. Offensichtlich noch an weiteren Exponaten interessiert, schlendere ich durch die Galerie. Er folgt mir dicht auf den Fersen. Der Typ geht mir mit seinem Geplappere tierisch auf die Nerven. Wie erwartet, beißt Fettwanst an.

„Natürlich mache ich Ihnen einen speziellen Preis, wenn Sie noch andere Bilder erwerben wollen."

Zufrieden mit meiner kleinen Show, bekunde ich Gefallen an einigen weiteren Zeichnungen, wobei ich meinen fiktiven Ehemann mit einfließen lasse, der ein begeisterter Sammler sei. Ich sehe förmlich, wie sich dieser schmerbäuchige Kerl innerlich die Hände reibt und erörtere ihm gönnerhaft, dass ich das Adam-Bild kaufe, um es meinem Mann zu zeigen, und ich mir absolut sicher sei, dass mein Mann die komplette Ausstellung erstehen würde. Beflissen nimmt der Galerist die Zeichnung von der Wand und trägt es, wie ein Heiligtum zu seinem Schreibtisch.

„Können Sie es bitte als Geschenk einpacken?"

„Selbstverständlich", säuselt Feisti und kramt in der Schublade nach Papier.

Nachdem er zittrig das Bild verpackt hat, geht er zur Kasse und schreibt einen Beleg.

„Ich gebe es Ihnen für zweihundertfünfzig, wenn das für Sie in Ordnung ist."

„Perfekt. Vielen Dank. Mein Mann wird begeistert sein. Allerdings habe ich nur einen Scheck, aber Sie nehmen ja Schecks, oder?"

„Natürlich, natürlich."

Skrupel, dass der Scheck platzen wird habe ich nicht, denn den Fettwanst werde ich sowieso nicht wiedersehen. Hauptsache ist, dass ich ein passendes Geschenk gefunden habe. Ich bin begeistert.

In heiterer Stimmung verlasse ich die Galerie, ganz gespannt auf Adams Gesicht, wenn er das Päckchen öffnet. So ein teures Geschenk habe ich noch nie für einen Mann gekauft, geschweige denn, mir vorher so viele Gedanken über das 'Was schenke ich' gemacht. Adam ist eben ein ganz besonderer

Mann, der eine ganz besondere Gabe verdient. Voller Vorfreude beeile ich mich, denn ich bin bereits ein paar Minuten zu spät. Adam sitzt, wie beim ersten Mal auf der Terrasse an dem Tisch mit dem besten Blick auf die Straße. Er merkt nicht, dass ich ihn betrachte. Wie so oft, wenn er sich unbeobachtet fühlt, hat er diesen düsteren, dunklen Ausdruck im Gesicht. Mir ist es plötzlich unangenehm, in quasi so nackt zu sehen, so als ob ich ihn observieren würde. Als er mich mit einem Mal direkt anguckt, winke ich ihm fröhlich zu. Ganz Gentleman erhebt er sich, um mich zu küssen und mir den Stuhl zurechtzurücken.

„Ich hatte schon die Befürchtung, dass dir etwas passiert ist und du nicht kommst. Aber nun bist du ja da."

„Stimmt, denn ich hatte noch etwas zu erledigen", grinse ich geheimnisvoll und reiche ihm das Päckchen.

„Für dich."

„Was? Ein Geschenk für mich?"

„Jetzt mach's schon auf. Ich bin so gespannt, ob es dir gefällt."

Ungeduldig schaue ich ihm zu, wie er umständlich und bedächtig versucht, die Schleife aufzudröseln.

„Reiß es doch einfach auf", ermuntere ich ihn.

Als hätte er mich nicht gehört, nestelt er weiter an dem Band herum, bis er es, nach einer Ewigkeit, gelockert hat und vorsichtig daran zieht. Meine Toleranzgrenze ist dermaßen strapaziert, dass ich ihm das Paket am liebsten aus den Händen gerissen hätte um es selbst zu öffnen. Es macht mich fast wahnsinnig, wie er im Zeitlupentempo das Papier entfernt. Endlich ist das Geschenk ausgepackt und ich gucke ihn erwartungsvoll an. Mit Mühe beherrsche ich meine Zunge, statt ihn gleich mit Fragen zu bombardieren.

„Wow. Das muss ja ein kleines Vermögen gekostet haben."

Enttäuschung macht sich in mir breit. Wenn das alles ist, was er darüber zu sagen hat. Sieht er nicht, was es mich für Mühe gekostet hat, für ihn das Richtige, das Besondere zu finden.

„Gefällt es dir nicht?", frage ihn, bemüht mir meine Frustration nicht anmerken zu lassen.

„Doch, natürlich. Es ist wunderschön. Ganz toll. Woher wusstest du, dass ich ein Faible für Bleistiftzeichnungen habe?"

Lächelnd ergreift er meine Hand und küsst sie zärtlich.

„Danke. Das bedeutet mir sehr viel."

Allmählich entspanne ich mich etwas und bin fast besänftigt. Vielleicht ist meine Erwartungshaltung einfach zu hoch. Vielleicht kann er seine Freude nicht richtig zeigen. Vielleicht…

„Ich habe auch etwas für dich."

„Aha! Lass mich raten. Von FNAC?"

Im Gegensatz zu ihm rupfe ich das Papier auf. Es ist eine DVD von 'Frühstück bei Tiffany'.

„Den will ich mir gerne heute Abend mit dir zusammen anschauen, Scarlett-Holly."

Ein Wirrwarr der Gefühle übermannt mich. Auf der einen Seite will ich nichts lieber, als mit ihm zusammen zu sein, aber auf der anderen Seite denke ich an Roman und wie ich ihm erklären soll, dass ich schon wieder aushäusig übernachte. So langsam gehen mir die Ausreden aus.

„Wie wär's denn, wenn wir gleich zu dir gehen? Dann wird es nicht so spät für mich. Denn, ehrlich gesagt, fällt mir bald kein glaubwürdiger Vorwand mehr ein", entgegne ich und setze eine schuldbewusste Miene auf.

„Du musst es ihm sagen. Ich verstehe ja, dass es nicht leicht ist, aber du tust gut daran, reinen Tisch zu machen. Irgendwann kommt es sowie so heraus. Außerdem finde ich, solltest du auch ein bisschen an mich denken und wie mir zumute ist, wenn du bei ihm bist. Aber das weißt du ja."

Und ICH? Was glaubst du, wie ICH mich fühle?

„Morgen spreche ich mit ihm. Oder heute noch."

In Adams Gesicht spiegeln sich Enttäuschung, Ungeduld und noch etwas, was ich nicht deuten kann. Wut kann es nicht sein, denn warum sollte er wütend sein. Unsere Rendezvous scheinen jedes Mal einen Punkt zu erreichen, an dem die Stimmung zu kippen droht.

„Ich sag es ihm heute. Ok?"

Ein Lächeln huscht über sein Gesicht.

„Wir können aber erst nach achtzehn Uhr in mein Haus. Die Putzfrau ist noch da. Also keine sturmfreie Bude. Wozu hast du Lust? Kino, Friedhof oder Bummeln? Ich bin zu allem bereit."

„Bummeln."

„Prima, dann können wir unterwegs etwas zu essen kaufen und es uns dann richtig gemütlich machen."

Innerlich muss ich grinsen, denn das Wort passt nun wirklich nicht zu ihm. Das klingt eher nach Roman.

„Was lächelst du."

„Nichts. Nur so."

22

Perplex stehe ich wie angewurzelt im Türrahmen. Das reinste Chaos herrscht in Adams Haus. Überall stehen Halogenlampen auf Stativen, Kabeltrommeln, Aufheller und Koffer.

„Was ist denn hier passiert?"

„Ach, das habe ich völlig vergessen. Heute war ein Fototeam hier, um Aufnahmen für die Architectural Digest zu machen. Allerdings nur einen Tag. Die haben mir hoch und heilig versprochen, dass sie das Shooting an einem Tag schaffen, und dass der Kram abends verschwunden ist."

„Deine Putzfrau war bestimmt auch nicht begeistert."

Geistesabwesend und vor sich hin fluchend bahnt sich Adam einen Weg durch das Equipment in die Küche, um die Tüten abzustellen.

„Verdammte Sauerei", schimpft er und knallt die Tüten auf die Arbeitsplatte.

„Pass auf, sonst zerschmetterst du noch die Flasche Wein", besänftige ich ihn und traue kaum meinen Augen, angesichts der Küche.

Pappbecher mit kaltem Kaffee, angebissene Pizzastücke, Flaschen, überquellende Aschenbecher und sonstiger Müll verunstalten die sonst so makellos saubere Küche.

„Das sieht ja fürchterlich aus. Was sind das denn für Schweine. Hoffentlich kriegst du dafür wenigsten eine saftige Locationgebühr."

Angeekelt greife ich mit spitzen Fingern die Aschenbecher und schütte den Inhalt in eine der Plastiktüten, die auf dem Boden liegen.

„Komm, wir räumen schnell auf. Wir brauchen nur eine große Mülltüte, einen Lappen und ein Lächeln."

Tatkräftig stürze ich mich in die Aufräumarbeiten, während Adam weiterhin mit eisigem Blick vor sich hin schimpft und wie gelähmt scheint. Im Nu sieht die Küche wieder blitzblank aus. Auf der Suche nach Platten oder Tellern öffne ich einen der Oberschränke. Verdutzt erblicke ich Dutzende von schwarzen Schachteln, penibel gestapelt. Befremdet mache ich auch die anderen Türen auf. Jeder Schrank ist voll von Verpackungen mit Geschirr und Besteck. Alles ausgepreist und mit dem unverwechselbaren Logo eines bekannten Pariser Einrichtungshauses versehen.

„Sag mal, was ist das denn? Hast du den ganzen Laden aufgekauft?"

Für einen winzigen Augenblick, und ich habe mich bestimmt nicht getäuscht, blitzte Zorn in seinen Augen auf. Doch genauso schnell hat er sich wieder unter Kontrolle, so dass ich mich eventuell doch geirrt habe. Warum sollte er wütend sein?

„Das sieht alles noch so unbenutzt aus. Isst du nie zuhause oder bist du so pingelig, dass du alles wieder in die Schachteln packst? Vielleicht veranstaltest du ja auch heimlich rauschende Feste. Erwischt!"

Spielerisch drohe ich ihm mit dem Zeigefinger und bin verwundert über mich selbst, dass ich mich traue zu sagen, was ich wirklich denke.

„Sozusagen mein Rabatt in Naturalien. Schließlich habe ich meine gesamte Einrichtung bei denen gekauft, inklusive der Küche."

„Aha. An ihrer Stelle hätte ich wenigstens die Preise abgekratzt."

Ich hole die Einkäufe aus den Tüten, um sie auf Platten zu arrangieren. In einer Schublade finde ich einen Korkenzieher, natürlich von Alessi, und auch Besteck.

„Fertig", rufe ich stolz und strahle Adam an.

„War doch gar nicht so schlimm."

„Das hast du toll gemacht. Entschuldige, aber ich bin stinksauer auf die Leute. So war das nicht abgemacht und das ärgert mich wahnsinnig."

„Das verstehe ich ja, aber jetzt lass deine Wut mal sausen und freue dich auf das leckere Essen."

„Du hast recht. Was soll's. Die können morgen was erleben."

Mir ist es egal, ob er die Leute morgen herunter putzt oder nicht. Ich will nur, dass sich seine Stimmung bald aufheitert.

Als hätte er meine Gedanken gelesen, küsst er mich leidenschaftlich und raunt mir ins Ohr:

„Wenn ich dich nicht hätte. Lass uns nach oben gehen, wo es hoffentlich weniger chaotisch aussieht."

Er schnappt sich das überdimensionale Tablett und ruft mir über die Schulter zu:

„Nimmst du den Wein und das Baguette?"

Glücklicherweise sind die oberen Räume von den Vandalen nicht angetastet worden, so dass Adam sich völlig entspannt hat und fröhlich bemerkt, dass sie nun 'Ein Pyjama für Zwei' spielen könnten.

„Sehe ich etwa aus wie Doris Day", protestiere ich kichernd.

„Und außerdem war Rock Hudson schwul."

„Touché. Dann also „Frühstück bei Tiffany im Bett", witzelt er übermütig. Ein Zug, den ich an ihm noch nie bemerkt habe. Glücklich, dass er auch solch eine Seite besitzt, umarme ich ihn von hinten und greife ihm zwischen die Beine. Was ist nur mit mir los? Was macht er mit mir? Adam stöhnt auf, während sein Schwanz sich verhärtet und nach Befreiung drängt. Meine Möse wird sofort feucht, ohne dass er mich berührt hat. Allein die Vorstellung von Adams beschnittenem Glied in meinen Händen erregt mich dermaßen, dass ich vor lauter Wollust schwer atme. In Zeitlupe bückt er sich, um das Tablett auf den Boden zu stellen, dabei drückt er seinen Hintern gegen meinen Schoß. Ungeduldig knöpfe ich seinen Hosenschlitz auf und sofort schnellt sein Penis durch die Öffnung. Ich lege beide Hände auf seine Hüften und drehe ihn herum. Der Anblick, wie sein Schwanz aus der schwarzen Hose ragt ist berauschend und kaum auszuhalten. Fast andächtig schließe ich meine Lippen um sein zuckendes Glied und lutsche, sauge und beiße zärtlich in die weiche Haut. Seine Finger graben sich in meine Haare und er stöhnt heftig, bis er plötzlich erstarrt und sich schließlich mit einem leisen Aufschrei in mich ergießt. Im gleichen Moment komme auch ich. Meine Beine sind so wackelig, dass ich das Gleichgewicht verliere und mitten in die Pizzastücke auf dem Tablett trete.

„Oh verdammt, unser Essen", pruste ich los.

„Nun gibt es nur noch Matschpizza", kichere ich weiter, während ich damit beschäftigt bin, den Belag vom Fuß zu wischen und nicht den hellen Teppich mit Tomaten zu beschmutzen.

„Lass es sein, jetzt bist du dran", sagt er und hebt mich aufs Bett. Hastig streift er sich seine Klamotten vom Leib und beginnt mich auszuziehen. Er schnappt sich meinen Fuß, an dem immer noch Reste von Pizza kleben und leckt über meine Fußsohlen. Ich kreische und winde mich hin und her.

„Hör auf", japse ich, „ich bin so wahnsinnig kitzlig."

Adam feixt: „Weißt du, dass das eine Foltermethode im Mittelalter war. Man hat dem Gefangenen die Fußsohlen mit Salz bestrichen, das eine Ziege dann abgeleckt hat."

„Wie grausig. Ich würde sterben."

„Und ich will dich nicht foltern. Da kenne ich eine bessere Methode."

Er beugt sich zur Seite, um das Tablett näher ans Bett zu ziehen. Dann nimmt er die Schale mit Mousse au Chocolat, taucht seine Finger hinein und bestreicht meine Brüste und meinen Körper abwärts mit dem Dessert. Mit dem Rest füttert er mich. Schon bei der geringsten Berührung versteifen sich meine Brustwarzen und ich stöhne vor Lust. Zwischendurch küsst er mich verlangend mit seinem verschmierten Schokoladenmund. Gierig sauge ich an seiner süßen Zunge, bis sie sich wieder sanft entzieht, um langsam in meinen Schoß zu tauchen. Auffordernd spreize ich meine Beine soweit es geht, während ich am ganzen Körper glühe und die Orgasmuswelle tief in mir ihren Anlauf nimmt. Noch nicht, schwirrt es durch meinen Kopf, denn ich will es so weit wie möglich hinaus zögern. Doch die heiße Woge überflutet mich so heftig, dass es in meinen Ohren rauscht und ich das Gefühl habe, mein Kopf würde explodieren. Wie ein erlösendes Gewitter nach der Ruhe, bricht der Lachanfall aus mir heraus. Das plötzliche Glücksgefühl hat mich völlig überrumpelt, so dass ich zugleich lache und weine. Adam nimmt mich in seine Arme und schaukelt mich wie ein kleines Kind.

„War's schön?"

„Schön? Es war einfach himmlisch. Ich bin total fertig", schnaufe ich nach Atem ringend und sinke ermattet in die Kissen.

„Hunger?"

„Hm."

Wir brechen in Gelächter aus, als wir das Chaos auf dem Tablett sehen.

„Sieht köstlich aus", grinse ich und schlinge hungrig ein paar Artischockenherzen hinunter.

„Die Dekoration hat mich viel Arbeit und Mühe gekostet, vor allem die Pizza."

Derweil wir noch herum albern, fällt mein Blick auf den Wecker, der bereits fast elf Uhr anzeigt. Siedend heiß fällt mir ein, dass ich nicht, wie versprochen, Roman angerufen habe. Schlagartig ist meine Stimmung auf dem Nullpunkt. Mühsam versuche ich, meine Gefühle zu überspielen, doch Adam bemerkt meinen Stimmungswechsel sofort. Scheinbar kann ich ihm nichts vortäuschen.

„Mach dir keine Sorgen um mich, denn ich vermute, dass du gehen musst."

„Schlimm?"

„Nein, nicht schlimm."

„Wirklich nicht?"

„Jetzt mach doch nicht so ein Gesicht. Je eher desto besser. Glaub mir, danach fühlst du dich erleichtert."

Ich brauche einen Augenblick, bis ich begreife, was er meint. Natürlich, er glaubt, dass ich heute Roman von ihm erzähle. Sozusagen meine Beichte ablege. Das hatte ich ihm zumindest versprochen. Bei dem Gedanken ist mir noch beklommener zumute.

„Wahrscheinlich. Angst habe ich trotzdem."

„Er wird dir ja nicht gleich den Kopf abreißen", versucht er mich aufzumuntern und fischt meine Sachen auf dem Bett zusammen.

„Und falls es wirklich furchtbar wird, kommst du einfach her. Allerdings ist morgen früh hier der Teufel los, also nicht sehr gemütlich. Es werden eine Menge Leute herum turnen und wir werden nicht einen Moment für uns haben. Wahrscheinlich werde ich flüchten."

Indessen kleide ich mich schleunigst an, um die Unannehmlichkeiten, vor denen ich mich so fürchte, möglichst schnell hinter mich zu bringen. Auch Adam zieht sich wieder an und sagt:

„Ich bringe dich noch zum Taxi."

Ich spüre, dass sich mit einem Mal die Atmosphäre verändert hat, wie Sommerhitze, die sich abkühlt. Eine irrationale leise Angst beschleicht mich plötzlich. Verstohlen forsche ich in seinem Gesicht, um irgendwelche Zeichen für den plötzlichen Wandel zu entdecken, doch er scheint ganz heiter zu sein. Wahrscheinlich sehe ich Gespenster und höre die Flöhe husten. Doch es will mir nicht gelingen, meine Besorgnis zur Seite zu schieben.

Im Taxi jedoch beschleichen mich Zweifel. Irgendetwas stimmt nicht. Meine Nase wittert Lügen zehn Meter gegen den Wind. Mein Gefühl sagt mir, dass Adam selbst überrascht war, von seiner spontanen Aufforderung zu ihm zu kommen, falls ich es zu Hause nicht aushalte. Denn sonst hätte er es bei dem Satz belassen können und mir nicht sofort im Anschluss suggeriert, dass es mit dem Foto-Team ungemütlich werden würde. Ich kann nicht aufhören, mir den Kopf zu zermartern. Vielleicht hat er ein Techtelmechtel mit der Fotografin oder er muss aus finanziellen Gründen sein Haus ab und zu für Produktionen vermieten, und es ist ihm peinlich, es mir gegenüber zuzugeben. Ich habe so viele Fragen auf den Lippen, die ich mich nicht traue zu stellen. Wer ist er? Ich weiß nichts von ihm, noch nicht einmal seinen Nachnamen, seinen Beruf oder sein Alter. Obwohl es mir banal vorkommt, ihn das zu fragen, ist es doch ganz natürlich, diese Fragen zu stellen und Antworten zu erhalten. So fängt fast jede normale Unterhaltung an, wenn man jemanden kennenlernt. Aber die Gespräche mit Adam sind selten normal. Das einzige, was ich schätzen kann, ist sein Alter. Anfang vierzig, nehme ich an. Aber ich will mehr über ihn wissen und jedes Mal, wenn ich es mir vornehme, ihn darauf anzusprechen, ziehe ich den Schwanz ein. Woher kommt diese Scheu? Tatsächlich habe ich ein bisschen Angst vor seiner Reaktion. Eine idiotische Angst, das weiß ich selbst. Aber ich spüre seine Verschlossenheit und fürchte mich, diese zu durchbrechen, um vielleicht etwas zu hören, was ich nicht hören will. Ist er verheiratet oder war er es schon mal? Mir ist klar, dass ich mich besser auf das Geständnis konzentrieren sollte, als irgendwelche Vermutungen, was Adams Aussage betrifft, anzustellen. Also lenke ich meinen Verstand in Richtung Offenbarung und Ehrlichkeit gegenüber meinem Lebenspartner. Allein schon der bloße Gedanke versetzt mich in Angst und Schrecken. Wie wird Roman reagieren? Wird er mich gleich raus schmeißen? Wird er toben, weinen oder beleidigt sein? Wo soll ich hin, wenn er will, dass ich verschwinde? Zu Adam? Die Vorstellung, mit Adam in diesem Haus zu wohnen, behagt mir nicht besonders, denn ich fühle mich in seinem Haus nicht wirklich wohl. Es ist mir zu synthetisch. Seelenlos. Mit einem Mal habe ich eine Vorahnung, dass alles um mich herum zusammenbricht und ich, ohne einen Finger zu rühren, als Zuschauerin mittendrin stehe und es zulasse. Unvorbereitet für die bevorstehende Aussprache, lasse ich den Taxifahrer auf dem Boulevard halten, um mir für die letzten Meter eine Schonfrist zu ergattern. Schonfrist für Angsthasen.

23

Schweren Herzens betrete ich den Wintergarten. Durch das Fenster sehe ich Roman auf der Couch sitzen. Seine Augen starren ins Nichts, während er sein Weinglas in den Händen dreht. Vor lauter Angst traue ich mich kaum hinein und wäre am liebsten auf dem Absatz umgedreht. Aber das bedeutet nur Aufschub. Also nehme ich all meinen Mut zusammen und gehe ins Wohnzimmer. Im ersten Moment bin ich verblüfft als ich das Chaos auf dem Parkett sehe. Im ganzen Zimmer liegen Fotos verstreut auf dem Boden. Düstere Bilder, die meine Stimmung nicht besser spiegeln könnten. Mein Blick fällt auf den ‚Schrei' von Edvard Munch. Ich habe es immer schon gehasst.

„Hallo".

Kaum mehr als ein Flüstern bringe ich zu Stande. Unbehaglich räuspere ich mich. Ein Blick auf die fast leere Weinflasche verrät mir, dass er ziemlich betrunken sein muss, was meine Furcht nur noch verstärkt. Keine guten Voraussetzungen für eine Aussprache. Das wird entweder ein Gebrüll werden oder er wird vor Sarkasmus triefen. Egal, beides ist gleich schlimm. Wobei ich einen lauten Wutausbruch vorziehe, denn dann kann ich mich verdrücken, indessen sein Sarkasmus mich wie ein paralysiertes Karnickel lähmt.

„Na, wo kommst du denn jetzt her? Mit den Mädels unterwegs oder vielleicht bei Didier? Streng mal dein Köpfchen ein bisschen an, dass dir die richtige Antwort einfällt."

Ich schlucke. Der Verlauf ist vorgegeben und ich weiß nicht, was ich sagen soll. Inzwischen fällt mir siedend heiß ein, dass er die neuen Klamotten noch nie gesehen hat und das bestimmt auch noch zur Sprache kommt. Wie zur Salzsäule erstarrt stehe ich immer noch an der Tür mit der Handtasche in der Hand, unfähig mich zu bewegen.

„Du brauchst nicht krampfhaft nach einer Ausrede zu suchen.

Ich habe dich heute Nachmittag gesehen."

Mein Herz macht einen Satz, droht stehen zu bleiben und in meinem Magen schwirren hunderte von staubigen Motten.

Lieber Gott, lass mich ohnmächtig werden oder lieber in Luft auflösen. Bitte, bitte, ich steh das nicht durch.

Ich habe seine Worte zwar gehört, aber mein Hirn ist noch nicht soweit, das Gesagte zu verdauen. Auch mein Körper scheint mir nicht gehorchen zu wollen. Er reagiert nicht. So verharre ich bewegungslos im Türrahmen und starre ihn an, ohne ihn wirklich wahrzunehmen. Roman hat mich also mit Adam gesehen. Wann? Wo? Im Café oder eng umschlungen auf der Straße? Während wir am Stand Früchte gekauft haben oder beim Küssen? Wie soll ich reagieren? Ein guter Freund aus alten Tagen oder ein neuer Kunde?

„Hast du nichts zu sagen?"

Romans Stimme klingt nicht nur resigniert, sondern unsagbar traurig, so dass mir die Tränen in die Augen steigen. Wie gerne würde ich mich in diesem Moment an ihn werfen und ihm sagen, dass er sich irrt, dass ich nichts Schlechtes getan habe.

Ich will es nie wieder tun.

Aber ich bleibe stumm.

„Habe ich nicht zumindest eine Erklärung verdient? Wer war der Typ bei dir und wie lange geht das schon? Und ich will keine Lügen hören, denn das ertrage ich nicht."

Kein Sarkasmus. Das nimmt mir den Wind vollends aus den Segeln. Darauf bin ich nicht vorbereitet. Hilflos suche ich nach passenden Worten, doch ich finde keine. Mein Hirn scheint nicht mehr in der Lage zu sein, normale Gedankengänge zu steuern oder Sätze zu formulieren, geschweige denn Sprechen zu signalisieren. Wie zähflüssiger Brei wabern Lügen in meinem Kopf umher, quellen als Bläschen auf und zerplatzen wieder.

„Sprich mit mir. Dein Schweigen macht es nur viel schlimmer. Sag endlich was und steh' nicht da an der Tür herum."

Piep.

Mein Vater sagte immer, wenn ich wieder einmal verstockt schwieg 'sag doch mal einen Piep' und ich piepste dann wie ein Vögelchen. Meistens ersparte ich mir dadurch eine Strafpredigt, weil mein Vater grinsen musste und gespielt resigniert aufgab. Aber das Piepsen zog nur als ich noch klein war. Später schämte ich mich, wenn mein Vater mit eisigem Blick meinte, ich solle mich nicht so kindisch anstellen und endlich den Mund aufmachen. Roman würde bestimmt nicht grinsen, wenn ich piepse. Also piepse ich nicht und falle um.

„Was machst du nur für Sachen?" sagt Roman, während er mir mit einem kalten Lappen die Stirn kühlt. Mittlerweile liege ich bequem auf der Couch, werde umsorgt und hoffe, dass der Kelch an mir vorüber geht.

„Geht's wieder? Na, auf jeden Fall hast du wieder Farbe im Gesicht. Du hast mir einen Mordsschrecken eingejagt."

Ich bin heilfroh, dass ich vor meiner Ohnmacht die Lage gecheckt habe, um mir nicht den Kopf blutig aufzuschlagen. Diese Erfahrung hatte ich einmal gemacht und das war nicht nur äußerst schmerzhaft gewesen, sondern man musste mich tatsächlich ins Krankenhaus zum Nähen verfrachten. Seit dem passe ich höllisch auf, wo ich aufpralle. Witziger Weise klebt meine Wange auf dem aufgerissenem Mund von Edvard.

„Ein bisschen schwindelig noch."

„Soll ich einen Arzt rufen?"

„Nein, nein", protestiere ich panisch. „Keinen Arzt. Es geht schon einigermaßen besser."

Romans Gesicht verfinstert sich wieder und ich ahne, was jetzt kommt. Meine kleine Inszenierung hat nichts genutzt.

„Also, wie lange geht das schon? Pech gehabt, dass ich ausgerechnet heute auch im Deux Magots war. Ich weiß nicht, was passiert wäre, wenn mein Verleger nicht dabei gewesen wäre, als ich dich mit diesem Typ gesehen habe. Kannst du dir überhaupt vorstellen, wie beschissen ich mich gefühlt habe? Da knutscht meine Frau in aller Öffentlichkeit mit so einem Lackaffen herum."

Roman kippt den Rest Rotwein hinunter und redet sich immer mehr in Rage.

„Verdammt noch mal, jetzt mach gefälligst den Mund auf und spiel nicht die Entsetzte, die gleich wieder in Ohnmacht fällt."

Er ballt seine Hände, dass die Knöchel wie spitze, weiße Miniberge aussehen, und ich bin darauf gefasst, dass er aufspringt und zuschlagen wird. Doch seine Faust knallt mit aller Wucht auf den Glastisch. Ein Feuerwerk aus glitzernden Splittern wirbelt durch das Zimmer. Für einen kurzen Moment guckt Roman völlig verdutzt in die Luft und greift geistesgegenwärtig nach der Weinflasche. Zu spät. Auf dem hellen Teppich breitet sich ein hässlicher rotbrauner Fleck aus. Da wird seine Mutter ganz schön sauer sein, schießt es mir durch den Kopf. Die seidene Kostbarkeit ist für alle Zeiten ruiniert.

„Verflucht noch mal, Hel, hör auf, dich wie ein Kind zu benehmen. Das zieht nicht bei mir. Und nimm, verdammt noch mal, die Hände von den Ohren.“

Blut tropft auf das weiße Designersofa. Mit einem Mal habe ich fürchterliche Angst. Roman bemerkt nicht mal, dass er blutet. Es ist seine ruhige Stimme, die mir Furcht einjagt. Wie die Ruhe vor dem Sturm. Gleich packt er mich und tut mir weh. Ich weiß gar nicht, warum ich das denke. Bis auf eine Ohrfeige, hatte ich nie körperliche Gewalt erlebt.

„Mein Gott nochmal, dein Schweigen ist doch keine Lösung. Sag mir, was los ist. Warum, frag ich dich. Warum? Wie lange betrügst du mich schon? Ich will doch nur einen Grund von dir hören. Willst du mich verlassen? Gib mir eine Antwort, verdammt nochmal. Hörst du? Ich will nur eine Antwort. Lass mich nicht wie einen Trottel hier sitzen.“

Warum nur reagiert er nicht meinen Erwartungen entsprechend? Warum keine Brüllerei, kein triefender Sarkasmus? Er macht alles nur viel schlimmer. Mit einem Mal bin ich unsäglich traurig. Weil er so traurig aussieht und so verletzlich. Ich möchte mich an seine Brust werfen, ihm sagen dass ich eine Dummheit begangen habe. Dass es mir leidtut und ich ihn nicht verlieren möchte. Dass ich eine Idiotin bin und mich ändern werde. Ich werde nicht mehr lügen und die Telefonrechnungen pünktlich bezahlen. Morgen schließe ich eine Lebensversicherung ab.

Ehrlich. Lass mich nicht allein. Verlass mich bitte nicht. BITTE

VERLASS MICH NICHT.

Roman steht plötzlich mit einer Reisetasche in der Hand an der Tür und sagt ohne Wut, mit einer Traurigkeit, die mir das Herz zusammenschnürt:
„Wenn ich zurückkomme, bist du verschwunden."

Die Reue entsteht, vielleicht weniger aus dem
Entsetzen vor sich selbst, als vielmehr aus Angst
vor den anderen, weniger aus Scham über die
Handlung, als wegen des Tadels und der Strafe, die ihr
unbedingt folgen, wenn die Tat entdeckt wird.
Denis Diderot (1713 – 1784), französischer Philosoph

WIEN

24

Angeekelt hänge ich über der Kloschüssel und malträtiere wütend mit dem Messer das ehemals weiße Porzellan, um die braunen Urinspuren weg zu kratzen. Noch nie habe ich so ein versifftes Bad gesehen, selbst nicht in meiner schlimmsten Zeit. Der muffige Geruch von abgestandenem Wasser, ungewaschenen Handtüchern und altem schimmligen Putz haftet dieser fensterlosen Zelle an, wie in einer Saugglocke, aus der es kein Entrinnen gibt. Angewidert von all dieser Hässlichkeit schmeiße ich das Messer in den Abfalleimer und sehne mich nach meinem kleinen, aber sauberen Pariser Bad mit Fenster. Und ein bisschen auch nach Roman.

Ich will nicht an ihn denken. Und schon gar nicht an mein mieses Verhalten ihm gegenüber. Fast schäme ich mich dafür. Aber was hätte ich tun sollen? Ich konnte doch nicht ohne einen Cent ein neues Leben beginnen. Ohne Job in einer fremden Stadt. Die paar tausend Euro, die ich hatte würden niemals zur Überbrückung reichen. Und mich von Adam aushalten lassen, das will ich auf keinen Fall. Es war eine göttliche Fügung, dass Romans Tante Berthe ihr Schweizer Konto geplündert hatte. Sie war sogar so unverfroren, es in ihrer Handtasche über die Grenze zu schmuggeln. Wer verdächtigt schon so eine freundliche alte Dame? Zum Glück und Vorteil für mich, weil Roman nicht die Aufmerksamkeit des Fiskus erregen wollte und die Barschaft im Geheimfach seines Schreibtisches verstaute. Oft hatte es mich in den Fingern gejuckt, einfach zuzugreifen, aber ich beherrschte mich. Bis zu jenem Abend. Ich hatte wirklich lange mit mir gehadert, doch schließlich konnte ich nicht wiederstehen und habe zugegriffen. Ob er bereits entdeckt hat, dass zwanzigtausend fehlen? Hat er mich angezeigt? Oder schlimmer noch. Werde ich bereits von Interpol gesucht? Wie eine Diebin, die ich ja auch war, hatte ich mich davon geschlichen. Da ich nicht wusste, wie viel Zeit mir Roman gab, um zu verschwinden, packte ich noch in der Nacht. Am Morgen bestellte ich einen Kurier mit Kleinbus und stand eine Stunde später mit drei Koffern, zehn Kartons und zwei Reisetaschen vor Adams Haus. Das war mein Hab und Gut. Mehr als Klamotten und Schuhe gehörten mir nicht. Noch nicht einmal ein Handtuch hatte ich mitgehen lassen. Aber darum machte ich mir keine Sorgen, denn Adam besaß dutzende in Weiß und in allen Größen. Ihm fielen fast die Augen aus dem Kopf, als er die Tür öffnete und mich mit meinem Gepäck sah. Von überschwänglicher Freude keine Spur. Aber er hatte seine Mimik schnell wieder unter Kontrolle. Doch für den Bruchteil einer Sekunde hatte ich genau den Ausdruck in seinem Gesicht gesehen, vor dem ich Angst hatte. Im nächsten Moment war er außer sich vor Begeisterung, schleppte mein Zeug ins Haus und wirbelte mich durch die Luft. Emsig rannte er in die Küche, kochte Kaffee und beteuerte permanent wie glücklich er über mein überfallartiges Erscheinen sei. Mir war nicht danach, mich von seinem Jubel mitreißen zu lassen. Irgendwie fühlte ich mich fehl am Platz. In diesem Musterhaus mit seiner sterilen Ordnung. Die Fröhlichkeit von Adam hatte etwas Unechtes. Er wirkte aufgesetzt und ziemlich angespannt. Ein paar Alarmglöckchen bimmelten. Aber ich wollte sie nicht hören. Ich wollte mich freuen und meine Entscheidung nicht bereuen. Meine Verkrampfung löste sich erst, als wir in seinem gigantischen Mahagoni-Bett lagen und uns liebten. Alle Glocken in mir verstummten augenblicklich.

Ich verstaute meine Siebensachen in die Schränke, die nach frisch verarbeitetem Holz und Leim rochen. Mein buntes Sammelsurium an Klamotten wirkte fremd neben Adams magerer, ausschließlich dunkler Garderobe. Die schwarzen, hochglanzlackierten Türen waren noch mit einer Schutzfolie überzogen, was mich sehr wunderte. Vielleicht hatte er das nicht bemerkt. Ich nahm mir fest vor, ihn darauf anzusprechen. Wenn wir hier zusammen leben wollten, musste ich unbedingt der Hütte etwas Behaglichkeit einhauchen. Ich nahm mir fest vor, ihn darauf anzusprechen. Das Gefühl, dass er etwas vor mir verbarg, kam wieder hoch, als ich eines Morgens Stimmen im Erdgeschoss hörte. Ich zog mich im Schlafzimmer gerade an und hatte aber keine Klingel gehört. Neugierig stand ich auf und schaute über die Balustrade nach unten. Adam stand mit zwei Männern und einer Frau zwischen Tür und Angel und schien auf sie einzureden. Worte verstand ich nicht. Als Adam mich erblickte, hatte er einen seltsamen Ausdruck im Gesicht. Nicht zum ersten Mal irritierte mich sein Verhalten. Doch er schaffte es immer wieder, meine Bedenken zu zerstreuen. Erst sehr viel später erfuhr ich, was es tatsächlich mit diesem Haus auf sich hatte. Meiner inneren Stimme zum Trotz folgte ich ihm wie ein dressiertes Hündchen und kurz nach dem Zwischenfall strandeten wir in dieser Absteige. Dringende Geschäfte würden ihn in Wien verlangen, war die knappe Erklärung, die ich Adam entlocken konnte, bevor wir quasi Hals über Kopf Paris verließen. Nach dem ersten Schock über dieses Etablissement in einem sogenannten Multi-Kulti-Bezirk bemühe ich mich, unserem trauten Heim ein wenig Seele einzuhauchen. Angesichts des spärlichen Mobiliars wird mir hier allerdings ein Höchstmaß an Fantasie abverlangt. Adam hat mir hoch und heilig versprochen, dass die Wohnung seines Freundes nur eine Übergangslösung sei, bis seine fertig gestellt ist. An diesen Lichtblick klammere ich mich Tag für Tag. Jedes Mal, wenn ich mal anklopfe, wie weit die Arbeiten gediehen sind, tut er geheimnisvoll und meint, ich solle mich in Geduld üben und mich überraschen lassen. Denn nach unserer ziemlich überstürzten Abreise aus Paris müsse er nun die Handwerker zur Eile antreiben.

Niedergeschlagen hole ich mir ein Glas Milch aus dem Kühlschrank und lasse resigniert meinen Blick durch die schäbige Küche wandern. Unsere Küche in Paris hatte zwar nur die Größe eines Schuhkartons, war aber mit allen

Raffinessen ausgestattet und so sauber, dass man vom Fußboden essen konnte. Hier klebt der Mief von Jahrzehnten in jedem Winkel. Ich hasse den Blick aus dem Küchenfenster in diesen trostlosen Innenhof, der überquillt von Wäsche auf Leinen, Mülltonnen und Fahrrädern. Immerzu Kindergeschrei und plärrende Mütter mit Kopftüchern. Untätigkeit tut mir nicht gut. Ehe ich mich versehe, versinke ich in einem Strudel dunkler Schwermut und Selbstmitleid. Ich war so neugierig und voller Vorfreude auf ein neues Leben mit Adam in seiner Heimatstadt, da ich das Kapitel Paris mit meinen Altlasten bereits abgeschlossen hatte. Das Einzige, weswegen ich ein schlechtes Gewissen habe, ist, dass ich mich von niemandem verabschiedet habe. Nicht einmal von Severine und Flora. Unbekannt verzogen. Abgetaucht in eine ungewisse Zukunft mit einem Mann, den ich nicht kenne. Und das immer weniger. Adam hat sich in den letzten Wochen verändert. Er wirkt rastlos und angespannt. Wie jemand, der ständig über seine Schulter guckt. Wegen Nichtigkeiten ist er schnell gereizt und behandelt mich wie eine lästige Fliege. Zumindest fühle ich mich so. Dann kann er wieder so zärtlich sein, dass ich meine Zweifel über Bord werfe. Sicher, ich liebe ihn, zumindest glaube ich es, aber er ist für mich ein Rätsel. Um mich auf andere Gedanken zu bringen, öffne ich den Kleiderschrank, der gerade mal Platz für einen Bruchteil meiner Garderobe hat und hole meinen Samsonite-Kosmetikkoffer heraus. Mein Tresor. Ich tippe den vierstelligen Code ein, bis das vertraute Klicken zu hören ist und klappe den Deckel auf. Liebevoll betrachte ich die säuberlich geordneten Banknoten im Umschlag, streife mit dem Zeigefinger über die Schnittkanten und ziehe ein Bündel nach dem anderen heraus. Von wegen, Geld allein macht nicht glücklich. Mich schon. Fast widerwillig nehme ich einen Hunderter heraus und schließe den Koffer. Gerade als ich die Schranktür zumache, höre ich, wie die Haustür aufgeschlossen wird und Adam ruft:

„Helena?"

Adam nennt mich nie Hel und seit wir in Wien sind, auch

nicht mehr Scarlett oder Holly. Eine heiße Welle steigt mir ins Gesicht und ich hoffe nur, dass ich nicht auch noch rot werde. Schnell flitze ich zur Tür.

„Du bist aber früh heute", antworte ich etwas atemlos und knülle den Geldschein in meiner Hand zusammen.

„Gott sei Dank war das Meeting nur kurz, so dass wir zusammen Essen einkaufen gehen können. Und, was hast du den ganzen Tag gemacht? Hast du die Stellenanzeigen gelesen?"

„Ja, aber es war nichts für mich dabei. Nur Schrott."

„Nach was guckst du denn? Ich glaube nicht, dass Modellagenturen oder Castingstudios inserieren. Du musst dann eben etwas anderes nehmen. Es gibt doch einen Haufen Jobs und bestimmt ist auch etwas für dich dabei. Verkäuferin in einer Boutique ist doch auch nicht schlecht. Du liebst doch schöne Kleider."

Ich soll irgendwelche Schnepfen bedienen. Wie demütigend. Lieber gehe ich betteln, als mich von einer Tussi blöd anquatschen zu lassen.

„Ne, als Verkäuferin habe ich wirklich keine Lust. Ich finde schon etwas anderes."

„Warte aber nicht zu lange, denn bis mein Projekt Geld abwirft, dauert es noch eine Weile und wir wollen ja nicht verhungern oder auf der Straße sitzen."

„Was ist das denn für ein Projekt", frage ich hoffnungsvoll, weil ich keine Lust habe weiter über verhasste Jobs zu reden.

„Ein langweiliges Immobilienprojekt. Das interessiert dich sowie so nicht."

Nun bin ich doch etwas beleidigt, weil er meint zu wissen, was mich interessiert und was nicht. Aber ich beherrsche mich, weil ich nicht will, dass er schlechte Laune bekommt.

„Lass uns doch essen gehen. Ich muss unbedingt mal raus, sonst fällt mir noch die Decke auf den Kopf."

„Klar. Warum nicht. Wenn du zahlst."

„Schon wieder?"

Ehe ich mich versehe, ist mir über das über die Lippen gerutscht.

„Schon wieder? Wie darf ich das denn verstehen?"

Ich könnte mir die Zunge abbeißen, als ich seinen Gesichtsausdruck sehe und mein Herz pocht dumpf.

„Tut mir leid. Das ist mir einfach so rausgerutscht."

„Nein, nein, erklär es mir bitte."

„Ich hab's nicht so gemeint. Ehrlich."

„Hältst du mich für einen Schmarotzer? Ist es das?"

„Nein. Wie kommst du denn darauf? Lass uns bitte aufhören, darüber zu streiten, ja?"

Immer wieder bin ich über seine schnellen Stimmungsschwankungen verwundert. Er kann der zärtlichste Mann der Welt sein und im nächsten Moment eiskalt. Fast wie eine multiple Persönlichkeit. Irgendwie bringe ich ein einigermaßen besänftigendes Lächeln zustande.

„Gehen wir?"

Ich erkenne mich nicht wieder. Warum verhalte ich mich bei ihm wie ein devotes Weibchen, das permanent um Harmonie winselt? Warum schnappe ich nicht mein Geld und verschwinde? Warum habe ich solche Angst, die ich nicht mal erklären kann? Ich kann es kaum erwarten, endlich diese Bude zu verlassen.

25

Halb im Stehen kippt Adam den Rest Rotwein hinunter, drückt mir einen Kuss auf die Stirn und macht Anstalten zu gehen.

„Du gehst noch weg?"

Mein Herz pocht. Wie ein Umhang legt sich ein ängstliches Gefühl über mich und ich traue mich nicht zu fragen, ob er mich mitnimmt. Er wird es ohnehin nicht wollen.

„Entschuldige, das habe ich völlig vergessen. Ich treffe mich noch mit ein paar Investoren und vielleicht steigt einer bei uns mit ein. Drück mir die Daumen."

Was für ein beschissener Abend. Der fing schon damit an, dass wir zum Inder um die Ecke gegangen sind. Ich wollte in die Stadt, doch er hatte keine Lust auf die, wie er sagte, borniete Wiener Gesellschaft. Wieder einmal gab ich nach und ärgerte mich insgeheim. Das Gedudel nervte und das Essen war so scharf, dass mein Mund brannte. Adam war ausgesprochen wortkarg. Die angespannte Atmosphäre machte sowieso jede Unterhaltung zunichte. Akribisch schaufelte er das Essen in sich hinein und schien gar nicht zu bemerken, dass ich auch noch da war. Zu gern hätte ich gewusst, was in seinem Kopf vor sich ging. Positive Gedanken waren es offensichtlich nicht, so wie er drein schaute. Wie überhaupt in den letzten Wochen, seit wir in Wien waren, war seine Miene meistens missbilligend oder dunkel, wie jetzt. Wo war der charmante, einfühlsame Mann, in den ich mich Hals über Kopf verliebt hatte?

Niedergeschlagen gehe ich ins Schlafzimmer, schalte den winzigen Fernseher ein und setze mich aufs Bett. Gelangweilt zappe ich mich durch die Programme. Es gibt noch nicht einmal einen DVD-Player in dieser beschissenen Bude. Ich überlege, ob ich einen Streifzug durch die Stadt unternehmen soll. Wenn schon nicht mit Adam, der mir schon oft versprochen hat, mir Wien zu zeigen, dann eben alleine. Wien soll ja wunderschön sein. Wehmütig denke ich an Paris. Halbherzig entscheide ich mich, zumindest einmal um den Block zu laufen. Nur um dieser Enge zu entgehen und mich etwas zu bewegen. Auf meine Handtasche verzichte ich, da ich mit Sicherheit keine dieser umliegenden Kneipen aufsuchen werde. Verblüfft sehe ich, dass mein Schlüssel nicht auf dem wackeligen Regal im Flur liegt, denn ich lege ihn immer dort ab. Wahrscheinlich ist er runter gefallen. Auf den Knien taste ich mit der Hand durch eine dicke Staubschicht nach dem Schlüsselbund. Nichts. Fieberhaft überlege ich, wo ich ihn noch hingelegt haben könnte. Im Geist rekonstruiere ich meinen Tagesablauf. Ich kann es mir einfach nicht erklären und suche die ganze Wohnung ab, schaue in jede Handtasche und gucke sogar in den Kühlschrank. Sie sind weg. So etwas ist mir noch nie passiert. Schlüssel und Geld hüte ich wie meinen Augapfel. Auf einmal fühle ich mich wie in einem Zeugenschutzprogramm. Gefangen, fremd, einsam und ohne Identität. Wie eine Kriminelle bin ich abgetaucht. Mein Handy hatte ich noch in Frankreich weggeschmissen, so dass niemand aus meiner alten Welt mich aufspüren kann. Einen Berg Schulden zurückgelassen und Freunde bestohlen. Ich bin kriminell, erkenne ich in einem Anflug von Selbsterkenntnis. Zutiefst deprimiert lege ich mich aufs Bett und sehne mich nach dem alten Adam. Seiner Zärtlichkeit und seiner warmen Haut an meiner. Manchmal denke ich, dass zwischen uns nichts weiter als eine sexuelle Anziehungskraft besteht, weil ich mich nur dann ihm nahe fühle. Beim Sex ist er zärtlich und kennt meine sensuellen Zonen besser als ich selbst. Doch im Alltag ist er nach wie vor distanziert und neigt dazu mich zu bevormunden. Nie werde ich seinen Gesichtsausdruck vergessen, als ich ihm eröffnete, dass ich nicht nur kein Geld habe, sondern hohe Schulden. Zwar hatte er sich bemüht, seine Enttäuschung zu verbergen, aber es war ihm nicht ganz gelungen. Für einen Moment blitzte sogar Wut in seinen Augen auf. Dachte er tatsächlich, dass ich vermögend bin? Was für ein Witz. Meinen geheimen Tresor habe ich natürlich nicht erwähnt. Seine Reaktion hatte mich nicht nur befremdet, sondern überrascht, denn ich war selbstverständlich davon ausgegangen, dass er Geld hat. Doch zu diesem Thema schweigt er, wie auch zu den anderen Themen, die ich anschneide. Während ich in Selbstmitleid bade, fällt mir ein, dass ich noch nicht einmal weiß, wie alt er ist, wann er Geburtstag hat und welches Sternzeichen er ist. Wo bleibt er nur?

Irgendwann muss ich eingeschlafen sein, denn es ist bereits hell, als ich mich mit schmerzender Schulter aufrichte. Der Platz neben mir ist leer. Halb sieben und Adam ist nicht da. Mein Herz fängt plötzlich an zu rasen. Es muss etwas passiert sein, denke ich sofort und schieße aus dem Bett. Ich habe einen schalen Geschmack im Mund und fühle mich klebrig schmutzig. Wie ich es hasse, in Klamotten und nicht abgeschminkt einzuschlafen. Alle möglichen Bilder schwirren in meinem Kopf. Adam liegt verletzt im Krankenhaus und niemand erreicht mich, weil wir kein beschissenes Telefon haben. Er hat mich verlassen, weil er eine reiche Frau kennengelernt hat. Ich kann noch nicht mal raus aus dieser verfluchten Bude, um zu telefonieren. Soll ich vielleicht hysterisch aus dem Fenster schreien oder die Tür einschlagen. Noch während ich überlege, was ich machen soll, höre ich plötzlich das Geklimper von Schlüsseln und Adam kommt fröhlich herein.

„So früh schon auf?" begrüßt er mich bestens gelaunt.

Falscher Text.

„Hast du 'nen Knall? Was denkst du dir dabei, jetzt erst nach Hause zu kommen, ohne mir Bescheid zu sagen?" schleudere ich ihm wütend entgegen.

„Ich bin fast verrückt geworden vor Angst und dachte, du hattest einen Unfall und liegst schwer verletzt im Krankenhaus. Wo warst du die ganze Nacht?"

Mir gehen die Worte aus vor lauter Wut und Angst. Erst recht, als ich seinen veränderten Gesichtsausdruck bemerke. Blitzschnell wechselt sein lächelnder Mund zu einem schmalen Strich.

„Was regst du dich so auf? Meine Partner und ich hatten einen etwas feuchtfröhlichen Abend, und deshalb habe ich bei Paul geschlafen, damit ich dich nicht wecke."

„Äußerst rücksichtsvoll von dir", bemerke ich sarkastisch, während mir die Tränen in die Augen steigen. Sein Ausdruck und sein lockerer Ton passen nicht zusammen. Er liebt mich nicht, denn einen Menschen den man liebt, schaut man nicht so an. Fast habe ich das Gefühl, dass er sich über mich mokiert oder noch schlimmer: Ich bin ihm egal.

„Hast du mich vermisst? Es tut mir leid, aber es ist einfach so spät geworden und wir hatten einiges getrunken. Das wollte ich dir ersparen."

Er presst mein Gesicht an seine Brust und streichelt sanft meine tränenverschmierte Wange.

„Du hättest zumindest anrufen können", murmel ich in sein Hemd.

„Und was hast du gemacht?

„Hast du gestern vielleicht aus Versehen meinen Schlüssel mitgenommen, denn ich habe ihn nirgends gefunden. Ich habe die ganze Wohnung auf den Kopf gestellt, aber er ist einfach weg. Dabei bin ich mir absolut sicher, dass ich ihn, wie immer, aufs Regal gelegt habe."

Dieser Blick. Genau davor graut mir. Er muss noch nicht mal aussprechen, was er von mir hält.

„Dummchen. Ich sehe ihn doch von hier aus."

Verwirrt folge ich seinem Blick in den Flur. Tatsächlich liegt der Schlüsselbund auf dem Regal.

„Das verstehe ich nicht. Ich habe sogar drunter und dahinter geguckt."

„Aber wohl nicht drauf. Ich sollte wohl besser ein Schlüsselbrett im Flur anbringen, obwohl ich das total spießig finde. Was meinst du?"

Ich bin noch immer perplex, weil ich mir nicht erklären kann, wie ich den Schlüssel übersehen konnte. Adam wedelt mit einer Zeitung vor meinem Gesicht.

„Schau, was ich dir mitgebracht habe. Freitags sind die meisten Stellenangebote drin. Wer weiß, ob nicht dein

Traumjob dabei ist. Ich gehe mal Duschen, weil ich gleich noch mit meinem Investor verabredet bin."

„Du musst schon wieder weg? Du bist doch gerade erst gekommen. Was ist das denn für ein Investor, mit dem du dich andauernd triffst? Stell ihn mir doch mal vor. Außerdem dachte ich, dass wir zusammen frühstücken."

Die Worte sind einfach so aus mir heraus geflossen und ich weiß genau, wie ich mich anhöre. Ängstlich, zaghaft, verstört, eifersüchtig. Jämmerlich.

„Es geht auch um viel Geld. Deshalb muss ich ihn bei Laune halten und mich eben ein bisschen um ihn kümmern. Du profitierst letztendlich auch davon. Oder etwa nicht? Na komm, jetzt mache nicht so ein Gesicht. Ich versuche so schnell wie möglich wieder hier zu sein."

Wie immer lasse ich mich einlullen und schlucke weitere Sätze, die mir auf der Zunge liegen runter.

„Kannst du nicht wenigstens zwei Handys kaufen? Ich finde es schrecklich, ohne Telefon zu sein und von einer schmierigen Kabine aus telefonieren zu müssen. Wie soll ich mir sonst einen Job suchen, wenn ich kein Telefon habe?"

Demonstrativ kehrt mir Adam seinen Rücken zu und spaziert in Richtung Badezimmer.

„Bislang bin ich bestens ohne ausgekommen. Du kannst dir natürlich eins kaufen, wenn es unbedingt sein muss. Ich brauche keins."

Arsch.

Innerlich beiße ich mir auf die Zunge. Das ist das erste Mal, dass ich ihn so nenne und es erschreckt mich.

Was hat sich nur verändert? Habe ich mich verändert oder er? Wie bin ich plötzlich zu solch einer Frau geworden, die ich von Herzen verabscheue? Eine Klette. Stimmt. Ich verhalte mich wie eine eifersüchtige Tussi. Aber nur, weil ich nichts, aber auch gar nichts über ihn weiß. Mit wem er verkehrt. Woher weiß ich, ob er sich wirklich mit einem Investor trifft und nicht mit einer Frau. Dummchen hat er mich genannt. Und plötzlich fühle ich mich auch so.

26

Mit schweißnasser Hand umklammere ich den Telefonhörer in der stickigen Zelle und tippe die Nummer. Ich räuspere mich ein paar Mal, bevor jemand abnimmt und sich mit ‚Agentur von Lobenstein' meldet.

Mein Herz sinkt mir schon in die Knie, als ich die tiefe Frauenstimme vernehme, die mich schon durch ihren ungeduldigen Ton zwingt, sofort zur Sache zu kommen. Also raffe ich meinen ganzen Mut zusammen und bemühe mich, ihr in möglichst kurzer Fassung mein Anliegen vorzutragen.

Lustlos hatte ich mir bei meinem einsamen frugalen Frühstück die Zeitung geschnappt und die Stellenangebote überflogen. Natürlich war nichts für mich dabei. Die Rubrik „Vermischtes" interessierte mich dann mehr. Mein Blick blieb an einer Anzeige hängen.

Agentur sucht Statisten für einen Werbespot…

Damit hatte ich nun überhaupt nicht gerechnet. Plötzlich war ich ganz aufgeregt und verfluchte Adam lauthals, weil kein Telefon in greifbarer Nähe war. Mit einem plötzlichen Hochgefühl raste ich aus der Wohnung zur nächsten Telefonzelle. Auf einmal fühle ich mich dem Himmel ganz nah. Zum ersten Mal höre ich die Wiener Vögel zwitschern und glücklich lächle ich ein kleines Mädchen mit schwarzen Kulleraugen an. Das Mädchen versteckt sich hinter der Burka ihrer Mutter, um gleich wieder hervor zu lugen. Das Leben ist schön. Da ich mich, blödsinniger Weise, nicht getraut habe, die herrische Stimme zu fragen, wie ich zur Agentur gelange, kaufe ich mir einen Stadtplan und nehme die nächste Straßenbahn in die Stadtmitte. Da ich noch zwei Stunden Zeit habe, will ich in eins der berühmten Wiener Kaffeehäuser. In der Bahn ist es stickig heiß und die alte Frau neben mir riecht penetrant nach Schweiß und Urin. Ein pikiertes Naserümpfen kann ich mir einfach nicht verkneifen und die Luft anhaltend, quetsche ich mich an ihr vorbei, weil ich Angst habe, dass der

Gestank an mir kleben bleibt. Zur Feier des Tages hätte ich mir ein Taxi nehmen sollen. Die Tram, wie die Straßenbahn hier genannt wird, scheint aus dem letzten Jahrhundert zu sein, denn sie rattert in einem Schneckentempo und hält alle paar Meter. Irgendwann wird es mir zu bunt und ich steige genervt aus, um mir nun doch ein Taxi zu gönnen.

Zum Glück hält direkt hinter der Tram ein freies Taxi. Sogar ohne Hund.

„Zum Café Demel", bitte ich den Fahrer.

„Ah, die Dame ist nicht von hier", analysiert er und zwinkert mir im Rückspiegel zu.

Halt's Maul, Fettsack.

Da ich weder Lust auf ein triviales Taxigeplänkel habe, noch auf eine wortuntermalte Sightseeing-Tour, schweige ich und lächle flüchtig in den Spiegel. Doch unaufgefordert plappert er drauf los. Ich mache einfach die Augen zu und lasse ihn schwätzen, denn die Hälfte verstehe ich sowieso nicht. Seine Stimme ist genau so, wie er aussieht. Fett und dazu dieses triefige Wienerisch. Wäre ich blind, würde ich die Fetten sofort an ihrer Stimme erkennen. Sie ächzen, schnaufen und atmen nur an der Oberfläche. Vorsichtig blinzle ich durch meine Augenschlitze. Wie kann ein Mensch nur so fett sein und sogar noch Auto fahren. Gerade wischt er sich mit einem fadenscheinigen Tuch übers Gesicht und grunzt irgendetwas in den Lappen. Angewidert mache ich die Augen wieder zu.

Ich polier dir gleich die Fresse, Arschgesicht. Widerlich.

Es überrascht mich immer wieder und entsetzt mich auch ein bisschen, mit welcher Heftigkeit die unflätigen Wörter nach draußen streben wollen. Doch auf dem Weg in die Freiheit verlieren sie ihren Mut und bleiben auf halbem Weg stecken. Stattdessen explodieren sie in einem Feuerwerk in meinem Kopf. Theoretisch müsste ich, nach Aussage meiner Mutter, schon längst einen Gehirntumor haben. Schmutzwörter nannte sie sie, und die waren bei uns zu Hause verpönt und verboten.

„Oarschloch, bleedes", brüllt der Fettwanst und haut auf die Hupe.

Sofort fängt mein Herz vor Schreck an zu rasen und ich will nur noch raus.

„Halten Sie an!" Ich merke die Hysterie in meiner Stimme.

„Mer san noch nicht am Demel, meine Dame."

„Egal, ich laufe den Rest."

Er zuckt mit seinen fetten Schultern und ist auf einmal nicht mehr so freundlich. Trinkgeld gebe ich ihm selbstverständlich nicht. Auf einen Besuch im Demel habe ich verzichtet, nachdem ich einen Blick hinein geworfen habe. Der reinste Rentnerverein. Stattdessen sitze jetzt mitten im Graben zwischen all den Touristen in einem Café und sehne mich nach Paris. Was tue ich hier? Seit wir in Wien sind, hat Adam sich, soweit ich ihn überhaupt zu Gesicht bekomme, total verändert. Oder habe ich mich verändert? Zum wiederholten Mal glaube ich, dass das einzige, was uns verbindet, die sexuelle Anziehung ist. Und selbst die ist auf der Strecke geblieben. Ich bin wirklich ein Dummchen. In seiner Gegenwart fühle ich mich zumindest meistens so. Und sein ständiges Maßregeln an mir geht mit furchtbar auf die Nerven. Wer bin ich denn? Sein Eigentum? Ich soll die Kohle für uns ran schleppen. Und er? Ja, was tut er eigentlich wirklich? Mein Gehirnkreislauf dreht seine Runden.

Selten habe ich eine so trostlose Gegend gesehen, wie den Südtiroler Platz und das schmuddelige Umfeld. Die spätsommerliche Sonne bemüht sich, den schmutzigen Fassaden ein wenig Glanz zu verleihen, doch selbst sie scheitert. Dreck ist Dreck. Sollte das etwa mein täglicher Weg zur Arbeit sein? Nur nicht an Paris denken. Sei nicht so pingelig, ermahne ich mich und steige angewidert über einen Kotzhaufen. Letztendlich habe ich die Faxen so dicke, dass ich beschließe doch lieber ein Taxi anzuhalten, denn der Wiedner Gürtel zieht sich endlos dahin und ich will nicht total schweißgebadet ankommen. Doch wie es der Teufel will, verirrt sich kein einziges Taxi in diesen Bezirk, so dass mir nichts anderes übrig bleibt, als zu laufen. Meine Füße kommen mir wie Wassermelonen vor, als ich vor der Tür der

Castingagentur stehe, und auf einmal habe ich schreckliche Angst dort hinein zu gehen. Das Haus macht einen heruntergekommenen Eindruck. Überall fällt der Putz von der Fassade. In grellen Farben hat jemand einen Riesen Penis auf die Wand gesprayt und WELSCHE FOTZE WIL NOCH MAL UNT HAT NOCH NET? HI, HI. darunter geschrieben. Der Spruch macht es mir auch nicht leichter, über die Schwelle zu treten. An der Tür klebt ein handgeschriebener Zettel, auf dem „zum Casting" steht. Selbst den Pfeil haben sie nicht vergessen. Ich folge mehreren Schildern, die mich durch den schlecht beleuchteten Flur auf ausgetretenen, knarrenden Treppen in den ersten Stock führen. Es stinkt nach modrigem Keller und Kohl. Am liebsten würde ich sofort wieder abhauen. Hinter mir höre ich eilige Schritte. Ein Pärchen, das die Siebzig schon gut überschritten hat keucht an mir vorbei.

„Jetzt beeil dich doch, sonst müssen wir so lange warten", schnauzt die frisch ondulierte Frau ihren Partner an. Der ist hochrot im Gesicht und scheint kurz vor einem Herzinfarkt oder Hitzschlag zu stehen. Kein Wunder, im Smoking würde ich mich auch zu Tode schwitzen. Verzweifelt nestelt er an seinem Hemdkragen herum, um Luft zu kriegen. Währenddessen rafft seine Frau ihr maulwurfschwarzes Abendkleid bis zu den mageren Schenkeln und hüpft wie ein Teenie die Stufen hinauf. Der Mann lächelt mich gequält an und ächzt:

„Das ist schon unser drittes Casting heute. Und Sie sehen ja, meine Frau ist unermüdlich."

Ich nicke nur, weil mir nichts Passendes einfällt und eile weiter, bevor er mich noch weiter zu textet. Auf einmal bin ich mir nicht mehr so sicher, ob ich den Job überhaupt will, wenn ich ihn bekommen würde. Das reinste Panoptikum empfängt mich in der zum Büro umgewandelten Wohnung. Eine aufgetakelte Blondine, jenseits der fünfzig, versucht sich bei dem vermutlichen Assistenten einzuschleimen. Fast schäme ich mich, eine Frau zu sein, als ich sehe, wie sie ihm lasziv ihren üppigen Busen, der fast aus dem Ausschnitt springt, entgegen streckt. Der Typ reagiert gelangweilt und ruft den Nächsten auf. Alle haben abgerissene Zettel mit Nummern an ihren Klamotten. Warum ist hier kein junger hübscher Mensch? Ist das die gesamte Beute der Annonce? Nur alte? Giftig guckt mich die Frau aus dem Treppenhaus an.

„Ohne Abendgarderobe brauchen Sie hier gar nicht zu erscheinen, oder meinen Sie, nur weil Sie jung sind kriegen Sie einen Bonus?"

Ich betrachte ihr faltiges Dekolleté und will ihr gerade eine passende Antwort geben, als ihr Mann sie am Arm zerrt.

„Komm schon, wir sind dran."

Sie wirft mir noch einen triumphierenden Blick zu und verschwindet mit ihrem Mann in einen Raum. Ich fühle mich total fehl am Platz und beschließe zu gehen, um doch vielleicht als Verkäuferin in einer Boutique zu arbeiten.

„Haben Sie kein Abendkleid dabei?"

Der Assistent, ich erkenne Assistenten sofort, wirkt gestresst und lustlos zugleich, als er mich anspricht. Dem Bürschchen zeige ich gleich mal die Grenzen.

„Ich habe einen Termin bei Frau von Lobenstein."

„Hm. Und dein Name?"

Falsche Frage, du unverschämter Flegel.

Ich kann es nicht ausstehen, wenn Menschen, die ich nicht kenne gleich so vertraulich sind und mich duzen.

„Schmidt. Helena Schmidt. Würden Sie mich bitte bei Frau von Lobenstein anmelden?"

„Die ist gerade beschäftigt. Du siehst ja selbst, was hier los ist."

Falsche Antwort.

„Ich habe aber einen Termin."

„Das sagen alle. Mal sehen, ob ich dich irgendwann dazwischen schieben kann."

Tausend Mal falsche Antwort. Am besten verpisst du dich, Pickelgesicht oder ich hau dir eins aufs Maul.

„Setz' dich einfach irgendwo hin und ich schaue mal, was ich tun kann."

Das will ich dir auch geraten haben. Und zwar etwas plötzlich.

Meine Motivation ist auf dem Nullpunkt. Meine Laune auch. Und wieder einmal sehne ich mich nach Paris. Was bin ich nur für eine Idiotin. Ich hatte einen tollen Job in einer der besten Agenturen der Welt und nun sitze ich hier, mitten in einem Altersheim. Frustriert gucke ich in die Runde von runzligem, wabbeligem Fleisch. Nein, das will ich nicht. Panisch schnappe ich meine Handtasche und will gerade abhauen, als ich eine Stimme ‚Frau Schmidt' rufen höre und jemand mich am Arm packt.

„Du heißt doch Schmidt, oder? Ich habe schon zweimal gerufen."

Der Penner weiß natürlich nicht, dass ich grundsätzlich auf Schmidt nicht reagiere. Da würde sich ja jede Zweite umdrehen.

„Du kannst jetzt rein. Aber viel Zeit hat sie nicht, das sage ich dir gleich."

Unnötigerweise fängt mein Herz heftig an zu klopfen. Das Scheiß Herz. Innerlich hole ich tief Luft und würde mich doch gerne in die selbige auflösen. Unauffällig wische ich meine feuchten Hände an meinem Kleid ab und folge dem Flegel. Wütende Blicke aus Runzelaugen folgen mir.

27

So habe ich mir Cosima von Lobenstein nicht vorgestellt. Statt einer etwas angestaubten Erscheinung um die Fünfzig, stehe ich einer atemberaubend schönen Frau mit honigblondem Pferdeschwanz gegenüber. Sie ist nicht nur groß und schlank, sondern sie hat die etwas kühle elegante Ausstrahlung, die nur selbstbewusste Menschen besitzen. Mit der lässigen Jeans, der schlichten weißen Bluse und ihren Mokassins, die bestimmt ein Vermögen gekostet haben, wirkt sie natürlich und dominant zugleich. Das Adelsgeschlecht quillt ihr aus sämtlichen Poren. Ich weiß, dass mir meine Verblüffung ins Gesicht geschrieben steht und so knipse ich schnell mein Lächeln an, um mich zu fassen. Auf einmal fühle ich mich nicht nur deplaciert, sondern auch overdressed, alt und spießig. Sehnsüchtig denke ich an meine vierzehn Zentimeter High Heels, mit denen ich, zumindest fast, auf Augenhöhe mit ihr wäre. Nun bin ich auch nicht gerade ein Zwerg, aber Cosima überragt mich beinahe um einen Kopf, was nicht unbedingt meiner Selbstsicherheit förderlich ist.

„Hi, ich bin Coco und du bist Helena, die hier in unserem Chaos arbeiten will."

Fasziniert beobachte ich ihre ebenmäßigen weißen Zähne, die hinter ihren perfekten Lippen strahlen und vergesse ganz, dass ich eigentlich zusammenzucken sollte bei diesem vertraulichen Ton. Überhaupt bin ich so perplex über ihre Erscheinung, dass mir erst mal die Worte fehlen. Cosima ist auf jeden Fall etwas jünger als ich und sieht aus, als wäre sie gerade auf dem Weg zu einem Modeshooting mit Pferden. Ihre bernsteinfarbenen, leicht schräg stehenden Augen, die mich, finde ich, etwas spöttisch mustern, verleihen ihr etwas Katzenhaftes. Wie kann man nur ungeschminkt so umwerfend aussehen. Allmählich merke ich, wie unhöflich ich sie anstarre und konzentriere mich auf ihre faszinierenden Augen.

„Entschuldigung, aber ich hatte Sie mir viel älter vorgestellt."

Ich lächle immer noch, obwohl mir nicht danach zumute ist.

Sie nicht. Und das irritiert mich. Sie hat noch nicht einmal gelächelt, obwohl sie nicht unfreundlich schaut.

„Das muss wohl an meiner Stimme liegen. Die meisten glauben, dass ich mindestens fünfzig bin. Da bist du nicht die Einzige. Also, was hast du bisher gemacht?"

Selten habe ich mich so unwohl in meiner Haut gefühlt und für meine blöde Antwort könnte ich mich ohrfeigen. Vielleicht habe ich das Nichtlächeln auch provoziert, weil ich nicht für sie arbeiten will. Das riecht schon nach Ärger. Wir passen absolut nicht zusammen. Das Allerschlimmste ist allerdings, dass ich mir von ihr etwas sagen lassen müsste. Sie wäre meine Chefin. Unvorstellbar. Lächle ich immer noch?

„Ich arbeite schon seit über zehn Jahren als Casting Director. Anfangs hatte ich mein eigenes Studio in Hamburg, bin dann nach Paris gegangen und habe sämtliche Castings für die Modelagentur STAR gemacht."

Falsche Antwort. Jetzt denkt sie bestimmt, dass ich überqualifiziert bin oder sie meint, dass ich ihr die Butter vom Brot nehmen will. Dass ich in Paris für mehrere Agenturen gearbeitet hatte, verschweige ich. Am Ende hält sie mich für flatterhaft.

„Na prima, da muss man dir ja nichts mehr erklären, wenn du so ein alter Hase bist. Ich habe mich auf Live-Castings spezialisiert. Das heute war eine Ausnahme, weil ich unter Zeitdruck stehe. Ansonsten casten wir hauptsächlich auf der Straße, in Discos, Geschäften, Restaurants, im Schwimmbad und wo es sonst noch interessante Typen gibt. Mit Typen meine ich tolle, ansprechende Gesichter. Mein Hauptkunde ist das größte Bankinstitut Österreichs. Natürlich gibt es auch noch ein paar andere Kunden, aber das sind mehr die kleineren Fische. Die Austria Bank zahlt quasi meine Miete. Und wenn du willst, kannst du gleich loslegen. Ich zahle dir erst mal zweihundert pro Tag und wenn die Ergebnisse stimmen können wir das gerne steigern. Also, bist du dabei?"

Läppische zweihundert Euro. Das hat bei Monique jeder Kofferträger bekommen. Unter achthundert bin ich erst gar nicht aus dem Haus gegangen. Monique hat mir meistens meine verlangten tausend gezahlt. Selten hat sie mit mir gefeilscht. Und nun so einen Hungerlohn. Aber was bleibt mir anderes übrig. Besser als nichts. Ziemlich eingeschüchtert durch ihre unglaublich direkte Art winde ich mich innerlich um eine sofortige Zusage. Das geht mir zu schnell und ich will Bedenkzeit. Schiebezeit. Verzweifelt suche ich nach meiner Coolness, doch diese Cosima hat mich kalt erwischt und zwingt mich förmlich zu einer sofortigen Entscheidung. Ich lächle.

„Ok. Wann soll ich anfangen?"

„Komm morgen um neun zum Briefing. Heute klappt's nicht mehr. Du siehst ja, was hier los ist. Hast du ein Auto?"

„Nein, warum?"

„Aber einen Führerschein schon, oder?"

„Sicher. Warum?"

„Besprechen wir alles morgen. Ich muss jetzt weiter machen. Also willkommen und bis morgen."

Nun lächelt sie tatsächlich und sie sieht plötzlich ganz weich aus. Direkt menschlich.

„Vielen Dank und bis morgen."

Mit äußerst gemischten Gefühlen bahne ich mir einen Weg durch die illustre Abendgesellschaft und weiß nicht, ob ich mich freuen soll.

Würde Adam ein Handy besitzen, hätte ich ihm sicherlich sofort aufgeregt die Neuigkeiten erzählt und mich mit ihm zu einen feierlichen Glas Champagner in der Stadt getroffen. Aber Adam hat kein Handy und so ist mir auch nicht feierlich zumute, sondern eher diffus. Wenn ich ehrlich bin, verspüre ich in Wirklichkeit keine große Lust, Adam von meinem neuen Job zu erzählen. Und wenn ich noch ehrlicher bin, habe ich fast ein bisschen Angst davor, es ihm zu erzählen. Warum weiß ich selbst nicht. Es ist nur so, dass ich Adam-Paris und Adam-Wien nicht zusammen kriege. Da ist eine Diskrepanz, die ich auch bei mir finde und die ich mir nicht erklären kann. Wie ein Magier schleicht er sich in mein Hirn, und das jagt mir manchmal Furcht ein. Zum tausendsten Mal stelle ich mir die

Frage, was mich bei ihm anzieht und warum ich mich mit ihm in eine ungewisse Zukunft stürze. Passenderweise fallen mir zwei Wörter mit A ein: Anziehungskraft und Abwehr. Oder auch Zuckerbrot und Peitsche. Was sage ich, wenn er mich fragt, wie viel ich verdiene und das wird mit Sicherheit das erste sein, was er wissen will. Wieso eigentlich? Soll er doch, verdammt noch mal, auch arbeiten.

Erst jetzt bemerke ich, dass ich einfach los gelaufen bin ohne zu wissen wohin. Mein Körper lechzt nach einem Kaffee mit einem Eimer Wasser. In Paris ist es für mich nie ein Problem gewesen, denn ich hätte mich in die nächste Bar gehockt und bei der übellaunigen Bedienung einen Kaffee mit einem Brioche bestellt. Plötzlich habe ich ein Déjà-vu. Vor mir läuft ein junges Pärchen, eng umschlungen und offensichtlich sehr verliebt. Weit entfernt, jedoch deutlich klar, höre ich eine bekannte Melodie. Verwirrt lasse ich meinen Blick über die ganze Straße schweifen. Aber der Zitherspieler ist nicht zu sehen. Dann ist die Musik mit einem Mal verstummt. Habe ich geträumt? Schmerzhaft vermisse ich mein Paris, selbst mürrische Kellner würde ich gerne in Kauf nehmen, wenn ich nur nicht in Wien sein müsste. Der junge Mann kitzelt seine Freundin mit einer Haarsträhne an ihrer Nase, so dass sie laut loslacht. Die Worte verstehe ich zwar nicht, aber er muss ihr gesagt haben, dass sie das schönste Lachen der Welt hat, denn sie guckt ihn verzückt an und küsst ihn. In Paris bin ich auch eng umschlungen mit Adam über den Boulevard spaziert. In Wien noch nie. Neidisch und wehmütig beobachte ich die beiden und mein Herz krampft sich zusammen. Noch nie habe ich mich so fremd und einsam gefühlt wie hier.

„Lass das, Helena, du verschmierst meinen Lippenstift."
Meine Eltern waren, wie so oft, irgendwo eingeladen und meine Mutter legte eine kurze Stippvisite an meinem Bett ein. Ich weiß nicht mehr genau, wie alt ich war. Fünf oder sechs, denn ich konnte, als Frühreife eingestuft, bereits lesen. Chanel No. 5 umhüllte sie und ich saugte den Duft, begleitet von

einem anderen Geruch, der aus ihrem Mund strömte, gierig in mich hinein. Zu gerne hätte ich meine schöne Mutter an mich gedrückt, ihre rosige Wange gestreichelt und sie auf ihren roten Mund geküsst, aber sie wollte das nicht. Sie hatte Angst ich könnte ihre Frisur oder ihr Make-up zerstören, dabei war sie es, die etwas in mir zerstörte. Wie von einer ätherischen Erscheinung fühlte ich ein Küsschen auf meiner Stirn und sie schwebte elegant aus meinem Zimmer. Traurig und unumarmt lag ich in meinem Bett und sah ihr nach. Das Flurlicht blieb an, da ich mich im Dunkeln fürchtete.

Und jetzt laufe ich ziellos durch diese wildfremde Stadt, denke heulend an meine Mutter und weiß nicht, wohin ich gehen soll. Verdammte Scheiße. Die Leute gaffen mich schon neugierig an.
Verpisst euch, ihr Arschgeigen. Kümmert euch um euren eigenen Mist.
Ein junger Typ grinst mich an.
„Was glotzt du so blöd", fauche ich ihn an.
„Hey, hast du ein Problem, Alte?"
Arschloch.
Mit dem will ich mich lieber nicht anlegen, denn der sieht so aus, als müsse er Dampf ablassen.
„Fotze."
Nichts wie weg, bevor der mich zusammenschlägt. Verdammte Stadt. Bis jetzt habe ich noch keinen freundlichen Menschen kennengelernt. Mittlerweile bin ich tatsächlich im Zentrum gelandet und steuere auf das erstbeste Café zu, denn ich will mich nur noch hinsetzen, so erschöpft bin ich. Gelinde gesagt bin ich nicht nur erschöpft, sondern eher nervös, wenn ich an meinen morgigen Termin denke. Live-Casting ist so ziemlich das Letzte, was ich machen möchte, denn damit hatte ich damals in Hamburg angefangen.

Voller Elan und Enthusiasmus hatte ich mich in meine Selbstständigkeit gestürzt. Revolutionär hatte ich ein Casting-Studio nur mit Laiendarstellern eröffnet. Mit einer Kamera bewaffnet stromerte ich durch die City und pickte mir gezielt

Charakterköpfe heraus, die ich vor laufender Kamera interviewte und dann fotografierte. In meinem Studio schnitt ich die Bänder zurecht und legte ein, nach Typen sortiertes, Archiv an. Jeden Tag war ich unermüdlich unterwegs, um meine Kartei zu erweitern. Ich war jung, naiv und voll von überströmender Energie. Die meisten Leute machten bereitwillig mit und fühlten sich geschmeichelt, weil ich sie auserwählt hatte. Der erste Auftrag ließ nicht lange auf sich warten, denn es hatte sich herum gesprochen, dass so ein verrücktes Huhn die geleckte Werbeszene aufmischen wollte. Über Nacht wurde ich in der Hamburger Werbeszene berühmt und berüchtigt. Zweifler, die mein Bemühen, die Welt der Werbung zu verändern, mitleidig beäugten, wurden eines Besseren belehrt. Denn es funktionierte. Schauspieler und Models waren über Nacht langweilig und wurden plötzlich von Leuten von der Straße verdrängt. Wie besessen schwirrte ich durch die Straßen und jagte Köpfe. Der Begriff Headhunter bekam auf einmal eine ganz andere Bedeutung. Berauscht von meinem Erfolg, wollte ich mehr. Ich wurde süchtig. Süchtig nach mehr Erfolg, süchtig nach mehr Anerkennung, süchtig nach Geld und noch mehr Geld. Um mehr zu verdienen, musste ich mehr arbeiten, aber das wollte ich nicht, denn für meine Verhältnisse war ich bereits an meine Grenzen gestoßen. Mein Leben war teuer, weil ich jeden verdienten Penny gleich in Klamotten und Shopping-Tours nach Paris, London und New York umsetzte. Trotzdem ich inzwischen für internationale Filmproduktionen und Fotografen, bei denen das Geld locker saß, arbeitete, blieb kein Groschen hängen. Also beschloss ich, zusätzlich noch als Stylistin zu arbeiten. Die perfekte Kombination. Allerdings hatte ich Hintergedanken, die für mich außerordentlich lukrativ erschienen. Tütenweise schleppte ich Klamotten zu den Sets, denn ich hatte meistens ein fettes Budget für mein Styling. Anfangs ließ ich mal eine Bluse mitgehen, dann eine Handtasche und jedes Mal ein bisschen mehr. Von den Boutiquen ließ ich meine persönlichen Einkäufe in die Leihgebühr einrechnen und bekam noch Prozente, die ich für mich behielt. Mein Kleiderschrank platzte aus allen Nähten und doch war es nicht genug. Das Wort existierte bei mir nicht. Es war nie ausreichend, nie angemessen. Ich war nie befriedigt. Um mich zu sättigen, wechselte ich nicht nur mehrmals täglich meine Klamotten, sondern auch meine Männer. Die logischerweise nicht täglich. Dabei kam ich mir nicht nymphoman vor, sondern nur suchend nach dem perfekten Partner. So vögelte ich mich durch alle möglichen Genres, immer auf der Suche nach der großen Liebe. Und ich war jedes Mal verknallt, denn schließlich war ich keine Nutte. Ich bumste sogar mal einen englischen Beleuchter, der in seiner Pause Shakespeare las. Der war so männlich, mit seinen tätowierten Armen und dem unglaublichsten Sixpack, aber irrsinnig langweilig und einfallslos. Noch heute erinnere ich mich an jedes Gesicht und jeden Namen. Und nun soll ich wieder auf die Straße. Mein Gefühl ist kein gutes. Darauf genehmige ich mir ein Glas Champagner.

28

Noch bevor ich den Schlüssel ins Schloss stecke weiß ich, dass Adam da ist. Meine Ahnung sagt mir, dass er Fragen stellen wird. Viele Fragen. Und schon beginnt mein verfluchtes Herz kräftig gegen meine Brust zu pochen. Hasenfuß, idiotischer, der ich bin. Ich bin mir eben nicht sicher, wie Adam auf meinen neuen Job reagieren wird und das macht mich fertig. Er ist so unberechenbar. Ich hasse Unvorhergesehenes und noch mehr hasse ich, wenn ich die kommende Situation nicht einschätzen kann.

Beherzt atme ich tief durch und will aufschließen, als auch schon die Tür aufgerissen wird. Scheiße, nun habe ich keine Zeit mehr, einen nonchalanten Ausdruck auf mein Gesicht zu zaubern. Stattdessen steht mir wohl der Schreck in den Augen.

„Wo kommst du denn jetzt erst her? Ich wollte schon sämtliche Krankenhäuser abklappern. Außerdem riechst du nach Alkohol. Mit wem warst du denn was trinken, he? Hast wohl schon jede Menge Freunde mit denen es lustiger ist, als mit mir, oder was?"

Entsetzt starre ich ihn an und glaube nicht, was für Sätze er aus seinem Mund speit. Hat der einen Vogel so mit mir zu reden, als wäre ich sein Eigentum, seine untertänigste Ehefrau?

„Ich war allein im Café und habe ein Glas Champagner getrunken, um mit mir auf meinen neuen Job anzustoßen. Dich konnte ich ja schlecht anrufen."

Von dem großzügigen Nachschub braucht er nichts zu wissen und nun bin ich fast dankbar, dass ich mir mehr als ein Glas genehmigt habe. So fühle ich mich fast ebenbürtig mit ihm.

„Was für einen Job denn so plötzlich?"

„Casting. Und ich fange morgen früh an. Ist doch super, oder?"

„Hm. Und wo ist das. Ich meine, bei welcher Agentur? Und wie bist du so schnell daran gekommen?"

In Kurzfassung erstatte ich Bericht und komme mir wie bei

einem Verhör beim FBI vor. Wir stehen immer noch im Türrahmen. Adam so dicht vor mir, dass ich zu ihm aufblicken muss. Mein Genick versteift sich kurz vor einem Krampf.

„Du hättest ja auch direkt nach Hause kommen können, um mit mir Champagner zu süffeln. Warum setzt du dich alleine in ein Café?"

„Ich sag doch, dass ich dich nicht anrufen konnte und ich konnte ja nicht riechen, ob du hier bist. Wenn du dir endlich ein Handy anschaffen würdest, kann ich dich das nächste Mal auch anrufen."

„Tja schade, dass wir nun nicht zur Feier des Tages anstoßen können, denn ich muss weg. Bin sowieso schon zu spät dran, weil ich auf dich gewartet habe. Wahrscheinlich wird es spät, also geh ruhig schon schlafen, wenn du müde bist."

„Was, schon wieder? Muss das sein, dass du dich jeden Abend um deine Investoren kümmerst? Die können doch auch mal was allein, ohne dich, unternehmen. Ehrlich gesagt habe ich keine Lust, jeden Abend hier herum zu hängen. Du wolltest mir doch Wien zeigen, mit mir Essen gehen und überhaupt…. Egal, ich finde es nur nicht in Ordnung, dass du mich in letzter Zeit jeden Abend allein lässt."

Deprimiert quetsche ich mich an ihm vorbei, weil meine Beine mit einem Mal so schwer werden, dass ich Angst habe zusammen zu brechen. Erschöpft lasse ich mich aufs das altersschwache Sofa fallen.

„Morgen Abend gehen wir aus. Versprochen, so wahr ich hier stehe."

Mir ist es wurscht, ob wir morgen oder übermorgen weggehen. Ich will heute Essen gehen und nicht vertröstet werden, wie ein kleines Kind. Den flüchtigen Kuss hätte er sich auch schenken können, denn ich nehme ihn kaum wahr. Anscheinend hat er es besonders eilig, sich zu seinen Kumpel zu gesellen. Fort ist er und lässt mich mit meinem Frust zurück.

Ich muss wohl kurz eingenickt sein, denn als ich die Augen

aufschlage ist es dunkel und die Straßenbeleuchtung wirft unheimliche Schatten in das Zimmer. Trostlos ist das richtige Wort. Die ganze Wohnung wirkt trostlos, was meine Stimmung in den tiefsten Keller sacken lässt. Niedergeschlagen schlurfe ich ins Bad, um zu duschen. Es fällt mir schwer, mich auszuziehen, weil sich mein ganzer Körper wie Blei anfühlt. Vorsichtig steige ich auf Zehenspitzen in die Wanne, denn es ekelt mich, dieses versiffte Ding zu betreten. Vielleicht hat der Freund von Adam Fußpilz, den ich mir jetzt auch einfange. Ohne Genuss und unzufrieden bringe ich die Katzenwäsche hinter mich und versuche, nicht an das Pariser Badezimmer zu denken. Was Roman wohl macht? Ob er mich vermisst. Wahrscheinlich ist er sauer auf mich. Mit Recht ist er stinkig. Im Geiste sehe ich ihn einsam mit einem Glas Rotwein in der Hand auf dem Designersofa sitzen und traurig ins Leere starren. Das befriedigt mich zumindest ein bisschen. Fast wünsche ich mir, dass er mich schmerzlich vermisst, was natürlich nicht der Fall ist, so wie ich ihn behandelt habe. Dennoch, es wäre Labsal für meine Seele. Mein Magen knurrt mit einem Mal und mir fällt ein, dass ich den ganzen Tag zu gut wie nichts gegessen habe. Heißhunger auf Tabouleh überfällt mich, aber ich habe noch nicht einmal Bulgur im Haus, geschweige denn Gurken, Minze und die anderen Zutaten. Was der Kühlschrank hergibt, kann ich an meinen fünf Fingern abzählen. Also, entweder allein ausgehen oder einen Teller Spaghetti. Entscheide dich, herrsche ich mich selbst an. Lustlos öffne ich den Kühlschrank, in dem sich einsam eine Tüte Milch, zwei Joghurt, ein Glas Erdbeermarmelade und ein grüner Apfel die trübe Glasablage teilen. Ich greife mir den Joghurt, schütte zu viel Zucker hinein und schlinge ihn hinunter. Unbefriedigt streife ich durch die Wohnung, mit mir hadernd, ob ich nun noch ausgehe oder den Abend in der Bude verbringe. Um mich zumindest ein wenig aufzuheitern, öffne ich den Kleiderschrank und ziehe mein Beauty Case heraus. Nachdem ich den Code eingegeben habe, schnappt das Schloss mit einem Klicken auf. Zufrieden betrachte ich die sorgfältig geordneten Banknoten. Mit einem Mal kommt es mir so vor, als ob die Bündel abgenommen hätten. Ich nehme Päckchen für Päckchen heraus und zähle die Scheine. Es fehlen tausend Euro. Das kann nicht sein, rede ich mir ein und zähle noch einmal. Mein Herz klopft. Mit Sicherheit weiß ich, dass ich mich das letzte Mal nicht verzählt habe. Ich verzähle mich nie. Es gibt nur eine Erklärung. Adam muss mein Versteck entdeckt haben. Mir ist plötzlich übel und ich spüre den kalten Angstschweiß am ganzen Körper. Mit einem Mal ist er mir nicht nur fremd, sondern er jagt mir Furcht ein. Ich bin ja selbst Schuld, rede ich mir ein, denn mit meinen Geheimnissen habe ich diese Situation provoziert und es war nur eine Frage der Zeit, wann er mein Geheimnis entdeckt. Was mich am meisten erschreckt ist die Tatsache, dass er mich nicht darauf angesprochen hat, sondern heimlich mein Geld genommen hat. Wer toppt nun wen mit seinen Geheimnissen? Klar ist, dass ich ihn zur Rede stellen werde und weiß im gleichen Moment, dass ich es nicht tun werde. Warum hat er das getan und was macht er mit dem Geld?

Aber nicht noch einmal, mein Lieber. Nicht mit mir.

Ich raffe mein ganzes Vermögen zusammen und suche ein besseres Versteck, was nicht einfach ist, in dieser engen Behausung. Wo würde er nicht suchen? Sei erfinderisch. Mein Blick schweift durch die Wohnung und bleibt schließlich an meiner Handtasche hängen. Natürlich. Das ist der einzige Ort, wo das Geld sicher ist, da ich es immer bei mir haben werde. Schweren Herzens trenne ich die Futternaht von dem teuren Stück auf und schiebe ein Bündel nach dem anderen auf den Taschenboden. Dann befestige ich das Futter mit Sicherheitsnadeln am oberen Rand. Ich bin froh, dass die Tasche so geräumig ist, allerdings ist nun auch ziemlich schwer. Na, Adam wird ganz schön blöd aus der Wäsche schauen, wenn mein Koffer leer ist. Bei diesem Gedanken muss ich einfach schadenfroh lächeln, obwohl mir nicht zum Lachen zumute ist. Zu gerne möchte ich wissen, was er jetzt treibt. Ob er großspurig seine Investoren in eine Striptease-Bar einlädt und es so richtig krachen lässt. Tausend Euro kann man wunderbar um sich schmeißen, wenn es nicht die eigenen sind. Na, dir werde ich es zeigen. Was du kannst, kann ich auch. Und schon öffne ich den Kleiderschrank und durchwühle alle Taschen seiner Jackets und Hosen, dann ziehe ich die Schubladen der Kommode auf, aus der ein leichter Geruch nach Mottenpulver weicht. Meine Hände schieben sich vorsichtig durch seine Hemden, auf der Suche nach seinem Geheimversteck. Denn ich bin mir sicher, dass auch er irgendetwas verbirgt und nicht nur in seinem Kopf. Die Kommode habe ich ihm großzügig überlassen, weil ich diesen typischen Geruch nach Alter und Vergangenheit nicht ausstehen kann. Meine meisten Sachen sind immer noch in Kartons, die in der Speisekammer gestapelt sind und das, was ich brauche im Schrank und im Flurregal. In der untersten Schublade sind nur T-Shirts und Unterwäsche. Akribisch taste ich mich durch die Calvin Kleins und Ralph Laurens, bis ich tatsächlich etwas Hartes fühle. Wahrscheinlich hat er das T-Shirt noch nicht getragen, da sich noch der Pappendeckel im Inneren des Shirts befindet. Vorsichtig untersuche ich den Stoff. Behutsam hebe ich das Teil heraus und speichere den Platz in meinem Hirn. Es ist ein kleines Notizbuch von Smythson. Es sieht haargenau wie meins aus. Nur dieses hat ein Schloss und das ist zu.

Nun sieh mal einer an.

Und dann noch die Luxusausführung in schwarzem Schlangenleder. Nun bin ich wirklich perplex, denn ich habe mit allem gerechnet, nur nicht damit. Was zum Teufel schreibt er in dieses Teil? Was stehen dort für Geheimnisse drin? Es juckt mich in den Fingern, das Schloss sofort zu knacken, um zu sehen, was Adam veranlasst, es vor mir zu verstecken, aber ich traue mich nicht. Vielleicht spaziert er gleich zur Tür herein und erwischt mich beim Schnüffeln. Aber aufgeschoben ist nicht aufgehoben. Hastig drapiere ich das Shirt in seine Ursprungslage und lege es samt Inhalt wieder an seinen Platz. Dieser Mensch wird mir immer suspekter. Vielleicht fragt er mich irgendwann, wo ich das ganze Geld her habe. Diesen Gedanken darf ich nicht außer Acht lassen.

Und dann? Das Erbe einer verstorbenen Tante väterlicherseits. Das klingt zu abgedroschen. Dann kommt mir die zündende Idee. Das sind die Tantiemen meines Vaters, die einmal pro Jahr an mich ausgezahlt werden. Hatte nicht mein Vater mehrere Schallplatten aufgenommen? Und wenn er mich nach den Platten fragt? Die habe ich alle in Deutschland gelassen, wie auch die Fotoalben und alles andere, was mich an meine Familie erinnert. Meine so gnadenlos verlogene Familie, die aus einem egozentrischen Spieler und einer schwermütigen, ständig betrunkenen Mutter bestand. Im Lügen stehe ich ihnen in nichts nach. Mittlerweile habe ich das Lügen so verfeinert, dass ich manchmal von meiner Geschichte so fasziniert bin, dass ich sie selbst glaube. Selten werde ich erwischt. Roman war eine harte Nuss, aber auch er hatte mir fast alles abgenommen. Allerdings muss ich aufpassen und exakt abspeichern, wem ich was erzählt habe und, was ich wo erzähle.

Immer noch peinlich berührt denke ich an die Party in Cannes, die irgendeine Filmproduktion während des Festival du Film gegeben hatte. Cannes ließ ich mir nie entgehen, denn dort waren alle Werbeleute auf einem Haufen und für mich eine perfekte Kontaktbörse. Zugegeben, Cannes war für mich immer irrsinnig anstrengend. Der Energieaufwand, Erfolg zu heucheln, wenn man plötzlich erfolglos ist. Aber ich tat mein Bestes. Irgendwie schaffte ich es immer, mit fremdem Ausweis ins Palais zu gelangen, da ich keine Lust hatte, Unsummen für die überteuerte Karte zu zahlen. Auch für mein leibliches Wohl wurde gesorgt, da es immer jemanden gab, der mich zum Essen einlud. So hatte ich, außer dem Flug, keine unnötigen Kosten und konnte noch anständig shoppen gehen. Für diese Party hatte ich zwar keine Einladung, wurde aber von einem Bekannten, nicht ganz koscher, hinein geschleust. Drinnen war die Hölle los. Ich erinnere mich noch genau, dass ich mich auf einmal ganz unbedeutend und klein gefühlt hatte. In meinem Outfit kam ich mir overdressed vor, denn die meisten waren lässig gekleidet und manche Mädchen sogar nur mit Bikini-Oberteil, Flip-Flops und einem Pareo um die Hüfte. Ich dagegen trug ein kleines schwarzes Cocktailkleid mit zwölf Zentimeter hohen luftigen Jimmy Choos, auf denen ich kaum laufen konnte. Alle starrten mich an, weil ich, wie Mister Bean, auf einmal in einem Scheinwerferkegel stand und jemand durch ein Mikro schrie: ‚Welcome Red Lady in Black‘. Völlig geschockt stand ich mitten im Raum, alle Blicke auf mich gerichtet und wäre am liebsten im Erdboden versunken. Dann war der Spuk vorbei und der Scheinwerfer wartete auf sein nächstes Opfer. Mein Begleiter war verschwunden, so dass ich mich allein durch die Menge in Richtung Bar kämpfte.

„Hey, wenn das nicht unsere schöne Helena ist, die uns da beehrt. Champagner?"

Froh, dass ich jemanden kannte, begrüßte ich Albert. Er arbeitete als Producer in einer Hamburger Werbeagentur, für die ich schon einige Castings gemacht hatte. Allerdings gab es beim letzten Mal einige Differenzen und seitdem hatte er sich nicht mehr bei mir gemeldet. Albert hatte wohl schon einiges getankt, denn er lallte mir ins Ohr:

„Komm Rotfüchschen, lass uns den blöden Streit mit einem Gläschen begraben. Du konntest ja nicht wissen, dass unser lieber Kunde Rothaarige hasst. Aber sei mal ehrlich, dein Abgang war schon ein bisschen dramatisch."

„Das war ein verklemmter Wichser", sagte ich und schüttete das Glas Champagner auf einen Zug herunter, da Zorn und Scham in mir aufwallten, wenn ich an dieses Kapitel dachte. Weder jemand aus der Werbeagentur, noch der Regisseur hatten nur ein Wort mir gegenüber darüber verloren, dass dieser Kunde, der einen der größten Kosmetikkonzerne vertrat, Rothaarige nicht ausstehen konnte. Man hatte es geflissentlich versäumt, mich bei der Castingbeschreibung über dieses Detail zu unterrichten. Und so schlitterte ich bei einer meiner wichtigsten Präsentation ungebremst in die Katastrophe. Mit der Sicherheit, eine ausgezeichnete Arbeit abgeliefert zu haben und unschuldig, weil ich von seiner Neurose nichts wusste, lächelte ich den Kunden an. Er würdigte mich keines Blickes und starrte auf den Monitor. Obwohl die Vorzeichen auf Sturm standen, fuhren wir synchron von unseren Stühlen hoch, als seine Hand krachend auf dem Tisch landete, so dass mehrere Gläser klirrten und eine Flasche Wasser umkippte. Mit hochrotem Kopf brüllte er:

„Wollt ihr mich verarschen? Was sollen die ganzen rothaarigen Fotzen da. Das ist der letzte Müll. Schaltet das Scheiß Ding ab. Sofort."

Ich war so entsetzt, sprachlos und aufgebracht, dass ich aufsprang, die Kassette aus dem Recorder riss und aus dem Raum rannte. Der Regisseur stürzte hinter mir her und versuchte mich zu beruhigen. Als dann noch der Producer auf mich einredete, ich solle das nicht persönlich nehmen, flippte ich total aus und heulte beleidigt, sie sollten doch ihren Mist allein machen. Wegen meines unprofessionellen Verhaltens hatte ich von dieser Agentur keinen Auftrag mehr bekommen. Von der Produktion auch nicht. C'est la vie. Und nun stand jener besagte Producer leicht schaukelnd vor mir und laberte mich zu.

„... machen die Geschäfte?"

„Super. Ich kann mich nicht beklagen", nahm ich den Faden wieder auf.

„Nächste Woche arbeite ich für Annie Leibovitz in New York."

„Tatsächlich? Doch wohl nicht die Parfum-Kampagne."
Hellhörig und in Hab-Acht-Stellung fragte ich ihn:

„Wieso kommst du denn darauf?"

„Na, weil unsere Agentur den Kunden gewonnen hat und ich der Producer bin."

Du blöde Vollidiotin.

„Komisch, Annie hat mir gar nichts von dir erzählt. Dein Name taucht auf der Stabliste nicht auf."

Krampfhaft bemühte ich mich das Thema zu wechseln, murmelte ich etwas von einer anderen Kampagne und suchte schleunigst das Weite.

„Ich grüße Annie von dir", rief er mir noch hinterher.

In diesem Moment hoffte ich, dass ich ihn nie wieder sah. Selten hatte ich mich so blamiert. Was musste ich auch so aufschneiden und ausgerechnet Annie Leibovitz nennen. Das sollte mir nicht noch einmal passieren. Die Party war auf jeden Fall für mich gelaufen, denn ich hatte die Befürchtung, dass mein Superauftrag die Runde machte und bald jedermann wusste, wie sehr ich mich zur Lachnummer des Abends gemacht hatte. Und so perfektionierte ich meine Speicherkapazität immer besser.

29

Als könne er kein Wässerchen trüben, liegt Adam friedlich schlummernd neben mir. Es ist zwar erst halb sieben, aber trotzdem hält mich nichts im Bett. Ich bin noch zu aufgewühlt, wütend und auch gekränkt über Adams Diebstahl und Heimlichtuerei, um ihm in die Augen zu sehen.

„Du willst mich doch nicht schon verlassen."

Mein Herz setzt ein paar Schläge aus, als ich seine Hand auf meinem Rücken spüre, bevor es heftig anfängt zu rasen. Nein, ich kann ihn jetzt nicht anschauen. Er zieht mich sanft an meinen Haaren auf das Kissen, das noch ganz warm ist und beginnt mich zu streicheln. Ich bin einfach machtlos. Seine sinnliche Ausstrahlung bringt mein Blut in Wallung.

ICH WILL NICHT!

Augen zu. Seine Zunge umkreist meine Brustwarzen und ich merke, dass sie sich aufrichten, ohne dass ich es will. Sie tun es einfach. Er beißt spielerisch hinein. Seine Hand gleitet über meinen Bauch langsam nach unten und ich werde feucht, ohne dass ich es will.

„Du bist ja schon ganz nass", stöhnt er und schiebt einen Finger in meine, ihm ausgelieferte Möse.

HÖR NICHT AUF!

Keuchende Töne kommen aus meinem Mund und ich stöhne, ohne dass ich es will und spreize meine Beine, um ihn in Empfang zu nehmen.

OH JA.

Mein Orgasmus kommt so heftig, dass ich das Gefühl habe, mich in Atome aufzulösen und in die Atmosphäre zu entschweben.

„Helena?" ruft eine in Watte gebettete Stimme aus weiter Ferne.

„Helena!" dröhnt es neben meinem Ohr.

„Was ist los?" Die Stimme klingt wie meine, nur habe ich das Gefühl, als käme sie aus einer tieferen Ebene oder einem Tunnel.

„Mach die Augen auf!" Ein Klaps auf meine Wange.

„Hey, geht's wieder?

Nun sehe ich Adams Gesicht noch etwas konturenlos über mir. Meine Wangen sind nass. Habe ich geweint? Ich will ihm nicht in die Augen schauen und drehe meinen Kopf zur Seite.

„Du bist wohl kurz ohnmächtig geworden. War vielleicht etwas heftig so früh am Morgen auf nüchternen Magen."

Er lacht und scheint es witzig zu finden.

„Danke, mir geht's wieder gut. War sicher nur ein kleiner Schwächeanfall."

Nichts wie weg. Ich flitze ins Bad, denn heute ist mein erster Arbeitstag und ich brauche unbedingt Zeit, um mich innerlich auf das Neue vorzubereiten. Eine Stunde vergeigt. Wie sehr ich es hasse, mich beeilen zu müssen und mit Sicherheit will Adam auch gleich ins Badezimmer.

„Beeil dich! Ich muss mich auch fertig machen."

Na super, als ob ich nicht schon genug Druck habe. Verdammt. Unter dem verkalkten Duschkopf nehme ich mir fest vor, Adam nach meinem Geld zu fragen. Na ja, es ist ja jetzt mein Geld. Es dürfte wohl nicht so schwierig sein, ihn ganz lässig darauf anzusprechen. Lässig, aber bestimmt. Um mir Mut zu machen, probe ich alle möglichen Stimmlagen, feile die Sätze zurecht, übe einen festen Blick. Aber jedes Mal, wenn ich überzeugt bin den richtigen Ton zu treffen, werfe ich alles über den Haufen. Außerdem habe ich keine Zeit und verschiebe es lieber auf heute Abend. Soll ich ihm auch beichten, dass ich sein Notizbuch entdeckt habe? Lieber nicht, sonst weiß er, dass ich geschnüffelt habe. Was werde ich dort entdecken? Denn eins ist sicher: Ich will wissen, was sich in seinem Büchlein verbirgt. Ein Schauer läuft über meinen Rücken, weil ich das Risiko kenne. Adam erscheint immer dann, wenn ich es am wenigsten erwarte.

„Wie lange brauchst du denn noch? Schminken kannst du dich doch auch hier draußen."

Leck mich!

„Jetzt hetz' mich nicht so. Ich bin gleich fertig."

Ich hasse es, zur Eile angetrieben zu werden. Und ich hasse

es, zu duschen. Auch Haare zu waschen kann ich nicht ausstehen. Es ist für mich einfach ein notwendiges Übel, das ich nach Möglichkeit nur alle zwei bis drei Tage über mich ergehen lasse. Ich verstehe nicht, dass sich manche nach einer Dusche verzehren. Gerade als ich das Shampoo aus meinen Haare spülen will, merke ich plötzlich, wie das Wasser immer kälter wird. Ausgerechnet jetzt, das darf wohl nicht wahr sein. Das eisige Wasser frisst sich durch meine Kopfhaut, so dass ich das Gefühl habe, er würde jeden Moment zerspringen. Schnatternd steige ich aus der Wanne, wickle mich in das Badetuch, schnappe meine Kosmetiktasche und den Föhn und stampfe übelst gelaunt aus dem Badezimmer.

„In dieser beschissenen Bude funktioniert auch gar nichts. Das Scheiß Wasser ist eiskalt und ich habe bestimmt noch die Haare voller Seife."

„Fluche nicht so! Das passt nicht zu dir."

Ich gucke ihn entgeistert an.

„Was?"

„Wie bitte! Schimpfwörter aus deinem Mund hören sich ordinär an. Ich mag das nicht. Das reicht doch, oder?"

Immer noch sprachlos starre ich ihn an.

„Was bis du den auf einmal so pingelig? Du bist schließlich nicht mein Vater und ich rede, wie es mir passt."

Eine innere Stimme warnt mich. Ich weiß auch nicht woran es liegt, dass die Stimmung plötzlich umgeschlagen ist. Liegt es wirklich nur an dem Wörtchen Scheiße? Der Teufel in mir will ihn reizen, aber ich habe jetzt keine Zeit für einen Streit und so schiebe ich mich an ihm vorbei, um mich anzuziehen. Adam steht immer noch wie angewurzelt an der Badezimmertür und ich spüre seine Augen kalt auf meinem Rücken. Was ist nur auf einmal in ihn gefahren? Wieder einmal wird mir bewusst, wie wenig ich ihn kenne. Aber der gestrenge Vater ist neu. Ein Blick auf den Wecker sagt mir, dass ich mich höllisch beeilen muss. Sonst komme ich gleich an meinem ersten Tag zu spät. Was ziehe ich an? Ein Blick durch die trüben Fensterscheiben auf den Fetzen Himmel, verspricht mir einen sonnigen Tag. Auf jeden Fall flache

Schuhe, wenn ich durch die Stadt rennen muss. Seriös sollte ich aussehen, aber nicht zu streng, sonst verschrecke ich die Leute. Meine Entscheidung fällt auf ein fliederfarbenes Etuikleid mit einem grünen Kaschmir-Cardigan. Den kann ich immer noch ausziehen, wenn es mir zu warm wird. Dazu grüne Ballerinas. Für den Föhn habe ich keine Zeit, deshalb wickle ich meine Haare zu einem Chignon und stecke einen Bleistift hindurch. Das sieht locker und ungekünstelt aus. Die Vorstellung, den ganzen Tag meine schwere, geldgeschwängerte Tasche zu schleppen hebt nicht gerade meine Laune. Adam ist noch im Bad. Auch gut, denn ich verspüre keine Lust, mit ihm zu frühstücken, zumal der Kühlschrank nicht gerade üppig bestückt ist. Ich klopfe an die Tür und rufe:

„Ich muss jetzt los. Sehen wir uns heute Abend?"

„Komm doch rein, ich beiße nicht."

Etwas widerwillig öffne ich die Tür. Nach dem Vorfall ist es mir unangenehm, ihn nackt zu sehen.

„Für wen hast du dich denn so aufgedonnert?" sagt er, und wendet sich zum Spiegel, aus dem er mich prüfend begutachtet. Ich dagegen gucke auf seinen Rücken.

„Ich bin doch nicht aufgedonnert."

Falsche Antwort.

„Wie bezeichnest du das dann? Streetwear, Shopping-Outfit, Outdoor-Look? Für mich sieht es nach Dating-Outfit aus."

„Quatsch. Ich habe heute ein Casting. Das ist alles. Außerdem sehr ich doch völlig normal aus. So wie immer. Ich muss los, sonst komme ich zu spät."

Gut gemacht. Sehr selbstbewusst.

„Gib mir fünf Minuten, dann bringe dich hin. Ich will gerne sehen, wo du arbeitest und so lerne ich gleich deine Leute kennen."

Mir bleibt vor Schreck für einen Moment die Luft weg und ich merke, wie meine Achselhöhlen feucht und heiß werden.

„Wenn ich noch auf dich warten muss, schaffe ich es nicht rechtzeitig. Ich bin sowieso schon viel zu spät dran und werde mir ein Taxi nehmen müssen."

„Dann gönnen wir uns eben zu zweit den Luxus. Woher hast du denn Geld für ein Taxi? Ich denke, du hast kaum was und dann so eine Verschwendung?"

„Ich gehe jetzt."

Mir reicht es und ich weiß, dass weiterer Ärger vorprogrammiert ist. Der benimmt sich immer mehr wie ein Vater, der seine kleine Tochter maßregelt.

„Habe ich nicht eben gesagt, dass ich mitkomme? Die paar Minuten kannst du auch noch warten. Also warte! Bitte!"

Stets höflich. Nur nicht die Contenance verlieren. Mit meiner Gelassenheit ist es im Moment nicht weit her. Ich bin stinksauer. Mehr noch auf mich, als auf Adam. Warum will er mich unbedingt begleiten? Was habe ich falsch gemacht? Habe ich ihm Anlass zum Misstrauen gegeben? Das Geld natürlich. Hat er nachgeschaut, während ich schlief und gesehen, dass das Geld futsch ist? Das muss der Grund sein.

„So, wir können."

Wie ich es hasse, ohne Frühstück oder die Aussicht auf ein baldiges, zum Job zu gehen. Dabei hatte ich es mir so angenehm vorgestellt. Unterwegs wollte ich mich in ein Café setzen, in Ruhe einen Milchkaffee trinken, ein Croissant essen und mich auf Cosima vorbereiten. Und nun sitzen wir schweigend im Taxi. Ich mit knurrendem Magen und einer so miesen Laune, wie schon lange nicht mehr.

„Na, das allererste Viertel ist das nicht. Hier möchte ich ums Verrecken nicht arbeiten. Warum hast du mich nicht vorher gefragt, bevor du den Job angenommen hast. Ich hätte dir gleich sagen können, dass diese Gegend nichts für dich ist. Das hältst du keine zwei Tage aus. Wenn überhaupt."

Mir ist nicht nach Reden zumute, geschweige denn nach Diskussionen. Ein falsches Wort und er ist wieder auf hundertachtzig.

„Was ist los? Immer noch sauer?"

Meine Güte, kann der nicht schneller fahren? Schon fünf nach neun. Das fängt ja bereits gut an. Hoffentlich kriege ich keinen Anschiss. Womöglich noch vor Adam.

Endlich sind wir da und ich haste aus dem Auto.

„Hey, hast du nicht vergessen zu zahlen?"

Verfluchte Scheiße. Geizhals.

„Kannst du das nicht erledigen?"

„Wer wollte denn unbedingt mit dem Taxi fahren? Ich kann mir das nicht leisten."

Jetzt hast du's mir aber gezeigt, was? Fick dich doch.

Zehn nach neun und ich bin noch nicht mal oben im Büro.

„Weißt du was? Heute habe ich keine Lust, deine Leute kennenzulernen. Das ist mir zu deprimierend hier auf nüchternen Magen. Ein anderes Mal, ok?"

„Was? Nur wegen dir bin ich zu spät. Weil ich auf dich warten musste. Hättest du dir das nicht vorher überlegen können?"

Ich könnte kreischen vor Wut. Auf ihn einschlagen, weil er mir meinen ganzen Tag versaut hat. Der ganze unnötige Stress, nur um mich zu gängeln.

„Habe ich spontan entschieden. Und gib's zu, eigentlich bist du ja ganz froh, dass ich nicht mitkomme. Richtig?"

Du hast es erraten.

„Ich habe keine Zeit noch weiter zu diskutieren."

Nichts wie weg, denn ich habe die Nase gestrichen voll.

„Wann bist du denn fertig."

„Woher soll ich das wissen."

„Ich hole dich um sechs ab und warte hier."

Von mir aus kannst du warten, bis du Schimmel ansetzt.

30

„Guten Morgen, Helena. Verschlafen? Ok, heute sage ich mal noch nichts, aber sei in Zukunft bitte pünktlich."

„Es tut mir wirklich leid, aber die Straßenbahn kam zu spät und so musste ich mir ein Taxi nehmen."

„Keine Ausreden oder Rechtfertigungen. Sei einfach pünktlich. Ok? Klasse Outfit. Damit bist du für das heutige Casting perfekt gestylt. So, dann zeig ich dir mal unseren privaten Konfi. Ben, den du ja schon kennengelernt hast, kann dir am besten erklären, wo du die Anzugträger findest und so wie du aussiehst, hast du mit Sicherheit eine enorme Trefferquote."

Ob Cosima sich auch noch unters Volk mischt oder nur ihre schlechtbezahlten Helferlein losschickt, schießt es mir durch den Kopf. Wenn Ben das vorlaute Bürschchen ist, wundert es mich nicht, dass sie jemanden für den Außenjob sucht. Warum geht sie nicht selbst auf die Straße? Bei ihrem Aussehen würde doch jeder anbeißen. Verstohlen mustere ich sie und stelle neidisch fest, dass sie wirklich makellos ist. Eben blaublütig.

„Ben, das ist Helena, die uns ab heute unterstützt. Also benimm dich, denn du siehst, Helena ist eine Dame und ein absoluter Profi. Sie kommt direkt aus Paris in unsere Provinz."

Ben und ich laufen synchron rot an, wohl aber aus unterschiedlichen Gründen. Der private Konferenzraum entpuppt sich als eine große Küche mit einem enormen Esstisch aus geöltem Nussholz, der seidig schimmert. Überhaupt ist die Küche sehr gemütlich. Durch die offene Terrassentür sehe ich Töpfe mit Oleander, Olivenbäumchen und an der Brüstung hängen eckige Terrakotta-Behälter mit allen möglichen Kräutern. Ein orangefarbener Sonnenschirm wirft seinen Schatten auf einen kleinen Tisch aus Teakholz und zwei Lloyd-Loom-Sessel aus hellgrünem Geflecht. Die perfekt ausgestattete Küche riecht nach Toskana und die

Sonne wirft gestreiftes Licht durch die halb heruntergelassenen Jalousien auf die zartgelben Wände. Eifersüchtig vermute ich, dass Cosima gerne viele Freunde um sich hat und sie bekocht.

„Ich wohne auch hier. Die Wohnung ist riesig. Ungefähr zweihundertachtzig Quadratmeter. Der vordere Teil ist Büro und hier hinten habe ich mein Domizil. Da darf nicht jeder rein. Zugegeben ist die Lage alles andere als exquisit, aber im Ersten könnte ich mir solche Räume nicht leisten. Aber manchmal muss man eben mit Kompromissen leben."

„Es ist wunderschön hier. So gemütlich, wie im Süden." Frustriert denke ich an unsere triste Behausung, die nie ein Mensch außer Adam und mir sehen wird. Ich bin mit einem Mal so deprimiert und traurig, dass ich losheulen könnte. Nur mühsam kann ich meine aufsteigenden Tränen unterdrücken.

„Du hast hoffentlich keine Katzenallergie, oder? Das wäre nicht so gut, denn ich habe gleich zwei, die wohl gerade auf Streifzug sind."

„Nein, wahrscheinlich ist mir was ins Auge geflogen. Hätten Sie ein Taschentuch für mich?"

„Lass doch das alberne Sie. Hier duzen wir uns alle. Benni-Schatz, reich mal das Küchenpapier rüber, du sitzt da gerade so günstig."

Es ist mir peinlich, mich hier vor den beiden zu schnäuzen und ziehe lieber möglichst leise die Nase hoch. Ich esse im Restaurant auch nie Spaghetti, weil ich Angst habe, dass ich beim Aufrollen die Sauce verspritze oder mir die Nudeln aus dem Mund hängen, weil nicht alle reinpassen. Dieser Ben scheint hier wohl Mädchen für alles zu sein. Der Laufbursche sozusagen, den man herum jagen kann. Perplex gucke ich ihn an, als er den Mund aufmacht und anfängt zu sprechen. Eine männlich erotische Stimme, die so gar nicht zu seinem pubertären Gesicht passt, spricht in meine Richtung. Hatte er gestern seine Stimme verstellt? Zum ersten Mal nehme ich ihn wirklich wahr und bin bass erstaunt, dass er nicht mal so hässlich ist und auch nicht mehr blutjung. Als ob er meine Gedanken erraten hat, grinst er mich an.

„Hallo Helena. Hast du einen Spitznamen?"

„Alle nennen mich Hel."

Nur einer nicht.

„Prima. Also Hel. Heute gibt's leider 'ne kleine Änderung im Programm von der du noch nichts weißt, Coco. Tschirner hat vorhin angerufen und gemeint, dass sie den Bauarbeiter-Spot vorziehen wollen. Das heißt im Klartext, nix mit Kärntner Straße, sondern Baustelle ist angesagt. Da ich davon ausgehe, dass es dein erstes Casting in Wien ist, habe ich mir gedacht, ein bisschen Wiener Geschichte könnte nicht schaden. Eine der größten Baustellen sind im Moment die vier Gasometer. Für die Revitalisierung haben sich die Wiener nicht lumpen lassen und nicht nur Coop Himmelblau engagiert, sondern auch den französischen Stararchitekt Jean Nouvel, der einfach göttlich ist. Kurz gesagt, mehr Bauarbeiter als dort findest du in ganz Wien nicht auf einem Haufen."

Mit welcher Begeisterung Ben von diesen Gasometern spricht, als wäre ein Gaswerk so etwas Besonderes. Von diesen Stararchitekten habe ich noch nie was gehört, und wer heißt schon Ko Sowieso Himmelblau. Ich sage mal lieber nichts, ehe ich ins Fettnäpfchen trete, denn Ben scheint sich in Architektur bestens auszukennen. Viel mehr beschäftigt mich das Casting an sich. Das hat mir gerade noch gefehlt, dass ich tatsächlich, wie in meinen Anfängerzeiten, auf Baustellen herumturnen muss. Womöglich noch mit meinem engen Kleid, der bleischweren Handtasche und Helm in schwindelnde Höhen kraxeln. Die Kamera nicht zu vergessen. Cosima, die ich nun Coco nenne, hat die ganze Zeit über nichts gesagt und sich einen Keks nach dem anderen in den Mund gestopft. Leicht irritiert sehe ich ihre Hand Bens Wange streicheln.

„Na, sprich's schon aus, Schatzi. Sicherlich willst du Hel begleiten, um vielleicht eventuell hoffentlich einen Blick auf deinen Gottvater zu erhaschen. Stimmt's oder hab ich recht?"

Etwas verlegen, mit Blick in meine Richtung nimmt Ben ihre Hand und legt sie wie eine Serviette auf den Tisch.

„Du kennst mich doch besser, als ich mich selbst. Ist es in

Ordnung für dich? Kommst du hier allein zurecht? Ich finde, dass wir Hel an ihrem ersten Tag nicht gleich allein losschicken sollten."

„Ja, ja. Ist schon klar. Dann macht euch auf die Socken und lasst mich allein hier zurück."

Zärtlich verwuschelt sie Bens Haare. Ganz plötzlich fühle ich mich deplaciert und wünsche mich an einen anderen Ort, nur nicht hier, wo die beiden taktlos vor meinen Augen schmusen. Wenn die jetzt auch noch anfangen zu knutschen haue ich ab.

Im Auto nimmt dann doch meine Neugier überhand und so platze ich unverblümt heraus:

„Seid ihr ein Paar, du und Coco?"

Völlig entgeistert guckt Ben mich an und bricht, zu meinem Ärger, in ein unbändiges Gelächter aus.

„Wie kommst du denn darauf, um Gottes Willen? Coco nennt fast jeden Schatzi. Das hat nichts zu bedeuten. Was sagt man denn in Paris so? Coco ist mit Gabor verlobt. Alter, ungarischer Adel, musst du wissen. Uralt, sag ich nur. Ihn wirst du mit Sicherheit bald kennenlernen. Und du? Hast du einen Freund?"

Das ist mir nun doch zu vertraulich. Wir kennen uns gerade mal seit ein paar Minuten, und jetzt will er schon wissen, ob ich vergeben bin.

„Wie viele Männer brauchen wir denn? Machen wir nur Fotos oder filmen wir sie auch?"

Lang und breit erklärt mir Ben den Spot, wie die Leute agieren müssen, und dass er seine Kamera dabei hat. So sei alles viel authentischer und beinahe sendefertig. Während er ausführlich über seinen Job bei Coco berichtet, schaue ich aus dem Fenster und versuche mir Gabor vorzustellen. Bestimmt sieht er höllisch gut aus, besitzt ein gigantisches Vermögen und ein Schloss. Warum haben alle so viel Glück, nur ich nicht? In meiner Fantasie reiten Coco und der feurige Gabor im wilden Galopp durch die Puszta, treiben sich gegenseitig lachend an und landen unter einem Baum, wo bereits von Dienern der Picknickplatz gedeckt ist. Erhitzt steigen sie von ihren Pferden und....

„Jetzt schau dir das mal an. Ist doch gigantisch, oder?

Mit einem Schlag bin ich in der Realität gelandet und begreife im ersten Moment nicht was Ben so gigantisch findet, bis ich diese vier düsteren, plumpen Monstertürme sehe. Gigantisch schaurig trifft es eher. Backsteingebäude wirken auf mich deprimierend, weil ihnen etwas von Krieg, Zerstörung und Einsamkeit anhaftet. Klinker nannte man das bei uns und die Erinnerung ist es nicht wert, hervorgerufen zu werden. Und doch drängen Bilder in meinen Kopf.

Onkel Rudi wohnte in einem Klinkerhaus. Das erste Mal, als ich meine Mutter in seinem Haus verschwinden sah, war ich auf dem Schulweg nach Hause. Ich dachte mir nichts dabei. Meine Mutter besuchte eben nur einen Freund der Familie. Beim nächsten Mal versteckte ich mich hinter einer Ecke und beobachtete die beiden. Mamas Blick huschte ängstlich über ihre Schulter, bevor sie durch die geöffnete Haustür verschwand. Eine endlose Zeit verharrte ich in angespannter Stellung, bis die Tür sich wieder auftat. Das, was ich sah, erschreckte mich zutiefst. Onkel Rudi hielt meine Mutter fest umschlungen und küsste sie auf den Mund. Entsetzt und wütend rannte ich davon. Ich hatte niemanden, dem ich von diesem Geheimnis erzählen konnte. So verbarg ich es tief in mir drin und schwor Rache. An beiden.

Ben spricht unbeirrt weiter, und ich bin ihm dankbar, denn er verscheucht für einen Augenblick die Gespenster.

„Jean Nouvel hat wirklich Unglaubliches geschaffen. Die Außenmauern hat er belassen, wie sie waren und innen eine Konstruktion aus Glas und Stahl gebaut, die eine Leichtigkeit zum Niederknien hat. Du musst dir das bei Gelegenheit mal anschauen. Einzigartig. 2001 war das die größte Baustelle Europas."

„Sieht super aus. Wirklich beeindruckend. Was wird das, wenn's fertig ist?"

„Büros, Wohnungen, Geschäfte, Shopping Malls, Kinos,

Veranstaltungszentrum. Kurz, alles was du dir vorstellen kannst, ist da drin."

„Schein dich ja richtig zu faszinieren."

„Tut es auch. In vier Monaten bin ich in London bei Norman Foster."

Erwartungsvoll, wie ein Hündchen das gelobt werden will, guckt mich Ben an. Sollte bei mir was klingeln?

„Klasse. Dann hörst du also bei Coco auf?

„Ja. Ist zwar schade, denn sie ist wirklich super und es macht Spaß mit ihr zu arbeiten, aber ein Praktikum bei Norman Foster ist wie ein Lottogewinn."

„Verstehe. Aber sollten wir nicht mal mit unserem Casting anfangen. Ich meine ja nur, dass wir noch einiges zu tun haben."

Wir schlängeln uns, bepackt mit unserem Equipment, durch Bagger, Raupen, Container und staubiges Gestein, so dass meine Ballerinas aussehen, als hätte ich sie gerade aus dem Müll gezogen. Ein paar Bauarbeiter haben es sich vor einem dieser Container gemütlich gemacht. Von einem selbstgebastelten Grill steigt Rauch auf und es riecht nach gebratenem Fleisch. Einer zieht sein Hemd aus und wischt sich damit den Schweiß von seinem Körper. Sofort bin ich peinlich berührt und schaue weg. Ben tippt mich an.

„Da haben wir ja schon mal ein paar Typen. Der, der sein Hemd ausgezogen hat ist nicht übel. Was meinst du?"

Ich muss mich wirklich überwinden, die Männer in Augenschein zu nehmen, obwohl sie mir seltsam vertraut sind. Sei einfach professionell, ermahne ich mich. Um dem Ganzen noch die Krone aufzusetzen, ertönen plötzlich Pfiffe, die von Gelächter begleitet werden. In mir zieht sich alles zusammen. Grinsend winken sie uns heran. Noch nie in meinem ganzen Leben habe ich mit einem wahrhaftigen Bauarbeiter gesprochen. So in Fleisch und Blut, vor allem wie sie ihre Körper zur Schau stellen, machen sie mich verlegen. In meinen Fantasien agieren sie nur als stumme, schweißglänzende Körper mit lüsternen Gesichtern. Und nun fühle ich mich ihnen hilflos ausgeliefert, weil sie so real sind und Töne von sich geben. Schamlos glotzen sie mich an, mit bewusstem Einsatz ihrer Männlichkeit und mokieren sich anscheinend über mich. Eine plötzliche Wut steigt in mir auf, weil ich merke, dass mich dieses Szenario erregt.

Gafft mich nicht so an, ihr Wichser. Euch glotzt doch die Geilheit aus den Augen. Verpisst euch oder es setzt was.

Was soll es denn setzen? Die Angst, lächerlich zu wirken, macht mich noch wütender. Ich schiele zu Ben hinüber, um zu sehen, ob er von meiner inneren Aufruhr etwas bemerkt hat. Tatsächlich beobachtet er mich argwöhnisch.

„Alles in Ordnung mit dir? Du guckst so komisch."

„Kein Problem, alles bestens. Wollen wir die da gleich ansprechen?"

„Klar, deshalb sind wir ja hier. Willst du oder soll ich?"

Ich darf mich jetzt auf keinen Fall blöd anstellen, sonst verpetzt er mich bei Coco und dann war's das mit meinem neuen Job. Nachdem ich ein paar Mal tief eingeatmet habe, fasse ich mir ein Herz und steuere zielsicher auf die Gruppe zu. Mein Herz schlägt mir bis zum Hals und meine Achseln sind schweißnass. Krampfhaft passe ich auf, dass ich nicht stolpere oder in einer Pfütze lande, denn sie dürfen auf keinen Fall merken wie unsicher ich bin. Meinen Panzer habe ich bereits angelegt.

„Charly, roll mal den roten Teppich aus, wir bekommen hohen Besuch."

Das Gejohle dröhnt in meinen Ohren, und wenn ich hier nicht einen Job zu erledigen hätte, würde ich auf dem Absatz kehrt machen. Ich habe keine Ahnung, wie ich die Männer ansprechen soll. Hallo Jungs, meine Herren oder na Männer. So entscheide ich mich für ein schlichtes

„Hi."

Ich leiere mein Sprüchlein runter, dass wir ein Casting für die Austria Bank machen und bla bla bla. Ob sie Lust haben, in einem Werbespot mitzuwirken, bla bla, bla. Wie hoch ihr Honorar sein wird, bla bla bla. Irgendwie bringe ich es fertig sie zu motivieren und vor die Kamera zu dirigieren. Nach meinem ersten Erfolgserlebnis, das ich wie ferngesteuert hinter mich gebracht habe, machen Ben und ich uns auf die Suche nach weiteren Darstellern. Tatsächlich schaffe ich es in relativ kurzer Zeit über fünfzig Männer im Kasten zu haben. Ben ist beeindruckt.

„Sagenhaft. Du bist ein echter Profi. Ich glaube, dass wir genügend zusammen haben und für heute Schluss machen können. Hast du noch Lust auf einen Kaffee?"

„Wie spät ist es denn?"

„Kurz vor Drei. Wir sind viel früher fertig, als ich gedacht habe. Gut möglich, dass wir uns den morgigen Tag sparen können. Mal sehen, was Coco zu unserer Ausbeute sagt."

Noch drei Stunden bis sechs. Mit einem neuen Gefühl der Leichtigkeit und des Erfolgs habe ich große Lust auf die Normalität einer unverbindlichen Einladung zu einem Kaffee und sage zu.

31

„Es ist ganz einfach. Probier's nochmal."

„Unmöglich. Erstens mag ich die slawischen Sprachen nicht, und zweitens habe ich keine Lust, mir an einem Wort, dass fast nur aus Konsonanten besteht, die Zunge zu brechen."

Ben und ich stehen in einem überfüllten barähnlichen Lokal mit dem unaussprechlichen Namen Tresznjewski und verspeisen köstliche belegte Brote. Selten habe ich mich so gestresst gefühlt, denn langes Auswählen funktioniert hier nicht. In Windeseile muss ich zwischen all den leckeren Schnittchen eine Entscheidung treffen, weil mein Hintermann bereits ungeduldig drängelt. Die halben Brote sind bis zur Perfektion gestylt und gehen weg wie warme Semmel. Ben bestellt ein Pfiff, was sich als ein Bier im Miniglas entpuppt.

„Das ist ja süß. Ich habe noch nie so ein kleines Bier gesehen."

„Magst du auch eins?

„Um Gottes Willen. Tagsüber trinke ich nie Alkohol, sonst ist der Tag für mich gelaufen."

„Ist er doch auch. Wir sind fertig, also ist der Tag für uns zu Ende."

„Ne, trotzdem. Ich bleibe bei meinem Wasser."

„Na gut. Dann eben nachher einen Schnaps zum Kaffee."

„Schnäpse trinke ich schon mal gar nicht. Nur Wein und Champagner."

„Sehr anspruchsvoll. Jetzt weiß ich, dass du kein Bier, keinen Schnaps und kein Schnittlauchbrot magst. Was magst du denn, außer natürlich Wein und Champagner?"

Das sind genau die Fragen, die ich nicht ausstehen kann. Was magst du oder nicht. Erzähle doch mal ein bisschen von dir, müsste jetzt die nächste Frage lauten.

„Erzähl' doch mal was von dir. Ich weiß nur, dass du vorher in Paris warst, und dass du eben ein super Casting gemacht hast."

Versucht der etwa, mich anzumachen? Plumper geht's ja wohl

kaum. Gleich will er noch wissen, ob ich einen Freund habe.

„Hast du einen Freund?"

Bei so viel Vorhersehbarkeit kann ich mir ein Grinsen nicht verkneifen.

„Du bist aber wirklich neugierig."

„Na ja, ich möchte halt wissen mit wem ich arbeite."

Komischerweise fällt es mir leicht, Ben gegenüber einigermaßen locker zu sein und mich nicht über seine direkten Fragen zu ärgern. Selbst sein von Aknenarben übersätes Gesicht wirkt nicht abstoßend, sondern auf eine gewisse Weise anziehend und männlich. Wie alt er wohl sein mag? Auf jeden Fall jünger als ich und eben nur ein angehender Student, der anscheinend auf einen Flirt aus ist. Trotzdem bin ich mir seiner Nähe sehr bewusst und es ist mir nicht unangenehm.

„Was willst du denn wissen?"

Fast ein bisschen schadenfroh nehme ich wahr, dass er verlegen wird und leicht rosa anläuft.

„Nichts Besonderes eigentlich. Es interessiert mich einfach, was du so gemacht hast und warum du gerade nach Wien gekommen bist. Ich meine, nach Paris ist das hier doch sicher Provinz für dich, oder? Ein Bauarbeiter-Casting kann ja nicht die Erfüllung deines Lebens sein. Bestimmt hast du nur mit Top-Models zu tun gehabt und nicht in so einer Klitsche, wie bei uns gearbeitet. Versteh' mich nicht falsch, Coco und ihre Agentur sind völlig in Ordnung, aber die Gegend ist nicht gerade der Brüller. Mit ihrem Geld könnte sie sich weiß Gott etwas anderes leisten, aber aus Protest, um ihrem Vater eins auszuwischen, hat sie sich diese Wohnung gekauft."

Jetzt bin ich aber neugierig.

„Warum aus Protest?"

„Ihre Eltern besitzen ein Schloss im Burgenland, eine Stadtwohnung im ersten Bezirk und ein kleines Palais in Baden. Na ja, du kannst dir vorstellen, was der ganze Spaß kostet. Allein die Instandhaltung des Schlosses verschlingt Unsummen. Kurz gesagt: Ihr Vater steht kurz vor dem Bankrott und hat quasi von Coco verlangt reich zu heiraten, um ihm dann unter die Arme zu greifen. Ganz schön altmodisch, findest du nicht? Wie bei Königs hat er im Schloss einen Ball veranstaltet und eine Bräutigamschau abgezogen, obwohl er wusste, dass Coco mit Gabor zusammen ist. Und dann der Clou…Coco erscheint nicht. Da war die Kacke richtig am Dampfen. Der Alte war so wütend, dass er sie enterbt hat. Was für ein Witz. Coco ist auf das Erbe, das eh nur aus Schulden besteht, nicht angewiesen, denn sie hat genug von ihrer Großmutter geerbt. Wahrscheinlich könnte sie sogar das Schloss kaufen, wenn sie wollte. Auf jeden Fall reden die beiden nicht mehr miteinander und Gabor ist in den Augen ihres alten Herrn ein ungarischer Schmarotzer."

„Ist er das denn?"

Erpicht auf die ungeahnten Informationen hänge ich an Bens Lippen und will alles wissen.

„Quatsch. Natürlich nicht. Er ist zwar kein Krösus, aber ich glaube nicht, dass er am Hungertuch nagt. Immerhin haben seine Eltern auch ein Schloss in Ungarn, und sein Vater ist, glaube ich, Diplomat oder irgendein wichtiges Tier im Auswärtigen Amt. Gabor ist in Ordnung. Ein ganz normaler Typ."

Der altbekannte Neid frisst sich seine Bahn durch meinen Körper. Alle besitzen Schlösser, Palais, Stadtwohnungen und Geld. Nur ich nicht. Ich muss in diesem verfluchten Loch leben, für einen Hungerlohn arbeiten und jeden Cent zehnmal umdrehen. Gabor fasziniert mich immer mehr.

„Was macht denn Gabor beruflich?"

Hoffentlich klinge ich nicht allzu sensationslüstern, denn ich will auf keinen Fall seine Gesprächigkeit unterbrechen.

„Er ist Attaché beim Ungarischen Konsulat. Vielleicht ist er mittlerweile auch schon Diplomat. Auf jeden Fall ist er in die Fußstapfen seines Vaters getreten. Auch ein cooler Typ, sein Vater. Überhaupt eine klasse Familie. Emilia, seine Schwester, ist eine bekannte Schriftstellerin…

Vor soviel Ungerechtigkeit könnte ich glatt losschreien. Das darf doch nicht wahr sein, dass andere Menschen solch ein Glück haben und ich nicht. Auf der einen Seite platze ich fast vor Eifersucht und auf der anderen Seite will ich mehr hören. Schon jetzt hasse ich die ganze verdammte, glückliche Familie und bin begierig, sie kennenzulernen. Innerlich schrumpfe ich in mir zusammen und fühle mich wie eine Asoziale ohne Heim, ohne Familie und Freunde und bald auch ohne Geld. Ben plappert munter weiter und scheint nicht zu bemerken, dass ich ihm nicht mehr zuhöre. Ist er heimlich in Coco verliebt? Denn er redet fast nur über sie.

„Eine richtige Bilderbuchfamilie."

Was guckt mich Ben so erstaunt an?

„Ich meine das nicht ironisch. Leider gibt es solche Familien heutzutage nur noch selten. Die sind quasi vom Aussterben bedroht. Meine Eltern sind leider bei einem Autounfall ums Leben gekommen, aber sie haben sich bis zum Schluss geliebt und waren die besten Eltern der Welt. Auch wenn es sehr traurig ist, bin ich froh, dass sie zusammen gestorben sind. Mein Vater war ein bekannter Dirigent und hatte meine Mutter während einer seiner Auftritte im Zuschauersaal entdeckt. Er erzählte uns Kindern immer, dass die Augen meiner Mutter ihn magisch angezogen und nicht mehr losgelassen hätten. Meine Mutter war damals einundzwanzig und durfte nur in Begleitung ihrer Gouvernante ausgehen, da sie sehr behütet aufgewachsen ist. Auch ihre Eltern wollten ihr einziges Kind standesgemäß verheiraten, doch meine Mutter verliebte sich in meinen Vater und das war das Ende der von Hardenbergs. Ihre Eltern hatten ihr das nie verziehen."

Ich bin selbst ganz begeistert von meiner Geschichte und so im Fluss, dass mein Mund schon ganz trocken ist und ich zwischendurch mal kräftig ein und ausatmen muss.

„Ich habe mir doch gleich so etwas gedacht. Schmidt passt einfach nicht zu dir. Wieso hast du dir ausgerechnet Schmidt zugelegt?"

„Das ist der Name von Mamas Gouvernante, die nach der Heirat als Haushälterin bei uns gearbeitet hat. Und da auch meine beiden Brüder nicht mehr leben, wollte ich den Namen nicht mehr tragen. Zu viele Erinnerungen, verstehst du?"

„Das tut mir echt leid. Ist das schon lange her?"

„Ewig. Rafael und Tristan waren jünger als ich und waren in England im Internat. Bei einer Segelregatta sind sie in einen Sturm geraten und gekentert. Rafael war wohl sofort tot und Tristan starb auf dem Weg ins Krankenhaus."

Rosamunde Pilcher hätte das auch nicht besser hingekriegt.

„Was für ein Schlag. Das tut mir wirklich leid."

„Ist ja schon lange her."

„Und, bist du jetzt allein in Wien?"

Das ist wieder ein Stichwort nach meinem Gusto, denn ist ein Weilchen her, dass mir jemand so aufmerksam zugehört hat. Für einen Moment von ungefähr neunzig Minuten bin ich angstfrei und in voller Fahrt. Angefacht von seiner Frage erzähle ich Ben von meinem Verlobten, lasse ganz beiläufig einfließen, dass er halber Ungar ist und wir demnächst in unsere Traumwohnung ziehen werden. Gedanklich schon bei unserer Heirat, bremse ich mich dennoch, um nicht allzu dick aufzutragen. Aus meinen Erfahrungen bin ich etwas klüger geworden. Amüsiert betrachte ich Ben, der an meinen Lippen hängt und stoppe meinen Redefluss.

„So, nun kennst du fast meine ganze Lebensgeschichte. Müssen wir nicht allmählich ins Büro?"

Bin ich bescheuert, ihm solche Märchen aufzutischen? Was ist, wenn er Coco meine Geschichte weitertratscht? Von wegen aus Erfahrung schlauer geworden zu sein. Mal wieder bin ich in meine eigene Falle getappt. Je mehr wir uns dem Büro nähern, umso heftiger pocht mein Herz.

32

„Super Job, Hel. Wirklich großartig und genau auf den Punkt."

Errötend, wie ein Schulmädchen, über das unverhoffte Lob wedele ich mit den Händen abwehrend in der Luft herum.

„Ich habe nur meine Arbeit gemacht. Das ist alles."

„Na, jetzt sei mal nicht so bescheiden. Das Casting ist erstklassig und mein Kunde wird begeistert sein."

Coco hat treffsicher meine wunde Stelle getroffen. Ich kann Lob schlecht annehmen und nicht damit umgehen. Selten habe ich ein Gespür dafür, eine gute Leistung abgegeben zu haben. Lampenfieber vor einer Präsentation ist verständlich, aber ich bin immer von Angst erfüllt. Meine Unfähigkeit der Selbsteinschätzung macht mich angreifbar, verwundbar und unsicher. Deshalb ziehe ich vor jeder Vorführung der Darsteller vorsichtshalber schon mal meinen Kopf ein, damit er nicht gleich abgerissen wird, und bin dann umso erstaunter, wenn ich Anerkennung erhalte. Soviel zu meinem Selbstwert.

„Meinst du?"

Warum nur fühlt sich mein Freuen nicht wie Freude an? Ja, wenn ich will, bin ich gut. Sehr gut sogar. Anfangs strenge ich mich immer an und zeige mich von meiner besten Seite. Motiviert, fleißig und professionell. Doch sobald ich mich in Sicherheit wiege, reitet mich der Teufel und ich mache alles kaputt, was ich mir erarbeitet habe. Meistens lasse ich einen Scherbenhaufen zurück.

„Du bist wirklich ein bisschen komisch, Hel. Freu' dich doch. Außerdem erhöhe ich dein Honorar auf vierhundert. Das bist du allemal wert. Was sagst du nun?"

Nun müsste eigentlich mein Herz vor Freude hüpfen und der Impuls, es umgehend stolz Adam zu erzählen sollte vorhanden sein. Stattdessen habe ich eine Vorahnung, dass Adam mit an Sicherheit grenzender Wahrscheinlichkeit irgendwelche Einwände finden wird, um meine Freude zu trüben. Und mit einem Mal wünsche ich mir, dass er mich nicht abholt und ich lieber mit Coco und Ben den Abend verbringen möchte. Aber wen interessiert es schon, was ich will.

„Hast du schon was vor? Wenn nicht, lade ich dich zur Feier des Tages zum Essen ein. Dich natürlich auch, Ben."

„Tut mir leid, aber heute Abend bin ich schon verabredet. Ein anderes Mal gerne."

Coco guckt mich erwartungsvoll an und wartet anscheinend neugierig auf Details, die ich ihr nicht liefere.

„Was ist morgen? Brauchst du mich?"

„Na klar. Um neun Uhr. Wir schneiden das Material und nachmittags bist du selbstverständlich bei der Präsentation dabei. Die nächsten Castings warten auch schon auf dich, meine Liebe."

„Also dann… gehe ich mal."

Was für ein bescheuerter Satz. Aber ich weiß nicht so recht, was ich noch sagen soll und außerdem schlägt die Uhr gleich Sechs. Etwas verkrampft verabschiede ich mich von Coco und Ben, weil ich mit meinen Gedanken schon bei Adam bin. Und mit Adam überflutet mich ein Flash nach dem anderen. Das versteckte Notizbuch, die gruselige Wohnung und die Furcht vor etwas Ungewissem.

Seit einer halben Stunde stehe ich mir vor dem Haus die Beine in den Bauch und warte. Ich hasse es, zu warten und noch mehr hasse ich meine Unentschlossenheit. Soll ich mich gedulden oder einfach abhauen? Vielleicht kommt er genau in dem Moment, wenn ich gerade um die Ecke gebogen bin. Zögerlich laufe ich hin und her, schaue zum zehnten Mal auf die Uhr in dem parkenden BMW, wäge ab und entschließe stinksauer nach weiteren zehn Minuten, zu gehen. Wahrscheinlich steckt er wieder mit seinen Investoren zusammen und hat mich vergessen. Wütend, dass ich wie ein Hündchen warte und wegen Adam auf die Einladung verzichtet habe, muss ich mir dringend etwas gönnen. Aber was passiert, wenn er zuhause ist und er mich beim Verstecken meines Einkaufs überrascht. Bei Roman fiel es mir leicht. Ihn konnte ich meistens an der Nase herumführen. Doch Adam ist anders. Bei ihm fühle ich mich kontrolliert. Er scheint jede noch so winzige Kleinigkeit zu registrieren. Er blickt in mich hinein. Beängstigend. In der Auslage einer Konditorei sehe ich verlockende Petit Fours. Voller Verlangen kaufe ich gleich vier in verschiedenen Pastelltönen und stopfe sie mir auf der Straße gierig in den Mund. Noch während ich das letzte rosa Stückchen der klebrigen Süßigkeit verputze, kullern mir plötzlich Tränen aus den Augen und ich werde von einer unerträglichen Traurigkeit gepackt. Was ist nur mit mir los? Ich sollte doch glücklich sein. Coco hat mich gelobt, Ben ist begeistert von mir und ich habe einen Freund, nach dem sich alle Frauen umdrehen. Und doch laufe ich heulend durch diese beschissene Stadt. Wahrscheinlich ist das nur Heimweh nach Paris, tröste ich mich selbst. Außer drei Menschen kenne ich noch niemanden. Das wird schon, ermuntere ich mich und halte ein Taxi an, weil ich völlig die Orientierung verloren habe.

„Wo kommst du denn jetzt her? Hatten wir nicht sechs Uhr ausgemacht?"

Adams Augen funkeln fast schwarz, obwohl sie normalerweise eisblau sind. Das ist ja schon mal eine herzliche Begrüßung, denke ich eingeschnappt und bremse mich, um ihn nicht weiter zu reizen.

„Ich habe über eine halbe Stunde auf dich gewartet und bin dann gegangen. Wo warst du denn?"

„Wir waren hier um sechs verabredet, weil ich mit dir Essen gehen wollte. Wie kommst du darauf, dass ich dich abhole?" Spinne ich jetzt? Hab ich Alzheimer?

„Das stimmt doch gar nicht. Ich kann mich ganz genau daran erinnern, dass du mich um sechs abholen wolltest."

„Dummchen, vielleicht in deiner Fantasie. Aber ich bin mir absolut sicher, was ich gesagt habe. Ist ja jetzt auch egal. Ich habe beim Türken um die Ecke für acht Uhr einen Tisch für uns bestellt."

Warum nennt er mich schon wieder Dummchen?

„Ich mag türkisches Essen nicht. Außerdem will ich nicht zum Türken um die Ecke sondern in die Stadt."

„Hier ist die Stadt, Chérie. Vielleicht nicht ganz so schick, dafür umso unverfälschter. Hier ist es wie in Paris. Multikulturell. Du wirst schon sehen. Es wird dir gefallen."

Wird's mir nicht.

Schmollend und sauer über seine Belehrung, willige ich ein, weil ich aus Erfahrung weiß, dass ich keine Chance habe, ihn umzustimmen. Einen kleinen Hoffnungsschimmer, eventuell mit verbundenen Augen an einen unbestimmten Ort entführt zu werden, bewahre ich mir dennoch, denn ich kenne Adams Überraschungseffekte.

33

Wie ich geahnt habe, war das Essen ein Reinfall. Ein total versauter Abend. Und seltsamerweise habe ich so ein Gefühl, als ob Adam ganz bewusst den Streit vom Zaun gebrochen hat, um einen Grund zu haben, abzuhauen. Natürlich war der Türke um die Ecke eine miese Kaschemme. Mit billigem Bauchtanz und dem ganzen Scheiß. Es stank nach altem Hammel und anderen undefinierbaren Gerüchen. Alles war schmierig und die Musik ohrenbetäubend, so dass wir uns gezwungenermaßen anschreien mussten. Von wegen Multikulti. Wie ich schon geahnt hatte, quetschte Adam mich über meinen neuen Job aus. Saugte jedes Detail aus mir heraus. Nach Anerkennung hechelnd erzählte ich ihm von Cocos Lob über mein gelungenes Casting.

„Aber das ist doch dein Job, oder? Bauarbeiter sind doch nichts Besonderes. Schließlich waren es keine Topmodels, sondern nur ganz gewöhnliche Menschen. Das hätte ich auch noch auf die Beine gestellt."

Verletzt durch seine abwertende Äußerung verspürte ich keine große Lust mehr, weiter zu sprechen. Ungeachtet meiner Stummheit bohrte er weiter. Zwar wollte ich nichts von der Einladung und von Ben erwähnen, tat es aber trotzdem. Das war dann der Aufhänger für ihn. Adam schleuderte mir entgegen, dass ich viel lieber mit den Beiden ausgegangen wäre, als mit ihm, dass ich Ben sexy und anziehend finde und ich bestimmt mit meinem Arsch vor ihm gewackelt hätte. Ich war so verblüfft über diesen Spruch und prustete los vor Lachen. Das war nicht gut. Gar nicht gut. Adam fand es überhaupt nicht lustig. Ich ehrlich gesagt auch nicht. Als ich versuchte einzulenken und ihm sagte, wie albern er sei, musterte er mich mit einem eiskalten Blick und verließ das Lokal ohne ein Wort. Und ohne zu zahlen.

Mit einer Haarnadel bewaffnet öffne ich die Schublade und ziehe das Notizbuch aus dem T-Shirt. Behutsam führe ich die

Nadel in das Schloss. Mein Herz hämmert mit heftigen Stößen gegen meine Rippen. Unter meinen Achseln arbeiten die Schweißdrüsen. Schneller als gedacht, höre ich ein Klicken und der Verschluss ist geknackt. Mit zittrigen Fingern öffne ich das Buch. Verwirrt betrachte ich die erste Seite. Seltsame Zeichen übersähen das feine Papier. Ein Code? Geheimschrift? Ich blättere weiter und ich weiß, dass ich so etwas schon einmal gesehen habe. Aber es ist lange her. Sehr lange. Na klar, es sind Kürzel. Steno nannte man das im Steinzeitalter. Wieso schreibt Adam in so antiquierter Weise? Und wo hat er das gelernt? Und warum? Das hilft mir jetzt auch nicht weiter. Frustriert überfliege ich die einzelnen Seiten, um eventuell doch noch irgendeinen Hinweis zu erhaschen. Überrascht erkenne ich ein nicht gekürzeltes Wort: Gwendolyn. Wer, in aller Welt, ist Gwendolyn? Auf den nächsten Blättern entdecke ich Paola, Solveigh, Meredith, Ruth, Penelope, Annette, Isabelle und… Flora. Mein Blut rauscht wie ein reißender Sturzbach durch meine Ohren. Also stimmt es. Ich hatte keine Halluzination. Die beiden kennen sich doch. Verdammte Lügnerin. Wütend und angestachelt durch diese Entdeckung suche ich nach weiteren Namen, die offensichtlich nicht zu kürzeln sind. Mein Herz rast, weil ich erahne, welchen Namen ich finden werde. Wie lange hocke ich hier schon? Aber ich muss Gewissheit haben, also suche ich weiter, bis ich fündig werde. Hier stehe ich. Nicht gekürzelt, sondern in sechs deutlichen Buchstaben. Schwarz auf weiß. Eine plötzliche Mattigkeit überfällt mich. Verflogen sind die Wut auf Flora, die Neugier und der Reiz der Entdeckung von Geheimnissen. Blind vor Tränen schaffe ich es gerade noch, das Buch zu verschließen und an seinen Platz zu legen, bevor ich von einem heftigen Heulkrampf geschüttelt werde.

Mittlerweile bin ich bei meinem dritten Glas Wein gelandet. Da ich keinen Korkenzieher auftreiben konnte, habe ich den Korken mit all meiner Kraft in die Flasche gedrückt. Eine kleine rote Fontäne spritzt auf mein Kleid, aber das ist mir egal. Mit steigendem Alkoholpegel kehrt meine Wut zurück. Weinseelig vereint mit Selbstmitleid. Mein Freund beklaut und betrügt mich. Meine beste Freundin belügt und betrügt mich. Und ich bin blöd, dumm und naiv. Tatsächlich ein Dummchen. Tränen tropfen in mein Glas. Aber er liebt mich doch, baut uns ein Nest und will mit mir zusammen leben. Die anderen sind Vergangenheit, denn schließlich bin ich der letzte Eintrag. Wirklich? Fast bin ich geneigt, nochmals einen Blick zu riskieren. Wo steckt er in diesem Moment? Morgen werde ich ihn zur Rede stellen. Morgen wird Tabula Rasa gemacht. Morgen werde ich ihn fragen, ob er mich liebt. Mit der Flasche in der Hand baue ich mich vor dem Flurspiegel auf und scheitere kläglich bei dem Versuch, Adam selbstsicher gegenüber zu stehen. Ich sehe nur ein betrunkenes Häufchen Elend. Wie ein Penner kippe ich den letzten Rest direkt aus der Flasche hinunter und proste meinem Spiegelbild zu, während mir schon wieder die Tränen über meine Wangen kullern.

Blöde Heulsuse. Ist er das wert?

Warme Lippen wecken mich aus einem traumlosen Schlaf. Etwas benommen, nach einer Flasche Wein intus, und hoffentlich ohne Mundgeruch, öffne ich meine Augen und erblicke Adams Gesicht inmitten von roten Rosen. Ich bin der letzte Eintrag.

„Guten Morgen, mein Liebling."

Spricht so jemand, der noch Folgeeinträge hat?

„Tut mir leid. Ich habe mich wie ein Trottel benommen. Bist du noch sauer auf mich."

Mein Kopf dröhnt und droht zu explodieren, als ich ihn langsam schüttle.

„Schon vergessen", krächze ich und rutsche in eine halbwegs sitzende Stellung.

„Danke für die Blumen."

„Ich habe gleich den ganzen Eimer gekauft, weil ich so ein schlechtes Gewissen hatte. Außerdem weiß ich, das Rosen deine Lieblingsblumen sind."

Das stimmt zwar, aber ich mag nur duftende Freilandrosen

und alte englische Züchtungen. Diese langstieligen Kleinköpfe, die meistens von Pakistanis für einen horrenden Preis verschachert werden, kann ich nicht ausstehen. Aber ich will mal nicht so sein und lasse ihn in dem Glauben, genau meinen Geschmack getroffen zu haben. Wie heißt es so schön: Die Geste zählt.

„Lieb von dir. Wie spät ist es denn? Bist du jetzt erst nach Hause gekommen?"

Schnell werfe ich einen Blick auf die Kommode, ob verräterische Spuren zu sehen sind. Nichts Verdächtiges.

„Natürlich nicht. Aber du hast so fest geschlafen, dass ich dich nicht wecken wollte. Ich bin nur so früh aufgestanden, um Blumen zu kaufen und Brötchen habe ich auch mitgebracht."

War ich so hinüber, dass ich nichts mitgekriegt habe? Etwas irritiert registriere ich, dass er noch dieselben Klamotten trägt und sein Kissen nicht verdrückt ist. Aber vielleicht höre ich auch nur die Flöhe husten.

„Wie viel Uhr ist es denn?"

„Gleich halb acht."

„Was? Ich kann nicht schon wieder zu spät kommen."

Mit einem Satz springe ich aus dem Bett und renne ins Badezimmer. Adam ruft durch die Tür:

„Musst du etwa wieder dahin? Ich dachte, wir könnten etwas zusammen unternehmen."

„Bin in zehn Minuten fertig", nuschle ich durch Zahnpastaschaum und hoffe, dass das warme Wasser für eine Dusche reicht. Nachdem ich mich im Eiltempo geschminkt und frisiert habe wappne ich mich, in ein Badetuch gewickelt, für die bevorstehende Auseinandersetzung, die sicherlich nicht ausbleibt.

„Eigentlich wollte ich den Tag mit dir verbringen. Keine Investoren, keine Meetings. Nur wir zwei."

Ich hasse es, halb nackt Diskussionen zu führen. Dann fühle ich mich unterlegen und ziehe meistens den Kürzeren.

„Warte doch bis ich mich angezogen habe."

Mir ist schon ganz schlecht vor Angst, weil ich ahne, dass

meine Antwort nicht gut bei ihm ankommt. Außerdem rennt die Zeit.

„Ok. Willst du auch einen Kaffee?"

„Wunderbar. Super Idee."

Aufatmend über die Schonfrist hechte ich ins Schlafzimmer, um mich anzuziehen. Nur nicht zur Kommode mit Flora und ihren Mitstreiterinnen gucken.

Dumme Kuh, du bist selbst eine von ihnen. Bin ich nicht. Bist du doch. NEIN! BIN ICH NICHT!

Auf einmal ist mir alles zu viel. Zu viele Geheimnisse. Zu viel Druck. Warum bin ich nicht in der Lage, Adam ganz normal zu fragen, ob er Flora kennt? Das kann doch nicht so schwierig sein.

„Kaffee ist fertig."

Aufgeschreckt öffne ich schnell die Schranktür und entscheide mich fix für ein lässiges Outfit. Nicht noch einmal will ich overdressed auf irgendeiner Baustelle oder vielleicht bei der Müllabfuhr auftauchen. Also schnappe ich mir die Acne-Jeans, den Kaschmirpulli von Chloé und die Sneakers von Yoshi. Zum tausendsten Mal verfluche ich den Platzmangel und wühle in einem der Kartons nach meiner Unterwäsche. Endlich bin ich fertig, allerdings auch mit den Nerven.

„Kommst du heute nochmal raus?"

Gestresst renne ich in die Küche, um Adam nicht zu verärgern. Hurtig einen Schluck Kaffee, damit mich die Tirade nicht ganz nüchterne erwischt.

„Das ist das erste Mal, dass ich dich in Jeans sehe. Sieht toll aus."

„Danke. Hör mal, ich kann heute nicht mit dir ausgehen, weil ich arbeiten muss. Wir haben heute ein Casting und ich bin schon ein bisschen spät dran."

Klopf, klopf, klopf.

„Schade. Denn ich hatte vor, mit dir eine ganz romantische Fahrt mit dem Fiaker zum Prater zu machen, dir die Hofreitschule, das Dorotheum und das berühmte Demel zu zeigen und abends zu einem typischen Wiener Heurigen. Echt schade."

Was, keine Auseinandersetzung? Nun bin ich aber doch ein bisschen argwöhnisch, denn niemals hätte ich damit gerechnet, dass Adam dermaßen zahm reagiert. Soll ich Coco anrufen und für heute absagen? Oder soll ich Adam sagen, dass ich Coco anrufe, um ihr abzusagen?

Mach's doch nicht so kompliziert! Entscheide dich!

„Du bist nicht böse?"

Schlappschwanz. Feigling. Blöde Kuh.

„Quatsch. Natürlich nicht. Das ist dein Job, und du hast ja offensichtlich schon zugesagt. Musst du nicht los?"

Noch immer skeptisch, weil ich so ungeschoren davon gekommen bin, beäuge ich ihn. Sehe ich Sarkasmus, Verärgerung oder Trotz? Sein Gesichtsausdruck zeigt aufrichtiges Bedauern. Tatsächlich? Ich forsche weiter.

„Was guckst du mich so an? Irgendwas nicht in Ordnung?"

„Nein, nein, alles bestens. Ich meine, natürlich bin ich traurig, weil ich lieber mit dir durch Wien fahren würde. Aber wir können das ja nachholen. Morgen vielleicht."

„Schauen wir mal, was morgen ist", orakelt er mysteriös.

Froh über den glimpflichen Ausgang umarme ich ihn stürmisch und drücke ihm spontan einen Kuss auf den Mund. In meinem Übermut ist mir gar nicht aufgefallen, dass er meine Umarmung nicht erwidert hat. Erst in der Straßenbahn grübele ich über unseren Abschied nach. Wahrscheinlich war er doch sehr enttäuscht und wollte es nicht zeigen. Es kann natürlich auch sein, dass der Fiaker-Ausflug ein glattes Lippenbekenntnis war und er genau wusste, dass ich heute arbeite. Ergo: Er hat mit meiner Absage gerechnet und wollte überhaupt nichts mit mir unternehmen. Wie satt ich diese Spielchen habe. Erst recht habe ich mich selbst satt, dass ich wieder und wieder in die Falle tappe. Verdammte Scheiß Tränen. Blind wühle ich in meiner Tasche, bis ich ein Taschentuch finde. Ich will auf keinen Fall verheult bei Coco auftauchen. Eine Frau schaut mich mitleidig an.

Was glotzt du denn so?

34

Irgendwie mache ich alles falsch. Tatsächlich habe ich total vergessen, dass heute die Präsentation des Bauarbeiter-Castings ist und ich somit wieder falsch angezogen bin. Das wird mir in dem Moment klar, als ich einer eleganten Coco gegenüber sitze.

„Du bist die Einzige, die eine Jeans als Dresscode im Bank-Business einführen kann."

Verunsichert überlege ich, ob sich hinter Cocos Äußerung ein leichter Tadel versteckt oder ob sie das ernst meint.

„Bei mir war heute Morgen schon der Teufel los. Erst kam der Elektriker zu früh und dann noch der Techniker, wegen des Telefonanschlusses. Ich musste quasi aus der Dusche direkt in irgendwelche Klamotten hüpfen."

Bemerkt sie meine Notlüge?

„Sieht doch stylish aus. Aber die Präsentation ist sowieso auf morgen verschoben. Lass uns erst mal einen Kaffee trinken und dann kannst du dich später auf die Geschäftsmänner stürzen. Die beste Ausbeute hast du um die Mittagszeit rund um die Kärntner Straße und den Graben. In der Zwischenzeit kümmert sich Ben um deine Bauarbeiter."

„Heißt das, ich ziehe allein mit der Kamera los und nehme die Typen auf?"

Mir ist gar nicht wohl bei dem Gedanken durch die Straßen zu ziehen und Männer anzusprechen. Ich wünschte, Ben würde mich unterstützen.

„Na klar. Ist das ein Problem für dich?"

„In Paris hatte ich immer meinen Kameramann dabei", was eine glatte Lüge ist.

„So konnte ich mich voll auf das Model konzentrieren."

„Glaube ich dir gern. Aber so aufwendig arbeiten wir nicht. Ansprechen, Hinstellen, Aufnehmen und ein kurzes Interview. Fertig."

Wie bestellt und nicht abgeholt stehe ich mit der Kamera und meiner geldgeschwängerten Handtasche mitten im Graben und beobachte eingeschüchtert das hektische Treiben. Ganz Wien scheint auf einmal in die Mittagspause zu stürmen. Wo soll ich anfangen und vor allem, wie? Es widerstrebt mir vehement, Männer zu anzureden und vor die Linse zu zerren. Mir fehlt die Lockerheit von Coco und einfach der Mut. Was passiert, wenn ich nur Absagen kassiere? Wie reagiere ich, wenn ich gleich beim Ersten eine Abfuhr erhalte? Bevor ich mich ins Getümmel werfe, brauche ich dringend einen Kaffee. Nur nicht hier. Dorotheergasse klingt einigermaßen vielversprechend, also biege ich in die enge Gasse, auf der Suche nach einem Café. Im Hawelka bestelle ich einen kleinen Braunen und überlege mir eine Strategie, um zumindest etwas wie Motivation zu erlangen. Nach dem Glas Champagner fühle ich mich schon bedeutend wohler und gestärkt, mein Casting in Angriff zu nehmen. Tatsächlich habe ich in nur drei Stunden eine fette Ausbeute von circa dreißig willigen Geschäftsmännern. Die ganze Angst war völlig unbegründet, denn es war überhaupt nicht schwer. Keine Abfuhr und fünf Geheimnummern. Das nenne ich super professionell. Selbstzufrieden und voller Vorfreude auf Cocos Lob, beschließe ich, ihr ein Geschenk mitzubringen. Champagner von Julius Meinl, den wir dann gleich köpfen können, ist genau das Richtige. Beschwingt steuere ich auf das Geschäft zu und will es gerade betreten, als ich aus dem Augenwinkel eine vertraute Gestalt im Meinl-Café erblicke. Mein Herz bleibt vor Schreck beinahe stehen. Voller Panik verstecke ich mich hinter einem Oleanderbusch und beobachte Adam, der einer nicht mehr ganz jungen Armani-Schönheit etwas ins Ohr flüstert. Die hat vermutlich auch schon ihre besten Jahre hinter sich, denke ich hämisch und unterdrücke wütend die aufsteigenden Tränen. Beide lachen über irgendetwas und die Tussi wirft neckisch ihre schwarzgefärbte Mähne nach hinten. So also verbringt er seine Zeit, wenn er unterwegs ist. Von wegen Investoren. Mein Puls rast wie verrückt und ich weiß nicht, was ich tun soll. Einfach lässig hineinspazieren und die beiden freundschaftlich begrüßen: `Hi, so ein Zufall. Was machst du denn hier? Ein kleines Päuschen nach der Kutschfahrt über den Prater? Willst du mich deiner entzückenden Begleitung nicht vorstellen? Hi, ich bin Helena, das Dummchen und der letzte Eintrag von allen gepoppten Tussis'.

Das wäre wohl das Normalste, aber ich bin eben nicht normal und ein Schisser. Um mich herum, gucken mich die Leute schon seltsam an und fragen sich wahrscheinlich, ob ich Miss Marple auf Mörderjagd bin. Eine verheulte Hobby-Detektivin. Wie festgeklebt verharre ich weiter auf der Lauer, egal, was alle von mir halten. Ich will es jetzt wissen. Die Alte steckt Adam einen Geldschein zu und er winkt dem Kellner. Was sind das denn für Spielchen?

„Kann ich Ihnen behilflich sein?"

Vor Schreck entfährt mir ein kleiner Aufschrei, als ich mich umdrehe und sich eine Politesse bedrohlich vor mir aufbaut.

„Nein danke. Kein Problem", stottere ich wie ein ertapptes Kind.

„Ich verstecke mich nur vor meinem Freund. Ich will ihn erschrecken, denn er denkt bestimmt, dass ich schon am Auto bin."

HAU AB!

Argwöhnisch linst die Politesse um die Ecke.

HAU DOCH ENDLICH AB!

„Also ist alles in Ordnung? Na schön, dann viel Glück beim Erschrecken."

Erleichtert atme ich auf. Denn was für eine Blamage, wenn Adam und seine Schnepfe mich hinter dem Oleander erwischen würden. Gar nicht auszudenken. Entsetzen fährt mir durch die Glieder, als die Beiden direkt auf mich zukommen. Aufgescheucht renne ich um die nächste Ecke und verkrieche mich keuchend in einem Hauseingang. Mein Herz galoppiert wie verrückt. Verdammt, die Kameratasche ist weg. Die muss ich in meiner Panik stehen gelassen haben. Das darf nicht wahr sein. Wie kann ein Mensch nur ein solcher Feigling sein und so kopflos, besser noch hirnlos, abhauen. Innerlich bete ich, dass die Tasche nicht geklaut worden ist.

Gleichzeitig setze ich mental schon mal eine Liste von Ausreden auf. Dümmer geht's nicht, Dummchen, sage ich mir und schäme mich vor mir selbst. Gott sei Dank ist die Kameratasche nach wie vor neben dem Pflanzenkübel, wo ich sie abgestellt habe und auch die Luft ist rein. Kein Adam weit und breit. Was für eine Aufregung auf nüchternen Magen, der wie auf Kommando knurrt. Den gesamten Graben im Blickfeld, damit ich Adam und seiner Tussi nicht doch noch in die Arme laufe, biege ich wieder in die Dorotheergasse und esse im Trzesniewski ein paar belegte Brote. Zu Julius Meinl traue ich mich nach diesem Desaster nicht mehr. Also kein Geschenk für Coco.

Coco ist hoch zufrieden mit meinem Job und gibt mir den Rest des Tages frei. Bezahlt. Eigentlich habe ich zu meinem gelungenen Casting eine kleine Feier erwartet. In Wirklichkeit will ich nicht in mein sogenanntes Zuhause. Fast habe ich das Gefühl, dass Coco mich hinaus komplimentiert. Sie hat noch zu tun.

Hallo, ich bin auch noch da.

„Und die Bauarbeiter? Kann ich mir das Band mal anschauen?"

„Morgen, Helena. Heute habe ich keine Zeit und Ben leider auch nicht."

Was ist plötzlich los mit ihr. Warum ist sie so distanziert und kühl? Habe ich irgendetwas falsch gemacht? Hat sie in Paris angerufen, um Auskünfte über mich einzuholen? Hat Monique gequatscht und mich denunziert?

„Hast du ein Problem mit mir?" überwinde ich mich zu fragen.

„Überhaupt nicht. Ganz im Gegenteil. Ich bin nur ein wenig gestresst, weil heute Abend die Eltern meines Verlobten kommen und ich noch irrsinnig viel vorbereiten muss. Mit dir hat das überhaupt nichts zu tun. Tut mir leid, wenn das so rüber kam. Aber Gabors Eltern... na ja, sind etwas speziell, was das Essen angeht. Seine Mutter Veganerin und sein Vater ein ausgemachter Fleischzahn. Da kannst du dir vorstellen, was ich noch alles organisieren muss. Das meiste habe ich zwar schon vorbereitet, doch immer fällt mir noch etwas ein. Hätte ich nur auf Gabor gehört, dann würden wir heute Abend gemütlich in einem Restaurant sitzen. Aber jetzt muss ich da durch. Also wir sehen uns dann morgen um neun. Ok?"

„Klar. Dann trotzdem viel Spaß. Mach's gut."

Unendlich erleichtert, fast beschwingt, beschließe ich mit mir selbst anzustoßen.

35

Wie zu erwarten, ist Adam noch nicht da oder schon wieder ausgeflogen. Halb zehn. Wo treibt er sich herum? Wahrscheinlich amüsiert er sich im Moment mit der gefärbten Schlampe. Der Lichtschalter im Flur funktioniert nicht. Fluchend stolpere ich ins Wohnzimmer und will gerade Licht machen, als ich Adams Stimme aus dem Dunkel höre:

„Na, auch schon da?"

Ich bin so geschockt, dass ich einen Satz in die Luft mache und mir fast in die Hosen pinkle.

„Hast du sie nicht mehr alle, mich so zu erschrecken", schreie ich ihn an. Meine Stimme schnappt fast über, weil er mir solche Angst einjagt.

„Wieso sitzt du im Dunkeln wie ein Verbrecher? Findest du das vielleicht witzig? Wenn ich ein schwaches Herz hätte, könnte ich jetzt tot sein. Verdammt."

„Hast du aber nicht. Außerdem hast du meine Frage nicht beantwortet."

Was für eine Frage?

„Welche Frage?"

Dieser Ton hat mich bei Roman schon immer aufgeregt. Und sofort ist mir klar, dass ich wieder einmal den Kürzeren ziehen werde.

„Wo du so spät herkommst."

Am meisten ärgere ich mich über mich selbst, weil ich nicht in der Lage bin, ihm Paroli zu bieten. Wie ein begossener Pudel stehe ich mitten im Zimmer und lasse mich abkanzeln. Dabei habe ich allen Grund sauer zu sein.

„Coco und ich haben noch etwas getrunken. Dabei haben wir uns einfach verquatscht. Leider besitzen wir kein Telefon, sonst hätte ich dich anrufen können."

Ha, ätsch babätsch.

Innerlich triumphiere ich, dass ich es geschafft habe, ihm den schwarzen Peter zuzuschieben.

„Nur du und deine Coco? Hast du nicht eventuell eine Person

vergessen?"

„Wen denn?"

„Frag doch nicht so dumm. Du weißt genau, wen ich meine."

Du bist ja eifersüchtig.

„Ben? Nein, Ben war nicht dabei. Bist du etwa eifersüchtig?"

Falsche Frage, blöde Kuh.

„Eifersucht ist wohl nicht das treffende Wort. Ich mag es nicht, belogen zu werden. Gib doch einfach zu, dass Ben mit von der Partie war."

Allmählich wird es mir zu bunt.

„Ben war aber nicht da. Wie ich schon sagte, waren wir zu ZWEIT. Coco und ich. Und sonst niemand."

„Du brauchst nicht gleich laut zu werden. Mein Gehör ist noch in Ordnung. Ist Coco nun deine neue Busenfreundin mit der du dir die Nächte um die Ohren schlägst? Hast du auch nur einen Gedanken daran verschwendet, dass ich hier sitze und mir Sorgen mache. Ich mag es nicht, wenn ich wie ein Trottel behandelt werde. Und ich mag es ebenso wenig, wenn du mit fremden Leuten etwas trinkst. Fast habe ich das Gefühl, dass du lieber mit deinen frisch gewonnenen Freunden zusammen bist, als mit mir. Ist es so?"

Wehr' dich doch endlich. Sag, dass du ihn gesehen hast. SAG WAS!

„Überhaupt nicht. Es hat sich einfach so ergeben. Es tut mir leid, dass du dir Sorgen gemacht hast. Entschuldige."

Feigling!

„Na gut. Entschuldigung angenommen. Aber mach das nicht noch einmal."

Ich weiß auch nicht, warum mir vor Erleichterung ein Stein vom Herzen fällt. Im Spiegel will ich mich in diesem Augenblick lieber nicht anschauen, so sehr schäme ich mich für mein Verhalten. Es ist jedes Mal das gleiche Spiel. Das Donnerwetter bricht über mir aus, ich ducke mich und warte, bis es sich verzieht. Klein-Helena ist wieder lieb.

„Ach, übrigens war ich heute in der Stadt und habe einen der Investoren getroffen. Genauer gesagt eine Investorin. Die dir sicher gefallen würde. Sie ist die Frau von einem ganz hohen Tier und hat ganz schön was locker gemacht. Tja, so wie es aussieht, könnte bald der große Geldregen prasseln."

Warum bin ich nicht sonderlich überrascht? An seine Stimmungsschwankungen habe ich mich ja schon gewöhnt. Aber, dass er mir von der Frau erzählt, verblüfft mich. Er hat mich gesehen und baut vor. Eine andere Möglichkeit schließe ich aus. Wer weiß, was sie locker gemacht hat.

„So? Was bedeutet das im Klartext?"

Klopf, klopf, klopf.

„Im Klartext? Ah, ganz Geschäftsfrau. Verstehe. Also, im Klartext heißt es, dass fast alle Wohnungen verkauft sind und unsere bald bezugsfertig ist. Was sagst du nun?"

Nun bin ich platt und verstehe gar nichts mehr. Misstrauisch suche ich in seinen Augen nach Wahrheit oder Lüge.

„Du hast Wohnungen?"

„Das habe ich dir doch erzählt, Dummchen. Deshalb treffe ich mich doch andauernd mit den Investoren. Ich bin ja kein Milliardär und brauche darum Geldgeber, die in eine bombensichere Sache investieren. Und eine der Wohnungen, die schönste natürlich, ist für uns. Du wirst begeistert sein."

Ich hasse es, wenn er mich Dummchen nennt. Warum tut er das? Und warum fühle ich mich auch so?

„Wann kann ich die Wohnung denn endlich sehen? Du hast es mir schon vor einer Ewigkeit versprochen."

„Geduld, Kleines. Noch ein paar Wochen, dann sind wir hier raus. Versprochen. Und nun lass uns ins Bett gehen. Ich sehne mich nach deinem wunderschönen Körper und noch mehr nach deiner geilen Möse."

Aufgewühlt und unfähig zu schlafen liege ich neben Adam, der bereits selig schlummert. Diese Frau spukt in meinem Kopf herum. Ebenso die Frage, ob er mich nun gesehen hat oder nicht. Ist er in der Lage, mich ohne mit der Wimper zu zucken anzulügen? Wenn ich es kann, kann er das auch. Plötzlich, ohne Vorwarnung, überfällt mich eine unendliche Sehnsucht nach Paris. Ich vermisse Severine und Flora. Ich vermisse die Geschäfte und Cafés. Den Geruch und die Hektik. Selbst Roman fehlt mir ein bisschen und unsere kleine kuschelige Wohnung. Seine, korrigiere ich mich. Ob er wohl wütend auf mich ist? Dringend muss ich einen geeigneten Platz für das Geld finden. Ich kann es nicht die ganze Zeit mit mir herumschleppen. Vielleicht ein Bankkonto eröffnen? Ausgeschlossen, denn alle europäischen Banken sind mit Sicherheit miteinander vernetzt. Auf alle Fälle werde ich mir morgen ein Handy mit Pre-Pay-Card kaufen. Ich werde Coco fragen, ob ich die Rechnung an die Agentur schicken lassen darf. Da fällt mir ein, dass ich in Wien nicht gemeldet bin. Also ohne Aufenthalts- und Arbeitsgenehmigung bin. Siedend heiß wird mir klar, dass ich, wenn ich mich anmelde, dann aufzuspüren bin. Die Liste der unerledigten Aufgaben wird länger und länger. Und die damit verbundenen Probleme größer und größer. Mittlerweile bin ich so erschöpft und lustlos, dass ich gar nicht mehr aufstehen will. Alles erscheint mir trostlos und auf die neue Wohnung freue ich mich auch nicht wirklich. Viel mehr wünsche ich mich an einen Ort, wo mich niemand kennt und keiner mich findet. Die Dämonen haben mich voll im Griff.

36

Heute Morgen ist es eiskalt und die Luft riecht schon ein bisschen nach Schnee. Zwar habe ich keine Ahnung, wie Schnee riecht, aber es ist eindeutig, dass der Winter vor der Tür steht. Nun wohnen wir schon Monate in Wien und nichts hat sich verändert, außer mir. Wir leben noch immer in der Bruchbude und ich aus den Kartons. Nach der sogenannten neuen Wohnung frage ich schon lange nicht mehr. Wir schlafen miteinander, doch nie sind wir allein. Meistens ist es ein flotter Dreier mit weiblichen, gesichtslosen Spukgestalten. Flora verbanne ich. Stattdessen habe ich meine Fantasien zurückgeholt. Aber sie sind nicht mehr zu stummen Glotzern verdammt, sondern ich erlaube ihnen, in Aktion zu treten. Sie dürfen auf Tuchfühlung gehen. Sie dürfen mich mit ihren schwieligen Händen berühren und mir die Kleider vom Leib reißen. Komme ich zum Höhepunkt, lache ich nicht mehr. Aber ich schreie. Und wie ich schreien kann. Adam hat sich beim ersten Mal wahnsinnig erschreckt. Inzwischen hat er sich an meine Schreie gewöhnt und klopft sich wahrscheinlich auf die Schulter, dass er es so verdammt gut bringt. Wie ein Roboter stakse ich durch den Tag. Ich stehe mit Adam auf, frühstücke mit ihm, lasse mich von ihm zur Agentur bringen und wieder abholen, esse mit ihm zu Abend und bin dann allein mit mir. Klar, ich könnte, wie in Paris, um die Häuser ziehen und ein paar Bars ausfindig machen. Na sicher, ich könnte eine Freundin besuchen, wenn ich eine hätte, und einen super Abend haben. Und nicht zu vergessen, einfach mal ins Kino gehen oder Tanzen oder Shoppen. Stattdessen hänge ich Abend für Abend vor der Mattscheibe und öde mich an.

Ich drücke mein Gesicht in den weichen Kaschmirschal, der sich zärtlich an meine Wangen schmiegt. Gott sei Dank lag er ganz oben, gleich im ersten Karton. Der Chloé-Mantel ist zwar noch etwas verknautscht, wird sich aber schnell aushängen. Das ist Qualität. In meinen neuen Stiefeln von Céline, ein Wiener Schnäppchen, hechte ich zur Straßenbahn und erwische sie gerade noch. Adam hat mir heute Morgen zerknirscht eröffnet, dass er mich leider nicht zur Agentur begleiten kann. Ohne Begründung. Ehrlich gesagt, ist mir das auch ziemlich egal.

„Schön, dass du schon so früh hier bist, denn ich will dringend mit dir reden."

Was ist die Steigerung eines flauen Magens? Kotzen? Mein Magen schlägt Purzelbäume, als Coco mich mit diesen Worten begrüßt.

„Ist dir nicht gut? Du bist plötzlich so blass."

„Nein, nein, alles in Ordnung. Ich bin wohl zu schnell die Treppen gelaufen, und dann die Hitze hier."

Klopf, klopf, klopf.

„Na komm', lass uns in diese Küche gehen. Ich mache uns einen leckeren Cappuccino mit viel Schaum. So, wie du es magst."

Argwöhnisch folge ich ihr und wickle mich aus dem Schal, bevor ich einen Hitzschlag kriege. Zumindest klingt sie nicht bedrohlich. Oder tut sie nur so locker und freundlich, um mir dann den Todesstoß zu versetzen?

„Setz dich und zieh endlich mal deinen Mantel aus. Du siehst aus, als wärst du nur auf Besuch."

Gehorsam ziehe ich meinen Mantel aus, hocke mich hin und harre der Dinge, die auf mich nieder prasseln werden. Vorsichtshalber stülpe ich mir meine Maske über.

„Wow, eiskalter Killer. Jetzt hast du wieder dein Kundengesicht. Neulich habe ich Ben von deinem Pokerface erzählt, das du bei unseren Präsentationen aufsetzt. Undurchschaubar, eine gewisse Arroganz gepaart mit Coolness. Klasse. Ich kriege das nicht hin. Auf jeden Fall haben wir herzlich gelacht, weil Ben genau wusste, wovon ich spreche."

Mir ist schleierhaft, wie man da herzlich lachen kann. Ich jedenfalls finde das nicht witzig. Etwas angesäuert nehme ich eins der selbstgemachten Plätzchen. Steht sie nachts auf und backt?

„Wieder eine Eigenkreation?"

„Diesmal nicht. Das ist ein Rezept von Nigella Lawson. Lecker, oder?"

„Köstlich", antworte ich und schiebe mir gleich noch eins hinterher.

Coco stellt zwei dampfende Cappuccini auf den Tisch, nimmt Platz und schaut mich feierlich an. Ich warte ab. Sie sieht aus, als wolle sie gleich die Unabhängigkeitserklärung verkünden.

„Hör zu. Ich will nicht lange um den heißen Brei herumreden…"

Klopf, klopf, klopf.

„…sicherlich weißt du, dass ich mit deiner Arbeit mehr als zufrieden bin. Die Kunden fressen dir aus der Hand und überschütten mich mit Komplimenten zu meiner vortrefflichen Wahl. Dich hat mir der Himmel geschickt, Helena, und das meine ich ernst. Kurzum, ich bitte dich, als Partnerin bei mir einzusteigen. Was meinst du dazu?"

Was ich dazu meine? Ich? Mit allem hatte ich gerechnet, nur damit nicht. Ein unsichtbares Band schnürt mir die Kehle zu und ein dicker Kloß steckt in meinem Hals. Ich habe Angst zu schlucken, denn ich fürchte mich davor, die Schleusen zu öffnen. Coco guckt schon besorgt. Ich schlucke und schlucke und schlucke. Die Schleusen preschen auseinander. Die Mächtigkeit des Weinkrampfes erschreckt mich selbst, aber ich bin unfähig ihn zu stoppen. Hemmungslos schießt der brennende Tränenstrom aus meinen Augen, begleitet von unkontrollierten Schluchzern. Gott, ist mir das peinlich. Coco muss ja denken, ich hätte sie nicht mehr alle beisammen. Ihr Gesichtsausdruck bestätigt das. Bestürzt springt sie auf und reicht mir die Küchenrolle.

„Was ist denn los, Hel? Ich dachte, du freust dich."

„Tu ich ja auch", schniefe ich und putze mir die Nase.

„Tut mir leid, dass ich dich so erschreckt habe. Ich weiß auch nicht, was gerade passiert ist. Muss wohl an den Hormonen liegen."

„Na ja, die Wechseljahre sind's bestimmt noch nicht. Hast du irgendwelche Probleme?"

„Nein, überhaupt nicht. Alles bestens. Hast du dir das auch wirklich gut überlegt? Immerhin kennst du mich noch nicht so lange."

„Natürlich. Ben findet das auch eine grandiose Idee und war sofort Feuer und Flamme. Also, wie lautet deine Antwort?"

„Ich würde mich freuen."

„Das nehme ich als ein Ja. Ja?"

„Ja."

„Klasse. Ben wird genauso begeistert sein, wie ich. Ich denke, er wird dann bald nach London gehen. Bestimmt hat er schon deine Ohren zum Glühen gebracht mit seinem Norman Forster, oder?"

„Allerdings. Und wie."

Mit einem Mal wünsche ich mir nichts sehnlicher, als hier sitzen zu bleiben und mit Coco Zukunftspläne zu schmieden. Ich kann es immer noch nicht so richtig fassen, dass sie mich als Partnerin haben will. Wie soll ich das Adam bloß erklären? Er wird mir mit Sicherheit alles vermiesen.

„So, das wäre das eine. Die Formalitäten machen wir später. Mein Anwalt setzt morgen den Vertrag auf und du musst nur noch unterschreiben. Super. Wir sind ein tolles Team, finde ich. Ehrlich gesagt, als ich dich das erste Mal sah, dachte ich, dass du keine zwei Tage bleibst. Du wirktest dermaßen kühl, fast ein bisschen arrogant. Ich sagte noch zu Ben, dass du für uns eine Nummer zu groß bist. So kann man sich täuschen."

Wenn du wüsstest.

„Willst du wirklich so eine große Sache daraus machen? Mit Vertrag und allem Drum und Dran. Können wir nicht einfach eine Vereinbarung, nur zwischen uns, aufsetzen? Mir würde das reichen."

„Was heißt große Sache? Ein Vertrag bedeutet nur, dass wir uns gegenseitig absichern. Nicht, dass ich dir nicht vertraue. Aber ich habe schon Pferde kotzen sehen und wir sollten es von Anfang an professionell angehen. Du kannst es auch Vereinbarung nennen, wenn du willst, denn es handelt sich ja nicht um ein Milliardenunternehmen."

„Verstehe."

„Perfekt. Und jetzt zum nächsten Punkt der Tagesordnung."

Was hat sie denn noch auf Lager? Einen Dresscode oder ein polizeiliches Führungszeugnis? Ich bin mir bewusst, dass ich ungerechterweise hämisch bin, aber die Partnerschaft ist für mich dermaßen überraschend, dass ich das erst einmal verdauen muss. Will ich das überhaupt? Hoffentlich muss ich nicht meinen letzten Wohnsitz angeben.

„Nächste Woche werde ich dreißig", scheucht mich Coco aus meinen Gedanken.

„Und ich gebe eine große Party, zu der ich natürlich dich und deinen Freund einlade. Endlich lerne ich dann deinen Traummann kennen, denn Ben hat natürlich gequatscht, wie du dir denken kannst. Notiere dir also Freitag um zwanzig Uhr im Café Engländer."

„Du feierst in einem Café?"

„Nein, das Engländer ist ein Restaurant und der Besitzer ein Freund von mir. Hier in meiner Wohnung will ich keine achtzig Leute haben. Und erst recht nicht für achtzig Leute kochen oder Häppchen schmieren. Mehr kann ich dir auch nicht verraten, weil Gabor alles organisiert. Und er macht ein Staatsgeheimnis daraus."

Puh, das ist ein bisschen viel des Guten und mein Verdauungsmechanismus läuft längst auf Hochtouren. Wie soll ich all die Neuigkeiten Adam verklickern. Häppchenweise oder im Gesamtpaket? Die Erkenntnis, dass ich mit Adam noch nie unter bekannten Menschen war, trifft mich so plötzlich aus dem Hinterhalt, dass mir ganz schwindelig wird. Wir als offizielles Paar inmitten eines Publikums. Damit habe ich nicht gerechnet. Ehrlich gesagt, habe ich es mir abgeschminkt je mit Adam zusammen eingeladen zu werden. Und nun will ich es nicht? Aber Coco, meine, wie er sie nennt, neue Busenfreundin, will ihn ausdrücklich dabei haben. Wird er überhaupt kommen wollen? Wird er mir verbieten, allein zur Party zu gehen, wenn er keine Lust hat? Was hat Ben Verfängliches ausgeplappert? Was könnte mir gefährlich werden?

„Hei, alles in Ordnung? Du wirkst gerade etwas abwesend und ein wenig blass um die Nase."

„Keine Sorge, es geht mir prächtig. Ich hoffe, dass Adam Zeit hat, denn er ist sehr beschäftigt mit seinen ganzen Projekten. Der arme Kerl hetzt von einem Meeting zum nächsten."

KLAPPE!

„Wenn's sein muss, schleife ich ihn an den Haaren herbei. Versprochen."

Coco lacht und ich bin erleichtert, dass sie nicht anfängt, mich über Adam auszuquetschen.

„Weißt du was? Wir schließen für heute die Agentur und feiern unsere Partnerschaft. Ich lade dich ins Plachutta zum Tafelspitz ein. Lass mich schnell anrufen und einen Tisch bestellen, denn der Laden ist sehr gefragt. Aber meistens habe ich Glück."

Verflogen ist meine Angst vor Adam, ihn über meine Einführung in die Wiener Szene in Kenntnis zu setzen. Der Champagner, der Riesling und der weltberühmte Tafelspitz sind so köstlich, dass ich im Plachutta sofort meine Zelte aufschlagen würde. Coco und ich schmieden Pläne über die Zukunft der Agentur, schwelgen in größenwahnsinnigen Castings für Hollywood und erweitern unseren Fantasie-Wirkungskreis auf die ganze Welt. Es ist herrlich und befreiend zu spinnen. Angespornt und beflügelt von unserem Ideenreichtum plaudere ich ein bisschen aus meinem Nähkästchen. Eine Anekdote nach der anderen sprudelt aus meinem Mund. Und je unbändiger Coco lacht, desto spritziger sind meine Geschichten.

„Hör auf, ich kann nicht mehr", japst Coco und massiert ihr Zwerchfell.

„Du hast wirklich zu deinem Kunden gesagt, dass er seinen Scheiß allein machen könne? Ich fass' es nicht. Das hat sich bestimmt noch nie jemand getraut. Aber meine Helena ist ja nicht auf den Mund gefallen."

„Du hättest mal meine sogenannte Chefin sehen sollen. Der sind fast die Augen rausgefallen. Ich bitte dich. Wie würdest du dich verhalten, wenn du genau weißt, dass du ein Spitzen-Casting gemacht hast und dann nur unflätige Bemerkungen in den Raum geschmissen werden. Fünfzig Topmodels und dieser Arsch, mit seiner Profilneurose, ist nur am lästern. Respektlos und einfach völlig unprofessionell, dieser Gelkopf. Na ja, dem hab ich gezeigt, wo's langgeht. Nicht mit mir."

„Du erstaunst mich immer wieder. Nennt man so jemanden nicht Multiple Persönlichkeit?"

„Das wiederum ist eine Krankheit, meine Liebe."

„Und das bist du nicht. Aber multipel auf jeden Fall."

Kichernd verlangt sie die Rechnung.

„Eine Geburtstagsparty? Das finde ich super. Endlich lerne ich deine neuen Freunde kennen."

Kein Tadel, kein lästiges Ausfragen, kein Sarkasmus und kein Wort über meine Fahne, die ich bestimmt habe. Nein, ein gutgelaunter Adam empfängt mich und will nichts wissen. Misstrauisch schaue ich ihn an und forsche nach Zeichen.

„Ehrlich? Du kommst mit?"

„Was denn sonst? Es sei denn, du willst mich nicht dabei haben."

KLAPPE!

Bevor ich die ausgesprochen lockere Stimmung verderbe, reiße ich mich am Riemen und bohre nicht weiter.

„Du glaubst gar nicht, wie sehr ich mich freue. Coco wird dir sicher gefallen."

Und wie. Vielleicht ein neuer Eintrag gefällig?

„Sicher. Nun aber ab in die Küche."

Ab in die Küche? Bin ich etwa deine Haushälterin?

„Ich habe ausnahmsweise gekocht und hoffe inständig, dass es dir schmeckt. Es ist dein Lieblingsessen."

Lieblingsessen? Was habe ich für ein Lieblingsessen? Allein bei dem Gedanken, schon wieder etwas in mich hinein zu stopfen, wird mir schlecht. Ich bin noch völlig satt, dass ich förmlich kurz vor dem Platzen bin.

„Was gibt es denn?"

„Na, begeistert klingst du nicht gerade. Tafelspitz natürlich, mit Bratkartoffeln und roter Beete. Hoffentlich bist du richtig ausgehungert."

Auch das noch.

„Klingt lecker. Und du hast das tatsächlich alles selbst zubereitet?"

„Ja, Madame Skepsis. Du scheinst mir ja nicht viel zuzutrauen. Wenn ich sage, ich habe gekocht, dann meine ich es so, wie ich es gesagt habe. Ist das bei dir angekommen?"

KLAPPE! VERDAMMT NOCHMAL. HALT DEINE VERDAMMTE KLAPPE.

Die Stimmung ist kurz vor dem Kippen. Warum lege ich es drauf an ihn zu provozieren?

„Entschuldige. So habe ich das nicht gemeint. Ich bin einfach nur baff, weil du noch nie gekocht hast. Super toll, ich bin wirklich überwältigt und könnte einen Bären verschlingen."

Entweder kotze ich gleich quer über den Tisch oder ich werde die fettigen Bratkartoffeln anderweitig los. Erlöst, dass Adams Aufmerksamkeit für einen Moment dem Korkenzieher gilt, schiebe ich die ölige Angelegenheit mit einem Schwung in meine Serviette. Feuchte Wärme macht sich in meinem Schoß breit. Mit starrem Blick fixiere ich Adam, ob er mein Tun bemerkt. Aber Gott sei Dank ist er mit dem Öffnen der Flasche beschäftigt. Meinen geliebten lila Wollrock von Chanel kann ich bestimmt wegschmeißen.

„Na, dir scheint es augenscheinlich zu schmecken", grinst er und schenkt mir zum dritten oder vierten Mal Rotwein nach. Mittlerweile fühlen sich die Bratkartoffeln so eklig an, dass ich mich dringend ihrer entledigen muss.

„Köstlich. Aber nun bin ich pappsatt. Gibst du mir bitte noch ein Glas Wasser, sonst bin ich auf der Stelle betrunken."

Als Adam sich zur Spüle wendet, ergreife ich geschwind den günstigen Zeitpunkt und renne ins Bad. Zu meinem Kummer ziert einen Riesenfettfleck die Mitte meines Rockes. Schnell drehe ich das vordere Teil nach hinten und hoffe, dass Adam es nicht sieht. Die Stelle sieht verdächtig nach Inkontinenz aus. Ich überlege, wo ich die Serviette verstecken kann, da fällt mein Blick auf die Abfalltüte im Flur. Adam klappert mit Geschirr und scheint abzuspülen. Dieser Mann ist ein großes Fragezeichen. Hektisch öffne ich den Müllsack und will gerade die Serviette reinstopfen, als ich verschiedene Meinl-Verpackungen entdecke. Irritiert gucke ich mir das genauer an. Sieh mal einer an. Neugierig lese ich, was auf den Kassenbons steht:

424g Wiener Tafelspitz 25,50 €

358g Bratkartoffeln mit Zwiebeln 9,64 €

Plötzlich habe ich ein komisches Gefühl. Ich höre keine Küchengeräusche mehr und drehe mich ruckartig um. Vor Schreck schreie ich auf.

„Was schleichst du dich so heran?"

„Was schnüffelst du denn da im Abfall herum?"

In mir scheint alles zu Eis zu gefrieren, und doch bricht mir der Schweiß unter den Achseln aus. Mit einem Mal habe ich furchtbare Angst. Mein Fluchtreflex setzt ein. Ich bin auf dem Sprung.

„Na, jetzt sag schon. Du hast mir nicht geglaubt und wolltest deine Bestätigung. Bist du nun zufrieden?"

Adam betrachtet mich mit auf seine typisch überhebliche Art. Sein Mund ist zu einem Lächeln verzogen, doch seine Augen sind ohne Emotion. Zornig denke ich, dass er Schuld empfinden muss und nicht ich. Stattdessen bin ich es, die sich ertappt und schuldig fühlt. Es ist wie ein Déjà-vu. Unfähig mich zu bewegen, geschweige denn, zu sprechen, stehe ich nur da und starre ihn an.

„Was ist? Hat's dir die Sprache verschlagen? Das muss dir doch runtergehen wie Öl, dass du mich erwischt hast. Enttäuscht? Sag's nur und glotz' mich nicht an, als würde ich dich jeden Moment erwürgen."

In der Tat hat er den Nagel auf den Kopf getroffen. Exakt dieses Bild habe ich vor mir. Adams Hände an meinem Hals, die langsam und genüsslich zudrücken.

„Weißt du was? Das ist mir zu blöd. Schade um den schönen Abend, aber den hast du mir endgültig vermiest."

Stumm schaue ich zu, wie er sein Jacket nimmt und sich an

mir vorbei schiebt, ohne mich eines Blickes zu würdigen. Die Tür fällt mit einem lauten Knall ins Schloss. Wie angewurzelt verharre ich in meiner Position und glaube nicht, was sich gerade in meinem Kopf abgespielt hatte. Aber mein wild klopfendes Herz und mein trockener Mund sind Beweis genug. Adam ein Mörder? Ein genüsslicher Gurgelzudrücker? Langsam kehrt die Beweglichkeit in meinen Körper zurück und die Bratkartoffeln melden sich. Gerade rechtzeitig schaffe ich es noch bis zur Kloschüssel und kotze, bis mir der kalte Schweiß ausbricht. Völlig entkräftet, mein Kreislauf auf dem Nullpunkt, strecke ich mich auf den versifften Badezimmerfliesen aus. Etwaige Keime oder sonstige Bakterien lassen mich kalt. Ich fühle mich zum Sterben elend. Aber nicht hier in diesem Rattenloch. Meine Leiche verdient eine prachtvolle Umgebung. Zum Beispiel die Präsidentensuite im Imperial oder die Suite Napoléon im George V.

37

Heute ist der große Tag. Freitag, der neunundzwanzigste Oktober. Cocos Geburtstag und der Todestag meiner Mutter. Aber daran will ich nicht denken. Die Agentur ist an diesem Festtag geschlossen und ich hänge in der Wohnung herum, unfähig etwas mit mir anzufangen. Adam fickt wahrscheinlich gerade eine seiner Tussis. Das Wetter ist dermaßen trist, so dass die Zimmer in ein trübes Grau getaucht sind. Eigentlich sollte ich das Licht einschalten, um etwas Helligkeit in die Räume zu bringen. Aber elektrische Beleuchtung tagsüber deprimiert mich. Und so bleibe ich lieber im Bett liegen, obwohl es bereits nach zwölf ist. Niedergeschlagen tagträume ich wieder einmal von Paris. Ob ich Flora und Severine ein Lebenszeichen von mir senden soll? Und Roman? Inzwischen habe ich ein Handy, lasse es aber aus Angst vor Adam ausgeschaltet. Es soll nur für den Notfall sein. Und nur Coco hat meine Nummer. Mit schweren Gliedern, als ob eine Grippe im Anzug ist, schleppe ich mich aus dem Bett und fische mein Telefon aus der Tasche. Ich brauche dringend eine größere Handtasche oder ich muss mein Geld in große Scheine umtauschen. Coco bezahlt mich bar, weil ich ihr erklärt habe, dass mein Konto noch in Paris ist. Ich rechne es ihr hoch an, dass sie keine lästigen Fragen gestellt hat. Aber das ist kein Dauerzustand, zumal wir bald notariell beglaubigte Partnerinnen sind. Was hat Adam wohl gedacht, weil das Geld nicht mehr in meinem Kosmetikkoffer ist? Denn mit Sicherheit benötigt er dann und wann Nachschub. Andächtig nehme ich die Bündel in die Hand und betrachte meinen wertvollsten Schatz. Es würde reichen, um auf irgendeine Südseeinsel zu fliegen und dort ein paar Jahre zu verbringen. Aber was soll ich am Arsch der Welt machen? Halbnackt im String Tanga Muschelketten am Strand verkaufen? Ich stopfe die Banknoten zurück in die Tasche. Heute macht mich Geld zählen nicht glücklich. Lustlos schalte ich das Handy ein und sehe, dass ich eine Nachricht von Coco erhalten habe.

Hallo Partnerin - Riesen Auftrag – Beauty – Kunde alter Freund – heute Abend kennenlernen – freue mich auf Euch – Coco.

Normalerweise wäre ich sofort angesteckt von Cocos Enthusiasmus und der vielversprechenden Botschaft, doch ich habe das Gefühl, dass nichts mich aus meiner Lethargie rütteln kann. Mein Magen knurrt. Kein Wunder, der muss total leer sein, nach der Kotzerei von gestern. In der Küche riecht es immer noch nach fettigen Bratkartoffeln und sofort rebellieren meine Innereien. Doch ich beiße die Zähne zusammen und koche Kaffee, stecke Weißbrot in den Toaster und schütte zwei Gläser Wasser in mich rein. Nach dem frugalen Mal geht es mir ein wenig besser und nach einem Glas Champagner – es ist noch ein Rest in der Flasche – kann ich fast Bäume ausreißen. Mit neuem Elan öffne ich den Kleiderschrank, stöbere in den Kartons und suche mit aller Sorgfalt ein passendes Outfit für heute Abend aus. Kurz schießt mir der Gedanke in den Kopf, Adams geheimes Büchlein nach Neueinträgen zu durchsuchen. Aber ich bin ausnahmsweise so vernünftig, meine Laune nicht durch meine Neugier aufs Spiel zu setzen. Wie soll ich nur die Zeit totschlagen? Oberste Priorität hat mein Auftritt auf der Party. Endlich bin ich fündig geworden und meine erste Entscheidung des Tages ist gefallen. Dieses Kleid ist eine kleine Kostbarkeit und bis jetzt hatte ich noch keine Gelegenheit, es zu tragen. Es ist aus champagnerfarbener Seide und mit durchsichtigen, irisierenden Paletten bestickt. Nicht zu kurz, mit dreiviertel Arm und einem gigantischen Rückendekolleté. Vorne Kloster, hinten Bordell. Dazu werde ich meine, auch nie im Einsatz gewesenen, Seidenpumps von Emma Hope anziehen. Zufrieden mit meiner Wahl proste ich meinem Spiegelbild mit dem Rest Champagner zu und mache mich auf die Suche nach meiner Marabu-Jacke von Chantal Thomass. Ich will gerade den Karton im Flur durchwühlen, als mein Blick auf eine Karte unter dem Regal fällt. Eine Kreditkarte? Was ist das Palais Coburg? Das Plastikteil sieht aus wie ein magnetischer Zimmeröffner. Langsam dämmert es mir. Es kann sich nur um sein Projekt handeln. Feierlich flüstere ich den Namen. Meine zukünftige Adresse. Palais Coburg. In diesem Moment vergebe ich Adam. Er ist weder ein Mörder, noch ein Betrüger oder Gigolo. Voll überschwänglicher Zärtlichkeit und Stolz denke ich an meinen Nestchenbauer. Zu schade, dass ich keinen Laptop besitze, um zu googeln. Mit einem Mal bin ich so energiegeladen, dass keine zehn Pferde mich in dieser Bude halten können. In Windeseile dusche ich, kleide mich an und flitze zum nächsten Taxistand. Ich muss den Palast unbedingt mit eigenen Augen sehen.

Heute bin ich mit Glück gesegnet, denn direkt vor meiner Nase hält ein Taxi. Ich bin gerade im Begriff die Tür aufzureißen, als diese geöffnet wird und Adam aussteigt. Erstaunt schaut er mich an. Für den Bruchteil einer Sekunde sehe ich ganz deutlich meine entgleisten Gesichtszüge vor mir. So, als würde ich neben mir stehen und mich beobachten. Fieberhaft bemühe ich mich um Schadensbegrenzung und versuche meinen Schock zu verbergen.

„Na, wenn das kein Zufall ist. Wo wolltest du denn so schnell hin?"

Nur nicht stottern. Reiß' dich zusammen.

„Nirgendwo. Eigentlich nur um die Ecke, um ein Geschenk für Coco zu besorgen. Und dann habe ich dich im Taxi gesehen. Überraschung. Gedankenübertragung. Ist doch witzig, oder?"

Dabei fällt mir ein, dass das nicht gelogen ist, denn ich habe noch kein Geschenk für Coco. Irgendwie habe ich das vollkommen vergessen.

„Für mich sah es eher so aus, als hättest du in mir einen Geist gesehen. Aber jetzt mal ehrlich, du glaubst doch nicht, dass du hier etwas Passendes für deine Freundin findest. Die ist sicherlich ungeheuer anspruchsvoll. Diese Gegend ist alles andere als das."

„Vielleicht hast du Recht und ich fahre in die Stadt. Wie praktisch, dass ich gleich ein Taxi habe."

„Was dagegen, wenn ich mit dir komme?"

Meine Bestürzung kann sich niemand vorstellen. Denn mir ist klar, dass das eine rein rhetorische Frage ist.

„Na komm' schon, jede Minute kostet."

Widerstrebend steige ich ein. Adam hat bereits ganz selbstverständlich auf dem Beifahrersitz Platz genommen, so dass ich mir wie ein ungezogenes Kind vorkomme, das zur Strafe hinten sitzen muss.

„Siehst du, nun shoppen wir gemeinsam. So, wie du es dir immer gewünscht hast."

Er dreht nicht einmal den Kopf in meine Richtung, wenn er mit mir redet. Isoliert auf der Rückbank beobachte ich Adam und den Taxifahrer, die in ein reges Gespräch vertieft sind. Ab und zu lachen sie. Wie alte Kumpel. Mich haben sie vergessen. Ich existiere nicht mehr.

Ich hatte Stubenarrest, weil ich dummerweise mal wieder erwischt worden bin. Wahrscheinlich hatte ich gelogen, etwas gestohlen oder jemanden gepeinigt. Diese Strafen saß ich auf einer Arschbacke ab, denn ich wurde sowieso nicht kontrolliert. Meine Mutter schwebte in ihrer Traumwelt. Sie verließ das Haus nicht mehr und saß meistens im Morgenrock mit einem Glas in der Hand auf dem Wohnzimmersofa. Dass sie Onkel Rudi nicht mehr besuchte, hatte andere Gründe. Madame Butterfly plärrte aus den Lautsprechern und Mama schluchzte. Das war mein Signal. Geschwind lief ich die Treppe hinab und stürzte mich in ihre Arme. Umschlang sie mit aller Kraft, um sie nie mehr loszulassen. Auf dem Beistelltisch standen mehrere Flaschen und hellblaue Pillen lagen verstreut auf einer Illustrierten. Geistesabwesend tätschelte Mama meinen Kopf, bis sie sich aus meiner Umklammerung befreite und meinte, ich würde sie ersticken. Zumindest bekam ich ein paar Streicheleinheiten ab. Im Normalzustand war sie selten und gut ging es ihr noch seltener. Davon abgesehen war ich nicht glücklich, wenn sie mal bei klarem Verstand war. Dann war sie emotional abwesend und ich für sie unsichtbar. Unterwürfig, wie ein

Hund der um Beachtung winselt, bettelte ich um etwas Zärtlichkeit, eine Umarmung oder einen Kuss. Aber ich war ja nicht existent.

Mit einer halben Stunde Verspätung hält unser Taxi vor dem Café Engländer. Adam und ich hatten uns wegen einer Nichtigkeit gestritten, und insgeheim hoffte ich, dass er auf die Party verzichtet. Doch mein kleines Stoßgebet wurde nicht erhört. Das Restaurant ist hell erleuchtet. Durch die Scheibe erblicke ich Coco an der Seite eines hochgewachsenen dunkelblonden Mannes Ende so dreißig mit Stock. Lachend schmiegt sie ihren Kopf an seine Schulter und sie gucken sich zärtlich an. Ein schönes Paar und offensichtlich sind sie sehr glücklich miteinander. Neidisch betrachte ich die beiden. Coco trägt ein schlichtes ärmelloses Etuikleid aus silbergrauer Seide, das ihre schlanke Figur und die langen Beine betont. Ihre kornblumenblauen High Heels von Jimmy Choo haben bestimmt ein Vermögen gekostet. Die Haare sind locker hochgesteckt. Nur ein paar vorwitzige honigfarbene Strähnchen haben sich, wie zufällig, gelöst. Aus Erfahrung weiß ich, wie viel Arbeit und Zeitaufwand solch eine Frisur in Anspruch nimmt, damit sie so aussieht, als hätte man in höchster Eile die Haare zusammen gewurschtelt und nachlässig ein paar Nadeln hineingeschoben. Gabor, ich nehme an er ist es, macht seinem Stand alle Ehre. Der graue, matt schimmernde Anzug ist garantiert nicht von der Stange und er sieht darin umwerfend elegant aus. In einer Anwandlung von Sehnsucht lehne ich meinen Kopf an Adams Schulter und warte auf die Reaktion.

„Ich hole mir eine Lungenentzündung, wenn wir nicht sofort reingehen. Oder willst du hier auf Beobachtungsposten bleiben?"

Während ich das Treiben beäuge, habe ich ganz plötzlich eine diffuse Vorahnung von drohendem Unheil. Du spinnst ja, schelte ich mich selbst. Was für eine Katastrophe, bitte schön, soll den hier passieren? Alle scheinen sich bestens zu amüsieren. Also versuche ich mich zu beruhigen, eine heitere

Miene aufzusetzen und spaziere mit Adam hinein. Kaum hat Coco uns entdeckt, eilt sie auf uns zu, Gabor im Schlepptau.

„Ich dachte schon, ihr kommt nicht mehr."

Neugierig taxiert sie Adam und ich Gabor. Locker stellt sie uns gegenseitig vor und wirft mir einen Blick zu, der wohl so viel bedeuten soll, wie ‚toller Typ, den du da hast'. Gabor ist aber auch keinesfalls zu verachten. Aus der Nähe ist er noch größer und aristokratischer. Die grauen Augen, in denen ein kleiner Schalk zu stecken scheint, sind das auffälligste in seinem kantigen Gesicht. Mit seinen, zu einem kleinen Pferdeschwanz gebundenen Haaren, kommt er mir eher wie ein Seefahrer vor, als wie ein ungarischer Baron. Selbst sein Handikap, stört in keiner Weise. Im Gegenteil. Es macht in noch attraktiver. Seinen Stock, auf den er sich leicht stützt, ziert ein kunstvoll geschmiedeter Knauf aus Silber. Nachdem wir uns eingehend gemustert haben, was eine gewisse Peinlichkeit bei mir hervorruft, löst Gabor die etwas angespannte Situation und schnipst mit den Fingern nach einer Bedienung. Wir prosten mit Champagner auf Cocos Geburtstag und ich reiche ihr endlich das Geschenk mit den Worten:

„Von uns beiden. Hoffentlich gefällt's dir."

„Da bin ich mir sicher. Ich packe es aber erst morgen aus. Hier wäre ich nur damit beschäftigt, Geschenke auszuwickeln."

Enttäuscht, dass sie es nicht gleich neugierig aufreißt, sage ich:

„Dann schreibe ich unsere Namen drauf, am Ende weißt du nicht mehr was von wem ist."

„Es genügt doch dein Name, denn es ist sowie von dir und nicht von mir."

Was ist bloß in Adam gefahren? Ich bemühe mich, meinen Ärger zu verbergen und suche verzweifelt nach einem witzigen Spruch. Doch mein Hirn ist wie leergefegt.

„Natürlich ist das von uns zusammen. Und nun zeig' mir doch mal deinen Gabentisch."

Nichts wie weg. Ich packe Coco etwas unsanft am Arm und zerre sie fast durch das Lokal. Vorher werfe ich Adam noch einen wütend fragenden Blick zu.

„Habt ihr Streit oder was war das eben?"

„Ja, aber das ist nicht so wichtig. Er ist manchmal etwas zu direkt, aber das musst du nicht persönlich nehmen. Übrigens siehst du toll aus."

„Danke. Du aber auch. Dein Kleid ist ein absoluter Knaller. Hoffentlich ist Adam nicht eifersüchtig, wenn dir die Typen auf den Hintern gucken."

Bei ihren Worten zucke ich zusammen und könnte mich ohrfeigen, dass ich nicht einen anderen Fummel angezogen habe. Bin ich provokant und habe es extra getan? Ist Adam deshalb so zickig? Unauffällig drehe ich mich um. Wie damals in der Bar, lehnt er lässig an einer Säule und beobachtet mich. Ein unbehagliches Gefühl kriecht in mir hoch und ich tue so, als hätte ich seinen Blick nicht bemerkt.

„Übrigens kommt nachher mein alter Freund. Du weißt schon, der mit dem super Auftrag. Leider hatte sein Flieger Verspätung, so dass er erst in ungefähr zwei Stunden hier sein wird."

Dann entschuldigt sie sich bei mir, um Neuankömmlinge zu begrüßen.

Ich schnappe mir ein Glas Champagner und schlendere, um Lässigkeit bemüht, durch die Menge von Menschen. Zwei Schauspieler stehen am Flügel und gestikulieren wild in der Luft herum. Ben redet auf den Architekten ein, der neulich in der Agentur war, und winkt mir lachend zu. Die Moderatorin einer Boulevard-Sendung hetzt mit suchenden Augen durch das Gewusel, damit ihr auch ja nichts entgeht. Beim Herumschweifen sehe ich, dass Adam seine Augen immer noch auf mich gerichtet hat. Ärgerlich und frustriert, auch über meinen einsetzenden Robotergang gehe ich widerwillig auf ihn zu. Statt mich zu entkrampfen, nimmt meine Anspannung zu.

Spielverderber.

„Du scheinst dich ja ohne mich prächtig zu amüsieren. Findest du es in Ordnung, mich hier stehen zu lassen, wie einen abgestellten Schirm?"

Allein bei der Vorstellung, Adam als alter, schwarzer Stockschirm, kann ich mir ein Grinsen nicht verkneifen.

„Und was, bitteschön, ist daran so lustig? Erzähl' schon, damit ich auch was zu lachen habe."

Hat denn der Mann gar keinen Sinn für Humor? Muss er jedes Mal so empfindlich reagieren? Außerdem amüsiere ich mich gar nicht. Was ja auch kein Wunder ist.

„Ich habe mir nur Cocos Gabentisch angeschaut. Ich war nicht mal zehn Minuten weg, deshalb verstehe ich nicht, weshalb du sauer bist."

Warum verteidige ich mich so schuldbewusst? Warum schafft er es stets, mir die gute Laune zu verderben? Das verbliebene Quäntchen Lust auf die Party ist mir endgültig vergällt und ich will eigentlich nur noch weg. Allein.

„Dein Kleid ist meiner Meinung nach auch etwas too much. Hast du vor, Coco auszustechen oder willst du, dass dir jeder Typ auf deinen Hintern starrt? Konntest du nicht etwas Dezenteres anziehen? Schau dir Coco an. Sie hat es nicht nötig, jemanden aufzugeilen. Das nenne ich perfektes Styling."

Ungläubig starre ich ihn. Ist er betrunken? Krampfhaft bemüht, nicht die Fassung zu verlieren, kippe ich den Rest Champagner runter und zische durch die Zähne:

„Das ist unfair. Zuhause gefiel es dir. Du hast sogar gemeint, ich wäre bestimmt der Hingucker des Abends. Es geht über meinen Horizont, warum du mich plötzlich niedermachst und mich quasi als Luder hinstellst."

Ich halte den Kellner an und greife mir ein Glas Champagner.

„Das wievielte ist es?"

Habe ich mich verhört? Denkt er etwa, dass ich eine Säuferin bin? Provokativ trinke ich, bis das Glas halb leer ist. Herausfordernd blicke ich ihm direkt in die Augen.

„Das zweite. Zufrieden oder stempelst du mich nach zwei Fingerhütchen Schampus zur Alkoholikerin ab?"

Ich wünsche mich sehnlichst ganz weit weg von hier. Zumindest weg von Adam, ehe die Situation noch eskaliert. Was ist, um Gottes Willen, in ihn gefahren? Der Teufel?

„Ich hole mir auch ein Glas, um wenigstens auf dem gleichen Level wie du zu sein."

„Du schaffst es immer wieder, dass ich mir wie eine Idiotin vorkomme", zische ich ihm noch hinterher. Er hat es offensichtlich nicht gehört oder tut zumindest so. Mein Wunsch hat sich immerhin zum Teil erfüllt. Inzwischen scheinen alle Gäste eingetroffen zu sein, denn das Lokal ist brechend voll. Gabor steht etwas abseits mit einem Teller in der Hand und isst. Sein Stock lehnt an der Wand. So unauffällig wie möglich, beäuge ich ihn. Er strahlt eine ungeheure Präsenz aus. Im Gegensatz zu Adam beeindruckt er mich mit seiner sprühenden Lebendigkeit, die selbst durch sein lahmes oder steifes Bein nicht beeinträchtigt wird. Ich finde ihn überaus sexy und charmant. Mir ist klar, dass seine Wirkung auf mich ist stärker ist, als mir lieb sein dürfte. Eine verbotene Frucht, die Coco gehört. Mit einem Mal bemerke ich, wie hungrig ich bin und steuere auf das Buffet zu. Sorgfältig häufe ich mir nur das auf, was nicht zwischen den Zähnen hängen bleibt und nicht kleckert. Mit meinem kleinen Imbiss und einem neuen Glas Champagner laufe ich auf Gabor zu. Dabei versuche ich, Tasche, Teller und Glas in der Balance zu halten und noch möglichst elegant zu erscheinen.

„Das ist nett, dass du dich zu mir gesellst. Coco hat ja alle Hände voll zu tun und da nutze ich die Gelegenheit, schnell etwas zu essen, bevor nichts mehr von meinem Leibgericht übrig ist."

Kein Wunder, dass er im diplomatischen Dienst ist. Mit der Stimme. Ein weicher Bariton, der weder kitschig noch schmalzig klingt. Sehr männlich und sehr unwiderstehlich.

„Was ist denn dein Leibgericht?"

Blöde Frage, denn das Gulasch auf seinem Teller ist mehr als eindeutig. Aber Gabor ist wahrscheinlich zu höflich, um mich plump darauf hinzuweisen.

„Gulasch mit Serviettenknödel und viel Sauce. Das musst du unbedingt versuchen."

Das nenne ich Diplomatie.

„Lässt du mich mal probieren? Dann entscheide ich, ob ich

mir auch eine Portion hole."

Habe ich ein kurzes Zögern bemerkt? Einen huschenden Blick über die Menschenmenge? Ich folge seiner Richtung. Coco umarmt gerade eine Blondine und winkt uns lächelnd zu. Brav lächle ich zurück und spieße, ohne seine Antwort abzuwarten, mit meiner Gabel ein Stück Fleisch von seinem Teller.

„Du hast recht. Das ist wirklich köstlich, aber auch ziemlich scharf. Wie du."

Mit meiner Hand wedele ich vor meinem Mund herum und gebe der Bedienung ein Zeichen. Der Champagner ist sofort zur Stelle und sein Effekt inzwischen spürbar. Ich bin betrunken und ich grabe im Moment den Mann meiner Partnerin an.

Pfui, das tut man nicht.

Unaufgefordert schnappe ich mir noch ein Stück Gulasch und flüstere ihm ins Ohr:

„Magst du ein bisschen Rohkost?"

Obwohl ich sehe, dass Gabor sich unbehaglich fühlt, stachelt mich das umso mehr an. Es ist mir egal, dass meine Anmache mehr als plump ist. Es interessiert mich nicht, dass er an meine Freundin vergeben ist. Ich will ihn.

Plötzlich sehe ich mich zwei vorwurfsvollen Augenpaaren gegenüber. Wie aus dem Nichts sind Coco und Adam zusammen aufgetaucht.

„Ich will nicht stören, aber du benimmst dich etwas daneben", zischt mir Adam, dicht an meinem Gesicht, zu.

Coco sieht es anscheinend etwas lockerer und zieht mich am Arm zu sich. Allerdings ist ihr Griff ziemlich fest.

„Komm mit, ich will dir Matthias vorstellen. Er ist eben gekommen."

Mit Adam und Gabor im Schlepptau bahnen wir uns einen Weg durch die Gäste. Coco hält mich inzwischen an der Hand und zieht mich wie ein störrisches Kind hinter sich her. Ich muss höllisch aufpassen, mit meinen Stöckelschuhen nicht zu stolpern.

„Hel, ich möchte dich mit einem ganz lieben Freund bekannt

machen….."

Ihre Worte gehen in einem heftigen Rauschen unter und ich habe Schwierigkeiten, sie zu verstehen. In meinem Magen schwirren Millionen von Motten und ein heftiger Drang, mich auf der Stelle zu entleeren, schüttelt mich. Niemals wäre mir im Traum eingefallen, dass mich meine Vergangenheit in seiner schlimmsten Form einholt. Ich vergesse niemals ein Gesicht.

Hilf mir. Bitte, bitte, hilf mir.

Wir stehen so dicht aneinander gedrückt, dass es unmöglich ist, mich in eine rettende Ohnmacht zu flüchten, geschweige denn zum Ausgang zu rennen. Außerdem wäre es zu peinlich. Fassungslos starre ich in das Gesicht von Gelfrisur, das nun einen Namen hat und warte bang auf meine Hinrichtung.

„Wir kennen uns bereits. Nicht wahr, Frau Schmidt?

Stumm flehe ich ihn an, mich nicht bloßzustellen.

„Ihr kennt euch?"

Coco sieht mich ungläubig an und lässt ihre Augen erwartungsvoll zwischen Gelfrisur und mir hin und her wandern.

„Das ist ja ein Ding. Na, jetzt spannt mich nicht so auf die Folter. Woher? Ich will jede Einzelheit wissen."

Coco scheint von meinem Schock nichts bemerkt zu haben. Oder sie schauspielert perfekt. Aber Adam ist meine Erschütterung nicht entgangen. Siedend heiß spüre ich seinen bohrenden Blick auf meinem Gesicht. Nur mühsam finde ich meine Sprache wieder und krächze:

„Aus Paris. Ich habe ein Casting für seinen Kunden gemacht. Das ist alles."

„Genau. Das ist alles", spricht Gelfrisur und klappt den Mund wieder zu.

Himmel noch mal, ist Coco taub oder hat sie Tomaten auf den Augen? Sie redet einfach unbeirrt weiter und stochert im Unausgesprochenen herum.

„So was. Ist das zu glauben? Ihr seid mir ja ein paar Schlawiner. Darauf müssen wir unbedingt anstoßen."

Ohne mich. Der Champagner sprudelt mir jeden Moment

zum Hals raus und mir ist speiübel. Merkt denn niemand, außer mir, wie aufgeladen die ganze Atmosphäre ist, dass ich förmlich die Funken sprühen sehe. Ein zündendes Streichholz und wir fliegen alle in die Luft. Das Bild der kleinen Meerjungfrau schiebt sich vor mein inneres Auge. Wie sie, will auch ich mich auflösen. Mit dem Unterschied, dass sie aus Liebe zu Meeresschaum wurde, ich dagegen aus Scham. In diesem Moment der ersehnten Selbstauflösung weht die Stimme von Carla Bruni mit ‚La Dernière Minute‘ durch den Raum und durchströmt mich mit einer plötzlichen Wehmut, dass mir die Tränen in die Augen schießen. Die vertonte Erinnerung an Paris ist das Letzte, an was ich mich klar erinnere. Alles andere läuft wie im Zeitraffer und seltsamerweise in schwarz-weiß-Bildern ab. Verschwommen nehme ich wahr, dass Adam uns bei Coco entschuldigt und wir ein Taxi besteigen. Wie in Trance betrete ich unsere schäbige, dunkle Wohnung und falle ungebremst in ein tiefes, schwarzes Loch.

38

Es kommt mir vor, als seien Lichtjahre seit meinem peinlichen Auftritt vergangen. Schwerfällig erhebe ich mich aus dem Bett. Allerdings muss ich mich gleich wieder setzen, weil meine Beine zu wackelig und weich sind, um selbstständig zu stehen. Das Schlafzimmer ist noch trister, als sonst und ich erkenne kaum die Möbelstücke. Ich muss mich vermutlich in einer Art von Dämmerzustand befinden, denn all meine Erinnerungsfragmente schwirren wie Puzzleteile in meinem Kopf herum. Doch plötzlich löst sich aus diesem Durcheinander eine grinsende Fratze. Gelfrisur. Mir wird gleich wieder schlecht. So blamiert habe ich mich noch nie in meinem ganzen Leben. Und noch niemals habe ich mich dermaßen gedemütigt gefühlt. Ich habe zwar schon vieles eingesteckt, aber nicht diese Erniedrigung, diese Schmach in dem Ausmaß. Noch im Nachhinein schäme ich mich. Nun sitze ich hier, heule die ganze Zeit und weiß gar nicht warum. Warum darf ich nicht einfach glücklich sein. Warum habe ich keinen Freund, der mich liebt? Warum bin ich so? Ich hasse mich. Schwankend stehe ich auf und gehe in die Küche. Warum ist Adam nicht da? Ihm ist es scheißegal, wie es mir geht. Ich könnte krepieren und ihm ist es wurscht. Und wenn ich aus dem Fenster springe oder Schlaftabletten nehme und mir noch eine Plastiktüte über den Kopf ziehe? Das hätte er dann davon, dass er mich allein lässt. In meinem Zustand. Er liebt mich sowie so nicht, sondern nur mein Geld. Ganz Recht würde ihm geschehen, wenn er mich tot findet. Das ist die Strafe. Wo ist nur die verdammte Weinflasche? Mir ist übel. Auch von dem schalen Geschmack in meinem Mund. Aber Zähneputzen wäre mir zu anstrengend. Endlich finde ich die Flasche und habe zumindest den Anstand, ein Glas zu benutzen, obwohl mich keiner sieht. Aber wer weiß. Vorsicht ist die Mutter der Porzellankiste. Diesen Spruch habe ich bis heute nicht verstanden. Meine Mutter sagte es manchmal und legte den Finger an ihre Lippen. Ich fragte sie, was es bedeutet, denn eine Kiste könne ja keine Mutter haben. In ihren besseren Momenten lachten wir uns darüber kaputt, aber das kam selten vor. Aber ich will nicht an Mama denken, sonst versalzt sie mir den Wein. Mit einem Mal höre ich Geräusche aus dem Flur. Hastig verstecke ich Flasche und Glas hinter dem Mülleimer und reiße die Kühlschranktür auf. Mein Herz klopft wie ein wildgewordenes Tier.

„Ah, hier bist du. Geht's dir besser?"

„Einigermaßen", murmele ich in den Kühlschrank. Doch kaum ist das Wort über meine Lippen gekrochen, folgt ein Sturzbach von Tränen.

„Was ist denn nur los mit dir? Und was war das gestern für eine Vorstellung? Hattest du was mit dem Typen oder warum bist du so ausgeflippt?"

Muss er sich ausgerechnet im Türrahmen platzieren und mir den Weg versperren? Ich will nur noch raus aus der Küche. Weg von Adams Bohrblick.

„Ich will jetzt nicht reden. Mir ist hundeelend zumute."

Meine Augen starr auf den Boden gerichtet quetsche ich mich an ihm vorbei, lege mich ins Bett und ziehe die Decke über meinen Kopf. Ängstlich lausche ich auf seine Schritte. Nichts zu hören. Allmählich normalisiert sich mein Herzschlag und ich atme innerlich auf, da wird jäh die Bettdecke hochgerissen.

„Was soll das denn? Weißt du, wie spät es ist? Und überhaupt, musst du nicht arbeiten?"

Die vielen Fragen auf nüchternen Magen erschöpfen mich, zumal ich es hasse, in solch einer unvorteilhaften Position bedrängt zu werden. Da ich fast zu ersticken drohe, schiele ich vorsichtig unter dem Kissen hervor, das ich mir aufs Gesicht gepresst habe. Adam hat es sich inzwischen auf dem einzigen Sessel im Zimmer bequem gemacht. Er hält es noch nicht einmal für nötig, mein Kleid wegzulegen. Lässig lehnt er sich zurück, verschränkt die Hände hinterm Kopf und ruiniert mein empfindliches geliebtes Paillettenkleid. Dabei schaut er mich spöttisch, fast höhnisch an. Wut steigt in mir hoch. Mit seiner überheblichen Haltung will er scheinbar Überlegenheit demonstrieren und fühlt sich wohl auch ganz besonders stark.

Zugegebenermaßen trifft das den Nagel auf den Kopf, denn mir geht es lausig und komme mir vor, wie ein Häufchen Elend. Schwach, hässlich und verunsichert. Und ich schäme mich, dass ich so bin. Meine Kehle ist wie zugeschnürt. Hilflos presse ich die Lippen zusammen und lasse meinen Zorn implodieren. Ein erneuter Tränenstrom ergießt sich in mein Kopfkissen.

„Was heulst du denn andauernd? Wenn du krank bist, geh' zum Arzt oder sag' mir was du brauchst. Aber dieses Geflenne ist nicht zum Aushalten und ich verstehe ehrlich gesagt nicht warum du einen auf Leiden Christi machst. Willst du mich für irgendetwas bestrafen oder jammerst du diesem Typen hinterher? Sprich gefälligst mit mir!"

Nach dieser Tirade ziehe ich mich endgültig in mich zurück.

Lass mich einfach nur in Ruhe und hau ab!

Ich bin mir nicht sicher, ob ich diese Worte ausgesprochen oder nur gedacht habe. Auf jeden Fall höre ich, dass Adam den Raum verlässt.

„Mach' doch was du willst", dringt noch in meine Ohren, dann packt mich ein heftiger Weinkrampf und ich treibe in meinem Selbstmitleid davon.

Ich wache mit einem fürchterlichen Kater auf und mein Schädel brummt zum Zerplatzen. Instinktiv spüre ich, dass etwas anders ist. Adams Seite neben mir ist unberührt, aber das hat nicht viel zu bedeuten. In den letzten Wochen, seit Cocos Geburtstag, treibt er sich sonst wo herum, nur nicht hier. Das Gegenteil ist bei mir der Fall. Ich hänge nur hier herum und nicht anderswo, geschweige denn, in der Agentur. Seit dem neunundzwanzigsten Oktober habe ich meine Partnerin in spe weder gesehen, noch gesprochen. Es scheint ein Tag, wie jeder andere öde Tag zu sein. Trotzdem schrillen bei mir sämtliche Alarmglocken. Aber bevor ich mir über die Veränderung Gedanken mache, brauche ich dringend zwei Aspirin. Mühsam krabbele ich aus dem Bett. Mein Kopf reagiert zur Strafe bei jeder Bewegung mit einem stechenden Schmerz. Ich muss unbedingt weniger trinken, rede ich mir ins

Gewissen und überlege angestrengt, ob noch Wein im Haus ist. Auf dem Weg ins Bad nehme ich nur am Rande wahr, dass etwas nicht stimmt. Aber ich bin noch zu vernebelt, um klar denken zu können. Die Visage, die mich aus dem Spiegel anstarrt, entsetzt mich so sehr, dass ich sofort wieder anfange zu heulen. Meine Haare, um die mich viele beneidet haben, kleben schlaff und glanzlos an meinem Kopf und meine Augen sind rot umrändert und verquollen. Am liebsten möchte ich das unbarmherzige Glas zertrümmern, um meine Mutter zu verscheuchen, die mir, wie ein Geist, aus dem Spiegel entgegen blickt. Leere, unlebendige Augen. Andauernd taucht sie ungebeten auf. Wie ein lästiger Dämon. Mit Waschlappen und Seife bearbeite ich mein Gesicht, bis es förmlich glüht. Dann schrubbe ich meine Zähne so lange, bis das Zahnfleisch anfängt zu bluten. Nun fühle ich mich einigermaßen gereinigt und meiner Stimmung entsprechend unansehnlich.

„Scheußlich siehst du aus. Widerlich und abstoßend."

Wenn mich jemand hören würde, denkt bestimmt, dass ich reif für die Klapse bin. Eingehend inspiziere ich mein Äußeres, bis ich von mir selbst so angeödet und angekotzt bin, dass ich mich tatsächlich ins Waschbecken übergebe. Also putze ich meine Zähne nochmals. Mehr tot als lebendig schlurfe ich aus dem Badezimmer. Schon im Flur registriere ich, dass Adams Mantel und seine Jackets nicht an ihrem Platz hängen. Auch seine Schuhe, die normalerweise in dem kleinen Regal stehen, sind nicht dort. Jetzt bin ich hellwach. Ich reiße die Kommode auf. Gähnende Leere. All seine Sachen sind verschwunden. In der ganzen Wohnung sehe ich kein einziges Stück von ihm, aber auch keinen Brief, keine Notiz, kein Zeichen. Er hat sich klammheimlich aus dem Staub gemacht. Ich weiß nicht, ob ich traurig sein soll oder erleichtert oder was auch immer. Vor allem bin ich verletzt und enttäuscht. Bin ich ihm nicht eine Zeile wert? Verabscheut er mich so sehr, dass er es nicht mehr ausgehalten hat? Ich bin ihm langweilig geworden und er hat nun eine andere. Er liebt mich nicht mehr. So einfach ist das. Lässt mich zurück, wie einen

Haufen schmutziger Wäsche. Wäschewechsel. Und schon heule ich wieder los.

Verdammt nochmal, hör' endlich mit der Flennerei auf.

Verdammt nochmal, hör endlich mit der Flennerei auf, plärre ich ins Zimmer. Ich fluche, heule und bemitleide mich selbst. Meine Selbstbeschimpfungen rütteln mich ein bisschen auf. Der Feigling hat wahrscheinlich heute Nacht, während ich meinen Rausch ausschlief, still und leise seine Siebensachen gepackt und ist auf Nimmerwiedersehen verduftet.

Bleib doch, wo der Pfeffer wächst.

In mir toben Gefühle, die ich nicht benennen kann, vielleicht auch nicht benennen will und doch fühle ich mich irgendwie von einer Last befreit. Ein lang verschüttetes Gefühl, ähnlich wie Freude, macht sich in mir breit, und ich beschließe, mich hübsch zu machen und in die Stadt zu fahren. Meine Lebensgeister scheinen zurückgekehrt zu sein. Mit neuem Ansporn schminke ich mich sorgfältig, schlüpfe in Jeans und einen puderfarbenen Kaschmirpulli. Da das Wetter eher nasskalt ist, ziehe ich meine fellgefütterten Wildlederstiefel an. Meine ungewaschenen Haare kämme ich glatt nach hinten und stecke sie zu einem Chignon zusammen. Halbwegs zufrieden mit mir, fische ich meine Lammfelljacke aus dem Winterkarton und schnappe die Handtasche. Sie kommt mir merkwürdig leicht vor. Mein Herz beginnt zu pochen. Voller Angst öffne ich die Tasche, löse die Sicherheitsnadeln und schiebe meine Hand bis zum Boden. Nichts. Hektisch schütte ich den gesamten Inhalt auf den Fußboden und wühle unter dem Innenfutter. Nicht ein einziger Schein ist zu finden. Eiskalter Schweiß bricht aus meinen sämtlichen Poren und eine Panikattacke droht mich überfallen. Keuchend lege ich mich flach auf den Boden und merke, wie mir die Sinne schwinden.

Zwanzig Euro hat er mir gelassen und einen leeren Kühlschrank. Wie kann ein Mensch so durchtrieben und niederträchtig sein? Dieser Saukerl. Zwanzig Euro zum Leben. Das sind zwei Flaschen Wein, wenn es nicht der billige Fusel mit Schraubverschluss sein soll. Das Schlimmste ist, dass es in ganz Wien niemanden gibt, den ich anpumpen kann. Coco kommt nicht in Frage, denn die ist bestimmt wahnsinnig sauer auf mich, weil ich mich nicht melde. Auf meinem Handy sind unzählige unbeantwortete Anrufe und Nachrichten von ihr. Aber ich schäme mich zu sehr, um mit ihr zu sprechen oder mich zu entschuldigen. Wie und woher beschaffe ich mir Geld? Plötzlich fällt es mir wie Schuppen von den Augen. Ich hole mein Geld zurück. Adam ist natürlich im Palais Coburg. Natürlich. Wo sonst? Er weiß ja nicht, dass ich weiß, wo seine geheimnisvolle Wohnung ist. Da hat er sich mächtig geschnitten. Die Luxusbleibe war anscheinend nie für uns zusammen geplant, sondern nur für ihn. Deshalb durfte ich sie nicht besichtigen. Die Erkenntnis trifft mich mehr, als ich zugeben will und ich ärgere mich über meine unglaubliche Naivität. Aber nicht mit mir, mein Lieber. Mich lässt man nicht so einfach sitzen. Dieser Arsch hat sogar mein Portemonnaie, bis auf zwanzig Euro, geräumt. Das hat mich am meisten getroffen. Sein bewusster Vorsatz, mich komplett auszuplündern, zeigt mir, dass er mich hassen muss. Nun hasse ich ihn auch.

Die Trambahn ist überfüllt von lärmenden Schulkindern. Die Unbefangenheit, die sie anscheinend nur mit 100 Dezibel demonstrieren können, übersteigt die Toleranz meiner Schmerzgrenze. Genervt steige ich am Stubentor aus, um die paar Meter in die Coburgbastei zu Fuß zu laufen. Endlich mal ein Straßenname, der nicht auf Gasse endet. Fast alle Straßen in Wien heißen Gasse. Ich finde das deprimierend, weil eine Gasse für mich etwas Enges, Dunkles und Bedrohliches hat. Schon von weitem erblicke ich einen prachtvollen weißen Palast, der mich etwas an den Zuckerbäckerstil in Nizza erinnert. Nun verstehe ich, dass Adam für ein solches Projekt auf Investoren angewiesen ist. Staunend gehe ich langsam auf das Gebäude zu, und mein Herzschlag legt an Tempo zu. Zwischen Backsteinmauern, die auf dem Sims mit einem schmiedeeisernen Zaun verziert sind, befindet sich eine moderne Glasfront, deren Türen weit geöffnet sind. Etwas befangen und eingeschüchtert traue ich mich nicht recht in die Eingangshalle. Froh, dass ich meine Lammfelljacke, die teuer aussieht und auch teuer war, angezogen habe, schlendere ich an der Mauer entlang, um all meinen Mut zusammen zu raffen. Meine Céline-Stiefel würden angemessener sein, aber das kann ich jetzt nicht ändern. Meine Hände sind schwitzig und mein Puls ist nicht zu drosseln. Trotzdem muss ich da hinein. Entschlossen stapfe ich zurück und betrete die beeindruckende marmorgeflieste Halle, die mich eher an ein Hotel erinnert, als an ein Apartmenthaus. Bereits auf halbem Weg knipse ich mein Lächeln an und der Concièrge, hier heißt er wahrscheinlich Doorman, lächelt beflissen zurück. Ein Page in Livrée schiebt einen, mit Koffern und Taschen beladenen Wagen an mir vorbei und bleibt vor einem der Fahrstühle stehen. Irritiert schaue ich mich um und wundere mich über die vielen Menschen im linken Bereich.

Das IST ein Hotel, Dummchen.

Im Geist kann ich Adams höhnische Stimme hören. Und diesmal hat er Recht. Ich bin tatsächlich ein Dummchen. Für wie blöd muss er mich gehalten haben. Scham und Wut wallen synchron in mir hoch. Nur nicht unüberlegt und spontan handeln, ermahne ich mich innerlich. Eine Strategie muss her. Lächelnd frage ich den Concièrge, wo sich die Bar befindet. Auf dem Weg dorthin lasse ich meine Augen ständig kreisen, dass ich nicht Gefahr laufe, Adam in die Arme zu rennen. Die Weinbar ist mir zu offen, zu übersichtlich, deshalb verziehe ich mich auf die Toilette, um einen Plan auszutüfteln. Mir fällt partout nichts ein und ich beschließe, es einfach drauf ankommen zu lassen. Dunkel erinnere ich mich an die Zahl, die auf der Magnetkarte stand. Tief durchatmend werfe ich einen Kontrollblick zum Empfang und hüpfe schnell in einen der Aufzüge. Im zweiten Stock steige ich aus, schaue mich wie ein Dieb um, und mache mich auf die Suche nach Zimmer 210. Ein Zimmermädchen, ganz in rosa und weiß gekleidet, schiebt ihren bestückten Wagen geräuschlos um die Ecke. Glücklicherweise werden auch meine Schritte durch den

Teppichboden gedämpft. Als ich schließlich vor der Zimmertür stehe, pocht mein Herz zum Zerspringen und ich bin kurz davor, davon zu rennen, als plötzlich die Tür aufgeht und Adam mit der gefärbten Schlampe heraus kommt. Jetzt kenne ich die Bedeutung, wenn jemandem der Schreck in die Glieder fährt. Adam und ich zappeln kurz wie Marionetten im Gleichtakt. Selten habe ich einen Menschen gesehen, dem das Entsetzen so im Gesicht geschrieben steht, dass es zur Grimasse wird. Ich allerdings, bin auch nicht weniger fassungslos. Mit dem Unterschied, dass er sich schnell wieder im Griff hat, was man von mir nicht behaupten kann. Nachdem ich mich von meinem ersten Schock erholt habe, schreie ich los:

„Du feiges Schwein. Gib' mir sofort mein Geld zurück, das du mir gestohlen hast."

Mit diesem Satz, den ich so nicht sagen wollte und erst recht nicht kreischen wollte, hat sich meine Strategie, sachlich und emotionslos zu bleiben, in Luft aufgelöst. Wie eine Furie führe ich mich auf. Aber das ist mir im Moment egal.

„Wer ist das, Noah? Kennst du diese Frau?"

WIE BITTE? NOAH?

„Ich habe keine Ahnung, Liebes. Wahrscheinlich ist sie psychisch gestört. Ich rufe am besten die Rezeption an."

LIEBES?

„Gott sei Dank. Im ersten Augenblick dachte ich, dass du sie kennst, weil du ziemlich erschrocken warst."

„Die Irre hat mir ja auch einen Mords Schrecken eingejagt. Mir ist fast das Herz stehen geblieben."

Ich begreife nicht, was sich da gerade abspielt und will mich gerade kneifen, um zu testen, ob ich real bin, als mich jemand von hinten an der Schulter berührt. Entrüstet und wütend, weil ich es hasse, wenn mich eine fremde Person anfasst, drehe ich mich um. Vor mir steht so ein verdammter Lackaffe, der seine verfluchten Hände immer noch auf meiner Schulter hat.

„Lassen Sie mich gefälligst los und schnappen Sie sich lieber den da."

Drohend zeige ich auf Adam, der mich mit süffisant mitleidiger Miene betrachtet und bedauerlich mit den Schultern zuckt.

„Der ist mit meinen dreißigtausend Euro abgehauen. Ich bestehe darauf, dass sie sein Zimmer durchsuchen."

Mittlerweile haben sich ein paar Schaulustige versammelt, die mich sensationslüstern angaffen. Aber ich bin noch nicht bereit, die Waffen zu strecken, obwohl mir bewusst ist, wie lächerlich ich wirke. Ich habe schlichtweg die miesen Karten.

„Na machen Sie schon. Durchsuchen Sie!"

Der Typ macht keine Anstalten, meinem Wunsch nachzukommen. Stattdessen wird sein Griff fester.

„Kommen Sie bitte mit mir."

WAS?

„Ich verstehe nicht. Warum durchsuchen sie nicht sein Zimmer?"

„Beruhigen Sie sich bitte und kommen Sie mit mir."

Jetzt reicht es mir. Mit dem Ellbogen versetze ich ihm einen Stoß in die Rippen und schieße fluchend, wie eine Rachegöttin, auf Adam zu. Ich will ihm das grinsende Gesicht zerkratzen, ihn schlagen, ihm richtig wehtun. Menschen stürzen auf mich, halten mich fest und drücken mich zu Boden. Wie eine wildgewordene Furie versuche ich mich zu befreien, doch die sind in der Überzahl und stärker als ich. Erschöpft gebe ich auf. Ich gebe mich auf. Adam hat gewonnen.

39

Mir ist kalt und ich spüre, wie sich meine Härchen am ganzen Körper aufrichten. Eine dünne steife Decke berührt meine Haut, ohne sie zu wärmen. Ein widerlicher Geruch von Desinfektionsmitteln und Kohlsuppe steigt mir in die Nase. Und noch bevor ich meine Augen öffne, wovor ich mich fürchte, weiß ich, wo ich mich befinde. Meine letzte Erinnerung ist, dass ich wild um mich geschlagen und geschrien hatte. Fremde Menschen packten meine Arme und hielten mich umschlungen, so dass ich mich nicht mehr rühren konnte. Adam stand seelenruhig da, Hände in den Taschen und betrachtete lächelnd die groteske Szenerie. Dann riss der Film und es wurde dunkel.

„Guten Morgen, junge Dame. Sind wir wach?"
Blinzelnd gucke ich in ein lächelndes, faltiges Nonnengesicht.
„Bin ich in der Geschlossenen?"
„Aber nein", sagt sie gelassen und schenkt Tee aus einer Thermoskanne in ein Glas.
„Sie sind nur für einige Tage zur Beobachtung hier, nach Ihrem Nervenzusammenbruch."
„Also doch in der Psychiatrie."
„Dank Ihrer Freundin sind bei den Barmherzigen Schwestern und nicht woanders."
Freundin?
„Welche Freundin?"
„Na, Sie sind mir vielleicht ein Herzchen. Fragt mich, welche Freundin. Glücklich ist der Mensch, der wahre Freunde hat. Und die haben Sie. Eine sehr nette und elegante Person ist ihre Freundin. Die ganze Nacht hat sie an ihrem Bett gesessen, bis ich sie in die Cafeteria geschickt habe, um mal etwas zu sich zu nehmen. Sobald Sie aufwachen, soll ich ihr Bescheid geben."
In meinem Kopf tummeln sich mehrere Fragezeichen. Hatte sich im Hotel jemand meiner erbarmt. Eine nette, elegante

Person? So viel ich auch grüble und in meinen Erinnerungen krame, fällt mir niemand ein. Adams Schlampe wird es wohl nicht gewesen sein.

„Ich gehe dann mal und hole sie", ruft die Schwester gut gelaunt und stampft mit festen Schritten zu Tür hinaus. Ihr schwarzer Habit bauscht sich kurz auf und schwingt sanft um ihre Waden. Verwirrt, weil ich überhaupt nichts verstehe, trinke ich einen Schluck Pfefferminztee und schaue durch das Fenster in einen trostlosen Himmel. Niedergeschlagen denke ich an meine ungewisse Zukunft ohne Geld und ohne Job. Die aufsteigenden Tränen lasse ich laufen, ohne sie weg zu wischen. Eine nach der anderen tropft in meinen Tee. Mit Grausen denke ich an die Bruchbude, die überall Adams Spuren trägt. Aber es ist meine einzige Unterkunft in Wien, denn ich besitze nichts. Vielleicht hat der Wohnungsbesitzer bereits meine ganzen Klamotten zusammengepackt und irgendwo hingebracht. Bei diesem Gedanken wird mir ganz schlecht und ich spüre, wie mir der kalte Angstschweiß ausbricht. Nun ist mein Tränenfluss nicht mehr zu bremsen. Was für ein beschissenes Leben. Da ging es mir in Paris weitaus besser. Noch während ich in Selbstmitleid zerfließe, höre ich, wie die Tür geöffnet wird. Ungläubig starre ich auf die elegante Person. Es ist Coco.

„Coco", krächze ich und heule los, wie ein Schlosshund. Ich kann gar nicht mehr aufhören. Es ist, als hätte ich sämtliche Schleusen geöffnet und all meine Körperflüssigkeiten durch meine Augen strömen. Coco nimmt mich in die Arme und murmelt:

„Was machst du bloß für Sachen?"

Schluchzend klebe ich mit meinem Gesicht an ihrer Bluse, die mit Sicherheit schon völlig tränendurchtränkt ist. Mütterlich streichelt sie meine fettigen Haare und redet beruhigend auf mich ein. Es wirkt.

„Hast du mal ein Taschentuch?", schniefe ich und warte, bis sie mir eins reicht. Nachdem ich mich kräftig geschnäuzt habe, frage ich sie zaghaft:

„Was machst du denn hier?"

Coco schaut mich lange und prüfend an, so dass ich beschämt die Augen niederschlage.

„Ich scheine der einzige Eintrag in deinem Handy zu sein. Jemand aus dem Palais Coburg rief mich an, stellte mir einen Haufen Fragen und bat mich schließlich, zu kommen. Und so bin ich seit zwei Tagen, mit kurzen Unterbrechungen, hier. Nachdem ich übrigens verhindern konnte, dass sie dich ins AKH verfrachten. Das wäre nicht lustig gewesen."

„Du meinst, in die Psychiatrie?"

„Exakt. Ich musste dem Hoteldirektor versprechen, dass ich mich darum kümmere, dich ins Krankenhaus zu bringen. Zum Glück hat ein befreundeter Arzt hier ein paar Belegbetten. Den habe ich dann auch noch angerufen, damit er dich einweisen kann. Du siehst, dass du deine Leute ganz schön auf Trab gehalten hast."

Ich bin weiß Gott kein Mensch, der mit Gaben gesegnet ist, aber eine Gabe besitze ich. Wenn jemand mit etwas hinter dem Berg hält, spüre ich das instinktiv. Ich rieche es förmlich. Und Coco will mir etwas sagen. Nichts Positives. Etwas über mich oder was sie von mir hält. Oder sie will mir ins Gesicht sagen, dass unsere Wege uns ab sofort trennen. So gut kenne ich sie, um zu wissen, dass sie ein klärendes Gespräch will, bevor sie unsere noch nicht begonnene Partnerschaft beendet. In solchen Situationen bin ich anders. Ich warte ab.

„Danke. Danke, dass du mich nicht eingeliefert hast", presse ich hervor und heule gleich wieder los.

Coco reicht mir noch ein Kleenex und geht zum Fenster. Die Atmosphäre ist plötzlich ziemlich angespannt und abwartend fixiere ich ihren Pferdeschwanz. Ich halte die Luft an und wäge ab, ob ich als erste reden soll.

Sei doch nicht so zögerlich. Mach' einfach!

Als wenn das so einfach wäre. Lieber harre ich aus, auch wenn es mir schwer fällt und meine Beklemmung mit jeder Sekunde zunimmt.

„Es gibt da etwas, über das ich mit dir sprechen will."

Also doch. Meine Ohren glühen bereits und meine Halsschlagader scheint jeden Moment zu platzen. Meine

Kehle ist so zugeschnürt, dass ich keinen Ton herausbringe und so bleibe ich stumm. Coco räuspert sich ein paar Mal und guckt mich ernst an. Und traurig? Ihre Hände rupfen ein Taschentuch auseinander und zerknüllen die Fetzen zu kleinen Bällchen.

„An meinem Geburtstag hatte ich noch ein langes Gespräch mit Matthias. Und was er mir über dich erzählt hat, klang ehrlich gesagt ganz schön verrückt. Wenn nicht sogar… Ich weiß nicht, wie ich es ausdrücken soll. Es klang nicht nach dir. Die ganze Zeit hatte ich das Gefühl, er spricht über eine fremde Person. Nicht über dich. Es ist wirklich sehr schwer für mich, das alles zu verdauen, wenn es tatsächlich der Wahrheit entspricht. Auf jeden Fall höre ich mir immer beide Seiten an, bevor ich urteile oder Entscheidungen treffe."

Wie ein Opferlamm, das zur Schlachtbank geführt wird, lausche ich ihrer Schilderung. Enthüllung wäre das treffendere Wort. Die Bloßstellung der Helena S. Gelfrisur hat nichts ausgelassen und ich erfahre mehr, als mir lieb ist. Mit Sicherheit hat er seine Spione, denn wie sollte er sonst so detailliert informiert sein. Geschockt begreife ich, was ich angerichtet habe. Falsch. Eigentlich begreife ich nichts. Eigentlich bin ich geschockt, dass mir die ganze Schuld in die Schuhe geschoben wird. Soll ich etwa für alles verantwortlich sein? Es ist immer simpel, einen Sündenbock zu finden. Und noch besser, wenn der Sündenbock nicht vor Ort ist, um sich zu verteidigen. Moniques Mann hat sich von ihr scheiden lassen und sie musste Insolvenz anmelden, weil die Kosmetikfirma sie verklagt hatte. Außerdem hatte jemand behauptet, sie würde einen Callgirl-Ring unterhalten. Daraufhin hatte sie die Staatsanwaltschaft am Hals, inklusive Hausdurchsuchung und Beschlagnahmung sämtlicher Unterlagen. Monique ist erledigt und hat sich in ihrem Landhaus in der Normandie vergraben. So schlimm wollte ich sie zwar nicht treffen, aber sie hatte sich mir gegenüber dermaßen unfair verhalten, dass es ihr zum Teil schon Recht geschieht. Schließlich hatte sie ihren Mann betrogen und mich vor die Tür gesetzt. Nun ist sie genauso beschissen dran, wie ich. Immerhin hat sie noch ihr Häuschen. Ich habe nichts. Angeblich sucht mich ganz Paris und ganz Paris fragt sich, ob ich überhaupt noch lebe.

Pah, ganz Paris. Wen kennt der Arsch denn schon.

Aber es kommt noch schlimmer. Gelfrisur will erfahren haben, dass Roman mich als vermisst gemeldet hat. Ich bin eine vermisste Person. Von der Polizei gesucht. Mir läuft es siedend heiß durch den Körper, wenn ich daran denke, was das bedeutet. Interpol. Wenn Coco auch noch Severine, Flora, Martine und all die anderen, die ich geprellt habe, erwähnt, flippe ich komplett aus. Sie tut es nicht. Auch meine klägliche Anmache bei Gabor spricht sie mit keinem Wort an.

„Ich war wie vor den Kopf geschlagen, als Matthias mir die Stories erzählte. Selbst wenn nicht alles auf dein Konto geht, so bleibt doch ein übler Nachgeschmack und ich frage mich, wie ich mich so von dir täuschen lassen konnte. Warum bist du abgehauen, ohne jemandem Bescheid zu geben? Warum hast du kein Lebenszeichen gegeben, dass du in Wien bist? Du hast doch Freunde in Paris. Kümmert es dich nicht, dass die sich Sorgen machen? Sind sie dir egal, oder was?"

Was bildet Coco sich eigentlich ein, mich herunter zu putzen und über mich ein Urteil zu fällen, ohne meine Darstellung der Dinge zu hören. Sie spielt sich auf, als hätte sie die Weisheit mit Löffeln gefressen. Beleidigt betrachte ich meine Fingernägel und überlege krampfhaft, wie ich meinen Kopf aus der Schlinge ziehe. Mir fällt nichts ein, außer ein paar Tränchen raus zu quetschen. Ich weiß, dass sie mich voller Erwartung anschaut, ob nicht vielleicht doch ein ‚mea culpa' über meine Lippen kommt. In Wahrheit herrscht in meinem Kopf ein solches Durcheinander, was es mir unmöglich macht, auch nur einen klaren Gedanken zu fassen. Im Geiste sehe ich mein Fahndungsfoto in ganz Paris an Bäumen, Pissoirs, Ampeln und Metroschächten hängen. Taucher suchen den Grund der Seine nach meiner Leiche ab und Spürhunde schnüffeln sich durch die Bars und meine letzten Aufenthaltsorte. Sie werden ihrer Witterung bis zum Friedhof folgen. Also doch tot. Aber Gelfrisur wird sicherlich dafür sorgen, dass ich geschnappt und bestraft werde. Cocos Stimme dringt zwar in meine Ohren, aber ich habe den Faden verloren.

„Helena, hast du verstanden, was ich eben gesagt habe?"

„Entschuldige, mir ist ein bisschen schlecht. Was hast du gemeint?"

„Dass du dringend Hilfe benötigst. Professionelle Hilfe."

„Du meinst einen Seelenklempner? Ich soll zu einem Psychiater? Findest du nicht, dass du ein wenig übertreibst? Nur weil ich von meinem Freund verlassen worden bin und mich etwas daneben benommen habe, soll ich reif für die Klapse sein? Das glaube ich jetzt nicht."

Wütend starre ich sie an und gebe zur Untermalung ein paar verächtliche Töne von mir. Wieso maßt sich jeder an über mich bestimmen zu können oder zu wissen, was am besten für mich ist? Ich bin doch kein kleines Kind mehr.

„Was weißt du über Adam?

„Wie meinst du das?"

„Die Frage ist doch unmissverständlich. Was weißt du über ihn?"

Natürlich habe ich ihre Frage verstanden. Aber ich kann ja schlecht sagen: Nichts. Auch das wäre unmissverständlich, aber auch beschämend. Inzwischen könnte ich mich für meine Blauäugigkeit ohrfeigen. Noch mehr für meine Feigheit. Wie zaubere ich aus Nichts eine plausible Lovestory? Hat Ben ihr gegenüber etwas über unser Gespräch verlauten lassen? Was hatte ich Ben überhaupt erzählt? Außerdem finde ich, dass Coco allzu neugierig ist und sie fängt an, mir auf die Nerven zu gehen. Das ist allein meine Sache. Reserviert beantworte ich einige ihrer Fragen und gebe ihr zu verstehen, dass sie das eigentlich nichts angeht. Ich fühle mich in die Enge getrieben.

„Ich horche dich nicht zum Spaß aus oder weil ich dich quälen will. Gabor glaubt nämlich, diesen Adam zu kennen. Nicht persönlich, aber.... Also, ich fange noch mal an. Auf meiner Party war eine alte Freundin von Gabor. Und sie glaubt in Adam den Ex ihrer Freundin erkannt zu haben. Diese besagte Freundin wurde von diesem Typ nach Strich und Faden ausgenutzt und bestohlen. Dann war er weg. Verschwunden und unauffindbar. Das muss ja nicht Adam gewesen sein, aber er könnte es sein. Oder?"

Selbstredend könnte es Adam gewesen sein.

Es ist Adam, Dummchen.

„Kann sein, glaube ich aber nicht. Ich bin zwar manchmal etwas naiv, aber nicht blöd. Ich kriege das schon alles in den Griff, wenn ich erst einmal hier draußen bin."

Wie denn?

„Wie denn? Helena, ich mag dich. Frag' mich nicht warum, aber es ist so. Mir ist es nicht entgangen, dass du versucht hast, Gabor anzugraben. Du warst betrunken. Auch ein Thema für sich. Dann die Geschichte mit Matthias und so weiter. Glaube mir, ich weiß, wenn sich jemand am Abgrund bewegt. Und das tust du. Tief in mir spüre ich, dass du anders bist, als du dich gibst und einen wirklich guten Kern hast. Lass' dir helfen und ich helfe dir. Und das sage dir nur einmal. Unter einer Bedingung kannst du weiter bei mir arbeiten und in meinem Apartment am Naschmarkt wohnen."

Jetzt macht sie es aber spannend.

„Unter welcher?"

„Wenn du zu einem Therapeuten gehst."

„Das ist Erpressung."

„Nenne es, wie du willst. Das ist meine Bedingung. Sonst musst du sehen, wie du allein zu recht kommst. Wie gesagt, ich biete dir das nur einmal an."

„Warum tust du das für mich?"

„Schon vergessen? Ich will eine Partnerin. Eine Partnerin, auf die ich mich verlassen kann und die mir genauso vertraut, wie ich ihr vertraue."

Manchem fehlt nur die Zeit, um glücklich zu
sein, die Zeit, die ihm die Habgier raubt.
Emanuel Wertheimer (1846 – 1916), deutsch-österreichischer Philosoph

Keines Menschen Gedächtnis ist so gut,
dass er ständig erfolgreich lügen könnte.
Abraham Lincoln (1809 – 1865), 16. Präsident der Vereinigten Staaten

40

Wien, die Stadt der Todessehnsüchtigen und des Zentralfriedhofs. Lebensmittelpunkt von Sigismund Schlomo Freud, bevor er nach London emigrierte und Balthasar Brill.

Mit schlotternden Knien und flauem Gefühl in der Magengegend betrete ich das imposante Stadthaus in der Himmelpfortgasse. Welch Ironie, dass sich das kleine Palais in unmittelbarer Nähe vom Palais Coburg befindet. Wenn jetzt noch Adam um die Ecke biegt, falle ich auf der Stelle tot um. Zögerlich erklimme ich die hellen Steinstufen und fühle mich in ein anderes Jahrhundert versetzt. Hier ist die Zeit stehen geblieben und es würde mich nicht verwundern, wenn plötzlich barocke Damen und Herren aus den verschlossenen Türen auftauchen, um in den Ballsaal zu eilen. Psychotherapie scheint ja ein äußerst lukratives Geschäft zu sein, vermute ich, und das von meinem Geld, das ich zukünftig in den mir noch unbekannten Mann investiere. Nun stehe ich vor der hohen, mit Schnitzereien verzierten Tür zum Kabinett von Prof. Dr. Dr. Balthasar Brill. Warum muss der Wiener immer aus der Reihe tanzen? Kann man sein Kabinett nicht einfach Praxis nennen oder die Gasse Straße? Das Messingschild glänzt, wie frisch poliert, wie auch die Klingel. Kein einziges Geräusch dringt nach außen. Wie Brill wohl aussieht? Muss ich mich auf die Couch legen? Was wird er mich fragen? Wie viel wird er mir für eine Stunde abknöpfen? Noch ist Zeit, umzudrehen. Drinnen klingelt ein Telefon. Wenn es zehnmal läutet, gehe ich. Es klingelt nur zweimal. Resigniert drücke ich den Knopf. Mein Herz hämmert.

Skeptisch beäuge ich meinen Therapeuten in spe, der absolut nicht meinem vorgefassten Bild eines Psychotherapeuten entspricht. Zweiter Versuch. Drei habe ich. Vor Brill war ich bei einer Frau. Von Anfang an mochte ich sie nicht. Für meinen Geschmack war sie zu jung, zu hübsch, zu teuer gekleidet, zu verschwenderisch eingerichtet und zu beeindruckend. Meine Chemie stimmte mit der ihrigen nicht überein. Zumindest besaß sie so viel Anstand, die Stunde nicht zu berechnen. Aber auch Brill scheint mir kein Sympathieträger zu sein. Durch seine Brille, mit Gläsern, so dick wie Flaschenböden, blinzelt er mich unentwegt an. Vielleicht hat er einen nervösen Tick oder eine Fliege im Auge. Mit seinem untersetzten birnenförmigen Körper, der mich an den eines Eunuchen erinnert, versinkt er fast in dem wuchtigen Ohrensessel. Sein runder Kopf, mit ziemlich großen Ohren, ist fast kahl, bis auf einen kleinen Kranz, und seine Haut wirkt teigig, als würde er sich niemals an der frischen Luft aufhalten. Brill sieht aus wie ein Molch. Alles andere, als ein Typ zum Verlieben. Wahrscheinlich wurde er als Kind immer gehänselt und beschloss deshalb Therapeut zu werden. Um sich selbst durch andere, denen es noch schlechter geht als ihm, zu therapieren. Was hatte sich Coco nur dabei gedacht? So ein Grottenmolch. Aber er soll der Beste sein. Unbehaglich rutsche ich auf dem zierlichen Sessel hin und her, betrachte seine staubigen, ausgelatschten Mokassins und warte.

„Warum sind Sie zu mir gekommen, Frau Schmidt?"

Innerlich zucke ich zusammen. Was für eine Frage. Weil Coco eine Bedingung gestellt hat? Weil Adam mich getäuscht, bestohlen und verlassen hat? Weil ich auf der ganzen Welt keinen Menschen habe? Weil ich überflüssig bin? Weil ich mich leer fühle? Weil ich nicht weiß, warum ich so bin. Weil mir auf die einfache Frage keine einfache Antwort einfällt? Na toll, Brill denkt bestimmt, dass ich eine blöde Heulsuse bin. Ein eingeschüchtertes Dummchen. Schweigend reicht er mir eine Kleenex-Box, die er wahrscheinlich stets griffbereit hat. Schniefend bedanke ich mich und stelle erstaunt fest, dass er schmale gepflegte Hände hat, die so gar nicht zum Rest seines Körpers passen. Einen Ehering trägt er auch. Als hätte er geahnt, dass ich nicht antworte, stellt er weitere, unverfängliche Fragen. Ob ich Schlaftabletten, Johanniskraut, Antidepressiva oder sonstige psychopharmazeutische

Medikamente einnehme. Natürlich nicht, denn ich will ja nicht wie ein Zombi durch die Gegend laufen. Wie kommt er überhaupt darauf, dass ich solch ein Zeug nehmen könnte? Ich habe doch keine Depressionen. Außerdem will er wissen, welchen Beruf ich habe, was ich gelernt habe und wo ich im Moment arbeite. Nachdem dieser eher oberflächliche Teil des Fragenkatalogs abgehakt ist, möchte er wissen, wer meine Eltern sind und ob sie noch leben. Ob ich Geschwister habe, einen Lebensgefährten…. Das war es dann mit den harmlosen Fragen. Erneut öffnen sich meine Tränenkanäle und ich greife unaufgefordert in die Taschentücher-Box.

„Welche Gefühle haben Sie jetzt, in diesem Augenblick?"

Gefühle? Was für Gefühle? Glaubst du wirklich, dass ich mein Seelenleben vor deine Füße kotze? Wir kennen uns noch nicht mal fünf Minuten.

„Wie meinen Sie das?"

Jetzt, in diesem Augenblick würde ich ihm am liebsten die Augen auskratzen. Solche Fragen habe ich immer schon gehasst. An was denkst du im Moment? Als ob das irgendjemanden etwas angeht. Meine Kehle ist wie zugeschnürt und mein Puls ist mindestens auf dreihundert.

„Warum ärgert sie meine Frage?"

Warum ärgert Sie meine Frage, Schätzchen. Und woher weißt du Molch, dass ich wütend auf dich bin, he?

Misstrauisch versuche ich an seinem Gesichtsausdruck zu erkennen, ob er mir eine Fangfrage stellt und mich auflaufen lässt. Wird er mich gleich bitten, mich auf die Couch zu legen? Schon bei dem Gedanken wird mir übel. Die Chaiselongue ist unter Garantie noch nie gereinigt worden und stinkt wahrscheinlich nach fremdem Schweiß und fettigen Haaren. Ein Schauer läuft mir über den Rücken und der Zwang, mich zu schütteln übermannt mich.

„Muss ich mich auf die Couch legen?"

Brill lächelt und wippt mit seinem Kopf abwechselnd von rechts nach links, als müsse er seine Halsmuskeln lockern.

„Nein. Das ist ein Erbstück meines Urgroßvaters. Erinnerungs-Dekoration, wenn Sie so wollen."

Meine Frage scheint ihn sichtlich zu amüsieren, denn er lächelt immer noch und schaukelt dabei mit seinen dicken, grauen Augenbrauen. Wohl auch so ein Tick von ihm.

„So, Frau Schmidt….", hastig unterbreche ich ihn.

„Bitte nennen Sie mich Helena."

„In Ordnung. Also, Helena, die Zeit ist um und wir sehen uns hoffentlich beim nächsten Mal."

Erleichtert erhebe ich mich, denn ich lechze nach frischer Luft. Nachdem ich noch Formulare und eine Verschwiegenheits-Vereinbarung ausgefüllt und unterschrieben habe, schlägt Brill mir vor, für den Anfang zweimal pro Woche zu kommen. Damit habe ich nicht gerechnet und bin dementsprechend geschockt. Nicht wegen des Geldes, obwohl auch das mich empfindlich schmerzt, sondern sein Nachdruck und die Ernsthaftigkeit seines Vorschlags. Habe ich das nötig? Ich traue mich nicht, ihn zu fragen. Artig bedanke ich mich für sein Entgegenkommen, mir auf Grund meiner finanziellen Situation nur vierzig Euro für die Stunde zu berechnen, die er allerdings auch sofort kassiert, und flüchte schleunigst hinaus.

Bevor ich in die Agentur gehe, brauche ich dringend einen Café und eine Stärkung, denn meine Nerven liegen blank. Brill hat mir nicht nur Hausaufgaben aufgegeben, sondern ich soll sämtliche Träume aufschreiben. Möglichst präzise. Hausaufgaben habe ich schon in der Schule verabscheut und nun bin ich dazu verdammt, eine Liste aufzustellen, was ich an mir mag und was nicht. Als wenn das nicht schon arbeitsintensiv genug ist, soll ich noch ein Tagebuch führen. Plötzlich spüre ich ein Kribbeln am Hinterkopf, als ob tausende von kleinen Spinnen durch meine Haare kriechen. Ich drehe mich um, ob jemand mich beobachtet. Leide ich an Verfolgungswahn oder Halluzinationen? Es ist niemand zu sehen. Gerade will ich weiterlaufen, da sehe ich Adam und diese Tussi aus einem Taxi steigen und wäre fast in sie hineingestolpert. Ich bleibe wie angewurzelt stehen, unfähig mich zu bewegen und starre ihn an. Er sieht mich nicht. Noch nicht. Ein älteres Paar mit Regenschirm spaziert am Taxi vorbei in meine Richtung. Blitzschnell ducke ich mich, schieße auf die beiden zu und verstecke mich unter ihrem Schirm. Ich habe gar nicht gemerkt, dass es regnet.

„Laufen Sie nur ganz normal weiter", flüstere ich dem Paar zu, während ich mich, krabbenähnlich, mit ihnen fortbewege. Die zwei sind wahrscheinlich so verdattert, dass sie, ohne mir Fragen zu stellen, nicht stehen bleiben. Nach ein paar Metern bedanke ich mich für ihre Hilfe und renne, als wäre der Teufel hinter mir, um die Ecke. Völlig aufgewühlt stürze ich in das nächstbeste Café, in sicherer Entfernung des Hotels und bestelle mir einen Zweigelt. Beim zweiten Glas angelangt beruhigen sich meine Nerven, mein Herz und meine Beine einigermaßen, doch der Schreck sitzt mir nach wie vor in den Gliedern. Gleichzeitig brodelt es in mir. Mit meinem Geld spielt er den dicken Max und logiert mit dieser Schlampe im teuersten Hotel von Wien. Zum ersten Mal wage ich es unsere Beziehung zu beleuchten und ich vermute, dass er es von Anfang an nur auf mein Geld abgesehen hatte. Nachdem er wusste, dass ich nichts besaß, veränderte er sein Verhalten mir gegenüber in rasantem Tempo. Wie konnte ich nur so blind gewesen sein? Von Anfang an hatte er mich belogen und mir etwas vorgespielt. So schlau bin ich jetzt. Über mein Verhalten will ich nicht nachdenken. Ich bin hier das Opfer. Verletzt und den Tränen nahe, kippe ich den Zweigelt auf einmal runter. Jetzt nur nicht flennen. Mit leichter Schräglage, denn ich habe so gut wie nichts im Magen, verlasse ich das Café und gönne mir ein Taxi.

41

Schlaftrunken knipse ich das Licht auf meinem Nachttisch an.
Eine Melodie hat mich geweckt. Perfect Day. Ich spitze die
Ohren, höre aber nichts. Mürrisch, weil ich lieber tief schlafen
als träumen will, versuche ich mich an den Traum zu erinnern
und schreibe lustlos die Erinnerungsfetzen auf. Ich sehe so
aus wie heute und sitze nackt in einem Kinderstuhl im
Wohnzimmer meiner Eltern. Überall stapeln sich Kartons, die
leer sind. Obwohl ich das aus meiner Perspektive nicht sehen
kann, weiß ich es. Es gibt sonst keine Möbel oder Vorhänge.
Ich bin allein und friere. Szenenwechsel: Ein Baum steht
einsam auf einem zugefrorenen See. Plötzlich bewegt er sich
und verwandelt sich in einen dunklen Mann, der irgendetwas
mit seinen Händen bearbeitet. Es ist eine Zither. An mehr
erinnere ich mich nicht, so sehr ich auch in meinem Hirn
wühle. Weshalb habe ich von dem Zitherspieler geträumt? Ich
bin auf Brills Deutung gespannt.

Seit kurzer Zeit lebe ich in Cocos Zweizimmerwohnung mit
Blick auf den Naschmarkt. Ihre Eltern schenkten ihr dieses
Schmuckstück zu ihrem Studienabschluss in Kunstgeschichte.
Für mich ist es viel mehr, als einfach nur eine Wohnung. Es
ist mein provisorisches Refugium und ich zahle Miete. Darauf
habe ich bestanden, als Coco und Gabor mich mit meinen
Kartons hier ablieferten. Ich will keine Almosen. Welch eine
Wohltat, dass nun all meine Klamotten und Schuhe ordentlich
im verspiegelten Kleiderschrank im Schlafzimmer verstaut
sind. Und bis auf einige Handtaschen und Schminksachen
besitze ich nichts. Keine dekorativen Bilderrahmen mit
Familienfotos, keine Kuscheltiere aus meiner Kindheit, keine
Porzellanfigur, die mir ein Freund geschenkt hat und auch
sonst keine Andenken. Ich lebe neutral und bin abhängig
unabhängig. Mein Lieblingsplatz ist die riesige weiße Couch in
L-Form, die fast das gesamte Wohnzimmer ausfüllt. Abends
zünde ich oft ein Feuer im Kamin an, schnappe mir ein Buch

und kuschle mich in die weichen zimtfarbenen Kissen. Meistens esse ich auch auf dem Sofa, obwohl die perfekt eingerichtete amerikanische Küche sehr gemütlich ist. Hätte ich Gäste, könnte ich vom Herd aus mit ihnen kommunizieren. Aber ich habe keinen Besuch. Nach einem romantischen Leseabend mit mir selbst am Kamin und ein paar Gläsern Wein wanke ich zum Esstisch, um mich meinen Hausaufgaben zu widmen. Ich weiß selbst, dass meine Schieberei dumm ist, aber es fällt mir schwer, meine Gedanken unkontrolliert zu Papier zu bringen. Brill besteht darauf, dass ich mein Geschreibsel vorlese und morgen früh ist es mal wieder so weit. Nun hocke ich am Tisch, nicht mehr ganz nüchtern und starre in mein Heft. Natürlich werde ich nichts darüber verlauten lassen, dass ich mir Abend für Abend einige Gläschen Wein hinter die Binde kippe. Ihn wird auch kaum interessieren, dass ich keine Lust zum Kochen habe, weil mir das zu anstrengend ist. Außerdem, was soll's, ich bin allein und die Mühe nicht wert. Dafür ernähre ich mich in flüssiger Form. Ein belegtes Brot oder ein paar Kräcker erfüllen auch ihren Zweck. Ich könnte schreiben, dass Coco wirklich rührend ist und mich zum Abendessen eingeladen hat. Aber ich habe abgelehnt, da ich noch Hausaufgaben erledigen muss. Momentan bin ich eben gerne allein und kann Menschen in meinem Privatbereich kaum ertragen. Und noch weniger Coco und Gabor, das glückliche Paar. Soll ich etwa morgen vortragen, dass ich neidisch und traurig bin, wenn ich zärtliche Paare und glückliche Menschen sehe? Brill wird sich sofort drauf stürzen und mich nach meinen Gefühlen ausquetschen. Selbstredend habe ich Gefühle. Ich bin schließlich kein Monster. Aber hat er überhaupt eine Ahnung, wie anstrengend es für mich ist, meine Gefühle zu unterdrücken? Meine Wut und der Neid, wenn ich Coco und Gabor zusammen erlebe. Dass ich ihnen ihr Glück missgönne. Dass ich nicht will, dass sie vor meinen Augen so unverschämt ungezwungen und liebevoll miteinander umgehen. Dass ich es nicht ertrage, weil sie sich achten und Respekt voreinander haben. Er würde mich nicht mehr mögen, wen er erfährt, wie verdorben ich bin. Scheiß drauf. Glaubt Brill tatsächlich, dass er mich knacken kann, wenn ich brav meine Niederschriften und meine Traumfragmente von Kartons, kahlen Räumen und Zitherspielern abliefere? Da wünsche ich mir schon ein bisschen mehr Engagement und Einfühlungsvermögen. Er ist doch der Therapeut und nicht ich. Brill hat bestimmt keine Vorstellung, wie kräftezehrend jeder Tag für mich ist. Welche Überwindung es mich kostet, mich morgens aufzuraffen und in die Agentur zu gehen. Irgendwie schaffe ich es, meine Castings zu machen und eine halbwegs fröhliche Miene aufzusetzen, aber ich bin hinterher völlig ausgelaugt. Gott sei Dank übernimmt Coco die Kundenpräsentationen allein. Abends bin ich dann meistens zu erschöpft, um noch leidige Hausaufgaben zu bewerkstelligen. Grimmig gucke ich auf das weiße Papier, auf dem sich, wie durch Geisterhand, plötzlich ein Tannenbaum befindet. Bin ich so blau? Ich habe tatsächlich einen Weihnachtsbaum gezeichnet. Mit Kerzen und einem Stern auf der Spitze. Das ist wohl das berühmte Unterbewusstsein, das sich in mir regt, weil in ein paar Tagen Weihnachten ist. Das Fest der Freude und Besinnung. Das Fest der Liebe mit der geliebten Familie. Das Fest des Horrors.

Ein Tag vor Heiligabend. Ich war, wie alle Kinder, völlig aufgekratzt und konnte vor Aufregung nicht einschlafen. Mein Wunschzettel, den ich jedes Jahr schreiben und vor mein Fenster legen musste, war diesmal sehr bescheiden. Ich wünschte mir einen kleinen Hund und ein Schlittschuhröckchen. Da ich natürlich nicht mehr an den Weihnachtsmann glaubte, wusste ich, dass meine Geschenke irgendwo im Haus versteckt sein mussten. Also schlich ich mich im Dunkeln barfuß die Treppe hinunter, um mich auf die Suche zu begeben. Keiner würde etwas bemerken, denn meine Mutter schlief bestimmt ihren Rausch aus und mein Vater war auf Konzertreise. Er würde erst am nächsten Tag eintreffen. Auf der untersten Stufe angelangt, sah ich zu meiner Enttäuschung einen dünnen Lichtstreifen durch die

Wohnzimmertür. Vielleicht hatte meine Mutter nur vergessen, die Lampen auszuschalten. Es wäre nicht das erste Mal gewesen. Mit klopfendem Herzen presste ich mein Ohr an die Tür. Die Geräusche, die ich hörte waren zwar leise, aber unverkennbar. Sollte mein Vater bereits vorzeitig zurückgekommen sein? In dem Moment ging die Haustür auf und ehe ich wegrennen konnte, stand mein Vater im Flur. Wie zur Salzsäule erstarrt blieb ich auf meinem Lauschposten und sah ihn mit weit aufgerissenen Augen an. Intuitiv spürte ich ein drohendes Unheil. In mir tobten zwei Kräfte und ich fühlte mich innerlich zerrissen. Auf wessen Seite sollte ich mich stellen. Die Entscheidung wurde mir abgenommen. Noch ehe ich reagieren konnte, scheuchte mein Vater mich aus dem Weg und befahl mir, in mein Zimmer zu gehen. Dann riss er die Tür zum Wohnzimmer auf. Natürlich begab ich mich nicht nach oben, sondern blieb auf halber Treppe stehen und spähte beklommen in den schwach beleuchteten Raum. Das Bild, das sich mir bot, ließ mir das Blut in den Adern gefrieren und meinen Puls rasen. Meine Mutter trug ein goldfarbenes Cocktailkleid mit schmalen Strassträgern, die im Licht funkelten. Einer der Träger war über ihre Schultern gerutscht. Ich versuchte verzweifelt eine Normalität in der Situation zu sehen. Der Freund meines Vaters, der zusammen mit meiner Mutter ein Glas Champagner trank. Doch der Anblick war grotesk. Das Kleid meiner Mutter war bis zu ihren Hüften hochgeschoben und Onkel Rudi, im alltäglichen Straßenanzug, kniete zwischen ihren gespreizten Beinen. Alles geschah für mich wie im Zeitraffer und ich hatte das Gefühl ein mehrdimensionales Daumenkino vor mir zu haben. Die weit offene Tür, mein Vater regungslos und stumm im Türrahmen und meine Mutter und Onkel Rudi, die auseinander stoben. Das Glas meiner Mutter flog im hohen Bogen durch die Luft und zerschellte am Beistelltisch. Die wirbelnden Splitter glitzerten, passend zu ihren Strassträgern. Onkel Rudi fiel vor Schreck auf seinen Hintern und glotzte meinen Vater mit offenem Mund an. Meine Mutter verharrte als Standbild, nachdem ihren Körper kurz ein heftiges Zittern erschütterte, wie bei einem Stromschlag. Als ich den dunklen Fleck zwischen ihren Schenkeln sah, hielt ich mir die Ohren zu, obwohl niemand etwas sagte und rannte in mein Zimmer. Ich zitterte unter meiner Decke und hatte das Gefühl, mich jeden Moment übergeben zu müssen. Und trotzdem ich fest die Augen zusammen presste, verfolgten mich die Bilder und die Untertitel. Die nicht ausgesprochenen Worte des Stummfilms. Das war für mich fast das Schlimmste, weil keiner brüllte oder auch nur ein einziges Wort sprach. Nach einigen Minuten hörte ich die Haustür zuknallen. Ich wusste nicht, wer das Haus verlassen hatte. Und mit einem Mal war ich wahnsinnig wütend. Meine Mutter hatte mir mein Weihnachten verdorben und ich würde bestimmt morgen keine Geschenke unter dem Weihnachtsbaum finden, weil meine Eltern zerstritten waren. In dieser Nacht pinkelte ich ins Bett und schämte mich dafür. Ich schämte mich auch für meine Eltern, die mich zwangen, meine Freundinnen zu belügen.

Mein Weinglas steht noch immer gefüllt vor mir und viele weiße Blätter tragen meine Schrift. An manchen Stellen ist die Tinte verlaufen. Nun habe ich doch meine Hausaufgaben gemacht. Brill wird sich freuen. Im Nachklang fühle ich noch immer die Wut, die ich damals auf meine Mutter hatte. Sie ist auch jetzt präsent und ich nehme es ihr nach wie vor übel, dass sie mir das Weihnachtsfest versaut hatte. In der Tat gab es weder einen geschmückten Baum, noch Geschenke oder ein leckeres Essen. Mein Vater hatte das Haus verlassen und meine Mutter war unsichtbar. Ich erinnere mich nur, dass ich irgendwann zu ihr ins Schlafzimmer ging, weil ich Angst hatte, sie wäre vielleicht tot. Aber sie schickte mich weg, da sie Migräne hatte. Mit einem Mal bin ich unendlich traurig und so niedergeschlagen, dass ich in Tränen ausbreche und das Gefühl habe, nie mehr aufzuhören zu weinen. Schluchzend kippe ich den Wein auf Ex hinunter. Was hatte ich doch für beschissene, selbstsüchtige Eltern. Die sind schuld, dass ich auf die Couch muss. Unglücklich und voller Selbstmitleid verziehe ich mich ins Himmelbett, vergrabe meinen Kopf ins Kissen und hoffe auf einen traumlosen Schlaf.

42

„Gut siehst du aus. Dein neues Leben scheint dir zu bekommen."
Das ist typisch für Coco, mir durch die Blume zu sagen, dass sie froh ist über Adams Abgang. Wir haben nie über dieses spezielle Thema gesprochen, und ich rechne es ihr hoch an, dass sie mich nie nach Brill oder meinem Therapieverlauf fragt.
„Und deine Wohnung. Ich liebe dein Himmelbett und schlafe wie ein Murmeltier. Wie war die Präsentation gestern?"
„Lief wie am Schnürchen und die nächsten Aufträge habe ich auch schon an Land gezogen. Aber das ist jetzt sekundär. Komm' mit in die Küche, ich muss dir dringend etwas sagen."
Coco ist eigentlich der coolste Mensch, den ich kenne. Ausgeglichen, souverän, loyal und äußerst professionell. Deshalb bin ich ziemlich überrascht, sie so aufgekratzt und hippelig zu sehen. Das passt so gar nicht zu ihr.
„Was gibt's denn Besonderes?"
„Warte es ab. Magst du einen Milchkaffee oder lieber Tee?"
„Milchkaffee, bitte. Du machst es aber spannend."
Ungeduldig laufe ich hinter ihr her, stelle Tassen und Zucker auf den Tisch und zupfe sie am Ärmel.
„Setz' dich endlich und spann mich nicht länger auf die Folter."
„Ok. Erinnerst du dich an die Freundin von Gabor. Ich habe dir erzählt, dass sie glaubt, deinen Adam…. entschuldige, Adam zu kennen. Nun, ich habe etwas gemacht…. und bitte, bitte nicht sauer sein, Hel."
Verständnisheischend guckt sie mich mit ihren bernsteinfarbenen Augen an und legt eine Spannungspause ein.
„Was hast du denn so Schlimmes gemacht?"
„Ich habe einen Privatdetektiv beauftragt, Erkundigungen über Adam einzuholen."
Mir verschlägt es die Sprache. Und für den Bruchteil einer

Sekunde wird mir bei dem Gedanken an Adam und mein letztes Zusammentreffen mit ihm fast übel. Ich will nicht mehr an ihn denken und ihn aus meinem Leben streichen. Aufgebracht keuche ich:

„Was hast du?"

„Ehrlich Hel, ich weiß, es ist deine Angelegenheit und es geht mich eigentlich nichts an, aber es hat mir keine Ruhe gelassen. Und ich stehe dazu. Selbst auf das Risiko hin, dass du verärgert bist. Außerdem hat er dir dreißigtausend Euro gestohlen. Kein Pappenstil, meiner Meinung nach. Willst du nun hören, was meine Miss Marlow herausgefunden hat?"

Ich bin tatsächlich ungehalten, weil Coco hinter meinem Rücken agiert hat und ich mich wie ein unmündiges Kind fühle. Als ob ich meine Probleme nicht allein in den Griff bekomme. Eine andere Seite in mir findet es lieb von ihr, dass sie sich so sehr engagiert. Und noch eine weitere Seite ist neugierig. Meine Freundin ist sichtlich erleichtert, aber auch erpicht darauf, Bericht zu erstatten. Gebannt lausche ich ihrer Erzählung und bin nicht wirklich erstaunt über das, was ihre Detektivin ermittelt hat. Allerdings habe ich heiße Ohren vor lauter Scham, dass ich so dumm und gutgläubig war. Aber hatte ich nicht von Anfang an ein diffuses Gefühl? Cocos attraktive Schnüfflerin hat binnen drei Wochen Adam gründlich bis auf die Knochen erforscht, durchschaut und identifiziert. Wie weit ihre Forschung ging, will ich gar nicht wissen. Aber Miss Marlow ist ohne Zweifel ein Genie und ich zweifellos das Dummchen. Wenn es nicht so beschämend wäre, hätte ich mich schon bei Adam richtigem Namen weggeschrien. Adolf Wegleithner. Wie ernüchternd und gleichzeitig auch komisch. Zumindest fängt Adolf auch mit A an. Was für ein Name. Da würde ich mich ebenso schleunigst umbenennen. Bei Miss Marlow hat er sich als Gideon ausgegeben. Die Tussi im Hotel hatte ihn Noah genannt. Er mag es anscheinend biblisch. Wie hieß er wohl bei Flora? Erzengel Gabriel? Eins muss ich ihm lassen, er ist äußerst phantasievoll und erfinderisch. Fakt ist: Adam-Gideon-Noah ist ein in Gigolo aus irgendeinem Kaff in Kärnten. Hierbei ist mir allerdings unklar, wie ich in sein Beuteschema passte, denn spätestens in Wien wusste er, dass es bei mir nichts zu holen gibt. Anfangs hatte er ja keinen Schimmer von meinen versteckten dreißigtausend. Im Rückblick verstehe ich nun, warum er plötzlich so verändert war, als er erkannt hatte, dass er sich ein mittelloses Blödchen angelacht hatte. Deshalb war er wahrscheinlich so umtriebig, um eine neue Zapfsäule aufzureißen. Bei Miss Marlow fuhr er die gleiche Masche wie bei mir. Nur war sie, im Gegensatz zu mir, etwas forscher und bestand darauf, das Projekt zu sehen und die Investoren kennenzulernen.

Gerade als ich mich frage, ob Miss Marlow noch etwas Pikanteres ausgekundschaftet hat oder vielleicht sogar mein Geld aufgestöbert hat, sagt Coco verschwörerisch:

„Jetzt kommt der Clou. Dieser smarte Zeitgenosse wird in Frankreich, Deutschland, Belgien, Italien und der Schweiz polizeilich gesucht. Diese Frau aus dem Hotel ist wohl eine Art Komplizin, die reiche Kerle ausnimmt und unseren Freund somit über das nötige Kleingeld versorgt. Leider ist sie nicht erfasst. Das feine Pärchen ist auf jeden Fall seit gestern verschwunden. Brigitta geht davon aus, dass er Lunte gerochen hat. Eventuell kam er zu sehr in Erklärungsnöte mit seinem sogenannten Projekt und hat sie deshalb möglichst schnell abserviert. Es war ihm zu heiß. Brigitta geht davon aus, dass dieses illustre Paar Wien verlassen hat und woanders neue Einnahmequellen suchen wird. Wenn du ihn, mit Brigitta zusammen anzeigst, können wir Österreich auch noch auf die Liste setzen."

Will ich nicht. Auf gar keinen Fall. Vielleicht werde ja auch ich von der Polizei gesucht.

„Was sagst du zu der ganzen Geschichte? Schon ein starkes Stück, oder? Der Typ muss ein fantastischer Schauspieler sein, dass er dich dermaßen an der Nase herumführen konnte. Der hat's ja wirklich im großen Stil krachen lassen. Aber dass ausgerechnet du auf ihn hereingefallen bist, finde ich wirklich schlimm und es tut mir aufrichtig leid."

HÖR AUF!

Hoffentlich hält sie endlich die Klappe. Meine Augen brennen von den unterdrückten Tränen, aber ich will auf keinen Fall losheulen. Noch mehr Mitgefühl ertrage ich nicht. Und ich will auch nicht mehr über Adam reden, nichts mehr von ihm hören. Es reicht. Entgegen meiner Erwartungen, bin ich weder befriedigt noch wütend oder dankbar, dass Miss Marlow Adam entlarvt hat. Meine Gefühle sind so ambivalent, wie die ganze Beziehung es von Anfang an war. Zutiefst deprimiert würde meinen Zustand am ehesten beschreiben. Mit einem Mal will ich nur noch weg und allein sein. Meine Sinne mit Wein betäuben und mir die Decke über den Kopf ziehen.

„Sei mir nicht böse, Coco, aber ich muss gehen. Vielen Dank für Miss Marlow. Das war wirklich ganz lieb von Dir."

„Alles in Ordnung mit dir? Du bist auf einmal so seltsam. Ehrlich gesagt, mache ich mir jetzt doch Vorwürfe, dass ich dich so überrumpelt habe. Willst du nicht lieber hierbleiben und reden?"

„Tut mir leid, aber ich muss dringend weg. Zu Brill."

„Ich denke, du gehst immer morgens zu ihm."

„Ja schon, aber das ist eine kurzfristige Änderung."

Ich weiß selbst, wie bescheuert und durcheinander ich mich anhöre. Coco glaubt bestimmt, dass ich durchdrehe oder noch Schlimmeres. Im Augenblick ist es mir ziemlich egal, was sie sich zurecht spinnt, Hauptsache ich bin weg. Wenn sie mich nur nicht so prüfend ansehen würde.

„Keine Bange, ich hüpfe nicht vom Riesenrad und ertränke mich auch nicht in der Donau. Beruhigt?"

„Was für einen Quatsch du redest. Hast du nochmal über Weihnachten nachgedacht? Meine Einladung gilt noch. Du willst doch nicht etwa mutterseelenallein in der Wohnung sitzen oder Weihnachten im Bett verbringen."

„Wenn, komme ich ganz spontan kurz vorbei, aber nicht zum Essen. Aber nur vielleicht. Und wenn nicht, mache dir keine Sorgen und hetze auf gar keinen Fall Miss Marlow auf mich. So, ich düse ab."

So ganz überzeugt wirkt Coco zwar nicht, aber sie lässt mich,

Gott sei Dank, endlich aus ihren mütterlichen Fängen.

Es schneit und ich ziehe fröstelnd meinen Schal über den Kopf. Die ganze Adam-Geschichte regt mich doch mehr auf, als ich dachte und ich will nur noch nach Hause. Morgen ist Weihnachten und die Leute hetzen durch die Gegend, um wahrscheinlich noch in letzter Minute Geschenke zu kaufen. Ich hasse diese Zeit, diese freudige Stimmung, die festliche Straßenbeleuchtung und diese Lieder. An jeder Ecke stehen irgendwelche Grüppchen und singen aus voller Kehle mit Inbrunst ‚Stille Nacht' oder ‚Ihr Kinderlein kommet'. Es ist zum Verrücktwerden. Entnervt halte ich ein Taxi an und hoffe nur, dass das Radio defekt ist.

Es ist schon seltsam, aber seit meiner Weihnachtsgeschichte kostet mich das Schreiben keine Überwindung mehr. Im Gegenteil. Die gedachten Worte zu Papier zu bringen, erleichtern mich. So zirkulieren die Gedanken nicht mehr wie ein nie endender Kreislauf durch meinen Kopf, sondern landen in meinem Heft. Ich muss Brill ja nicht alles vorlesen. Wie drückt er sich so treffend aus? Sie entscheiden, Helena. Genau, ich entscheide. Zuerst entscheide ich mich für ein Glas Wein mit einem belegten Brot. Dabei fällt mir ein, dass ich noch einkaufen muss. Und zwar für drei Tage. Allein die Vorstellung, Vorräte für mehrere Tage zu bunkern, überfordert mich. Ich entscheide, nur das Nötigste zu holen, denn ich werde keine Weihnachtsgäste haben und muss so niemanden mit einem Fünfgangmenu überraschen. Entscheidungen zu treffen ist prima und ich bin genügsam. Morgen habe ich meine Stunde bei Brill, denn er feiert keinen Heiligen Abend. Er ist Jude und Chanukka ist vorbei. Also ein Tag, wie jeder andere. Einfach die Sätze heraus purzeln lassen, wie sie mir in den Sinn kommen ist für mich eine anstrengende Herausforderung. Immer wieder ertappe ich mich dabei, zu kontrollieren, zu beschönigen und wegzulassen. Ich bin bei weitem noch nicht auf dem Stand der Verinnerlichung. Brill meint, dass mein Verstand weiß, was richtig und falsch ist, aber nicht mein Gefühl. Leider verstehe ich nicht genau, was er damit sagen will. Aber ich will mich bemühen, meinen Emotionen freien Lauf zu lassen. Warum hat diese Schnepfe ihn Noah genannt, wenn sie doch angeblich Komplizen sind? Ich werde aus all dem nicht schlau. Besitze ich wirklich solch eine miserable Menschenkenntnis? Bin ich so blöd? So dumm? War alles nur vorgetäuscht? Sicherlich bin ich ein paar Mal stutzig gewesen, weil er weder ein Telefon, noch ein Handy besaß. Auch das Haus am Montparnasse kam mir nicht geheuer vor. Scheinbar war es genau das, was ich zuerst dachte: Ein Showroom. Aber warum ausgerechnet ich? Sende ich Frequenzen aus, die mich als Opfer identifizieren? Habe ich ihn geliebt? War ich verknallt oder nur geschmeichelt, dass er mir Aufmerksamkeit geschenkt hat? Letzteres trifft es schon ein bisschen. Und ich habe mich blenden lassen. So oft verspürte ich instinktiv eine Warnung, die ich sofort in den Wind schlug. Ich bin wütend, dass er mich ausgenutzt, belogen und bestohlen hat. Noch wütender bin ich auf mich, weil ich es zugelassen habe. Ich bin ja selbst dran schuld, weil ich nie etwas gesagt oder gefragt hatte. Das perfekte Opfer. Wie konnte ich nur so feige sein? Wahrscheinlich hat er sich mit seiner Komplizin über mich kaputt gelacht. Scarlett, Holly. Alles, was er zu mir gesagt hatte, war nur gelogen. Was ich für Bewunderung und Einfühlsamkeit hielt, war eiskalte Berechnung. Dieses Arschloch hat mich dermaßen gedemütigt, dass ich mich nicht mehr im Spiegel anschauen kann. Wegen dieses Schweins musste ich Paris verlassen und in so ein ekelhaftes Loch ziehen. Er hat mir alles weggenommen und mich fallen gelassen, wie eine heiße Kartoffel. Wie Müll. Ihm ist es scheißegal, ob und wie ich überlebe. Zwanzig Euro hat er mir gelassen und sonst nichts. Zwanzig Euro zum Überleben. So ein verdammtes Arschloch. Wie kann ein Mensch nur so niederträchtig und gemein sein. Und ich? Ich hasse mich, weil ich mich zum Affen gemacht habe und mich wie die drei berühmten Affen verhalten habe. Nichts sehen, nichts hören, nichts sagen.

Voller Wut knalle ich das Heft zu und schütte den Wein in mich hinein, der im nächsten Moment im hohen Bogen über den Tisch spritzt. Tja, trinken, atmen und heulen auf einmal ist ein schwieriges Unterfangen. Zornig, weil ich nur noch am flennen bin und erschöpft, weil mir alles zu viel ist, verlasse ich die Wohnung, um mir richtig einen anzusaufen.

43

„Erinnern Sie sich an schöne Momente mit Ihren Eltern, als Sie Kind waren?"

NEIN!

Brill hat ja keine Ahnung. Ich war das ungeliebte Kind.

„Nein. Meine Eltern waren viel zu sehr mit sich selbst beschäftigt, um sich um mich zu kümmern."

Brills Blick ist kryptisch.

„Keine Ferien, Ausflüge oder Geburtstagspartys?"

Ich bin bockig. Wäre ich sonst hier, wenn meine Kindheit eitel Sonnenschein war?

„Versuchen Sie, sich zu erinnern."

Noch immer sitze ich steif, mit verschränkten Armen, auf dem Sessel und weiche seinem forschenden Blick aus. Ich will mich nicht erinnern. Irgendwie erscheint es mir einfacher. Merkt er nicht, dass ich nicht antworten will? Sonst ist er nachgiebiger. Doch Brill lässt nicht locker. Dieses Mal nicht. Schon schwimmen Tränen in meinen Augen und ich gebe auf. Angestrengt blende ich zurück und krame in meinen Tiefen. Verblüfft erkenne ich Bilder und schließe meine Augen, um mich besser zu konzentrieren.

„Doch. Wir waren an der Nordsee und ich baute mit meinem Vater eine Sandburg. Ich war vier oder fünf Jahre alt. Er schaufelte einen Wasserkanal, der in der Mitte der Festung zur Pfütze wurde. Ich wälzte mich darin und lachte. Dann legte sich mein Vater der Länge nach in die Mulde und ich grub ihn ein, bis nur noch sein Kopf aus dem Sand ragte. Meine Mutter lag angezogen, mit einem Hut, groß wie ein Wagenrad, unter einem Sonnenschirm und nahm keine Notiz von uns. Wir alberten herum und ich setze ihm eine glitschige Qualle auf den Kopf. Mein Vater lachte und schrie spielerisch um Hilfe. Meine Mutter rief etwas in unsere Richtung. Sofort hörte mein Vater auf zu lachen und versuchte, sich aus dem Sand zu befreien. Ich sollte ihm helfen. Stattdessen schleuderte ich ihm vor lauter Wut Sand ins Gesicht. Er war böse auf mich und schimpfte mich aus. Meine Mutter zerstörte unser Glück und unsere Unbeschwertheit."

Brill reicht mir schweigend die Kleenex-Box und lässt mir Zeit, mich zu fangen.

„Was löst dieses Ereignis für Gefühle bei Ihnen aus? Versuchen Sie, die Situation nachzuempfinden und mir zu beschreiben, was Sie spüren."

„Anfangs war ich glücklich, weil mein Vater mir in dem Augenblick ganz allein gehörte. Dann traurig, als er mich verließ, aber gleichzeitig auch wütend, weil er sofort sprang, wenn meine Mutter etwas wollte. Zumindest in der Zeit, als ich noch so klein war. Ich hätte ihm die Augen auskratzen können."

„Waren Sie nur auf Ihren Vater so wütend?"

„Nein, auch auf meine Mutter. Eigentlich war ich noch wütender auf sie, weil sie sich zwischen uns drängte und mir meinen Spaß nicht gönnte. Immer schob sie sich in den Mittelpunkt. Entweder war es ihre Migräne oder ihre Unpässlichkeit oder irgendetwas anderes. Sie fand meistens einen Grund, um mich zu berauben."

„Berauben? Können Sie mir erklären, warum Sie dieses Wort benutzen?"

„Weil es so war. Wenn mein Vater sich mit mir beschäftigte, pfiff sie ihn zurück. Las er mir abends im Bett eine Geschichte vor, rief sie aus dem Schlafzimmer nach ihm. Immer in diesem jammerigen Tonfall. Meine Freundinnen waren ihr zu lebhaft, mein Kanarienvogel sang zu laut und sie war immer betrunken."

Mit meiner Fassung ist es nun vorbei. Noch nie habe ich jemandem davon erzählt und ich bin geschockt, dass dieses tief vergrabene Geheimnis aus mir herausbricht. Der Weinkrampf ist so heftig, dass ich glaube, nie mehr aufhören zu können. Es tut weh. Brill betrachtet mich aufmerksam, mit einer Spur Mitgefühl hinter seinen dicken Gläsern.

„Ich möchte gerne ein Rollenspiel mit Ihnen machen. Selbstverständlich entscheiden Sie, ob Sie das wollen."

Ängstlich gucke ich ihn an und möchte wissen, was er damit

meint.

„Sie wechseln den Platz und stellen sich vor, dass ihr Vater Ihnen gegenüber sitzt. Wenn es leichter für Sie ist, dürfen Sie auch mich als Ihren Vater benutzen. Sagen Sie ihm, was sie fühlen. Sie können Ihrer Wut und was immer Sie empfinden, freien Lauf lassen."

Unsicher erhebe ich mich, setze mich in den Sessel am Fenster und starre geradeaus. Lieber spreche ich zu einem Geist, als zu Brill, der nun wirklich keine Ähnlichkeit mit meinem Vater hat. Steif und angespannt hocke ich am Rand des Sessels und weiß nicht wie ich anfangen soll. Mein Herz schlägt mir bis zum Hals und ich habe einen dicken Kloß in der Kehle. Verstohlen schiele ich zu meinem Therapeuten. Entgeistert nehme ich wahr, dass er plötzlich zu meinem Vater mutiert. Der gleiche anklagende Blick, aus dem gleichzeitig Resignation als auch eine Traurigkeit zu lesen sind. Schnell wende ich mich dem leeren Sessel zu. Ich muss mich ein paarmal räuspern, bis die ersten krächzenden Töne aus meinem Mund kommen. Zuerst stottere ich zaghaft und traue mich nicht, meinen Emotionen freien Lauf zu lassen. Nie hatte ich meine Stimme gegenüber meinem Vater erhoben. Nie hatte ich in kritisiert. Nie war er stolz auf mich. Nie sagte er mir, dass er mich liebt. Immer wollte ich seine Anerkennung und Aufmerksamkeit. Immer liebte er meine Mutter mehr als mich. Und immer brodelte die Wut in mir. Ich schreie los. Hoffentlich ist die Wohnung unter dem Kabinett unbewohnt, denn ich brülle und stampfe mit den Füßen, dass die Gläser auf dem Silbertablett zitternd klirren. Ich schleudere ihm Sätze um die Ohren, von denen ich selbst überrascht bin. Irgendwann bin ich so ausgelaugt vom Schreien und Weinen, dass ich aufstehen muss, um mich zu strecken. Brill macht sich eifrig Notizen, lässt mich aber nicht aus den Augen.

„Wie geht es Ihnen?"

„Ein wenig erschossen und weiche Knie."

„Das glaube ich Ihnen, denn solche Reisen in die Vergangenheit sind anstrengend und meistens mit einem großen Schmerz verbunden. Aber Sie haben heute einen kleinen Durchbruch erreicht, Helena. Sie sind auf einem guten Weg."

In einem Zustand, den ich bedingt beschwingt nenne, trete ich vor die Haustür und atme tief die eiskalte Winterluft ein. Es ist noch früh am Morgen und der Schnee auf dem Trottoir jungfräulich weiß. Keine Fußstapfen, bis auf meine. Einen kleinen Durchbruch habe ich geschafft. Was das wohl bedeuten mag? Ist die Therapie bald zu Ende? Mittlerweile mag ich Brill, mit seiner ruhigen Art und seinen schaukelnden Augenbrauen. Ein Zeichen, wenn er amüsiert ist oder mich sanft auffordert, keine Angst vor ihm zu haben. Nicht befürchten zu müssen, dass er mich auslacht oder geschockt von meinen Schilderungen ist.

Ich bin froh, dass die Feiertage endlich vorüber sind, die ich einsam, in Selbstmitleid badend und mit viel Wein durchgestanden habe. Coco hatte mehrere Mal auf meine Mailbox gesprochen, denn ich verspüre keine Lust mit jemandem zu reden. Auch nicht mit ihr. Per SMS signalisierte ich ihr, dass es mir gut geht und faule Tage verlebe. Wobei das Letztere der Wahrheit entspricht. Coco wollte unbedingt, dass ich Silvester mit ihr und Freunden verbringe. Dankend hatte ich abgelehnt. Menschenmengen konnte und wollte ich nicht ertragen. Letztendlich hatte ich mich betäubt, um alle Weihnachtsfeste zu vergessen, meine Erinnerungen, die mich mehr und mehr einholen, zu verbannen. Silvester war besonders schlimm. Auf den Straßen tummelten sich glückliche Menschen, schossen Raketen in die Luft und stießen, laut lachend und sich umarmend, mit Champagner auf das Neue Jahr an. Ich stand am Fenster und sah zu. Es war schrecklich.

Da unser heutiges Casting erst um zwölf beginnt, treffen Coco und ich uns um zehn zu einer kurzen Besprechung. Also noch Zeit für einen schnellen Kaffee und eine Verschnaufpause. Mein Wutausbruch hat mich tiefer getroffen, als ich zugeben will und dröhnt weiter in meinen Ohren. Mir ist bis jetzt nicht bewusst gewesen, dass ich so einen Zorn auf meinen Vater habe. Ich will auch nicht mehr daran denken. Vehement verdränge ich die aufkommenden Bilder und stimme mich in Gedanken auf das Casting ein. Zur Bekräftigung stapfe ich mit festen Schritten durch den knirschenden Schnee, bis ich am Hawelka lande. Selten habe ich so zuvorkommende Ober erlebt, wie in diesem altehrwürdigen Café mit seiner langen Geschichte. Ich bestelle einen großen Braunen mit einem Stück Sandkuchen. Der ist hier besonders lecker. Um mich abzulenken, schnappe ich mir eine Zeitung und lese, ohne etwas zu verstehen. Immer wieder werde ich von meinen Erinnerungen eingeholt. Genervt von mir selbst, lasse ich meinen Blick durch das Hawelka schweifen und bemerke eine Frau mit Hut in der hintersten Ecke. Ihr Kopf ist über eine Zeitschrift gesenkt, so dass ich ihr Gesicht nicht sehen kann. Sie ist sehr elegant gekleidet und dürfte ein paar Jahre älter als ich sein. Unauffällig beobachte ich sie. Was macht eine offensichtlich betuchte Dame um diese Uhrzeit in diesem Café? Krach mit ihrem Ehemann oder Geliebten? Geschäftsreise? Warten auf die Öffnung der Boutiquen für die Shopping-Tour? Was geht mich diese Frau an, frage ich mich und versuche mich auf den Zeitungstext zu konzentrieren. Doch innerlich zwingt mich etwas, dass ich doch häufiger einen verstohlenen Blick über die Schulter riskiere. Gerade will ich mich wieder meiner Zeitung widmen, als sich unsere Blicke treffen und mich fast der Schlag trifft. Was in aller Welt sucht Adams gefärbte Schlampe ausgerechnet hier? Oder leide ich an Verfolgungswahn? Nein, sie ist es mit Sicherheit, denn ich vergesse nie ein Gesicht. Geschockt umklammere ich meine Kaffeetasse, um mich an irgendetwas festzuhalten und nicht sofort aufzuspringen und wegzurennen. Und trotzdem muss ich mich nochmals vergewissern, also tue ich so, als würden mich die Fotos an den Wänden brennend interessieren. Aus dem Augenwinkel sehe ich, dass sie in meine Richtung schaut. Das reicht mir. Hastig wühle ich in meiner Tasche nach dem Portemonnaie, fische zehn Euro heraus und lege den Schein auf das Tablett. Nur weg von hier. Jeden Moment könnte Adam zur Tür herein spazieren. Vielleicht ist er noch in Wien und nicht außer Landes. Aufgewühlt schnappe ich meinen Mantel, Schal und Tasche und flüchte nach draußen. Das Schneegestöber trifft mich mit voller Wucht, doch meine Furcht ist stärker, als hier zu verharren, um mich anzuziehen. Erst in einem Hauseingang um die Ecke schlüpfe ich in meinen Mantel und wickle mir den Schal um Kopf und Hals. Soll ich gleich zur Polizei gehen?

„Stell' dir vor, wen ich eben gesehen habe."
Schwer atmend und völlig aus dem Häuschen lasse ich bei Coco Dampf ab.
„Dann ist eventuell nur Adolf verduftet und wartet irgendwo auf sie. Es kann auch sein, dass sie hier noch etwas Geld zusammenkratzen muss. Für die hohe Kante sozusagen, denn er muss jetzt ein bisschen vorsichtig sein. Was meinst du?"
„Mir ist das scheißegal. In meinen schlimmsten Träumen hätte ich nie mit so etwas gerechnet. Kannst du dir auch nur annähernd ausmalen, wie ich mich gefühlt habe, als ich sie dort sitzen sah? Ich hätte ihm über den Weg rennen können. Diesem Arschloch. Verflucht noch mal, mir ist kotzübel."
Coco streicht mir sanft über den Rücken und murmelt beruhigende Worte, die nicht zu mir vordringen. Nur keine Panikattacke.
„Komm, atme tief durch und versuche, dich zu entspannen. Willst du dich kurz hinlegen?"
„Nein, nein, es geht schon."
„Wirklich? Du siehst etwas blass aus. Möchtest du lieber nach Hause? Dann bestelle ich dir ein Taxi. Und mach' dir keine Sorgen wegen des Castings, das schaffe ich schon alleine."
Das ist das letzte, was ich will. In der Wohnung würde mir die Decke auf den Kopf fallen. Ich überlege, ob ich Brill anrufen soll. Aber was erzähle ich ihm? Dass ich Adams Komplizin getroffen habe? Und dann? Was ist daran so aufregend? Eben. Ich riskiere nur, mich lächerlich zu machen. Es ist ja nichts

passiert. Sie ist nicht mit ausgefahrenen Krallen auf mich losgegangen, hat mich weder attackiert, noch angebrüllt. Es ist einfach nichts Dramatisches geschehen. Und doch ist es für mich ein Drama. Schon meine Mutter meinte, dass ich zu dramatischen Auftritten neige, um mich in den Mittelpunkt zu stellen. Wer von uns beiden, bitte schön, stand immer im Mittelpunkt?

„Kein Problem. Ich komme damit klar. Gibt es ein spezielles Briefing oder einen Text, den ich schon mal durchlesen kann?"

„Gleich. Ich hoffe, du hast für heute Abend nichts vor, weil ich dich zu unserem Weibertreff einladen will."

Innerlich verdrehe ich die Augen und hoffe nur, dass Coco nichts bemerkt hat. Ein Schnaufer entweicht mir dennoch. Weiberklüngel fehlt mir gerade noch zu meinem Glück.

„Es ist wirklich wichtig für mich, dass du kommst. Erstens kennst du meine Freundinnen noch nicht, mal abgesehen von meinem Geburtstag. Aber lassen wir das lieber. Und zweitens wünsche ich mir, dass du meine Brautjungfer wirst. Gabor und ich werden im Juni heiraten."

Gespannt schaut sie mich an und ich weiß, dass ich der Offenbarung entsprechend eine erstaunt erfreute Miene aufsetzen sollte. Also vertraue ich auf meine Schauspielkunst lächle ich sie an.

„Ah, ich wusste gar nicht, dass ihr heiraten wollt, aber danke für die Ehre."

Selbst in meinen Ohren höre ich die Unaufrichtigkeit und eine gewisse Steifheit. Aber wie soll ich mich verhalten, wenn ich nicht begeistert, sondern neidisch bin? Reicht es nicht schon, dass die beiden auch ohne Schein das absolute Traumpaar sind? Im Geiste sehe ich mich in einem unvorteilhaften rosa Kleid im Zuckerbäcker-Look hinter Coco her schreiten und alle Augen mitleidig auf mein schauerliches Outfit gerichtet. Mir graust es bei der Vorstellung. Aber nach dem, was Coco für mich getan hat, darf ich sie wohl nicht vor den Kopf stoßen.

„Entschuldige meine Reaktion, ich bin einfach nur so

überrascht. Bist du dir sicher, dass ich Brautjungfer sein soll?"
„Natürlich, sonst würde ich dich nicht fragen. Wir treffen uns um acht im Gasthaus Schilling. Und versuche nicht zu kneifen, das würde ich dir ehrlich übel nehmen."
„Versprochen, ich freue mich und werde da sein."
Den Satz hätte ich mir ohne weiteres sparen können. Warum sage ich, dass ich mich freue, wenn es nicht so ist. In Wahrheit fühle ich mich seelisch nicht stabil genug, um diesen Haufen von erfolgreichen Frauen zu ertragen. Das kann ich sogar mit aller Vehemenz vertreten, da Brill bei mir unter Anderem psychische Instabilität diagnostizierte. Aus Cocos Erzählungen bin ich über einige, die kommen werden, informiert und das flößt mir ein Übermaß an Unsicherheit ein. Zwar erinnere ich mich nicht an alle Namen, aber an einen auf jeden Fall. Henriette Gräfin von Tarnóczy, Kunsthistorikerin bei Sotheby's und Cocos beste Freundin. Adelige Frauen, außer Coco, sind für mich Reizbilder. Erst recht erfolgreiche Gräfinnen, die einen beneidenswerten Job haben und einen Haufen Kohle verdienen. Meine Meinung ist, dass sie eben auf der Sonnenseite des Lebens geboren wurden und ein Titel öffnet bekanntlich Türen. Wenn mir doch nur eine passende Ausrede einfallen würde, um mich vor dem heutigen Abend zu drücken.

Als hätte ich es nicht schon geahnt. Henriette ist mir sofort unsympathisch und zu allem Überfluss sitzt sie auch noch neben mir. Sie könnte glatt als Cocos Zwillingsschwester durchgehen. Der einzige Unterschied sind die Augen. Henriette hat grüne. Wahrscheinlich trägt sie gefärbte Kontaktlinsen, um interessanter zu wirken. Bei näherer Betrachtung entdecke ich doch noch mehr Unähnlichkeiten. Auf alle Fälle haben beide honigblonde Haare. Ich verstehe nicht, warum diese hochnäsige Kuh Cocos beste Freundin ist. Ich war noch nie jemandes beste Freundin. Verspannt bemühe ich mich, mir alle Namen inklusive der Berufe einzuprägen. Unbehaglich strahle ich in die Runde, bis mein Gesicht fast im Krampf erstarrt.

„Für deine Haare würde ich sterben. Die Farbe ist doch der absolute Hammer, Mädels. In diese Pracht will man doch am liebsten hineingreifen. Oder? Ist das ein Gottesgeschenk oder hast du ein bisschen nachgeholfen?"

Ist die lesbisch? Wenn sie noch einen Ton über meine Haare verliert, springe ich über den Tisch an ihre Gurgel. Ein Minuspunkt für Sonia, mit Betonung auf dem i, wie sie mir schleunigst unter die Nase reibt.

Affige Lesbe.

„Ich bin ja keine Allerwelts-Son-j-a, oder Mädels?"

Alle, außer mir, scheinen ihren Spruch witzig zu finden. Brav stimme ich in die Heiterkeit ein. Nebenbei erfahre ich, dass Sonia von ihren Eltern ein Weingut in der Wachau geerbt hat und gerade mit einer Goldmedaille für einen besonderen Wein ausgezeichnet wurde. Ein Goldmädel mit einer Stadtwohnung in Wien und meine Brautjungfernpartnerin. Mir bleibt auch nichts erspart. Eins habe ich schnell begriffen: Sie ist das personifizierte Alphaweibchen und dominiert das ganze Mädels-Grüppchen. Schon droht sie mir an, dass wir uns zukünftig häufiger sehen werden, um alle Hochzeitsdetails zu besprechen. Ich stöhne innerlich auf. Zu meiner Erlösung erscheint der Kellner, so dass ich mir die Antwort ersparen kann. Als die Gläser gefüllt sind, stoßen wir auf Coco und ihre baldige Hochzeit, und auf mich, als neues Mitglied der Weiberrunde an. Es ist ein Durcheinander-Geschnattere, das mir ziemlich schnell auf die Nerven geht. Alle kennen sich seit vielen Jahren, nur ich bin die Außenseiterin. Scheinbar nicht ganz, denn Cocos Nachbarin ist offensichtlich auch nicht ganz wohl in ihrer Haut. Zumindest ist sie die einzige, Coco ausgenommen, die nicht lauthals herumkreischt. Ihren Namen habe ich vergessen. Deshalb bin ich mir nicht mehr sicher, ob sie Japanerin, Chinesin oder Koreanerin ist. Auf jeden Fall ist sie sehr hübsch und strahlt sowohl Anmut, als auch eine humorige Gelassenheit aus. Sie ist eine wirkliche Schönheit. Ich ertappe mich dabei, dass ich sie anstarre und bin etwas peinlich berührt, als sie mich anlächelt. Sie hat etwas Warmes an sich. Eine warme Aura. Schade, dass ich nicht neben ihr sitze und stattdessen diese hochnäsige Henriette ertragen muss. Diese blöde Kuh wühlt in ihrer Handtasche und hat mich dabei mit ihrem Ellbogen empfindlich am Oberarm getroffen. Sie entschuldigt sich noch nicht einmal, obwohl sie es bemerkt haben muss. Es tut weh, und ich reibe demonstrativ die getroffene Stelle. Keine Reaktion von ihrer Seite. Aus dem Augenwinkel sehe ich, dass ihr Portemonnaie herunter fällt und sie weiterhin in ihrer Tasche kramt. Ein paar Sekunden warte ich ab, ob sie Anstalten macht, sich zu bücken. Sie tut es nicht. Unauffällig lasse ich meine Serviette fallen, breite sie über die Geldbörse und hebe beides auf. Ein prüfender Blick in die Runde zeigt mir, dass alle miteinander beschäftigt sind und niemand auf mich achtet. Für einen kurzen Augenblick sinne darüber nach, ob ich Henriette das Portemonnaie übergeben soll und mir eventuell ein Dankeschön einheimse. Mir ist bewusst, dass ich bereits zu lange zögere und der Moment verstrichen ist. Verstohlen lasse ich die Börse in meine Handtasche gleiten, wobei mein Herz zum Zerspringen hämmert. Eine Hitzewelle steigt mir ins Gesicht und ein leichter Schwindel packt mich, so dass ich mich hastig entschuldige und auf die Toilette verschwinde. In der engen Kabine atme ich tief durch und zähle langsam bis hundert, bis mein Puls wieder seinen normalen Zustand erreicht hat. Mit leicht zittrigen Fingern hole ich das orangefarbene Portemonnaie von Hèrmes aus meiner Tasche. So eins habe ich mir schon immer gewünscht. Es sieht prall gefüllt aus. Neugierig öffne ich das begehrte Lederteil und schnappe überrascht nach Luft, als ich den Inhalt überfliege. Fast ausschließlich lila Geldscheine. Mein Puls beschleunigt sich erneut. Nun ist mir doch recht mulmig zumute, denn auf solch eine Summe war und bin ich nicht vorbereitet. Es sind über fünftausend Euro. Zurückgeben kann ich es nicht, ohne mich zu verraten. Das ist eindeutig vorsätzlicher Diebstahl. Außerdem befinden sich alle Kredit- und Scheckkarten darin sowie Ausweise und andere Papiere. Und ein Foto mit einer deutlich jüngeren Henriette und einem gleichaltrigen Mädchen, das ihr verblüffend ähnlich sieht. Fast wie ein

Abziehbild von ihr. Aber auf eine eigenartige Weise unterscheiden sie sich doch, denn ihre Augen blicken nicht in die Kamera, sondern irgendwo in etwas sehr weit Entferntes. Sie hat den typisch leeren Ausdruck, der mich auf eine geistige Behinderung schließen lässt. Trotzdem, es sind Zwillinge. Die beiden halten sich an den Händen und Henriette grinst gezwungen in die Linse. Das Bild ist an den Ecken abgegriffen, so als würde es jeden Tag herausgezogen und betrachtet werden. Mir wird schlecht. Was habe ich nur angestellt? Ich traue mich kaum an den Tisch zurück, weil ich befürchte, dass mir meine Untat ins Gesicht geschrieben steht. Plötzlich höre ich die Tür aufgehen. Hastig drücke ich die Spülung und sperre auf. Der Vorraum ist leer. Ich werfe noch schnell einen Blick in den Spiegel, um zu kontrollieren, ob man mir mein schlechtes Gewissen ansieht. Unsicher betrete ich das Restaurant und bleibe erschrocken stehen, denn Coco beugt sich über die völlig aufgelöste Henriette. Meine Halsschlagader pulsiert wie verrückt und nur mit Mühe bewege ich mich auf den Tisch zu.

„Was ist denn passiert?", frage ich krächzend.

Coco streichelt zärtlich Henriettes Wange und murmelt Sätze, die in meinen Ohren wie ein Rosenkranzgebet klingen. Monoton und meditativ.

„Henriette hat ihr Portemonnaie verloren. Ausgerechnet heute hatte sie fünftausend Euro für ihre Kinderstiftung abgehoben, um die Reise nach Italien anzuzahlen. Aber das Schlimmste ist, das auch ein Foto von ihr und ihrer verstorbenen Schwester drin war. Das einzige, was sie damals aus dem brennenden Haus retten konnte, bevor die Feuerwehrleute sie mit Gewalt heraus zerrten."

Jetzt fühle ich mich richtig schlecht. Das habe ich nicht gewollt. Wie gelähmt stehe ich da, schaue auf die weinende Henriette und wünsche mich weit weg.

„Sie ist sich absolut sicher, dass sie es an der Parkuhr noch hatte, weil sie nach Kleingeld gesucht hat. Es muss dort runtergefallen sein, ohne dass sie es bemerkt hat. Ich hoffe nur, dass der Finder wenigstens das Portemonnaie mit dem

Foto im Fundbüro abgibt. Das Geld ist ihr, glaube ich, ziemlich egal. Hauptsache sie bekommt das Bild zurück."

Der Appetit ist mir reichlich vergangen. Ich kann jetzt keinen Bissen hinunter würgen. Beklommen setze ich mich auf Cocos Stuhl, weil sie auf meinem sitzt, um ihre Freundin zu trösten.

„Schrecklich, oder? Ich bin übrigens Cho. Ich freue mich, dich endlich kennenzulernen, nachdem Coco schon so von dir geschwärmt hat."

Coco hat von mir geschwärmt? Wie das denn? Was gibt es über mich schon zu schwärmen? Ich fühle mich dermaßen mies, dass ich kaum verstehe, was Cho sagt. Mein Hirn ist ein einziger Wirbelsturm. Wie stelle ich es an, dass Henriette ihr Bild zurück erhält, ohne mich damit in Verbindung zu bringen? Ich könnte das Portemonnaie draußen irgendwo hinlegen. Aber wie stehle ich mich raus, ohne Erklärungen abgeben zu müssen? Ich könnte argumentieren, dass ich dringend frische Luft brauche oder telefonieren muss. Ich könnte aber auch gehen und die Börse zufällig auf der Straße gefunden haben. Ich würde freudig aufgeregt wieder ins Restaurant stürmen und Henriette glücklich ihren wertvollsten Besitz in die Hand drücken.

„Entschuldigung. Was hast du gesagt?"

„Dass du etwas angegriffen aussiehst. Geht es dir nicht gut?"

„Wahrscheinlich ist bei mir eine Grippe im Anzug. Ich fühle mich schon den ganzen Tag etwas matt. Ist ja auch kein Wunder, bei dem Wetter. Tut mir leid, wenn ich unhöflich war, aber ich habe etwas Kopfschmerzen."

„Ist nicht schlimm. Ich glaube, wir sind gerade alle etwas durcheinander, nach dem was Henriette passiert ist."

Darüber will ich nicht mehr sprechen. Deshalb suche ich krampfhaft nach einem unverfänglichen Thema. Mir fällt nichts ein, weil mir Henriettes schluchzende Stimme ins Ohr dringt. Ich spitze die Lauscher und versuche mich auf die Worte zu konzentrieren, da ich glaube, meinen Namen gehört zu haben.

„… absolut sicher, weil ich es gemerkt hätte."

Was hat sie vorher gesagt? Warum schaut sie mich so an?

Coco blickt nun auch zu mir. Misstrauisch? Anklagend? Ich hoffe inständig, dass ich nicht rot werde oder meine Augen anfangen zu flackern. Mir ist hundsmiserabel zumute.

Wie damals, als ich meinem Vater Geld aus seinem Sakko klaute. Ich war acht oder neun Jahre alt und fand, dass ich nicht genügend Taschengeld bekam. Zumindest war es gleich am ersten Tag weg, und ich musste eine lange Woche warten bis zur nächsten Zahlung. Da ich oft genug beobachtet hatte, dass mein Vater manchmal Kleingeld in seine Jackettasche stopfte, wollte ich nachsehen, ob etwas zu holen war. Tatsächlich hatte ich Glück und bereicherte mich mit einem Fünfmarkstück. Beim Abendessen fragte mein Vater meine Mutter, ob sie Geld aus seiner Tasche genommen hätte. Sie verneinte. Mein Herz klopfte, als mein Vater mich ansah und mir die gleiche Frage stellte. Auch ich verneinte.

„Warum wirst du dann rot?"

Das war ein schreckliches Gefühl. Er hatte mich zwar ertappt, aber ich leugnete mit aller Inbrunst. Daraufhin schaute er mich nur sehr traurig an und meinte:

„Siehst du nicht, dass du so alles noch viel schlimmer machst als es ist? Lügen kommen eines Tages immer ans Licht."

Hätte er mich angebrüllt oder mir Stubenarrest verabreicht, hätte ich mich nicht dermaßen schlecht gefühlt. Dieses Gefühl habe ich in diesem Moment.

„Hel, du hast doch nichts gesehen, oder?"

Coco guckt kurz zu mir, um sofort beschwichtigend auf Henriette einzureden.

„Wenn ja, hätte sie bestimmt etwas gesagt, wenn sie dein Portemonnaie entdeckt hätte."

Entsetzt stelle ich mir vor, dass Henriette vielleicht eine Handtaschendurchsuchung verlangt. Soll ich mich nochmal auf die Toilette verziehen und das Stück verstecken? Mir bricht der kalte Schweiß aus und das altbekannte Rauschen ertönt. Nur nicht ohnmächtig werden, sonst bin ich geliefert.

Cho stupst mich sanft an und sagt besorgt:

„Ich glaube, dir geht's wirklich nicht gut, denn du bist weiß wie die Wand. Soll ich dir ein Taxi rufen? Wenn du willst, komme ich auch gerne mit."

Ich will nur noch alleine sein und mich vergraben.

Die feuchte Kälte des Schnees dringt durch meine Pumps und meine Füße sind fast taub. Fröstelnd schlinge ich meine Arme um mich und starre in die Tiefe des Flusses. Wie durch einen Schleier nehme ich ein paar tanzende helle Punkte wahr. Eine Spiegelung der Laternen auf der Oberfläche des Wassers. Plötzlich überkommt mich eine heftige unbestimmte Sehnsucht und ich denke an die kleine Meerjungfrau, die sich aus Liebe in die Fluten gestürzt hatte. Ob die Donau wohl sehr kalt ist? Werde ich erfrieren oder ertrinken? Wird es schmerzhaft sein, wenn meine Lungen sich mit Wasser füllen. Werden sie platzen? Werde ich das spüren? Wird mich Coco vermissen? Wird mich überhaupt jemand vermissen? Niemand hat die Adressen meiner Pariser Freunde. Wie werden sie es erfahren? Ich werde einfach verschwunden sein. Man wird irgendwann meine bis zur Unkenntlichkeit verweste Leiche finden und ich werde als Jane Doe im Kühlfach liegen. Ein Niemand.

44

Zum ersten Mal gebe ich mein tiefstes Geheimnis preis. Antoine war zwar sozusagen eine Vertrauensperson für mich und kennt einiges aus meinem dunklen Leben, aber ich habe ihm nicht alles erzählt. Zum Beispiel, dass ich stehle. Das weiß niemand. Bis jetzt. Brill hört aufmerksam, fast gebannt, zu. Als ob sich bei mir Schleusen öffnen, sprudeln die Worte über meine Lippen. Brill unterbricht mich kein einziges Mal. In diesem Moment ist meine Angst, was er wohl von mir halten mag, wenn er meine gesamte Schlechtigkeit kennt, verflogen. Ich fühle mich wie weiches Wachs. Noch während ich spreche, wird mir etwas schlagartig bewusst.
„Ich beklaue meistens Menschen, die mir etwas bedeuten."
Brill wäre nicht Brill, wenn er mich nicht an meinen Empfindungen festnageln würde.
„Was war der Auslöser oder anders gefragt, wann entstand bei Ihnen der Drang zu stehlen?"
Jetzt hat er mich am Wickel. Unkontrolliert bricht es aus mir hervor. Ein heilloses Durcheinander an Satzfragmenten kommt aus meinem Mund. Es zeigt mir, und mit Sicherheit auch Brill, wie es in meinem Kopf aussieht. Chaotisch. Zuerst erschrecke ich mich selbst vor meinem Ausbruch, weil ich nicht weiß, weshalb ich plötzlich so wütend bin.

Noelle hatte ich einmal eine verzierte Haarspange geklaut, nachdem ich gesehen hatte, wie Thierry und sie auf der Couch miteinander schmusten und wie liebevoll und stolz Thierry seine Tochter angeguckt hatte. Das hatte mir einen Stich versetzt, obwohl ich Noelle wirklich sehr mag. Sie besaß all das, was ich mir als Kind immer wünschte. Es war ein Drama, als sie den Verlust ihrer Spange bemerkte. Aber auf sie bin ich nicht wütend, sondern auf die Erwachsenen. Auf Noelle bin ich nur neidisch. Bei den Menschen meines Alters, die meiner Meinung nach alles besitzen, was ich nicht habe, verspüre ich den Zwang zu verletzen. Je näher ich ihnen bin, desto stärker ist der Drang, ihnen weh zu tun, ihnen etwas zu nehmen. Natürlich hatte ich vor und während meiner Tat stets Herzklopfen. Auch hinterher. Manchmal auch einen trockenen Mund, wenn es besonders brenzlig wurde. Ich hatte jedes Mal eine Scheiß Angst erwischt zu werden. Brill bohrt weiter.

„Hatten Sie ein schlechtes Gewissen oder ein Gefühl von Scham?"

Ein schlechtes Gewissen hatte ich nie, auch heute nicht, wenn ich ehrlich bin. Was dagegen mein Schamgefühl angeht, oh ja, geschämt hatte ich mich oft. Ich schämte mich, wenn ich beim Lügen oder Stehen erwischt wurde. Ich schämte mich bei Schulaufführungen, wenn alle mich angafften. Ich schämte mich, wenn ich vor anderen kritisiert wurde. Noch heute ist es mir peinlich, wenn ich Kritik einstecken muss oder gemaßregelt werde. Scham ist ein großes Substantiv in meinem Leben. Ich schämte mich für meine Eltern. Vor allem schämte ich mich vor meinen Freundinnen, weil meine Eltern und ich in eine kleine Wohnung umziehen mussten und ich mich nicht traute, es jemandem zu sagen. Mein Vater, für den ich mich schämte, hatte das ganze Geld verspielt und unser Haus verpfändet, so dass es uns unterm Hintern weggenommen wurde. Mein Zimmer war kaum größer als eine Besenkammer. Wie sollte ich mich nicht schämen, wenn ich doch vorher ein Schlafzimmer und noch einen separaten Raum zum Spielen besaß. Sogar ein eigenes Bad hatte ich. Den Verlust unseres Hauses empfand ich als entwürdigend und demütigend, weil die winzige Dreizimmerwohnung alles andere als repräsentativ war. Sie war beengt, roch schlecht und war einfach hässlich. Manchmal schäme ich mich, wenn ich vor lauter Unsicherheit stolpere oder mit dem Fuß umknicke. Es könnte ja jemand gesehen haben. Es kommt vor, dass ich mich sogar über meine Scham schäme. Das Wort Scham ist praktisch auf meiner Stirn eingebrannt. Im Moment bin ich erstaunt, dass ich mich nicht schäme, über meine Scham zu sprechen. Da ich gerade so im Redefluss bin, springe ich über meinen Schamesschatten und beichte Brill von meinem letzten Diebstahl. Kleinlaut und mit belegter Stimme erzähle ich ihm von dem Foto von Henriette und ihrer Schwester, den fünftausend Euro und von meinen Gefühlen. Obwohl mir Henriette nicht sonderlich sympathisch ist, hatte ich nicht vor, sie zutiefst zu verletzen. Ich wollte ihr nur ein bisschen was wegzunehmen. Wegen des Geldes habe ich kein schlechtes Gewissen, denn sie hat ja genügend. Aber so ein Bild, das einzige von ihrer Schwester, ist durch nichts zu ersetzen. Ihr das Liebste zu rauben, habe ich nicht beabsichtigt und will es wieder gutmachen. Die Angst, doch noch entlarvt zu werden, ist immens und verfolgt mich jeden Tag. Brill ist noch immer nicht geschockt, sondern ermuntert mich, fortzufahren. Die Stunde ist längt verstrichen, doch er macht keine Anzeichen, die Sitzung zu beenden.

„Sagt Ihnen Borderline-Syndrom etwas, auch als Borderline-Störung bezeichnet?"

Das klingt irgendwie unheilbar. Nach Gehirntumor oder einer Geisteskrankheit. Ich will gar nicht wissen, was das ist und schweige.

„Hierbei handelt es sich um eine seelische Störung. Ein krankhaftes Grenzgebiet zwischen Neurose, Psychose und Persönlichkeitsstörung…"

Völlig geschockt starre ich ihn an. Mein Magen krampft sich schmerzhaft zusammen.

„Helena, ich will Ihnen keine Furcht einflößen und es ist auch kein Todesurteil, sondern eine Diagnose. Es ist hilfsreich, zu wissen, an welcher Krankheit Sie leiden, damit wir die richtige Therapie ausloten. Dass bei Ihnen eine tiefgehende seelische Störung vorliegt ist für mich offensichtlich…"

„Bin ich geisteskrank oder schizophren?" krächze ich.

„Den Begriff ‚geisteskrank' benutzt man heute nicht mehr. Aber nein, Sie sind weder das Eine noch das Andere."

Letztendlich beruhigt mich das nicht, denn Brills Schilderung meines sogenannten Krankheitsbildes scheint kein Ende zu nehmen. Zusehends werde ich immer deprimierter, angesichts meiner Mangelerscheinungen und versuche, mich auszublenden. Doch meine Ohren nehmen jedes vernichtende

Wort auf.

Neurose, soziopathisches Verhaltensmuster, Unfähigkeit Empathie zu empfinden, Selbsttötung, verzerrte Selbst- und Fremdwahrnehmung, depressiv, niedrige Frustrationsgrenze, Selbstverachtung, Schwarz-Weiß-Bild...

HÖR AUF! ICH WILL DAS NICHT HÖREN.

„... in Ihren ersten Lebensmonaten ist die sogenannte frühkindliche Abhängigkeit von Ihrer Mutter nicht in einem gesunden Entwicklungsprozess aufgelöst worden, sondern besteht weiterhin und wird übertragen. Auf den Partner oder andere Bezugspersonen. Der Entwicklungsprozess für soziale Kompetenzen wie Mitgefühl, Einfühlungsvermögen und Unrechtbewusstsein hat bei Ihnen nicht stattgefunden. Es wurde Ihnen weder beigebracht noch vorgelebt."

Hörst Du, Mama, da ist etwas total schiefgelaufen zwischen uns.

Vor meinen Augen sehe ich mich als winziges Baby in einem weißen Gitterbett, ohne schützenden Himmel. Verzweifelt strecke ich meine Arme nach meiner Mutter aus und schreie mit weit aufgerissenem, zahnlosen Mund. Sie dreht sich nicht um und verschwindet durch eine Tür. Hier ist es aus mit meiner Fassung und ich fange hemmungslos an zu weinen. Noch nie habe ich mich so einsam und traurig gefühlt. Nach den zwei schmerzvollsten Stunden durch mein Seelenlabyrinth bin ich zwar ausgelaugt, aber dennoch erkenne ich einen schwachen Lichtblick der Zuversicht, dass irgendwo in mir ein guter Mensch steckt. Heute habe ich erfahren, dass ich mich in einem Teufelskreis befinde. Aus dem es aber einen Ausweg gibt. Ich habe erfahren, dass ich alkoholabhängig bin und verantwortungslos. Brill ist schonungslos. Zu meiner Überraschung bin ich nicht beleidigt über seine Äußerungen. Wenn ich ehrlich bin, hat er Recht. Heute habe ich gelernt, dass die Wahrheit zu sagen gar nicht so schlimm ist und ich nicht tot umgefallen bin.

45

Bei jedem Wimpernschlag fühle ich die nasse Spur der Tropfen auf meinen Wangen. Wenn das Rinnsal meine Lippen erreicht hat, strecke ich meine Zunge heraus und lecke das Nieselregenwasser ab. Letzte Woche habe ich mir ein Fahrrad gekauft und sprinte bei Wind und Wetter von meiner Wohnung in die Agentur. Manchmal mache ich kleine Umwege, um etwas Abwechslung in meine täglich Tour zu bringen. Ich brauche die Anstrengung, den Wind, die Sonne, die Kälte oder den Regen, um mich zu spüren. Das Radfahren hilft mir, meine kreisenden Gedanken in Bahnen zu lenken und loszulassen. Zum ersten Mal erkenne ich die Schönheit der Stadt und entdecke jeden Tag etwas Neues und sei es nur ein Baum oder ein malerischer Hinterhof. Frühlingsgefühle. An der nächsten Ecke halte ich an, hole meine Utensilien aus der Tasche und präpariere mich für meinen Auftritt. Dann betrete ich das Fundbüro. Wie erwartet, beachtet mich der Beamte kaum. Routiniert ergreift er ein Formular und bewegt sich in Zeitlupe auf mich zu. Offensichtlich ist er durch die Störung genervt, was er mich auch deutlich spüren lässt. Sein Wortschatz, wohl auch im alltäglichen Leben nicht gerade umfangreich, ist auf das Nötigste reduziert. An Höflichkeit mangelt es ihm ebenso.

„Was willst du?", fragt er mich gelangweilt und doch mit einer gewissen Ungeduld.

Ich kann mir ein Grinsen kaum verkneifen.

„Ich bringen Geldbeutel, was gefunden auf Straße. Ist Adresse drin."

„Aha."

Misstrauisch nimmt er mir das Portemonnaie ab, beäugt es von allen Seiten und öffnet es schließlich.

„Nix viel Geld drin. Hast Finderlohn schon eingesäckelt, he?" Bemüht, nicht los zu prusten vor Lachen, schaue ich ihn durch meine Sonnenbrille verständnislos an.

„Ich nicht verstehen Wort."

„Auch egal. Du können schreiben?"

Entschuldigend schüttle ich den Kopf. Schnaubend nimmt er einen Stift zur Hand, fragt mich wann und wo ich die Börse gefunden habe, ob ich den Inhalt durchgesucht habe und wie viel Geld sich darin befand. Empört über diese Unterstellung keife ich:

„Ich nicht gestohlen Geld. Alles drin."

Tatsächlich habe ich zwei Fünfzigeuronoten hinein gesteckt und ein paar Münzen, damit es nicht gar so verfänglich wirkt. Zum Schluss will er meine Adresse haben. Ganz die ängstliche Ausländerin vor der Obrigkeit haspele ich:

„Mein Mann nicht wollen. Ich nur abgeben und fertig."

Ein wissendes Lächeln umspielt seine wulstigen Lippen und mit einem vertraulichen Augenzwinkern beugt er sich über den Tresen.

„Du musst keine Angst haben. Viele nehmen sich ihre Belohnung direkt heraus, um überhaupt etwas für ihre Ehrlichkeit zu bekommen. Das ist normal. Also, keine Angst. Verstehst du?"

Nun ist mir doch ziemlich unbehaglich in meiner Haut und ich sehe zu, das Fundbüro auf dem schnellsten Weg zu verlassen.

„Ich kein Zeit, müssen zu Arbeit."

Auf dem Weg zur Tür drehe ich mich nochmals um, weil er hinter mir her ruft und dabei das Portemonnaie in der Luft schwenkt:

„Ja, geh' nur. Ich rufe die Dame an."

Versteckt in einer Toreinfahrt, verwandle ich mich von Aisha wieder in Helena und bete, dass ich bei dem Fundbürobeamten keine unauslöschliche Erinnerung hinterlassen habe. Ich hoffe, dass inzwischen genügend Gras über die Unglücksgeschichte gewachsen ist und Henriette nicht ahnt, dass ich dahinter stecke. Etwas wehmütig denke ich an das schöne Hèrmes-Portemonnaie, von dem mich zu trennen mir nicht leicht gefallen ist. Aber die Hauptsache ist, dass Henriette ihr Foto erhält.

Als ich außer Puste in der Agentur eintreffe, kommt mir eine völlig aufgelöste Coco entgegen. Das ist ungewöhnlich, denn normalerweise ist Coco die Ruhe selbst

„Oh Gott sei Dank, Hel, gerade wollte ich dich anrufen. Du glaubst nicht, wie froh ich bin, dass du schon hier bist."

Sofort gehe ich in Hab-Acht-Stellung und spüre, wie sich mein Puls beschleunigt und mein schlechtes Gewissen anpocht.

„Ist was passiert?"

„Ich muss gleich ins Krankenhaus. Henriette hatte einen Unfall."

Bei mir schrillen sämtliche Alarmglocken. Womöglich bin ich schuld. Vielleicht wollte sie sich das Leben nehmen, weil sie durch den Verlust des Fotos Depressionen bekommen hat. Weil ich das Foto gestohlen habe. Hätte sie das Foto heute schon erhalten, hätte sie keinen Unfall gehabt.

„Jemand ist ihr ins Auto gefahren. Und ich weiß nicht, wie schlimm es um sie steht. Tut mir leid, Hel, aber du musst die Präsentation übernehmen. Es bleibt alles so, wie wir es gestern besprochen haben. Ich muss los. Toi, toi, toi."

Da stehe ich nun und werde ins kalte Wasser geworfen. Natürlich bin ich über Henriettes Unfall betroffen und hoffe wirklich, dass es nichts Ernstes ist. Aber noch mehr erschüttert mich die Vorstellung, unser Casting vor dem Kunden zu präsentieren. Ich bin aus der Übung und noch lange nicht so weit, locker und professionell aufzutreten. Ausgerechnet dieses Casting, wofür wir uns so ins Zeug gelegt haben und das eins der besten ist, das wir je bewerkstelligt haben. Hier geht es um richtig viel Geld. Wer die beste Arbeit abliefert, erhält einen Zweijahresvertrag für insgesamt zehn Werbespots. Es wäre nicht nur der größte Auftrag für uns, sondern wir pitchen zum ersten Mal gegen zwei andere Castingagenturen aus Deutschland und Frankreich. Alles hängt von dieser Präsentation ab und ich trage die Verantwortung. Ich habe eine Scheiß Angst. Für einen kurzen Moment überfluten mich die Gefühle. Eine heftige Wut auf Henriette, die unbedingt heute verunglücken musste und auf

Coco, die mich im Stich lässt und mir den schwarzen Peter zuschiebt. Wenn der Auftrag nicht klappt, bin ich schuld. Wie eine Tigerin laufe ich hin und her, unschlüssig, was ich machen soll. Ein Glas Wein oder Champagner würde mir schon helfen, aber ich habe einen Vertrag mit Brill abgeschlossen. Nur am Wochenende ein Gläschen zum Essen. Brill meint zwar, dass ich den Vertrag mit mir abschließe und selbst entscheide, ob ich mich daran halte, aber für mich ist er mein Vertragspartner. Auf jeden Fall muss ich mich noch umziehen, denn in meinem Aufzug, mit Jeans und Pulli fühle ich mich der Situation nicht gewachsen. Ich muss respektabel wirken, auch wenn ich es nicht bin. Ein Blick auf die Uhr zeigt mir, dass ich nur noch vier Stunden Zeit habe. Panik steigt in mir hoch. Vielleicht verunglücke ich ja auf dem Heimweg. Lieber Gott, mach', dass ich vom Blitz getroffen werde.

Die Filmproduktion, Ort der Präsentation, logiert in einem malerischen Hinterhausloft, bestehend aus zwei Etagen, in der Theresiengasse. Immer wieder bin ich verblüfft, welche Schätze sich hinter den eher unscheinbaren Vorderhausfassaden verbergen. Fritz, Besitzer der erfolgreichen Produktion, ist ein langjähriger Freund von Coco und ein eher kantiger Typ. Vom Äußeren her wirkt er viel mehr wie ein knackiger Naturbursche. Bergsteiger oder Weltumsegler würde passen. Ohne Zweifel sieht er gut aus, aber mein Typ ist er nicht. Zu präsent, zu männlich, zu erfolgreich und zu wienerisch. Ich kann den schleimigen Dialekt einfach nicht ausstehen. Wir haben uns zweimal bei Präsentationen gesehen, aber ich glaube nicht, dass ich einen bleibenden Eindruck bei ihm hinterlassen habe. Meistens hat Coco die Leitung übernommen und ich blieb im Hintergrund oder ich war erst gar nicht anwesend. Auf jeden Fall ging es nie über ein ‚Hallo, wie geht's' oder ‚Ah Paris, aus der Stadt der Liebe' hinaus. Wobei ich den letzten Spruch mehr als platt fand. Nun stehe ich geschniegelt, im grauen Céline-Kostüm mit schwarzer Kaschmirstola und schwarzen Wildlederpumps auf dem Bürgersteig und spreche mir Mut zu. Ich habe mir extra ein Taxi geleistet, um nicht abgehetzt und völlig zerzaust aufzukreuzen. Außerdem lässt es sich mit Bleistiftrock schwierig radeln. All meine Courage zusammenraffend stöckele ich mit festem Schritt durch die Einfahrt, werfe noch kurz einen Blick auf die Kletterpflanzen, die die gesamte Hauswand bedecken und öffne die Tür. Fritz' knabenhafte Praktikantin Elfi eilt beflissen auf mich zu und begrüßt mich fast ehrfurchtsvoll. Sie teilt mir mit, dass Fritz mich bereits erwartet und weder der Kunde noch die Agentur bis jetzt eingetroffen sind. Beherzt schreite ich auf das Konferenzzimmer zu. Die Tür ist offen und mir flattern die Nerven, als ich Fritz' imposante Erscheinung im eleganten Zwirn erblicke. Schon der Raum ist beeindruckend. Sowohl in seiner Größe, als auch in seiner Ausstattung. Mir wird der Ernst der Lage mit aller Deutlichkeit bewusst. Unschlüssig verharre ich im Türrahmen, als ob ich auf ein Zeichen von oben warte.

„Ah, unsere schöne Helena. Sehr gut, dass du so überpünktlich bis, so haben wir Zeit, uns noch etwas zu beschnuppern. Wir sind eine Einheit, klar? Dort der Kunde und die Agency. Hier das Dreamteam."

Wie ätzend.

Grauenhaft. Wie ich solch einen Jargon verabscheue. Für die schöne Helena würde ich ihm am liebsten eine knallen.

Mehr Respekt, du Flegel.

Ich weiß, dass er nun irgendeine Reaktion von mir erwartet. Was soll ich auf so einen Verbalmist erwidern? Ich könnte Coco den Hals umdrehen. Sie kann mit ihm, was mich erstaunt. Aber ich muss hier durch und darf mich nicht querstellen, darf nicht beleidigt sein und erst recht nicht die Zicke spielen.

„Sicher, klar wie Kloßbrühe."

Diese Platitude konnte ich mir einfach nicht verkneifen. Dementsprechend irritiert guckt Fritz mich an. Einrenkend ziehe ich das Booklet mit den Fotos der Darstellerinnen aus meiner Tasche und zeige ihm unsere zwei Favoritinnen.

„Nicht schlecht. Die Brünette ist echt geil."

Du schwanzgesteuerter Machoarsch.

„Nicht so, wie du jetzt denkst. Die hat Klasse, Eleganz und ist sexy. Wer hat das Casting gemacht? Coco oder du?"

„Na, wir beide."

Froh, dass ich die erste Hürde gepackt habe und Fritz das Casting nicht in der Luft zerrissen hat, entspanne ich mich etwas und bin fast locker.

„Ist schon klar, aber wer hat Regie geführt?"

„Ich und Joschi als Kameramann."

An Joschis kumpelhafte Art musste ich mich allerdings erst gewöhnen, nachdem Ben uns wegen Norman Foster verlassen hatte. Aber er macht einen guten Job und ich muss nicht mit ihm befreundet sein.

„Ah, ich glaube, unsere Auftraggeber sind gerade eingetroffen. Ich habe ein gutes Gefühl, Helena."

Bin ich so durchschaubar? Schuldbewusst nehme ich den Arsch und schwanzgesteuerten Macho zurück. Mit einem Mal finde ich Fritz sogar ganz sympathisch. Schritte nähern sich dem Konferenzraum und aus einem unerklärlichen Grund stellen sich bei mir sämtliche Nackenhaare auf. Meine Angst kehrt zurück, obwohl ich vorher noch so zuversichtlich und guten Mutes war. Heimlich wische ich meine feuchten Hände am Rock ab. Elfi erscheint an der Tür, mit vier Männern im Schlepptau. Fritz und ich erheben uns synchron, um sie zu begrüßen. Mich trifft fast der Schlag, als ich Gelfrisur in die Augen blicke. Auch er ist offensichtlich überrascht.

„So sieht man sich wieder."

Mit einem abschätzenden Lächeln sieht er mich an und ich habe nur einen Gedanken. Flucht. Ich mache den Mund auf, doch es kommt kein Ton heraus. In meinem Inneren tobt das Chaos und ich stehe kurz vor einer Panikattacke. Gott sei Dank redet Fritz umso mehr und überbrückt die peinliche Situation, indem er die Herrschaften bittet, Platz zu nehmen. Schließlich presse ich doch noch eine Begrüßung hervor und setze mich zittrig neben ihn. Brill hat gesagt, dass ich meine Gefühle aussprechen soll, ehe ich mich an ihnen verschlucke und mich verbiege. Gefühle sind menschlich. Menschlich betrachtet sind meine Gefühle die eines Angsthasen, der auf der Stelle flüchten will. Wie werden die reagieren, wenn ich an mein Glas klopfe und verkünde: Hört zu Leute, ich habe Schiss vor euch und will am liebsten wegrennen? Sehr professionell, Professor Brill. Wirklich situationsadäquat. Wie durch viele Wattebäusche gedämpft dringt Fritz Stimme an mein Ohr:

„Helena?"

Ich wage kaum, in Gelfrisurs Richtung zu blicken, so unangenehm ist mir die ganze Situation. Innerlich verfluche ich Coco, die mich in diese beschissene Lage gebracht hat. Warum hat sie mich auflaufen lassen? Bestimmt hat sie es gewusst, es mir aber aus unerklärlichen Gründen verschwiegen.

Na warte, das werde ich dir heimzahlen.

Inständig bete ich zu einer höheren Macht, dass Gelfrisur mich nicht öffentlich bloßstellt und diese peinliche alte Geschichte zum Besten gibt. Doch alles Lamentieren hilft mir nicht weiter. Das ist einer der wichtigsten Jobs für uns.

Reiß' dich zusammen!

„Können wir beginnen?"

Ich gebe mir einen Ruck und schaffe es tatsächlich, in die Runde zu lächeln. In diesem Moment treffe ich eine Entscheidung.

„Entschuldigung, ich bin ein bisschen nervös, da normalerweise meine Kollegin Cosima von Lobenstein die Präsentationen durchführt. Ich hoffe, dass Ihnen unser Casting gefällt."

Erstaunt, dass mir die Erklärung nicht schwer gefallen ist und noch erstaunter, dass ich nun erleichtert bin, stehe ich auf, lege die DVD in den Recorder und drücke auf Start. Es kommt mir so vor, als hätte ich während der gesamten Vorführung die Luft angehalten und nun warte ich, mit innerlich eingezogenem Kopf, auf die Reaktionen. Trotz Fritz' Zuspruch, rechne ich mit dem Schlimmsten, und so traue ich mich kaum in irgendein Gesicht zu sehen. Gerade will ich aufspringen, um die DVD aus dem Recorder zu reißen, als ich Gelfrisurs Stimme vernehme.

„Die Drei und die Fünf würde ich mir gerne nochmal anschauen."

Baff über den freundlichen Ton spule ich bis zu den gewünschten Mädchen zurück und betrachte nun sein konzentriertes Gesicht. Sein Blick schweift kurz zu mir und unsere Augen treffen sich. Habe ich da etwa ein kleines Lächeln gesehen?

„Gute Arbeit. Für mich ist es die Brünette. Sie haben ihre Hausaufgaben erledigt, Helena."

Normalerweise würde ich bei solch einer Formulierung die Augen rollen, weil ich diese Aussprüche hasse. Als würden wir die Schulbank drücken. Aber vor lauter Glück ist es mir piepegal, wie er sich ausdrückt. Es zählt die nackte Aussage. Mein Herz hüpft. Gute Arbeit, hat Matthias gesagt. Gelfrisur existiert nicht mehr. Er hat mir das Casting nicht um die Ohren gehauen. Es hat ihm gefallen.

Juhu!

Es folgt eine Diskussion zwischen Matthias und seinen Kunden, bis alle einer Meinung sind und mir auch die Kunden zu der gelungenen Auswahl gratulieren.

Juhu!

„Danke. Das freut mich wirklich sehr. Auch im Namen von Coco bedanke ich mich bei Ihnen für Ihr Vertrauen."

Bin ich das, die das gerade gesagt hat? Woher kommt die plötzliche Leichtigkeit? Eine ungekannte Wärme breitet sich in mir aus. Am liebsten möchte ich alle Anwesenden küssen. Ergriffen und etwas verlegen von meinen Gefühlsanwandlungen grinse ich in die Runde, um nicht loszuheulen. Einigermaßen cool erhebe ich mich, um die DVD aus dem Recorder zu ziehen. Um ein Haar hätte ich einen Luftsprung hingelegt. Haben wir nun den Auftrag? Ich traue mich nicht, zu fragen. So unbefangen bin ich, trotz dieses Erfolgs, doch nicht. Muss ich noch bangen oder kann ich gleich Coco die freudige Nachricht übermitteln? Hat Matthias das letzte Wort? Darf er entscheiden? Verwirrt bemerke ich, dass alle mich anstarren. Habe ich etwa laut gedacht?

„Haben Sie schon Gage und Buyout verhandelt?"

Da ist sie wieder. Meine verfluchte Unsicherheit. Was ist, wenn Oda zu teuer ist? Ihre Agentur ist knallhart und lässt nicht mit sich handeln. Verständlich, denn Oda ist die Entdeckung und ziert bereits die Covers von Vogue, Elle und Harper's Bazaar. Außerdem läuft sie diese Saison das erste Mal für Karli. Die Zahlen habe ich zwar im Kopf, wühle aber, um Zeit zu gewinnen, in meinen Unterlagen. Krampfhaft überlege ich, ob ich das Risiko eingehen soll und eine niedrigere Gage nennen soll. Ich will den Auftrag unbedingt an Land ziehen. Mein Gehirn schlägt Purzelbäume und die Anwesenden warten auf eine schnelle Antwort.

Reiß' dich am Riemen!

Kleinlaut lege ich los. Doch schon beim Buyout wird meine Stimme immer sicherer. Und bei den Vertragsbedingungen ist mein Ton so professionell und so bestimmt, dass jeder weiß, Oda ist nicht verhandelbar. Wir sind hier schließlich nicht auf dem Basar. Zu meiner Verblüffung überzeugt Matthias seine Kunden, Oda unbedingt zu engagieren. Die drei Männer schlucken zwar heftig angesichts der Summen, geben aber schließlich ihre Zustimmung. Allerdings unter einer Bedingung: Sie wollen sie persönlich sehen und zwar morgen. Natürlich muss der Kunde immer das letzte Wort haben und demonstrieren, wer hier der Chef ist.

Nachdem auch das Live-Casting mit Odas Agentur geklärt ist, ergreife ich schleunigst die Gelegenheit mich nach draußen zu verziehen, um Coco endlich das erfreuliche Ergebnis der Präsentation zu verkünden. Wie ich vermutet habe, ist sie zwar begeistert, aber die Erleichterung ist ihr deutlich anzumerken.

„Wusstest du eigentlich, dass Matthias den Kunden betreut?"

Kurzes Schweigen herrscht am anderen Ende der Leitung.

„Ja, habe ich. Ich wusste aber auch, wenn ich es dir sage, hättest du dich geweigert und das wollte ich nicht riskieren. Es war eben schlechtes Timing. Aber dennoch, du hast es ja geschafft und wir haben den Job. Das finde ich toll und ich freue mich vor allem für dich, Hel."

Zaghaft und gerührt über Cocos Worte erkundige ich mich nach Henriette.

„Gott sei Dank hat sie nur ein Schleudertrauma und einen gebrochenen Finger. Sie soll eine Nacht zur Beobachtung im Krankenhaus bleiben. Morgen bringe ich sie nach Hause."

„Ich muss jetzt auflegen, denn Handys sind hier verboten. Glückwunsch, Partnerin."

Bin ich nun tatsächlich offiziell ihre Partnerin? Verträumt betrachte ich zwei Turteltauben, die nebeneinander über den Innenhof spazieren. Gurrend fliegt eine auf die kleine Orangerie, die auf dem Rasenstück steht. Als könne die andere die sekundenkurze Trennung nicht aushalten, schwebt sie sofort hinterher. Nur schwer reiße ich mich von der Idylle los und gehe zurück in den Konferenzraum. Ich grüße alle von Coco und nehme den Vertragsentwurf von Matthias entgegen. Nachdem alles für morgen geregelt ist und die weiteren Punkte nächste Woche besprochen werden, verabschieden sich Matthias und seine Kunden.

„Lassen Sie uns unser Kriegsbeil begraben und wünschen wir uns eine weiterhin gute Zusammenarbeit, Helena."

„Nichts lieber als das. Und vielen Dank, dass Sie mich nicht brüskiert haben."

„Wir sind doch Profis, oder?"

Freundschaftlich klopft mir Matthias auf die Schulter, was ich unter anderen Umständen nicht ausstehen kann, aber nicht in diesem Moment. Nur ein bisschen. Er hätte mir sogar einen kumpelhaften Hieb auf den Rücken versetzen können und ich hätte trotzdem gelächelt. Fritz lädt mich zur Feier des Tages abends zum Essen ein. Schon die ganze Zeit, während des Meetings hatte ich ein Gefühl von leichten Schwingungen zwischen uns, was mich etwas verwirrte und kurz aus dem Konzept brachte. Mit einer fadenscheinigen Ausrede lehne ich ab. Ich bin eben ein Hasenfuß.

46

„Wie geht es Ihnen mit dem Alkohol? Halten Sie Ihren Vertrag noch ein?"

Brill schaut mich durch seine dicken Brillengläser aufmerksam an, dass ihm auch ja kein kurzes Flackern in meinen Augen entgeht. Seine Brauen schunkeln leicht.

„Kein Problem. Manchmal trinke ich selbst am Wochenende nicht."

Beharrlich halte ich seinem Blick stand, bemüht, ihm nicht auszuweichen oder zu blinzeln. Was soll's, schließlich habe ich den Vertrag mit mir selbst abgeschlossen.

„Wunderbar. Das freut mich."

Nun bin ich doch verlegen. Angespannt schlage ich die Beine übereinander und versuche, eine bequemere Sitzposition einzunehmen. Irgendetwas ist heute anders. Brill wirkt so streng und unzugänglich.

„Haben Sie manchmal körperliche Beschwerden."

Was soll das denn jetzt? Sind wir beim Onkel Doktor? Soll ich mich etwa frei machen, damit er was zu gucken hat?

„Haben Sie manchmal Rückenschmerzen, Magenprobleme, Entzündungen, Verstopfung, juckenden Ausschlag, Schlafschwierigkeiten, Gleichgewichtsstörungen?"

„Nein, Schlafprobleme hatte ich noch nie. Wenn ich schlafe, kann eine Bombe neben mir einschlagen, ich wache nicht auf. Ab und zu bin ich an den Schultern etwas verspannt. Das Einzige, was ich öfters habe, ist Schnupfen und Husten. Ansonsten bin ich kerngesund."

„Allergien?"

„Nein."

Brill wackelt wissend mit seinem Haupt.

Was ist denn jetzt schon wieder?

Ich merke, dass sich Aggressionen in mir breit machen. Mit seiner Abfragerei geht er mir gewaltig auf die Nerven und ich verstehe nicht, was er mit aller Gewalt herausfinden will.

„Gibt oder gab es in Ihrer Familie Fälle von Depressionen

oder Geisteskrankheiten? Selbsttötung?"
LECK MICH!
Was denkt er bloß? Dass mir meine Eltern so ein beschissenes Erbe hinterlassen haben? Beschissener geht es gar nicht. Nicht einen Cent, dafür aber ihre Scheiß Gene.
Der Sesselbezug kratzt und ich rutsche unbehaglich an die äußerste Kante. Ist denn die Stunde nicht bald zu Ende?
„Warum sind sie jetzt wütend?"
Weil du mir so Scheiß Fragen stellst?
Was würde er machen, wenn ich einfach abhaue? Würde er mir hinterher laufen oder sitzen bleiben? Würde er mich abhaken und mir seine Schlussrechnung schicken? Würde er sich eins grinsen und mich für eine kindische durchgeknallte Tussi halten?
Wortlos reicht er mir die Box mit den Taschentüchern. Ich habe überhaupt nicht bemerkt, dass mir die Tränen ungebremst über die Wangen kullern.
Stockend, mit krächzender Stimme beginne ich, mein Innerstes nach außen zu stülpen und ich schäme mich für all die Hässlichkeit.

Es war ein warmer, sonniger Tag im Juli. Kurz vor den Sommerferien. Leonie kaufte für uns beide Eis in einer Waffeltüte. Für mich Nuss und Zitrone, mein Lieblingseis. Wir wollten schnell zu mir nach Hause, um meine Badesachen zu holen. Sie musste immer unten warten, weil ich mich für unsere kleine Wohnung schämte. Nie murrte sie. Ihre Eltern sahen es nicht gern, dass sie meine Freundin war. Helena Schmidt ist kein Umgang für brave Mädchen. Aber seltsamerweise hielt Leonie zu mir, obwohl ich mich ihr gegenüber oft schäbig verhalten hatte. Ich wollte kein Mitleid. Und schon gar nicht von ihr, die all das besaß, was ich nicht hatte. Schon von weitem sah ich das wirbelnde Blaulicht eines Krankenwagens und zwei Polizeiautos. Dennoch rannte ich nicht, sondern ging seelenruhig auf das Haus zu. Mein Herz hämmerte wie verrückt. Instinktiv ahnte ich, dass das ganze Szenario etwas mit meinen Eltern zu tun hatte. Leonie nahm meine Hand und sagte irgendetwas zu mir. Wie in Trance stieg ich die Treppe empor, bis ich vor unserer offenen Wohnungstür stand. Das Gefühl von etwas Schrecklichem saß in mir, wie ein dunkles pelziges Tier. Ich wollte flüchten und doch wieder nicht. Wie in Zeitlupe und losgelöst von meinem Körper, ging eine Helena auf die offene Badezimmertür zu, die andere Helena blieb mitten im Flur stehen. Der beigefarbene Kachelboden hatte plötzlich ein abstraktes rotes Muster. Die Farbe glänzte ganz frisch im Sonnenlicht und purpurne Flussarme verzweigten sich, flossen auseinander und fanden wieder zusammen, bis ein kleiner See entstand. Fasziniert betrachtete ich das Kunstwerk. Plötzlich packte mich jemand, hob mich hoch und hielt mir die Augen zu. Doch ich hatte gesehen, was ich nicht sehen sollte. Und wieder teilte ich mich in Zwei. Mama sah wunderschön aus. Ihre schwarzen Haare umrahmten ihr blasses Gesicht und bewegten sich wie dünne Algen sanft auf der Wasseroberfläche. Nie hatte ich meine Mutter so friedlich gesehen. Durch das rosafarbene Wasser konnte ich ihren schmalen nackten Körper sehen. Wie die kleine Meerjungfrau, dachte ich traurig. Sofort schlug mein zweites wütendes Ich zu. Warum gafften die Männer sie so an? Warum deckte niemand sie zu? Warum tat mein Vater nichts? Wo war er überhaupt? Warum ist sie tot? Warum hat sie mir das angetan? Wild zappelte ich in den Armen des Rettungssanitäters und wollte nur noch auf alle einprügeln. Dann fing ich an zu schreien.

Als ich irgendwann aufwachte, war es dunkel und gespenstisch still. Mein Vater saß neben meinem Bett und hielt den Kopf gesenkt. Ich wünschte mir, er würde mich in den Arm nehmen, mich trösten, mich streicheln und mir beruhigende Worte ins Ohr flüstern. Doch er blieb sitzen, starrte auf den Boden und war stumm.

Die Bilder von meiner toten Mutter tauchten vor mir auf, doch ich empfand keine Trauer oder Mitgefühl. Ich schämte mich entsetzlich, dass sie ihren Körper so öffentlich zur Schau gestellt hatte und jeder sie anglotzen konnte. Auch Leonie hatte sie bestimmt gesehen. Mein Vater hatte nichts dagegen unternommen. Und jetzt hockte er hier bei mir und ließ mich dennoch allein. Ich wusste nicht wohin mit all meiner Wut, meiner Scham und meinem Hass. Und ich hatte Angst. In dieser Nacht und vielen folgenden Nächten machte ich ins Bett. Niemand bemerkte meine Angst und die Panik, in die Schule gehen zu müssen. Mich dem Getratsche ausliefern zu müssen. Niemand schützte mich. Niemand half mir, das grausame Erlebnis zu verarbeiten. Niemand liebte mich und ich wollte kein Mitleid.

Wie ich sie alle hasste. Dieses Getuschel, das plötzlich verstummte, wenn ich das Klassenzimmer betrat. Natürlich wusste ich warum, denn schließlich war ich schon elf und nicht blöd. Helena Schmidt war das Gesprächsthema des Gymnasiums und die Sensation der Woche. Helena Schmidt, Tochter einer Selbstmörderin und Bettnässerin.

Meine Halsmuskeln sind zum Zerreißen gespannt und der Kiefer tut mir weh. Ich weiß nicht, wie lange ich die Zähne zusammen gebissen habe. Inständig bete ich, dass Brill mich nicht fragt, wie es mir geht. Mir geht es miserabel, und ich habe Angst davor, meine Tränenkanäle zu öffnen. Mit einem Mal ist mir kalt und ich fange an zu zittern. Fröstelnd schlinge ich den Schal um meine Schultern und zerknülle die Enden in meinen Fäusten. Nur nicht heulen.

„Auf wen sind Sie wütend?"

Sei still!

„Sie dürfen wütend sein. Als Kind hatten Sie alles Recht der Welt, um auf Ihre Eltern wütend zu sein. Aber jetzt sind Sie erwachsen und haben noch immer die Wut des Kindes in …"

„Sie haben gut reden, verdammt nochmal", fauche ich Brill an. „Sie sitzen auf dem hohen Ross und werfen mir vor, ich sei ja nun erwachsen und benehme mich wie ein verzogenes Kind. Ist es das, was Sie mir sagen wollen? Kindisch. Ich bin kindisch, oder? Wer sind Sie denn, verflucht nochmal? WAS GIBT'S DENN DA ZU GRINSEN?"

Hitzig springe ich auf und presse hervor, dass ich auf die

Toilette muss. Um Fassung bemüht eile ich zur Tür hinaus. Erst im Flur fange ich an zu rennen. Voller Wut reiße ich die Tür auf und stürme wie eine Verrückte die Treppe hinunter. Unten angekommen, laufe ich wie eine Raubkatze hin und her. Mein Drang, etwas zu zerstören ist mächtig, aber es gibt weit und breit nichts, was ich kaputt schlagen oder zertreten kann. Brill hat ja Recht, gestehe ich mir zerknirscht ein, ich verhalte mich kindisch. Geradezu lächerlich. Wie ein kleines Kind haue ich ab und bin beleidigt, weil er mir nicht hinterher läuft. Erschöpft setze ich mich auf die Stufe und versuche wieder ruhig zu atmen. Nach ein paar Minuten kehre ich zurück. Als sei nichts gewesen, nehme ich Brill gegenüber Platz, verschränke meine Arme und schaue ihn kühl an.

„Ich hatte übrigens nicht gegrinst. Warum sollte….."

Brill wird plötzlich von einem Hustenanfall geschüttelt. Keuchend nimmt er die Brille von seiner Nase und greift japsend nach einem Glas Wasser, das er in einem Zug runter kippt.

„Das ist nicht mein Husten. Ich habe gerade eine ganz starke Übertragung."

Hektisch klopft er auf seine Brust und schüttet noch mehr Wasser in sich hinein.

„Auf wen sind Sie wütend? Auf mich, ihren Vater oder ihre Mutter. Was wollen Sie mir nicht sagen?"

Ehrlich gesagt, weiß ich selbst nicht, auf wen ich wütend bin. Auf mich?

„Es ist noch Zeit für ein kurzes Rollenspiel. Diesmal mit Ihrer Mutter. Sind Sie bereit dafür?"

Bereit? Ich glaube nicht. Wieder erklärt er mir haargenau, wie das Rollenspiel abläuft. Das ich alles aussprechen darf, was mir in den Sinn kommt. Unkontrolliert und spontan. Na ja, Spontanität ist nicht unbedingt meine Stärke. Alles in mir sträubt sich dagegen. Meine Reise in die Vergangenheit war schon schlimm genug, und nun soll ich nochmal zurück. Stumm starre ich auf den gegenüber stehenden Sessel. Wird mir gleich der Geist meiner Mutter erscheinen. Mit einem Mal habe ich furchtbare Angst.

„Mein Arm", schreie ich und greife panisch nach meinem linken Arm.

„Mein Arm ist gelähmt. Ich kann ihn nicht mehr bewegen."

„Sprechen Sie zu Ihrer Mutter."

„Ich kann nicht. Mein Arm..."

„Blockieren Sie Ihre Gefühle nicht. Sie sind hier in einem geschützten Raum und ich bin bei Ihnen. Es kann Ihnen nichts passieren."

Mein Herz klopft heftig und der Kloß im Hals will sich einfach nicht lösen. Ich würge und keuche, bis meine Kehle zu brennen scheint.

„Mama", flüstere ich und Tränen fließen heiß aus meinen Augen.

Im Geist sehe ich anfangs meine schöne Mutter vor mir, die sich schlagartig in die Frau verwandelt, die sie zum Schluss war. Nachlässig gekleidet, ein vom Alkohol aufgedunsenes Gesicht und trübe Augen, die mich verwundert ansehen. Als ob sie vergessen hat, wer ich überhaupt bin. Eine unendliche Traurigkeit hüllt mich ein und schwappt über mich, wie brackiges Wasser. Hilflos strecke ich meine Arme nach ihr aus und will wissen, warum sie mich nicht rettet.

„Warum tust du es nicht? Du warst nie für mich da, wenn ich dich brauchte. Nie hast du mir gesagt, dass du mich liebst und du glücklich bist, weil es mich gibt. Du warst immer so weit weg von mir. Du bist schuld, dass ich mich so allein gefühlt habe. Du bist schuld, dass ich allein bin. Warum hast du meine Brüder sterben lassen? WARUM NICHT MICH?"

Völlig entkräftet sacke ich im Sessel zusammen und weine hemmungslos.

„Bitte nehmen Sie mich in den Arm", flehe ich Brill an.

Wortlos steht er auf und breitet seine Arme aus. Noch nie habe ich mich so beschützt gefühlt, wie in diesem Moment. Ein mir völlig fremder Mensch schafft es, mir Trost und Geborgenheit zu geben. Schluchzend drücke ich mein Gesicht an seine Brust und durchnässe sein weiches Kaschmirsakko. Es fühlt sich gut an. Etwas peinlich berührt löse ich mich wieder von ihm und setze mich auf meinen Platz.

„Danke", schniefe ich.

Auf einmal bin ich so befangen, dass ich mich kaum traue, Brill in die Augen zu gucken. Hat er das vielleicht missverstanden? Hat er eine Grenze überschritten? Oder ich? Heißt es nicht, dass sich Patientinnen oft in ihren Therapeuten verlieben? Oder umgekehrt? Verstohlen schiele ich zu ihm hinüber, ob ich eventuelle Zeichen sehe. Eines weiß ich mit Sicherheit. Ich bin nicht in ihn verliebt. Und doch wirkt er auf mich nicht mehr so gnomenhaft, wie anfangs. Seine Ausstrahlung liegt mehr in seinen Augen, seiner Stimme und seiner Intelligenz. Verknallt bin ich auf jeden Fall mitnichten.

„Was ist mit Ihren Brüdern passiert?"

Erneut steigen mir die Tränen in die Augen, aber ich bin einigermaßen gefasst.

„Meine Mutter hatte nach mir zwei Fehlgeburten. Das war furchtbar für meinen Vater, denn er wünschte sich unbedingt noch ein zweites Kind, einen Sohn. Für mich war es schrecklich, denn danach war mein Elternhaus ein Ort des Schweigens. Es wurde nie darüber gesprochen und ich habe von niemandem erfahren, was passiert ist. Warum meine Brüder starben oder sterben mussten. Sie hat sie sterben lassen. Ich war ja auch noch klein. Vielleicht wäre unser Haus mit meinen Brüdern oder wenigstens mit einem Bruder lebendiger gewesen. Ich hätte jemanden zum Spielen gehabt und wäre nicht so allein gewesen. Heute denke ich, dass meine Mutter mit allem überfordert war. Auch mit mir. Soweit ich mich zurück erinnere, hat sie getrunken. Sie war nie wirklich anwesend."

Schwach erinnere ich mich daran, wie ich Ben gegenüber meine verunglückten Brüder erwähnt hatte. Da hatte ich keine Trauer oder etwas Ähnliches verspürt. Es war für mich eine erfundene Geschichte. Eine Lüge.

Ist die Zeit nicht schon längst um? Ich habe das Gefühl, seit unzähligen Stunden auf dem Sessel zu kleben. Für heute reicht es mir. Ich will keine weiteren Rollenspiele, Fantasiereisen oder Rückblicke. Ich will nur noch raus an die frische Luft, in die Sonne, in die Helligkeit. Doch Brill lässt mich noch nicht aus seinen Fängen, sondern verdonnert mich noch zu einem weiteren Rollenspiel. Positionswechsel und Perspektivwechsel. Als meine Mutter habe ich kräftig auf die Tränendrüse gedrückt und ein halbherziges Bedauern über meine schlecht ausgeführte Mutterrolle zur erwachsenen Tochter herüber gesandt, aber schließlich konnte ich nicht anders. Das musst du doch verstehen. Was muss ich verstehen? Dass sie eine so miserable Mutter war und einfach nicht anders konnte. Ist das eine Entschuldigung? Wie soll ich einer Frau verzeihen, die sich ihrer Verantwortung entzieht? Zwar habe ich geweint, aber nicht aus Mitleid, sondern wegen mir. Unbefriedigt und resigniert nehme ich wieder meinen Platz ein und frage mich, was bei dem Rollenspiel schief gelaufen ist.

Kann man sein eigener Albtraum sein? Brill stochert so lange in mir herum, bis mein Unterbewusstsein aufjault und lange verschüttete Erinnerungen ausspuckt. Wie ein Restaurator kratzt er an meiner Schicht, um das Darunter ans Licht zu befördern. Es tut weh. Das, was ich bis heute über mich erfahren habe, macht mich nicht stolz.

Eigentlich bin ich ein Kotzbrocken. Das Wort Empathie habe ich zum ersten Mal gehört und noch niemals empfunden. Ich weiß einfach nicht, wie sich Mitgefühl anfühlt. Aber dafür habe ich eine wunderbare Entschuldigung. Es wurde mir weder beigebracht, noch vorgelebt. Ich habe es nicht gelernt. Stattdessen habe ich gelernt, was ein Dramadreieck ist. Natürlich bin ich der Täter. Was sonst. Aber gleichzeitig auch Opfer. Ein Opfer meiner selbst. Wie soll ich mich lieben, wenn ich so wenig liebenswert bin?

47

„Das schmeckt köstlich. Ich wusste gar nicht, dass Schmetterlinge so gut kochen können. Weißt du, dass ich zum ersten Mal chinesisch esse? In Paris war ich oft beim Koreaner oder Japaner, aber nie beim Chinesen. Komisch, was?"

Cho lächelt auf ihre ganz eigene Art. Jedes Mal versuche ich ihr Lächeln zu deuten, aber bevor ich es ergründen kann, ist es schon wieder verschwunden und sie lacht ganz europäisch.

„Die meisten Chinesen könnt Ihr in der Pfeife rauchen, schöne Helena von Troja. Nur Ihre ergebenste Dienerin Cho, der Schmetterling, vermag Euren Geschmack zu treffen."

Kichernd räumen wir den Tisch ab und tragen das Geschirr in die Küche.

„Gott, sind wir wieder albern. Wenn uns jemand hören würde, würde bestimmt denken, dass wir nicht mehr ganz bei Trost sind. Noch einen grünen Tee oder etwas Stärkeres?"

Innerliche sende ich eine Botschaft an Brill: Ausnahmesituation. Kein Vertragsbruch.

„Nach gefühlten fünf Litern Sencha habe ich Lust auf eine Abwechslung. Hast du Rotwein im Haus?"

„Klar. Einen gigantischen kosheren von den Golanhöhen. Das Beste, was du je getrunken hast."

Behaglich kuscheln wir uns ins Sofa. Jede in einer Ecke mit geknautschten Kissen im Rücken. Hatte ich jemals in meinem Leben das Wort gemütlich verwendet? Auf jeden Fall erinnere ich mich nicht. Zufrieden nippe ich an meinem Gamla.

Seit Cocos Hochzeit sehen wir uns ein bis zwei Mal in der Woche und ich habe das Gefühl, dass ich meine erste beste Freundin gefunden habe. Natürlich ist Coco auch eine tolle, beste Freundin, aber sie ist quasi an Henriette vergeben. Cho dagegen ist unabhängig und hat viele Freundinnen, aber keine, mit der sie sich so häufig trifft, wie mit mir. Ob sie das auch so sieht? Dabei hätte alles ganz anders ausgehen können. Wie konnte ich damals so blind sein. Wegen der aufwendigen

Hochzeitsvorbereitungen trommelte Henriette Cho, Sonia und mich jeden Samstag - manchmal auch abends während der Woche - zu einer Besprechung zusammen. Wie ein Feldwebel teilte sie uns unsere Aufgaben zu, was sie mir nicht unbedingt sympathischer machte. Sonia, mit ihrem Mädels-Gehabe, ging sie mir wahnsinnig auf die Nerven. Wie kann ein Mensch permanent dermaßen überspannt gut gelaunt sein. Und dann diese Hyperaktivität. Wenn Cho nicht gewesen wäre, hätte ich die Strapazen kaum ausgehalten und meinen Job als Brautjungfer gekündigt. Sie hatte die Ruhe weg und stets ihr Lächeln auf den Lippen. Nie wirkte sie genervt, verärgert oder beleidigt. Ich schon. Nach unseren Wedding-Planner-Meetings, wie Henriette unsere Treffen nannte, gingen Cho und ich meistens noch auf einen Entspannungsdrink ins Café Engländer. So erfuhr ich, zu meiner Überraschung, dass sie als Wirtschaftsprüferin bei Price Waterhouse arbeitet und einen Doktortitel in Jura und Anglistik hat. Etwas eingeschüchtert fragte ich sie, ob sie ihr Abitur mit zehn gemacht hätte. Tatsächlich hatte sie zwei Klassen übersprungen und war mit fünfzehn die jüngste Abiturientin Österreichs. Als sie mir dann noch offenbarte, dass sie neben Deutsch, Englisch und Mandarin auch Französisch und Spanisch spricht, fühlte ich mich winzig klein. Nicht, dass sie mit ihren Gaben prahlte, nein, ich musste ihr förmlich die Würmer aus der Nase ziehen. Cho hört lieber zu, als von sich selbst zu sprechen. Auf sie bin ich seltsamerweise nicht neidisch, obwohl mich ansonsten in Cocos Kreisen Minderwertigkeitskomplexe im höchsten Maß plagen. Alle ihre Freundinnen, ohne Ausnahme, sind erfolgreich in ihren Jobs, haben Geld in rauen Mengen und besitzen luxuriöse Wohnungen. Selbst die nervtötende Sonia wird als die beste Winzerin Österreichs gehandelt und wurde zur Geschäftsfrau des Jahres gewählt. Nur ich habe es zu nichts gebracht. Dabei war auch ich einmal erfolgreich. Nur hatte ich mein ganzes Geld sofort verprasst. Sobald ich Bares in der Hand hielt, juckte es mich und der Drang es auszugeben war stärker, als meine Vernunft. So flossen meine Honorare ungebremst in Shoppingtouren nach London und

New York, zu Severine und in viele Luxusläden. Hätte ich gespart oder mein Geld angelegt, wäre ich bestimmt heute Besitzerin einer edlen Wohnung im dritten oder sechzehnten Arrondissement. Stattdessen verfüge ich heute über nichts, als ein paar Klamotten, zwei goldfarbene Halliburton-Koffer und gigantische Schulden.

Ein paar Tage vor der Hochzeit lud mich Cho zu sich nach Hause ein. Erstaunt stellte ich fest, dass sich ihre Wohnung direkt um die Ecke von Brill befindet. Vor einigen Jahren hatte sie die oberste Etage gekauft und komplett nach ihren Vorstellungen renovieren lassen. Die großzügigen Räume sind mit schokoladenfarbenem Parkett ausgelegt, sogar die Küche und das Badezimmer. Die Einrichtung ist sehr puristisch in Weiß und Schwarz gehalten. Der Blickfang in ihrem Wohnzimmer ist ein alter chinesischer Hochzeitsschrank aus Ebenholz mit Intarsien aus filigranen Perlmutt-Schmetterlingen. Ich war beeindruckt von Chos erlesenem Geschmack und fühlte mich gleich sehr wohl. Wir wollten ein paar Frisuren ausprobieren, die zu unseren champagnerfarbenen Seidenkleidern im Stil der zwanziger Jahre passen. Wir waren Coco unendlich dankbar, dass sie uns keine rosa oder fliederfarbenen Rüschenkleider aufzwang. Cho sah in ihrem Kleid umwerfend aus. Bisher war Gong Li für mich die schönste Chinesin gewesen. Cho stellte sie in den Schatten. Ihre langen schwarzen Haare flossen wie glänzender Lack über ihren makellosen Rücken. Behutsam bürstete ich die Pracht, zog einen seitlichen Zick-Zack-Scheitel und zwirbelte einen dicken Chignon, den ich mit Hornnadeln und einer Agraffe befestigte. Sie war so begeistert von der Frisur, dass sie mir die gleiche verpasste. Hand in Hand standen wir vor dem riesigen Spiegel im Flur und begutachteten uns. Wie verzaubert von unserer Schönheit und Fremdheit zugleich, strahlten wir unser Spiegelbild an. Es war, als ob etwas von Chos Ausstrahlung und Anmut auf mich abfärbte. Zum ersten Mal fühlte ich mich wirklich schön. Das Gefühl kam aus meinem tiefsten Inneren und überwältigte mich in diesem

Moment. Tränen kullerten. Ehe ich mich versah, waren Chos Lippen auf meinen und ihre spitze Zunge bohrte sich durch meine Zähne. Ich war viel zu verdattert, um zu reagieren und erwiderte reflexartig ihren Kuss. Erst als sie mich umarmte und anfing, an meinem Reißverschluss zu nesteln, sträubte ich mich so sanft wie möglich und wand mich verlegen aus ihren Armen. Cho ließ mich sofort los und schaute mich ebenso verdutzt an, wie ich sie. Was meiner Verblüffung die Krone aufsetzte, war die Tatsache, dass es uns nicht peinlich war. Ich korrigiere mich. Mir war es doch etwas unangenehm, weil ich Angst hatte, Cho vor den Kopf zu stoßen. Aber sie reagierte erstaunlich lässig und meinte nur, dass ich eine Verschwendung für die Männer sei. So erfuhr ich, dass Cho lesbisch ist und ich bedauere es fast ein wenig, nicht lesbisch zu sein. Sie wäre bestimmt eine tolle Partnerin. Aber ich stehe nun mal auf Männer, wenn auch nicht im Augenblick.

„Jetzt spann mich nicht so auf die Folter. Wie war dein Essen mit Fritz?"
Fritz ist auch so ein Kapitel für sich. Die gestrige Einladung habe ich mal wieder sausen lassen, nachdem ich im letzten Moment Panik bekommen hatte. Ich wundere mich, dass er seit unserem Essen vor ein paar Wochen weiterhin nicht locker lässt. Schon bei Cocos Hochzeitsfeier, wich er kaum von meiner Seite. Wie selbstverständlich tauschte er die Tischkarten aus, um neben mir zu sitzen, reservierte sich, ganz altmodisch, jeden Tanz und flitzte dem Kellner hinterher, sobald mein Glas leer war. Es war mir nicht unangenehm, von ihm umgarnt zu werden, auch wenn er etwas merkwürdig aussah. Selbst zum Frack verzichtete er nicht auf seine spanischen Cowboystiefel und statt seines Pferdeschwanzes zierte ein Dutt seinen Hinterkopf. Jeder andere Mann würde wohl lächerlich wirken, nicht so Fritz. Mit Sicherheit waren wir das seltsamste Paar auf dem Fest. Cho flüsterte mir irgendwann kichernd zu, wir würden wie die Schöne und das Biest aussehen. Ganz so schlimm war es nun nicht, denn Fritz ist zweifellos ein attraktiver Mann, wenn man auf fast zwei

Meter große, kräftige Naturburschen mit Cowboystiefeln steht. Und tue ich das? Ich bin mir nicht sicher. Ich habe Angst. Fakt ist, dass mir Fritz schon gefällt, aber...

„Ich habe es abgesagt."

„Warum das denn?"

„Kein Ahnung. Weil ich bescheuert bin?"

„Keine Ahnung nehme ich dir nicht ab. Also was ist los? Hat er irgendetwas angestellt?"

„Nein, das ist es nicht. Fritz ist wirklich in Ordnung..."

Cho lässt ihren Kopf zu Seite kippen und guckt mich mit großen skeptischen Mandelaugen an, dass ich loslachen muss.

„Ok. Er ist ein toller Typ. Ja, jetzt glotz mich nicht so an, er gefällt mir. Eigentlich mehr als das. Ok, ich mag ihn. Nun zufrieden? Ja, er ist intelligent, sieht ganz passabel aus, ist witzig, hat ein großes Herz und einen saublöden Dialekt, wenn er mit Einheimischen redet. Bei mir reißt er sich wenigstens zusammen und spricht ein einigermaßen verständliches Deutsch. Und trotzdem. Fast glaube ich, dass ich beziehungsunfähig bin. Ich habe einfach Angst, wieder enttäuscht zu werden."

Erstaunt über mich selbst, dass ich so offen spreche, verstumme ich schlagartig. Verlegen schnappe ich mir ein Kissen und schüttle es auf, obwohl es nicht verdrückt ist. Behutsam nimmt mir Cho das Kissen aus den Händen, reicht mir mein Glas und hebt ihres in die Luft.

„Wohin du auch gehst, geh mit deinem ganzen Herzen..."

Feierlich klirrt ihr Glas gegen meines.

„...sagt der chinesische Weise. Ich will damit nur sagen: Höre auf dein Gefühl und erwarte nichts. Du musst ihn ja nicht gleich heiraten. Meiner Meinung nach denkst du einfach zu viel darüber nach, was sein könnte und so erstickst du im Keim, was noch nicht einmal begonnen hat."

„Autsch! Das hätte mein Therapeut nicht besser ausdrücken können."

„Du hast mir nie erzählt, dass du eine Therapie machst."

Höre ich da einen winzigen vorwurfsvollen Unterton?

„Hm."

„Es ist völlig in Ordnung, wenn du nicht darüber sprechen willst. Wirklich, Helena, ich verstehe das gut. Ich will nur, dass du weißt, dass ich immer für dich da bin und du mit mir reden kannst, wenn dir danach ist."

Ganz plötzlich spüre eine Veränderung in meinem Körper, etwas, das sich wie eine Ausdehnung anfühlt. In meinem Bauch ist es mit einem Mal ganz warm. Wie Sonnenstrahlen, die sich ausbreiten. In meiner Brust ist ein seltsames Zittern, als ob zarte Flügel sich einen Weg nach oben bahnen. Kriege ich etwa einen Herzinfarkt? Chos besorgtes Gesicht lässt nichts Gutes ahnen. Panisch schlage ich eine Hand vor meinen Mund, um das Keuchen zu unterdrücken. Was passiert mit mir? Unfähig, mich unter Kontrolle zu halten, schlottere ich von Kopf bis Fuß und japse, als sei ich kurz vor dem Ertrinken.

„Lass es einfach raus."

In dem Moment, als Cho mich in ihre Arme zieht, schwappt alles in mir über. Brill hatte mich schon vorgewarnt, aber mit der Heftigkeit der Gefühlsüberwältigung habe ich nicht gerechnet. Es ist, als könne ich nie mehr aufhören zu weinen. Cho denkt bestimmt, dass ich völlig durchgeknallt bin. Es ist mir egal und ich schäme mich nicht. Nachdem ich mich einigermaßen beruhigt habe, erzähle ich ihr von Adam. Von meiner Abhängigkeit und Naivität. Von meiner Angst und Feigheit. Die Quelle des gestohlenen Geldes verschweige ich.

In dieser Nacht träume ich von meiner Mutter. Sie steht mit ausgebreiteten Armen in der Mitte einer bunten Sommerwiese, sie lacht und ruft mir etwas zu. Ich winke, nicke mit dem Kopf und spurte auf sie zu.

48

„Was empfinden Sie für Fritz? Ich möchte, dass Sie ganz spontan Ihre Gefühle beschreiben."

„Hm…"

„Nicht lange überlegen. Was fällt Ihnen ein?"

„Das ist nicht so leicht."

„Es ist ganz einfach. Nennen Sie Adjektive, die auf ihn zutreffen."

„Männlich, intelligent, humorvoll, groß… hm… gut aussehend… hm… erfolgreich…"

Brill muss mich für total dämlich halten. Was stottere ich mir hier zusammen. Resigniert presse ich die Lippen zusammen.

„In Ordnung. Jetzt formen Sie aus diesen Wörtern einen Satz."

Gott, wie idiotisch.

„Fritz ist ein großer, männlicher, intelligenter Typ, humorvoll und erfolgreich."

„Was fühlen Sie bei diesem Satz?"

„Nichts."

„Nichts gibt es nicht? Also, was empfinden Sie?"

„Gleichgültigkeit."

„Genau. Und, empfinden Sie Gleichgültigkeit gegenüber Fritz?"

„Nein."

„Nennen Sie mir ein Gefühl, wenn Sie an Fritz denken."

Verflucht noch mal, ich bin doch nicht bescheuert. Wie eine Verrückte krame ich in meinem Hirn, um ein beschissenes Gefühlswort aus dem Versteck zu locken. Kribbelig rutsche ich auf dem Sessel herum, putze mir die Nase und schaue aus dem Fenster. Vielleicht fliegt mir ein klitzekleines Wörtchen zu.

Hör doch endlich auf mit deiner Scheiß Bohrerei.

„Keine Angst, Helena. Es kann Ihnen nicht passieren. Sagen Sie mir, was Sie im Moment fühlen."

Langsam kriecht Wut in mir hoch. Warum hackt er so auf mir

herum? Ich hasse es, zu etwas gezwungen zu werden, und noch mehr hasse ich es gedrängt zu werden.

„Ich kann es einfach nicht", quetsche ich durch meine zusammengekniffenen Lippen.

„Doch, Sie können, Helena. Die Frage ist nur, warum Sie nicht wollen. Warum sind Sie wütend?"

„Hören Sie auf, mich so herablassend zu behandeln. Für Sie ist es ja so einfach", blaffe ich ihn an. „Ohne mit der Wimper zu zucken, können Sie mir bestimmt tausend Gefühlsadjektive vor die Füße klatschen. Lassen Sie doch mal hören! Verdammt noch mal, weshalb kommt bei mir nichts?"

„Sie wären nicht hier, wenn es für Sie einfach wäre, Helena. Trauen Sie sich. Sie sind hier in einem geschützten Raum. Es passiert Ihnen nichts. Versuchen Sie, Ihre Gefühle zuzulassen."

Ich komme mir lächerlich vor, wie ich da sitze und bocke. Brill schunkelt freundlich mit den Augenbrauen und übt sich in Geduld.

„Jeder sagt mir, dass ich eine schöne Frau bin."

„Ja, und weiter?"

„Doch es kommt mir platt und oberflächlich vor. Ich kann es nicht mehr hören, nur auf mein Äußeres reduziert zu werden."

„Und Fritz hat Ihnen gesagt, dass er Sie schön findet. Und nun halten Sie ihn für oberflächlich?"

„Nein, das nicht. Aber trotzdem klingt es abgedroschen. Und bei ihm stört es mich."

„Sie selbst finden sich nicht schön?"

„Es geht."

„Sie sind eine schöne Frau, Helena. Doch was nutzt die äußere Schönheit, wenn die innere verkümmert ist. Vielleicht es das, was Sie spüren und deshalb den Feststellungen keinen Glauben schenken."

„Kann sein."

„An Fritz scheint Ihnen viel zu liegen. Was stimmt nicht? Warum versuchen Sie mit aller Gewalt, ihn als den darzustellen, der er aller Wahrscheinlichkeit nicht ist?"

„Ich habe Angst", flüstere ich.

„Angst vor Fritz oder Angst vor Ihren Gefühlen? Versuchen Sie zu differenzieren."

„Angst, enttäuscht und verletzt zu werden. Ich glaube fast, dass ich beziehungsunfähig bin."

Im Geist stelle ich mir Brills Kopf mit einem Bulldoggenkörper vor. Wie ein Bekloppter scharrt er mit den Pfoten ein Loch in den Boden. Erde fliegt durch die Gegend. In den Pausen hechelt er mich erwartungsvoll an und stößt einen kurzen Kläfflaut aus. Ich merke, dass ich grinse.

„Was amüsiert Sie gerade? Darf ich mitlachen?"

Brill, Brill, stets auf der Lauer nach der geringsten Gefühlsbewegung.

„Ich musste gerade an einen Hund denken, den ich auf dem Weg hierher gesehen hatte. Er war süß und so lustig."

Ob er mich durchschaut? Diese kleine Fantasieeinlage hat scheinbar etwas in mir bewirkt, denn der Knoten in mir löst sich langsam und ich beginne von meinen Männern zu erzählen. Es ist mir im Augenblick sogar gleichgültig, ob er mich für eine Nymphomanin hält oder für eine Nutte.

Schon vor meiner Defloration registrierte ich, dass ich eine gewisse Anziehungskraft auf Männer ausübte und diese Macht beflügelte mich, auszureizen, wie weit ich gehen konnte. Es bereitete mir Befriedigung, sie so richtig aufzugeilen, um sie dann, wenn sie ran wollten, empört zurückzuweisen. In Klaus, der mich entjungfert hatte, war ich nicht verliebt. Der von sich selbst eingenommene Schönling, an dessen Seite ich wie ein Schatten wirkte, war nur zum richtigen Zeitpunkt da und fällig, meiner verdammten Unschuld ein Ende zu setzen. Ganz unromantisch, ohne Kerzen und zärtlicher Musik, dafür mit viel Alkohol intus, stieß er unsanft in mich hinein und fluchte, als er das ganze Blut sah. Ohne gemeinsames Frühstück und Abschiedskuss suchte er das Weite. Mein Geschenk zu meinem zwanzigsten Geburtstag hatte ich mir anders vorgestellt. Von diesem Tag an wollte ich es wissen.

Mich als Nymphomanin zu bezeichnen, wäre nur zur Hälfte

zutreffend gewesen, denn mir ging es nicht primär um Sex, obwohl ich einen ständigen Partnerwechsel hatte. Männer in meinem Alter interessierten mich nicht. Sie mussten mindestens zehn Jahre älter sein. Ich verliebte mich genauso schnell, wie ich mich wieder entliebte. Die ersten Anzeichen des Verliebtseins fand ich schön. Das Kribbeln, das hüpfende Herz und die Erwartung eines undefinierbaren Gefühls. Jedoch war mir nie bewusst, dass dies bereits den Anfang vom Ende anzeigte. Meistens fühlte ich mich schon nach der ersten Nacht enttäuscht oder gelangweilt oder ausgehöhlt. Manchmal alles zusammen. Ich hatte erreicht was ich wollte, und es begann schnell anstrengend zu werden. Es kam aber auch vor, dass ich dachte: „Dieses Mal ist er der Richtige". Dann entwickelte ich mich zur eifersüchtigen Klette. Von Misstrauen infiziert, spionierte ich ihm hinterher, terrorisierte ihn mit Anrufen, um sofort aufzulegen und steigerte mich in einen selbstquälerischen Albtraum. Mit teuren Geschenken oder anderen luxuriösen Überraschungen stand ich, wenn ich es nicht mehr aushielt, vor seiner Tür. Unsicher, welche Reaktion mich erwartete, war ich hin und her gerissen zwischen Flucht und Ausharren. Mein Herz flatterte und meine Innereien verkrampften sich zu einem Knäuel. War eine fremde Frau bei ihm oder wies er mich genervt, wegen meiner Aufdringlichkeit, zurück? Männern gegenüber fühlte ich mich meistens dumm und unzulänglich. So versuchte ich, mich interessant zu machen und prahlte mit meinem perfekten Über-Vater und meiner Bilderbuch-Familie. Mit übertriebenen Ausschmückungen meines Jobs und meines aufregenden Lebens in den illustren Kreisen der Schönen und Reichen, wollte ich mich aufwerten. Doch mein Gefühl der Minderwertigkeit blieb. Kopflos verstrickte ich mich in Lügen. In dieser Zeit begannen meine nächtlichen Beischlaf-Fantasien. Zuerst tauschte ich meinen jeweiligen Partner gegen einen, von mir schwärmerisch angehimmelten Filmstar aus. Als der Kick nachließ, kam die Gewalt. An die Stelle des Filmstars traten schmutzige, schweißglänzende Männer mit lüsternen Augen. Normalerweise verabscheute ich solche

Typen und ekelte mich vor ihnen, wenn ich sie auf der Straße arbeiten sah. Aber des Nachts wurde ich zu ihrer Sklavin. Mit verbissener Vehemenz experimentierte ich mit aller Vorstellungskraft, endlich in den Genuss des Orgasmus zu kommen. War ich frigide? Mitnichten. Ausgerechnet Adam verschaffte mir meinen ersten wirklichen Höhepunkt. Aber soll ich ihm dafür dankbar sein? Nie hatte mich ein Mann so sehr gedemütigt und verletzt, wie er. So, Schluss jetzt. Mein Sexualleben habe ich schon zur Genüge nach außen gestülpt.

Mit heißen Wangen schiele ich zu Brill rüber, der eifrig Notizen in sein Heft schreibt. Was ist jetzt? Für heute bin ich fertig mit Geschichten erzählen. Angespannt zerrupfe ich ein Papiertaschentuch und forme Kügelchen, die ich in meine zusammengeballte Faust schiebe. Meine Handflächen sind feucht, so dass die kleinen Klumpen eine schmutzig graue Farbe annehmen. Habe ich so dreckige Hände?

„Können Sie die Gefühle beschreiben, die Adam in Ihnen ausgelöst hat? Was meinen Sie, woran lag es, dass diese Beziehung so anders war, als die vorherigen? Für mich klingt es sehr nach einer symbiotischen Beziehung."

Hey, soll ich etwa deinen Job machen? Dieses Arschloch hat mich GEDEMÜTIGT. VERARSCHT, ZUR LACHNUMMER ABGESTEMPELT.

Brill verschluckt sich fast an seinem Husten. Hektisch fächelt er mit seinem Notizbuch vor seinem Gesicht herum. Er hustet sich fast die Seele aus dem Leib und greift keuchend nach seinem Wasserglas. Ich lasse ihn zappeln. Soll er doch an seiner Übertragung ersticken. Eine Weile schaue ich mir das Spektakel an, bis ich wirklich Angst bekomme, er könne tatsächlich ersticken.

„Soll ich Ihnen auf den Rücken klopfen?"

Er schüttelt den Kopf und kippt mehr Wasser in sich hinein.

„Geht schon."

Seine Stimme ist ein fiepsiges Krächzen.

„Das war nicht mein Husten", japst er und wirft sich ein Bonbon in den Mund.

„Das war, weiß Gott, die heftigste Übertragung, die ich je hatte. Möchten Sie mir sagen, was in Ihnen tobt?"

In meiner Fantasie sehe ich eine Falltür, die in Bewegung nach unten ist. Bewegungslos schaue ich zu, wie der Spalt immer kleiner wird. Noch habe ich die Möglichkeit zu entwischen. Und plötzlich ist sie zu.

„Helena?"

„Wie bitte?"

„Tut mir leid, mein nächster Klient kommt bald. Wir müssen für heute Schluss machen, aber ich möchte gern, dass Sie morgen kommen. Es ist wichtig, weil ich denke, dass Sie heute eine wichtige Hürde genommen haben. Können Sie sich acht Uhr einrichten?"

Kalt erwischt. Leider habe ich keine schnelle Ausrede parat und nicke resigniert.

Es riecht spätherbstlich nach feuchtem Laub und Erde. Die Straße ist in ein dämmriges Zwielicht getaucht. Die Laternen brennen schon. Ich atme tief ein und habe das Gefühl des Déjà-vu. Paris. Mit einem Mal überkommt mich eine tiefe Traurigkeit und ich weine um Roman und um mich.

49

„Brill hat Sehnsucht und will mich morgen schon wieder sehen. Das heißt, dass ich vor elf bestimmt nicht im Büro bin. Eher später. Kannst du Fritz solange vertrösten?"

Coco kichert ins Telefon und frotzelt:

„Ich glaube nicht, dass er sich von mir trösten lassen will. Ist alles in Ordnung mit dir? Du klingst ein bisschen bedrückt."

„Ich bin nur total erschossen, aber sonst geht es mir gut. Nach einem Bad in deiner Luxuswanne und einem Glas heißer Milch mit Honig krieche ich in die Federn."

„Sag mal, Partnerin, was hältst du von einem kleinen Betriebsausflug in die Wachau nächstes Wochenende?"

„Was verstehst du unter klein und wer, außer uns beiden, gehört zum Betrieb?"

Plötzlich läutet die Türglocke und ich fahre erschrocken zusammen.

„Wartest du einen Moment? Es hat geläutet. Wahrscheinlich ein Überraschungsbesuch von Cho. Bin gleich wieder da."

Eigentlich ist es nicht Chos Art, unangemeldet bei mir aufzukreuzen. Aber es gibt sonst niemanden, der mich besucht. Etwas verstimmt wegen der Störung gehe ich zur Tür und nehme den Hörer der Sprechanlage ab.

„Hallo?"

Mein Ruf ist noch nicht verklungen, als es heftig an der Tür klopft.

„Mach auf, Helena!"

Siedend heiß schießt mir das Blut ins Gesicht und wieder raus. Mein Herz droht zu explodieren.

„Adam?"

„Mach bitte die Tür auf. Ich tue dir nichts, aber du musst mich reinlassen."

Mit wackeligen Beinen suche ich Halt an der Wand und rutsche langsam auf den Boden. Ich spüre die ersten Anzeichen der Ohnmacht und kämpfe verzweifelt dagegen an. Das Flimmern in schwarz-weiß setzt und das Rauschen in meinen Ohren wird immer stärker. Er hämmert gegen die Tür, und ich habe Angst, dass er sie gleich mit einem Fußtritt aus den Angeln schmettert.

„Was willst du?"

Ich bin mir nicht sicher, ob ich die Frage gedacht oder ausgesprochen habe.

„Du musst mir helfen. Helena, es tut mir wahnsinnig leid, was passiert ist. Glaube mir, ich wollte das nicht. Sie hat mich angestiftet und dann habe ich mich in dich verliebt. Das war so nicht geplant. Bitte lass' mich rein, damit ich dir alles erklären kann. Bitte."

Dieses Gewinsel passt überhaupt nicht zu dem Adam, wie ich ihn kenne. Sollte er in Wirklichkeit etwa ein Weichei sein? Für wie blöd hält er mich? Glaubt er tatsächlich, er könne bei mir auftauchen, kurz zu Kreuze kriechen und alles ist vergeben und vergessen? Ganz schön dreist. Allmählich kehren meine Lebensgeister zurück sowie geballte Wut.

„Geh weg oder ich rufe die Polizei", keife ich mutiger, als mir zumute ist. Mein Herz hämmert immer noch.

„Helena, Liebling", fleht er. „Was soll ich tun, damit du mir verzeihst? Gib mir noch eine Chance. Hat nicht jeder eine zweite Chance im Leben verdient? Ich bleibe hier solange, bis du mir glaubst. Du musst mir einfach glauben, dass ich den ganzen Schlamassel nicht wollte."

Mir ist schon ganz schlecht von seiner Anbiederei. Vermutlich rutscht er schon auf den Knien vor meiner Tür herum. Aber ich traue mich nicht, durch den Spion zu gucken.

„Ich sag's dir zum letzten Mal, hau einfach ab und lass' mich in Ruhe."

Gleich wird sein Jammern in Zorn oder Sarkasmus umschlagen. Diese Masche hält er nicht lange durch. Eine ganze Weile ist es still. Ob er gegangen ist? Angespannt horche ich an der Tür. Kein Laut ist zu hören. Gerade als ich die Tür einen Spalt öffnen will, vibriert sie von einem kräftigen Fußtritt. Vor Schreck mache ich mir fast in die Hose und weiche zurück.

„Tu nur nicht so erhaben, meine Liebe. Ich finde, du nimmst

deinen Mund ganz schön voll. Du willst die Polizei holen? Nur zu. Ich wäre an deiner Stelle etwas vorsichtiger mit so einer Drohung. Spiel ruhig weiter die gekränkte Eitelkeit…Scheiße…verdammte Schlampe."

Im Hausflur höre ich laute Stimmen und Schritte. Dann klingelt es schon an der Tür.

„Helena? Mach auf. Ich bin's, Coco."

Neugierig linse ich durch das Guckloch und sehe Adam von hinten, der von Polizisten abgeführt wird. Einen Augenblick warte ich noch, bis ich Coco öffne, weil ich nicht will, dass Adam sich umdreht und ich ihm in die Augen schauen muss.

„Wie geht's dir nach diesem Schock? Gott sei Dank, war ich noch am Telefon und habe alles mitbekommen. Ich habe sofort die Polizei alarmiert und bin her gehetzt, falls die nicht schnell genug bei dir gewesen wären. Alles in Ordnung soweit? Setz dich erst mal hin und trink was."

Geschäftig flitzt Coco hin und her, schüttelt die Sofakissen auf, holt eine Decke und schließlich zwei Gläser Rotwein, mit denen sie sich neben mich setzt.

„Der hat ja Nerven, einfach bei dir aufzuschlagen. Was hat er sich bloß dabei gedacht? Dass du ihn mit offenen Armen empfängst? Ganz schön unverfroren, der Gute."

Mir schwirren unzählige Gedanken durch den Kopf, so dass ich Coco kaum folgen kann. Im Moment beschäftigen mich ganz andere Fragen und Ängste. Panisch zermartere ich mein Hirn, was Adam bei der Polizei über mich auspacken könnte.

„Hier, trink' einen Schluck, damit du wieder ein bisschen Farbe ins Gesicht bekommst. Keine Angst, der wird jetzt erst einmal weggesperrt und kann dir nichts mehr tun."

Wenn du wüsstest, was er mir alles antun kann. Mit einem Mal bin ich unendlich müde und will nur noch ins Bett. Aber ich will auch Coco nicht verletzen, die, ohne zu zögern, sofort zur Stelle ist und mir hilft. Von einer plötzlichen Dankbarkeit ergriffen, umarme ich sie heftig und drücke ihr einen Kuss auf die Wange.

„Danke", presse ich noch raus, bevor ich wieder einmal von meinen Gefühlen überschwemmt werde. Die Heulerei geht mir wahnsinnig auf die Nerven, aber es überfällt mich einfach und ich kann nichts dagegen tun.

„Ist doch selbstverständlich", antwortet sie lächelnd und drückt mich an sich. Wie viele von Cocos Oberteilen sind mit meiner Tränenflüssigkeit durchtränkt?

„Das ist der Job einer Freundin, Mädel. In guten, wie in schlechten Zeiten."

Unfreiwillig muss ich nun doch lachen. Coco hat einfach die Gabe, mich zu durchschauen. Und ich bin nicht einmal beleidigt oder verärgert.

„Amen."

„Na bitte, mit dem Humor klappt es doch wieder. Willst du mit zu uns kommen? Gabor hat gekocht. Echt ungarisches Gulasch."

„Ganz lieb von dir, aber ich gehe lieber gleich ins Bett. Der Tag war ziemlich anstrengend und ich muss früh raus. Wirklich, guck' mich nicht so an, es ist kein Problem und du kannst ruhig fahren."

Zögerlich steht Coco auf, lässt ihren Blick durch die Wohnung schweifen und umarmt mich nochmals.

„Schön hast du es dir gemacht. Ich finde, die Wohnung passt zu dir. Mal sehen, vielleicht verkaufe ich sie dir eines Tages. Zum Schnäppchenpreis versteht sich."

Etwas verlegen gebe ich ihr einen Klaps auf den Po und schimpfe gespielt:

„Nun aber raus, bevor du mir noch mehr Flausen in den Kopf setzt, Mädel. Und danke für alles."

An der Tür umarmen wir uns und mir steigen schon wieder die Tränen hoch.

„Zisch ab, bevor ich zerfließe."

In Gedanken bei Brill, schenke ich mir noch ein Glas Wein ein und kuschle mich aufs Sofa. Coco hat Recht. Auch ich finde, dass die Wohnung wunderbar zu mir passt. Noch nie habe ich mich so wohl gefühlt, wie hier. Werde ich es mir eines Tages leisten können, sie zu kaufen? Brill würde skeptisch mit seinem Kopf wackeln und missbilligend seine

Brauen heben, wenn er meine Gedanken lesen könnte. Natürlich wäre das verantwortungslos gegenüber meinen Gläubigern und Freunden, die mir Geld geliehen hatten. Aber habe ich nicht auch mal ein bisschen Glück verdient? Brill würde sofort das Wort in seine Einzelteile zerpflücken. Was steckt in verdienen? Richtig, dienen. Und was fällt mir bei dienen ein? Richtig, Bescheidenheit. Bin ich bescheiden? Nein. Bin ich demütig? Nein. Also, womit habe ich mir etwas verdient? Mit nichts. Richtig. Seltsamerweise bin ich überhaupt nicht eingeschnappt. Bin ich etwa dabei, mich selbst kritisch zu beäugen? Wo ist mein Tagebuch? Mit einem Mal bin ich hellwach. Es ist, als ob mein Hirn Zuwachs bekommen hätte. Mit einem Mal ist Platz für positive, hoffnungsvolle Gedanken vorhanden. Die erdrückende Enge ist verschwunden, so als hätte sich mein Kopf innerlich ausgedehnt. Ganz von allein fliegt mein Stift über die Seiten. Wie Schuppen fällt es mir von den Augen. Zuerst muss ich all meine Schulden bezahlen, bevor ich mir eine Wohnung kaufen kann. Die Verantwortung für mein verantwortungsloses Handeln übernehmen. Mich bei allen entschuldigen, die ich geschädigt hatte. Hier ist meine Chance, doch noch etwas aus meinem Leben zu machen. Der Gedanke, dass ich selbst meine Entscheidungen treffen kann, dass niemand für mich entscheiden darf - schließlich bin ich mündig - beflügelt mich so sehr, dass ich einen Schuldenplan aufstelle. Voller Eifer zeichne ich ein Cluster und setze in die Mitte einen großen Kreis. In fetten Buchstaben schreibe ich: SCHULDEN. Von dem Kreis aus führen sechs Linien, die in kleinere Kreise münden. In diese kommen die Gläubiger, sortiert nach Priorität. Mit meinem Enthusiasmus ist es allerdings schnell vorbei, als ich das Ausmaß des Schuldenberges vor Augen habe. Da zahle ich ja bis ans Ende meines Lebens und meine Erben - sollte ich mal Kinder haben - müssten weiter für mich blechen. Frustriert starre ich das Blatt an und zerreiße es in viele kleine Schnipsel. Aus der Traum von der eigenen Wohnung. Ich merke, dass das heulende Elend bereits auf der Lauer liegt und gleich Besitz von mir ergreifen wird. Ich schütte den Rest Rotwein in den Abfluss und überlege, ob ich Fritz anrufen soll. Er war noch nie hier gewesen, ich aber auch noch nie bei ihm. Das hatte ich bis jetzt stets vermieden. Wie er wohl nackt aussieht? Hier, in meinem Nest, war noch nie ein Mann gewesen, und ich kann es mir, ehrlich gesagt, auch nicht vorstellen. Fritz würde mit seiner imposanten Gestalt die ganze Wohnung ausfüllen. Er würde einfach übermächtig sein. Ich wage gar nicht, mir auszumalen, wie das Bad nach seiner Dusche aussehen würde. Bestimmt wäre es überschwemmt und der Spiegel mit Zahnpasta und Seifenspritzern übersät. In meinem Bett hätte ich kaum noch Platz und er würde mich im Schlaf über die Kante schieben. Nein, das ist keine gute Idee. Und überhaupt, er passt nicht zu mir. Wir wären kein harmonisches Paar. Neben ihm würde ich verschwinden und unsichtbar sein. Bei ihm ist alles einfach zu groß für mich. Mit heißen Wangen ziehe ich ihm im Geiste die Hose runter und blitzschnell wieder hoch. Was Fritz braucht, ist eine Walküre. Und ich bin alles andere als das. Nein, mein Lieber, mit uns wird das nichts.

So, mein lieber Brill, morgen kriegst du eine Antwort auf deine Frage. Aber warum muss ich andauernd an ihn denken?

50

Schlecht gelaunt sitze ich Brill gegenüber und funkele ihn zornig an. Ich weiß, dass er nichts dafür kann, aber ich bin einfach sauer, weil er seinen heißen Milchkaffee schlürft und ich mich mit einem Glas Wasser begnügen muss. Dummerweise hatte ich den Wecker nicht gehört und verschlafen, so dass ich ohne Dusche, ungeschminkt und ohne Frühstück aus dem Haus gehetzt bin, um nicht zu spät zu kommen. Das bedeutet, dass ich nach meiner Sitzung nochmal nach Hause muss, denn ungeschminkt und in den Klamotten wird Fritz mich nicht zu Gesicht bekommen. Was für ein stressiger Morgen.

„Möchten Sie auch gerne einen Kaffee?"

Manchmal ist mir Brill wirklich unheimlich. Aber diesmal bin ich dankbar für seine Hellseherei.

„Gerne", lächle ich besänftigt und hoffe zugleich, dass ich nach dem Kaffee nicht aufs Klo rennen muss.

Nach dem ersten Schluck sieht die Welt schon freundlicher aus, und ich bin willig zu antworten, komme was da wolle.

„Nachdem wir gestern etwas abrupt abbrechen mussten, knüpfe ich dort wieder an. Erinnern Sie sich an meine letzte Frage?"

„Natürlich", antworte ich zahm und berichte ihm haargenau, was gestern passiert war.

„Das war sicherlich ein großer Schock für Sie, aber was haben Sie empfunden? Versuchen Sie möglichst detailliert Ihre Gefühle zu beschreiben. Angefangen bei der Erkenntnis, wer da klopft bis zur Abführung durch die Polizei. Sehr wichtig ist auch, was Ihnen hinterher, als Sie zur Ruhe kamen durch den Kopf ging."

Zu meiner Überraschung erzähle ich wahrheitsgetreu und vergesse sogar nicht, dass ich auch Traurigkeit empfand, obwohl ich das nicht vorhatte. Pariser Erinnerungen purzeln bruchstückhaft aus meinem Mund. Widerwillig gebe ich zu, dass ich von Anfang an einen gewissen Argwohn Adam gegenüber verspürte und oft verunsichert bis ängstlich war. Verlegen rücke ich damit raus, dass ich bei ihm meinen ersten Orgasmus hatte. Brill schreibt eifrig mit. Auch Fritz erwähne ich, mit allen Fantasien von ihm in meiner Wohnung. Durstig trinke ich einen Schluck Kaffee, der mittlerweile kalt ist und betrachte Brill, der noch in seine Notizen vertieft ist. Warum trägt er keine Kontaktlinsen? Warum versteckt er seine Augen hinter so dicken Brillengläsern? Denn er hat wirklich bemerkenswert schöne Augen. Oder ist ihm sein Aussehen egal? Das glaube ich allerdings nicht. Vermutlich schützt er sich so vor Annäherungsversuchen diverser Patientinnen. Zum ersten Mal bemerke ich, dass von ihm eine gewisse Anziehungskraft ausgeht, obwohl er nicht gerade ein Adonis ist. Verknalle ich mich etwa in meinen Therapeuten? Was für ein Klischee. Er begegnet meinem Blick mit leicht schunkelnden Augenbrauen. Ich fühle mich ertappt und versenke mein Gesicht in die Tasse.

„Wenn Sie ihre Schilderung von Adam und Ihrer Beziehung zu ihm jetzt nochmals reflektieren, fällt Ihnen dann etwas auf?"

Fragend schaue ich ihn an.

„Stichwort Muster. Verhaltensmuster."

„Was meinen Sie? Meine oder seine Muster?"

Wieder dieses Geschunkele. Mit auffordernd wissendem Ausdruck im Gesicht wiegt er seinen Kopf hin und her.

„Ich bin mir sicher, dass Sie wissen, wovon ich spreche. Ich möchte es gerne von Ihnen hören und Ihnen keine Worte in den Mund legen."

„Wir hatten eine symbiotische Beziehung?" erwidere ich zaghaft. Ich höre selbst kaum meine Stimme.

„Und?"

Ich will es nicht aussprechen und presse meine Lippen zusammen.

„Und?"

Bockiges Schweigen.

„Sprechen Sie es aus. Ihnen kann nichts passieren. Das wissen Sie doch, Helena."

„Wir sind uns ähnlich. Ich war ihm hörig? Abhängig? Er hat mich benutzt und ich ihn."

Betroffen spucke ich nur abgehackte Sätze aus. Ich bin nicht in der Lage, flüssig und zusammenhängend zu reden.

„Exakt, Helena. Ich denke, dass sie relativ klar erkennen, dass Adam Ihnen viele eigene Verhaltensmuster spiegelt. Deshalb sind Sie wütend auf ihn. Das, was sie bei ihm ablehnen und verachten…"

„…verachte ich bei mir."

„Genau."

Brills Augen wandern zur Uhr. Dabei tut er so, als ob er sich wegen irgendetwas vergewissern will, aber ich durchschaue ihn. Ich weiß, dass ich seit zwei Stunden hier sitze und er mir nur eine berechnet. Ich weiß, dass er mich heute quasi dazwischen geschoben hat und extra wegen mir wahrscheinlich schon um sechs in seinem Kabinett war, aber ich will weiterreden.

„Helena", beginnt er feierlich. „Das war ein Durchbruch heute und Sie können wirklich stolz auf sich sein."

Brill strahlt mich an, als hätte ich ihm das schönste Jom Kippur oder was auch immer Geschenk gemacht. Und genauso fühle ich mich. Ich habe nicht nur ihm etwas geschenkt, sondern auch mir. Insbesondere mir. Zu meiner Verblüffung bin ich tatsächlich stolz auf mich.

„Danke."

Leicht verlegen grinse ich ihn an und lege vierzig Euro auf seinen Schreibtisch.

Ein herbstlicher Nieselregen hat eingesetzt und ich habe keinen Schirm dabei. Doch das ist mir egal. Ich rufe Coco an, um ihr zu sagen, dass es noch etwas später wird, denn ich will das neue Gefühl des Selbstvertrauens einen Moment mit mir allein genießen. Bis auf eine alte Dame hinten am Tisch ist das Café leer. Ich mag diese alten Wiener Kaffeehäuser. Meistens sind die Kellner genau so betagt. Sie schlurfen gemächlich hin und her, wedeln mit dem Geschirrtuch die Krümel vom Tisch und nehmen mit ausdrucksloser Miene die Bestellung entgegen. Die Dame nippt geziert an ihrem Piccolo und prostet mir lächelnd zu. Ich nicke freundlich und setze mich mit dem Rücken zu ihr. Ob sie wohl Alkoholikerin ist oder will sie nur ihren Kreislauf aufpäppeln? Hungrig bestelle ich eine Mélange mit zwei Croissants, Butter und Marmelade. Entspannt lasse ich die letzten Tage und Sitzungen Revue passieren. Seitdem hat sich etwas verändert. Ich habe mich verändert. Hunderte Therapiestunden für ein kleines Selbstvertrauen. Wie viele noch werde ich für ein großes benötigen? Hastig verschlinge ich die Croissant, kippe die Mélange hinterher und rufe nach dem Ober. Von Tatendrang gepackt habe ich es plötzlich eilig ins Büro zu kommen. Ich will Fritz nicht verpassen, weil ich neugierig bin, wie ich, so neu, auf ihn reagiere. Zuhause springe ich schnell unter die Dusche, schminke mich nur ein wenig und wähle eine Jeans mit einem schlichten, grauen Kaschmirpulli. Meine Haare zwirbele ich zu einem Chignon. Keine Extras.

„Irgendwie schaust du heute anders aus. Warst du bei der Kosmetikerin oder im Dampfbad?"
Coco beäugt mich kritisch und flüstert mir feixend ins Ohr:
„Als ich ihm gesagt habe, dass du gleich kommst, hat er sofort seinen Mantel wieder ausgezogen. Ansonsten ist alles prima gelaufen und wir haben den Job sicher in der Tasche."
„Super gemacht. Und danke, dass du das allein gemanagt hast."
Etwas unbeholfen umarme ich sie und drücke ihr einen Kuss auf die Wange.
„Na, störe ich?"
Ein Kribbeln läuft mir über den Rücken. Nur nicht rot werden, flehe ich innerlich. Doch das ist leider das Los der Rothaarigen und ich kann nichts dagegen machen. Coco verzieht sich diskret in den hinteren Teil.
„Hallo Fritz."
Mein Herz klopft. Nur ist es diesmal kein Angstpochen, sondern Nervosität.
„Hallo Helena. Wie geht's dir?"

Ist er tatsächlich etwas verlegen? Er kommt mir mit einem Mal gar nicht mehr so riesig vor, sondern wie ein Mann mit einer Normalgröße von einsneunzig.

„Bestens, danke. Coco hat mir erzählt, dass alles gut geklappt hat und du uns mit dem Casting beauftragt hast."

Sei doch nicht so förmlich. Bleib locker.

„Ehrlich gesagt war das eh schon klar, dass ihr den Job bekommt, aber ich wollte dich sehen."

Ist mir heiß. Fritz eilt auf mich zu, um mir aus dem Mantel zu helfen und lässt mich dabei nicht aus den Augen. Als seine Hand meinen Hals streift, ist es, als ob kleine elektrische Ströme durch meinen Körper fahren. Verwirrt räuspere ich mich, weil ich befürchte, dass meine Stimme mir nicht gehorchen wird.

„Hier bin ich."

Der Spruch ist mehr als bescheuert.

„Gibst du mir wieder einen Korb, wenn ich dich heute Abend einladen möchte?"

„Nein, versprochen."

„Toll. Ich hole dich dann um sieben Uhr ab. In Ordnung?"

„In Ordnung."

Mein Kopf ist wie leer gefegt. Wo ist mein Wortschatz abgeblieben? Aber Fritz scheint es nicht aufzufallen, denn er strahlt, als hätte er den Hauptgewinn gezogen.

„Dann brauche ich nur noch deine Adresse."

Ich will sie ihm aufschreiben, doch er meint, dass er sie sich sofort dauerhaft einprägen wird.

„Ich freu' mich sehr. Dann bis heute Abend."

Ehe ich mich versehe, schnappt er meine Hand, dreht sie um und drückt einen Kuss auf die Innenfläche. Heiße Schauer jagen durch meinen Körper.

„Hier habe ich als Kind das Reiten gelernt."

Wir sitzen in einem feinen, ländlichen Restaurant in der Nähe vom Neusiedler See und genießen das köstliche Essen. Ich stelle mir Fritz als Kind vor. Ein kleiner, ungestümer Junge auf einem viel zu großen Pferd. Sein langes Haar weht im wilden Galopp durch die Puszta und er hält sich tapfer an der Mähne fest.

„Warum lächelst du?"

Fritz nimmt meine Hand und betrachtet sie, als sähe er sie zum ersten Mal.

„Hattest du als Kind auch schon lange Haare?"

„Um Gottes Willen, nein, die Jesuitenpater hätten gleich zur Schere gegriffen."

Es ist so leicht und unverkrampft mit Fritz. Ich glaube, ich kann ihn alles fragen und er wird mir immer eine ehrliche Antwort geben. Er wirkt wie der berühmte Fels in der Brandung. In seiner Anwesenheit fühle ich mich ungezwungen. Bis jetzt habe ich nicht einmal gelogen. Allerdings habe ich auch nicht viel von mir erzählt. Fritz bohrt nicht und scheint sich mit dem zufrieden zu geben, was ich freiwillig von mir preisgebe. Als unsere Desserts kommen, eine Creme Brulée für ihn und Mousse au Chocolat für mich, lässt er meine Hand los und hält mir seinen Löffel mit der Creme unter die Nase.

„Die musst du kosten. Köstlich."

Kurz taucht ein Bild von Adam auf dem Montparnasse-Friedhof aus. Auch er hatte mich gefüttert und dabei gelacht. Wie hatte ich damals reagiert? Mit Herzklopfen? Mit einem Lächeln? Ich begegne Fritz' haselnussbraunen Augen, die nachdenklich auf meinem Gesicht ruhen. Verlegen widme ich mich meiner Mousse und frage ihn, ob er sie probieren möchte. Ich will ihn nicht füttern. Wodurch es geschehen ist, kann ich nicht genau erklären, aber plötzlich ist die Heiterkeit verflogen und mein altes Misstrauen kehrt zurück. Fritz hat anscheinend sofort bemerkt, dass sich eine dunkle Wolke über uns geschoben hat, denn er nimmt wieder meine Hand und streichelt sie.

„Du musst nicht reden, wenn du nicht willst, aber ich sehe, dass dich etwas bedrückt. Keine Angst, ich werde dich nicht bedrängen. Die Entscheidung liegt ganz allein bei dir."

Brills mächtiges, wiegendes Haupt taucht vor meinen Augen auf. Wie heißt das Zauberwort? Wie soll ich jeden Tag beginnen? Spring' über deinen Schatten! Es ist ganz leicht. Dir kann nichts passieren. Na los! Stockend und mit pochendem Herzen verrate ich Fritz, dass ich in Therapie bin. Ich gebe zwar weder die exakte Diagnose noch die genauen Hintergründe preis, aber es ist ein Anfang. Und Depression, mittlerweile fast eine Volkskrankheit, entspricht der Wahrheit und ist einigermaßen nachvollziehbar. Fritz hört mir zu, ohne mich ein einziges Mal zu unterbrechen. Ab und zu drückt er seine Lippen auf meine Hand oder streichelt mein Gesicht. Er ist weder geschockt, noch geht er auf Distanz oder zerfließt vor Mitleid. Das Einzige, was ich sehe und spüre, ist Wärme. Ist das Liebe? Auf jeden Fall ist es ein völlig neues Gefühl, dass ich noch nie einem Mann gegenüber hatte.

Es ist zwei Uhr früh und Fritz und ich stehen etwas befangen vor dem Haus. Unschlüssig, ob ich ihn bitten soll, mit nach oben zu kommen, spiele ich mit den Schlüsseln herum, bis sie mir aus der Hand gleiten und mit Geschepper auf den Boden fallen. Fritz bückt sich sofort, um sie aufzuheben. Ich betrachte seine dunklen Haare, durch die sich einzelne graue Strähnen ziehen. Wie alt mag er sein? Vierzig? Wie gerne würde ich in diesem Moment seinen Zopf öffnen und durch seine Haare wuscheln, doch ich traue mich nicht.
„Magst du, dass ich mit zu dir komme?"
Obwohl jede Faser meines Körpers nach ihm verlangt, und ich mich frage, ob ich nicht übertreibe mit meiner Vorsichtigkeit, entscheide ich mich dagegen. Ich will es langsam angehen.
„Sei nicht böse, aber heute nicht."
„Natürlich bin ich nicht böse. Warum sollte ich. Hauptsache wir sehen uns wieder. Hast du Samstag etwas vor?"
Was, erst am Samstag. Das sind noch zwei Tage. Warum nicht gleich morgen?
„Morgen bin ich zum Dreh im Salzburger Land und erst spät abends zurück. Also Samstag?"
„Sehr gerne. Ich freue mich schon."
„Ich mich auch. Geht es bei dir vormittags, denn ich will dir

etwas zeigen und da müssen wir ein Stückchen fahren."

„Klar. Um sechs?"

„Neun Uhr reicht auch."

In unserem Abschiedskuss liegt spürbare, aber noch versteckte Leidenschaft. Fritz bedrängt mich nicht, doch noch meine Meinung zu ändern. Der Kuss ist einfach nur warm und seltsam vertraut.

Ist das Liebe? Ich bin zu aufgekratzt, um gleich einschlafen zu können. Am liebsten möchte ich sofort Cho anrufen und ihr alles erzählen. Oder soll ich Brill aus den Federn klingeln? Im Halbschlaf höre ich die frühmorgendlichen Geräusche der Standlleute vom Naschmarkt und ich frage mich, was wohl Fritz in seinem Bett hört. Vielleicht Vogelgezwitscher. Ob er an mich denkt?

51

Brill äußert sich zufrieden über meine Entwicklung und scheint, vor mir, geahnt zu haben, dass mir Fritz mehr bedeutet, als ich zugeben wollte. Um meinen Übermut zu dämpfen, hat er mir gleich eine saftige Hausaufgabe verpasst. Ich soll sowohl meinem Vater, als auch meiner Mutter einen Brief schreiben und ihnen von Fritz erzählen und von meinen Gefühlen für ihn. Das geht sie nun wirklich nichts an, finde ich. Aber das sage ich Brill natürlich nicht. Brill sagt, Ziel der Therapie sei, dass ich meinen Eltern verzeihe. Auf jeden Fall steht mir nicht der Sinn danach, meinen toten Eltern irgendetwas zu schreiben. Meine Priorität, lieber Brill, ist mein Rendezvous am Samstag. Ich soll doch stets meine Prioritäten setzen. Nun, das tue ich hiermit.

Was soll ich nur anziehen? Ich habe nicht den blassesten Schimmer, wohin Fritz mich entführen wird. Mittlerweile häufen sich die Klamotten auf meinem Bett, und ich habe noch immer keine Entscheidung getroffen. Warum hat er denn keine kleine Andeutung gemacht? Die Jeans hatte ich erst vorgestern an. Mein Blick fällt auf die curryfarbene Lederhose. Auch so ein Stück, das ich ausgeliehen und nicht mehr zurück gebracht hatte. Egal jetzt. Schließlich ist das schon Jahre her. Trotzdem fühle ich mich nicht wohl bei dem Gedanken, ein geklautes Teil zu meiner Verabredung mit Fritz zu tragen. Vielleicht will er mit mir reiten, schießt es mir durch den Kopf. Bei der Kälte? Also doch die Jeans. Ich werfe einen kritischen Blick in den Spiegel und bin, oh Wunder, zufrieden mit meiner Wahl. Der Kaschmirrolli hat fast die gleiche Farbe, wie meine Haare, die ich heute offen tragen werde. Coco hat Recht. Irgendwie sehe ich verändert aus. Pünktlich um neun klingelt es.
„Ich komme gleich runter", rufe ich in die Sprechanlage. Vor lauter Aufregung knöpfe ich den Mantel falsch zu, lasse die Schlüssel fallen und wäre fast noch über die Türschwelle

gestolpert. Bleib ganz ruhig, ermahne ich mich. Unten angelangt, atme ich tief durch und versuche meinen Herzschlag zu verlangsamen. Ich öffne die Tür und pralle fast gegen Fritz. Überrascht schaut er mich an.

„Wow, du siehst toll aus. Einfach hinreißend."

Ich muss lachen, weil er so total verdattert guckt. Vielleicht lache ich auch nur, weil es mich glücklich macht, dass er so guckt wie er guckt.

„Darf ich dich küssen? Ich muss dich unbedingt küssen, sonst glaube ich nicht, dass du aus Fleisch und Blut bist."

„Verrückter Kerl", grinse ich etwas verlegen und schlinge meine Arme um seinen Hals. Was für ein wunderbares Gefühl. Eng umschlungen gehen wir zu seinem Auto, einem dunkelblauen Jaguar Typ E. Andächtig streiche ich über das polierte Wurzelholz und bewundere das glänzende Chrom der Armaturen.

„Ein wunderschönes Auto."

„Ich hole es nur zu besonderen Gelegenheiten aus der Garage."

„Hm."

Entspannt lehne ich mich zurück und betrachte Fritz' Profil. Ich mag es, wenn er so einen ernsten, konzentrierten Ausdruck hat. Manchmal hat er etwas Wildes an sich. Ich bin mir sicher, er könnte überall überleben, ob in den Bergen, auf See oder in der Pampa. Ein einziges Mal hatte ich ihn mit offenen Haaren gesehen, da wirkte er fast zigeunerhaft.

„Ich fühle mich ziemlich beobachtet", grinst er und küsst meine Hand.

„Wo fahren wir denn hin? Ich bin schon ganz neugierig."

„Überraschung. So hoffe ich zumindest, wenn das Wetter mitspielt."

„Falls du mit mir reiten willst, solltest du wissen, dass ich noch nie auf einem Pferd gesessen habe."

„Ganz kalt. Eiskalt. Und nun keine weiteren Fragen, sonst quetschst du es am Ende doch noch aus mir heraus."

Bin das wirklich ich, die so ungezwungen mit einem Mann spricht? Frei von Angst, Beklemmung und Unsicherheit fühle ich mich wie ein ganz normaler Mensch. Wie eine ganz normale, verliebte Frau. Wir reden nicht viel, und das macht gar nichts. Wohlig genieße ich die Fahrt und gebe mich meinen neuen Gefühlen hin. Ab und zu nimmt Fritz meine Hand oder streichelt zärtlich meinen Haaransatz im Nacken. Bin ich verliebt? Richtig verknallt?

„Ein Flugplatz?"
„Richtig. Hier ist Endstation."
Malerisch liegt der kleine Privatflugplatz am Rand eines hügeligen Waldes irgendwo in Niederösterreich. Eine graue Cessna 172 rollt aus dem Hangar auf das Feld und bleibt, nicht weit von uns stehen. Fritz ruft dem herauskletternden Mechaniker etwas zu, in einer Sprache, die ich nicht verstehe. Während die beiden sich unterhalten, gleitet mein Blick über das Flugfeld und bleibt an einem blütenweißen Flugzeug hängen. Elegant schaut es aus, sauber glänzend, mit dunkelroten Streifen von der Nase bis zum Heck. Bestimmt hat Fritz einen Rundflug organisiert und bespricht die Route mit dem Piloten.
„Das ist Helena", stellt er mich dem eventuellen Piloten vor und zieht mich an sich.
„Helena, das ist Bela, ein alter Freund aus meinen Studienzeiten. Er sorgt dafür, dass ich mein Ungarisch nicht verlerne. Außerdem ist er einer der besten Kameramänner, und wir haben schon viele Filme zusammen gedreht."
Bela, ein kleiner drahtiger Typ um die vierzig, mit grau-rot-melierten Haaren und einem Schnauzbart in der gleichen Farbe, drückt mir überschwänglich die Hand und begrüßt mich mit einem entwaffneten Lächeln.
„Es freut mich sehr, dich endlich kennenzulernen, Helena. Fritz hat schon so viel von dir geschwärmt, dass ich ganz neugierig auf die Frau war, die ihn geknackt hat."
„Jetzt halt mal die Klappe", lacht Fritz und wird tatsächlich etwas rot. Er versetzt Bela einen freundschaftlichen Hieb in die Seite und hält mir dann, immer noch lachend, die Ohren zu.

„Das sind Interna, du altes Schwatzmaul. Schwing dich in deine Maschine und mach', dass du fortkommst."

Amüsiert lausche ich dem Geplänkel der beiden. Es gefällt mir, dass Fritz Freunde hat. Und es gefällt mir noch mehr, dass er mich an seinem Leben teilnehmen lässt und ich mich darin wohlfühle.

Bela trollt sich und tut so, als sei er beleidigt. Doch bei seiner Maschine angekommen, dreht er sich um und ruft grinsend: „Pass' gut auf sie auf, sonst kriegst du es mit mir zu tun."

„Du hast einen netten Freund. Man merkt, dass ihr euch schon lange kennt."

„Stimmt. Bela ist einer der warmherzigsten Menschen und trägt sein Herz auf der Zunge. Doch nun wollen wir keine Zeit verschwenden, sonst ist es vorbei mit dem Sonnenschein."

Mein Herz macht vor Glück einen Satz. Es ist ein wunderbares Gefühl, neben Fritz zu sitzen, der seine Maschine mit einer Sicherheit fliegt, als wäre er als Pilot auf die Welt gekommen. Was birgt er noch für Überraschungen?

„Da unten liegt Baden. Siehst du das gelbe Haus links? Da wohnen meine Eltern und dort bin ich auch aufgewachsen."

Ich kneife die Augen zusammen, um schärfer sehen zu können. Es schaut eher wie ein kleines Barockschlösschen aus, in dem hier typischen Esterhazy-Gelb. In meiner Fantasie sehe ich Klein-Fritz, mit Freunden, fröhlich durch den parkähnlichen Garten jagen. Seine Mutter steht auf den Stufen der Treppe, mit einem Tablett voller Gläser, die mit Zitronenlimonade gefüllt sind. Sein Vater, der auf der Terrasse sitzt, legt seine Zeitung auf den Tisch, um seiner Frau das Tablett abzunehmen. Er drückt ihr lächelnd einen Kuss auf die Wange und ruft etwas in den Garten hinaus. Viele Jungs, angeführt von Fritz, rennen ausgelassen auf die Terrasse zu. Fritz' Vater wuschelt ihm zärtlich durch die Haare.

„Du hast bestimmt eine wunderbare Kindheit gehabt. Ein schönes Haus und Eltern, die dich lieben."

Woran liegt es, dass ich Fritz gegenüber so unbefangen bin?

Warum muss ich bei ihm nicht lügen? Wo ist mein Drang nach Anerkennung? Wo ist meine Angst? Ohne etwas zu beschönigen oder nach Mitleid zu heischen, erzähle ich ihm von meiner Kindheit, meinen Eltern und meiner Therapie. Manches verschweige ich, aber das ist ja nicht gelogen. Zu groß wäre meine Scham, wenn er wüsste, dass ich meine Freunde beklaut und gemobbt hatte. Ich muss schließlich nicht mein gesamtes Leben vor ihm ausbreiten. Noch nicht. Diskret entfernt sich der Ober, nachdem er unsere Teller abgeräumt hat. Fritz hört mir zu, ohne mich zu unterbrechen. Während der ganzen Zeit hält er meine Hand und schaut mir ins Gesicht. Zu ersten Mal erkenne ich den Unterschied zwischen Mitleid und Mitgefühl.

Zufrieden, ermattet und auch mit einem Gefühl der Erleichterung kuschle ich mich an Fritz' behaarte Brust. Sanft kraule ich die kleinen Löckchen, erstaunt, dass sie so weich sind. Er zieht mich fester an sich und drückt mir einen Kuss auf den Scheitel.

Nach unserer Rückkehr war es unausgesprochen klar, dass Fritz die Nacht bei mir verbringt. Wie ausgehungert, sind wir im Wohnzimmer übereinander hergefallen und hatten es erst beim zweiten Mal bis ins Bett geschafft. Es war wild, leidenschaftlich und zärtlich zugleich. Ohne meine Fantasiegestalten, nur mit Fritz allein, hatte ich die wundervollsten drei Orgasmen meines Lebens. Das ist doch zu schön, um wahr zu sein, meldet sich mein Gewissen. So viel Glück habe ich bestimmt nicht verdient. Wo ist der Haken? Energisch schiebe ich dunklen Gedanken beiseite. Fritz spricht über seine Kindheit, die auch nicht ganz ungetrübt war. Sein Vater hatte bei einem Reitunfall sein Bein verloren, als er elf Jahre alt war. Wahrscheinlich wurden er und seine jüngere Schwester Ida deshalb ins Internat gesteckt, weil der Vater sich veränderte. Er wurde unbeherrscht und depressiv. Seine Mutter wollte ihre Kinder wohl schützen, denn die Initiative ging von ihr aus. Inzwischen sei das Verhältnis mit seinen Eltern aber wieder entspannt, da sein

Vater mit dem Alter milde geworden sei. Fast jeden Sonntag besucht er sie, um mit ihnen zu Mittag zu essen. Seine Schwester sieht er selten, da sie als Meeresbiologin in Neuseeland arbeitet und alle zwei Jahre, an Weihnachten nach Hause kommt. Fritz ist mir so vertraut, als würde ich ihn bereits mein halbes Leben kennen. Trotz seiner Offenheit, spüre ich, dass er noch mit etwas zurück hält. Ängstlich fängt mein Herz an zu pochen.

„Übrigens war ich schon einmal verheiratet."

Mein Herz fängt heftiger an zu klopfen.

„Hm", räuspere ich mich beklommen und wage kaum, ihm meine Frage zu stellen.

„Hast du Kinder?"

„Nein. Wir waren noch jung. Geraldine hat studiert und ich war gerade mit meinem Studium fertig. Aber geheiratet haben wir dennoch. Es war eine kleine Hochzeit. Nur die Familie und ein paar Freunde. Naja, es hat nur ein Jahr gedauert, bis wir uns auseinander gelebt hatten und nach zwei Jahren haben wir uns scheiden lassen. Geraldine ist inzwischen wieder glücklich verheiratet und hat zwei Kinder."

Eifersucht nagt an mir, obwohl sie sicherlich unbegründet ist. Trotzdem stelle ich mir die beiden gemeinsam vor, wie sie ausgelassen und fröhlich in die Cessna klettern und abheben. Wie sie bei Kerzenschein im Restaurant sitzen und sich gegenseitig füttern. Eben Dinge er mit ihr getan hatte, die er auch mit mir macht. Mein Verstand suggeriert mir, dass ich aufhören soll, solche Bilder zu wälzen, aber sie kommen unaufgefordert.

„Habt ihr noch Kontakt?", presse ich hervor.

„Nur sporadisch. Wenn wir uns in der Stadt treffen, gehen wir manchmal einen Kaffee trinken. Aber das ist äußerst selten."

„Tut es dir leid, dass ihr euch getrennt habt?"

So, jetzt ist es raus. Verärgert über mich, weil ich mir die Frage nicht verkniffen habe und unsicher, wie er darauf reagieren wird, nestle ich an der Bettdecke herum.

„Nein, überhaupt nicht. Außerdem ist es wirklich schon lange her und jeder von uns lebt sein eigenes Leben. Ich finde es nur wichtig, dass du es weißt, weil du mir etwas bedeutest und ich dir nichts verheimlichen will."

Meine Dämonen verflüchtigen sich auf der Stelle.

52

„Warum hat er mich nicht gefragt, ob ich mit will?"
Wütend und enttäuscht lasse ich all meinen Frust bei Brill raus. Vorgestern hatte ein zerknirschter Fritz mir mitgeteilt, dass er früher zu einem Dreh nach Kalifornien muss, als geplant. Wann hatte er denn geplant, es mir zu erzählen? Ich hatte mir alles so perfekt vorgestellt. Wir verbringen Weihnachten zusammen, besuchen vielleicht seine Eltern, die ich noch nicht kennengelernt habe, feiern Silvester und stoßen gemeinsam auf das neue Jahr an. Und nun macht er mir einen Strich durch die Rechnung. Die Erwartung, ein paar schöne Tage mit ihm zu haben, hat mich glücklich gemacht. So unglaublich froh. Warum hat er mich nicht gefragt, ob ich mit ihm in die USA möchte. Will er mich nicht dabei haben?
„Vertrauen Sie Fritz?"
„Was? Ja, natürlich. Natürlich vertraue ich ihm. Was hat das denn damit zu tun?" blaffe ich Brill an.
„Welche Gedanken gehen Ihnen durch den Kopf? Lassen Sie es raus."
Jetzt reicht's mir aber. Ich kann diese Endloskassette nicht mehr hören.
„Lassen Sie es raus! Lassen Sie es raus! Hängt Ihnen das nicht längst zum Hals raus? Verdammt noch mal, das ist doch verschossenes Pulver. Ich bin ein hoffnungsloser Fall und Sie wollen es einfach nicht zugeben. Stimmt doch. Sagen Sie's schon. NA LOS!"
Er macht mich wahnsinnig mit seiner verfluchten, stoischen Ruhe. Warum brüllt er nicht mal zurück? Natürlich weiß ich, wie lächerlich ich mich mache. Aber gerade das macht mich noch wütender.
„Helena, ich greife Sie nicht an. Aber wenigstens bleiben Sie diesmal sitzen und rennen nicht hinaus. Das ist doch ein Fortschritt."
Nanu, mein lieber Brill, höre ich da etwa einen leichten Anflug von Ironie. Amüsieren Sie sich gut bei meiner kleinen

Vorstellung? Strafend funkele ich ihn an. Zumindest hoffe ich, dass mein Blick einigermaßen streng wirkt, obwohl ich mich mickrig fühle.

„WAS?"

„Ich paraphrasiere jetzt. Das heißt, ich gebe mit meinen eigenen Worten wieder, was ich verstanden habe. Achten Sie genau darauf, wie ich Ihre Worte interpretiere: Ich bin ein armes Hascherl und will, dass Sie mir die Entscheidung abnehmen."

Wider Willen muss ich lachen. Brill, das arme Hascherl.

„Sehen Sie, da müssen Sie selbst lachen, auch wenn ich annehme, dass Sie sich mich gerade als Hascherl vorstellen. Verstehen Sie, dass Sie sich zum Opfer gemacht haben? Merken Sie, dass Selbstmitleid vergeudete Energie ist? Es lähmt Sie, macht Sie handlungsunfähig und es ist zermürbend. Nun versuchen Sie, Ihren energischen Ausbruch durch andere Worte zu ersetzen. Denken Sie dabei an Selbstbestimmung."

Das kann doch wohl nicht so schwierig sein. Doch mein Kopf ist voll und leer zugleich. Hilfesuchend gucke ich zu Brill, der mir aufmunternd zunickt. Tatsächlich zermürbe ich mein Hirn mit Mutmaßungen. Im Geiste sehe ich Fritz mit seiner Crew und ein paar hübschen Schauspielerinnen fröhlich am Tisch sitzen. Alle sind gut drauf. Es wird geflirtet und…. Ich bin ja weit weg. Vielleicht vergisst er mich und verliebt sich in eine andere. Vielleicht gehe ich ihm schon auf die Nerven und er ist erleichtert, dass er schneller als gedacht abfliegen konnte. Ich habe Angst vor der Entfremdung, wenn er zurückkommt. Angst, dass sich seine Gefühle für mich in Luft aufgelöst haben und er sich von mir trennen will. Ich habe einfach Angst.

„Verdammte Scheiße,… Entschuldigung, aber warum habe ich so große Angst?"

„Sagen Sie's mir. Sie wissen es."

Tatsächlich? Im Moment weiß ich nur, dass ich mich zum Affen mache.

„Sie misstrauen nicht Fritz, sondern … „

„…mir", vollende ich den Satz.

„Ganz genau. Machen wir ein Rollenspiel. Sprechen Sie zu Fritz über Ihre Gefühle und dann wechseln Sie die Perspektive. Sie wissen ja, wie es funktioniert."

Jedes Mal, nach einem Rollenspiel, bin ich aufs Neue überrascht, was es ausmacht, den Blickwinkel zu tauschen. Es fällt mir zwar immer noch nicht leicht, von einer Rolle in die andere zu schlüpfen, aber nach einer kurzen Startschwierigkeit und ein paar Räusperern klappt es. Mein Misstrauen ist wie weggeblasen und ich erkenne meine Maßlosigkeit, die dazu führen kann, dass ich unsere Beziehung zerschlage. Meine panische Angst vor Zurückweisung, die mich packt, sobald ich ein wenig Nähe zulasse. Das ist mein großes Problem. Gierig will ich alles auf einmal haben und nehme dadurch meinem Partner, und mir selbst, die Luft zum Atmen. Größenwahn und Minderwertigkeit. Deutlich habe ich mir selbst vor Augen geführt, dass meine Verhaltensmuster stets auf der Lauer liegen, um mich zu überfallen. Meine Fallen sind permanent aufgestellt und warten scheinbar nur darauf, dass ich hinein tappe.
„Und jetzt versuchen Sie es nochmal, Ihrem Ausbruch andere Worte zu infiltrieren."
„Ich bin aber nicht mehr wütend."
„Sondern?"
„Traurig, sehnsüchtig, erleichtert, hoffnungsvoll, ungeduldig. Aber kommen Sie ja nicht auf die Idee, gleich sehnsüchtig zu zerpflücken und mir unter die Nase zu reiben, dass Sucht in dem Wort steckt. Das weiß ich selber."
Brills Augenbrauen schunkeln amüsiert über dem Brillenrand.
„Wie steht es denn mit Ihren Süchten? Halten Sie den Vertrag noch ein?"
Ich könnte mich in den Hintern beißen, dass ich nicht die Klappe gehalten habe.
„Ja, tue ich."
Standhaft halte ich den Blickkontakt mit ihm. Irre ich mich, oder huschte ein argwöhnischer Ausdruck über sein Gesicht?

53

„Das Essen war einfach köstlich. Ich glaube, noch nicht mal im Schwarzen Kamel habe ich je so einen zarten Rehrücken gegessen. Und das Cranberry-Chutney dazu, statt der üblichen Preiselbeeren. Echt klasse. Hast du eigentlich einmal daran gedacht, ein Restaurant zu eröffnen?"

Die Äußerung von Cho hinterlässt bei mir einen bitteren Nachgeschmack.

„Adam hatte mal diese idiotische Idee. Ich in der Küche und er stolziert von Tisch zu Tisch, um sich das Lob einzuheimsen. Ne, ne, keine Lust und kein Geld. Aber daran will ich jetzt nicht denken. Fröhliche Weihnachten, Cho. Ich freue mich sehr, dass du hier bist."

Bravo, Helena, war doch überhaupt nicht schwer. Tatsächlich hat die Erinnerung jegliche Bedrohung verloren. Cho und ich stoßen mit Champagner an und küssen uns auf den Mund.

„Kleiner zungenfreier Ersatz für Fritz."

„Dumme chinesische Nuss."

Ausgelassen albern wir herum. Ich bin froh, dass Cho hier ist. Wir haben uns quasi gegenseitig eingeladen, nur hatte ich das längere Hölzchen gezogen. Zum ersten Mal in meinem Leben bin ich losgezogen, um einen Weihnachtsbaum zu kaufen. Gerade groß genug, dass ich ihn allein schleppen konnte. Beim Schmücken kullerten ein paar Tränen und ich war kurz davor mich von meinen sentimentalen Gefühlen überschwemmen zu lassen. Doch in dem Moment rief Fritz an. Er meldet sich jeden Tag, manchmal auch zweimal oder er schickt Mails mit Fotos von ihm in der Wüste, beim Zähneputzen oder im Bett mit Kopfkissen im Arm. Sein Gesicht ist gebräunt und er sieht mehr denn je wie ein Naturbursche aus. Ein Bild habe ich ausgedruckt und auf meinen Nachtisch gelegt. Er hat sich nackt im Spiegel fotografiert und schaut mich mit einem kleinen Lächeln an. Das Papier ist schon ganz abgegriffen, weil ich es in der ganzen Wohnung herumtrage. Fritz ist immer bei mir, wenn ich alleine bin.

„Ich habe übrigens jemanden kennengelernt, Helena. Ich glaube, mich hat's erwischt."

„Was?"

Hat Brill etwa verschlafen? Ziemlich zerknautscht sieht er aus, mit seinen abstehenden spärlichen Haaren und der scheinbar hastig übergeworfenen Strickjacke. Ob er Krach mit seiner Frau hatte? Vielleicht musste er in seinem Kabinett übernachten. Umständlich öffnet er sein Notizbuch, zückt den Stift und nestelt an einem Knopf herum. Irgendwie ist er heute ganz anders als sonst. Er wirkt nicht nur abwesend, sondern zerstreut und traurig.

„Geht es Ihnen nicht gut? Soll ich ein anderes Mal wiederkommen?"

„Nein, mit mir ist alles in Ordnung. Mein Sohn hatte heute Nacht einen schweren Asthmaanfall, so dass ich mit ihm ins Krankenhaus fahren musste. Es geht ihm aber schon wieder besser und meine Schwiegermutter kümmert sich um ihn.

„Das tut mir wirklich leid. Wie alt ist denn ihr Sohn?"

„Nächste Woche wird er sechs."

Ganz schön alt, um Vater von so einem kleinen Kind zu sein. Wahrscheinlich ist er zum zweiten Mal mit einer jüngeren Frau verheiratet.

„Nun zurück zu Ihnen, Helena. Gibt es etwas Neues, was Sie mir erzählen möchten? Falls nicht, möchte ich ihr Suchtverhalten thematisieren."

Das passt mir nun gar nicht. Ich müsste zugeben, dass ich des Öfteren vertragsbrüchig geworden bin. Zwar hat sich meine Kauflust erheblich vermindert, auch habe ich nicht mehr geklaut, aber meinem Alkoholkonsum schenke ich nicht die erforderliche Beachtung. Immerhin hatten wir in meinen Vertrag eine Klausel eingefügt, die besagt, dass Ausnahmen erlaubt sind. Und es gab einige Ausnahmen. Also Themenwechsel.

„Meine Freundin Cho hat sich verliebt."

„Na, das ist doch schön für sie. Oder nicht?"

Beschämt gestehe ich, dass ich mich nicht für Cho freue und sie das wohl gespürt hat. Natürlich hatte ich so getan, als würde ich mich für sie freuen, aber meine Betroffenheit stand mir wohl für den Bruchteil einer Sekunde ins Gesicht geschrieben, bevor ich sie verbergen konnte. Auf jeden Fall hatte Cho mit einem Mal weniger enthusiastisch geklungen.

„Natürlich freue ich mich für sie, denn schließlich war sie lange genug allein. Aber auf der anderen Seite freue ich mich auch wieder nicht. Glauben Sie mir, ich will mich wirklich für sie freuen, aber ich kann nicht. Nicht von Herzen. Sie predigen mir doch, dass man es spürt. Nun, ich spür's nicht. Das Gefühl will sich nicht einstellen. Meine allererste Empfindung war ein Gemisch aus Schock, Angst und Neid. Und nun fühle ich mich schäbig."

„Ich freue mich, dass Sie das so klar definieren. Können Sie es noch differenzierter beschreiben?"

„Wie differenziert denn noch?"

„Warum waren Sie geschockt? Warum hatten Sie Angst. Warum waren Sie neidisch? Konzentrieren wir uns darauf."

Dieses Mal rolle ich nicht mit den Augen, sondern strenge mich wirklich an, mich zu erinnern.

„Naja, vielleicht ist schockiert ein bisschen heftig. Mir ist kein anderer Ausdruck eingefallen. Ich entsinne mich, dass mein Herz für einen Augenblick so etwas wie einen Aussetzer hatte. Sofort dachte ich, dass sie jetzt viel Zeit mit der anderen Person verbringen würde. Das verstehe ich ja auch. Sie ist verliebt. Trotzdem hat mir das wehgetan und mich erschreckt. Wir waren seit Cocos Hochzeit fast unzertrennlich, waren oft zusammen und hatten so viel Spaß. Ich wollte nicht, dass sich jemand anders in unsere Freundschaft drängt und sie mir wegnimmt. Als sie mir freudestrahlend sagte, dass es sie erwischt hätte, kam es mir wie ein Verrat vor. Allein die Vorstellung, dass sie mit der anderen genau so viel Spaß hat, wie mit mir, macht mich wahnsinnig. Wäre ich lesbisch, wären wir nun ein Paar. Ich habe einfach Angst, sie zu verlieren. Meine Reaktion war nicht gerade grandios. Ich wollte sie gestern anrufen, habe mich aber nicht getraut. Vielleicht pfeift sie inzwischen schon auf meine Freundschaft. Ich fühle mich total mies. Und bitte jetzt kein Rollenspiel."

„Warum nicht? Bisher war der Perspektivwechsel meistens sehr hilfreich, um Klarheit über Ihre Empfindungen zu gewinnen."

„Trotzdem. Ich habe Angst davor, dass Cho, also ich, mir etwas sagt, was ich nicht hören will."

„Genau. Und darum geht es. Auch wenn die Angst da ist, kann sie überwunden werden, indem sie sich Ihren Ängsten stellen. Ist Ihnen bislang etwas geschehen? Nein. Wir können gerne darüber sprechen, auch wenn ich der Meinung bin, dass das Rollenspiel effektiver ist und wir das Ergebnis hinterher beleuchten."

Ich bin mir bewusst, dass Brill Recht hat und ich mich albern verhalte, aber die Angst, über meinen eigenen Schatten zu springen kostet mich eine solche Überwindung, dass ich oft aufgebe. Trotzig tausche ich den Platz, kann mir aber einen giftigen Blick zu Brill nicht verkneifen.

Ich mach' das für mich. Kapiert? Nicht, weil du es willst.

Cho ist tatsächlich betroffen von meiner Verhaltensweise. Sie versteht nicht, warum ich neidisch bin und ihr eine neue Beziehung missgönne. Schließlich hätte auch ich mich verliebt und in Fritz einen neuen Partner gefunden. Sie hat sich für mich gefreut und wünscht mir von Herzen, dass ich mit ihm glücklich werde. Freundschaft heißt, Glück und Leid miteinander zu teilen. Freundschaft heißt, einander zu vertrauen. Cho gesteht mir, dass sie sich damals in mich verliebt hätte, obwohl sie wusste, dass ich hetero bin. Trotzdem hatte sie ein Fünkchen Hoffnung und wollte es austesten. Sie hatte das Gefühl, dass ich gewisse Signale ausstrahlte, die sie ermuntert hätten, aber wohl falsch interpretiert hatte. Nach der schmerzhaften Enttäuschung, an der sie selbst die Schuld trage, sei sie überglücklich gewesen, dass sie in der Lage war, sich wieder zu verlieben. Sie wünscht sich, dass ich ihre Partnerin kennenlerne, weil sie mir bestimmt gefallen würde. Sie hofft es. Und wenn nicht, würde ich sie nicht verlieren, denn wir seien Freundinnen. In guten und in schlechten Zeiten.

Etwas verlegen, aber erleichtert, schiele ich zu Brill.

„War es schlimm?"

Ich stehe auf, strecke meine Arme in die Luft und schüttle meine Beine.

„Die Wahrheit ist manchmal schwer auszuhalten."

„Können Sie Chos Gefühle nachvollziehen?"

„Das ist ja das Verrückte. Als ich Cho war, habe ich mich tatsächlich als sie gefühlt. Auch die Traurigkeit. Ich glaube, dass ich ihr wichtig bin und auch sie mich als Freundin nicht verlieren möchte. Das mit Fritz hat mich besonders getroffen. Sie hat Recht mit ihrer Kritik. Ich bin eine komplette Egoistin."

„Das hat sie nicht gesagt. Das sagen Sie."

„Ist ja gut. Entschuldigung. Natürlich sage ich das."

„Unsere Zeit ist um. Macht es Ihnen etwas aus, unseren nächsten Termin von morgens auf siebzehn Uhr zu verlegen?"

„Wegen Ihres Sohnes?"

„Ja."

„Natürlich. Alles Gute für ihn. Ich hoffe, dass es ihm schnell besser geht."

Kaum ist die Tür hinter mir ins Schloss gefallen, breche ich plötzlich in Tränen aus. Brill hat mich regelrecht abgewimmelt. Vermutlich um so schnell wie möglich zu seinem Sohn zu eilen. Wahrscheinlich hat er nur darauf gewartet, mich endlich loszuwerden, so kurz angebunden, wie er am Schluss war. Ich bin hin und her gerissen zwischen Wut und Traurigkeit. In meiner Fantasie stelle ich mir vor, dass mein Vater fluchtartig sein Orchester verlässt, aus Sorge um seine kranke Tochter. Nichts auf der Welt ist ihm wichtiger, als sein Kind. Doch das ist nie geschehen. Mit einem Mal wünsche ich mir nichts sehnlicher, als an der Stelle von Brills Sohn zu sein. Soll ich nochmal klingeln und Brill von meinen Gefühlen erzählen? Aber dann würde ich seinen Sohn um den Vater berauben. Will ich das wirklich? Dieses verfluchte Chaos in meinem Kopf. Bin ich wirklich so selbstsüchtig, dass ich

Brill für meine läppischen Gedanken von seinem Besuch bei seinem Kind abhalten will? Würde er mich wegschicken oder eintreten lassen?

Sein Sohn stirbt vielleicht. Es ist sein Kind. Und du bist eine erwachsene Frau. Also benimm' dich auch so!

54

So ganz will ich meinem Glück immer noch nicht trauen. Zärtlich betrachte ich Fritz' Gesicht und will ihn am liebsten wach küssen. Aber es ist erst sechs und somit schläft er gerade mal seit vier Stunden. Sein Mund ist leicht geöffnet und er schnarcht ganz leise in regelmäßigen Abständen. Das Geräusch hat fast etwas Meditatives. Trotzdem er so viel Stärke und Selbstbewusstsein ausstrahl, wirkt er doch verletzlich. Vielleicht liegt es daran, weil er schläft und nicht ahnt, dass ich ihn anschaue. Eventuell aber auch an den feinen, hellen Fältchen in den Augenwinkeln, wo die Sonne nicht ihre Spuren hinterlassen hat. Es kann aber auch sein, dass ich ihn irgendwann verletzen werde, weil ich so bin wie ich bin. Hastig schiebe ich die dunkle Wolke beiseite und freue mich auf den heutigen Tag. Mein Geburtstag. Womit habe ich so viel Glück verdient? Ist Fritz zum richtigen Zeitpunkt in mein Leben getreten oder ist es noch zu früh? Bin ich wirklich reif für eine Beziehung oder werde ich sie zerschlagen, wie alle anderen? Fritz sagt, er liebt mich. Wie lange noch?
Hör auf!
Ein tiefer Schnaufer ertönt an meiner Seite.
„Warum bist du um diese gottlose Zeit schon wach?" murmelt er verschlafen und zieht mich an sich. Sein warmer Atem kitzelt mich am Ohr. Einfach nur kuscheln. Wie oft hatte ich mir gewünscht, nur in den Arm genommen zu werden. Ohne Sex, nur Geborgenheit und Wärme. Fritz macht es. Oder hat er bereits die Lust an mir verloren?
Hör endlich auf!
Er ist wieder eingeschlafen, mit einem kleinen Schalk in den Augenwinkeln.

Wenn Fritz in Wien ist, und das war er in den letzten Monaten selten, sind wir meistens bei mir. Nicht, dass es mir bei ihm zuhause nicht gefällt, aber sein Loft über dem Produktionsbüro ist mir etwas zu öffentlich. Wahrscheinlich ist er es gewohnt, dass permanent jemand von seinen Mitarbeitern zu jeder Tag und Nachtzeit bei ihm klingelt. Mir geht es auf die Nerven. Obwohl seine Wohnung sehr geschmackvoll eingerichtet ist, überaus männlich in dunklen Brauntönen, fühle ich mich dort ein bisschen verloren. Es gibt nur eine Tür, abgesehen von der Eingangstür, und die gehört zum Badezimmer. Alle anderen Räume gehen ineinander über und sind nur gelegentlich durch riesige Regale, die bis zur Decke reichen, unterteilt. Ich fühle mich dort wie auf dem Präsentierteller. Beim letzten Mal lagen wir auf der Couch und Fritz wollte gerade meine Hose ausziehen, als ich eine Stimme hörte, die eine Entschuldigung stammelte und eilig verschwand. Seitdem bin ich meistens eher angespannt und werde das Gefühl nicht los, beobachtet zu werden. Inzwischen hat mir Fritz zwar einen Schlüssel gegeben, aber ich gehe nie allein nach oben.

Die letzten Monate sind tatsächlich schneller vergangen, als ich dachte, denn Fritz war, zu meinem anfänglichen Entsetzen, länger in den USA als geplant und muss nochmals für mindestens sechs Wochen zurück. Gott sei Dank hatten Coco und ich so viel zu tun, dass ich abgelenkt war und nicht ins Grübeln versank. Abends war ich ab und zu mit Coco oder Cho zusammen, aber auch gerne allein. Nach einer heftigen Sitzung bei Brill war ich schließlich bereit, Emma, Chos Freundin kennen zu lernen. Zu meiner Überraschung mochte ich sie auf Anhieb. Sie ist so ganz anders, als ich mir eine Partnerin für Cho vorgestellt hatte. Ich muss mir wirklich endlich abgewöhnen, in Schubladen zu denken. Emma sieht aus, wie einem Botticelli-Bild entstiegen. Weich, war das erste Wort, das mir in den Sinn kam. Ihr eher altmodisches Gesicht mit großen, veilchenblauen Augen, drückt so viel Warmherzigkeit aus, wie ich es noch nie bei einem Menschen wahrgenommen habe. Sie könnte glatt die nackte Venus auf der Muschel darstellen. Eine wahre Muse für jeden Maler, mit ihrer hellen Haut und den langen blonden Locken, die bis zum Po reichen. Die beiden sind so offensichtlich ineinander verliebt, dass ich nicht anders kann, als mich für sie zu freuen. Als Cho mir irgendwann ein schlichtes Danke ins Ohr flüsterte, flossen bei mir sofort die Tränen. In dem Moment war es mir richtig bewusst, wie sehr ich sie verletzt hatte und wie selbstsüchtig ich gewesen war.

Es vergeht nicht ein einziger Tag, an dem ich Fritz Stimme nicht höre. Er hat mir immer viel zu erzählen. Von Komplikationen beim Dreh, was er zu Mittag gegessen hat, dass er eine Wette verloren hat und sich nun ein Tatoo stechen lassen muss. Er schimpft über den zickigen Casting Director und wünscht sich mich an seiner Stelle. Er schwärmt von der Rallye durch die Wüste und spottet über den Fitnesswahn der Kalifornier. Manchmal kommt es mir so vor, als sei ich mitten drin und kenne alle Leute, mit denen er zu tun hat. Am Ende jedes Telefonats sagt er, dass er mich vermisst. Nie sage ich es zuerst. Ich traue mich nicht. Da ist bei mir noch eine leise Furcht vorhanden und mein hochkompliziertes Denkschema setzt ein. Ich scheue mich davor, es auszusprechen, obwohl ich es im Kopf habe. Aber ich scheine in dem Moment keine Kontrolle über meine Stimme zu haben oder habe Angst, wie sie wohl klingen wird. Mein Schatten hält mich so lange fest, bis Fritz es ausspricht. Und dann rief er an Gründonnerstag plötzlich morgens um sieben an und fragte mich, ob ich Brötchen zum Frühstück möchte. Ich war völlig irritiert und begriff nicht gleich, dass er schon vor der Tür stand. So ist Fritz. Er hatte Sehnsucht nach mir und spontan einen Flug genommen, um Ostern mit mir zu verbringen. Um diese Stärke beneide ich ihn. Nie fackelt er lange, sondern tut es. Das stört mich manchmal, weil ich eher dazu neige, auf seine Vorschläge oder Entscheidungen nur zu reagieren, aber selber nicht in Aktion trete. Seit dem wir zusammen sind, kam, soweit ich mich erinnere, nie ein Wunsch über meine Lippen. Feige nenne ich das. Ich habe viele Wünsche, und trotzdem habe ich keinen einzigen ausgesprochen. Wenn er mich in diesem Moment fragen würde, was ich unternehmen möchte, hätte ich keine Antwort parat. Wie Fritz so aus dem Nichts vor der Tür stand, war ich dermaßen nervös, dass er die Initiative ergriff und mich umarmte, durch die Luft wirbelte und mich hungrig küsste. Es dauerte ein paar Sekunden, bis das anfängliche Fremdeln verschwand und ich aus meinem tranceähnlichen Zustand erwachte. Obwohl ich glücklich war, ihn endlich wieder zu spüren, anfassen und küssen zu können, so fühlte ich nicht diese unbändige Freude, die er ausstrahlte. Seltsamerweise zeigte er weder einen Anflug von Enttäuschung, noch war er beleidigt, weil ich etwas zurückhaltend war.

Fritz platzte fast vor lauter Elan und hatte das gesamte Osterwochenende minutiös durchgeplant. Fliegen, essen, erotische Abenteuer in meinem Himmelbett, reiten, essen und erotische Abenteuer im Himmelbett, auf dem Küchentisch oder in der Badewanne. Und Ostersonntag stellt er mich seinen Eltern vor. Es ist bei weitem untertrieben, wenn ich sage, dass ich komplett überfordert war. Panik ergriff mich. Wohin flüchten, war mein erster Gedanke. Es war mein schönstes Osterwochenende. Ich agierte als Co-Pilotin in seiner Cessna, ritt im Galopp durch die Puszta und verblüffte ihn mit meinen Reitkünsten. Abends fielen wir erschöpft und glücklich ins Himmelbett und liebten uns mit einer Leidenschaft, die mich fast erschreckte. Zum ersten Mal gab ich mich voll und ganz hin. Es war mir nicht peinlich, dass mir einmal ein lauter Furz entwich. Natürlich war ich zuerst geschockt und schämte mich, aber dann lachten wir uns schlapp und ich pinkelte vor Lachen ein paar Tröpfchen auf seinen Schenkel. Prustend wälzten wir uns auf der Matratze und konnten kaum an uns halten. Als Fritz mir sagte, dass er noch nie so für eine Frau empfunden hat, wie für mich, weinte ich. Meine Angst vor dem Besuch bei seinen Eltern, verschwieg ich ihm. Ich wäre mir lächerlich vorgekommen. Sie war absolut unbegründet. Es sind reizende, warmherzige Menschen, die mich mit offenen Armen aufnahmen. Sie hatten Fritz und mich sogar dazu verdonnert, Ostereier im Garten zu suchen. Zwar kam ich mir anfangs ziemlich albern vor, aber Fritz' gute Laune bei diesem offensichtlichen Ritual steckte mich an und so machten wir uns kichernd auf die Suche. Meistens zog er mich in ein Gebüsch, und wir küssten uns wie heimliche Verliebte. Seine Eltern amüsierten sich köstlich und verwöhnten uns nach Strich und Faden. Überrascht stellte ich fest, dass ich kein einziges Mal neidisch oder traurig war. Nur glücklich. Bis Montag. Weil Fritz schon früh morgens zum Flughafen musste, übernachtete ich bei ihm. Meine heitere Laune bei seinen Eltern verdüsterte sich auf dem Rückweg nach Wien und war auf dem Nullpunkt, als wir in Fritz' Wohnung ankamen. Selbst seine Kochkünste vermochten mich nicht aus der dunklen Stimmung zu reißen. Den ganzen Abend war ich einsilbig und bestrafte ihn mit Liebesentzug. Ich wollte es nicht, aber es war, als würde mich der Teufel reiten. Seine Rücksichtnahme ging mir entsetzlich auf die Nerven, so dass ich sogar einen Streit provozierte, nur um ein Argument zu finden, erbost und verletzt aus dem Loft zu stürmen. Fritz wollte diskutieren, um die Ursache meiner aggressiven Haltung zu ergründen. Doch nicht ich. Selbst als ich ihm vorwarf, dass er schließlich nicht mein Therapeut sei, wurde er nicht sauer oder eingeschnappt. Das machte mich umso wütender. In Wirklichkeit wollte ich nicht, dass er nach Los Angeles fliegt. Und schon gar nicht für einen Monat. Aber das sagte ich ihm nicht. Letztendlich war ich so erschöpft von meiner verschwendeten Energie, die förmlich in der Luft verpuffte, dass ich blieb. In dieser Nacht war er besonders zärtlich. Als um sechs Uhr die Tür ins Schloss fiel, fiel ich in eine tiefe Lethargie.

Im Halbschlaf höre ich leise Musik und klapperndes Geschirr. Ich muss nochmal eingeschlafen sein, denn Fritz liegt nicht mehr neben mir. Wohlig sauge ich den Duft seines Kissens ein und blinzle zum Wecker. Acht Uhr. Seit vier Uhr dreiundzwanzig bin ich ein Jahr älter. Als ich Schritte höre, mache ich die Augen wieder zu und stelle mich schlafend. Ich spüre ganz genau, dass Fritz mich betrachtet und muss wider Willen grinsen.

„Wusste ich doch, dass du nur so tust. Alles Liebe zum Geburtstag."

Sein Atem riecht lecker nach Kaffee und Minze. Überhaupt mag ich seinen fritztypischen Geruch nach frischer Luft und einem dezenten Duft seines altmodischen Rasierwassers Aqua Brava. Zärtlich drückt er Küsse auf alle möglichen Stellen, angefangen in meinem Gesicht bis oberhalb meiner Brüste.

„Einen für jedes Jahr. Die restlichen für die nächsten Jahre hole ich heute Nacht nach. Jetzt musst du aber aufstehen."

Lachend erhebe ich mich und zupfe mein Seidentop hinunter. Es ist mir ein bisschen peinlich, noch in Nachtwäsche zu sein, weil er bereits fix und fertig angezogen ist.

„Ich gehe schnell ins Bad und mache mich fertig."

„Aber bitte nur Katzenwäsche. Und dann komm' schnell ins Wohnzimmer."

Und schon ist er wieder verschwunden. Vor mich hin summend schnappe ich mir Jeans und T-Shirt, die ich gestern auf den Stuhl geworfen hatte und gehe ins Bad. Als ich gerade meine Haare bürste, klopft es an der Tür.

„Dauert's noch lange?"

„Bin sofort fertig."

Noch nie habe ich Fritz so ungeduldig und aufgeregt erlebt. Wie ein Kind, das seinen Eltern zeigen will, dass es endlich einen Purzelbaum zu Stande bringt. Da ich seine Ungeduld nicht länger strapazieren will, verschiebe ich das Schminken auf später und begebe mich ins Wohnzimmer. Das Déjà-vu durchzuckt mein Hirn so heftig, dass ich wie angewurzelt im Türrahmen stehen bleibe und erschüttert in das verwandelte Zimmer starre. Mitten im Raum hängt ein Baldachin mit schneeweißen, transparenten Stoffbahnen, die seitlich mit bunten Bändern gerafft sind. Unter diesem Himmel steht mein Esstisch, opulent gedeckt, mit zwei hohen silbernen Kerzenleuchtern. Die Kerzen flackern unruhig. Die linke Seite, offensichtlich mein Platz, ist mit rosafarbenen Rosen übersät. Wie in Zeitlupe kommt Fritz auf mich zu. Die Enttäuschung steht ihm ins Gesicht geschrieben.

„Helena. Was ist los?"

Sag's ihm!

Hilflos zucke ich mit den Schultern, unfähig, ein Wort raus zu pressen.

Sag's ihm!

„Helena?"

Ich weiß genau, wie er guckt, auch wenn ich ihn nicht ansehe. Betroffen, bestürzt und genauso hilflos wie ich. Es tut mir so wahnsinnig leid, weil er sich so eine unglaubliche Mühe gemacht hat, um mich zu erfreuen. Ich spüre, dass Tränen über meine Wangen laufen.

„Um Gottes Willen, was hast du denn? Helena, sprich mit mir."

Als hätten sich nicht nur meine Tränenkanäle geöffnet, brechen auch andere Schleusen auf und ich erzähle ihm von Adam. Meine Geschichte endet mit dem nächtlichen Dinner auf dem Friedhof und meinem Déjà-vu. Und wieder einmal verblüfft mich Fritz. Anstatt sofort drauf los zu plappern oder mich zu bemitleiden, hält er einfach den Mund und nimmt mich in die Arme. Eine warme Woge durchflutet meinen Körper und ich fühle mich unsagbar erleichtert. Es ist überhaupt nicht schwer. Das ist ja das Verrückte. Es geht immer um die Entscheidung, mich zu überwinden.

„Ich denke, wir können jetzt zum fröhlichen Teil übergehen. Magst du erst frühstücken und anschließend Bescherung oder umgekehrt?"

„Essen. Ich bin am verhungern. Aber ich will neben dir sitzen und nicht am anderen Ende."

„Dein Wunsch ist mir Befehl."

Jeder einzelnen Rose drücke ich einen Kuss auf die samtigen Blätter und stecke sie in die Vase auf dem Sideboard.

„Wie die duften."

„Sie heißt ja auch La Reine Victoria, eine historische Freilandrose."

„Toll. Woher wusstest du, dass ich nur Freilandrosen mag?"

„Ich weiß so einiges."

„Warum lächelst du so kryptisch?"

„Wird nicht verraten. Noch nicht."

Wir setzen uns hin und lassen es uns schmecken. Der Kaffee ist zwar nicht mehr heiß, aber das stört mich nicht. Heißhungrig vertilge ich die Croissants und frischen Brötchen mit verschiedenen hausgemachten Marmeladen. Geschenke von seiner Mutter. Plötzlich bin ich so gerührt, dass mir schon wieder die Tränen hochsteigen. Überwältigt von meinen Gefühlen, schnappe ich Fritz' Hand und drücke einen feuchten Kuss drauf.

„Danke für alles", krächze ich und wische mir die Tränen mit der Serviette weg.

„Warte es ab, denn es ist noch nicht vorbei. Das ist erst der Anfang."

„Ehrlich? Du machst es wirklich spannend."

„So, und nun Augen zu. Und ja nicht schummeln."

Gehorsam schlage ich die Hände vor mein Gesicht und zucke erschrocken zurück, als seine Hand auf meinen Kopf zu schießt.

„Nicht schummeln. Ok?"

„Versprochen."

„Streck' deinen linken Arm aus und behalte die Augen zu."

Mein Herz beginnt etwas stärker zu pochen, als ich eine kaum wahrnehmbare Berührung an meinem Handgelenk spüre.

„Nun darfst du gucken."

Zittert seine Stimme ein bisschen? Ich wage fast nicht, hinzuschauen, weil ich Angst habe, vielleicht nicht die erwartete Reaktion zu zeigen. Was ist, wenn es mir nicht gefällt? Wie soll ich dann gucken? Eines ist sicher, ich will ihn auf keinen Fall verletzen. Beklommen drehe ich meinen Kopf und winkle gleichzeitig meinen Arm. Die synchrone Bewegung kommt mir wie ein Zeitraffer vor. Was ich sehe, verschlägt mir die Sprache und schon wieder fange ich an zu heulen.

„Du bist total verrückt."

„Stimmt. Aber als ich es gesehen habe, dachte ich sofort, das passt zu dir."

Noch nie hatte mir ein Mann Schmuck geschenkt. Und ich bin nicht Holly Golightly, sondern Helena und absolut real. An mein Handgelenk schmiegt sich ein zartes Goldarmband mit fünf Smaragden. Ich bin so überwältigt, dass ich mich ein paarmal räuspern muss.

„Es ist wunderschön."

Das Armband ist das erste und einzige Schmuckstück, das ich besitze. Ich trage noch nicht einmal Modeschmuck. In diesem Augenblick frage ich mich, wo das ganze Geschmeide meiner Mutter verblieben ist. Wahrscheinlich klebte damals überall der Kuckuck drauf. Und wenn schon.

„Finde ich auch. Alles Liebe zu deinem Geburtstag."

„Danke, Fritz. Du bist wirklich verrückt."

„Was für ein feuchter Morgen", grinst er und saugt mit seinen Lippen die Tränen von meiner Wange.

„Brill würde sagen, dass ich eine Gefühlsüberwältigung habe. Was auch stimmt. Ich bin komplett überwältigt und glücklich."

„Na, das kann ja noch heiter werden."

„Wieso? Gibt's noch eine Überraschung?"

„Ich habe für heute Abend einen Tisch reserviert. Allerdings ist es etwas außerhalb von Wien. Was hältst du davon, wenn wir einen Abstecher zum Dorotheum machen, anschließend einen Kaffee trinken, uns umziehen und danach losfahren?"

„Klingt prima. Was wird denn versteigert?"

„Keine Ahnung. Aber soweit ich mich erinnere, wolltest du immer schon mal hin und heute Mittag sind einige Versteigerungen."

„Wunderbar. Ich mache mich schnell fertig. Dauert auch nur zehn Minuten."

„Beginnt hier der Balkan?"

Wir sind irgendwo im Nirgendwo. Das krasse Gegenteil vom heutigen Tag in Wien. Das Dorotheum war wirklich ein Erlebnis, auch wenn wir nichts ersteigert hatten. Die rasanten Stakkato-Rufe des Sensals, von denen ich nicht ein Wort verstanden hatte, waren unglaublich. Wie kann ein Mensch so schnell reden und sich selbst noch verstehen? Fritz hatte den Reiseleiter gespielt und mir Wien von einer ganz anderen Seite gezeigt. Und nun entführt er mich in die Pampa. Burgenland nennt sich diese Einöde. Es ist schon fast dunkel, als wir in einem Ort mit dem seltsamen Namen Illmitz ankommen.

„So ungefähr. Ungarn ist nur eine halbe Stunde entfernt. Aber die Puszta fängt hier schon an."

Es sieht ein bisschen trostlos aus. Nur niedrige Bauernkaten rechts und links. Kein Mensch auf der Straße, noch nicht mal ein Hund. Das muss ein ganz besonderes Restaurant sein, wenn wir extra so weit fahren. Auf jeden Fall ist dieses Illmitz am Arsch der Welt und meine Stimmung ist auch bald dahin. Was hat Fritz sich nur dabei gedacht, in dieses verlassene Nest zu fahren?

„Das Restaurant muss ein echter Geheimtipp sein. Wer verirrt sich sonst in diese Gegend?"

Gelangweilt von der Eintönigkeit der Architektur spiele ich mit meinem Armband. Die Smaragde funkeln im Widerschein der Straßenlaternen und mir wird bewusst wie zickig ich mich aufführe.

„Was hast du dir nur für ein verzogenes Gör geangelt? Ich weiß, dass ich manchmal unausstehlich bin und eine Zicke. Aber ich gelobe Besserung."

„Ich kann damit gut leben. Du bist eben nie vorhersehbar, und das ist auch etwas, was ich an dir mag, Zicke."

Über solche Neckereien kann ich mittlerweile lachen. Es gefällt mir sogar, wenn Fritz sich über mich lustig macht, denn dadurch drückt er nicht nur seine Zuneigung aus, sondern auch, wie gut er mich kennt. Auch wenn wir manchmal Meinungsverschiedenheiten haben, ist er nie sarkastisch oder verletzend, aber eben auch nicht herablassend. Ich fühle mich wie ein normaler Mensch. Fritz ist jedes Mal amüsiert, wenn ich ihm sage, dass normal mein Lieblingswort ist. Normal sein ist Entspannung für mich. Bin ich endlich erwachsen geworden? Vor einem schilfgedeckten Bauernhaus halten wir an. Wir müssen die einzigen Gäste sein, denn ich sehe kein Auto weit und breit, nur einen einsamen Traktor.

„Es sieht geschlossen aus. Vielleicht haben die deine Reservierung falsch verstanden."

„Das wäre sehr ärgerlich. Aber es ist schon seltsam, denn normalerweise ist hier der Teufel los. Lass' uns einfach aussteigen und nachschauen, was los ist."

Etwas enttäuscht, da ich einen Bärenhunger habe, stöckele ich hinter ihm her. Fritz ist anscheinend ziemlich verärgert, denn sein sonst so lässiger Gang ist steif, wie der eines Cowboys, bevor er seinen Revolver zieht. Seine Schultern zucken permanent, als ob er sich zum Kampf rüsten wollte. Der Besitzer wird nichts zu lachen haben. Fritz hält sich weder mit Klingeln noch mit Klopfen auf, sondern spaziert zur Tür hinein als sei es sein Haus.

„Hallo?" brüllt er in die Stille. „Jemand zuhause?"

„Na, du traust dich was. Du kannst doch nicht einfach so hereinspazieren und rumschreien."

„Ich will nur wissen, ob jemand hier ist."

„Pst! Brüll' doch nicht so."

Am liebsten möchte ich abhauen, denn ich fühle mich wie ein Eindringling und äußerst unwohl.

„Links ist das Restaurant. Schau du dort nach und ich gehe mal in die Küche."

„Ungern."

„Schau halt vorsichtig."

Zögerlich drücke ich die Klinke nach unten und öffne die Tür einen winzigen Spalt. Alles ist dunkel.

„Siehst du, kein bissiger Hund. Ich gehe mal rein."

Fritz schiebt sich an mir vorbei, reißt die Tür auf, und in dem Moment wird es hell. Völlig perplex, womöglich noch mit offenem Mund, bleibe ich wie angewurzelt stehen. Fritz' Arme umschlingen mich von hinten, sonst wäre ich wahrscheinlich vor Schreck umgekippt. Cho, Emma, Coco, Gabor und Bela erheben sich feixend von ihren Stühlen und fangen an ‚Happy Birthday' von Stevie Wonder zu singen. Fritz und ich wiegen im Takt. Zu meiner Überraschung sind nicht nur Fritz' Eltern mit von der Partie, sondern auch Henriette, Sonia mit Freund und Fritz' gesamtes Produktionsteam. Im Hintergrund nehme ich verschwommen eine Zigeunerkapelle wahr, die den Chor begleitet.

„Was für ein feuchter Tag", flüstert Fritz in mein Ohr und küsst mich.

Zutiefst gerührt stehe ich nur da und lache und weine gleichzeitig.

„Ich weiß überhaupt nicht, was ich sagen soll. Mit so etwas habe ich nicht gerechnet. Hast du das alles organisiert?"

Vor lauter Ergriffenheit stottere ich herum und sage nicht das, was ich sagen will. Etwas in mir hält mich davon ab, diesen Satz, bestehend aus drei Worten, auszusprechen. Das spontangedachte ‚ich liebe dich‘ klingt in mir nach, wie ein Echo, das langsam verhallt. Nun ist es zu spät.

„Ich gestehe, dass Coco und Cho mit von der Partie waren. Ohne sie hätte ich es nicht so schnell auf die Beine stellen können."

„So, nun aber Schluss mit dem Geknutsche. Wir sind schließlich auch noch da."

Coco schiebt Fritz zur Seite und drückt mich an sich.

„Alles Liebe für dich und ganz viel Glück für euch beide."

Cho drängelt sich zwischen uns und umarmt mich.

„Jetzt bin ich mal dran. Mögen alle deine Wünsche in Erfüllung gehen, meine Süße. Meinen Segen hast du alle Mal. Wow, ist das von Fritz?"

Cho hat mein Armband erspäht und begutachtet es mit hochgezogenen Schmetterlings-Brauen.

„Ich habe dich noch nie mit Schmuck gesehen. Es ist wunderschön und passt perfekt zu dir. Tiffany?

„Hm. Mein erstes Schmuckstück. Stell‘ dir das vor."

„Wahrscheinlich auch nicht das letzte, nehme ich mal an."

„Ich will gar nicht wissen, was das gekostet hat. Ist schon ein komisches Gefühl, Schmuck geschenkt zu bekommen."

„Papperlapapp. Freu‘ dich einfach."

Ich bin etwas angespannt, weil ich plötzlich im Mittelpunkt stehe und alle Augen auf mich gerichtet sind. Sogar Henriette und Sonia sind da, obwohl sie nicht zu meinem engen Freundeskreis zählen. Trotzdem freue ich mich. Sonia finde ich zwar immer noch extrem anstrengend, aber so ist sie nun mal. Und Henriette. Seit ich ihre Geschichte kenne, sehe ich sie mit anderen Augen und schäme mich für mein Verhalten ihr gegenüber.

„Ich freue mich, dass ihr da seid." Und das meine ich ehrlich.

„Helena, unsere allerbesten Wünsche zu Ihrem Geburtstag."

Fritz' Vater streckt mir seine Hand entgegen, doch dann zieht er mich etwas linkisch an sich und sagt:

„Ich bin mal so frei."

„Sei doch nicht so förmlich, Walter. Helena gehört inzwischen fast zur Familie und das Du ist mehr als angebracht. Also, Helena, ich wünsche dir von Herzen alles Liebe zu deinem Geburtstag. Ich bin ab sofort die Trudi und das ist Walter."

Ungestüm drückt sie mich an ihren weichen Busen und flüstert mir ins Ohr:

„Ich freue mich so für euch beide. Ihr seid ein schönes Paar."

Nur nicht schon wieder heulen. Durch einen Schleier nehme ich die restlichen Glückwünsche entgegen.

Um vier Uhr in der Früh sind nur noch Coco, Gabor, Fritz und ich übrig. Fritz massiert meine Füße, die mir vom vielen tanzen fast abfallen. Unter dem Gejohle aller Gäste, hatte ich mit Zoltan, dem Chef der Kapelle, einen Csardas aufs Parkett gelegt, dass selbst ich ganz verblüfft über meine ungeahnten Tanzkünste war. Von da an war ich nicht mehr zu halten. Fritz gab irgendwann auf und so tanzte ich mit Cho, Coco und Henriette eine wilde Polka nach der anderen. Zoltan wollte uns vom Fleck weg engagieren. Noch nie hatte ich so viel Spaß.

„Für deine Geschenke brauchen wir fast einen Anhänger", frotzelt Fritz und küsst mein Handgelenk.

„Glücklich?"

„Glücklich ist gar kein Ausdruck."

Wir sitzen auf der Bank vor dem Haus und schauen in den Sternenhimmel. Eine Sternschnuppe fällt hinab.

„Hast du dir was gewünscht?"

„Aber ich verrate dir nicht was", murmele ich und kuschle mich an seine Brust.

Vergessen ist das Desaster von heute Morgen.

55

„Es war wie eine Blockade. Die Worte lagen auf meiner Zunge, doch ich habe sie nicht rausgebracht. Ich hatte das Gefühl, dass Fritz von mir erwartet, dass ich ihm sage, dass ich ihn liebe und war plötzlich total überfordert. Dabei liebe ich ihn wirklich."

„Was ging in Ihnen vor, als Sie diese Blockade hatten? Reflektieren Sie Ihre Gefühle. Was war tatsächlich der Grund, warum Sie diese Worte nicht ausgesprochen haben?"

„Ich weiß nicht. Auf einmal hatte ich Angst. Es kam mir so mächtig und kitschig vor. In meinen Ohren klang es so abgedroschen, so dramatisch."

„Das glaube ich Ihnen nicht. Sagen Sie mir den wahren Grund."

„Angst. Das sage ich doch."

„Ist es nicht viel mehr zutreffend, dass Sie sich nicht wert schätzten für dieses Geschenk?"

„Wie soll ich das denn verstehen?"

„Es geht um Ihr mangelndes Selbstwertgefühl, Helena. Obwohl Sie vom Verstand her wissen, dass Fritz Sie liebt, respektiert und wertschätzt, zweifeln Sie daran. Es ist dieses geringe Quäntchen Misstrauen, dass Sie hemmt. Kann es sein, dass Sie sich selbst misstrauen?"

„Das wissen Sie doch nur zu genau. Warum fragen Sie so scheinheilig?"

„Ich bin kein Gedankenleser. Sagen Sie es mir."

„Doch, natürlich sind Sie das. Immer wissen Sie, wie es in mir aussieht, bevor ich dahinter komme. Also legen Sie mir gefälligst keine Worte in den Mund. Ich misstraue mir nicht. Angst ist nicht gleich Misstrauen."

„Warum haben Sie Angst?"

„Die Beziehung läuft einfach zu glatt. Fritz ist so verständnisvoll und geduldig. Er akzeptiert meine Zicken und ist nie sauer oder verärgert. Er ist so verdammt erwachsen und ich so verdammt kindisch. Manchmal, nein oft denke ich, dass ich ihn nicht verdient habe. Seine Eltern sind so unwahrscheinlich lieb zu mir und betrachten mich beinahe wie ihre Tochter. Es ist so perfekt, dass…"

„…Sie dem nicht trauen."

Brill kann so ein Prinzipienreiter sein. Im Moment geht er mir wahnsinnig auf den Geist, weil er mir mal wieder auf die Schliche gekommen ist.

„Was wollen Sie hören? Dass Sie, wie immer, Recht haben?"

„Absolut nicht. Sie haben mir nicht gesagt, worauf Ihre Angst basiert. Es ist Ihr altes Muster. Sobald Sie sich wohlfühlen, trauen Sie dem Frieden nicht oder werden größenwahnsinnig. Dann verspüren Sie den Drang, alles zu zerstören. Das war in Ihren Jobs so, wie auch in Ihren Beziehungen. Nun sind Sie an einer Entscheidungsschwelle angelangt. Stellen Sie sich die Frage, was Sie wollen. Und fragen Sie sich, wem Sie nicht trauen."

„Wissen Sie, was ich mir manchmal vorstelle? Ich stehe neben mir in einer Art Lauerstellung und warte nur auf einen kleinen Fehltritt, nein, eher einen Auslöser, damit ich einen Grund habe, Fritz vor den Kopf zu stoßen. Ihn wütend zu machen oder nur ein bisschen sauer auf mich. Er bietet mir einfach keine Angriffsfläche. Er schenkt mir ein Armband von Tiffany. Wissen Sie, was das kostet? Fast dreitausend Euro. Mir hat noch keiner Schmuck geschenkt. Bin ich deshalb käuflich?"

„Sagen Sie es mir. Sind Sie käuflich? Haben Sie das Gefühl, dass Fritz Ihre Zuneigung erwerben muss?"

„Seien Sie still, Sie Klugscheißer und drehen Sie mir nicht das Wort im Mund herum. Muss er natürlich nicht. Es tut mir leid, das wollte ich nicht sagen."

„Ich nehme es nicht persönlich. Sie haben mich gefragt und ich habe nur mit einer Gegenfrage geantwortet. Was denken Sie? Darauf kommt es an. Was ich glaube, spielt keine Rolle. Was stört Sie an Ihrer Beziehung?"

„Ach, ich weiß auch nicht. Nichts und alles. Ich weiß es ja selbst nicht. Wenn er weg ist, habe ich Sehnsucht nach ihm und wenn wir zusammen sind…"

In meinem Hirn tobt das absolute Chaos.

„Ja?“

„Roman und die anderen Männer vor ihm waren so vorhersehbar. Ich wusste ganz genau, wie ich sie manipulieren konnte, wenn es mir zu eng wurde. Zack, ein winziger Streitauslöser und ich konnte verduften. Es war ganz leicht, weil jeder wusste, wie ich reagiere. Ich hatte das Gefühl, dass ich die Fäden in der Hand hatte. Bei Fritz ist es anders. Er ist anders. Zum ersten Mal denke ich, dass es wirklich etwas Ernstes werden könnte. Und davor habe ich Angst. Ehrlich gesagt, kapiere ich nicht, warum gerade ich. In seinem Job hat er permanent mit schöneren, interessanteren Frauen zu tun, die bestimmt nicht abgeneigt wären, etwas mit ihm anzufangen. Doch er sucht mich aus. Warum? Weil ich etwa so super intelligent bin, so spritzig witzig, schön und reich? Verdammt, was findet er an mir?“

„Helena, was ist wirklich los? Weshalb werten Sie sich plötzlich wieder so ab? Sicherlich gibt es einen Grund dafür.“

„Fritz will sich mit mir verloben“, platze ich heraus und fange an zu heulen.

„Hm. Und Sie wollen nicht?“

„Doch schon, aber trotzdem bin ich so verdammt zwiespältig. Ist es nicht komplett spießig, sich zu verloben? Das klingt doch so was von antiquiert.“

„Ob antiquiert oder nicht spielt keine Rolle. Ein Verlöbnis, um es exakt auszudrücken, ist ein Eheversprechen. Das heißt, Fritz möchte sich mit Ihnen binden. Möchten Sie das auch? Wie haben Sie auf seinen Antrag reagiert?“

„Aus Ihrem Mund hört es sich fast wie eine Drohung oder Strafe. Eheversprechen klingt nun wirklich sehr pathetisch. Finden Sie nicht?“

„Bedroht es Sie, wenn Sie ein Versprechen geben? Das mag schon sein, wenn es sich nur um ein Lippenbekenntnis handelt. Ist es das? Sie haben auch meine Frage noch nicht beantwortet, wie Ihre Reaktion war.“

„Was heißt hier Lippenbekenntnis. Sie können auch gleich Lüge sagen.“

„Also?"

„Ich war darauf nicht gefasst und fühlte mich überrumpelt. Wie ein Schock war es. Ich wusste in dem Moment gar nicht, wie ich gucken sollte und suchte verzweifelt nach dem passenden Gesichtsausdruck. Ist mir wohl auch geglückt. Es war so verdammt anstrengend, ja zu sagen, weil ich gleichzeitig Hilfe gedacht hatte. Eins will ich klarstellen. Es war kein Nein, sondern Hilfe. Mein Verhalten ergibt doch keinen Sinn, oder? Ich will ihn auch nicht verletzen."

„Das verstehe ich nicht. Was bedeutet ihn zu verletzen?"

„Das wird mir jetzt zu kompliziert. Können wir nicht über etwas anderes reden?"

„Lenken Sie nicht ab. Es ist ganz wichtig, genau hinzusehen und sich Ihren Ängsten zu stellen, Helena."

„Ich bin wirklich ein ambivalentes Huhn", schniefe ich und bediene mich an der Kleenex-Box.

„In Wahrheit denke ich, dass ich nicht reif bin für eine Ehe. Da kriege ich Panik."

„Sie denken, dass Fritz im Alltag alle Facetten Ihres Charakters sieht. Aber so sind Sie nun mal, Helena. Sie sind ein Mensch mit guten und bösen Seiten, wie jeder andere auch. Bis jetzt kennt er hauptsächlich ihre guten, obwohl ich der festen Überzeugung bin, dass er auch die anderen Seiten von Ihren bereits wahrgenommen hat. Nach Ihren Erzählungen scheint er absolut kein oberflächlicher Mann zu sein. Wahrscheinlich kennt er Sie besser, als Sie sich selbst. Erinnern Sie sich, was ich neulich über Schönheit zu Ihnen sagte?"

„Ein schönes Gesicht allein genügt nicht, wenn die innere Schönheit nicht vorhanden ist."

„Genau. Bei Ihnen ist immer noch eine Ablehnung vorhanden. Das meine ich, wenn ich sage, dass Fritz Sie wohl besser kennt, als Sie sich. Verstehen Sie, was ich meine?"

„Und was soll ich Ihrer Meinung nach tun? Um Bedenkzeit bitten?"

„Misstrauen und Lügen sind denkbar schlechte Voraussetzungen für eine funktionierende Beziehung. Reden

Sie mit Fritz über Ihre Bedenken."

„Und wenn er sich dann von mir trennt?"

„Glauben Sie das wirklich?"

Wenn ich mir selbst so zuhöre, will ich mich packen und kräftig durchschütteln, um endlich auf den Punkt zu kommen. Stattdessen rede ich permanent um den heißen Brei herum, obwohl ich auf jede von Brills Fragen die Antwort parat habe. Seit Jahren führen wir unser Kammerspiel, zweimal die Woche eine Stunde, auf. Heute gibt es keinen Beifall für die Hauptakteurin, denn sie hat vorzeitig die Bühne verlassen. Text vergessen.

56

Schlecht gelaunt schließe ich die Bürotür auf und bin sofort genervt, als ich das Stimmengewirr aus der Küche höre. Bestens aufgelegte, fröhliche Menschen kann ich jetzt überhaupt nicht ertragen. Außerdem hasse ich es, zu spät zu kommen.

Beim Aufwachen dröhnte mein Kopf wie eine übersteuerte Gitarre, so dass ich mich nur schleichend fortbewegen konnte. Als erstes hielt ich meinen, kurz vor der Explosion stehenden, Schädel unter kaltes Wasser und schmiss mir anschließend zwei Aspirin in den Mund, von der eine im Hals stecken blieb und sich brennend auflöste. Nach einer Tasse Kaffee fühlte ich mich wieder halbwegs als Mensch. Wie ein kindischer, neurotischer, unglaublich idiotischer Mensch. Ich habe es geschafft. Fritz und ich hatten gestern Abend unseren ersten Streit. Eigentlich war es gar kein Streit, aber ich hatte es zu einem gemacht, um dann einen Grund zu haben, zu flüchten. Nach mehreren Tagen Schieberei, hatte ich mir endlich ein Herz gefasst, um mit Fritz über unsere Verlobung zu sprechen. Mit dem ersten Augenaufschlag um halb sieben setzten meine bekannten Angst-Symptome ein. Ich hatte Herzflattern, Durchfall und Schweißausbrüche. Unzählige Male spielte ich die Aussprache-Szene in meinem Kopf durch, bis ich irgendwann so aufgewühlt und fertig war, dass ich am liebsten unsere Verabredung abgesagt hätte. Vorsorglich bestand ich darauf, dass wir uns bei ihm treffen, denn ich kenne mich. Aus meiner eigenen Wohnung hätte ich schlecht wegrennen können. Schon als Fritz die Tür öffnete dachte ich nur an Flucht und fühlte mich wie ein Karnickel im Scheinwerferlicht. Vergessen waren alle guten Vorsätze, meine Brill-Lehren und meine couragierte Entscheidungskraft. Ich wollte alles so schnell wie hinter mich bringen, und so platzte ich, bevor ich irgendwo Platz genommen hatte mit meinen ungeordneten Befürchtungen heraus. Weil meine Nerven zum

Zerreißen angespannt waren argumentierte ich so ungeschickt und kindisch, dass mir jetzt noch die Schamesröte ins Gesicht steigt. Fakt ist, dass Fritz mich nicht verstand. Ich verstand mich ja selbst nicht. Anstatt, wie ich mir vorgenommen hatte, ihm meine neurotischen Ängste vor unserer gemeinsamen Zukunft zu erklären, faselte ich nur verworrenes Zeug. Zum Schluss fragte ich ihn wahrhaftig noch, ob er sich eine Ehe tatsächlich noch einmal antun möchte. Ich weiß nicht, welcher Teufel mich geritten hatte, ihn willentlich zu verletzen. Aber ich tat es. Aber Fritz ließ sich nicht provozieren, sondern forderte mich auf, zu wiederholen, was ich gemeint hätte. In Wirklichkeit bat er mich darum, aber das wollte ich in diesem Moment so nicht hören. Ich war gefangen in meinem eigenen Glashaus und alles, was er sagte, prallte von mir ab. Mit allen Mitteln versuchte er, mich zu beruhigen, aber das machte für mich alles nur noch schlimmer. Zum Schluss schrie ich ihn an, dass er mich nicht wie ein Kind behandeln solle und schoss heulend aus seiner Wohnung. Es ging mir hundsmiserabel. Wieder mal hatte ich den Punkt erreicht, wo ich im Begriff war meine Beziehung zu zerstören. Mein Dämon mag es nicht, wenn ich glücklich bin und setzt alles daran, so lange sein Gift zu injizieren, bis ich es ausspucke.

Zuhause kippte ich frustriert eine Flasche Wein in mich hinein, ignorierte das permanent klingelnde Telefon und torkelte, von mir selbst angeekelt, in mein Himmelbett. Ich hatte alles vermasselt.

Abgeschreckt von der Vorstellung einer von Menschen überquellenden Küche, will ich mich gerade wieder davonstehlen. Doch ehe ich entwischen kann, kommt Coco um die Ecke.

„Na endlich bist du da. Wir warten schon alle auf dich."

„Habe ich irgendetwas verpasst?" raunze ich schroffer, als beabsichtigt.

„Was ist dir denn für eine Laus über die Leber gelaufen?"

„Nicht jetzt. Was ist denn hier los? Spontan-Party?"

„Du hast es erfasst. Komm' mit."

„Muss das sein? Ehrlich, mir geht's nicht besonders und nach feiern steht mir, ehrlich gesagt, nicht der Sinn."

„Das wird sich gleich ändern. Glaub' mir. Also komm' jetzt." Widerstrebend lasse ich mich von ihr mitschleifen und versuche gute Miene zum bösen Spiel zu machen. Was kann mir denn Schlimmes passieren, außer dass ich von allen angeglotzt werde? Innerlich wappne ich mich und versuche, die negativen Gefühle abzuschütteln.

Steh' dazu!

„Ich habe Mist gebaut, Coco. Ich habe mich wie eine Idiotin aufgeführt und wahrscheinlich Fritz so vor den Kopf gestoßen, dass er mich bestimmt nicht mehr sehen will."

Wie ein Wasserfall sprudeln mir die Worte aus dem Mund. Coco hört mir aufmerksam zu, ohne mich zu unterbrechen, und am Ende meiner Beichte fängt sie plötzlich an zu lachen.

„Vielleicht solltest du mal einen Diplomatie-Kurs bei Gabor belegen. Aber jetzt im Ernst. Na und, dann bist du eben mal ausgeflippt. Was ist denn daran so dramatisch? Jeder reagiert eben anders. Und du hast einfach Panik gekriegt. Ist doch kein Beinbruch. Wirklich, wann ist man schon reif für die Ehe? Mit achtzig? Und wenn du absolut nicht heiraten willst, sag's ihm. So wie ich Fritz kenne, wird er der letzte sein, der dich zu etwas zwingt, was du nicht willst. Oder was denkst du?"

Irritiert, weil sie mein Riesen Problem so lässig abhandelt, weiß ich im ersten Moment nicht, ob ich beleidigt sein oder lachen soll.

„Wahrscheinlich bin ich wirklich etwas zu melodramatisch und mache aus einer Mücke den berühmten Elefanten. Danke, dass du mir den Kopf gewaschen hast."

„Immer wieder gerne. Bereit zum Feiern?"

Nach diesem kurzen Flur-Intermezzo bin ich mit einem Mal unsagbar erleichtert und meine schlechte Laune ist wie weggeblasen. Beschwingt schnappe ich Cocos Hand und ziehe sie ungeduldig hinter mir her.

„Nun bin ich aber neugierig. Wann hast du vor, mich aufzuklären?"

Verblüfft bleibe ich stehen. Fröhlich spaziert mir Fritz

entgegen und drückt mir erst einen Kuss auf den Mund, dann ein gefülltes Champagnerglas in die Hand. Ist das etwa unsere offizielle Verlobungsfeier? Ich bringe mit Müh und Not ein gequältes Lächeln zustande, während mir die Hitze unangenehm ins Gesicht steigt. Was hat er nur hinter meinem Rücken ausgeheckt? Ich bin verunsichert, aber ich werde mich auf keinen Fall hier zum Affen machen.

„Was soll das?" zische ich ihm ins Ohr.

„Ich kann dich ja verstehen, nachdem ich kapiert hatte, was du mir gestern sagen wolltest. Es tut mir leid, wenn ich dich überrumpelt habe. Aber lass' uns nachher darüber reden. Die Anderen sind schon ziemlich zappelig."

Erst jetzt nehme ich die versammelte Mannschaft wahr. Cho und Emma stehen eng umschlungen neben Gabor. Henriette flüstert Sonia etwas ins Ohr und beide lachen in meine Richtung. Ist das etwa eine Verschwörung? Joschi geht tänzelnd mit der Flasche herum und schenkt fleißig nach.

„Was heißt nachher? Hast du nicht eben gesagt, dass du mich verstehst? Das verstehe ich jetzt nicht."

„Ehrlich gesagt habe ich keinen blassen Schimmer, warum Coco uns alle eingeladen hat."

„Nicht?"

„Nein. Ich habe nicht die geringste Ahnung und ich habe nichts damit zu tun. Falls du eventuell angenommen hast, ich hätte mich mit Coco verschworen und eine Verlobungsfeier arrangiert."

„Wie gut du mich kennst, Mistkerl. Wegen gestern tut es mir wirklich leid. Vor allen Dingen, dass ich dich so angebrüllt habe. Ich habe mich wirklich wie eine Idiotin benommen. Bist du nicht sauer?"

„Nein, bin ich nicht. Auch nicht verletzt oder beleidigt. Wenn du magst, reden wir heute Abend.

„In Ordnung. Ich gelobe, dass ich weder schreien, noch wegrennen werde."

„Das sind ja fantastische Offerten. Ich kann's kaum abwarten."

„Jetzt hör' schon auf."

„Bei dir oder bei mir?", wispert er mir ins Ohr.

Wärme breitet sich in meinem Innern aus und mit einem Mal habe ich ein solches Glücksgefühl, dass ich am liebsten die ganze Welt umarmen möchte.

„So, meine Lieben. Ich will euch nicht länger auf die Folter spannen und explizit dich nicht, meine liebste Partnerin. Die Neuigkeit habe auch ich erst gestern Abend erfahren und dich leider weder gestern noch heute Morgen erreicht. Deshalb entschuldige ich mich für den Überfall, aber da musst du nun durch."

So im Mittelpunkt zu stehen macht mich immer noch verlegen und ich merke wie mir die Röte ins Gesicht steigt. Alle schauen erwartungsvoll auf Coco, die mir feierlich den Arm um meine Taille legt. Mit erhobenem Glas prostet sie mir zu: „Auf Paris."

Nun bemerke ich auch Matthias im Hintergrund, der lächelnd sein Glas hebt.

Du bist deine eigene Grenze, erhebe dich darüber.
Hafis (1320 – 1388), persischer Lyriker

Wer anderen nicht verzeihen kann, zerstört die Brücke,
über die er selbst gehen muss.
Thomas Fuller (1608 – 1661), englischer Prediger

Hektisch krame ich nach meinem Schlüssel. Wo steckt denn Didier? Normalerweise ist er schon vor mir im Büro, hat sein Headset angeklebt und frischen Obstsaft gepresst. Muss er sich ausgerechnet heute verspäten. Während ich vor mich hin fluche, geht plötzlich die Tür auf. Didier grinst mich, wild gestikulierend, an und verschwindet sofort in der Küche. Er ist unglaublich. Mitten in einer Telefonkonferenz, drückt er mir ein Glas in die Hand, flüstert mir „exotischer Fruchtcocktail" zu und hechtet an seinen Laptop, um Termine zu checken. Pantomimisch wedelt er mit seinen Armen, was so viel heißt, wie: Ich habe alles im Griff. Was würde ich nur ohne ihn machen.

Nach meinem ersten, inzwischen überwundenen Schock, und gefühlten tausend Therapiestunden hat mich Paris wieder zurück. Vier Monate ist es nun her, dass ich vor einer der größten Herausforderungen meines Lebens stand. Matthias hatte Coco und mir einen Zweijahresvertrag für alle Castings seiner geplanten Werbespots angeboten. Allerdings unter der Bedingung, dass wir ein Büro in Paris eröffnen. Diese Verkündigung traf mich wie ein Blitz, denn mir war sofort bewusst, auf wen das abzielte. In Gegenwart von Matthias machte ich noch gute Miene, aber als er fort war, sagte ich Coco, dass ich auf keinen Fall nach Paris gehen würde. Meine Reaktion war so impulsiv, dass sie mich völlig erschrocken fragte, ob ich nun komplett verrückt sei. Nach solch einem Job würden sich andere alle zehn Finger lecken. Natürlich war mir klar, dass Coco die Hintergründe für meine Arbeitsverweigerung nicht kannte, da ich ihr nur Bruchstücke aus meiner Vergangenheit erzählt hatte. Ich saß in der Zwickmühle und kam nicht drum herum, ihr die Wahrheit für mein damaliges Verschwinden zu sagen. Zumindest den Teil, der sich hauptsächlich auf Adam und Roman bezog. Die pikanten Details meines Rauswurfs bei Monique kannte sie zwar durch Matthias, aber eben doch nicht alle. Meine Einwände sollten ausreichen, um meine Strafversetzung nach Paris zu verhindern. An Fritz dachte ich erst sekundär, denn der Schreck vor der Konfrontation mit meinem früheren Leben war immens. Ich wand mich wie ein Aal, und hoffte, dass Coco mich verstehen würde. Doch sie war sauer. Richtig sauer. Sie warf mir an den Kopf, dass sie sich nicht für alle Ewigkeit nach mir und meinen privaten Problemen richten könnte. Das saß. Und sie hatte Recht. Also wartete ich nicht ab, bis sie mir ein Ultimatum stellen würde, was sie unter Garantie auf der Zunge hatte, sondern entschied mich, für meine Verhältnisse sehr spontan, für Paris. Cocos Freude über meine Zusage war anfangs ziemlich gedämpft. Aber nach und nach verging ihr Ärger auf mich und wir konzentrierten uns auf die zukünftige Pariser Niederlassung.

Fritz' Begeisterung über meinen neuen Job hielt sich in Grenzen. Und ich war, ehrlich gesagt, am Boden zerstört, als wir uns an dem Abend sahen. Gerade frisch verlobt und schon getrennt. Ich konnte und wollte mir das nicht vorstellen. Eine ganze Packung Papiertaschentücher ging drauf, als wir zusammen auf meiner Couch saßen und über unsere Zukunft sprachen. Doch im Gegensatz zu mir ist Fritz ein praktisch veranlagter Mensch und meinte, dass wir einfach nur zwei Wohnungen hätten, die etwas weiter auseinander liegen würden als bisher. Es sind ja nur schlappe tausend Kilometer meinte ich schniefend. Er bemühte sich mit vollem Einsatz, das Tausend-Kilometer-Problem zu entschärfen und flachste bereits über die sündhaft teure Zweitwohnung in der Stadt der Liebe, wenn man eine Kerosinfüllung auf die Quadratmeter verteilen würde. Schließlich würden Millionen andere Paare auch eine erfolgreiche Wochenendbeziehung führen. Außerdem er ist zu sehr Geschäftsmann und Realist, um die Chance einer Filiale unseres Castingstudios nicht zu erkennen. Trotz aller Zuversicht, die er ausstrahlte, musste ich mich beherrschen, weil meine Dämonen schon die ganze Zeit auf Zugriff lauerten. Wie sollte das funktionieren? Doch ich hatte aus meinen Fehlern gelernt und stand zu meinen Ängsten. Wir redeten die ganze Nacht, liebten uns und redeten weiter.

Der Abschied von Brill fiel mir sehr schwer. War er doch stets mein Fels in der Brandung gewesen. Er war guter Dinge und sah meinem Umzug optimistisch entgegen. Tatsächlich sah ich keine Zeichen der Sorge oder des Zweifels. Er meinte, dass Veränderung immer positiv sei und wünschte mir viel Glück, Kraft und Erfolg. Nun kommunizieren wir zweimal pro Woche per Mail.

Merkwürdigerweise fühlte ich mich nach meinem Gespräch mit Fritz voller Tatendrang und war mit einem Mal so aktiv und energiesprühend, wie schon lange nicht mehr. Ich überwand meine Gewissensbisse und rief Didier an. Zu meinem Erstaunen war er nicht besonders überrascht über meinen Überfall und in keiner Weise beleidigt oder echauffiert. Es kam nur ein typischer Didier-Spruch, wie von den Toten auferstanden oder so etwas ähnliches. Das war's. Ganz unspektakulär. Zu meinem Glück stand die Gunst des Schicksals auf meiner Seite. Er war auf Jobsuche, da er sich mit seiner Selbstständigkeit nicht wohlfühlte und lieber wieder angestellt arbeiten wollte. Das war natürlich Musik in meinen Ohren. Innerhalb kürzester Zeit besorgte er mir eine kleine Dreizimmerwohnung in der Rue Jacob, mitten in Saint Germain, die zwar ganz schön teuer ist, aber eben auch wunderschön. Er hatte alle Räume professionell fotografiert und mir die Bilder per Mail geschickt. Ich war begeistert. Meine Freude war noch größer, weil er in einem Hinterhaus in der Rue Bonaparte unsere zukünftigen Büroräume fand. Fünf Minuten von mir ins Studio. Kein Haken? Didier schickte mir sämtliche Verträge zu und ich prüfte sie, zusammen mit Coco. Es war kein Makel zu erkennen und so unterschrieben wir den Vertrag für unser Pariser Büro und ich den für mein neues Zuhause.

„Hat Matthias das neue Storyboard geschickt?"

Didier drückt mir die Blätter in die Hand, während er weiter ins Telefon bellt und um Gagen und Buyouts feilscht. Er verdreht die Augen, tippt sich an die Stirn und flüstert mir zu: „Madeleine wird mir allmählich zu gierig, über Brüssel kriegen wir Agnes um einiges billiger. Warte, ich sag's dir gleich."

Ich überlasse ihn seinem Lieblingssport von Verhandeln von Gagen und werfe einen Blick auf das Storyboard. Innerlich stöhne ich auf. Matthias entwickelt sich mehr und mehr zu einer Plage. Ständig überfällt er uns mit kurzfristigen Änderungen und neuen Wünschen. Manchmal habe ich so ein leises Gefühl, dass er das extra macht, nur um mich zu ärgern. Aber warum sollte er das tun?

„Gott sei Dank habe ich Lucien noch erwischt, um das Set umzubauen. Aber mal ehrlich, Matthias spinnt doch, oder? Es ist doch scheißegal, ob sich das Mädel auf dem Sofa räkelt oder in der Wanne. Wenn du meine Meinung hören willst, finde ich die Badewanne idiotisch und weniger sexy. Aber er ist der Boss. Nur die Schnellschüsse gehen mir ganz schön auf die Nerven."

„Mir genauso. Die Sprunghaftigkeit von ihm ist echt anstrengend. Ich schau mir mal das Set an und hoffe, dass Lucien das mit ein paar Handgriffen hinbekommt. Packt ihr es allein, die Wanne aus der Garage zu hieven?"

„Klar. Er müsste gleich hier sein."

„Prima. Um zehn möchte ich anfangen. Matthias landet um zehn. Das heißt, dass er zum Lunch hier sein wird. Ich habe uns für ein Uhr was von Fauchon bestellt. Also Break um eins und um zwei geht's weiter. Wie viele Mädchen haben wir heute? Zwanzig?"

„Achtzehn und morgen fünfzehn. Gehst du heute Abend mit Matthias essen?"

„Gott sei Dank heute mal nicht, Fritz konnte sich loseisen und kommt schon heute. Also bin ich verplant."

„Na, da wird aber der Herr Burger gar nicht happy sein. Weißt du, was ich glaube? Der steht auf dich."

„Quatsch. Das ist ja der größte Blödsinn, den ich höre. Wie kommst du denn darauf?"

„Das sagt mir mein feines Gespür. Da bin ich ganz sensibel eingestellt."

„Du spinnst. Ich wäre ja wohl die erste, die das feine Gespür hätte, und ich habe nichts bemerkt. Außerdem weiß er, dass ich mit Fritz zusammen bin."

„Na und? Als wenn das ein Hinderungsgrund wäre. Aber mal ernsthaft. Ich denke nicht, dass ich mich täusche. Wieso schwirrt er bei jedem Casting hier herum? Muss er doch nicht. Tut's aber. Nenne mir einen Kunden, der bei jedem Casting anwesend ist."

Ich überlege und schweige.

„Bitte. Also, immer noch skeptisch?"

In einem Punkt hat er Recht. Matthias fliegt für jeden Job hierher und das war auch schon in Wien so. Dennoch verwerfe ich Didiers Mutmaßungen sofort wieder, denn ich habe keinerlei Anzeichen wahrgenommen, dass er mehr als oberflächliche Freundschaft für mich empfindet. Dabei sind wir in meinen Augen nicht wirklich befreundet, sondern bekannt. Und nun ist er lediglich mein Auftraggeber.

„Pass einfach auf dich auf. So ganz geheuer ist mir dieser Typ nicht. Bei uns sagt man: nicht koscher."

„Stell' dir vor, das sagt man auch bei uns. Nun ist aber Schluss mit der Unkerei, wir haben noch anderes zu tun, wie zum Beispiel das Set umbauen."

Ob er es beabsichtigte oder nicht, auf alle Fälle hat Didier mir einen Floh ins Ohr gesetzt, der an mir nagt. Matthias ist tatsächlich oft in Paris, und meistens gehen wir abends gemeinsam essen. Ich reiße mich nicht darum, aber er ist mein Kunde und wird von mir als solcher behandelt. Von Anfang an habe ich Distanz zu ihm gehalten, auch wenn er Cocos Freund ist. Obwohl die alte Geschichte begraben ist, werde ich nicht wirklich warm mit ihm. Letztendlich finde ich es nur von Vorteil, kein allzu enges Verhältnis mit Kunden zu pflegen. Erfahrungen hatte ich zu Genüge und die waren nicht die besten. Die Klingel holt mich in die Realität zurück.

415

„Salut Lucien. Didier hat schon mal ein Schaumbad für euch eingelassen."

58

„Das duftet ja köstlich. Lass' mich raten. Scampis mit viel Knoblauch und Petersilie, kleine Ofenkartoffeln und Salat."

„Wie bist du nur darauf gekommen?", grinse ich und versetze Fritz einen zärtlichen Klaps.

„Du bist die beste Scampi-Köchin, die ich kenne und die beste Salat-Zauberin auch."

„Und du der größte Schmeichler und Wort-Createur."

Die Realität sieht so aus, dass meine Kochkünste nicht berauschend sind und sich meine Rezepte an einer Hand aufzählen lassen. Mittlerweile bin ich zwar auf den Geschmack gekommen und esse wirklich gern, aber mit dem Kochen hapert es noch gewaltig. Fritz dagegen ist ein fantastischer Koch. Bei ihm wirkt alles so einfach und lässig. Er kocht nie nach Rezept, sondern nach Gefühl. Aber natürlich freue ich mich über sein Lob, auch wenn ich es für übertrieben halte.

„Hast du dir meinen Vorschlag mit Kapstadt überlegt? Zwei Tage Locationcheck und dann hängen wir noch ein paar dran. Ein bisschen Urlaub würde dir auch mal gut tun, finde ich."

„Überlegt schon, aber unmöglich. Matthias hat mich dermaßen mit Arbeit eingedeckt, dass ich gar nicht weiß, wo mir der Kopf steht. Mir ist es schleierhaft, was er mit all den Castings macht. Die Auswahl reicht für mindestens zehn Spots. Jedes Mal tanzt er selbst an, guckt mir über die Schulter und selbst am Abend habe ich ihn noch am Hals. Ehrlich gesagt, nervt er mich. Didier meinte heute, dass er auf mich steht."

„Dem breche ich alle Knochen, wenn er dich anfasst."

„Das ist doch Blödsinn. Bis jetzt habe ich noch nichts davon gemerkt. Didier und seine Fantasie."

„Willst du meine Meinung hören? Ich fand diese ganze Paris-Geschichte von Anfang an etwas suspekt. Wie du schon sagtest, wozu so viele Castings und warum ist er immer dabei? Ist etwas seltsam, oder?"

„Davon hast du aber nie einen Ton verlauten lassen. Warum

hast du mir damals nicht gesagt, dass du es suspekt findest?"

„Na ja, ich habe auch die Chance für euer Studio gesehen und bemerkt, wie viel es Coco und dir bedeutet."

„Ich hätte mich gerne davon abhalten lassen. Begeistert war ich nicht, wie du dich vielleicht erinnerst. Wenn wirklich etwas dran sein sollte, an Didiers Vermutungen, werde ich mit Coco reden und den Vertrag mit Matthias kündigen. Ich habe keine Lust auf irgendwelche Spielchen. Entweder wurschtele ich mich allein mit Didier durch, oder ich komme zurück nach Wien. So einfach ist das."

„Oder ich eröffne Mosquito Productions Paris."

„Ernsthaft?"

„Warum nicht. Es gibt für alles eine Lösung. Die Hauptsache ist, dass du am dreiundzwanzigsten April von mir gebucht bist und für weitere zwei Wochen in Venedig, Rom und Capri."

Wärme durchströmt meinen Körper. Überwältigt von meinen Gefühlen umarme ich Fritz, mit meinem öltriefenden Kochlöffel in der Hand und schluchze in sein Hemd. In diesem Moment frage ich mich, wie so oft, wie ich es so lange Zeit mit mir aushalten konnte. Ich fühle mich im wahrsten Sinne wie neu geboren und mag diese neue Helena sehr. Die Last, die ich ewig mit mir herum getragen hatte ist einer lebendigen Leichtigkeit gewichen. Jeden Morgen wache ich mit Lust auf und freue mich auf den Tag, ganz egal, was er für mich bereithält. Das Leben ist einfach schön, und mit Fritz noch viel schöner. Vor zwei Wochen hat er mir, mitten auf der Pont Neuf, einen Heiratsantrag gemacht. Eng umschlungen standen wir unter einer Laterne und schauten auf die Seine, in der sich der Mond spiegelte. Er fragte mich, was wohl noch mehr glitzern würde, als der Mond und öffnete eine kleine türkisfarbene Schachtel. Noch heute bekomme ich eine Gänsehaut, wenn ich an diesen Augenblick denke. Mit den Worten ‚Willst du meine Frau werden'? steckte Fritz mir einen zarten Goldring mit einem perlengroßen Diamant an den Finger, ohne meine Antwort abzuwarten. Denn nach unserer Aussprache in Wien wusste er ohnehin, dass ich Ja sagen würde. Und wie ich Ja sagte. Lachend und heulend zugleich.

„Schlechtes Timing, wo ich mich endlich an Schmidt gewöhnt habe und mich nicht mehr schäme. Eigentlich wollte ich das noch etwas auskosten. Oder was hältst du von Schmidt-Plachy?"

„Kein Problem. Ich wünsche mir nur ein Ja, sonst nichts. So genügsam bin ich."

„Du weißt schon, auf was du dich da einlässt? Du heiratest eine hochverschuldete Frau mit Geheimnissen."

Noch in der Nacht, nach seinem Antrag, hatte ich ihm meine Schulden gebeichtet. Doch verriet ich ihm nur die halbe Wahrheit, denn meine Vergangenheit als Diebin verschwieg ich. Meine Scham war zu groß. Vielleicht erzähle ich es ihm irgendwann einmal. Wenn ich soweit bin. Ich muss ja nichts überstürzen.

„Meine geheimnisvolle Helena. Ich denke, solange wir uns vertrauen und einander nicht belügen, darf jeder seine kleinen Geheimnisse behalten. Und so wie ich meine Mutter kenne, wird sie bei nächster Gelegenheit all meine verborgenen Schandtaten ausplaudern, so dass ich für dich wie ein offenes Buch sein werde."

Mit einem Mal habe ich ein schlechtes Gewissen. Ich bin kurz davor, wieder in meine Falle zu tappen und mein zukünftiges Leben auf einer Lüge aufzubauen. Wird das gutgehen? Plötzlich finde ich es unerträglich heiß in meiner Küche. Hektisch springe ich vom Stuhl hoch, reiße das Fenster auf und atme gierig die frische Nachtluft ein.

„Hast du irgendwas?"

Warum ist es nur so schwer, die Wahrheit zu sagen? Ich habe Angst, Fritz könnte so entsetzt sein, dass er mich nicht mehr heiraten will. Vielleicht wird er wütend sein oder, was noch viel schlimmer wäre, mich verachten und schnurstracks, ohne sich umzudrehen, zur Tür hinaus marschieren. Fritz ist aufgestanden und dicht hinter mir. Ich spüre seinen Atem im Nacken und habe das heftige Bedürfnis mich nur an seine Brust zu lehnen und alle Probleme würden sich von allein lösen.

„Was ist los?"

Langsam drehe ich mich um und wage kaum, ihm in die Augen zu schauen.

„Es gibt etwas, was ich dir sagen muss."

Ich sehe das kurze erschreckte Aufflackern in seinen Augen und es schnürt mit die Kehle zusammen.

„Ich höre."

Bilde ich mir das ein, oder ist seine Stimme mit einem Mal kühler als vorher? Spüre ich eine eingetretene Distanz zwischen uns? Mein Herz pocht und mein Mund wird ganz trocken. Unsicher und zittrig schlängele ich mich an ihm vorbei, um ein Glas Wasser zu trinken. Ich will Zeit schinden und wäre am liebsten an meinem Wasserglas hängen geblieben, um nicht sprechen zu müssen. Es kostet mich eine ungeheure Überwindung, endlich den Mund aufzumachen. Ich zwinge mich, ihm in die Augen zu schauen und räuspere mich länger als nötig.

„Du hast gerade eben von Vertrauen gesprochen, und dass wir einander nicht belügen…"

Fritz argwöhnischer Blick lässt mich stocken.

„Guck' mich nicht so an. Es fällt mir schon schwer genug, meine Missetaten zu beichten."

Doch es stimmt nicht. Überrascht stelle ich fest, dass die bleierne Schwere verschwunden ist. Mein Herz hat seinen normalen Rhythmus gefunden und mein Selbstwertgefühl hat die Oberhand erlangt.

„Für mich ist es wichtig, dass du all die unschönen Dinge aus meiner Vergangenheit kennst. Nicht nur meine Kindheitsgeschichte und die Depression, die nur ein Teil vom Ganzen war. Auch wenn es dich eventuell erschreckt, finde ich es richtig, weil du mir wichtig bist."

In einem langen Monolog schildere ich ihm mein Leben als Diebin und pathologische Lügnerin und verschone ihn nicht mit Details. Die Anzahl meiner Männer reduziere ich vorsichtshalber auf ein Drittel und betrachte die Maßnahme nicht als Lüge, sondern als Rücksichtnahme auf seine Gefühle. Adam kannte er zwar bereits aus meinen Erzählungen, aber ich hatte ihm verschwiegen, dass ich Roman betrogen hatte und auf welche Art und Weise ich mich von ihm trennte und schließlich aus Paris floh. So, nun ist es raus. Erleichtert beende ich mein Sündenbekenntnis und fühle mich wie von einer schweren Last befreit.

„Nun kennst du auch meine schlimmste Arschlochseite, die einfach zu mir gehört. Und lass' mich eins zum Schluss sagen: Ich schäme mich dafür und bin wahrhaftig nicht stolz darauf, aber ich bin ausgesprochen stolz, auch wenn du es vielleicht nicht verstehst, dass ich den Mut habe, dir die Wahrheit zu sagen."

Wortlos nimmt Fritz mich in die Arme. Lange Zeit stehen wir eng umschlungen mitten im Zimmer. Von draußen dringt der übliche Straßenlärm herein. Ein paar Vögel stimmen ein zänkisches Gezwitscher an. Die Mutter von nebenan schreit vom Balkon mit schriller Stimme nach ihrem Kind. Wie ich diese Geräusche liebe.

„Doch, das verstehe ich sehr gut und ich habe dir deutlich angesehen, welche Überwindung es für dich war. Ich bin dir sehr, sehr dankbar für deine Offenheit und liebe dich umso mehr dafür. Ich bin auch sehr stolz auf dich, wenn ich darf und es ehrt mich, dich zur Frau zu bekommen."

„Wow."

Nun bin ich doch etwas verlegen und weiß nicht recht, was ich sagen soll.

„Mich gelüstet nach einem Glas Champagner. Was ist mit dir?"

„Eine prima Idee. Es gibt ja auch allen Grund, auf uns anzustoßen. Hast du noch eine Flasche hier oder möchtest du lieber aushäusig feiern?"

„Ich habe immer noch den rosa Veuve Cliquot von der Studioeinweihung im Kühlschrank. Mach' ihn bitte schon mal auf, ich verschwinde kurz ins Bad."

Als ich mein Spiegelbild sehe, bin ich aufs Neue erstaunt wie sehr ich mich verändert habe. Irgendwann, ich glaube, es war an meinem Geburtstag, sagte Cho zu mir, dass mein Gesicht leuchten würde. Damals hatte ich nicht verstanden, was sie meinte. Heute sehe ich es.

„Auf unsere Gegenwart und Zukunft."

„Und auf Brill. Ohne ihn würden wir nicht hier stehen."

59

Paris kann richtig eklig sein, wenn es regnet. Rücksichtslos rennen die Leute durch die Gegend, nur darauf fokussiert, endlich ins Trockene zu kommen. Gnadenlos preschen die Autos durch Pfützen, so dass das gestaute Wasser im Rinnstein in die Höhe spritzt. Auf meinem Weg ins Marly wurde ich mit allem konfrontiert was die Stadt bei diesem frühherbstlichen Sauwetter zu bieten hat. Erst hackt mir eine kleine Frau mit ihrem viel zu großen Schirm fast ein Auge aus, und als ich glücklich ein freies Taxi erwische, rauscht so ein Idiot noch vor mir durch eine Pfütze und besudelt meinen frisch gereinigten Kaschmirmantel. Wütend renne ich dem Auto hinterher und haue mit meiner flachen Hand auf die Kofferraumtür. Mit Genugtuung sehe ich, dass der Fahrer vor Schreck einen Satz an die Decke macht und sich den Kopf anstößt. Noch ehe er mich bemerkt, bin ich im Taxi verschwunden. Der Fahrer hebt anerkennend seinen Daumen und grinst mich verschwörerisch an. Ich grinse befriedigt zurück. Doch die kindische Freude über dieses kleine Erlebnis hält nicht lange an und mein beklommenes Gefühl kehrt zurück. Ist es der Weg zum Schafott? Angesichts meines bevorstehenden Treffens mit Severine und Flora fängt mein Magen an, empfindlich zu rebellieren. Ich weiß, dass ich mir den Stress selbst eingebrockt habe, weil ich die Konfrontation mit meinen Freundinnen immer wieder aufgeschoben hatte. Schließlich hatte ich beiden, feige, wie ich mitunter bin, eine Mail geschrieben und um ein Treffen im Marly gebeten. Die Antworten fielen knapp aus, aber sie sagten zu. Immerhin hatte ich keine Absage erhalten. Das Taxi hält an und ich zahle mit einem großzügigen Trinkgeld.

In weiser Voraussicht habe ich einen Tisch reserviert, weil ich weiß, dass das Marly meistens bis zum letzten Tisch besetzt ist. Der Kellner führt mich zu einem der hinteren Tische, so dass ich den Eingang im Blickfeld habe. Ich bestelle einen

Kamillentee, weil Kaffee mich noch nervöser machen würde. Wie werden sie reagieren? Mir gehen alle möglichen Szenarien durch den Kopf, was dazu führt, dass ich noch angespannter bin, als zuvor. Ich erhasche einen Blick auf die Uhr meiner Nachbarin und sehe, dass es schon zehn nach fünf ist. Wo bleiben sie denn? Wollen sie mich noch länger auf die Folter spannen? Ungeduldig rühre ich Zucker in meinen Tee, so dass er über den Rand schwappt und sich eine Pfütze auf der Untertasse bildet. Schützend, damit kein Tropfen meinen Mantel noch mehr versaut, halte ich meine Hand unter die Tasse und trinke einen Schluck. Prompt verbrenne ich mir die Zunge. Was für ein beschissener Tag, denke ich wehleidig und würde nur zu gerne abhauen. In dem Moment sehe ich Severine und Flora einträchtig durch die Tür spazieren. Erschrocken rutsche ich tiefer in den Sessel und hätte um ein Haar die Tasse fallen lassen. Und dann geschieht etwas, was ich niemals für möglich gehalten hätte. Sie winken und lächeln mir zu. Mit einem purzelbaumschlagenden Herz springe ich auf und eile den beiden entgegen. Einen Moment später liegen wir uns in den Armen. Mir strömen die Tränen übers Gesicht und es ist mir völlig egal, was die Leute um uns herum denken. Ich bin tief gerührt, aber auch so erleichtert, dass sich meine Schleusen von ganz allein öffnen. Immer wieder muss ich sie umarmen, bis Severine pragmatisch meint, ob wir es uns nicht gemütlich machen wollen. Hand in Hand, wie kleine Mädchen, begeben wir uns zu unserem Tisch und bestellen bei unserem wartenden Ober eine Flasche Champagner. Inzwischen haben wir uns einigermaßen beruhigt und Severine ergreift das Wort.

„Wo hast du denn nur die ganze Zeit gesteckt? Du verschwindest, wie vom Erdboden verschluckt und kein Mensch weiß, was passiert ist geschweige denn, wo du bist. Weißt du eigentlich, was du hier für einen Wirbel veranstaltet hast? Wir dachten sogar kurz…"

„Ja wirklich, ich sagte noch zu Severine, ob du dir vielleicht etwas angetan hast, weil du so komisch warst in der letzten Zeit. Gereizt und irgendwie nicht du selbst. Als Roman dann anrief, übrigens wahnsinnig wütend, und mich fragte, ob ich wüsste, wo du steckst, weil du ihm Geld geklaut hast, war mir klar, dass du abgehauen bist. Aber weshalb? Warum hast du dich nicht bei mir gemeldet?"

„Oder bei mir? Ehrlich gesagt, war ich ganz schön sauer auf dich, weil du dich so heimlich verdrückt hast, ohne jemandem Bescheid zu geben oder…"

„Ich war auch ziemlich stinkig, aber noch mehr enttäuscht, weil ich dachte, dass wir Freundinnen sind und einander vertrauen. Und dann verdrückst du dich bei Nacht und Nebel, um heute wie Phönix aus der Asche zu steigen."

„Mit dem Vergleich hast du den Nagel auf den Kopf getroffen. Ich bin Phönix."

Fast komme ich mir wie Scheherazade vor, die ihre Geschichte vorträgt, bevor ihr, bei Nichtgefallen, der Kopf abgeschlagen wird. Also schaue ich in die erwartungsvollen Augen meiner Freundinnen und hoffe, dass sie mich nicht köpfen werden. Manchmal, während meiner Schilderung, merke ich, dass mir die Wahrheit doch nicht so leicht über die Lippen fließt und ich mich überwinden muss, die Beschönigungen sofort zu eliminieren. Ab und zu stehe ich neben mir und höre mich reden und denke dann, was für ein Kotzbrocken ich gewesen war. Doch Severine und Flora sind gekommen, also schimmert vielleicht ein bisschen Gutmensch durch meine Schale.

„Es tut mir aufrichtig leid, dass ich mich nie bei euch gemeldet habe und ich hoffe, dass ihr mir das verzeihen könnt. Oft hatte ich daran gedacht, aber nicht gewusst, was ich sagen sollte. Also hatte ich es wieder und wieder aufgeschoben, bis irgendwann der Berg von Schuldgefühlen so hoch war, dass ich es lieber sein ließ. Ich hatte einfach Schiss vor euch. Kindisch, oder? Tja, es hat lange gedauert, bis ich erwachsen geworden bin."

Der letzte Satz kommt mir plötzlich abgedroschen, fast oberflächlich vor. Er fühlt sich nicht richtig an, und ich weiß nicht, warum er mir herausgerutscht ist. Das laute Schweigen bestätigt mein Empfinden und die anfangs gute Stimmung scheint zu kippen. Severine ist die erste, die spricht und sie klingt verärgert, was ich ihr nicht verübeln kann. Außerdem stehen noch die gestohlenen eintausendsiebenhundert Euro zwischen uns, die ich in meiner Beichte nicht erwähnt hatte. Habe ich wirklich geglaubt, mich mit der Erklärung für mein Verhalten und mein Verschwinden so einfach von meinen Schandtaten reinwaschen zu können? Mir ist bewusst, dass noch längst nicht alles gesagt ist, und ich um eine Aussprache nicht herumkomme. Aber nicht hier und jetzt. In meiner Fantasie sehe ich Brills wackelnden Kopf und seinen auffordernden Blick.

Mir kann nichts passieren.

Natürlich weiß ich, dass mir nichts passieren kann. Severine wird sicherlich nicht ihr Schweizer Messer, das sie immer mit sich trägt, zücken und mich erstechen. Auch kann ich mir nicht vorstellen, dass sie aufspringt, um mich zu verprügeln oder mich mit ihren High Heels attackiert. Aber ich will mich nicht vor Flora als Diebin outen.

„Trotzdem verstehe ich nicht, weshalb du dich nie gemeldet hast."

Severine ist gekränkt. Das kann ich ihr nicht verübeln. Aber warum dann diese Wiedersehensfreude? War das nur gespielt?

„Freust du dich nicht, dass ich wieder hier bin?"

Zack. So flott rutsche ich in meine alten Muster. Ehe ich mich versehe, bin ich beleidigt und hechle nach Zuneigung. Die alte Angst der Zurückweisung sitzt mir im Nacken.

„Natürlich freue ich mich, aber mich interessiert eben das Warum. Warum du nie ein Lebenszeichen von dir gegeben hast. Das ist doch nicht zu viel verlangt. Flora und ich haben uns wahnsinnige Sorgen gemacht. Verstehst du das nicht? Wir dachten sogar..."

„Doch, natürlich. Entschuldige, dass ich eben so schroff reagiert habe. Ich kann es noch nicht einmal plausibel erklären und ich will auch Adam nicht die Schuld in die Schuhe schieben. Die lag schon bei mir. Ab dem Zeitpunkt, als ich Adam kennenlernte, war mir alles und jeder egal. Nenne es Abhängigkeit, Hörigkeit oder Sucht. Ich war blind und taub gegenüber meiner Umwelt. Damals wäre ich mit ihm überall hingegangen. Als ich endlich aufwachte, hatte ich das Gefühl, dass mein Leben nichts mehr wert ist. Letztendlich war es ein schleichender Prozess über Jahre und ich stand vor der Entscheidung, ob ich mich umbringe oder mein Leben ändere. Ich hatte Glück, dass Coco da war, obwohl ich auch sie verletzt hatte. Aber sie gab mir noch eine zweite Chance und stellte mich vor die Wahl: Therapie oder raus aus dem Job. Während der Therapiezeit wollte ich keinen Kontakt zu meinem alten Leben. Und da gehört ihr nun Mal dazu. Ich kann es nachvollziehen, wenn ihr deshalb gekränkt seid. Es tut mir wirklich leid. Vielleicht gebt ihr mir auch eine zweite Chance. Das würde mich glücklich machen."

Ich merke, dass meine Augen feucht werden und gleich Tränen kullern, als Severine meine Hand nimmt und sagt:

„Kriegst du."

Flora sagt gar nichts und starrt schon eine ganze Weile auf den Boden. Abwesend und in sich gekehrt malträtieren ihre nervösen Hände die ehemals blütenweiße Serviette, bis sie nur noch ein faltiges, unansehnliches Knäuel ist.

„Flora? Was ist mit dir?"

Besorgt nehme ich ihr die Serviette aus der Hand und versuche einen Blickkontakt herzustellen. Erschrocken weiche ich zurück, als ihre Augen meine treffen. Noch nie hatte ich Flora in solch einem Zustand gesehen. Selbst damals nicht, als sie mir erzählte, dass Thierry schwul ist. Qual ist das Wort, das mir sofort einfällt. Es ist, als ob ihre gesamte Energie verpufft sei. Wie ein Häufchen Elend sitzt sie mir gegenüber und traut sich kaum, mich anzusehen.

„Was ist passiert, Flora? Vorhin war doch noch alles in Ordnung. Ich kann mir nicht vorstellen, dass Hel dich so aus dem Konzept gebracht hat. Oder?"

Auch Severine ist sichtlich betroffen. Gemeinsam reden wir auf sie ein, uns endlich zu sagen, was sie auf einmal so umgehauen hat.

„Du hattest recht damals."

Der Satz kommt stockend und fast geflüstert über ihre

Lippen, aber ich weiß sofort, was sie meint. Ich nicke nur und gebe ihr stumm zu verstehen, dass sie ruhig weitersprechen soll. Die Affäre ist für mich nicht mehr wichtig. Das gehört der Vergangenheit an.

„Er tauchte eines Tages in meiner Galerie auf. Es regnete und er war völlig durchnässt. Er stand an der Tür, blickte mich an und wuschelte mit seinen Händen durchs Haar, dass die Tropfen nur so spritzen. Ich weiß nicht, wie ich es beschreiben soll, aber er war wie eine Fata Morgana und ich hatte das Gefühl, als ob ein Stromschlag durch meinen Körper fährt. Seine Erscheinung, selbst pitschnass, strahlte eine ungeheure Anziehungskraft aus und ich war hin und weg. Total fasziniert. Das ist mir noch nie passiert. Nachdem ich mich von meinem Schock erholt hatte, gab ich ihm ein Handtuch und kochte Tee. Naja, ich will euch nicht mit Details langweilen. Kurzum, Gideon war für mich mehr als nur ein Seitensprung, und wir trafen uns immer im Georges V, wo du mich auch gesehen hattest. Da war ich übrigens zu Tode erschrocken, wie du dir denken kannst. Und dann war er mit einem Mal verschwunden. Wie vom Erdboden verschluckt. Für mich brach eine Welt zusammen, denn ich hatte mich verliebt, wie ich mich noch nie verliebt hatte. Es war schrecklich, weil ich nichts von ihm wusste. Weder seinen Nachnamen, noch seine Adresse. Nichts. Mein Gott, war ich naiv und bescheuert. Ich hatte tatsächlich alles geglaubt, was er mir beteuerte. Er war so einfühlsam und hatte die gleichen Interessen wie ich. Er wusste genau, welchen Knopf er drücken musste, damit ich schnurre wie ein Kätzchen. Ich schäme mich so sehr. Wie konnte ich nur so blind und taub sein?"

„Du hast natürlich das Hotel bezahlt."

Das meine ich nicht boshaft oder hämisch, sondern weil es mich interessiert, ob Adam-Gideon auch bei Flora das gleiche Muster an den Tag legt.

„Ja. Das erste Mal sagte er, dass die Überweisungen von Ungarn nach Frankreich immer lange unterwegs sind. Dann hatte er seine Brieftasche vergessen und irgendwann war es selbstverständlich, dass ich zahlte. Was ich bis heute nicht verstehe, ist, dass ich nie argwöhnisch wurde. Aber wahrscheinlich wollte ich nur nicht hinschauen. Wie gesagt, ich hatte Scheuklappen auf. Trotzdem war es schlimm für mich, als er verschwand. Ich weiß nicht, ob ihr das versteht, aber bei ihm fühlte ich mich irgendwie lebendig und begehrt. Das Gefühl hatte ich lange Zeit nicht. Tja, und dann das Outing von Thierry. Ein Schock jagte den nächsten."

„Er scheint auf jeden Fall eine Vorliebe für biblische Namen zu haben. Die Tussi im Hotel nannte ihn Noah. Und wisst ihr, wie er in Wirklichkeit heißt? Man glaubt es kaum. Adolf Wegleithner. Bei dem Namen hat man fast Verständnis für seine Umtaufe. Jetzt schmort er erst mal für eine Weile bei Wasser und Brot."

„Seid froh, dass ihr den los seid, meine Lieben."

„Es gibt noch etwas, das ich euch sagen möchte."

Severine stupst Flora verschwörerisch in die Seite und rollt grinsend mit den Augen.

„Na, noch schlimmer kann's nicht kommen. Oder etwa doch?"

Mir wird plötzlich ganz warm, als ich meine beiden Freudinnen betrachte, die mich voller Erwartung anschauen. So fühlt sich Glück an. Und ich wünsche mir nichts sehnlicher, als sie an meinem Glück teilhaben zu lassen.

„Schau sie dir an, unsere Geheimniskrämerin. Du hast dich wirklich total verändert, Chérie. Wann lernen wir denn deinen Fritz kennen? Ich bin wahnsinnig gespannt auf den Mann, der dich heiraten will."

„Wie darf ich das denn verstehen?"

„Das ich neugierig bin."

„Ok. In meinen Ohren klang es so, als ob du dich wunderst, dass ich überhaupt einen abkriege."

„Sorry, so habe ich es nicht gemeint. Obwohl ich mir nie vorstellen konnte, dass du mal heiratest. Aber ich freue mich wirklich für dich. Apropos, ich habe gehört, dass Roman geheiratet hat und nach Biarritz gezogen ist."

Das versetzt mir nun doch einen kleinen Stich, aber eben nur einen ganz kleinen.

„Wie schön. Ich hoffe, dass er die Richtige gefunden hat. Häuslicher als ich. Entschuldige, das ist gemein von mir. Ich gönne es ihm wirklich von Herzen. Ehrlich. Mit uns hätte es sowieso nicht auf Dauer geklappt."

„Eben. Den Mann deiner Träume hast du ja nun gefunden."

„Nächsten Samstag gebe ich übrigens ein kleines Essen im engen Kreis. Mit Fritz. Du kommst sicherlich mit Marc. Und du, Flora? Gibt es da jemanden?"

„Nicht wirklich. Momentan genieße ich mein Singledasein. Noelle ist zwar genervt, weil ich immer zuhause bin, aber mir gefällt's. Ich komme solo."

60

„Mir hast du noch nie die Ehre erwiesen und mich zu dir nach Hause eingeladen. Bin ich es vielleicht nicht wert. Gehöre ich nicht zu den Erlesenen, denen du deine Gunst schenkst."

„Du bis betrunken, Matthias, und außerdem trenne ich geschäftlich und privat. Und meine Wohnung ist ganz entschieden privat. Ich rufe dir ein Taxi, das dich zum Hotel bringt."

Wäre ich doch nur zuhause geblieben, wie ich es vorhatte. Hätte ich nur nicht auf sein aufdringliches Betteln gehört, dem ich schließlich genervt nachgegeben hatte. Wäre ich nur nicht so bequem und unschlüssig gewesen. Hätte ich doch nur auf mein Gefühl gehört.

„Ich will nicht ins Hotel, meine süße Helena und ich lasse mich schon gar nicht wegschicken, wie einen lästigen Hund."

Linkisch grapscht er nach meinem Schlüssel und lallt mir ins Ohr:

„Heute Abend bist du fällig."

Erschrocken starre ich ihn an. Matthias, sonst stets adrett wie aus dem Ei gepellt, steht schwankend vor mir. Seine Gelfrisur ist derangiert und fettig hängen ihm die Haare ins Gesicht. Angeekelt von seiner penetranten Art und dem säuerlichen Atem, der fast einen Brechreiz bei mir auslöst, stoße ich ihn zur Seite und zische:

„Mach' dich nicht lächerlich und fahre ins Hotel. Du musst ins Bett und erst einmal deinen Rausch ausschlafen."

„So, du findest mich lächerlich? Wer bezahlt denn deine hübsche Wohnung und deine Designer-Fetzen? WER? Der liebe Gott oder ich? Was hast du dir denn Geiles für mich gekauft? Lass' mal sehen."

Schwerfällig presst er mich mit seinem Körper an die Haustür, so dass ich seinen steifen Schwanz spüre und greift mir brutal zwischen die Beine. Speichel glänzt auf seinen Lippen. Angewidert drehe ich meinen Kopf zur Seite, um seinem Mund auszuweichen.

„Meinst du, ich lass' mich für dumm verkaufen. Glaubst du etwa, ich hab dir aus lauter Nächstenliebe das Studio gekauft oder weil du deinen Job so großartig machst? Falsch, meine Liebe. Hast mich schon lange genug zappeln lassen. Jetzt hat es sich ausgezappelt."

Boshaft guckt er mich an.

„Tu doch nicht so unschuldig. Du willst es doch auch."

Seine Hände zerren grob an meinem Slip, und für einen kurzen Moment löst sich sein Körper von mir. Diesen Augenblick nutze ich, um ihm mit aller Kraft mein Knie in den Schritt zu rammen.

„Du widerliches Arschloch. Hoffentlich hab ich deine Eier zerquetscht."

Mit einem Aufjaulen torkelt er zurück, stolpert über seine eigenen Beine und stürzt auf den Bürgersteig. Ohne ihn eines Blickes zu würdigen, hebe ich hektisch den Schlüsselbund auf und schaffe es, trotz meiner zittrigen Finger, die Tür aufzuschließen. Mein Herz rast immer noch, als ich die Tür zuknalle und die Treppe rauf in meine Wohnung hetze. Drinnen schiebe ich sämtliche Riegel vor. Völlig erschöpft und aufgewühlt lasse ich mich auf die Couch fallen und suche nach einer Erklärung für das, was gerade passiert ist. Analytisch geschult, suche ich nach meinem Anteil dieses Fiaskos. Hatte ich Signale übersehen oder nicht sehen wollen? Dieser Widerling. Noch im Nachhinein schüttelt es mich vor Ekel. Wie konnte es nur so weit kommen? Hatte ich Matthias brüskiert, verletzt oder beleidigt? Eigentlich hatte ich vermutet, dass er eventuell schwul ist, weil ich ihn nie mit einer Frau gesehen hatte. Auch sein perfektes, fast dandyhaftes Äußeres wirkte auf mich eher so, als würde er sich entweder nur für sich selbst oder eben für Männer interessieren. Seine Anhänglichkeit hatte ich, naiver Weise, darauf zurückgeführt, dass er unterhalten werden wollte, wenn er in Paris ist. Didier hatte wohl doch den richtigen Riecher. Noch heute Nachmittag hatte er mich gewarnt.

Wir hatten ein schwieriges Casting, weil die Mädchen sich, bis auf einen String, ausziehen mussten und einige von ihrer Agentur darüber nicht informiert wurden. Matthias Favoritin war besonders heikel und weigerte sich, fast nackt in die Wanne zu steigen. Mit Engelszungen redete ich auf sie ein, versicherte ihr, dass man später im Spot ihre Brüste nicht sehen würde, wohl aber ihren nackten Rücken. Es half alles nichts, bis ich schließlich Matthias bat, das Studio zu verlassen. Leider verstand er die prekäre Situation nicht und nahm es persönlich. Zweimal musste ich ihn auffordern, bis er beleidigt und unter Murren hinausging. Didier durfte bleiben. Das brachte das Fass zum Überlaufen. So wütend hatte ich Matthias, abgesehen von seinem sarkastischen Auftritt bei Monique, noch nie erlebt. Nachdem wir unser Casting beendet hatten, machte er mich regelrecht zur Schnecke. Didier verzog sich in den Schneideraum. Er warf mir an den Kopf, ihn vor dem Model wie einen ungezogenen Jungen behandelt zu haben. Immer wieder pochte er auf seinen Status als Kunde, den ich nicht respektieren würde. Ich versuchte ihm zu erklären, dass in solch einem Fall für mich das Ergebnis Priorität hat und ich deshalb keine Rücksicht auf gekränkte Eitelkeiten nehmen würde. Mir ging dieses unnötige Wortgefecht wahnsinnig auf die Nerven. Außerdem war ich enttäuscht, weil Fritz überraschend nach Nizza fliegen musste. Nur mit Mühe hatte ich die letzten Karten für das Ballett ‚Manon' ergattert und hatte nun keine Lust mehr, allein hinzugehen. Es wäre unser erster Opernbesuch gewesen. Dafür machte ich Severine und Marc eine Freude. Nur um die Wogen zu glätten, versprach ich Matthias, ihn zu einem Jazzkonzert zu begleiten. Ein fataler Fehler, wie sich später herausstellte.

Wir aßen bei Bruno in der Rue de Lappe, weil der Jazzclub erst um zehn Uhr öffnete.
Er bestellte sich sofort einen Aperitif und war beim Hauptgericht bereits bei seinem dritten Glas Wein angelangt. Als ich ihn vorsichtig darauf hinwies, dass es sich um einen ziemlich schweren Bordeaux handelt, fegte er meinen Rat in

den Wind und meinte, ich sei neunmalklug. Letztendlich sei er einer der größten Weinkenner vor dem Herrn und könne einiges vertragen. Ich war besorgt und hoffte inständig, dass er sich etwas zügeln würde. Doch er trank weiter und nahm sogar noch einen Digestiv. Ich dagegen nippte die ganze Zeit an einem Glas Muscadet. Unser Gespräch schleppte sich, wie meistens dahin und ich bereute meinen Entschluss mit ihm auszugehen. Tatsächlich schwankte er kein bisschen, stellte ich überrascht fest, als wir vor dem Restaurant auf das Taxi warteten. Im Wagen rückte er mir ziemlich auf die Pelle. Ständig berührte er beim Reden meinen Arm oder legte seine Hand auf meinen Schenkel, was mir furchtbar unangenehm war. Ich war heilfroh, als das Taxi hielt und ich aussteigen konnte. Sehnsuchtsvoll dachte ich an meine gemütliche Wohnung, als wir den verräucherten Club betraten. Es war laut, stickig und rappelvoll. Meine Laune sank auf den Tiefpunkt, zumal ich Jazz nicht ausstehen kann. Matthias steuerte sofort auf die Bar zu. Am liebsten hätte ich diesen Moment genutzt um heimlich zu verschwinden. Doch ich blieb. Zwei sich ausdehnende Stunden, in denen Matthias immer betrunkener und immer aufdringlicher wurde. Wie Pattex klebte er an meiner Seite, brüllte mir ständig ins Ohr, wie großartig die Band sei, und dass Paris die aufregendste Stadt sei. Irgendwann war es aus mit meiner Höflichkeit und Kundenfreundlichkeit. Ich wollte nur noch nach Hause. In diesem Augenblick war es mir egal, ob er unseren Vertrag kündigen würde oder sich bei Coco beschweren würde. Ich war angeekelt von seiner Aufdringlichkeit, seiner Nähe und seinen unaufhörlichen Berührungen und sehnte mich nach einer Dusche. Insgeheim hatte ich gehofft, dass Matthias bleiben würde, doch er stimmte mir sofort bereitwillig zu, dass es Zeit wäre, zu gehen. Hätte ich stutzig werden sollen? Als ich das erste Taxi anhielt, um ihn ins Hotel verfrachten zu lassen, beharrte er darauf, erst mich nach Hause zu bringen. Widerwillig ließ ich es zu, obwohl eine innere Stimme mich warnte. Hätte ich nur auf mein Gefühl gehört.

Noch immer etwas zittrig stehe ich auf und gehe zum Fenster. Halb verborgen hinter dem Vorhang linse ich auf die Straße. Matthias lehnt gekrümmt am Kotflügel eines Autos und starrt zu mir hoch. Schnell ziehe ich die Vorhänge zu und rufe Fritz an. Doch ich erwische nur seine Mailbox. Ruhelos tigere ich durch meine Wohnung und überlege, wen ich aus dem Bett klingeln könnte. Coco muss wissen, was passiert ist, denn die eventuellen Folgen betreffen uns beide. Es klingelt lange, bis sich Gabors verschlafene Stimme meldet. Als sei es das Selbstverständlichste der Welt, dass ich die nächtliche Ruhe störe, ruft er sofort Coco an den Apparat.

„Was ist passiert?"

Das ist Coco. Nie reagiert sie hysterisch oder aufgeregt, sondern kommt immer gleich auf den Punkt. So auch ich. Ohne allzu weit auszuholen, erzähle ich ihr die ganze Geschichte bis zu meinem Volltreffer zwischen die Beine.

„Du verstehst bestimmt, dass ich nicht weiter für ihn arbeiten werde. Das morgige Casting wird gecancelt und Matthias hat ab sofort keinen Zutritt mehr ins Studio. Tut mir leid, dass ich dich geweckt habe, aber ich finde es wichtig, dass du Bescheid weißt. Matthias ist schließlich dein Freund und wird dich mit Sicherheit gleich anrufen. Und, Coco, ganz egal, wie seine Version ausfällt und ganz egal, wie du darüber denkst, für mich ist die Zusammenarbeit mit ihm beendet."

„Wie geht es dir jetzt? Hat er dir wehgetan?"

„Es geht mir gut. Ich werde ein paar blaue Flecken kriegen, aber das ist auch alles. Ihn hat's schlimmer erwischt. Kann sein, dass du seine Stimme nicht mehr erkennst."

Bei der Vorstellung müssen wir beide kichern.

„Natürlich stehe ich auf deiner Seite. Hauptsache ist, dass dir nicht mehr passiert ist. Soll ich nach Paris kommen?"

„Das ist ganz lieb von dir, aber ich schaffe das schon allein. Außerdem habe ich Unterstützung von Didier. Wir werden auch ohne Matthias überleben. Das wird nicht das Ende sein."

„Wirst du finanziell über die Runden kommen?"

„Sag ich doch. Wir sind ein Spitzenteam und werden andere Aufträge an Land ziehen. Anfragen gab es schon genug, aber unser Hauptkunde hat uns zu sehr in Beschlag genommen. Nun sind wir offen für Veränderungen, oder?"

„Genau. Es steht mir vielleicht nicht zu, aber ich bin stolz auf dich."

„Darfst du. Ich bin es auch. Und nun geh' wieder ins Bett und träume was Schönes."

„Ich drück' dich und wünsche dir eine entspannte Nacht. Halt die Ohren steif."

61

Mit einem Schlag bin ich hellwach. Irgendetwas hat mich geweckt. Angestrengt lausche ich in die Dunkelheit, doch außer einer weitentfernten Autoalarmanlage, ist nichts zu hören. Ich könnte schwören, dass ich jemanden weinen hörte. Vermischt mit einer leisen Zither-Melodie. Es klang furchtbar traurig. Ich knipse die Nachttischlampe an und stehe auf. Vielleicht hat ja das Nachbarskind geweint oder eine Frau, die soeben entdeckt hat, dass ihr Mann sie betrügt. Etwas irritiert, weil ich niemals nachts aufwache, gehe ich ins Bad, um auf die Toilette zu gehen. Wie immer, werfe ich automatisch einen flüchtigen Blick in den Spiegel. Doch was ich diesmal sehe, entsetzt mich. Erschrocken starre ich mich an und erkenne mich kaum wieder. Meine Augen sind fast zugeschwollen und mein Gesicht ist mit hässlichen roten Flecken übersät. Mein Herz fängt heftig an zu pochen und Angst kriecht in mir hoch. Ist das eine allergische Reaktion auf die Dorade von gestern Abend oder hat mich heute Nacht ein Insekt gestochen? Hat das etwas mit Matthias zu tun? Hat der Ekel vor ihm sich in mein Gesicht gefressen? Beängstigt und doch gleichzeitig fasziniert von meinem mir fremden Aussehen begutachte ich mich ganz nah am Spiegel und erkenne glänzende Spuren auf meinen Wangen. Mit der Zungenspitze lecke ich an meinem Mundwinkel und schmecke Salziges. Und ganz langsam taucht die Erinnerung an meinen Traum auf.

Hellrotes Blut auf weißen Kacheln. Ich stehe barfuß in einem lichtdurchflutenden Raum und beobachte, wie der Blutstrom viele Verzweigungen bildet, meine Füße umrundet und in einer großen Lache mündet. Die rote Pfütze fängt an zu blubbern, Blasen steigen auf und zerplatzen in einem rosa Nebel. Plötzlich stehe ich am offenen Grab meiner Mutter. Das Loch ist tief und dunkel und ich habe Angst, hinein zu schauen. Der weiße Marmorengel von Camille de Saint-Saens' Grab blickt mich mit gütigen Augen an, nickt mir zu und sagt etwas zu mir, doch ich verstehe ihn nicht. Mit einem Mal verändert sich sein Gesicht und verwandelt sich in das meines Vaters. Bedeutungsvoll schunkelt er mit seinen Augenbrauen, breitet seine transparenten Flügel aus, so dass der Himmel in grelles Licht getaucht ist und klappt sie wieder zusammen. Der Schauplatz ist eine sommerliche Wiese. Zusammen mit meinen Eltern sitze ich mittendrin und fröstele, trotz der Sonne, in meinem dünnen Kleid. Meine Mutter trägt ein helles, langes Ballkleid. Ihre Füße sind nackt mit blutroten Nägeln. Plötzlich ist mein Vater verschwunden und Onkel Rudi sitzt auf seinem Platz. Sein Gesicht ist eine hässliche Fratze. Knallrot und verquollen. Mit lüsternem Blick reicht er mir eine Flasche. Ich habe Angst vor ihm und will weglaufen. Doch ich kann mich nicht bewegen. Krampfhaft halte ich mein Kleid fest, das nur noch in Fetzen an mir hängt, um meine Nacktheit zu verbergen. Ich weine und blicke mich hilfesuchend nach meinem Vater um. Just in dem Moment, als Onkel Rudi aufstehen will, um mich zu berühren, stürzt sich meine Mutter auf ihn und er verschwindet unter ihrem aufgebauschten Kleid. Das Szenario verändert sich wieder. Ich befinde mich in einer festlich geschmückten Halle mit vielen offenen Kartons und Schachteln. Fritz winkt mir zu und bedeutet mir, zu ihm zu kommen. In der Hand hält er eine Schachtel, die mit rotem Seidenpapier ausgekleidet ist. Die unzähligen roten Bänder, die heraus hängen, verflüssigen sich und bilden eine Lache auf dem hellen Marmorboden. Als ich in die Box gucke, ist das Papier nicht mehr rot, sondern weiß und drinnen liegen zwei Püppchen, die aussehen, wie meine Eltern. Im nächsten Bild knie ich weinend vor einem Bett. Die beiden Puppen liegen nebeneinander zugedeckt auf dem Kissen. Irgendjemand schluchzt ganz herzzerreißend, aber ich kann niemanden entdecken.

Was hat der Traum zu bedeuten? Noch nie hatte ich dermaßen intensiv von meinen Eltern geträumt. Da es zu früh ist, um Brill anzurufen, schreibe ich ihm eine Mail und schildere ihm den Traum in allen Einzelheiten. Doch nach ein paar Sätzen wird mir klar, dass es mir völlig egal ist, wie Brill den Traum deuten wird, denn ich erkenne etwas viel Wesentlicheres. In einer Sitzung sagte er, dass ich erst wirklich erwachsen und gesund bin, wenn ich meinen Eltern verzeihe. Bei allem Fehlverhalten von ihnen, verdanke ich ihnen doch mein kostbares Leben. Ohne sie wäre ich nicht hier. Habe ich deshalb geweint? Aus Dankbarkeit, dass es mich gibt? Aus Freude, dass ich ihnen vergebe? Mit einem Mal bin ich unendlich traurig und wünsche mir Fritz an meine Seite. Er würde mich verstehen, mich in seine Arme nehmen und trösten. Mein Telefon klingelt.

„Fritz? Das ist verrückt. In dieser Sekunde habe ich ganz fest an dich gedacht und plötzlich rufst du an. Das nennt man wohl telepathische Kräfte. Bist du noch in Nizza?"

„Nein, seit gestern in Monaco. Wir müssen den Helikopter-Dreh wiederholen. Ich habe eben erst entdeckt, dass du angerufen hattest. Mein Handy lag im Bad. Ist etwas passiert? Du klingst so aufgeregt."

„Ja, es ist einiges geschehen. Aber ich will es dir nicht am Telefon erzählen. Wann bist du in Paris?"

„Bist du sicher? Eigentlich gemein von dir, mich so auf die Folter zu spannen."

„Ich weiß. Normalerweise finde ich sowas eine ganz miese Tour, aber ich möchte dich dabei ansehen und nicht durch den Äther quatschen. Also, wann kommst du an?"

„Wenn alles gut klappt, morgen Vormittag gegen zehn. Mit Rückenwind etwas früher. Und ich habe eine Überraschung für dich."

„Echt? Was denn? Darf ich raten?"

„Keine Chance. Ich möchte deine Augen sehen und nicht durch den Äther quatschen."

„Das ist nun wirklich nicht nett von dir, es mir mit gleicher Münze zurückzuzahlen."

„Ich weiß, aber ich bin nun manchmal ein fieser Schuft."

„Stimmt. Und ich kann's kaum erwarten. Ich hole dich dann morgen ab und wir gehen frühstücken. Ok?"

„Halt, warte. Ich lande in Le Bourget."

„Das weiß ich doch. Am Bonzen-Flughafen."

„Ich freue mich auf dich und drück' dich ganz fest. Und du willst keine Andeutung machen?"

„Kein Wörtchen kommt über meine Lippen. Ich umarme dich."

Dick eingemummt, denn es ist empfindlich kühl an diesem frühen Morgen, stehe ich am Grab von dem mir unbekannten zwölfjährigen Mädchen Camille de Saint-Saens. Der verwitterte Marmorengel blickt unverändert gütig auf mich herab. Mir kommt es so vor, als hätte sich sein Lächeln vertieft. Sicherlich bilde ich es mir nur ein, aber ich könnte schwören, dass er das letzte Mal nicht so lächelte. Behutsam lege ich die nicht mehr ganz frischen Rosen, die ich von zuhause mitgenommen habe, auf den Efeu. Ich habe eine große rosa Schleife um den Strauß gebunden, weil das bestimmt Camilles Lieblingsfarbe war. Woher kommt diese seltsame Verbundenheit zu diesem toten Mädchen? Vielleicht war sie unglücklich und hatte sich das Leben genommen. Oder sie starb an der Schwindsucht, die damals umher ging. War sie blond oder rothaarig wie ich? Camille klingt nach Blässe und rotblonden Haaren. Versunken in meine Gedanken zupfe ich das Unkraut und die welken Blätter aus dem Efeu und nehme mir vor, mich jede Woche um ihr Grab zu kümmern.

„Ist das nicht die schönste Zeit auf dem Friedhof? So friedvoll."

Vor Schreck verliere ich das Gleichgewicht und lande auf meinem Hintern. Neben mir steht eine elegante, sehr alte Dame, mit Harke und Gießkanne bewaffnet. Ein Sträußchen Heckenrosen lugt aus ihrer Handtasche.

„Oh, entschuldigen Sie, ich wollte sie nicht erschrecken. Sind Sie eine Verwandte?"

Ich rapple mich auf die Beine und klopfe den Dreck von meinem Mantel.

„Nein, das nicht, aber ich mag diesen Platz sehr gerne."

„Der Engel ist wunderschön, nicht wahr? So sah auch Camille

aus. Ich kannte sie zwar nicht persönlich, dazu bin ich zu jung, aber meine Mutter hatte sie tanzen gesehen. Sie war eine begnadete Balletttänzerin mit einer großen Zukunft. Ein Bild von ihr, als Cinderella, stand auf unserem Flügel. Ihr Tod war wirklich tragisch. So jung und doch so unglücklich. Erst starben ihre Eltern während einer Auslandsreise an Malaria oder Cholera und dann erkrankte sie an einer heimtückischen Gelenkkrankheit, so dass sie nicht mehr tanzen konnte. Sie stürzte sich aus dem Fenster. Traurig, nicht wahr?"

„Wie sah sie aus?"

„Sie war eine elfenhafte Schönheit mit langen rotblonden Locken und einem Teint, so zart und durchscheinend wie Alabaster. Ein Jammer um ein so großes Talent."

„Seltsam. Genauso habe ich sie mir vorgestellt."

„Sie haben etwas Ähnlichkeit mit ihr. Mit dem Unterschied, dass Sie gesund und lebensfroh aussehen. Sind Sie wirklich nicht mit ihr verwandt?"

„Nein. Darf ich Ihnen eine ganz persönliche Frage stellen?"

„Nur zu, fragen Sie."

„Ich glaube, Sie kannten sie doch, oder?"

Ihr Blick schweift in die Ferne, und ich sehe, dass sie in die Vergangenheit eintaucht. Mit abgewandtem Gesicht flüstert sie:

„Ihre Wahrnehmung ist erstaunlich. Sie haben Recht, ich kannte sie. Auch wenn ich erst drei Jahre alt war, so erinnere ich mich zumindest an den schrecklichen Tag im Juni neunzehnhunderteinundzwanzig."

Sie schweigt, sichtlich um Fassung bemüht und ergreift meine Hand. Mit meinem Daumen streichle ich sanft ihre welke Haut, unter der ich jeden feinen Knochen spüre.

„Camille kam mit ihrer Mutter zum Tee zu uns. Meine Mama und ihre kannten sich aus Kindertagen und hatten sich lange nicht gesehen. Ich war überaus neugierig auf Camille und wollte unbedingt, dass sie tanzt. Von ihrer Krankheit wusste ich natürlich nichts. Auf jeden Fall, bettelte ich, wie Kinder es nun mal tun, um eine Kostprobe der Cinderella. Ich erinnere mich, so als sei es erst gestern gewesen, dass meine Mutter sehr böse mit mir war und mich zurechtwies. Doch ich quengelte weiter und bedrängte Camille, trotz der Androhung mit Stubenarrest. Oh Gott, wäre ich nur nicht so versessen darauf gewesen, sie tanzen zu sehen. Ich sehe noch die verblüfften Gesichter, als Camille auf einmal aufstand und tanzte. Sie sah mich mit ihren großen Augen an, lächelte und drehte Pirouetten mit weit ausgebreiteten Armen. Plötzlich war sie am offenen Fenster, sprang auf den Sims und stürzte sich in die Tiefe. Ohne einen Laut von sich zu geben. Ganz still. Noch heute höre ich den Schrei ihrer Mutter in meinen Ohren. Es war grausig. Seit dem Tag habe ich sie nie wieder gesehen. Erst viel später hatte ich erfahren, dass sie zwei Jahre danach in der Heilanstalt verstarb. Der Tod ihrer einzigen Tochter hatte sie in den Wahnsinn getrieben und ihr schließlich das Herz gebrochen. Obwohl es niemals ausgesprochen wurde, wusste ich, dass mich an Camilles Tod die Schuld traf und ich hätte es nur allzu gerne ungeschehen gemacht. Aber ich war ein kleines Mädchen. Unwissend und ungestüm, wenn es darum ging, etwas erreichen zu wollen. Mit diesen Schuldgefühlen lebe ich seit über achtzig Jahren, und als ich Sie an dem Grab knien sah, war es fast wie ein Déjà-vu für mich. Verstehen Sie?"

„Es mag jetzt vielleicht banal klingen, aber ich meine es ganz ehrlich und bin davon überzeugt, dass Sie überhaupt keine Schuld trifft. Wie Sie bereits selbst sagten, waren Sie ein kleines Mädchen von drei Jahren. Ein Kind ist nie schuldig. Ich bin mir sicher, dass Camille schon längst entschieden hatte, sich zu töten. Sie konnten nichts dafür. Schlimm finde ich, dass man Sie all die Jahre in dem Glauben gelassen hatte, Sie seien schuld. Entschuldigen Sie, wenn ich so offen bin, aber ich reagiere sehr empfindlich, wenn Kinder sich allein gelassen fühlen und niemanden haben, der hinter ihnen steht, um sie aufzufangen."

„Woher wissen Sie all das, mein Kind? Es trifft den Nagel auf den Kopf, wie man so schön sagt. Ich glaube, nur ein Mensch mit ähnlichen Erfahrungen besitzt diese Empathie."

Wir sitzen inzwischen auf der Bank und betrachten Camilles

Schutzengel, der sie nicht retten konnte.

„Jetzt haben Sie den Nagel auf den Kopf getroffen, Madame", sage ich lachend und erzähle ihr ungezwungen meine Lebensgeschichte in Kurzform und meinen Traum von letzter Nacht. Die alte Dame ist mir so vertraut, dass ich mich nicht schäme, mein Innerstes nach außen zu krempeln.

„Sie sind ein guter Mensch, Helena. Mitfühlend und warmherzig. Eigenschaften, die heutzutage leider etwas rar geworden sind. Ich freue mich von Herzen für Sie, dass Sie Ihren Eltern verziehen haben und Sie Ihren Seelenfrieden gefunden haben. Sie sind eine starke Frau und haben es verdient, glücklich zu sein."

„Danke. Das ist lieb von Ihnen. Wenn ich das so unverblümt sagen darf: Sie sind eine tolle Frau und ich freue mich, Sie kennengelernt zu haben."

„Céleste d'Aubigny heiße ich. Nennen Sie mich bitte Céleste. Vielleicht treffen wir uns mal wieder."

Auf meinem Weg zum Ausgang drehe ich mich um. Céleste sitzt noch immer auf der Bank, die Hände auf die Harke gestützt und den Blick auf Camilles Grab gerichtet. Eine feine Dame.

62

„Was? So ein Drecksack. Der soll nur noch mal hier auftauchen, dann verpass ich ihm eine, dass er nicht mehr weiß, ob er Männlein oder Weiblein ist."

Didier ist dermaßen aufgebracht, dass ich schon Angst habe, er könnte seinen Zorn an der Espressomaschine abreagieren.

„Hey, dafür habe ich vielleicht schon gesorgt. Der Tritt hat voll ins Schwarze getroffen. Ich denke nicht, dass er es wagen wird, hier aufzukreuzen. Die Demütigung war zu mächtig. Fakt ist, dass wir ab sofort keine Aufträge haben. Wir müssen sämtliche Castings stornieren und schleunigst neue Jobs an Land ziehen, sonst können wir einpacken."

„Das dürfte kein Problem sein. Ich klemme mich gleich ans Telefon und mobilisiere meine Leute. Wir werden nicht am Hungertuch nagen müssen."

„Prima. Coco weiß schon Bescheid und wir haben ihre volle Unterstützung. Irgendwie bin ich froh, dass es so gekommen ist. Mir ging Matthias ziemlich auf die Nerven, mit seiner ständigen Präsenz und seinem Chef-Gehabe."

„Du sprichst mir aus der Seele. Dieses verdammte Arschloch."

„Du sagst es. Kommst du für ein paar Stunden allein zurecht? Ich habe noch etwas zu erledigen."

„Na klar. Lass' dir nur Zeit."

Durch das Schaufenster sehe ich Severine, die gerade damit beschäftigt ist, ein Kleid an Vanessa Paradis abzustecken. Da ich nicht stören will, setze ich mich gegenüber ins Café und warte bis sie allein ist. Durch die Scheibe beobachte ich die beiden Frauen und zum ersten Mal bin ich nicht neidisch auf Severine, sondern freue mich aufrichtig über ihren Erfolg. Dennoch habe ich ein wenig Herzklopfen wegen meiner bevorstehenden Aufgabe und bin zugegebenermaßen ein wenig erleichtert über den kurzen Aufschub. Ob sie wohl damals einen Verdacht hatte? Meine Anspannung wächst und ich will nicht mehr länger warten.

„Das ist aber eine Überraschung, Hel."

Strahlend umarmt mich meine Freundin und stellt mich Vanessa vor.

„Ah, ich freue mich sehr, die verlorene Freundin endlich kennenzulernen."

Ich grinse und werfe einen gespielt vorwurfsvollen Blick zu Severine.

„Naja, wer wusste nicht von deinem heimlichen Verschwinden. In Paris bleibt nicht verborgen, das weißt du doch."

„Störe ich euch?"

„Überhaupt nicht. Wir sind sowieso gleich fertig."

Ich lasse die beiden allein und nehme die Klamotten in Augenschein. Nach wie vor vertritt Severine unbekannte, außergewöhnliche Designer, neben großen Couturiers, wie Balmain, Emilio Pucci und Vera Wang. Andächtig berühre ich das champagnerfarbene Hochzeitskleid von Vera Wang.

„Du würdest traumhaft darin aussehen. Dazu eine lockere Hochsteck-Frisur mit ein paar Orangenblüten und fertig ist die schönste Braut aller Zeiten."

„Klingt verlockend, aber meine verschwenderischen Jahre sind vorbei. Trotzdem, ich schlafe mal drüber."

„Komm, lass uns nach hinten gehen. Lust auf einen Orangenblütentee?"

Bei dem Anblick von Severines Büro überfällt mich plötzlich ein Schwindelgefühl, so dass ich mich am Türrahmen festhalten muss. Severine ist mit einem Satz bei mir.

„Was ist mit dir? Du bist ja weiß wie die Wand."

Sie rollt hastig ihren Schreibtischstuhl zu mir und schiebt ihn mir unter meinen Hintern.

„Kein Wunder. Mir ist schlecht vor Angst."

Ich ziehe einen dicken Umschlag aus meiner Handtasche und reiche ihn ihr.

„Das sind zweitausendzweihundert Euro, die ich dir schulde. Fünfhundert hattest du mir damals geliehen und tausendsiebenhundert hatte ich dir gestohlen."

Severine starrt mich mit einem seltsamen Ausdruck an, den ich nicht deuten kann.

„Es tut mir wahnsinnig leid, Severine, dass ich dir das angetan habe. Ich kann es dir nicht erklären und will mich auch nicht herausreden. Ich schäme mich dafür, dass ich gerade dich bestohlen habe, die du mir immer geholfen hast, wenn es brannte. Das war unter anderem ein Grund, warum ich mich nicht gleich gemeldet hatte. Es tut mir sehr leid."

„Tatsächlich hatte ich es vermutet oder anders ausgedrückt, ich hatte einen Verdacht. Allerdings konnte ich mir nicht vorstellen, dass du mir so etwas antun würdest. Aber ich konnte mir auch nicht erklären, wo das Geld verblieben ist, denn es war da und bin ich überpingelig. Wahrscheinlicher ist, dass ich es nicht wahrhaben wollte. Trotzdem möchte ich gerne wissen, warum du das getan hast. So eine Summe zu klauen ist schon kriminell. Warst du kriminell oder kleptomanisch veranlagt? Außerdem wusstest du, dass ich nicht gerade in Geld schwimme. Also warum?"

„Ich denke, ich war sowohl kriminell als auch kleptomanisch. Vor allem war ich neidisch und missgünstig. Ich war krankhaft eifersüchtig auf deinen Erfolg, deine berühmten Kundinnen, dein Selbstvertrauen und überhaupt auf dein, in meinen Augen, spannendes Leben. Neidisch, weil Flora deine beste Freundin ist und nicht ich. Ich war süchtig nach Anerkennung und Macht, gierig nach mehr und vor allen Dingen wollte ich das, was andere hatten und ich nicht. Häufig hatte ich das Gefühl, zu kurz gekommen zu sein. Und ich hatte immer Angst. Angst, erwischt zu werden. Angst vor dem Gerichtsvollzieher. Angst vor der Entlarvung meiner Lügen. Letztendlich hatte ich Angst vor dem Leben. Und jetzt habe ich Angst, dass ich deine Freundschaft verliere."

„Ganz schön heftig. Es fällt mir schwer, nachzuvollziehen, wie du das ausgehalten hast. Es musste doch irrsinnig anstrengend für dich gewesen sein, ständig auf der Hut zu sein und so zu schauspielern. Zwar kannte ich deine permanenten Geldnöte, aber ich hatte keine Ahnung, dass du so drauf warst. Und jetzt bist du quasi geheilt?"

„Ich weiß nicht, ob man das so ausdrücken kann. Ein Alkoholiker bleibt ein Alkoholiker, auch wenn er trocken ist. Ehrlich gesagt mache ich mir darüber keine Gedanken. Fakt ist, dass ich nicht mehr stehle und es angehe, die Verantwortung für mein Handeln zu übernehmen. Selbst auf das Risiko hin, Freunde zu verlieren. Du bist übrigens meine erste und somit meine schwerste Prüfung, aber ich bin froh, dass ich mich endlich überwunden habe."

„Das ist mir im Marly gleich aufgefallen. Du hast dich wirklich ganz schön verändert. Dein Augenausdruck ist anders. Wärmer und irgendwie direkt. Puh, das muss ich erst mal verdauen. Aber ich finde es mutig von dir, hier herein zu spazieren und das Geld zurückzuzahlen. Ich hoffe, du bist nicht enttäuscht, wenn ich nicht gleich in die Luft springe vor lauter Freude über den unerwarteten Geldregen. Gib' mir etwas Zeit."

Was habe ich erwartet? Das Severine mir sofort verzeiht? Ich hatte mir fest vorgenommen, nichts zu erwarten und nicht enttäuscht zu sein, falls sie mir die Freundschaft kündigt. Nun bin ich doch geknickt, aber dennoch erleichtert.

„Natürlich, das verstehe ich."

Ich schnappe meine Handtasche und stehe auf.

„Danke, dass du mich nicht gleich rausgeschmissen hast. Ich hab dich lieb."

„Mach's gut, Hel."

„Du auch."

Ich öffne die Tür und weine nicht und bin weder beleidigt noch sauer. Severine hat Recht. Wahrscheinlich würde ich ähnlich reagieren. Das einzige Gefühl, das in mir hochsteigt ist Trauer. Aber als ich mich entschied, Severine aufzusuchen, war ich mir des Risikos bewusst, ihre Freundschaft eventuell zu verlieren. Vielleicht heilt die Zeit die Wunden, wie man so treffend sagt.

„Hel?"

Ich drehe mich um. Severine hat ihre Arme um die Büste mit Vera Wangs Hochzeitskleid geschlungen.

„Ich werde den Brautstrauß fangen. Wetten?"

Beschwingt steige ich in die Metro und lausche der Melodie des Zitherspielers. Als er seinen Hut zückt, werfe ich zwanzig Euro hinein.

„Danke. Gott beschütze Sie."

Ich schaue in dunkelblaue Augen, die einem tiefen See gleichen. Ein schmales, kantiges Gesicht, mit stark hervortretenden Wangenknochen. Ich bin verblüfft, dass er so gepflegt ist, in seinem Stresemannanzug, der bestimmt einmal bessere Zeiten gesehen hat. Das Hemd ist blütenweiß. Er besitzt Würde. Er lungert nicht herum, sondern versucht mit seiner Musik die Öde der Metro etwas zu erheitern. Er tut wenigstens etwas.

Auf dem Weg zur Tür lege ich ihm nochmal zwanzig Euro hinein.

„Viel Glück."

Gemächlich schlendere ich durch die Galerie Vivienne, denn ich habe es nicht eilig. Bei Yuki Torii, einer meiner favorisierten Designerinnen, nur irrsinnig teuer, tummeln sich ein paar Japanerinnen. Ein Kleid, ohne Preisschild gefällt mir besonders, aber ich muss es nicht mehr unbedingt besitzen. Ich habe mir wichtigere Prioritäten gesetzt. Doch das Schoko-Éclair, das mich in der Boulangerie anlacht, gönne ich mir. Genussvoll verdrücke ich es mit zwei Bissen. Vom Place des Victoires biege ich in die Rue du Mail und bleibe vor einem der schönsten Häuser in dieser Straße stehen. Ein prachtvolles weißes Stadthaus aus der Belle Époque, mit hohen bleiverglasten Fenstern und verspielten Eisenbalkons. Seit Thierrys Auszug lebt Flora nur mit Noelle in der sogenannten Bel Étage, dem ersten Stock, auf fast dreihundert Quadratmetern. Da ich ihren neuen Code nicht weiß, klingle ich bei der Concièrge, die prompt ihr vergittertes Fenster neben der Tür aufreißt.

„Sie wünschen?"

Unfreundlich, wie fast alle Concièrges in Paris, mustert sie mich unverhohlen von Kopf bis Fuß. Wahrscheinlich taxiert

sie mein Outfit auf meine Erste-Arrondissement-Tauglichkeit.
„Ich möchte zu Madame de Vermandois."

„Werden Sie erwartet?"

Innerlich rolle ich mit den Augen, doch ich versuche weiterhin nett und höflich zu sein. Ich vermute, dass die gute Frau nicht viel Freude in ihrem Leben hat. Außerdem macht sie nur ihren Job, auch wenn sie etwas zugänglicher sein könnte.

„Das nicht, aber wenn Sie freundlicherweise bei ihr anrufen, wird sie mich sicher nicht abweisen."

Mit einem gegrunzten „Moment", knallt sie ihr Fenster zu und lässt mich draußen warten. Da es nicht regnet, macht es mir nichts aus. Nach einer Weile öffnet sie die Tür und lugt durch einen winzigen Spalt.

„Die Comtesse ist nicht da", schnarrt sie. „Wen soll ich melden?"

„Geben Sie ihr bitte diesen Brief, wenn sie zurückkommt."

Ich reiche ihr den Umschlag durch den Türschlitz. Vorausschauend hatte ich gestern ein paar Zeilen geschrieben und die vierhundert Euro, die Flora mir vor Jahren geliehen hatte, dazu gelegt. Noch bevor ich mich bedanken kann, ist die Tür schon wieder zu. Schade, dass Flora und Noelle nicht zu Hause sind, denn ich habe diesmal an Dr. Nos Geschenk gedacht, dass ich in Wien besorgt hatte. Eine Erstausgabe sämtlicher Werke der Brontë-Schwestern auf Englisch. Nun schleppe ich eben dieses schwere Stück wieder ins Büro.

„Ich bin wieder da", flöte ich und ziehe meinen Mantel aus. So leer und so ruhig habe ich unser Büro, glaube ich, noch nie erlebt. Zwar höre ich entfernt Didiers Stimme, aber dennoch ist diese Stille merkwürdig. Sind wir nun auf dem Abstellgleis und müssen schließen? Erstaunt stelle ich fest, dass mich diese Aussicht nicht traurig oder frustriert stimmt. Dann ist es eben so. Vielleicht kehre ich nach Wien zurück oder Fritz gründet tatsächlich eine Dependance in Paris. In der überraschend aufgeräumten Küche schenke ich mir einen Fruchtsaft ein und gehe trinkend zu Didier. Natürlich klebt er an seinem Headset und gestikuliert in der Luft herum. Bei meinem Anblick grinst er und schwingt seinen Daumen nach oben. In seiner typischen Zeichensprache wedelt er mit einer Hand, was bedeutet, dass das Gespräch nur noch Sekunden dauert. Die nächste Geste, ausgetreckter Arm mit steil erhobener Handfläche, heißt so viel, wie setze dich hin und sei gespannt, was ich dir zu berichten habe. Meine Neugier ist geweckt. Ich folge seiner stummen Aufforderung und nehme im gegenüber Platz.

„Puh, meine Ohren glühen, sag ich dir, aber es hat sich gelohnt. Tja, meine Liebe, wenn du mich nicht hättest…"
Theatralisch legt er eine Kunstpause ein und ergötzt sich offensichtlich an meiner erwartungsvollen Miene.

„Ich weiß, mein Lieber, ohne dich wäre ich verloren und würde unter einer Seine-Brücke hausen. Also, was gibt es Neues?"

„Nun ja, Chefin, wie gesagt… Ok, Scherz beiseite, wir haben drei Aufträge fest und zwei weitere in der Warteschleife. Und, man sollte es kaum glauben, Pascal und Josette sind überglücklich, dass wir von nun an auf dem freien Markt sind und sie nicht mehr mit diesem Belgier arbeiten müssen. Übrigens wechselt Josette zu Publicis. Du ahnst, was das für uns bedeutet? Wir werden uns nicht mehr retten können. Aber lieber täglich mit ihr, als mit dem arroganten Arschloch. Wenn du dich schon mal etwas einstimmen willst, die Storyboards liegen fein säuberlich im Konfi und warten nur auf dich. Dem Arsch werden wir es schon zeigen, dass wir auch ohne ihn können, was? Für das Eis-Casting habe ich bereits alles für morgen und übermorgen angeleitert."

„Du hast völlig Recht. Was würde ich nur ohne dich tun? Das hast du klasse gemacht, mein Herz. Ganz toll. Danke."
Wird mein sonst so abgebrühter Partner tatsächlich rot?

63

Warum ist es oft so, dass das Telefon just in dem Moment klingelt, wenn man auf der Toilette hockt oder gemütlich in der Badewanne liegt? Ich liege entspannt in meinem Schaumbad und lese ‚die rote Couch' von Irvin D. Yalom, das Abschiedsgeschenk von Brill, als das Telefon läutet. Unschlüssig, ob ich aus dem Bad steigen soll oder das vehemente Klingeln ignoriere, lege ich mein Buch zur Seite. Gerade in dem Augenblick, als ich mich entscheide ranzugehen, ist es still. Wie immer. Ich trockne mich ab, föhne meine Haare halbtrocken und steige in meinen alten, aber bequemen Jogginganzug. Auf dem Display erkenne ich Floras Nummer und rufe sie zurück.

„Salut, ich bin's, Helena. Ich saß ausnahmsweise in der Wanne, als du angerufen hast."

„Salut. Wir müssen uns heute nur um ein paar Minuten verpasst haben. Ich sag dir, Autofahren in Paris wird auch immer schlimmer. Noelle hat eine neue Freundin, die ausgerechnet im Achtzehnten wohnt. Eineinhalb Stunden war ich unterwegs. Die ganze Fahrt über hat sie mich mit beleidigtem Schweigen gestraft, weil ich sie nicht allein mit der Metro fahren lasse. Bin ich überängstlich? Eine von diesen Glucken?"

„Ja schon, aber das bist eben du. Du handelst nach deinem Gefühl, also ist es in Ordnung. Ich bin in Erziehungsangelegenheiten sicherlich keine gute Ratgeberin, da ich keine Kinder habe, aber vielleicht schenkst du ihr eine Metrokarte zu ihrem dreizehnten Geburtstag."

„Das ist gar nicht mal eine schlechte Idee. Ich weiß selbst, dass ich lernen sollte loszulassen, aber es fällt mir schwer. Man liest so viel in den Zeitungen. Aber das wollte ich alles gar nicht erzählen. Dass du noch an die vierhundert Euro gedacht hast, finde ich bemerkenswert. Ich hatte es komplett vergessen. Danke dir. Nur so aus purer Neugier, warst du auch bei Severine? Nicht, dass es ihr schlecht geht, aber sie kann jeden Cent gut gebrauchen, um ihre Jungdesigner zu pushen."

„Na klar, bei ihr war ich zuerst und morgen Nachmittag habe ich einen Termin beim Finanzamt und den Banken. Ich kann von Glück sagen, dass ich nochmal mit einem blauen Auge davon gekommen bin und meine Schulden in Raten zurückzahlen kann. Das Überraschendste für mich war, dass die so nett waren. Sie hätten mich ohne weiteres anzeigen können, wenn sie gewollt hätten. Wahrscheinlich hat mich die Selbstanzeige gerettet. Aber die Schulden haben mich einfach zu sehr belastet und irgendwann wäre ich sowieso aufgeflogen, also bin ich in die Offensive gegangen. Ich kann dir gar nicht sagen, wie erleichtert ich bin. Ach übrigens, sag doch Noelle, sie möchte mich anrufen, wenn sie wieder da ist. Ich habe ein kleines Geschenk für sie."

„Du kannst es mir auch am Samstag mitgeben oder willst du es ihr persönlich überreichen?"

„Ja, möchte ich."

„Noelle hat wirklich einen Narren an dir gefressen. Es vergeht kein Tag, an dem sie mir nicht von dir vorschwärmt und mir vorhält, dass sie mal so werden will, wie du. Ich könnte glatt eifersüchtig werden. Erinnerst du dich, als sie noch ein Baby war, warst du die erste, die sie angelächelt hat. Und Hel konnte sie vor Mama und Papa aussprechen. Schon verrückt, unsere kleine Dr. No."

Es stimmt. Zwischen ihrer Tochter und mir war von Anfang an eine starke Verbindung. Es hatte mich erstaunt, da ich normalerweise nicht viel mit kleinen Kindern anfangen kann. Aber bei Noelle war es anders. Vielleicht lag es daran, dass ich die einzige war, die nicht in Babysprache mit ihr kommuniziert hat und nicht ständig in Entzückungsschreie ausgebrochen bin, wenn sie etwas Neues gelernt hatte.

„Sie ist ein tolles Mädchen. Du kannst stolz auf sie sein."

„Bin ich. Sag mal, magst du heute Abend zum Essen kommen? Dann siehst du sie."

„Danke, ganz lieb, aber Fritz kommt morgen und ich habe noch einiges zu tun. Wir sehen uns ja am Samstag."

In Wahrheit habe ich nichts Wichtiges zu tun, aber mir ist soeben etwas klar geworden. Deshalb will ich Flora möglichst schnell abwimmeln.

Na, geh' schon endlich dran!
„Fritz? Ich bin's, Helena. Wo bist du? Ich verstehe dich kaum. Hallo? Die Verbindung ist miserabel. Rufst du mich zurück?"
Ungeduldig warte ich auf seinen Rückruf. Nervös wandere ich durch mein Wohnzimmer, schüttele die Kissen auf und stelle das Radio an. Warum meldet er sich nicht? Unruhig schnappe ich mir einen Lappen, räume den Kühlschrank aus und wische alle Glasflächen ab. Als ich gerade dabei bin, alles wieder an seinen Platz zu stellen, klingelt mein Telefon.
„Hallo, mein Liebes. Ist etwas passiert?"
„Wie man's nimmt. Vielleicht hältst du mich für übergeschnappt, aber ich will nicht bis zum dreiundzwanzigsten April warten. Lass uns sofort heiraten. Noch diesen Monat. Ganz klitzeklein. Nur deine Familie und unsere engsten Freunde. Ich brauche kein großes Fest und kein sündhaft teures Hochzeitskleid, nur dich."
Jetzt ist es raus und ich hole erst einmal tief Luft.
„Liebling, nichts lieber als das. Weißt du, dass du mir damit eine ganz große Freude machst. Was heißt Freude, du machst mich zum glücklichsten Menschen. Kannst du es noch bis morgen aushalten oder muss ich mich mit meiner Maschine in die Nacht stürzen?"
„Bis morgen kann ich schon noch warten, wenn es mir auch schwer fällt. Um wie viel Uhr landest du genau?"
„Wir haben um Acht noch eine letzte Besprechung, die hoffentlich nicht allzu lange dauert. Ich schätze, dass ich mittags in Paris landen werde. Auf jeden Fall melde ich mich, sobald ich genau weiß, wann ich fliege. Ist das in Ordnung für dich oder willst du mir noch etwas Wichtiges sagen?"
„Nein, das andere kann warten, bis du hier bist. Ich liebe dich, Fritz."
„Ich dich auch, mein Liebling. Ich kann's kaum erwarten, dich zu sehen, zu riechen und zu schmecken. Ich liebe dich über

alles."

Kaum habe ich aufgelegt, klingelt das Telefon schon wieder. Ich sehe Cocos Nummer auf dem Display. Zögerlich nehme ich den Hörer, weil ich eigentlich eine Mail an Brill schreiben will, um ihn über meine Fortschritte und meine Vorhaben auf dem Laufenden zu halten. Nicht, dass ich mich verpflichtet fühle, ihm Bericht zu erstatten, sondern weil ich es gerne tue und es mir ein Bedürfnis ist.

„Salut Cocotte."

„Ich wollte nur mal horchen, wie es dir geht und ob du nochmal was von Matthias gehört hast."

„Danke, mir geht es prima und nein, Gott sei Dank nicht. Sei nicht böse, wenn ich etwas kurz angebunden bin, aber ich sitze gerade an einer Mail. Ist es in Ordnung, wenn ich dich morgen anrufe? Dann erzähle ich dir alles ausführlich über neue Jobs, unsere und meine Zukunft und was mir sonst noch so einfällt."

„Kein Problem. Ich bin nur froh, dass es dir gut geht. Schlaf gut und, ich bin gespannt."

Die Mail an Brill scheint gar kein Ende zu finden. Als ich sie absende, ist es drei Uhr früh und ich bin überhaupt nicht müde. Mir schwirrt so vieles im Kopf herum, dass ich es fast verschwenderisch finde kostbare Stunden zu verschlafen. Aber vernünftig, wie ich bin, lege ich mich doch ins Bett um am nächsten Tag nicht wie ein Schatten herum zu laufen.

Egal, um welche Uhrzeit ich im Büro auftauche ist Didier bereits da. So wie auch heute Morgen.

„Hast du hier übernachtet oder warum bist du um halb acht schon so unverschämt aktiv?"

Gut gelaunt und ausnahmsweise ohne sein Headset, reicht er mir einen frisch gepressten Obstsaft.

„Guck mich nicht so vorwurfsvoll an. Hand aufs Herz, ich bin erst seit zehn Minuten hier und habe nicht hier geschlafen. Julien würde mir die Hölle heiß machen, das kannst du mir glauben."

„War auch nur ein Scherz, mein Lieber."

„Aber warum bist du schon so früh hier? Die ersten kommen erst um zehn. Also haben wir noch massenhaft Zeit."

Didier ist zu einem meiner besten Freunde geworden und ich habe so gut wie keine Geheimnisse vor ihm. Auf seine unaufdringliche Art, ist er immer für mich da. Er ist einer der loyalsten Menschen und reißt sich für unser Büro wirklich den Hintern auf. Das ist auch der Grund, dass Coco und ich beschlossen haben, ihn zu unserem Partner zu machen. Für mich ist es ein gutes Gefühl mit ihm auf Augenhöhe zu arbeiten, denn er kennt meine Arschlochseite, die ich bei Monique ausgelebt hatte und ich rechne es ihm hoch an, dass er darüber nie ein Wort verloren hat. Nur ein einziges Mal erwähnte er Monique. Und zwar nur, um mich zu informieren, dass sie nun, zusammen mit ihrem Broker, in New York lebt. Ehrlich gesagt, war ich erleichtert, das zu hören, denn auf eine Konfrontation mir ihr bin ich nicht besonders scharf.

„Müssen wir noch irgendetwas vorbereiten? Tut mir leid, dass ich das alles dir überlassen habe. Also, was kann ich tun?"

„Wenn Paul gleich eintrifft, kann er einen Lichttest mit dir machen. Selbstverständlich mit einem sexy Biss ins Eis."

„Witzig, witzig."

Ich bin etwas unruhig, weil Fritz sich noch nicht gemeldet hat. Es ist bereits vier Uhr und für heute sind wir fertig mit dem Casting. Zwischendurch hatte ich meine Termine beim Finanzamt und den beiden Banken wahrgenommen und bin zufrieden und erleichtert zurück ins Studio gelaufen. Nun versuche ich zum fünften Mal Fritz zu erreichen. Doch jedes Mal springt seine Mailbox an. Wahrscheinlich ist er noch in der Luft, denn es ist nicht seine Art, nicht sofort zurückzurufen.

„Es kann sein, dass der Luftraum über Paris stark frequentiert ist, so dass er kreisen muss", versucht Didier mich zu beruhigen. Doch er ist mir auch keine große Hilfe. Ich mache mir allmählich Sorgen.

„So lang? Das kann ich mir nicht vorstellen. Er hat um halb zwölf angerufen. Da saß ich beim Finanzamt und konnte nicht rangehen. Jetzt ist es fast halb fünf. Ich muss nach Hause."

„Geh nur. Vielleicht überrascht er dich in Rosen gebettet", frotzelt er lahm, denn ich höre den bangen Unterton.

„Hm. Das glaubst du selbst nicht."

„Es gibt bestimmt eine ganz harmlose Erklärung dafür. Mach dir keine unnötigen Sorgen. Ich bin auf jeden Fall noch bis sechs hier."

„Danke dir. Ich melde mich, sobald Fritz aufgetaucht ist."

Um halb sieben habe ich Coco, Severine und Flora mit meiner Unruhe angesteckt und mein Telefon klingelt im Fünfzehnminutentakt. Bela und Fritz' Eltern habe ich nicht erreichen können. Um sieben ist die Wohnung blitzblank geputzt und ich rufe den Flughafen an. Mein Herz klopft schwer in meiner Brust, weil ich diesen Anruf vor lauter Angst seit Stunden vor mir herschiebe. Warteschleifenmusik ertönt und eine Stimme plappert alles Mögliche, bis das Besetztzeichen zu hören ist. Ich drücke die Wiederholungstaste. Dasselbe Spiel beginnt von vorne. Schließlich rufe ich die Polizei an und frage, ob sie irgendetwas über einen Flugzeugabsturz wissen. Ich komme mir ein bisschen lächerlich vor, aber das ist mir egal. Um neun bin ich ein Nervenbündel und verfluche Bela und Fritz' Eltern, die noch immer nicht an den Apparat gehen. Ich beschließe, Brill anzurufen und will gerade den Hörer abnehmen, als es klingelt. Mit tränenverschleierten Augen erkenne ich die österreichische Vorwahl und nehme erleichtert ab. Es ist Fritz' Mutter und ihre Stimme lässt alle Alarmglocken in mir schrillen.

Ein Abschied verleitet immer dazu, etwas zu sagen,
was man sonst nicht ausgesprochen hätte.
Michel de Montaigne (1533 – 1592), französischer Philosoph

Wer sich von der Trauer beherrschen lässt, der getraut sich
bald nicht mehr zu lachen, das Tageslicht zu genießen oder
an geselligen Mahlen teilzunehmen
Plutarch von Chäronea (50 – 120), griechischer Philosoph

LE PARADOU

64

Mein geliebter Fritz,

um ein Haar hätte die Falle wieder zugeschnappt. Du weißt schon, meine berühmten alten Muster, die nur darauf lauern, mich in Besitz zu nehmen. Es ist schon beängstigend, dass sie in der Verborgenheit anscheinend ständig präsent sind und auf ihren Einsatz warten. Ich bin sozusagen am Abgrund vorbei geschlittert und habe einen Blick in die Tiefe riskiert. Wie ein gähnendes schwarzes Loch. Sei nicht entsetzt, wenn ich Dir verrate, dass die Verlockung groß war. Das war sie. Ein Schritt und Zack, hinab in die schwammige Dunkelheit. Brill sagte einmal zu mir, dass ich möglicherweise irgendwann ein einschneidendes Erlebnis haben werde, dass mich aus der Bahn werfen könnte und sich dann zeigen wird, wie stabil ich bin. Es könnte zum Beispiel der Verlust eines geliebten Menschen sein. Damals dachte ich noch, dass ich ja gar keinen geliebten Menschen habe, dessen Verlust mich auf die Probe stellen würde. Ich hatte gelacht und süffisant gemeint, dass er schon andere Geschütze auffahren müsse, um mir Angst zu machen. Wer hätte gedacht, dass ich mich dermaßen geirrt habe. Erinnerst Du Dich an Deinen ersten Heiratsantrag und meinen Erschrecktes-Karnickel-Blick und den dramatischen Abgang? Glaube mir, ich könnte mir in den Arsch beißen, dass ich dich nicht sofort in die nächste Autobahnkapelle gezerrt hatte. Nun bin ich offiziell immer noch die Helena Schmidt. Innerlich bin ich es nicht mehr. Schon lange nicht mehr, mein Liebster.

Habe ich Dir jemals gesagt, dass ich Dich anfangs nicht ausstehen konnte? Und dann hast Du Dich als meine erste Liebe entpuppt. Klingt vielleicht kitschig, ist aber so. Vor Dir wusste ich gar nicht, was das ist: Liebe. Unzählige Male hatte ich den Satz ausgesprochen, den jeder hören will: Ich liebe dich. Bei mir klang er wie eine Floskel, denn ich spürte nichts. Ich hätte auch sagen können: Die Roulade schmeckt köstlich. Nein, stimmt nicht, der Vergleich hinkt, denn zu der Zeit aß ich weder Rouladen, noch existierte das Wort köstlich in meinem Vokabular. Lassen wir das. Du weißt, was ich meine.

Kann ein Mensch traurig und glücklich zugleich sein? Komischerweise ist das möglich. Selbst in meiner Trauer bin ich glücklich darüber, dass wir uns erst so spät kennengelernt haben. Früher hätte ich Dich nicht lieben können, und das wäre eine wahnsinnige Verschwendung gewesen. Auch wenn wir nur eine kurze Zeit, viel zu kurz, miteinander hatten, hast Du mir unglaublich viel gegeben. Dein selbstverständliches Vertrauen in mich hatte mich oft verblüfft, weil ich mir meiner nie sicher war. Wie oft durchzuckte mich die Frage: Warum ausgerechnet ich? Verklemmt und unsicher, wie ich war. Mein Gott, was war ich für eine Zicke. Gib es zu. Und dennoch hattest Du mich niemals von oben herab, wie ein kleines Kind behandelt, sondern stets respektvoll, auch wenn ich manchmal furchtbar kindisch war. Allerdings konntest Du doch ab und zu Dein inneres Grinsen nicht verbergen. Erwischt. Ja, ja, mach' Dich nur lustig über mich. Du darfst das.

Es gibt so vieles, das ich dir nie gesagt habe, Fritz. Willst Du wissen, welcher erste Gedanke mir durch den Kopf schoss, als Deine Mutter anrief? Lieber nicht? Ist ja nichts passiert, also sag ich's Dir. Dass ich nicht mehr leben will, denn ohne Dich ist auch mein Leben zu Ende. Sei nicht geschockt. Nein, denn du weißt oder solltest es wissen, dass ich inzwischen über solch selbstsüchtige Allüren hinweg bin. Ich wollte schlichtweg nicht begreifen, dass Du plötzlich nicht mehr da bist. Peng. Das traf mich wie ein Pistolenschuss.

Entschuldige meine Sprunghaftigkeit, aber mein Kopf quillt förmlich über und all meine Gedanken scheinen auf einmal auf das Papier zu drängen, als sei es ein Wettlauf mit der Zeit. Welcher Zeit? Was mich aber andauernd umtreibt und einfach nicht loslassen will ist die Frage, ob Du eine Ahnung hattest? Ein zweites Gesicht, einen Traum oder bist du vorausschauend und pragmatisch gewesen, ein Testament aufzusetzen, anstatt eines Ehevertrags? Das werde ich wohl nie erfahren.

Gestern ist Severine wieder zurück nach Paris gefahren. Sie war ganz hingerissen von unserem Haus im Paradies, du alter Geheimniskrämer. Vorgestern waren wir in Beauduc. Ich wollte unbedingt den Leuchtturm sehen, von dem Du so geschwärmt hast. Aber nicht allein. Du glaubst gar nicht, wie kompliziert es war, diese Einöde überhaupt zu finden. Bei Marc und Mireille, von deren Kochkünsten Du so begeistert warst, haben wir Dorade gegessen. Ehrlich gesagt, ein bisschen gewöhnungsbedürftig, die toten Fische in der Gefriertruhe selber aussuchen zu können. Anschließend machten wir einen ausgiebigen Verdauungsspaziergang durch das seichte Wasser bis zum Leuchtturm. Plötzlich waren wir von hunderten von Möwen umgeben. Regelrecht umzingelt. Was soll ich sagen, mein Geliebter? Vielleicht war eine davon dein Mörder.

Ich liebe Dich.
Deine Helena

65

Ich betrachte mein Spielbild im Schaufenster von Sonia Rykiel
und beschließe von nun an für eine ganze Weile kein Schwarz
mehr zu tragen. Mit der Gelassenheit einer selbstbewussten
Frau, die genau weiß, was sie will, betrete ich die Boutique und
lasse mir von der Verkäuferin das grüne Kleid aus der
Dekoration holen. Ein Lächeln huscht über mein Gesicht, als
ich das Kleid überstreife und mich im Spiegel mustere. Eine
einzelne Träne stiehlt sich aus meinem linken Augenwinkel.
„Welche ist deine Lieblingsfarbe?"
Fritz grinste auf seine typische Art und sagte:
„Bunt. Aber wenn du mich zwingst, aus Bunt einen Favoriten
zu wählen, wäre es Grün in allen Schattierungen. Und wenn
du mich fragen willst, warum ausgerechnet Grün, nun, weil ich
finde, dass Grün am besten zu dir passt. Aber Violett und
Rostrot finde ich auch schön. Und Flieder natürlich."
Lachend hatte ich ihn spielerisch in die Seite geboxt, als er
fortfuhr, noch weitere Lieblingsfarben aufzuzählen.
Ich behalte das Kleid gleich an.

Paris dampft in der Sommerhitze und für einen kurzen
Moment sehne ich mich nach der flirrenden, nach Pinien
duftenden Luft, in Le Paradou. Doch ich habe viel zu
erledigen und mich entschieden, unser Haus nur in den Ferien
und an langen Wochenenden zu besuchen. Ich fühle mich
noch zu jung für ein faules Rentnerdasein in der Provence.
Nach monatelanger Paris-Abstinenz ist meine Aktivität
zurückgekehrt, und so hatte ich gestern das Haus
abgeschlossen und Josianne gebeten, alle zwei Tage die
Blumen und Pflanzen zu gießen. Auf meinem Weg zur Metro
eile ich an einem Trupp Straßenarbeiter vorbei die mit nackten
schweißglänzenden Oberkörpern in der sengenden Sonne
schuften müssen. Trotz der Gluthitze pfeifen sie mir fröhlich
hinterher, was ich mit einem ebenso gutgelaunten Lächeln
quittiere. Ich liebe Paris zu dieser Jahreszeit und bin glücklich,

wieder am Strom teilzunehmen. Zuhause angekommen, lade ich meine Einkäufe in der Küche ab und springe unter die Dusche. Ich habe noch genügend Zeit, bis meine Gäste um acht Uhr eintreffen, und so gönne ich mir den Luxus einer halbstündigen Siesta in meinem Bett. Im Geist gehe ich zum wiederholten Mal meine kleine Ansprache durch die ich heute Abend halten werde. Ich bin zufrieden und schließe die Augen. Der Wecker ist gestellt.

Meine kleine Gesellschaft, feierlich in Schale geworfen, erscheint pünktlich um acht. Alle sind in ausgelassener Stimmung mit einem Hauch von Nervosität, da niemand den Grund kennt, weshalb ich sie eingeladen habe. Sie wissen nur, dass ich etwas ankündigen will. Nachdem der letzte Krümel aufgegessen ist, klopfe ich an mein Champagnerglas und erhebe mich. Lächelnd schaue ich in die Runde, wohl wissend, dass meine Gäste schier vor Neugier platzen.

„Ihr Lieben, danke, dass ihr gekommen seid. Ich will euch nicht lange auf die Folter spannen und werde versuchen, mich kurz zu fassen. Aber eines müsst ihr mir versprechen, ich will nicht unterbrochen werden und keine Tränen sehen. Ok? Dann fange ich mal an."

Niemandem ist entgangen, dass ich ein paar Mal schlucken muss und eine leichte Befangenheit legt sich wie ein Schleier über die Runde.

„Fritz hatte ein Testament aufgesetzt und mir alles vermacht. Und das Alles ist viel. Sehr viel. Ihr seid meine engsten Freunde und ich verdanke euch mehr, als ihr denkt. Ihr habt mich nie fallen gelassen und wart immer für mich da, in guten und in schlechten Zeiten. Das werde ich euch niemals vergessen. Heute will ich mich bei jedem einzelnen von euch bedanken. Da du, Didier, heute der einzige Mann bist, fange ich mit dir an. Mit Cocos Einwilligung überschreibe ich dir unser Casting-Studio. Das Hinterhaus ist gekauft und hypothekenfrei und gehört nun dir. Ich benötige nur noch deine Unterschrift beim Notar."

Didier starrt mich an und will etwas sagen, doch ich hebe die

Hand.

„Keine Unterbrechung, habe ich gesagt. Severine, dich habe ich am meisten verletzt. Weil ich nicht nur dein Vertrauen missbraucht habe, sondern dich noch bestohlen habe. Bitte glaube nicht, dass ich mich freikaufen will, aber ich würde mich sehr freuen, wenn du mein Geschenk annimmst. Dein Geschäft gehört von nun an dir und nicht mehr deinem Vater. Ich weiß doch, was für eine Belastung das für dich ist. Bitte nicht weinen, sonst heule ich auch gleich los, und ich bin noch nicht fertig. Nun zu dir, liebe Flora mit der süßesten Tochter, die es gibt. Ich habe für Noelle einen Treuhandfond, mit dir als Treuhänderin, eingerichtet. Mit einundzwanzig kann sie bedingt darüber verfügen und ab fünfundzwanzig komplett. Vielleicht will sie im Ausland studieren, sich später eine eigene Wohnung kaufen oder eine Sternwarte bauen. Was auch immer, sie wird das Richtige tun. Bitte gib' mir noch kurz Zeit für Coco, danach können wir gemeinsam wegschwimmen. Liebste Coco, mein Feldwebel. Du hast den Stein ins Rollen gebracht. Wer weiß, was aus mir geworden wäre, wenn du mich nicht zu Brill gepeitscht hättest. Aber Tatsache ist, dass ich hier bin und meine treuesten Freunde um mich versammelt sind. Das macht mich sehr glücklich. Also, um zum Punkt zu kommen. Ich weiß, dass du und Gabor für euer Projekt ‚Wiener Straßenkinder‘ eine Stiftung gründen wollt. Sei mir nicht böse, wenn wir hinter deinem Rücken agiert haben, aber ich habe Gabor zu absolutem Stillschweigen verdonnert. Das Hinterhaus ist in der Siebensterngasse und die Nachbarn, zumindest die in nächster Nähe, sind absolut kinderfreundlich. So, meine Lieben, das war's fast. Falls ihr euch fragt, was ich tun werde oder ob ich mich auf mein Altenteil zurückziehe. Letzteres vorerst nicht. Wenn es für euch ok ist, Coco und Didier, würde ich gerne ab und zu für euch arbeiten. Allerdings erst, sobald ich wieder zurück bin. Mit einem Mal ist es mucksmäuschenstill. Meine Freunde schauen mich so betroffen an, dass ich mich fast schäbig fühle, sie so überrumpelt zu haben.

„Du gehst weg? Wohin denn?“

Alle schnattern durcheinander. Sie wollen Details wissen. Ich hülle mich in Schweigen.

66

Ein Sonnenstrahl hat es sich auf meinem Lieblingsfoto von
Fritz und mir gemütlich gemacht. Es entstand an meinem
Geburtstag, als Fritz mich in die burgenländische Pampa
entführt hatte. Ich erinnere mich ganz genau an diesen
Augenblick. Die Roma-Kapelle spielte ein Stück von Toni
Stricker, einem begnadeten Geiger. *Weites Land.* Wunderschön
und unendlich traurig. Diese Melodie hat mich so sehr
ergriffen, dass ich das Gefühl hatte, mein Herz würde sich aus
meinem Körper dehnen. Wachsen und ganz groß werden. Es
war unbeschreiblich. Fritz hatte das sofort gespürt und mich
angeschaut. Diesen Blick hat Bela mit seiner Kamera
eingefangen und für immer verewigt. Wenn ich Zeit hätte,
würde ich ein bisschen mit ihm reden. Aber ich will noch
etwas erledigen.

Ich biege um die Ecke auf den Boulevard St. Germain, in
Richtung Café de Flore. Mein allmorgendliches Ritual. Und
wie jeden Morgen, steht auch er schon da. Etwas in die Jahre
gekommen, aber gepflegt wie eh und je. Stresemannanzug mit
grauer Weste, weißes Hemd und auf Hochglanz polierte
Budapester. Sein zum Pferdeschwanz gebundenes Haar ist
nicht mehr so schwarz wie früher. Ein paar Silberfäden
glänzen in der Sonne. Doch seine Augen haben noch die
gleiche Intensität. Ein strahlendes Meerblau. Und er spielt.
Die Klöppel fliegen über die Saiten der Zither, als wären sie
mit seinen Fingern verwachsen. Und wie jeden Morgen bleibe
ich einen Moment stehen, lausche seiner Musik und summe
die Melodie mit, die ich so gut kenne. Die mich begleitet, seit
ich in Paris bin. Perfect Day. Wir lächeln uns an. Ich weiß
nicht, wie er heißt oder woher er kommt, aber er ist mir so
vertraut, als würde ich ihn schon mein ganzes Leben kennen.
Nach einer Weile lege ich zwanzig Euro in seinen Holzkasten,
wie jeden Tag. Mehr würde ihn beleidigen, so glaube ich.
Schließlich bettelt er nicht um Almosen. Er bedankt sich mit

einer leichten Verbeugung. Ein paar Male drehe ich mich noch um, während ich weiterlaufe. Er schaut mir nach und lächelt. Und wie jeden Morgen durchströmt mich ein Glücksgefühl, dass mir mein Herz fast aus dem Mund springt. Ja, es ist ein perfekter Tag.

Danksagung

Dass ich dieses Buch, mein Erstlingswerk, vollendet habe, verdanke ich meinen Unterstützern, Befürwortern, Mutzusprechern, Hoffnungsspendern und Kritikern; vielen Menschen, die trotz meiner Zweifel nie an mir gezweifelt haben.

Mein besonderer Dank gilt meiner Therapeutin Christina, die mich auf meiner langen Entdeckungsreise begleitet hat; Andrea, die mich des Öfteren auf den Boden der Realität geholt hat und seit über 20 Jahren meine unerschütterliche Freundin ist; Diemut, für ihre Hilfe und Freundschaft, die auch seit über 20 Jahren währt. Beiden danke ich von Herzen, dass sie es mit mir ausgehalten haben. Schön, dass es euch gibt. Ich danke Isolde, die mein Buch mit ihrem professionellen, kritischen Blick gelesen hat und mir mit ihren Anregungen hilfreich zur Seite stand; Ania für ihr feines Gespür den richtigen Stil zu treffen; Beatrice, die immer fest an mich glaubt. Ich danke meinem Bruder Martin für seine beständige Liebe und seine offenen Worte; meiner Schwester Barbara, die mich immer zum Lachen bringt; Willy für seine Großzügigkeit und seinen Humor; Tomas, der mit mir so manches Mal überfordert war. Ich danke meinen Eltern, ohne die ich dieses Buch nicht geschrieben hätte. Ich danke den Agenten, die mich zwar nicht vertreten wollten, sich aber die Zeit genommen haben meinen Stoff zu lesen und kritisch zu beurteilen. Und ich danke Miriam, Lionel von dem Knesebeck, Sebastian, den Brüdern Stephani, Judith, Annette, Martina, Katrin, Lissy, Tomy, Dirk, Peter P., Annie und Fatima, die mir sehr geholfen haben, auch wenn sie es vielleicht nicht wissen. Ich danke all denen, die ich hier unabsichtlich nicht aufgeführt habe.

Mein größter Dank gilt meiner Tochter. Ohne viele Worte. Ihr widme ich dieses Buch. Ich bin stolz auf dich.

Helena und ihre Freundinnen Flora und Severine werden
wieder von sich hören lassen.